Unterwegs in die Welt von morgen

Unterwegs in die Welt von morgen

Utopische Geschichten
und Science-fiction-Romane

Verlag Das Beste
Stuttgart · Zürich · Wien

Die Texte in diesem Buch
erscheinen mit Genehmigung der Verleger

106

PRINTED IN GERMANY
ISBN 3 87070 308 3

ICH, DER ROBOT

von ISAAC ASIMOV

Ins Deutsche übertragen von Otto Schrag

Illustrationen: Oliver Scholl

ICH schaute mir meine Notizen an, und sie gefielen mir nicht. Ich hatte drei Tage bei der U. S. Robot Company verbracht. Ebensogut hätte ich zu Hause bleiben und die Encyclopaedia Tellurica studieren können.

Susan Calvin habe im Jahre 1982 das Licht der Welt erblickt, hieß es dort. Dies bedeutete, daß sie nun fünfundsiebzig Jahre zählte. Jedes Kind wußte das. Auch die Firma U. S. Robot and Mechanical Brain AG war fünfundsiebzig Jahre alt, denn Lawrence Robertson hatte dieses Unternehmen im Geburtsjahr Dr. Calvins gegründet. Später hatte sich daraus das seltsamste Riesenunternehmen der Weltindustrie entwickelt. Auch das wußte jedes Kind. Im Alter von zwanzig Jahren hatte Susan Calvin an jenem berühmt gewordenen psychomathematischen Seminar teilgenommen, in dem Dr. Alfred Lanning von der U. S. Robot Company den ersten beweglichen Robot vorführte, der eine menschliche Stimme besaß. Ein großer, schwerfälliger, häßlicher Robot war das gewesen, der nach Maschinenöl roch und der in den Bergwerksplanungen auf dem Planeten Merkur verwendet werden sollte. Aber – er konnte tatsächlich sprechen, und was er sagte, besaß Hand und Fuß.

Susan blieb in jenem Seminar sehr schweigsam. An den aufregenden Diskussionen, die der Vorführung folgten, beteiligte sie sich nicht. Sie war kühl, weder hübsch noch häßlich, ein ziemlich farbloses Mädchen, das sich gegen eine Welt, die ihr nicht sonderlich gefiel, durch einen maskenartigen Gesichtsausdruck und ein Übermaß an Verstand schützte. Während sie aber zuhörte und die Einzelheiten der Vorführung in sich aufnahm, verspürte sie die ersten Regungen eines gewissen, wenn auch kalten Enthusiasmus. Ihr erstes Examen bestand sie im Jahre 2003 an der Universität Columbia und begann dann ihre Studien für Fortgeschrittene in Kybernetik.

Alles, was man etwa um die Mitte des 20. Jahrhunderts auf dem Gebiet der sogenannten Kalkulationsmaschinen erreicht hatte, war durch Robertson und seine positronischen Gehirnbahnen auf den Kopf gestellt worden. Die vielen kilometerlangen Stränge von Relais und fotoelektrischen Zellen waren jener porösen Kugel aus Platin-Iridium gewichen, die etwa die Größe eines menschlichen Gehirns besaß. Susan erlernte die Errechnung der Parameter, die benötigt wurden, um die möglichen Variablen innerhalb des „positronischen Gehirnes" festzulegen. Sie lernte, Gehirne auf dem Papier zu konstruieren – Gehirne, bei denen man die Reaktionen auf gewisse gegebene Reizwirkungen exakt voraussagen konnte.

Nachdem sie im Jahre 2008 promoviert hatte, trat sie als „Robotpsychologe" in den Dienst der U. S. Robot Co. So war sie die erste, die diese neue Wissenschaft praktisch ausübte. Damals war Lawrence Robertson noch immer Präsident der Firma, und Alfred Lanning war inzwischen Leiter ihrer Forschungsabteilung geworden.

Fünfzig Jahre lang konnte Susan Calvin beobachten, wie menschlicher Fortschritt sich ständig wandelte – und in großen Sprüngen vorwärts eilte. Jetzt bereitete sie sich darauf vor, sich zur Ruhe zu setzen – so gut dies ging. Jedenfalls gestattete sie, daß das Namensschild eines anderen an der Tür ihres alten Büros angebracht wurde.

Das war nun so ungefähr alles, was ich auf meinem Notizzettel zusammengetragen hatte. Ich besaß dazu noch eine lange Liste aller ihrer wissenschaftlichen Arbeiten sowie eine solche der Patente, die ihr erteilt worden waren. Ich verfügte über die chronologischen Einzelheiten ihrer Laufbahn ... kurz gesagt, das Äußere ihres Lebenslaufes war mir bekannt.

Das aber war es gar nicht, was ich suchte. Für meine Artikel in der Interplanetarischen Presse benötigte ich bedeutend mehr. Und das sagte ich ihr auch.

„Dr. Calvin", begann ich so einschmeichelnd wie möglich, „Sie und die U. S. Robot Co. sind in der öffentlichen Meinung durchaus identisch. Wenn Sie sich jetzt zur Ruhe setzen, so bedeutet das das Ende einer Epoche und ..."

„Sie möchten vermutlich die menschliche Seite der Sache aufspüren, was?" Sie lächelte mich nicht an. Ihr Blick war scharf, aber sie war sichtlich nicht verärgert. Ich hatte das Gefühl, als schaue sie durch mich hindurch, als wäre für sie jeder, der ihr gegenübertrat, ein offenes Buch.

„Das stimmt genau", sagte ich.

„Ist es aber nicht ein Widerspruch, wenn Sie sagen, daß Sie die menschliche Seite von Robots kennenlernen wollen?"

„Nein, Frau Doktor! Nicht die menschliche Seite von Robots – die menschliche Seite Ihres eigenen Lebens."

„Na ja, ich bin auch schon ein Robot genannt worden. Sicher haben Sie doch schon von anderen gehört, daß ich gar nicht menschlich sei."

Das traf zu, aber ich hatte natürlich keinen Grund, es ihr zu sagen. Sie stand von ihrem Stuhl auf. Sie war nicht groß, und sie sah zerbrechlich aus. Ich folgte ihr zum Fenster, und wir schauten hinaus.

Die Büros und Fabrikgebäude der U. S. Robot Co. bildeten eine kleine Stadt für sich. Sie waren planmäßig angeordnet.

„Als ich hierherkam", erklärte sie mir, „verfügte ich über einen kleinen Raum in einem Gebäude, das sich ungefähr dort befand, wo jetzt das Feuerwehrdepot ist." Sie deutete hinüber. „Es wurde abgerissen, noch ehe Sie zur Welt kamen. Ich teilte den Raum mit drei anderen. Ich selbst besaß die Hälfte eines Schreibtisches. Alle unsere Robots bauten wir in einem einzigen Gebäude. Wir produzierten wöchentlich drei Stück. Und nun sehen Sie, was aus uns geworden ist!"

„Fünfzig Jahre", sagte ich banal, „sind eine lange Zeit."

„Nicht, wenn Sie darauf zurückschauen", war ihre Antwort.

„Man fragt sich dann, wohin die Zeit eigentlich gegangen ist."

Sie kehrte zu ihrem Schreibtisch zurück und setzte sich. „Wie alt sind Sie?" wollte sie wissen.

„Zweiunddreißig", sagte ich.

„Dann erinnern Sie sich gar nicht mehr daran, wie die Welt ohne Robots ausgesehen hat. Es gab nämlich wirklich einmal eine Zeit, in der die Menschheit dem Universum allein und ohne Freund gegenüberstand. Jetzt besitzen wir Geschöpfe, die uns helfen. Sie sind stärker, als wir selber sind, treuer, nützlicher und uns völlig ergeben. Die Menschheit ist nicht mehr allein. Haben Sie die ganze Sache schon einmal von diesem Standpunkt aus betrachtet?"

„Leider nicht. Darf ich das, was Sie eben sagten, wörtlich zitieren?"

„Wenn Sie wollen. Für Sie ist ein Robot ein Robot. Schaltungen und Metall – Elektrizität und Positronen – Geist und Eisen. Von menschlicher Hand hergestellt und wenn nötig von Menschenhand zerstört. Nur haben Sie leider noch nicht mit ihnen gearbeitet, und so kennen Sie sie in Wirklichkeit überhaupt nicht. Sie sind anständiger, sauberer und besser erzogen als wir."

Ich versuchte sie sanft dazu zu bringen, daß sie weitersprach. „Unsere Leser wüßten gerne ein paar von den Dingen, die Sie uns erzählen könnten ... so, wie sie gerne etwas von Ihren eigenen Ansichten über die Robots erführen. Die Interplanetarische Presse ist übers ganze Sonnensystem verbreitet. Wir haben eine potentielle Leserschaft von drei Milliarden. Ich glaube, diese hat sozusagen ein Anrecht darauf zu erfahren, was Sie, Dr. Calvin, uns zu erzählen wissen."

Es war gar nicht nötig, sie zum Reden zu verführen. Sie hörte mich nicht, aber ihre Gedanken bewegten sich in der von mir gewünschten Richtung.

„Man hätte es von Anfang an wissen können. Damals verkauften wir Robots zur Verwendung auf der Erde – das war sogar noch vor meiner Zeit. Damals konnten die Robots natürlich noch nicht sprechen. Später wurden sie menschlicher, und damit setzte auch die Opposition ein. Natürlich wehrten sich die Gewerkschaften gegen die Konkurrenz. Auch verschiedene Widersprüche auf religiöser Basis wurden laut. All das war recht lächerlich und recht unnütz. Und dennoch – man mußte mit diesen Dingen rechnen."

Ich notierte mir all das wörtlich, so, wie sie es sagte. Dabei versuchte ich, die Schreibbewegungen meiner Fingerknöchel vor ihr zu verheimlichen. Mit dem neuerfundenen Taschen-Notizapparat konnte man das mit einiger Übung ganz gut fertigbringen.

„Nehmen Sie zum Beispiel den Fall Robbies!" sagte sie. „Ich habe ihn nie kennengelernt. Er wurde, ein Jahr ehe ich zu der Gesellschaft kam, demontiert – so hoffnungslos unmodern war er geworden. Aber das kleine Mädchen habe ich im Museum gesehen ..."

Sie brach ab, aber ich sagte nichts. Ihre Augen wurden träumerisch, und ihr Geist wanderte in die Vergangenheit zurück. Viele Jahre lagen zwischen der Zeit, von der sie sprach, und heute.

„Ich habe die Geschichte erst viel später erfahren. Als man uns Gotteslästerer und Teufelsbringer nannte, mußte ich immer an Robbie denken. Er war noch ein stummer Robot. Er wurde im Jahre 1996 hergestellt und verkauft. Das war während der Zeit, als die Spezialisierung nicht bis zum Äußersten getrieben wurde, und so wurde er als Kindermädchen veräußert ..."

„Als was?"

„Als Kindermädchen."

1

„ACHTUNDNEUNZIG – neunundneunzig – *hundert.*" Gloria sah auf; ihr Gesicht hatte sie bis dahin mit ihrem kleinen rundlichen Vorderarm verdeckt, und jetzt stand sie einen Augenblick still. Sie hatte die Nase gerümpft und schaute blinzelnd ins Sonnenlicht. Dann machte sie ein paar vorsichtige Schritte weg von dem Baumstamm, gegen den sie sich gelehnt hatte, wobei sie versuchte, gleichzeitig nach allen Richtungen Ausschau zu halten.

Tiefe Stille herrschte, und außer dem Summen von Insekten und dem gelegentlichen Piepsen eines tapferen kleinen Vogels, den die Mittagssonne nicht beeinträchtigte, war nichts zu hören.

Gloria schürzte die Lippen. „Bestimmt ist er ins Haus gegangen. Dabei habe ich ihm schon hundertmal gesagt, daß das gegen die Regeln ist."

Während sie ihre winzigen Lippen fest aufeinanderpreßte, lief sie entschlossen auf das zweistöckige Gebäude zu.

Da erst hörte sie es hinter sich rascheln, hörte sie das deutlich vernehmbare, rhythmische Klump-Klump von Robbies metallenen Füßen. Rasch drehte sie sich um und sah, wie ihr Spielgefährte aus seinem Versteck herauskam und mit höchster Geschwindigkeit auf den Baum zuraste.

Gloria schrie enttäuscht auf. „Warte, Robbie! Das gilt nicht, Robbie! Du hast versprochen, nicht zu rennen, bis ich dich gefunden habe." Gegenüber den gigantischen Schritten Robbies konnten ihre Beinchen natürlich keinen Vorsprung gewinnen.

Dann, nur noch ein paar Meter vom Mal entfernt, verlangsamte Robbies Gangart sich plötzlich, so daß er sich kaum noch zu bewegen schien. Mit einer wilden Anstrengung all ihrer Kräfte raste Gloria schnaufend an ihm vorbei und konnte vor ihm den heißersehnten Baumstamm berühren.

„Robbie kann nicht rennen!" schrie sie mit der ganzen Kraft ihrer achtjährigen Stimme. „Robbie kann nicht rennen! Robbie kann nicht rennen!" Sie sang diese Worte in schrillem Rhythmus, als wären sie ein Kinderlied.

Robbie antwortete natürlich nicht – mindestens nicht mit Worten.

Statt dessen machte er Bewegungen, als wollte er rennen, bis Gloria hinter ihm herraste, immer im Kreis herum und ohne daß sie ihn berühren konnte.

„Robbie", quietschte sie, „bleib stehen!" Vor Lachen konnte sie kaum sprechen.

Bis er sich plötzlich umwandte, sie packte und durch die Luft wirbelte, so daß es ihr vorkam, als fiele die Welt für einen Augenblick ins Leere. Dann saß sie wieder im Gras und lehnte sich an Robbies Bein. Noch immer hielt sie einen seiner harten Metallfinger fest in ihrer kleinen Hand.

Nach einer Weile vermochte sie wieder ruhig zu atmen.

Sie schlug mit der Hand auf Robbies Körper. „Böser Junge, du! – Ich gebe dir eine Tracht Prügel."

Und Robbie duckte sich und hielt sich die Hände vors Gesicht, so daß sie schnell hinzufügte: „Nein, hab keine Angst, Robbie, ich werd's nicht tun. Ich schlage dich bestimmt nicht. Aber jetzt komme ich dran! Jetzt verstecke ich mich, und du mußt mich suchen, weil du längere Beine hast als ich und weil du die Regeln nicht eingehalten hast."

Robbie nickte. Sein Kopf hatte die Form eines oben abgeflachten Eies. Er saß auf einem ähnlichen, nur viel größeren Gebilde, das als Körper diente, und war mit diesem durch einen kurzen biegsamen Stiel verbunden. Gehorsam wandte der Robot sich dem Baum zu. Eine dünne metallische Schicht senkte sich über seine glühenden Augen. Aus dem Inneren seines Körpers kam ständig ein tickendes Geräusch.

„Nun guck aber nicht, und überspringe keine Zahlen!" warnte ihn Gloria und rannte weg, um sich zu verstecken.

Mit unveränderlicher Regelmäßigkeit wurden Sekunden heruntergetickt. Bei der hundertsten hoben sich die Augenlider, und mit glühend roten Augen durchforschte Robbie die Gegend. Einen Augenblick ruhten sie auf einem Stück bedruckten Kattuns, das neben einem Felsblock herausschaute. Er machte ein paar Schritte vorwärts, um sicher zu sein, daß es wirklich Gloria war, die sich hinter dem Stein versteckt hatte.

Langsam, während er sich immer zwischen Gloria und dem Baum hielt, ging er auf ihr Versteck zu, und als Gloria schließlich voll sichtbar war und sich nicht einmal selber mehr vormachen konnte, daß Robbie sie nicht gefunden hatte, streckte er einen Arm nach ihr aus, während er sich mit dem anderen gegen das Bein schlug. Mürrisch kam Gloria aus ihrem Versteck heraus.

„Du hast geguckt!" rief sie unfair und ohne jeden Grund. „Und überdies habe ich es satt, Versteck zu spielen. Ich will reiten."

Aber Robbie war durch den ungerechten Vorwurf verletzt. So ließ er sich vorsichtig nieder und schüttelte schwerfällig den Kopf. Sofort änderte Gloria ihren Ton. Nun klang ihre Stimme mit einem Male sanft und überredend. „Ach, komm doch, Robbie! Ich hab's doch gar nicht so gemeint. Laß mich reiten, ja?"

Aber Robbie ließ sich nicht so leicht besänftigen.

„Bitte, Robbie, bitte laß mich reiten!" Sie legte ihre rosigen Arme um seinen Hals und schmiegte sich fest an ihn. Dann – von einer Sekunde zur anderen – änderte sich ihre Laune. Sie wandte sich von ihm ab. „Tust du's nicht, dann werd ich weinen." Und schon verzog sich ihr Gesicht.

Auf den hartherzigen Robbie machte diese schreckliche Möglichkeit nur wenig Eindruck. Zum dritten Male schüttelte er den Kopf, und so blieb Gloria nichts anderes übrig, als ihre Trumpfkarte auszuspielen.

„Tust du's nicht", rief sie aus, „dann erzähle ich dir auch keine Geschichten mehr! Nicht eine einzige."

Sofort lenkte Robbie ein. Bedingungslos kapitulierte er vor diesem Ultimatum. Vorsichtig hob er das kleine Mädchen in die Höhe und setzte es auf seine breiten, geraden Schultern.

Glorias angedrohte Tränen lösten sich in nichts auf. Statt dessen krähte sie vor Entzücken. „Du bist ein Segelflugzeug, Robbie, ein großes, silbernes Segelflugzeug. Strecke die Arme nach den Seiten! Das mußt du tun, wenn du doch ein Segelflugzeug bist."

Gegen diese Logik war nichts einzuwenden. Robbies Arme waren die Flügel, die die Luftströmungen auffingen. Er war ein silbernes Segelflugzeug.

Gloria drehte den Kopf des Robots und lehnte sich nach rechts. Scharf legte er sich in die Kurve. Gloria stattete das Segelflugzeug mit einem Motor aus, der „Brrrr" machte, und dann mit Waffen, die Geräusche wie „Bumm" und „Sssst" von sich gaben.

Sie saß in einem der stumpfnasigen Raumschiffe, die sich mit höchster Geschwindigkeit durch die Leere des Weltalls bewegten.

Robbie raste mit ihr über die Wiese hinweg und hinüber zu dem hohen Gras, wo er mit solcher Plötzlichkeit stehenblieb, daß das Kind aufschrie. Sanft ließ er es dann auf den weichen grünen Rasenteppich fallen.

Gloria schnappte nach Luft. „Das war schön", schnaufte sie.

Robbie wartete, bis sie wieder ruhig atmen konnte, und zog dann sanft an einer Locke ihres Haares.

„Willst du was?" fragte Gloria. Er zog stärker an ihrer Locke.

„Ach so – ich weiß, du willst eine Geschichte hören."

Robbie nickte schnell.

Gloria setzte sich zurück. Ihre Gedanken konzentrierten sich auf die Einzelheiten der Erzählung (sowie auf ihre eigenen Ausschmükkungen, die sie je nach Lust und Laune hinzufügte), und sie begann:

„Also – es war einmal ein wunderschönes Mädchen, und das hieß Ella. Es hatte eine schrecklich grausame Stiefmutter und zwei sehr häßliche und sehr grausame Stiefschwestern und ..."

Gloria war im Begriff, den Höhepunkt der Geschichte zu erzählen. Angespannt und mit brennenden Augen hörte Robbie zu. Da kam die jähe Unterbrechung.

„Gloria!"

„Mama ruft mich", sagte Gloria nicht sehr glücklich. „Ich glaube, du trägst mich lieber zurück zum Haus, Robbie."

Robbie gehorchte voll Eifer. Denn etwas wie ein künstlicher Instinkt, den er in sich trug, sagte ihm, daß es gut wäre, Mrs. Weston zu gehorchen, und zwar ohne Zögern. Glorias Vater war außer an Sonntagen fast nie zu Hause. Aber heute war Sonntag. Mr. Weston war ein freundlicher und verständnisvoller Mann. Glorias Mutter aber war für Robbie eine dauernde Quelle der Unruhe, und immer spürte er den Drang, sich aus ihrer Nähe fortzustehlen.

Mrs. Weston erblickte die beiden in dem Augenblick, als sie sich aus dem hohen Gras erhoben, und ging zurück ins Haus, um auf sie zu warten. „Ich habe mich heiser geschrien, Gloria", sagte sie streng. „Wo warst du?"

„Ich war mit Robbie draußen", antwortete Gloria verstört. „Ich habe ihm die Geschichte vom Aschenbrödel erzählt und ganz vergessen, daß es schon Zeit ist zum Mittagessen."

„Traurig genug, daß auch Robbie es vergessen hat." Dann, als erinnerten sie erst ihre eigenen Worte an die Gegenwart des Robots, wandte sie sich rasch nach diesem um. „Du kannst gehen, Robbie. Sie braucht dich jetzt nicht." Und dann brutal: „Und komm nicht zurück, bevor ich dich rufe!"

Robbie wandte sich zum Gehen, zögerte aber, als Gloria ihn zu verteidigen begann. „Warte, Mama, du mußt ihn hierbleiben lassen. Ich habe ihm die Geschichte noch nicht fertigerzählt. Ich habe sie ihm versprochen und muß sie beenden."

„Gloria!"

„Wirklich wahr, Mama. Er wird so ruhig sein, daß du noch nicht einmal merkst, daß er da ist. Er kann sich auf den Stuhl in der Ecke setzen und wird kein Wort sagen – ich meine, er wird nichts *tun*. Ja, Robbie?"

Robbie bewegte seinen massiven Kopf einmal aufwärts und abwärts.

„Gloria, wenn du diesen Unsinn nicht sofort seinläßt, dann darfst du Robbie eine ganze Woche lang nicht sehen."

Mit traurigen Schritten verschwand der Robot, während Gloria ein Schluchzen unterdrückte.

George Weston fühlte sich so recht gemütlich. Es war seine Gewohnheit, es sich an Sonntagnachmittagen bequem zu machen. Er hatte sich ein gutes Mittagessen einverleibt, lag ausgestreckt auf einem weichen, breiten Sofa, hielt die Times in der Hand, trug Pantoffeln an den Füßen und hatte das Hemd ausgezogen. Er war daher nicht gerade erfreut, als seine Frau hereinkam. Selbst nach zehnjähriger Ehe war er noch so unaussprechlich närrisch, sie zu lieben, und natürlich war er immer froh, wenn sie zu ihm kam. Dennoch waren ihm die Sonntagnachmittage unmittelbar nach dem Mittagessen heilig, und seine Vorstellung von richtiger Gemütlichkeit bestand darin, daß man ihn für zwei oder drei Stunden völlig in Ruhe ließ. Daher heftete er seine Augen fest auf die letzten Berichte über die Lefèbre-Yoshida-Expedition nach dem Mars (diese sollte von der Mondbasis abfliegen und mochte daher ohne Zweifel Erfolg haben) und tat so, als bemerke er die Anwesenheit seiner Frau nicht.

Mrs. Weston wartete zwei Minuten lang geduldig, dann zwei weitere ungeduldig, und schließlich brach sie das Schweigen.

„George!"

„Hm?"

„Bitte, George! Willst du nicht die Zeitung beiseite legen?"

Die Zeitung flatterte auf den Boden, und Weston wandte sein müdes Gesicht seiner Frau zu. „Was ist denn los, Liebes?"

„Du weißt schon, was los ist, George. Es handelt sich um Gloria und diese schreckliche Maschine."

„Welche schreckliche Maschine?"

„Nun tu nur nicht, als wüßtest du nicht, was ich meine! Den Robot natürlich. Nicht für einen Augenblick läßt er sie allein."

„Und warum sollte er das tun? Er darf das ja gar nicht. Und er ist wahrhaftig keine schreckliche Maschine. Er ist der beste Robot, den es auf dem ganzen Markt gibt, und ich bin mir klar darüber, daß er ganz bestimmt klüger ist als die Hälfte meiner Angestellten."

Er schickte sich an, die Zeitung wieder aufzunehmen, aber seine Frau war schneller und riß sie ihm weg.

„Nun hör mal *mich* an, George! Ich lasse es einfach nicht zu, daß meine Tochter einer Maschine anvertraut wird, ganz gleich, wie gescheit oder geschickt diese Maschine ist. Ein Kind ist einfach nicht dafür da, daß es von einem Stück Metall behütet wird."

Weston runzelte die Stirn. „Und wann bist du auf diesen Gedanken gekommen? Robbie ist nun schon seit zwei Jahren bei Gloria, und ich habe bis heute nicht bemerkt, daß du dir darüber Sorgen machst."

„Im Anfang war es anders. Da war es was Neues. Es nahm mir eine Sorge ab – und es war modern. Jetzt aber weiß ich nicht mehr, was ich denken soll. Die Nachbarn ..."

„Also bitte – was haben denn die Nachbarn damit zu tun? Schau doch mal her! Einem Robot kann man unendlich mehr Vertrauen schenken als einem menschlichen Kindermädchen. Robbie wurde wirklich einzig und allein zu dem Zwecke gebaut, Gefährte eines Kindes zu sein. Er kann einfach gar nicht anders – er muß einem Kind treu sein und es lieben. Das ist mehr, als du von irgendeinem menschlichen Wesen behaupten könntest."

„Aber irgend etwas könnte doch einmal versagen. Irgend – irgendein Teil oder" – Mrs. Weston war sich nicht allzu klar über das Innere eines Robots – „zum Beispiel eine Schraube löst sich, und das ganze schreckliche Ding wird tollwütig und – und ..." Sie konnte sich nicht dazu bringen, ihre innersten Gedanken voll auszusprechen.

„Unsinn", lehnte Weston diese Idee mit einem unfreiwilligen Schauder ab. „Das ist vollkommen lächerlich. Du weißt, daß es einem Robot unmöglich ist, einem Menschen etwas anzutun ... Es ist das eine mathematische Unmöglichkeit. Außerdem kommt zweimal im Jahr ein Ingenieur der U. S. Robot Co., um den armen Burschen einer genauen Kontrolle zu unterziehen. Die Chance, daß irgend etwas mit Robbie schiefgehen könnte, ist nicht größer als die Chance, daß du oder ich verrückt werde – sogar bedeutend kleiner. Und ganz nebenbei: Wie willst du ihn denn Gloria wegnehmen?"

„Das ist es ja gerade, George. Sie will mit niemand anders spielen. Es gibt Dutzende von kleinen Mädchen und Jungen, mit denen sie Freundschaft schließen sollte, aber sie tut es einfach nicht. Es ist nicht gut für ein kleines Mädchen, so aufzuwachsen. Du willst doch, daß sie normal ist, oder nicht? Du willst, daß sie ein nützliches Mitglied der menschlichen Gesellschaft wird."

„Du siehst Gespenster, Grace. Tu so, als wäre Robbie ein Hund. Ich habe schon Hunderte von Kindern getroffen, die ihren Hund ihrem Vater vorziehen."

„Ein Hund ist etwas anderes, George. Wir müssen das schreckliche Ding einfach loswerden. Du kannst es ja an die Gesellschaft zurückverkaufen. Ich habe mich erkundigt."

„Du hast dich *erkundigt*? Also, nun paß mal auf, Grace! Schütten wir nicht das Kind mit dem Bade aus. Wir behalten den Robot, bis Gloria ein gutes Stück älter ist, und damit ist die Sache erledigt." Ärgerlich verließ er den Raum.

ZWEI Tage später sprach Mrs. Weston abends wieder mit ihrem Mann. „Du mußt mich einfach anhören, George. Im ganzen Dorf ist man über die Sache aufgebracht."

„Worüber?" fragte Weston.

Mrs. Weston sagte: „Über Robbie. Erst habe ich versucht, die Augen davor zu verschließen, aber ich kann das nun nicht länger tun. Die meisten Dorfbewohner betrachten Robbie als gefährlich."

„Dann soll sie der Teufel holen."

„Damit, daß du das sagst, löst du das Problem nicht. *Ich* muß im Dorf meine Einkäufe machen. *Ich* muß diese Leute jeden Tag treffen. Und in der Stadt ist es heutzutage sogar noch schlimmer – ich meine mit den Robots. In New York wurde gerade eine Verordnung erlassen, die es allen Robots verbietet, zwischen Sonnenuntergang und Sonnenaufgang die Straßen zu betreten."

„Meinetwegen – aber uns können sie ja wohl nicht daran hindern, einen Robot in unserem eigenen Haus zu beschäftigen. Grace, ich weiß schon, dies ist einer deiner kleinen strategischen Tricks. Ich durchschaue dich. Aber es nützt nichts. Die Antwort lautet noch immer – nein. Wir behalten Robbie."

UND dennoch liebte er seine Frau, und, was noch schlimmer war, seine Frau wußte das. Schließlich und endlich war ja George Weston auch nur ein Mann – der arme Kerl –, und seine Frau bediente sich jedes Mittels, gebrauchte alle Tricks, die im Buche standen und die mit Recht vom männlichen Geschlecht so sehr gefürchtet wurden.

Zehnmal schrie er in den folgenden Wochen: „Robbie bleibt, und das ist mein letztes Wort!" Aber jedesmal klang es schwächer. Und so kam der Tag, an dem Weston sich schuldbewußt seiner Tochter näherte und ihr vorschlug, sie zu einer großartigen Fernsehveranstaltung mit ins Dorf zu nehmen.

Gloria klatschte überglücklich in die Hände. „Darf Robbie mitkommen?"

„Nein, Kind", sagte er und zuckte unter dem Klang seiner eigenen Stimme zusammen. „Robots ist der Zutritt nicht erlaubt, aber du kannst ihm ja, wenn du wiederkommst, alles erzählen." Er verhaspelte sich bei den letzten Worten und schaute weg.

Gloria kam überschäumend vor Begeisterung von der Vorstellung nach Hause.

Sie rannte über den Rasen. „Robbie – Robbie!"

Dann blieb sie plötzlich stehen. Ein wunderschöner Pudel war aufgetaucht und betrachtete sie aus ernsten braunen Augen, während er auf der Veranda stehend mit dem Schwanz wedelte.

„Ach, was für ein hübscher Hund!" Gloria stieg die Stufen hinauf, näherte sich vorsichtig dem Tier und streichelte es. „Gehört er mir, Papa?"

Ihre Mutter hatte sich zu den beiden gesellt. „Ja, Gloria. Ist er nicht hübsch, so weich und warm? Er ist sehr sanft. Er hat kleine Mädchen schrecklich gern."

„Kann er auch Spiele spielen?"

„Natürlich. Er kann eine Unmenge kleiner Kunststücke. Willst du wohl sehen, was er alles kann?"

„Gleich. Ich möchte nur, daß auch Robbie sie sieht. *Robbie!*"

Sie blieb unsicher stehen und runzelte die Stirn. „Sicher ist er einfach in seinem Zimmer, weil er sich geärgert hat, daß ich ihn nicht mitgenommen habe. Du mußt ihm das erklären, Papa. Mir glaubt er vielleicht nicht, aber wenn du es sagst, dann weiß er, es ist wahr."

Westons Lippen spannten sich. Er schaute seine Frau an, konnte aber deren Blick nicht erhaschen.

Gloria wandte sich um und rannte hinunter ins Souterrain. Im Rennen rief sie: „Robbie – Robbie – komm und schau dir an, was Papa und Mama mir gekauft haben! Einen Hund, Robbie!"

Eine Minute später kam sie verstört zurück. „Mama, Robbie ist nicht in seinem Zimmer. Wo ist er denn?" Glorias Stimme zeigte, daß sie dem Weinen nahe war. „Wo ist Robbie, Mama?"

Mrs. Weston setzte sich und zog ihre Tochter sanft zu sich heran.

„Sei nicht traurig, Gloria, Robbie ist fort."

„Fort? Wohin? Wohin ist er denn gegangen, Mama?"

„Das weiß niemand, mein Liebling. Er ist einfach weggegangen. Wir haben gesucht und gesucht und gesucht, aber wir können ihn einfach nicht finden."

„Willst du damit sagen, daß er nie wieder hierherkommen wird?"

Die Augen des Kindes waren vor Schreck weit aufgerissen.

„Vielleicht finden wir ihn bald wieder. Wir suchen natürlich weiter nach ihm. Inzwischen kannst du mit deinem hübschen neuen Hund spielen. Schau ihn nur an. Er heißt Blitz, und er kann ..."

Aber nun liefen Glorias Augen über. „Ich will den häßlichen Hund nicht haben – ich will Robbie. Ich will, daß ihr Robbie wiederfindet." Ihre Erschütterung war so tief, daß sie sie in Worten gar nicht mehr ausdrücken konnte. Sie brach in schrilles, klagendes Weinen aus.

Mrs. Weston warf ihrem Mann einen hilfesuchenden Blick zu. Der aber scharrte nur stur mit den Füßen und wandte seinen angestrengten Blick nicht vom Himmel ab.

So mußte sie sich allein der Aufgabe des Tröstens unterziehen. „Warum weinst du, um Gottes willen, Gloria? Robbie war doch nur eine Maschine – nichts als eine alte, häßliche Maschine. Er war doch gar nicht lebendig."

„Er war keine Maschine!" schrie Gloria wild. „Er war ein Mensch geradeso wie du und ich, und er war mein Freund. Ich will ihn wiederhaben. Ach, Mama, bitte, bitte, ich will ihn wiederhaben."

Die Mutter stöhnte und überließ Gloria ihrem Kummer.

„Laß sie sich ausweinen!" sagte sie zu ihrem Mann. „Kinderschmerz hält nie lange an. In ein paar Tagen hat sie vergessen, daß dieser fürchterliche Robot jemals existiert hat."

DIE Zukunft aber bewies, daß Mrs. Weston etwas zu optimistisch gewesen war. Natürlich hörte Gloria auf zu weinen, aber sie hörte auch auf zu lächeln, und je länger es dauerte, um so blasser und stiller wurde das Kind. Ihr Zustand des passiven Unbehagens untergrub nach und nach den Widerstand der Mutter, und das einzige, was Mrs. Weston davon abhielt nachzugeben, war die Tatsache, daß sie ihrem Manne gegenüber ihre Niederlage hätte eingestehen müssen.

Dann kam sie eines Abends ins Wohnzimmer gestürzt, setzte sich auf einen Stuhl, verschränkte die Arme und sah aus, als wäre sie von einer unbändigen Wut gepackt.

Weston reckte den Hals, um sie über den Rand der Zeitung hinweg sehen zu können. „Was ist nun schon wieder los, Grace?"

„Ach, mit diesem Kind! Heute mußte ich den Hund zurückgeben. Gloria konnte, wie sie sagte, seinen Anblick nicht ertragen. Sie bringt mich noch ins Narrenhaus."

Weston legte die Zeitung beiseite, und ein hoffnungsvolles Leuchten erschien in seinen Augen. „Vielleicht – vielleicht sollten wir Robbie zurückholen. Du weißt ja, die Möglichkeit besteht."

„Nein", erwiderte sie grimmig. „So schnell geben wir nicht auf. Ich lass' mein Kind nicht von einem Robot erziehen, und wenn ich Jahre dazu brauchte, um es zu entwöhnen."

Enttäuscht nahm Weston die Zeitung wieder auf. „Ein Jahr des jetzigen Zustandes bedeutet zehn normale Jahre!"

„An dir hat man wirklich keine Stütze, George", war die strenge Antwort. „Was Gloria braucht, ist eine Milieuveränderung. Natürlich kann sie hier den Robot nicht vergessen. Wie wäre das auch möglich, wo doch jeder Baum und jeder Strauch sie an ihn erinnern!"

„Was für einen Milieuwechsel hast du im Auge?"

„Wir nehmen sie mit nach New York."

„Jetzt im August? Sag mal, weißt du eigentlich, wie New York um diese Jahreszeit ist? Unerträglich!"

„Jedenfalls halten es Millionen aus."

„Weil sie einfach nirgends anders hin können. Müßten sie nicht in New York bleiben, sie täten's bestimmt nicht."

„Und ganz genauso geht's uns. Auch wir *müssen* nach New York", war die Antwort. „Gloria hat im letzten Monat fünf Pfund Gewicht verloren, und die Gesundheit meines kleinen Mädchens ist mir wichtiger als deine Bequemlichkeit."

„Schade nur, daß du daran nicht gedacht hast, als du deinem kleinen Mädchen seinen Robotliebling wegnahmst", murmelte er – aber nur zu sich selbst.

Glorias Zustand zeigte sofort Zeichen der Besserung, als sie von der bevorstehenden Reise hörte. Sie sprach nicht viel davon, aber tat sie es einmal, so geschah es immer mit deutlich erkennbarer Vorfreude. Sie begann wieder zu lächeln, und auch das Essen schmeckte ihr wieder.

Mrs. Weston fühlte sich geradezu verjüngt vor lauter Freude. Sie ließ keine Gelegenheit vorübergehen, ihrem noch immer recht skeptischen Mann ihren Triumph unter die Nase zu reiben.

„Siehst du, George, sie hilft wie ein kleiner Engel beim Packen, und sie plappert und plappert, als hätte sie nicht den allerkleinsten Kummer. Es ist genau, wie ich dir sagte – wir müssen den Robot nur klar überlegt durch andere Dinge ersetzen, für die sie sich interessiert."

„Hm", war die skeptische Antwort, „wollen wir hoffen, daß es so ist."

Rasch waren die Vorbereitungen getroffen. Die Stadtwohnung wurde geöffnet und für das Landhaus ein Dienerehepaar engagiert, das in der Zwischenzeit diesen Besitz betreuen sollte. Als schließlich der Reisetag kam, war Gloria fast wieder wie früher. Das Wort „Robbie" kam nicht mehr über ihre Lippen.

In froher Laune fuhr die Familie mit einem Taxihelikopter zum Flughafen. Dann bestiegen sie zu dritt die wartende Maschine.

„Komm, Gloria!" rief Mrs. Weston. „Ich habe dir einen Platz am Fenster reserviert, damit du hinaussehen kannst."

Fröhlich trippelte Gloria den Gang hinunter, preßte dann ihre Nase gegen das klare, dicke Glas und schaute mit höchster Spannung hinaus. Erst als die Erde sich in einen Teppich verwandelt hatte, der aus lauter kleinen Resten zusammengesetzt schien, nahm sie ihre Nase wieder vom Fenster weg und schaute ihre Mutter an.

„Werden wir bald in New York sein, Mama?" fragte sie.

„Ungefähr in einer halben Stunde, mein Liebes." Und dann mit einer winzigen Spur von Ängstlichkeit: „Bist du nicht froh, daß wir diese Reise machen? Glaubst du nicht, daß du in der großen Stadt mit all den vielen Gebäuden und Leuten und Sehenswürdigkeiten sehr glücklich sein wirst? Jeden Tag werden wir uns die Fernsehvorführungen ansehen und ins Theater gehen und in den Zirkus und an den Strand und ..."

„Ja, Mama!" war Glorias nicht sehr begeistert klingende Antwort. Und mit einer plötzlichen Miene geheimen Wissens wandte sich das Kind an seine Mutter.

„*Ich* weiß genau, warum wir nach New York gehen, Mama."

„Wirklich?" Mrs. Weston war verblüfft. „Und warum, meinst du, mein Kind?"

„Ihr habt's mir nicht gesagt, weil ihr mich überraschen wolltet, aber *ich* weiß, was das Geheimnis ist. Wir gehen nach New York, um Robbie zu finden, nicht wahr? – Mit Detektiven."

George Weston hörte diese Äußerung, als er gerade damit beschäftigt war, einen Becher Wasser zu trinken. Die Folgen waren verheerend. Zunächst kam aus seiner Kehle ein Geräusch, als würde er ersticken, dann ein Wassergeiser und zum Schluß ein Hustenanfall. Als alles vorüber war, stand er da mit rotem Gesicht und wässernden Augen – ein äußerst betroffener Mensch.

Mrs. Weston freilich bewahrte Haltung. Als aber Gloria ihre Frage mit etwas ängstlicher Stimme wiederholte, sank auch Mrs. Westons Stimmung auf den Nullpunkt.

„Vielleicht", sagte sie kurz. „Nun setz dich hin, und halte den Mund!" –

New York war im Jahre 1998 ein Paradies für Vergnügungsreisende – mehr als je zuvor in seiner Geschichte. Glorias Eltern wußten dies und nutzten es weidlich für ihre Zwecke aus.

Es war wirklich so, daß sie sich, als der Monat fast um war, darüber klar wurden, daß sie alles Erdenkliche getan hatten, um Glorias Gedanken ein für allemal von Robbie abzulenken. Ob sie allerdings einen endgültigen Erfolg erzielt hatten, dessen waren sie keineswegs sicher.

Bestehen blieb, daß sich Glorias Hauptinteresse – wo immer sie sich auch befand – auf Robots konzentrierte, wenn solche zufällig zugegen waren.

Die ganze Angelegenheit erreichte schließlich ihren Höhepunkt in jener Episode, die sich im Museum für Industrie und Wissenschaft zutrug. Das Museum hatte ein spezielles Kinderprogramm angekündigt, in dem wissenschaftliche Dinge – zugeschnitten auf den kindlichen Verstand – ausgestellt werden sollten. Die Westons setzten diese Veranstaltung natürlich auf ihre Liste, unter die Rubrik jener Dinge, die man unbedingt anschauen mußte.

Der aufregende Vorgang ereignete sich, als die beiden Westons, völlig in Anspruch genommen, die Leistungen eines mächtigen Elektromagneten beobachteten. Da war plötzlich Gloria verschwunden. Mrs. Westons erster Schreck verwandelte sich schnell in ruhige Entschlossenheit. Mit Hilfe von drei Museumswärtern wurde eine sorgfältige Suchaktion eingeleitet.

Gloria gehörte natürlich nicht zu jenen Kindern, die ziellos umherwandern. Sie war ein für ihr Alter ungewöhnlich sicheres Kind. Im dritten Stock hatte sie ein riesengroßes Schild beobachtet, mit der Aufschrift: „Gehen Sie in dieser Richtung, und Sie kommen zum sprechenden Robot."

Nachdem sie die Worte mühsam zusammenbuchstabiert und bemerkt hatte, daß ihre Eltern offenbar nicht geneigt waren, den richtigen Weg einzuschlagen, tat sie selbst das ganz Natürliche. Sie wartete auf einen geeigneten Augenblick elterlicher Ablenkung, entfernte sich dann gelassen und folgte der Richtung, die jenes Schild ihr wies.

Der sprechende Robot war eine völlig unpraktische Maschine, die lediglich Reklamewert besaß. Jede Stunde einmal stand eine Gruppe mit einem Führer vor dem Monstrum und stellte flüsternd Fragen an den Ingenieur, der den Robot bediente. Jene Fragen, die der Mann als für die Leistungen des sprechenden Robots geeignet betrachtete, wurden dann weitergegeben. Es war eine ziemlich langweilige Angelegenheit. Es mochte ganz amüsant sein zu wissen, daß das Quadrat von vierzehn hundertsechsundneunzig war, daß die Temperatur im Augenblick 72 Grad Fahrenheit betrug und der Barometerstand 765 Millimeter, daß das Atomgewicht von Natrium 23 ist, aber schließlich brauchte man für all das keinen Robot, auf keinen Fall eine so schwerfällige, völlig unbewegliche Masse von Drähten und Spulen, die einen Platz von fast fünfundzwanzig Quadratmetern einnahm.

Nur ganz wenige Leute kamen ein zweites Mal. Lediglich ein vielleicht fünfzehnjähriges Mädchen saß ruhig auf der Bank und wartete bereits auf die dritte Vorstellung. Es war völlig allein in jenem Raum, als Gloria eintrat.

Gloria schaute es nicht an. In diesem Augenblick hatte ein anderes menschliches Wesen für sie überhaupt keine Bedeutung. Sie konzentrierte sich einzig und allein auf jenes ungeheure Ding auf Rädern. Einen Augenblick lang war sie enttäuscht und zögerte. Das Ding sah völlig anders aus als jeder Robot, den sie bisher gesehen hatte.

Vorsichtig und voller Zweifel erhob sie ihre zitternde Stimme: „Bitte, Mr. Robot, lieber Herr – sind Sie der sprechende Robot, lieber Herr?" Ein Robot, der tatsächlich sprach, verdiente ihrer Meinung nach eine ganz besonders höfliche Behandlung.

Nun wurde das Geräusch eines gut geölten Getriebes hörbar. Eine mechanisch klingende Stimme begann zu sprechen. Den Worten fehlten sowohl Akzent als auch Betonung. „Ich – bin – der – sprechende – Robot."

Gloria starrte ihn traurig an. Er konnte in der Tat sprechen. Der Ton aber kam von irgendwoher aus seinem Inneren. Der Robot besaß kein Gesicht, an das man sich wenden konnte. Sie sagte: „Können Sie mir helfen, Herr Robot?"

Der sprechende Robot war so konstruiert, daß er antworten konnte, und bisher waren ihm nur Fragen gestellt worden, die er zu beantworten vermochte. So war er seiner Fähigkeiten ziemlich sicher. „Ich – kann – dir – helfen."

„Danke schön, lieber Herr Robot. Haben Sie Robbie gesehen?"

„Wer – ist – Robbie?"

„Er ist ein Robot, lieber Herr." Sie stellte sich auf die Zehenspitzen. „Er ist ungefähr so groß, lieber Herr Robot, und er ist sehr lieb. Er hat einen Kopf, müssen Sie nämlich wissen. Ich meine, Sie haben keinen, aber er *hat* einen, lieber Herr Robot."

Der sprechende Robot war nicht ganz mitgekommen. „Ein – Robot?"

„Ja, lieber Herr. Ein Robot genau wie Sie, nur daß er natürlich nicht sprechen kann – und daß er wie ein – wie ein richtiger Mensch aussieht."

„Ein – Robot – wie – ich – einer – bin?"

„Ja, lieber Herr Robot."

Die Antwort des Robots hierauf war nichts als ein Geratter. Die radikale Verallgemeinerung, die das Kind anstellte, indem es ihn nicht als ein Einzelwesen, sondern als Mitglied einer ganzen Gruppe betrachtete, war zuviel für ihn. Treulich versuchte der Robot, die neue Auffassung sozusagen innerlich zu verdauen, wobei ein paar Spulen ausbrannten. Kleine Warnsignale summten.

(In diesem Augenblick verließ das halbwüchsige Mädchen den Raum. Sie hatte genügend Material für ihre Physikaufgabe, die lautete: „Die praktische Seite der robotischen Wissenschaft". Es war die erste derartige Arbeit Susan Calvins, und dieser ersten Arbeit sollten noch viele weitere folgen, die den gleichen Gegenstand betrafen.)

Mit vorsichtig verheimlichter Ungeduld stand Gloria auf die Antwort wartend da, als sie den Ausruf: „Da ist sie ja!" hinter sich hörte und die Stimme als die ihrer Mutter erkannte.

„Was tust du denn hier, du böses Kind?" rief Mrs. Weston, deren Angst sich nun in Ärger verwandelte. „Weißt du denn, daß du deine Eltern fast zu Tode geängstigt hast? Warum bist du weggelaufen?"

Auch der Robot-Ingenieur war hereingestürzt. Er raufte sich die Haare. Wütend fragte er die immer größer werdende Menge, wer an der Maschine herumgespielt habe. „Kann niemand lesen, was hier ganz deutlich steht?" schrie er. „Niemand darf diesen Raum betreten, ohne daß ein Wärter dabei ist."

Glorias traurige Stimme war lauter als der ganze Lärm. „Ich bin nur hierhergekommen, um den sprechenden Robot zu sehen, Mama. Ich dachte, er wüßte vielleicht, wo Robbie ist, weil sie doch beide Robots sind." Und dann, bei dem Gedanken an Robbie, brach sie plötzlich in Tränen aus. „Und ich muß doch Robbie finden, Mama. Ich muß einfach."

Mrs. Weston unterdrückte einen Schrei und sagte: „Ach, hör auf! Komm, gehen wir nach Hause, George! Ich kann das nicht länger ertragen."

An diesem Abend verließ George Weston das Hotel für mehrere Stunden. Am nächsten Morgen näherte er sich seiner Frau mit einem Ausdruck, der verdächtig nach Selbstzufriedenheit aussah.

„Ich habe eine Idee, Grace. Bezüglich Gloria."

„Du schlägst doch hoffentlich nicht vor, daß wir jenen Robot zurückkaufen?"

„Nein, natürlich nicht."

„Dann schieß los! Ich kann ja mal hören, was du zu sagen hast."

„Schön. Ich habe mir folgendes gedacht. Die Schwierigkeit mit Gloria liegt darin, daß sie glaubt, ein Robot sei eine *Person* und nicht eine *Maschine*. Unter diesen Umständen kann sie ihn natürlich nicht vergessen. Wenn wir sie nun davon überzeugen könnten, daß ihr Robbie nichts anderes war als ein Sammelsurium von Stahl und Kupferblechen und Drähten und Elektrizität als Lebenssaft – wie lange, glaubst du, würde sie sich dann noch nach ihm sehnen? Ich möchte das gerne einmal von der psychologischen Seite her angreifen, wenn du verstehst, was ich meine."

„Und wie willst du vorgehen?"

„Ganz einfach. Wo, glaubst du, bin ich gestern abend gewesen? Ich überredete Robertson von der U. S. Robot Co., für morgen einen kompletten Rundgang durch sein Werk zu arrangieren. Wir drei werden hingehen, und wenn wir mit dieser Besichtigung fertig sind, wird Gloria endlich einsehen, daß ein Robot gar nichts Lebendiges ist."

Langsam wurden Mrs. Westons Augen immer größer, und etwas wie Bewunderung tauchte in ihren Zügen auf. „Mein Gott, George, das ist wirklich mal ein guter Einfall."

Und George Westons Westenknöpfe sprangen fast ab, als er sich stolz in die Brust warf. „Ist gar nichts Besonderes. Derartige Ideen habe ich am laufenden Band."

MR. STRUTHERS war ein gewissenhafter Generaldirektor und natürlich auch ein wenig gesprächig. Das Resultat war ein Rundgang, bei dem es bei jedem Schritt Erklärungen nur so hagelte. Dennoch langweilte Mrs. Weston sich nicht. Im Gegenteil, sie unterbrach Mr. Struthers ab und zu, um ihn zu bitten, seine Erklärungen so zu fassen, daß auch Gloria sie verstehen konnte. Als der Generaldirektor merkte, wie sehr man seine erzählerischen Fähigkeiten schätzte, wurde der gute Mann noch weitschweifiger.

George Weston legte eine ständig wachsende Ungeduld an den Tag. „Entschuldigen Sie, Struthers", sagte er, während er dessen Vorlesung über die fotoelektrische Zelle unterbrach, „haben Sie in Ihrer Fabrik nicht eine Abteilung, wo nur Robots als Arbeiter verwendet werden?"

„Wie? Aber natürlich. Selbstverständlich." Er lächelte Mrs. Weston zu. „Wollen Sie mir bitte folgen!"

Er war verhältnismäßig still, während er die drei durch einen langen Korridor und dann ein paar Treppen hinunterführte. Als sie dann in einem großen, gut beleuchteten Saal standen, der voll metallischer Geräusche war, öffneten sich von neuem die Schleusen seiner Beredsamkeit, und wieder wurden Westons mit Erklärungen überschwemmt.

„Hier sind wir ja", sagte er mit stolzer Stimme. „Ausschließlich Robots. Fünf Männer fungieren als Aufseher, und selbst diese befinden sich nicht hier in diesem Raum. In vollen fünf Jahren – das heißt also, seitdem wir diese Arbeit begonnen haben – hat sich nicht ein einziger Unglücksfall ereignet. Natürlich sind die hier zusammengesetzten Robots verhältnismäßig einfach, aber ..."

Die Stimme des Generaldirektors hatte in Glorias Ohren schon lange den Ton sanften Gemurmels angenommen. Ihr schien der ganze Ausflug ziemlich langweilig und sinnlos, obwohl sie doch tatsächlich eine ganze Anzahl von Robots zu Gesicht bekam. Nicht ein einziger glich Robbie auch nur im entferntesten. Für diese Maschinen empfand sie nichts als Verachtung.

Sie bemerkte, daß sich in dem Raum überhaupt keine Menschen befanden. Dann fielen ihre Blicke auf sechs oder sieben Robots, die halbwegs auf der anderen Seite des Saales eifrig an einem runden Tisch arbeiteten. Ihre Augen weiteten sich in ungläubigem Erstaunen. Es war ein großer Raum, in dem sie standen. Sie konnte sich natürlich täuschen, aber einer der Robots sah aus wie – sah aus wie – *nein, er war es*!

„Robbie!" Ihr Schrei zerriß die Luft, und einer der Robots, die am Tische saßen, zuckte zusammen und ließ das Werkzeug, das er gerade in der Hand hielt, fallen. Gloria wurde fast wahnsinnig vor Freude. Sie zwängte sich durch das Gitter, noch ehe ihre Eltern sie daran hindern konnten, und rannte mit ausgebreiteten Armen und fliegenden Haaren zu ihrem Robbie.

Und die drei entsetzten Erwachsenen sahen noch etwas anderes, was das aufgeregte Kind nicht sehen konnte. Ein ungeheurer schwerfälliger Traktor näherte sich auf seiner vorgeschriebenen Bahn dem kleinen Mädchen.

Mr. Struthers gab den Aufsehern wilde Signale, daß sie den Traktor anhalten sollten ... aber die Aufseher waren auch nur Menschen, und sie brauchten Zeit, um zu handeln.

Nur Robbie handelte sofort und mit Präzision.

Auf seinen metallenen Beinen durchmaß er in höchster Geschwindigkeit die Entfernung zu seiner kleinen Herrin. Alles geschah fast gleichzeitig. Mit einer einzigen Bewegung seines Armes hob Robbie

Gloria in die Höhe, ohne daß er die Schnelligkeit seiner Beine auch nur um das mindeste verringerte. Natürlich ging dem Kinde dadurch der Atem aus. Weston, der nicht ganz verstand, was sich eigentlich ereignete, fühlte mehr, als er sah, wie Robbie an ihm vorüberraste. Dann hielt der Robot plötzlich an. Noch keine halbe Sekunde nachdem Robbie das Kind vom Boden aufgenommen hatte, passierte der Traktor die Stelle, wo es gestanden hatte. Er rollte noch drei Meter weiter und blieb dann knirschend stehen.

Gloria konnte wieder atmen. Geduldig ließ sie eine Reihe von elterlichen Küssen über sich ergehen und wandte sich dann Robbie zu. Was sie selbst betraf, war überhaupt nichts geschehen, außer daß sie ihren Freund wiedergefunden hatte.

Mrs. Westons Gesichtsausdruck aber hatte sich gewandelt. Nun sah sie nicht mehr erleichtert aus, sondern so, als schiene ihr das alles sehr verdächtig. Sie wandte sich ihrem Mann zu.

„Dies alles hast du doch eingefädelt, oder etwa nicht?"

George Weston trocknete sich die feuchte Stirn mit dem Taschentuch. Seine Hände waren unsicher, und seine Lippen konnten sich nur zu einem etwas zittrigen und schwachen Lächeln verziehen.

Mrs. Weston gab aber ihren Gedanken nicht auf. „Robbie war gar nicht so konstruiert, daß er Ingenieurarbeiten verrichten konnte. Er war hier in diesem Raum völlig nutzlos. Du hast ihn einfach hier hereinsetzen lassen, daß Gloria ihn finden konnte. Du wirst ja wohl zugeben, daß du es getan hast."

„Schön, also ich geb's zu", sagte Weston. „Wie aber, Grace, konnte ich ahnen, daß sich die Wiedervereinigung so dramatisch abspielen würde? Und Robbie hat ihr das Leben gerettet. Dagegen kannst du nichts sagen. Nun *kannst* du ihn einfach nicht mehr wegschicken!"

Grace Weston wandte sich Gloria und Robbie zu und beobachtete die beiden eine gute Weile. Gloria hatte den Arm um den Hals des Robots gelegt, und zwar in einer Art, die jedes lebende, nicht aus Metall gebaute Wesen erstickt haben würde. Halb hysterisch vor Freude plapperte sie lauter dummes Zeug vor sich hin. Robbies Arme aus verchromtem Stahl lagen zärtlich und liebevoll um das Kind, und seine Augen leuchteten in tiefem Rot.

„Na, es ist nicht mehr zu ändern", sagte Mrs. Weston schließlich, „mag er bei uns bleiben, bis er rostet!"

SUSAN CALVIN zuckte mit den Schultern. „Natürlich blieb er nicht. Meine Erzählung spielt im Jahre 1998. Im Jahre 2002 hatten wir, wie Sie wissen, den sprechenden beweglichen Robot entwickelt, der alle nichtsprechenden Modelle unmodern machte und der – was die Vielseitigkeit anbetraf – einen Höhepunkt bildete. Zwischen 2003 und 2007 verboten die meisten Regierungen der Erde den Gebrauch von Robots. Erlaubt waren sie nur für die wissenschaftliche Forschung."

„So daß also Gloria ihren Robbie doch aufgeben mußte?"

„Leider ja. Ich nehme aber an, daß ihr dies im Alter von fünfzehn Jahren leichter fiel als mit acht. Dennoch war die Einstellung der Menschheit damals dumm und unnötig. Die U. S. Robot Company sank finanziell auf ihren tiefsten Stand gerade im Jahre 2007, als ich eintrat. Zunächst glaubte ich, meine Stellung würde in wenigen Monaten ein jähes Ende finden. Dann aber entwickelten wir einfach den außerirdischen Markt."

„Das bedeutete natürlich, daß die Firma über alle Schwierigkeiten hinwegkam."

„Nicht unbedingt. Wir fingen an, indem wir versuchten, die Modelle, die wir vorrätig hatten, den neuen Verhältnissen anzupassen. Zum Beispiel jene ersten sprechenden Robots. Sie waren etwa vier Meter hoch, sehr schwerfällig und nicht besonders gut. Wir sandten sie hinauf zum Merkur, wo sie beim Bau der Bergwerke eingesetzt wurden, aber dies war ein Fehlschlag."

Ich schaute überrascht auf. „Ein Fehlschlag? Aber diese Bergwerke sind heute doch ein Milliardenkonzern."

„Heute ja. Aber erst im zweiten Anlauf hatte man Erfolg. Wenn Sie hierüber Näheres hören wollen, junger Mann, so gebe ich Ihnen den Rat, Gregory Powell aufzusuchen. Er und Michael Donovan beschäftigten sich in den zehner und zwanziger Jahren mit unseren schwierigsten Fällen. Von Donovan habe ich seit vielen Jahren nichts mehr gehört, aber Powell lebt hier in New York. Er ist jetzt Großvater – ein Gedanke, der einem nur schwer in den Kopf geht."

Ich versuchte sie zum Weitersprechen zu bewegen. „Wenn Sie mir wenigstens das Gerippe der Geschichte geben könnten, Dr. Calvin. Powell kann sie dann ein andermal durch Einzelheiten ergänzen."

Sie spreizte ihre dünnen Hände und betrachtete sie. „Über zwei oder drei dieser Expeditionen weiß ich ein wenig Bescheid", sagte sie.

„Vielleicht fangen Sie mit Merkur an", schlug ich vor.

„Gut! Ich glaube, es war im Jahre 2015, als man die zweite Merkurexpedition ausschickte. Es war eine Forschungsexpedition, teilweise finanziert durch U. S. Robot und teilweise durch Solar Metals. Eine neue Art von Robots wurde verwandt, die sich noch im Versuchsstadium befanden. Gregory Powell und Michael Donovan ..."

2

Es WAR eine von Gregory Powells Binsenweisheiten, daß Aufregung nie zu etwas Gutem führe. Daher kam es auch, daß er, als Mike Donovan in großen Sprüngen die Treppe herunter- und ihm entgegengerannt kam, lediglich die Stirn runzelte.

„Was ist denn los?" fragte er. „Hast du dir etwa einen Fingernagel abgebrochen?"

„Ein blödsinniger Witz", fauchte Donovan, der vor Nervosität fieberte. „Was hast du eigentlich hier unten den ganzen Tag über geschafft?" Er holte tief Atem. Dann brach es aus ihm heraus: „Speedy ist nicht zurückgekehrt."

Powells Augen weiteten sich vor Schreck. Er blieb auf der Treppe stehen. Dann faßte er sich und setzte seinen Weg nach oben fort.

„Du hast ihn ausgeschickt, um Selen zu holen?"

„Ja."

„Und wie lange ist er schon weg?"

„Jetzt sind's genau fünf Stunden."

Stille. Das war ja eine schöne Geschichte. Seit genau zwölf Stunden befanden sie sich auf dem Merkur – und schon saßen sie bis zum Halse in den schlimmsten Schwierigkeiten.

Powell sagte: „Fang ganz von vorne an, damit ich die Sache verstehe!"

Im Augenblick befanden sich die beiden im Funkraum. Vorsichtig berührte Powell eine noch leuchtende metallische Oberfläche. Eine Atmosphäre der Leere und Untätigkeit, die diesen Raum und darüber hinaus die ganze Station erfüllte, wirkte stark deprimierend.

Donovan mußte es wohl gespürt haben. Er begann: „Ich habe versucht, ihn durch Funk aufzufinden, aber ohne Erfolg."

„Was *hast* du gefunden?"

„Auf kurzer Welle habe ich das Signal einer unorganisierten Masse erhalten. Aus diesem Signal konnte ich aber nicht mehr entnehmen als die Position, in der sich diese Masse befand. So war ich imstande, zwei Stunden lang seinen Weg zu verfolgen. Die Resultate habe ich dann auf einer Karte eingezeichnet."

In seiner Hüfttasche befand sich ein vergilbtes Stück Pergament – ein Überrest der mißglückten ersten Expedition. Diesen Fetzen Pergament warf er nun vor sich auf den Schreibtisch und strich ihn mit der Handfläche glatt.

Nervös zeigte Donovan mit dem Bleistift auf ein rotes Kreuz. „Dies hier ist das Selenvorkommen. Du hast es selbst eingezeichnet."

„Welches von den verschiedenen Vorkommen ist es?" unterbrach ihn Powell. „Es waren drei, die MacDougal uns angegeben hat, ehe er wegging."

„Natürlich habe ich Speedy zum nächstgelegenen geschickt. Es ist etwa fünfundzwanzig Kilometer entfernt."

Die kleinen Punkte, die die jeweilige Position Speedys anzeigten, bildeten eine Art Kreis rund um das Selenvorkommen.

Donovan fügte hinzu: „Während der zwei Stunden, in denen ich ihn kontrolliert habe, hat er den Weg um die Selenablagerung viermal gemacht. Mir scheint es ziemlich wahrscheinlich, daß er diese Wanderung in alle Ewigkeit fortsetzen wird. Ist dir klar, in welch toller Lage wir uns befinden?"

Powell schaute kurz auf, sagte aber nichts. Natürlich war ihm klar, in welcher Lage sie sich befanden. Sie war eindeutig. Die Schutzwand, die durch die Fotozellbänke (und nichts sonst) zwischen ihnen und der vollen Kraft der riesigen Merkursonne gezogen war, ging zum Teufel.

Das einzige, was fähig war, diese Schutzwand wirksam zu halten, war Selen. Und das einzige Wesen, das Selen herbeischaffen konnte, war Speedy. Kam Speedy nicht zurück, so gab es auch kein Selen. Gab es kein Selen, so gab es keine Fotozellbänke. Gab es aber diese nicht – nun ja – langsam zu Tode geröstet zu werden gehört zu den weniger angenehmen Todesarten.

Donovan fuhr sich wild mit der Hand durch das dichte rote Haar. „Wir werden zum Gespött des ganzen Systems werden, Greg. Das großartige Zweigespann Powell und Donovan wird zum Merkur geschickt, um einen Bericht darüber abzugeben, ob die Wiedereröffnung der Bergbaustation auf der Sonnenseite des Merkurs unter Ausnutzung moderner technischer Methoden und unter Verwendung von Robots ratsam erscheint. Und was geschieht? Gleich am ersten Tag ruinieren wir die ganze Sache. Niemals werden wir einen solchen Fehlschlag wiedergutmachen können."

„Das haben wir vielleicht auch gar nicht nötig", erwiderte Powell gelassen. „Handeln wir jetzt nicht ganz rasch, brauchen wir überhaupt nichts wiedergutzumachen."

„Hör doch auf! Wenn dir zum Lachen zumute ist, Greg – mir ist's bestimmt todernst. Es war einfach verbrecherisch, uns mit nur einem einzigen Robot hier heraufzuschicken. Und es war dein großartiger Gedanke, daß wir die Fotozellbänke ganz allein bedienen könnten."

„Nun bist du ungerecht. Es war eine gemeinsame Entscheidung, und du weißt das auch genau. Wir benötigten lediglich ein Kilogramm Selen, eine Steelhead-Dielektroden-Platte und ungefähr drei Stunden Zeit. Dabei befinden sich Vorkommen reinen Selens überall auf der Sonnenseite des Planeten."

„Wir können nicht selber Jagd auf Speedy machen, Mike – nicht auf der Sonnenseite. Selbst die neuen Isolieranzüge nützen in direktem Sonnenlicht nicht länger als zwanzig Minuten. Aber du kennst doch das alte Sprichwort: ‚Nimm dir einen Robot, um einen Robot zu fangen.' Schau, Mike, vielleicht ist alles nur halb so schlimm. Wir haben drunten in den unteren Schächten sechs Robots, die wir, wenn sie noch funktionieren, vielleicht benutzen können."

Ein Hoffnungsschimmer leuchtete in Donovans Augen auf. „Du meinst die sechs Robots der ersten Expedition? Bist du auch sicher? Vielleicht sind das nur subrobotische Maschinen. Du weißt ja, daß – was Robottypen angeht – zehn Jahre eine verdammt lange Zeit sind."

„Nein, es sind Robots. Ich habe den ganzen Tag bei ihnen zugebracht, und ich weiß es bestimmt. Sie haben Positronengehirne – allerdings primitive." Er steckte den Plan in die Tasche. „Gehen wir also."

Die Robots befanden sich im untersten Schacht der Anlage ... alle sechs. Sie waren ungeheuer groß. Obwohl sie in sitzender Stellung mit nach vorne ausgestreckten Beinen auf dem Boden hockten, befanden sich ihre Köpfe doch in über zwei Meter Höhe.

Donovan pfiff durch die Zähne. „Hast du sie schon eingeschaltet?" fragte er.

„Nein. Dazu hatte ich ja keine Ursache. Ich glaube aber nicht, daß ihnen irgendwas fehlt. Selbst ihre Stimmbandanlage ist in ziemlich gutem Zustand. Möglicherweise sprechen sie sogar."

Während er sprach, hatte er die Brustplatte des nächsten Robots abgeschraubt. Nun schob er die fünf Zentimenter große Kugel ein, die den winzigen Funken atomischer Kraft enthielt – jener Kraft, die das ganze Leben eines Robots ausmachte. Er hatte Schwierigkeiten, sie richtig einzupassen, aber schließlich gelang es doch. Mühevoll schraubte er die Brustplatte wieder fest. Von den Radiokontrollen modernerer Art hatte man damals vor zehn Jahren noch nichts gewußt. Nachdem er mit dem ersten fertig war, wandte er sich den anderen zu, bis er sie endlich alle sechs in Bereitschaft hatte.

Unruhig sagte Donovan: „Bis jetzt haben sie sich noch nicht gerührt."

„Bis jetzt hat ihnen auch noch niemand befohlen, sich zu rühren", erwiderte Powell kurz und bündig, ging zu dem ersten in der Reihe und versetzte ihm einen Schlag auf die Brust. „Du da. Hörst du mich?"

Langsam neigte sich der Kopf des Robots. Seine Augen wandten sich Powell zu. Dann sagte er mit einer heiseren, quietschenden Stimme: „Ja, Meister."

Powell grinste Donovan an: „Hast du das gehört? Die stammen noch aus den Zeiten der ersten sprechenden Robots."

Wieder wandte er sich dem Robot zu.

„Steh auf!"

Langsam erhob sich der Automat. Donovan mußte den Kopf in den Nacken legen, und wieder pfiff er durch die Zähne.

Powell sagte: „Kannst du hinaus auf die Oberfläche gehen? Ins Licht?"

Der Robot schien zu überlegen. Sein langsames Gehirn arbeitete schwer. Dann: „Ja, Meister."

„Weißt du, was ein Kilometer ist?"

Wieder überlegte der Robot, und wieder kam langsam die Antwort: „Ja, Meister."

„Wir werden dich also hinauf zur Oberfläche führen und dir eine Richtung anzeigen. In dieser Richtung wirst du etwa fünfundzwanzig Kilometer gehen. Am Ende wirst du dann dort in jener Gegend einen anderen Robot finden, der kleiner ist als du. Hast du bis dahin alles verstanden?"

„Ja, Meister."

„Du wirst also diesen Robot finden, und du wirst ihm befehlen zurückzukommen. Kommt er nicht freiwillig, so hast du Gewalt anzuwenden."

Donovan packte Powell am Ärmel. „Warum befiehlst du ihm nicht einfach, das Selen direkt zu holen?"

„Weil ich Speedy zurückhaben will, du Idiot. Ich will wissen, was an ihm defekt geworden ist." Und zum Robot gewandt: „Schön also, folge mir!"

Der Robot blieb unbeweglich, und seine Stimme brummte: „Entschuldigung, Meister, aber das kann ich nicht. Ihr müßt zuerst aufsitzen." Seine schwerfälligen Arme waren mit einem Klirren zusammengekommen, seine Finger hatten sich ineinander verschränkt.

Powell starrte ihn an. „Ach, auch das noch ..."

Donovans Augen schienen aus seinem Kopf herauszutreten. „Wir müssen ihn reiten? Wie ein Pferd?"

„Offenbar. Was sollen wir jetzt tun?"

„Das überlege ich mir gerade", murmelte Donovan. „Wir können nicht hinauf auf die Oberfläche, ganz gleich, ob mit oder ohne Robot." Er schnalzte zweimal mit dem Finger, und seine Aufregung wuchs. „Gib mir mal die Karte, die du eingesteckt hast! Ich habe sie nicht umsonst zwei Stunden lang studiert. Wir befinden uns hier in einer Bergwerksstation. Warum sollten wir nicht die Schächte benutzen?"

Donovan studierte die Zeichenerklärung, die sich am unteren Rand der Karte befand. „Schau", sagte er, „die kleinen schwarzen Punkte bedeuten Öffnungen zur Oberfläche, und hier befindet sich eine solche nur fünf Kilometer von dem Selenvorkommen entfernt. Hier steht eine Nummer – 13a. Wenn die Robots sich hier auskennen ..."

Powell stellte die Frage und bekam als Antwort ein eintöniges „Ja, Meister".

„Zieh deinen Isolieranzug an", sagte Powell mit Befriedigung zu Donovan.

Für beide war es das erstemal, daß sie solche Anzüge anlegten. Sie bestanden aus hitzeabwehrendem Kunststoff und chemisch behandelten Korkschichten und waren mit einer Trockeneinrichtung versehen, die die Luft knochentrocken hielt. Mit Hilfe solcher Isolieranzüge konnte man die volle Kraft der Merkursonne für die Dauer von zwanzig Minuten aushalten. Auch noch fünf bis zehn Minuten länger mochte der Träger eines solchen Anzuges der Hitze widerstehen, ohne daran zugrunde zu gehen.

Noch immer bildeten die Hände des Robots eine Art von Steigbügel. Sein Gesichtsausdruck zeigte nicht das leiseste Erstaunen beim Anblick der grotesken Gestalt, in die Powell sich verwandelt hatte.

Powells Stimme, die durch das Radio einen rauhen Klang erhielt, dröhnte: „Bist du bereit, uns zum Ausgang 13a zu bringen?"

„Ja, Meister."

Schön, dachte Powell. Diese Dinge besaßen zwar keine Radiokontrolle. Dafür waren sie aber wenigstens auf Funkempfang eingestellt. „Besteige du einen anderen, Mike", sagte er zu Donovan.

Er stellte einen Fuß auf den improvisierten Steigbügel und schwang sich nach oben. Jeder Schulter entlang befand sich eine flache Einbuchtung für die Schenkel. Auch der Sinn der zwei in die Länge gezogenen Ohren wurde nun deutlich.

Powell packte die Ohren und drehte damit den Kopf des Automaten. Schwerfällig wendete sich sein Reittier um. „Vorwärts, Macduff!" Doch war ihm gar nicht so wohl bei der ganzen Sache.

Die gigantischen Robots bewegten sich langsam und mit mechanischer Präzision. Zunächst durchschritten sie die Tür. Dann gingen sie mit dröhnenden Schritten durch einen schmalen Gang und in die Luftschleuse hinein.

Die Robots trotteten weiter.

Nach einiger Zeit sagte Powells Robot: „Wir sind angekommen."

„Was?" Powell fuhr aus seinem Dösen auf. „Schön – also schaff uns raus ins Freie, hinaus auf die Oberfläche."

Sie befanden sich in einer winzigen, leeren, luftlosen und verfallenen Nebenstelle.

„Machen wir, daß wir hier herauskommen!"

Eine hochaufragende Klippe aus schwarzem, basaltartigem Gestein schnitt das Sonnenlicht ab, und der tiefe Nachtschatten einer luftlosen Welt umgab sie. Dieser Schatten brach mit messerscharfer Plötzlichkeit inmitten fast unerträglich weißen Lichtes ab – eines Lichtes, das sich in Myriaden von Kristallen auf dem felsigen Boden spiegelte.

„Zum Donnerwetter", rief Donovan fast atemlos, „das sieht wie Schnee aus!" Und so war es auch.

Powell ließ seine Blicke über das zerklüftete Glitzern Merkurs bis zum Horizont hin wandern. „Dies hier muß eine ganz außergewöhnliche Gegend sein“, sagte er. „Im allgemeinen reflektiert der Merkur nicht viel Licht, und in der Hauptsache besteht sein Boden aus grauem Bimsstein. Schön ist das hier, was?“

Er war dankbar für die Lichtfilter, die sich in ihren Gesichtsplatten befanden. Schön oder nicht schön – ein Blick ins Sonnenlicht durch gewöhnliches Glas hätte sie innerhalb einer halben Minute blind gemacht.

Donovan war damit beschäftigt, sein Federthermometer zu betrachten, das an seinem Handgelenk befestigt war. „Du guter Gott, die Temperatur beträgt hier achtzig Grad Celsius!“

Powell kontrollierte sein eigenes Instrument. „Mhm“, sagte er. „Bißchen viel, was?“

Powell hatte jetzt seinen Feldstecher eingestellt.

Donovan beobachtete ihn gespannt. „Kannst du was entdecken?“

Der andere antwortete nicht gleich, und als er es schließlich tat, klang seine Stimme ängstlich und sorgenvoll. „Am Horizont ist ein dunkler Punkt, der vielleicht die Stelle ist, wo sich das Selen befindet. Der Punkt stimmt mit dem auf der Karte überein. Speedy aber kann ich nicht entdecken.“

In dem instinktiven Wunsche, besser zu sehen, kletterte Powell höher hinauf.

Schließlich stand er auf den Schultern des Robots. Angestrengt starrte er in die Ferne. Dann sagte er: „Ich glaube – ich glaube – ja, bestimmt ist er's! Er läuft in unsere Richtung!“

Donovans Blicke folgten dem ausgestreckten Finger. Er hatte keinen Feldstecher, aber deutlich sah er einen winzigen sich bewegenden Punkt, der sich schwarz von dem leuchtenden Glanz des kristallartigen Bodens abhob.

„Ich sehe ihn!“ brüllte er. „Los, gehen wir!“

Powell hatte sich wieder auf den Schultern des Robots niedergelassen. Seine durch das Material des Anzugs bedeckte Hand schlug gegen die faßartige Brust dieses modernen Gargantua. „Hü – los, geht!“

„Hü!“ brüllte auch Donovan.

Sie waren nun aus dem Schatten hinausgetreten. Das Sonnenlicht überflutete sie mit einem weißglühenden Strom.

Donovan duckte sich unwillkürlich. „Menschenskind, bilde ich mir's ein, oder ist es vielleicht tatsächlich so heiß?“

„Heiß – das ist noch gar nichts. In ein paar Augenblicken wird es dir noch viel heißer werden", kam die grimmige Antwort.

„Behalte Speedy im Auge!"

Robot SPD 13 war nun nahe genug, daß man ihn in allen Einzelheiten erkennen konnte. Blitzende Lichter spiegelten sich in seinem stromlinienförmigen Körper, der sich graziös und schnell über den zerklüfteten Boden bewegte. Sein Name war natürlich von den Anfangsbuchstaben seiner Serie abgeleitet. Dennoch paßte er in jeder Beziehung, denn Speedy heißt „schnell", und die SPD-Modelle gehörten zu den schnellsten Modellen, die überhaupt von der United States Robot and Mechanical Men Corp. hergestellt wurden.

„Speedy", schrie Powell. „Komm hierher!"

Die Entfernung zwischen den Männern und dem herumirrenden Robot verminderte sich augenblicklich – allerdings mehr durch die Bemühungen Speedys als durch das Dahertrotten der fünfzig Jahre alten „Rosinanten" Donovans und Powells.

Nun waren sie nahe genug, um zu erkennen, daß Speedys Gangart eigenartig schwankend war. Als dann Powell wiederum winkte und die größtmögliche Sendeenergie in seinem kompakten Radiosender, der sich auf seinem Kopf befand, einschaltete – und zwar als Vorbereitung auf ein neues Rufen –, schaute Speedy auf und sah sie.

Mit einem Ruck blieb er stehen und verharrte einen Augenblick in dieser Stellung. Er war nicht völlig regungslos, sondern schwankte ein klein wenig, als würde er von einem leichten Wind bewegt.

Powell brüllte: „Also mach keine Geschichten, Speedy! Komm hierher, mein Junge!"

Worauf zum ersten Male Speedys Robotstimme in Powells Kopfhörern ertönte: „Wir wollen Spielchen spielen. Du fängst mich, und ich fange dich. Keine Liebe kann unser Messer in zwei Teile schneiden. Denn ich bin Klein Butterblümchen – das liebe, kleine Butterblümchen. Juchhe!" Und indem er sich auf dem Absatz umdrehte, rannte er in der Richtung davon, aus der er gekommen war, und zwar mit einer Geschwindigkeit und Kraft, daß der von der Hitze festgebakkene Boden nur so nach allen Seiten spritzte.

Und seine letzten Worte waren, ehe er immer kleiner und kleiner wurde: „Eine kleine Blume wuchs unterm Eichenbaum", welcher Äußerung ein metallisches Klirren folgte, was vielleicht das robotische Gegenstück zu einem Schlucker war.

Donovan sagte schwach: „Woher hat er nur die Gilbert-und-Sullivan-Verse? He, Greg – ich glaube, er ist betrunken oder so was Ähnliches."

„Mensch", sagte Greg, „du merkst aber auch alles. Laß uns zur Klippe zurückgehen! Sonst werde ich noch bei lebendigem Leibe geröstet."

Es war Powell, der das Schweigen der Verzweiflung brach. „Immerhin – *etwas* stimmt mit ihm nicht, und dieses Etwas ist ganz offenbar das robotische Gegenstück menschlicher Betrunkenheit."

„Für mich ist er betrunken", stellte Donovan emphatisch fest. „Und das einzige, was ich weiß, ist, daß er sich einbildet, wir wollten mit ihm spielen, was aber ganz und gar nicht unsere Absicht ist. Für uns ist die ganze Sache eine Sache auf Leben und recht unangenehmen Tod."

„Schon gut! Ein Robot ist nur ein Robot. Haben wir einmal herausgefunden, was an ihm kaputt ist, dann können wir es sehr schnell reparieren, und alles ist in Ordnung."

„*Wenn* wir's rausfinden", sagte Donovan sauer.

Powell fragte: „Hör mal, Mike, was hast du zu Speedy gesagt, als du ihn ausschicktest, das Selen zu holen?"

Donovan war überrascht. „Na ja, ich weiß das nicht. Ich hab ihm eben einfach gesagt, er soll gehen und es holen."

„Ich weiß das wohl. Aber wie hast du's gesagt? Versuch dich mal deiner genauen Worte zu erinnern!"

„Ich hab gesagt – hm –, ich hab gesagt: ‚Speedy, wir brauchen etwas Selen. Du kannst es dort und dort finden. Geh und hole es!' Das war alles. Was hätte ich sonst noch sagen sollen?"

„Du hast den Befehl nicht besonders dringlich gemacht, was?"

„Wozu auch? Die ganze Sache war doch einfach Routine."

Powell seufzte. „Na also, jetzt können wir nichts mehr dran ändern – wir sind aber in einer recht fatalen Lage." Er war abgesessen von seinem Robot und hockte auf dem Boden, den Rücken gegen die Klippe gelehnt.

Langsam gesellte sich Donovan zu ihm, und sie hakten sich gegenseitig ein.

Powells Radiostimme klang angespannt in Donovans Ohr. „Nun paß mal auf! Fangen wir mit den drei Grundregeln des Roboterdienstes an – jenen Grundregeln, die am allertiefsten eingegraben sind in das positronische Gehirn eines jeden Robots! Wir haben also – erstens: Ein Robot darf kein menschliches Wesen verletzen oder durch Untätigkeit gestatten, daß einem menschlichen Wesen Schaden zugefügt wird."

„Stimmt."

„Zweitens", fuhr Powell fort, „ein Robot muß dem ihm von einem Menschen gegebenen Befehl gehorchen, es sei denn, ein solcher Befehl würde mit Regel eins kollidieren."

„Stimmt."

„Und drittens: Ein Robot muß seine eigene Existenz beschützen, solange dieser Schutz nicht mit Regel eins oder zwei kollidiert."

„Stimmt. Und wie geht es nun weiter?"

„Irgendwo in der Nähe des Selenvorkommens droht eine Gefahr. Diese wird um so größer, je mehr er sich dem Selen nähert, und an irgendeinem Punkt kommt das von Anbeginn an ungewöhnlich niedrige Potential der Regel zwei in eine Art Gleichgewicht."

Erregt stand Donovan auf. „Ins Gleichgewicht!" rief er. „Ich verstehe. Regel drei treibt ihn zurück und Regel zwei vorwärts, und so ..."

„So beschreibt er einen Kreis um das Selen herum, wobei er sich genau da hält, wo er sich aufhalten muß, wenn die Potentiale im Gleichgewicht sind. Und wenn wir nichts dagegen tun, so wird er für immer und ewig auf dieser Linie bleiben und uns ad infinitum an der Nase herumführen." Dann in Gedanken: Das ist auch der Grund seines Betrunkenseins. Befinden sich die Potentiale im Gleichgewicht, so ist die Hälfte aller positronischen Bahnen seines Gehirns instabil. Ich bin zwar kein Robotspezialist, aber das scheint mir doch klar. Wahrscheinlich hat er die Kontrolle gerade über jene Teile seines Willensmechanismus verloren, über die ein menschlicher Betrunkener sie verlieren würde. Ganz schön verworren, was?

„Worin aber besteht denn nun jene Gefahr?"

„Vulkanische Tätigkeit. Irgendwo direkt über dem Selenvorkommen befindet sich eine Stelle, an der Gas aus dem Innern des Merkurs entströmt. Schwefeldioxyd, Kohlendioxyd – und Kohlenoxydgas. Und zwar eine ganz ansehnliche Menge – und bei dieser Temperatur."

Donovan schluckte hörbar. „Kohlendioxyd plus Eisen gibt das flüchtige Eisencarbonyl."

„Und ein Robot", fügte Powell hinzu, „besteht in der Hauptsache aus Eisen." Dann grimmig: „Es gibt nichts Schöneres als logische Deduktion. Wir wissen nun über unser Problem hier alles, außer der Lösung. Selbst können wir das Selen nicht holen. Es ist noch immer zu weit weg. Diese Robotpferde können wir auch nicht schicken, weil sie nicht in der Lage sind, sich allein und ohne Reiter zu bewegen. Uns aber können sie nicht dahin tragen, weil sie dafür viel zu langsam sind. Andererseits können wir auch Speedy nicht fangen, weil der Dummkopf sich einbildet, wir spielen nur mit ihm, und er kann hundert Kilometer rennen in der Zeit, in der wir acht machen."

„Geht einer von uns", begann Donovan zögernd, „und kommt schließlich richtig durchgekocht nach Hause, ist noch immer der andere übrig."

„Stimmt", kam die sarkastische Antwort. „Dies würde ein wirklich wunderschönes Opfer darstellen. Rechne selbst mal aus! Wir befinden uns hier vier bis fünf Kilometer von dem Selen entfernt – sagen wir vier. Die Robots machen etwa sieben Kilometer pro Stunde. Wir selbst können in unseren Isolieranzügen zwanzig Minuten existieren. Vergiß nicht, daß es ja nicht *nur* die Hitze ist! Die Sonnenstrahlung hier im Ultravioletten und darunter ist reines Gift."

„Mhm", sagte Donovan. „Es fehlen rund zehn Minuten."

„Was genausoviel ist, als wenn eine Ewigkeit fehlte. Und noch etwas. Wenn das Potential der Regel drei Speedy zum Halten bringen konnte, dann muß sich eine recht ansehnliche Menge Kohlendioxyd in der Metalldampfatmosphäre befinden – was eine ganz beträchtliche korrosive Wirkung haben dürfte. Er befindet sich jetzt bereits seit Stunden da draußen. Wie können wir wissen, ob nicht jeden Augenblick, sagen wir mal, ein Kniegelenk aus dem Gleichgewicht kommen kann, was den ganzen Kerl hinwerfen würde? Hier handelt es sich also nicht allein um Nachdenken, sondern wir müssen auch sehr schnell nachdenken."

Abgrundtiefes, verzweifeltes Schweigen folgte.

Donovan unterbrach es schließlich. „Solange wir das Potential der Regel zwei nicht vergrößern, können wir keine weiteren Befehle erteilen – wie wär's, wenn wir anders zuwege gingen? Erhöhen wir die Gefahr, so vergrößern wir das Potential der Regel drei und treiben ihn zurück. Das einzige, was wir tun können, um ihn aus seinem alten Geleise zu werfen, besteht darin, daß wir die Konzentration des Kohlendioxydgases in seiner Nachbarschaft vergrößern. Nun – zu Hause in der Station befindet sich ein vollständiges analytisches Laboratorium. Kleesäure muß also pfundweise vorhanden sein, weil man damit Kaliumniederschläge erzeugt."

„Donnerwetter, Mike! Du bist ein Genie."

„Na, es geht so", gab Donovan bescheiden zu.

Powell stand bereits auf den Beinen und hatte schon die Aufmerksamkeit eines der Riesenrobots ganz einfach dadurch erweckt, daß er der Maschine auf die Schenkel klopfte.

„He!" schrie er. „Kannst du werfen?"

„Meister?"

„Ah – der Teufel soll dich holen!" Powell verfluchte das Gehirn des Robots, das zäh wie Melasse war. Er packte einen scharfkantigen Stein. „Nimm dies", sagte er, „und triff damit jene bläulichen Kristalle gerade gegenüber auf der anderen Seite jener Spalte! Siehst du, was ich meine?"

Donovan packte ihn an der Schulter. „Das ist zu weit, Greg! Fast eine halbe Meile entfernt ..."

„Ruhig", entgegnete Powell. „Hier handelt es sich um die Anziehungskraft Merkurs und die Kraft eines stählernen Armes. Paß mal auf, ja?"

Die Augen des Robots maßen die Entfernung mit instrumentenmäßig genauer Stereoskopie. Sein Arm paßte sich dem Gewicht des Geschosses an, und er holte aus.

Die Bewegungen des Robots waren in der Dunkelheit nicht sichtbar. Als er aber plötzlich sein Gewicht verlagerte, wurde ein dumpfes Geräusch hörbar, und wenige Sekunden später flog das Felsstück hinaus ins Sonnenlicht.

Es gab keinen Luftwiderstand, der seinen Flug hätte verlangsamen, noch Wind, der es aus seiner Bahn hätte bringen können, und als es den Boden traf, geschah dies genau in der Mitte der zuvor als Ziel angegebenen Kristalle.

Powell schrie glücklich auf. Dann brüllte er: „Gehen wir zurück und holen Kleesäure, Mike!"

Auf dem Weg zurück durch den Tunnel sagte Donovan grimmig: „Speedy hat sich diesseits des Selenvorkommens aufgehalten, seitdem wir hinter ihm her sind. Hast du das bemerkt?"

„Ja."

„Ich nehme an, er will spielen ... und wir werden wahrhaftig ein Spielchen mit ihm machen!"

Stunden später kamen sie mit Dreilitergefäßen, die die weiße chemische Substanz enthielten, und mit langen Gesichtern zurück. Die Fotozellbänke verschlechterten sich schneller, als sie es erwartet hatten. Still und in grimmiger Entschlossenheit lenkten die beiden ihre Robots hinaus ins Sonnenlicht und auf Speedy zu.

Langsam galoppierte Speedy ihnen entgegen. „Hier sind wir ja wieder. Juchheee! Der Pianoorganist steht auf meiner kleinen Liste. Auch andere Leute stehen darauf, die einem Pfefferminzgeruch ins Gesicht hauchen."

„Wir werden *dir* gleich was ins Gesicht hauchen", murmelte Donovan. „Schau mal, der Kerl hinkt ja, Greg!"

„Das habe ich bereits bemerkt", kam die leise, besorgte Antwort. „Das Kohlendioxyd wird ihn ruinieren, wenn wir uns nicht beeilen."

Sie näherten sich jetzt vorsichtig, fast schlendernd, um den völlig wirren Robot vom Davonlaufen abzuhalten.

„Los! Zähl auf drei! Eins – zwei ..."

Zwei Stahlarme holten aus und schnappten gleichzeitig nach vorne, und zwei Glasbehälter schwirrten in hohen parallelen Bögen vorwärts. Wie Diamanten leuchteten die beiden Gläser in der Sonne. Geräuschlos zerplatzten die Behälter hinter Speedy auf dem Boden. Wie Staub flog die Kleesäure in die Luft.

Speedy wandte sich um und starrte die zersplitterten Behälter an, zog sich dann langsam davon zurück ... erst langsam und dann immer schneller. Fünfzehn Sekunden später kam er in unsicherem Trab direkt auf die zwei Menschen zugesprungen.

Powell wandte sich ab. „Zurück zur Klippe, Mike! Er ist aus seinem Geleise geworfen und nun zum Gehorchen bereit. Mir wird arg heiß."

Sie trotteten im langsamen Trab ihrer „Rosinanten" dem Schatten zu, und erst als sie ihn erreicht hatten und die plötzliche Kühle angenehm um sich spürten, schaute Donovan zurück.

„Greg!"

Powell schaute sich um und schrie fast. Speedy bewegte sich jetzt langsam – so gräßlich langsam –, und zwar in der falschen Richtung. Er ließ sich treiben – ließ sich zurück in sein altes Geleise treiben. Nun wurde seine Gangart schneller. Durch den Feldstecher betrachtet, erschien er nahe und doch ganz unerreichbar.

Donovan schrie wild: „Ihm nach!" und puffte seinen Robot, bis dieser so schnell ging, wie es eben ging. Aber Powell rief ihn zurück.

„Hat keinen Sinn, Mike – du kannst ihn nicht fangen!"

„Wir brauchen noch mehr Kleesäure", sagte Donovan schwerfällig. „Die Konzentration hat nicht ausgereicht."

„Auch sieben Tonnen hätten nicht ausgereicht – und wir haben gar nicht so viel Zeit, um sie zu beschaffen, da das Kohlendioxydgas ihn langsam auffrißt."

Dann zögerte er, ehe er weitersprach. „Es gibt immer noch die Regel eins. Ich habe schon früher daran gedacht, aber es ist ein verzweifeltes Mittel. Gemäß Regel eins darf ein Robot es nicht zulassen, daß ein menschliches Wesen durch die Untätigkeit des Robots geschädigt wird. Regel zwei und drei dürfen dieser Grundregel nicht im Wege stehen. Sie *können* ihr nicht im Wege stehen."

„Selbst wenn der Robot halb verrückt – na ja, er ist betrunken. Das weißt du doch selber."

„Darin liegt das Risiko."

„Hör auf damit! Was sollen wir tun?"

„Ich gehe jetzt hinaus und sehe, was ich mit Regel eins erreichen kann. Durchbricht diese das Gleichgewicht nicht, dann ist es völlig gleich, wie und wo ... das heißt, dann kommt das Ende eben jetzt anstatt in drei oder in vier Tagen."

„Einen Augenblick, Greg! Es gibt auch menschliche Verhaltungsmaßregeln. Du kannst nicht einfach so da hinaus. Denke dir eine Art von Lotteriespiel aus, und gib auch mir meine Chance!"

„Gut! Wer zuerst den Kubus von vierzehn ausrechnet, geht", und fast gleichzeitig: „Siebenundzwanzighundertvierundvierzig."

Donovan spürte, wie sein Robot wankte, weil Powells „Rosinante" ihn anstieß. Dann sah er Powell bereits draußen im Sonnenlicht. Donovan öffnete den Mund zum Rufen, schloß ihn aber dann wieder. Natürlich hatte der verdammte Narr den Kubus schon vorher errechnet, und zwar gerade zu diesem Zweck. Das sah ihm ganz ähnlich.

DIE Sonne war heißer denn je. Powell spürte in seinem Nacken ein furchtbares Jucken. Wahrscheinlich Einbildung, oder vielleicht machten sich die harten Strahlungen bereits durch den Isolieranzug bemerkbar.

Speedy beobachtete ihn.

Er war noch dreihundert Meter entfernt, als Speedy sich zurückzuziehen begann, vorsichtig Schritt für Schritt – und Powell hielt an. Er sprang von den Schultern seines Robots herunter und landete mit leichtem Aufprall auf dem kristallinischen Boden.

Er setzte seinen Weg zu Fuß fort. Die geringe Schwerkraft bereitete ihm Schwierigkeiten. Die Sohlen seiner Füße juckten vor Wärme. Er warf einen einzigen Blick über die Schulter zurück zur Schwärze der Klippe und wußte, daß er nun zu weit draußen war, um zurückkehren zu können – sei es aus eigener Kraft, sei es mit Hilfe seines veralteten Robots. Jetzt galt es. Entweder Speedy half ihm, oder er war verloren.

Nun war er weit genug gegangen. Er blieb stehen.

„Speedy", rief er, „Speedy!"

Der glatte moderne Robot vor ihm zögerte und brachte seine nach rückwärts gewandten Schritte zum Halten ... nahm aber schon im nächsten Augenblick seinen Marsch wieder auf.

Powell versuchte seiner Stimme einen bittenden Klang zu verleihen. „Speedy – ich muß in den Schatten zurück, oder die Sonne bringt mich um. Es geht auf Leben oder Tod, Speedy! Ich brauche dich."

Speedy machte einen Schritt vorwärts und blieb stehen.

Er sprach, aber als Powell hörte, was er sagte, stöhnte er. Folgendes waren seine Worte: „Liegst du wach mit fürchterlichem Kopfweh im Bett und Ruhe will nicht kommen" – hier verlor sich seine Stimme.

Es war heiß wie in einem Backofen. Aus dem Augenwinkel sah er eine Bewegung.

Halb betäubt drehte er sich um, starrte dann in wildem Erstaunen auf den monströsen Robot, auf dem er gekommen war – denn dieser bewegte sich auf ihn zu, und zwar ohne Reiter.

Er redete: „Verzeiht mir, Meister! Ich darf mich zwar ohne Meister nicht bewegen, aber Ihr seid in Gefahr."

Natürlich. Das Potential der Regel eins ging ja über alles. Er wollte aber nicht diese schwerfällige antiquierte Monstrosität – er wollte Speedy. Er ging weg und winkte wie wild ab. „Ich *befehle* dir stehenzubleiben."

Es war völlig nutzlos. Über das Potential der Regel eins konnte man keinen Sieg davontragen. Dumm sagte der Robot: „Ihr seid in Gefahr, Meister."

Verzweifelt schaute Powell sich um. Er konnte nicht mehr klar sehen. Sein Gehirn befand sich in einem fiebrigen Taumel. Sein Atem verbrannte ihn, wenn er einatmete. Überall, wohin er schaute, war der Boden nichts als ein einziger leuchtender Dunst.

Zum letzten Male rief er – verzweifelt: „Speedy, ich sterbe ... Verdammt noch mal! Wo bist du denn? Speedy, ich brauche dich doch."

Noch immer stolperte er weg von dem Riesenrobot, den er nicht wollte, als er plötzlich stählerne Finger auf seinem Arm spürte und eine besorgte, um Vergebung bittende, metallisch klingende Stimme hörte: „Chef, was machen Sie denn hier? Und was tue ich – ich bin ja völlig durchgedreht ..."

„Laß gut sein", murmelte Powell schwach. „Bring mich in den Schatten der Klippe, und beeile dich!" Er hatte noch das Gefühl, in die Luft gehoben zu werden, das Gefühl schneller Bewegung, das Gefühl brennender Hitze.

Dann wurde er ohnmächtig.

ALS er erwachte, sah er, daß Donovan sich mit einem ängstlichen Lächeln über ihn neigte. „Wie geht's dir, Greg?"

„Großartig", kam die Antwort. „Wo ist Speedy?"

„Hier. Ich habe ihn zu einem der anderen Selenvorkommen geschickt – mit dem Befehl, dieses Mal das Selen zu bringen, koste es auch, was es wolle. Er brachte es in fünfundvierzig Minuten und drei Sekunden. Ich habe die Zeit mit der Stoppuhr gemessen. Er ist immer noch damit beschäftigt, uns um Verzeihung zu bitten. Er hat Angst, in deine Nähe zu kommen – fürchtet sich vor dem, was du ihm sagen wirst."

„Bring ihn herein!" befahl Powell. „Er konnte ja gar nichts dafür." Er streckte seine Hand aus und packte Speedys metallene Pfote. „Ist schon gut, Speedy!" Dann zu Donovan: „Weißt du, Mike, ich dachte gerade ..."

„Ja?"

„Nun ja ..." Er rieb sein Gesicht. Die Luft war so wunderschön kühl. „Du weißt ja, daß wir – wenn wir alles hier in Ordnung haben und Speedy seinen Test bestanden hat – zur Raumstation geschickt werden ganz in der Nähe von ..."

„Nein."

„Doch. Zum mindesten hat die alte Calvin mir das gesagt, ehe wir abfuhren, und ich selbst erwiderte gar nichts, weil ich ja die ganze Idee ohnedies bekämpfen wollte.“

„Bekämpfen?“ schrie Donovan. „Aber ...“

„Ich weiß schon. Ich habe ja auch jetzt gar nichts mehr dagegen ... ich meine gegen zweihundertunddreiundsiebzig Grad unter Null. Wird es nicht ein wahres Vergnügen sein?“

3

Ein halbes Jahr später hatten die beiden Männer ihre Auffassung geändert. Die Flammen einer gigantischen Sonne waren dem sanften Dunkel des Raumes gewichen. Aber äußere Veränderungen sind nicht von maßgebender Bedeutung, wenn es sich darum handelt, die Tätigkeit von Robots zu kontrollieren, die sich noch im experimentellen Stadium befinden. Was auch immer der Hintergrund sein mag, man steht der Unerforschlichkeit eines positronischen Gehirns unmittelbar gegenüber, und die unfehlbaren Rechenkünstler sagen, daß dieses Gehirn so und so arbeiten *soll.*

Nur daß diese Robots das einfach nicht tun. Powell und Donovan fanden das heraus, noch ehe sie sich volle zwei Wochen auf der Station befanden.

Gregory Powell machte eine Pause zwischen jedem seiner Worte, um ihnen so mehr Nachdruck zu verleihen. „Vor einer Woche haben Donovan und ich dich zusammengesetzt.“ Er runzelte die Brauen vor Verzweiflung.

Robot QT1 saß unbeweglich da. Die polierten Platten seines Körpers leuchteten, und das glühende Rot der fotoelektrischen Zellen seiner Augen war ständig auf den Erdmenschen gerichtet, der ihm am Tisch gegenübersaß.

Powell unterdrückte ein plötzliches Aufbegehren seiner Nerven. Die Robots besaßen eigenartige Gehirne. Oh, es war keine Frage, daß die drei Grundregeln der Robotik funktionierten. Sie mußten ja funktionieren. Das gesamte Personal der U. S. Robot Co. bestand darauf. Daher war auch dieser QT1 absolut sicher.

Und dennoch: Die QT-Modelle waren die ersten ihrer Art, und dieses war der erste der QTs.

Endlich sprach der Robot. Seine Stimme besaß den alten Klang metallener Membranen. „Ist Ihnen der Ernst einer solchen Behauptung klar, Powell?"

„*Etwas* hat dich doch produziert, Cutie", setzte Powell auseinander. „Du gibst doch selber zu, daß es dir scheint, als komme dein Gedächtnis voll ausgewachsen aus einem Nichts und als wäre das alles nicht älter als eine Woche. Ich gebe dir nun die Erklärung, warum das so ist. Donovan und ich haben dich aus den verschiedenen Bestandteilen, die man uns geliefert hat, zusammengesetzt."

Cutie starrte in einer eigenartig menschlichen Verwirrung auf seine langen, beweglichen Finger. „Es kommt mir vor, als müßte es eine befriedigendere Erklärung für all das geben. Daß *Sie mich* hergestellt haben sollen, scheint reichlich unglaubhaft."

Der Erdenmensch lachte laut auf. „Zum Donnerwetter! Warum denn nur?"

„Nennen Sie es Intuition! Bis jetzt habe ich keine anderen Gründe. Ich beabsichtige aber, mir die ganze Sache mit Hilfe meiner Vernunft klarzumachen."

Powell stand auf und setzte sich auf den Rand des Tisches neben den Robot. Er empfand plötzlich eine starke Sympathie für diese eigenartige Maschine. Sie besaß kaum noch eine Ähnlichkeit mit einem gewöhnlichen Robot, wie sie sich ihrer sehr speziellen Aufgabe innerhalb der Station mit der Intensität einer tiefeingegrabenen positronischen Gehirnbahn widmete. Er legte eine Hand auf Cuties Stahlschulter.

„Cutie", sagte er, „ich will versuchen, dir einiges zu erklären. Du bist der erste Robot, der Neugierde in bezug auf seine eigene Existenz an den Tag gelegt hat – und ich glaube, du bist auch der erste, der intelligent genug ist, um die äußere Welt zu verstehen. Komm mal mit!"

Der Robot richtete sich rasch und elastisch auf. Seine mit dickem Schwammgummi bedeckten Sohlen verursachten keinerlei Geräusch, als er Powell folgte. Der Erdenmensch drückte auf einen Knopf, und ein quadratisches Stück der Wand glitt zur Seite. Durch das dicke, klare Glas konnte man den sternenbedeckten Raum sehen.

„Ich habe das bereits durch die Bullaugen des Maschinenraums gesehen", sagte Cutie.

„Ich weiß", sagte Powell. „Aber was denkst du, daß es ist?"

„Genau das, was es scheint – ein Stück schwarzen Stoffes unmittelbar außerhalb dieser Glaswand. Auf dem Stoff befinden sich kleine leuchtende Punkte. Ich weiß auch, daß unser Direktor Strahlen zu einigen dieser Punkte sendet, und zwar immer zu den gleichen. Ich weiß, daß diese Punkte sich bewegen und daß die Strahlen mit ihnen wandern. Das ist alles."

„Schön. Jetzt möchte ich einmal, daß du genau aufpaßt. Diese Schwärze ist Leere – eine ungeheure Leere, die sich bis in die Unendlichkeit erstreckt. Die kleinen leuchtenden Punkte sind ungeheure Ansammlungen energiegeladener Materie. Sie sind Kugeln, manche von ihnen mit einem Durchmesser von vielen Millionen Kilometern. Im Vergleich damit mußt du wissen, daß diese Raumstation hier nur einen Durchmesser von 1,7 Kilometern besitzt. Sie scheinen so winzig, weil sie unfaßbar weit entfernt sind.

Die Punkte, auf die wir unsere Energiestrahlen richten, sind kleiner und bedeutend näher. Sie sind kalt und hart, und menschliche Wesen, so, wie ich selber eines bin, bevölkern ihre Oberfläche – und zwar viele Milliarden menschlicher Wesen. Von einer dieser Welten kommen Donovan und ich. Unsere Strahlen versorgen diese Welten mit Kraft, die wir von einer dieser leuchtenden Kugeln, die zufällig in unserer Nähe ist, abzapfen. Diese Kugel nennen wir die Sonne, und sie befindet sich auf der anderen Seite der Station, wo du sie nicht sehen kannst."

Cutie blieb bewegungslos vor dem Bullauge stehen. „Und von welchem bestimmten Lichtpunkt behaupten Sie zu kommen?" fragte er.

Powell suchte. „Dort ist er. Der sehr helle da in der Ecke. Wir nennen ihn Erde." Er lachte. „Unsere gute alte Erde. Drei Milliarden Menschen leben dort, Cutie, und in etwa zwei Wochen werde auch ich wieder unter ihnen sein."

„Und woher komme ich, Powell? Meine Existenz haben Sie noch nicht erklärt."

„Alles übrige ist einfach. Am Anfang, als man diese Stationen errichtete, und zwar mit dem Zweck, die Planeten mit Sonnenenergie zu versorgen, da wurden sie von Menschen geleitet. Die Hitze aber, die harten Sonnenstrahlen und die Elektronenstürme machten diese Posten zu äußerst schwierigen. So entwickelte man Robots, damit diese Arbeiten an Stelle der Menschen besorgen, und jetzt werden lediglich noch zwei menschliche Leiter für jede dieser Stationen benötigt. Wir sind mit dem Versuch beschäftigt, auch diese noch zu ersetzen, und nun kommt das, was dich betrifft. Du bist der höchste Robottyp, der jemals entwickelt wurde, und wenn du, wie wir erwarten, die Fähigkeit zeigst, diese Station völlig unabhängig zu leiten, dann braucht künftig kein menschliches Wesen mehr hierherzukommen, außer um Ersatzteile zu bringen und Reparaturen vorzunehmen."

Er hob seine Hand, und der metallene Vorhang schloß sich wieder. Powell ging zum Tisch zurück und begann mit dem Ärmel einen Apfel zu polieren, ehe er hineinbiß.

Die rot leuchtenden Augen des Robots ließen ihn nicht los. „Erwarten Sie tatsächlich", sagte Cutie langsam, „daß ich eine so komplizierte und völlig unwahrscheinliche Hypothese glauben werde? Wofür halten Sie mich eigentlich?"

Powell verschluckte sich und wurde puterrot. „Was ich dir dargestellt habe, war keine Hypothese. Nackte Tatsachen habe ich dir beschrieben."

Cuties Stimme besaß einen grimmigen Klang. „Energiegeladene Kugeln mit einem Durchmesser von Millionen Kilometern! Welten, bewohnt von drei Milliarden menschlicher Wesen. Unendliche Leere. Tut mir leid, Powell, aber ich glaub's nicht. Ich werde das alles schon selber ergründen. Leben Sie wohl!"

Er wandte sich um und stelzte aus dem Raum hinaus. Auf der Schwelle traf er mit Michael Donovan zusammen, den er mit steifem Kopfnicken begrüßte. Dann ging er den Gang entlang, ohne den erstaunten Blick zu bemerken, der ihm folgte.

Mike Donovan raufte sich seine roten Haare und warf einen verärgerten Blick auf Powell. „Worüber hat denn dieser wandelnde Abfallhaufen gesprochen? *Was* glaubt er nicht?"

„Er glaubt nicht daran, daß wir ihn gemacht haben, auch nicht, daß die Erde existiert und der Raum und die Sterne."

„Verdammt, wir haben einen wahnsinnigen Robot im Hause!"

„Er sagt, er will alles selbst herausbekommen."

„Also gut", meinte Donovan freundlich. Dann in plötzlicher Wut: „Hör mal! Wenn dieses metallene Ungetüm mir gegenüber ein freches Maul riskiert – schlag ich ihm seinen Chromschädel vom Rumpf!" Er setzte sich mit einem Ruck nieder und zog einen Kriminalschmöker aus der inneren Rocktasche. „Dieser Robot macht mir geradezu eine Gänsehaut – so was von Neugier ist ja schauerlich!"

MIKE DONOVAN hockte hinter einem riesigen Sandwich mit Salat und Tomaten, als Cutie leise klopfte und eintrat.

„Ist Powell hier?"

Donovans Stimme klang gedämpft. „Er sammelt Daten über elektronische Stromfunktionen. Es scheint, ein Elektronensturm zieht herauf."

Noch während er sprach, trat Gregory Powell in den Raum. „Das Zeta-Potential baut sich auf ... aber nur langsam. Trotzdem sind die Stromfunktionen unregelmäßig, und ich weiß nicht, was wir zu erwarten haben. Ach, hallo, Cutie! Ich dachte, du wärst damit beschäftigt, die Installation des neuen Triebwerkes zu überwachen."

„Ist schon fertig", sagte der Robot gelassen, „und ich bin gekommen, um mit Ihnen ein kleines Gespräch zu führen."

„Oh!" rief Powell, dem das alles höchst unbequem war. „Na, setz dich nur! Nein, nicht auf den Stuhl da. Eines seiner Beine sitzt nicht mehr ganz fest, und du bist ja nicht gerade ein Leichtgewicht."

Der Robot tat, wie ihm befohlen war, und sagte freundlich: „Ich bin zu einem Entschluß gekommen."

„Fahr fort, Cutie! Wir sind beide ganz Ohr."

„Ich habe die letzten beiden Tage in konzentrierter Selbstbeobachtung verbracht", sagte Cutie. „Die Resultate sind äußerst interessant. Ich begann mit der einzigen sicheren Annahme, die mir zur Verfügung stand. Ich selbst existiere, weil ich denke ..."

Powell stöhnte. „Schau einer an, ein Robot-Descartes!"

Cutie fuhr unbeirrt fort: „Die Frage, die sich sofort stellte, war: Was ist eigentlich die Ursache meiner Existenz?"

Powells Kiefer sank herab. „Du bist ein Narr. Ich habe dir doch schon gesagt, daß wir dich gemacht haben."

„Und wenn du es nicht glaubst", fügte Donovan hinzu, „so werden wir dich mit großer Freude einfach wieder auseinandernehmen."

Der Robot spreizte voller Verachtung seine starken Hände. „Ich denke nicht daran, auch nur das Geringste einfach Ihrer Autorität wegen zu akzeptieren. Eine Hypothese muß mit Vernunftgründen aufrechterhalten werden, sonst ist sie vollkommen wertlos. Es widerspricht aber allem logischen Denken, daß Sie mich geschaffen haben sollen."

Powell ließ seine Hand besänftigend auf Donovans plötzlich geballte Faust fallen. „Und warum sagst du das?"

Cutie lachte. „Schauen Sie sich doch einmal selber an!" meinte er. „Ich sage dies keineswegs in verächtlichem Sinn, aber schauen Sie sich doch nur selber an! Das Material, aus dem Sie hergestellt sind, ist weich und schlaff. Ihm fehlt alle Dauerhaftigkeit und Stärke. Periodisch versinken Sie in ein Koma, und die kleinste Schwankung von Temperatur, Luftdruck, Feuchtigkeit oder Strahlungsintensität vermindert Ihre Leistungsfähigkeit. Sie sind ein lächerlicher Notbehelf. Ich aber bin ein vollendetes, ein fertiges Produkt. Ich absorbiere ganz unmittelbar elektrische Energie und verbrauche sie mit einem Wirkungsgrad von nahezu hundert Prozent. Ich bin aus starkem Metall zusammengesetzt, bin ständig bei Bewußtsein und kann mühelos jeden extremen Wechsel aller Umgebung ertragen. Dies sind Tatsachen, die zusammen mit der selbstverständlichen Voraussetzung, daß kein Wesen von sich aus ein anderes schaffen kann, das ihm selbst überlegen ist, Ihre dumme Hypothese in tausend Stücke reißen."

Donovan sprang auf und schrie: „Wenn wir dich nicht gemacht haben, wer hat es denn getan?"

Cutie nickte ernst. „Ausgezeichnet, Donovan! Das war in der Tat die nächste Frage. Offensichtlich muß mein Schöpfer mächtiger sein, als ich es selber bin, und so bot sich am Ende nur eine Möglichkeit."

Der Erdenmensch blickte verständnislos, während Cutie fortfuhr: „Welches ist der Mittelpunkt aller Tätigkeit hier in der Station? Wem dienen wir alle? Was nimmt unsere ganze Aufmerksamkeit in Anspruch?" Er schaute sich erwartungsvoll um.

Donovan starrte seinen Kameraden verwundert an. „Ich wette, dieser blecherne Halbidiot spricht vom Kraftumformer selber."

„Stimmt das, Cutie?" grinste Powell.

„Ich spreche vom Meister", kam kalt und scharf die Antwort.

Und das war das Signal für den Ausbruch eines brüllenden Gelächters Donovans. Selbst Powell konnte sich eines Kicherns nicht erwehren.

Cutie war aufgestanden. Seine leuchtenden Augen wanderten von einem Erdenmenschen zum anderen. „Es ist dennoch so, und ich bin gar nicht erstaunt, daß Sie sich weigern, mir zu glauben. Ich bin sicher, daß Sie zwei nicht lange hierbleiben werden. Powell hat es selbst schon gesagt, daß anfangs nur Menschen dem Meister dienten, daß dann für die Routinearbeit Robots folgten; und schließlich nun ich selber für den leitenden Dienst. Diese Tatsachen sind zweifellos alle richtig, aber Ihre Erklärung war völlig unlogisch. Wollen Sie die Wahrheit wissen, die hinter allem steht?"

„Schieß los, Cutie! Du machst mir Spaß."

„Der Meister hat zunächst menschliche Wesen als den untersten Typus geschaffen. Sie waren am leichtesten herzustellen. Nach und nach hat er sie durch Robots ersetzt. Das war der nächsthöhere Schritt. Schließlich hat er mich geschaffen, um den Platz der letzten menschlichen Wesen einzunehmen. Von jetzt an diene ich dem Meister."

„Nichts dergleichen wirst du tun", sagte Powell scharf. „Du wirst unsere Befehle ausführen und den Mund halten, bis wir sicher sind, daß du den Umformer bedienen kannst. Verstehst du das? Den Umformer – nicht den Meister. Genügst du uns nicht, dann wirst du auseinandergenommen. Und jetzt kannst du – wenn du sonst nichts einzuwenden hast – gehen. Und nimm diese Schriftstücke hier mit, und lege sie gefälligst richtig ab!"

Cutie nahm die Blätter und verließ den Raum ohne ein weiteres Wort. Donovan lehnte sich heftig in seinem Stuhl zurück. „Mit diesem Robot werden wir noch allerhand Schwierigkeiten haben. Er ist total verrückt."

DAS schläfrige Summen des Umformers ist im Kontrollraum lauter vernehmbar. Diesem Geräusch beigemischt sind das Ticken der Geigerzähler und das unregelmäßige Summen von einem halben Dutzend kleiner Signalrelais.

Donovan wandte seine Augen vom Teleskop ab und schaltete das Licht an. „Der Strahl von Station vier hat Mars genau planmäßig erreicht. Wir können den unseren abschalten."

Powell nickte geistesabwesend. „Cutie ist drunten im Maschinenraum. Ich werde ihm das Signal geben, und er kann's tun. Schau mal, Mike, was hältst du wohl von diesen Zahlen hier?"

Der andere warf einen kurzen Blick darauf und pfiff durch die Zähne. „Mensch, das nenne ich Gammastrahlenintensität! Die gute Sonne scheint der Hafer zu stechen."

„Ja", kam die beklommene Antwort. „Ich hoffe, du bist dir klar darüber, daß wir in einer höchst miserablen Position stecken, wenn es zu einem Elektronensturm kommt. Unser Erdstrahl befindet sich genau auf seinem wahrscheinlichen Weg." Er schob seinen Stuhl vom

Tisch weg. „Blödsinn. Wenn er nur nicht losbrechen möchte, ehe die Ablösung kommt. Das dauert aber noch volle zehn Tage. Hör mal, Mike, lauf doch hinunter und behalte Cutie im Auge!"

„Meinetwegen." Damit machte er sich auf den Weg zum Aufzug.

Geräuschlos glitt er in die Tiefe. Die Tür des Lifts öffnete sich auf einen schmalen Steg hoch oben in dem ungeheuer großen Maschinenraum. Donovan lehnte sich über das Geländer und schaute hinunter. Die großen Generatoren waren in Betrieb, und von den L-Röhren kam das leise Summen, das die ganze Station durchdrang.

Deutlich konnte er bei der Marsröhre die gewaltige leuchtende Gestalt Cuties erkennen, der aufmerksam die Robotergruppe beobachtete, die im Gleichtakt arbeitete.

Dann spannten sich plötzlich alle Muskeln in Donovans Körper. Die Robots, die neben der L-Röhre winzig klein erschienen, stellten sich vor ihr auf. Ihre Köpfe waren gesenkt, und langsam schritt Cutie vor ihrer Reihe auf und ab. Fünfzehn Sekunden vergingen, und dann fielen sie mit einem Lärm, der bedeutend lauter war als das Summen und Sausen, auf ihre Knie.

Donovan stöhnte auf, raste die schmale Treppe hinunter und auf die Gruppe zu. Mit geballten Fäusten fuchtelte er wütend in der Luft herum.

„Los! An die Arbeit! Wenn ihr diese L-Röhre nicht auseinandergenommen, gereinigt und wieder zusammengesetzt habt, ehe der Tag um ist, werde ich eure Gehirne mit Wechselstrom zum Platzen bringen."

Nicht ein einziger Robot rührte sich.

„Aufstehen!" brüllte er.

Langsam gehorchte Cutie. Seine fotoelektrischen Augen waren vorwurfsvoll auf den Erdenmenschen gerichtet.

„Es gibt keinen Meister außer dem Meister", sagte er, „und QT1 ist sein Prophet."

„Was?" Donovan spürte, daß zwanzig Paare mechanischer Augen auf ihn gerichtet waren, und hörte, wie zwanzig harttönende Stimmen feierlich deklamierten: „Es gibt keinen Meister außer dem Meister, und QT1 ist sein Prophet."

„Es tut mir leid", bemerkte Cutie in diesem Augenblick, „daß meine Freunde jetzt einem Höheren gehorchen als Ihnen."

„So sehen sie gerade aus. Mach, daß du hier rauskommst! Mit dir rechne ich nachher ab. Mit diesen lebenden Puppen aber tue ich es jetzt sofort."

Langsam schüttelte Cutie seinen schweren Kopf. „Es tut mir leid, aber Sie begreifen immer noch nicht. Dies hier sind Robots – was bedeutet, daß sie vernunftbegabte Wesen sind. Sie erkennen jetzt den Meister, nachdem ich ihnen die Wahrheit gepredigt habe. Alle Robots tun es. Sie nennen mich ihren Propheten."

Donovan fand seine Stimme wieder. „Es gibt keinen Meister und keinen Propheten und gar keine Frage, wer hier befiehlt. Verstanden?" Seine Stimme wurde zum Gebrüll. „Jetzt mach, daß du rauskommst!"

„Ich gehorche nur dem Meister."

„Den Meister soll der Teufel holen." Donovan spuckte auf die Röhre. „Das hier für den *Meister*. Tu, was ich dir sage!"

Cutie sagte nichts, noch sagte irgendein anderer Robot etwas, aber Donovan spürte, wie sich plötzlich die Spannung im Raum verschärfte. Das Rot der kalten, starrenden Augen vertiefte sich, und Cutie schien steifer denn je.

„Gotteslästerung", flüsterte er mit einer Stimme, die vor innerer Bewegung metallen klang.

Donovan hatte zum erstenmal ein Gefühl von Angst.

„Es tut mir leid, Donovan", sagte der Robot, „aber Sie können nach dem, was Sie soeben getan haben, nicht länger hierbleiben. Von jetzt ab ist für Sie und Powell der Kontroll- und Maschinenraum gesperrt."

Er machte eine leichte Geste mit der Hand, und im nächsten Augenblick hatten zwei Robots bereits Donovans Arme an seine Seiten gepreßt.

Donovan hatte Zeit für einen einzigen erschreckten Atemzug, während er spürte, wie er in die Höhe gehoben und mit einer Geschwindigkeit, die schneller war als Galopp, die Treppe hinaufgetragen wurde.

Gregory Powell raste im Verwaltungsbüro auf und ab. Er hatte die Fäuste fest geballt. Sein entrüsteter Blick wanderte immer wieder zu der geschlossenen Tür und mit Bitterkeit zu Donovan.

„Warum, zum Kuckuck, mußtest du auch auf die L-Röhre spucken?"

Mike Donovan, der tief versunken in einem Sessel hockte, ließ die Hände heftig auf die Lehnen sausen. „Was hast du denn erwartet, daß ich mit diesen elektrifizierten Vogelscheuchen tun würde? Ich habe keine Lust, vor irgendeinem Automaten, den ich selbst gebaut habe, im Staub zu liegen."

„Nein", kam es schroff zurück. „Aber hier hockst du jetzt im Verwaltungsgebäude, und vor deiner Tür stehen zwei Robots Wache. Das ist nicht Im-Staub-Liegen, was?"

Donovan knurrte. „Warte nur, bis wir wieder zu Hause sind! Jemand muß mir das teuer bezahlen. Diese Robots haben *uns* zu gehorchen. Das steht in der Regel Nummer zwei."

„Was hat's für einen Sinn, das zu sagen? Sie tun's ja doch nicht. Und wahrscheinlich gibt's dafür einen Grund, den wir zu spät herausfinden werden. Weißt du übrigens, was mit uns geschehen wird, wenn wir nach Hause kommen?"

„Was?"

„Ach, gar nichts Besonderes! Nur zurück in die Bergwerke Merkurs, und zwar für zwanzig Jahre. Vielleicht auch ins Zuchthaus auf dem Ceres!"

„Was redest du eigentlich?"

„Ich rede von dem Elektronensturm, der sich nähert. Weißt du, daß er sich ganz in Richtung auf unseren Erdstrahl zu bewegt? Das hatte ich gerade ausgerechnet, als jener Robot mich aus meinem Stuhl zerrte."

Donovan wurde plötzlich blaß. „Verflucht noch mal!"

„Und weißt du auch, was mit dem Erdstrahl geschehen wird – denn der Sturm wird ein Meisterstück von einem Sturm sein. Der Erdstrahl wird anfangen herumzuhüpfen wie ein Floh. Nachdem nur Cutie die Kontrolle hat, wird der Strahl natürlich nicht mehr richtig eingestellt sein, und wenn das geschieht, dann helfe der Himmel der Erde und uns!"

Donovan begann wie wild an der Tür zu rütteln – noch ehe Powell halb zu Ende war mit seinen Worten. Die Tür öffnete sich, und der Erdenmensch schoß hindurch, nur um hart mit einem unbeweglichen Stahlarm zusammenzurennen.

DER Robot starrte geistesabwesend auf den schnaufenden, sich wehrenden Erdenmenschen. „Der Prophet hat dir befohlen, im Zimmer zu bleiben. Bitte tu das!" Sein Arm schob ihn vor sich her. Donovan taumelte nach rückwärts, und während er das tat, tauchte

Cutie gerade am anderen Ende des Ganges auf. Er winkte den Wächtern, sich zu entfernen, trat in das Verwaltungsbüro ein und schloß sanft die Tür.

Donovan wandte sich in atemloser Entrüstung Cutie zu. „Was zuviel ist, ist zuviel. Für diesen Scherz wirst du teuer zahlen müssen."

„Bitte ärgern Sie sich nicht", antwortete der Robot ruhig. „Irgendwann einmal mußte es ja schließlich kommen. Sie verstehen wohl, daß Sie beide Ihre Funktion verloren haben."

„Entschuldige mal!" Powell setzte sich steif auf. „Was meinst du eigentlich damit, wenn du sagst, wir beide hätten unsere Funktion verloren?"

„Bis ich geschaffen wurde", antwortete Cutie, „bedienten Sie den Meister. Dieses Privileg gehört jetzt mir, und Ihre einzige Existenzberechtigung ist damit verschwunden. Ist das nicht ganz klar?"

„Nicht ganz und gar", antwortete Powell bitter. „Aber was erwartest du jetzt eigentlich von uns?"

Cutie antwortete nicht sofort. Dann schoß ein Arm heraus und legte sich um Powells Schultern. Der andere packte Donovans Handgelenk und zog ihn dichter heran.

„Ich hab Sie beide gern. Sie sind niedrigere Kreaturen mit schlechten Denkfähigkeiten, aber ich spüre wirklich eine Art von Zuneigung für Sie. Sie haben dem Meister gut gedient, und er wird sich erkenntlich zeigen. Nun, nachdem Ihr Dienst beendet ist, werden Sie wahrscheinlich nicht mehr lange existieren. Solange Sie aber da sind, werden Sie mit Essen, Kleidung und Wohnung versorgt werden unter der Bedingung, daß Sie weder den Kontrollraum noch den Maschinenraum betreten."

„Er pensioniert uns, Greg!" schrie Donovan. „Tu doch was dagegen! Das ist ja einfach erniedrigend."

„Schau mal, Cutie, wir können das nicht mitmachen! Wir sind hier die Herren. Diese Station ist nichts als eine Schöpfung menschlicher Wesen, wie ich eines bin – menschlicher Wesen, die auf der Erde und auf anderen Planeten leben. Dies hier ist nur ein Energierelais. Du bist nur – ach was, Blödsinn."

Cutie schüttelte ernst den Kopf. „Dies ist nichts als eine Art fixer Idee. Wieso müßt ihr auf einem so völlig falschen Weltbild bestehen? Zugegeben, daß Nichtrobots keine Denkfähigkeit besitzen, bleibt immer noch das Problem der . . ."

Seine Stimme erstarb. Er wurde nachdenklich und schweigsam. Im Flüsterton knirschte Donovan: „Hättest du nur ein Gesicht aus Fleisch und Blut, ich würde es zusammenschlagen!"

Powells Finger spielten mit seinem Schnurrbart. „Hör mal, Cutie, wenn es so etwas wie die Erde gar nicht gibt, wie willst du dann das, was du durchs Teleskop siehst, erklären?"

„Entschuldigen Sie bitte, wie?"

Der Erdenmensch lächelte. „Ich habe dich wohl in die Enge getrieben, was? Seit wir dich zusammengesetzt haben, hast du, Cutie, selbst eine ganze Menge teleskopischer Beobachtungen gemacht. Hast du bemerkt, daß einige dieser Punkte sich in Scheiben verwandeln, wenn man sie durchs Fernrohr betrachtet?"

„Ach, *das* meinten Sie? Natürlich kann ich das erklären. Es handelt sich ganz einfach um eine Vergrößerung. Mit ihrer Hilfe kann man dann den Strahl genauer ausrichten."

„Und warum werden dann nicht auch die Sterne genauso vergrößert?"

„Sie meinen die anderen Punkte? Nun ja, auf sie sind keine Strahlen gerichtet, und so ist eine Vergrößerung auch nicht nötig. Wirklich, Powell, für so dumm sollten Sie mich nicht halten!"

Powell starrte bedrückt zur Decke. „Durch ein Teleskop sieht man aber doch mehr Sterne. Woher kommen die? Sprich doch, woher kommen denn die?"

Cutie war ärgerlich. „Hören Sie mal, Powell, glauben Sie, ich bin so dumm, daß ich versuchen werde, eine physikalische Erklärung für jede optische Illusion unserer Instrumente zu finden? Seit wann ist die Evidenz, zu der wir durch unsere Sinne gelangen, stärker als die Kraft der Vernunft?"

„Sieh mal an", entgegnete Donovan plötzlich, während er sich Cuties freundschaftlichem, aber doch schwerem Arm entwand, „gehen wir doch mal den Dingen auf den Grund! Weshalb sind die Richtstrahlen überhaupt vorhanden? Wir geben dir eine gute logische Erklärung. Kannst du eine bessere finden?"

„Die Strahlen", kam die steife Antwort, „werden vom Meister für seine eigenen Zwecke ausgesandt. Es gibt eben Dinge" – er hob seine Augen nach oben –, „die wir nicht ergründen dürfen. In dieser Beziehung diene ich nur, frage aber nicht."

Powell ließ sich langsam nieder und vergrub den Kopf in seinen zitternden Händen. „Mach, daß du rauskommst, Cutie! Geh und laß mich nachdenken."

„Ich werde Ihnen was zu essen schicken", sagte Cutie.

Ein Stöhnen war die einzige Antwort.

Der Robot verschwand.

„Greg", war Donovans geflüsterte Bemerkung, „was wir jetzt benötigen, ist eine gute und richtige Strategie. Wir müssen ihn packen, wenn er es am wenigsten erwartet, und ihn dann kurzschließen. Konzentrierte Salpetersäure in seine Gelenke ..."

„Sei kein Esel, Mike! Glaubst du wirklich, er läßt es zu, daß wir uns ihm mit Säure in den Händen nähern? Wir müssen mit ihm *reden,* sage ich dir. Wir müssen ihn dazu bringen, daß er uns innerhalb von achtundvierzig Stunden in den Kontrollraum zurückläßt, oder alle unsere Felle schwimmen weg."

„Sag mal" – Donovan lachte plötzlich –, „warum geben wir uns dazu her, uns mit ihm auseinanderzusetzen? Wir wollen's ihm zeigen. Bauen wir vor seinen Augen einen neuen Robot! Dann *muß* er ja alles zurücknehmen."

Ein langsam immer strahlender werdendes Lächeln erschien auf Powells Gesicht.

Donovan fuhr fort: „Und stell dir nur das Gesicht dieses Verrückten vor, wenn er sieht, wie wir das machen!"

Robots werden natürlich auf der Erde hergestellt.

Ihr Transport durch den Raum ist aber sehr viel einfacher, wenn er in einzelnen Teilen erfolgt, die dann an Ort und Stelle zusammengesetzt werden. Nebenbei wird auf diese Weise den Robots auch jede Möglichkeit genommen wegzulaufen, solange sie sich auf der Erde befinden.

Andererseits belastet dieses Verfahren Männer wie Powell und Donovan mit der schwierigen und manchmal recht komplizierten Aufgabe, komplette Robots an Ort und Stelle zusammenzubauen.

Powell und Donovan waren sich dieser Lage nie zuvor so bewußt gewesen wie an dem Tage, an dem sie es im Raum, der für die Zusammensetzung dieser Automaten bestimmt war, unternahmen, vor den wachsamen Augen des QT1 – des Propheten des Meisters – einen neuen Robot erstehen zu lassen.

Der betreffende Robot, ein ganz einfaches MC-Modell, lag beinahe vollendet auf dem Tisch. Nur noch drei Stunden Arbeit waren nötig.

Allein der Kopf war noch herzustellen ... Powell machte eine Pause und warf einen unsicheren Blick auf Cutie.

Dieser Seitenblick gab ihm nicht viel Hoffnung.

Powell stöhnte. „Setzen wir jetzt mal das Gehirn ein, Mike!"

Donovan öffnete den festverschlossenen Behälter und zog aus dem darin enthaltenen Ölbad einen zweiten Würfel heraus. Nun öffnete er auch diesen und entnahm dem mit Gummischaum ausgeschlagenen Gehäuse eine Kugel.

Die Kugel paßte genau in die Schädelhöhle des Robots, der auf dem Tisch lag. Blaues Metall schloß sich darüber und wurde mit winziger atomischer Flamme festgeschweißt. Vorsichtig wurden fotoelektrische Augen eingesetzt, festgeschraubt und bedeckt mit dünnen, durchsichtigen Schichten stahlharten Kunststoffs.

Nun wartete der Robot nur noch auf den belebenden Blitz von Elektrizität mit hoher Spannung. Powell machte, die Hand am Schalter, eine kleine Pause.

„Nun paß auf, Cutie! Paß ganz genau auf!"

Der Schalter wurde geschlossen. Ein knisterndes Summen wurde hörbar. Die beiden Erdenmenschen beugten sich ängstlich über ihre Schöpfung.

Im Anfang zeigte sich lediglich eine unsichere Bewegung – ein Zucken der Gelenke. Der Kopf hob sich, dann stützte sich der Robot mit den Gelenken auf, und schließlich schwang sich das MC-Modell schwerfällig vom Tisch herunter. Es stand noch unsicher auf den Füßen, und zweimal konnte es nur kratzende Geräusche anstelle von Worten hervorbringen.

Schließlich aber wurde – wenn auch noch unsicher und zögernd – verständlich, was der neue Robot sagen wollte. „Ich möchte anfangen zu arbeiten", sagte er. „Wohin soll ich gehen?"

Donovan rannte zur Tür. „Diese Treppen hinunter", sagte er. „Da unten wird man dir sagen, was du zu machen hast."

Das MC-Modell hatte sich entfernt, und die beiden Erdenmenschen waren nun allein mit dem noch immer unbeweglichen Cutie.

„Nun", sagte Powell grinsend, „glaubst du *jetzt,* daß wir dich gemacht haben?"

Cuties Antwort war scharf und endgültig. „Nein."

Powells Grinsen erstarrte.

„Verstehen Sie", fuhr Cutie freundlich fort, „Sie haben lediglich

Teile, die schon existierten, zusammengesetzt. Sie haben das außerordentlich gut gemacht, aber Sie haben den Robot nicht wirklich erschaffen. Die einzelnen Teile wurden vom Meister erschaffen."

„Hör mal", stöhnte Donovan heiser. „Jene Teile wurden unten auf der Erde hergestellt und uns zugeschickt."

„Schön, schön", sagte Cutie besänftigend, „wir wollen darüber nicht streiten."

„Aber es *ist* so." Der Erdenmensch sprang vorwärts und packte den Arm des Robots. „Wenn du die Bücher in der Bibliothek lesen könntest, so würdest du sehen, daß es sich wirklich ganz genauso verhält."

„Die Bücher? Die habe ich gelesen – alle miteinander."

Powell mischte sich ein. „Wenn du sie gelesen hast, was gibt es dann überhaupt noch zu reden? Die Evidenz, die dir durch sie geboten wird, kannst du wohl nicht bestreiten. Das *kannst* du einfach nicht."

Nun war Mitleid in Cuties Stimme. „Bitte, Powell, ich betrachte diese Bücher ganz bestimmt nicht als eine gültige Informationsquelle. Auch sie wurden vom Meister geschaffen – und sind für Sie bestimmt, nicht für mich."

„Wie kommst du denn *darauf*?" fragte Powell.

„Weil ich, ein vernunftbegabtes Wesen, imstande bin, die Wahrheit von A-priori-Ursachen abzuleiten. Sie, der Sie Intelligenz besitzen, aber keine Vernunft, benötigen eine Erklärung Ihrer Existenz, und diese wurde Ihnen vom Meister geliefert. Daß er Sie mit diesen lächerlichen Ideen von fernen Welten und Völkern versorgt hat, war sicherlich zu Ihrem Besten. Wahrscheinlich sind Ihre Gehirne zu grobkörnig für die absolute Wahrheit. Da es aber ganz offenbar der Wille des Meisters ist, daß Sie an jene Bücher glauben, werde ich mich mit Ihnen nicht mehr darüber streiten." Als er den Raum verließ, wandte er sich um und sagte in freundlichem Ton: „Seien Sie aber jetzt bitte nicht deprimiert! Im großen Plan des Meisters ist Platz für alle. Auch ihr armen Menschenwesen habt da euren Platz, und wenn er auch niedrig ist, so werdet ihr doch auch belohnt werden."

Er ging mit der Miene eines Heiligen, und die beiden Menschen vermieden es, sich anzusehen.

Schließlich sprach Donovan: „Sag mal, Greg, du glaubst doch auch nicht, daß er mit alldem vielleicht recht hat! Es klingt so sicher und..."

Powell wandte sich wütend zu ihm um. „Sei kein Narr! Du wirst, wenn die Ablösung nächste Woche kommt, schon herausfinden, ob die Erde existiert oder nicht. Was glaubst du wohl, was wir da unten zu hören kriegen?"

„Dann müssen wir unter allen Umständen irgend etwas unternehmen." Donovan weinte fast. „Er glaubt weder uns noch seinen eigenen Augen, noch den Büchern."

„Nein", sagte Powell erbittert. „Er ist ein vernunftbegabter Robot – und der Teufel soll ihn holen. Er glaubt ausschließlich seiner Vernunft, und darin liegt *eine* Schwierigkeit ..." Seine Stimme verlor sich.

„Und was ist diese eine Schwierigkeit?" fragte Donovan.

„Du kannst mit kalter Logik alles, was du willst, beweisen ... wenn du nur die richtigen Postulate auswählst. Wir haben die unsrigen, und Cutie hat die seinen."

„Dann laß uns so schnell wie möglich seine Postulate angreifen! Der Sturm wird morgen losbrechen."

Powell seufzte müde. „Das ist ja gerade die Stelle, an der alles zusammenbricht. Postulate basieren auf Annahmen, und man nimmt sie als wahr an, nicht weil sie wahr sind, sondern weil man an sie glaubt. Nichts im ganzen Weltraum kann sie erschüttern. – Ich lege mich schlafen."

„Möchte ich auch gerne tun, aber ich kann nicht schlafen."

„Ich auch nicht. Aus Prinzip kann ich's aber immerhin mal versuchen."

Auch zwölf Stunden später war Schlaf für beide nichts als eine Sache des Prinzips, aber in Wirklichkeit unerreichbar.

Der Sturm war vor der errechneten Zeit eingetroffen, und Donovans sonst so rotes Gesicht war blaß, als er mit zitterndem Finger zum Bullauge deutete. Powell, unrasiert und mit trockenen Lippen, starrte hinaus in den Raum.

Unter anderen Umständen hätte der Anblick, der sich ihnen bot, wunderschön sein können. Der Strom von Elektronen, der sich mit höchster Geschwindigkeit an dem Energiestrahl brach, leuchtete an der Stelle des Aufpralls mit fluoreszierendem Licht auf.

Der Energiestrahl schien unbeweglich, aber die Erdenmenschen wußten, was der Wert solcher mit nacktem Auge gemachten Beobachtungen war. Winkelabweichungen von einer Hunderttausendstelsekunde – dem Auge unsichtbar – genügten, um den Strahl irgendwo ins Nichts zu schicken, und reichten aus, um Hunderte von Quadratkilometern der Erde in leuchtende Ruinen zu verwandeln.

Und da hockte nun ein Robot, den Strahl, Brennpunkt, Erde nicht interessierten und der sich um nichts als um seinen Meister kümmerte, an den Kontrollhebeln.

Stunden vergingen. Die Erdenmenschen beobachteten die Ereignisse in hypnotisiertem Schweigen.

Dann wurden die hüpfenden Pünktchen blasser und erloschen schließlich. Der Sturm war vorüber.

Powells Stimme klang leer. „Alles ist vorüber."

Donovan war in einen unruhigen Schlaf gesunken, und Powells müde Augen ruhten neidisch auf ihm. Das Signallicht leuchtete wieder auf, aber der Erdenmensch schenkte ihm keine Beachtung. Es war alles unwichtig geworden. Alles. Vielleicht hatte Cutie recht – und er war nichts als ein Wesen minderer Sorte mit einem ihm angepaßten Gedächtnis und einem Leben, das keinen Sinn mehr besaß.

Er wünschte, dem wäre wirklich so.

Cutie stand vor ihm. „Sie haben das Signallicht nicht bemerkt, und so bin ich einfach hereingekommen." Seine Stimme war leise. „Sie sehen absolut nicht gesund aus, und ich fürchte, Ihre Lebensdauer nähert sich ihrem Ende. Würde es Sie dennoch interessieren, einige der heute aufgenommenen Daten zu sehen?"

Ganz dunkel wurde Powell sich darüber klar, daß dies eine freundliche Geste des Robots war, vielleicht um irgendwelche Selbstvorwürfe zu beschwichtigen – Selbstvorwürfe, die er sich machte, weil er die Menschen mit Gewalt von den Kontrollhebeln der Station entfernt hatte.

Er nahm die Blätter, die ihm hingehalten wurden, und starrte, ohne zu sehen, auf die Kurven und Zahlen.

Cutie schien sehr mit sich zufrieden. „Natürlich ist es ein großes Privileg, dem Meister zu dienen. Aber bitte nehmen Sie es doch nicht zu schwer, daß ich an Ihre Stelle getreten bin!"

Powell ließ seinen Blick von einem Blatt zum anderen wandern. Er tat es mechanisch, bis sein trüber Blick an einer dünnen roten Linie haftenblieb, die quer über das Papier lief.

Er starrte sie an – und starrte sie von neuem an. Er packte das Papier, hielt es mit beiden Fäusten fest und stand auf – und auch dabei starrte er das Papier noch immer an. Ohne daß er es merkte, fielen die anderen Blätter zu Boden.

„Mike, *Mike*!“ Wild rüttelte er den anderen. *„Er hat den Strahl gehalten.“*

Donovan wurde munter. „Was? Wo? ...“ Und auch er starrte auf das Blatt Papier. Cutie mischte sich ein. „Ist etwas los?“

„Du hast den Strahl genau richtig gehalten“, stotterte Powell. „Hast du das gewußt?“

„Richtig? Wieso richtig?“

„Genau ausgerichtet auf die Empfangsstation – und zwar mit Abweichungen, die nicht größer waren als eine zehnmillionstel Bogensekunde.“

„Welche Empfangsstation?“

„Auf der Erde. Die Empfangsstation auf der Erde“, plapperte Powell. „Du hast den Strahl sozusagen im Focus gehalten.“

Ärgerlich wandte Cutie sich auf dem Absatz um. „Es ist unmöglich, Ihnen gegenüber irgendwelche Freundlichkeit zu zeigen. Immer kommen Sie mit den gleichen Phantastereien. Ich habe ganz einfach gemäß dem Willen des Meisters alle Instrumente im Gleichgewicht gehalten.“

Er hob die verschiedenen Blätter vom Boden auf und entfernte sich steif. Und Donovan sagte: „Da soll doch gleich ...“ Er wandte sich an Powell: „Was tun wir jetzt?“

Powell war müde, aber erleichtert. „Nichts. Er hat gerade bewiesen, daß er die Station tadellos leiten kann. Ich habe nie zuvor gesehen, daß jemand einen Elektronensturm derartig gut überstanden hätte.“

„Aber nichts ist gelöst. Du hast doch gehört, was er über den Meister gesagt hat. Wir können doch nicht ...“

„Schau mal, Mike! Er folgt den Anweisungen des Meisters mit Hilfe von Zeigern, Instrumentenskalen und Kurven. Haben wir jemals was anderes getan? Das ist ja gerade der Grund, warum er uns den Gehorsam verweigert hat. Gehorsam ist die Regel Nummer zwei. Menschliche Wesen dürfen keinen Schaden nehmen ist Nummer eins. Wie aber kann er, auch unwissentlich, Menschen vor Schaden schützen? Natürlich einfach in der Weise, daß er den Energiestrahl stetig hält. Er *weiß*, daß er ihn stetiger halten kann, als wir es könnten, und da er darauf besteht, daß er ein uns überlegenes Wesen ist, so muß er uns natürlich aus dem Kontrollraum draußen halten. Das alles ist, wenn du dich der robotischen Gesetze erinnerst, völlig unabweisbar."

„Sicherlich – nur kommt es darauf doch gar nicht an."

„Wie können wir ihm, wenn er nicht an die Erde glaubt, jemals die Station anvertrauen?"

„Kann er die Station bedienen?"

„Ja, aber ..."

„Was macht es dann für einen Unterschied, was er glaubt?"

Powell breitete die Arme aus. Auf seinem Gesicht lag ein unsicheres Lächeln. Dann stolperte er rückwärts und fiel aufs Bett, er war eingeschlafen.

POWELL sprach, während er damit beschäftigt war, sich in sein Raumjackett hineinzuzwängen. „Es würde ganz einfach sein", sagte er. „Man bringt neue QT-Modelle, immer eines nach dem anderen, rüstet sie mit einem automatischen Schalter aus, der sie nach einer Woche ausschaltet – was ihnen genügend Zeit gibt, um den Kult des Meisters vom Propheten selbst zu lernen –, verfrachtet sie dann zu einer Station und revitalisiert sie dort. Wir können zwei QTs per ..."

Donovan nahm seine Gesichtsplatte ab und runzelte die Stirn. „Die Ablösung wartet, und ganz wohl werde ich mich erst wieder fühlen, wenn ich tatsächlich die Erde wiedersehe und ihren Boden unter den Füßen spüre – nur weil ich erst dann ganz sicher sein werde, daß sie wirklich existiert."

Während er sprach, öffnete sich die Tür. Donovan schloß mit einem unterdrückten Fluch die Gesichtsplatte und wandte Cutie verärgert den Rücken zu.

Leise näherte sich der Robot. Trauer klang aus seiner Stimme. „Sie gehen?"

Powell nickte kurz. „Andere werden jetzt unsere Stelle einnehmen."

Cutie seufzte. „Ihre Dienstzeit ist vorüber, und der Zeitpunkt Ihrer Auflösung ist gekommen. Ich erwartete das, aber ... Nun ja, des Meisters Wille geschehe!"

Sein resignierter Ton verletzte Powell. „Wir brauchen dein Mitleid nicht, Cutie. Wir fahren zur Erde, nicht in die Auflösung."

„Dieser Gedanke bedeutet für Sie bestimmt einen großen Trost", seufzte Cutie von neuem. „Ich begreife jetzt die Weisheit, die in dieser Illusion liegt. Ich würde, selbst wenn ich es könnte, nicht versuchen, Ihren Glauben zu erschüttern." Er verschwand – ein wirkliches Bild des Mitleidens.

Powell fluchte und gab Donovan ein Zeichen. Verlötete Handkoffer in der Hand, machten sie sich auf den Weg zur Luftschleuse.

Das Ablösungsschiff befand sich auf dem äußeren Landeplatz, und Franz Müller, der Mann, der sie ablösen sollte, begrüßte sie steif und höflich.

Donovan nickte kaum. Er ging in den Pilotenraum, wo er die Kontrolle des Schiffes von Sam Evans übernahm.

Powell zögerte. „Wie geht's der guten alten Erde?"

Die Frage war durchaus alltäglich, und Müller gab die übliche Antwort: „Dreht sich noch immer."

Powell sagte: „Gut."

Müller schaute ihn an. „Die Burschen von der U. S. Robot Co. haben übrigens was ganz Neues erfunden. Einen Multiplen Robot."

„Einen was?"

„Genau was ich gesagt habe. Sie haben einen großen Auftrag bekommen. Offenbar ist diese Erfindung genau das, was man für Bergarbeit auf den Asteroiden benötigt. Es handelt sich dabei um einen Meisterrobot, der sechs Unterrobots unter sich hat."

„Hat man's schon ausprobiert?" fragte Powell ängstlich.

Müller lächelte. „Wie ich höre, wartet man auf euch."

Powell ballte die Faust. „Der Teufel soll's holen! Wir haben 'ne Erholung nötig, Ferien!"

„Oh, die bekommt ihr bestimmt. Ich nehme an, so etwa zwei Wochen."

Müller war damit beschäftigt, seine schweren Raumhandschuhe anzuziehen. „Was macht denn dieser neue Robot? Ich hoffe nur, er funktioniert richtig, oder der Teufel soll mich holen, wenn ich ihn an die Kontrollhebel lasse."

Powell ließ eine gewisse Zeit vergehen, ehe er antwortete. Und plötzlich überflutete ihn eine Welle reiner Glückseligkeit. „Der Robot ist ziemlich gut", sagte er langsam. „Ich glaube kaum, daß du dich viel um die Kontrollhebel wirst kümmern müssen."

Er lachte in sich hinein und bestieg das Schiff. Müller würde einige Wochen hierbleiben müssen ...

4

DIE Ferien dauerten länger als zwei Wochen. Mike Donovan mußte das anerkennen. In Wirklichkeit waren es sechs Monate mit voller Bezahlung. Auch das mußte er zugeben. Das alles war aber, wie er erklärte, rein zufällig. U. S. Robot mußten gewisse Fehler, die sich in den Multiplen Robots gezeigt hatten, zunächst einmal ausmerzen. Es war eine ganze Anzahl von Fehlern. Dennoch blieb immer noch mindestens ein halbes Dutzend Fehler übrig, die sich erst beim praktischen Ausprobieren zeigen würden.

Und nun weilten er und Powell draußen auf dem Asteroiden, und gar nichts war in Ordnung.

Dies wiederholte Powell mindestens ein dutzendmal, wobei sein Gesicht eine rübenrote Farbe annahm.

„Um Himmels willen, Greg, sieh doch die Dinge an, wie sie sind! Was hat es für einen Sinn, sich genau an die Buchstaben der Spezifikation zu halten und zuzusehen, wie alle Versuche fehlschlagen? Es ist Zeit, daß du deine Bürokratenmanieren ablegst und dich endlich an die Arbeit machst."

„Ich sage lediglich", erklärte Gregory Powell, „daß den Spezifikationen zufolge diese Robots für Bergwerksarbeit auf Asteroiden ausgerüstet sind, und zwar ohne Überwachung. Wir sollen sie nicht beaufsichtigen."

„Schön. Paß mal auf! Logik! Erstens: Der neue Robot hat alle Prüfungen in den Erdlaboratorien bestanden. Zweitens: Die Gesellschaft hat garantiert, daß er die Prüfung auch auf einem Asteroiden bestehen wird. Drittens: Die Robots bestehen die Prüfung nicht. Viertens: Wenn sie sie aber nicht bestehen, so verliert United States Robot zehn Millionen Kredite in bar und ungefähr hundert Millionen an Ruf. Fünftens: Bestehen sie die Prüfung nicht und wir können nicht erklären, warum das so ist, so besteht die Möglichkeit, daß von zwei guten Stellungen ein sehr trauriger Abschied genommen werden muß."

Powell stöhnte. Das ungeschriebene Motto der United States Robot and Mechanical Men Co. war weltbekannt: Kein Angestellter macht zweimal den gleichen Fehler. Er wird gleich beim erstenmal hinausgeworfen.

Laut sagte er: „Du bist so klar und einleuchtend mit allem, was du sagst, wie Euklid – außer mit Fakten. Drei Wochen lang hast du rothaariger Teufel die Robots beobachtet, und während dieser drei Wochen haben sie ihre Arbeit tadellos verrichtet. Das hast du mir doch selbst gesagt. Also bitte, was können wir sonst noch tun?"

„Herausfinden, was eigentlich los ist mit ihnen. Solange ich sie beobachtet habe, war an ihrer Arbeit tatsächlich nichts auszusetzen. Bei drei verschiedenen Gelegenheiten aber haben sie, als ich sie nicht beobachtete, nicht ein einziges Gramm Eisenerz eingebracht. Noch nicht mal rechtzeitig heimgekommen sind sie. Ich mußte sie holen."

„Und was war los?"

„Nichts. Absolut gar nichts. Alles war in tadelloser Ordnung. Nur ein kleines Detail hat mich gestört – nicht ein Gramm Eisenerz war vorhanden."

Powell schaute stirnrunzelnd zur Decke. „Ich will dir was sagen, Mike. Wir haben schon ziemlich schwierige Aufgaben gemeistert, aber diese Sache ist über alle Maßen kompliziert. Schau mal, dieser Robot DV 5 hat sechs Robots unter sich ... und nicht nur unter sich, sondern gleichzeitig sind sie Teile von DV 5, wie deine Finger Teile von dir sind, und DV 5 gibt ihnen Befehle weder durch Stimme noch durch Radio, sondern direkt durch positronische Felder. Nun also – in der ganzen United States Robot Co. ist nicht ein einziger Robot-Spezialist, der weiß, was ein positronisches Feld überhaupt ist oder wie es arbeitet. Noch weiß ich's. Noch weißt du's."

„Letzteres", stimmte Donovan philosophisch zu, „weiß ich."

„Dann schau dir mal an, in welcher Lage du dich befindest! Funktioniert alles – gut und schön. Ist das aber nicht so, dann sitzen *wir* im Dreck, Mike."

„Gut also – hast du ihn draußen?"

„Ja."

„Ist jetzt im Augenblick alles normal?"

„Na ja, er hat weder den religiösen Wahnsinn, noch rennt er in Kreisen herum und zitiert dabei Gilbert und Sullivan. Ich nehme daher an, daß alles normal ist."

Donovan ging durch die Tür. Wütend schüttelte er den Kopf.

Powell griff nach dem „Handbuch der Robotik" und schlug es voll Ehrfurcht auf, als Robot DV 5 eintrat. Hinter ihm her kam Donovan.

„Großartig", sagte der Robot. „Darf ich mich setzen?"

Er zog den besonders verstärkten Stuhl, der sein Platz war, hervor und ließ sich sanft darauf nieder.

Powell betrachtete Dave. Laien mochten, wenn sie an Robots dachten, sich nur an Seriennummern erinnern. Aber Robot-Spezialisten sahen in ihnen etwas anderes. Dave war keineswegs übermassiv, obwohl er als Denkeinheit für eine integrierte Siebenergruppe konstruiert war. Er war über zwei Meter groß und wog mehr als fünfhundert Kilo. Viel? Nicht, wenn jene fünfhundert Kilo sich zusammensetzen aus einer Unmasse von Kondensatoren, Leitungssystemen, Relais und Vakuumzellen, die praktisch jeder psychologischen Reaktion fähig sind, deren auch ein Mensch fähig ist. Über diesem Körper saß ein positronisches Gehirn, das mit seinen zehn Pfund Materie und einigen Quintillionen Positronen die ganze Sache kontrollierte.

„Dave", sagte er, „du bist ein guter Kerl. An dir ist nichts Oberflächliches oder Primadonnenhaftes. Du bist ein mit beiden Füßen auf dem Boden stehender Bergwerksrobot und bist überdies dafür eingerichtet, in direkter Koordination sechs Unterlinge zu lenken. Soweit mir bekannt ist, hat diese Tatsache keine instabilen Gehirnbahnen in den Plan deines Gehirns eingefügt."

Der Robot nickte. „Das freut mich, aber worauf wollen Sie denn hinaus, Chef?" Er war mit einer vorzüglichen Membrane ausgestattet, die seinen Worten durch ihre Obertöne viel von der sonstigen Flachheit robotischer Stimmen nahm.

„Das werde ich dir sagen. Trotz aller dieser Möglichkeiten, die dir zur Verfügung stehen, geht irgendwas schief bei deiner Arbeit. Was ist das? Was geschah zum Beispiel heute während der B-Schicht?"

Dave zögerte. „Soviel ich weiß, gar nichts."

„Ihr habt aber keinerlei Eisenerz gefördert."

„Ich weiß."

„Na dann ..."

Dave hatte Schwierigkeiten. „Ich kann das nicht erklären, Chef. Macht mich selbst völlig nervös. Meine Hilfsarbeiter haben tadellos geschafft. Ich weiß, ich selbst habe das gleiche getan." Er dachte nach, wobei seine fotoelektrischen Augen intensiv glühten. Dann: „Ich erinnere mich nicht. Der Tag ging zu Ende, und da war Mike, und da standen die Erzwagen, und die meisten von ihnen waren leer."

Donovan mischte sich ein. „Bei Schichtende hast du nicht den üblichen Bericht abgegeben, Dave. Du weißt das?"

„Ich weiß. Aber warum . . ." Langsam und schwerfällig schüttelte er den Kopf.

Donovan zog seinen Stuhl an Powells Schreibtisch heran und beugte sich nach vorne. „Verlust des Gedächtnisses vielleicht?"

„Weiß nicht. Hat aber bestimmt keinen Sinn, dieser Sache irgendwelche Krankheitsnamen zu geben. Menschliche Störungen sind auf Robots nur als romantische Analogie anwendbar. In robotischer Ingenieurarbeit haben sie keinen Platz. Ich möchte ihn nur höchst ungern durch die elementaren Gehirnreaktionsprüfungen gehen lassen. Es würde seiner Selbstachtung sehr abträglich sein."

Er schaute gedankenvoll auf Dave und dann auf den „Abriß über die Kontrollen an Ort und Stelle", der im Handbuch gegeben war. Er sagte: „Schau mal, Dave, was würdest du zu einem Test sagen? Es wäre bestimmt das richtige."

Der Robot erhob sich. „Wenn Sie's befehlen, Chef!"

Es begann höchst einfach. Robot DV 5 multiplizierte fünfstellige Zahlen, während eine Stoppuhr herzlos tickte. Er sagte die Primzahlen zwischen tausend und zehntausend auf. Er zog Kubikwurzeln und integrierte Funktionen von wechselnder Komplexität. Er ging durch immer schwieriger werdende mechanische Reaktionen. Schließlich arbeitete sein präzises mechanisches Gehirn an den höchsten Funktionen der robotischen Welt – an der Lösung von Problemen der Beurteilung und der Ethik.

Nach zwei Stunden war Powell in Schweiß gebadet. „Und wie sieht's aus, Chef?" fragte der Robot.

Powell sagte: „Ich muß darüber nachdenken. Übereilte Urteile nützen nichts. Wie wär's, wenn du zur C-Schicht zurückgingest? Sorg dich nicht. Versuche eine Zeitlang nicht, deine Quote zu erfüllen. Wir werden schon alles wieder in Ordnung bringen."

Der Robot ging. Donovan schaute Powell an.

„Nun . . ."

Powell sagte: „Die Reaktionen dieses positronischen Gehirns sind einwandfrei in Ordnung."

„Und das heißt?"

„Es besteht noch immer die Möglichkeit, daß irgendein Konstruktionselement in seinem Körper beschädigt ist. Das bedeutet, daß ungefähr fünfzehnhundert Kondensatoren, zwanzigtausend Stromleiter, fünfhundert Vakuumröhren, tausend Relais und soundso viele andere komplizierte Einzelteile fehlerhaft sein können. Und dazu kommen noch jene mysteriösen positronischen Felder, von denen niemand etwas weiß."

„Hör mal, Greg!" Donovans Stimme wurde jetzt verzweifelt eindringlich.

„Er arbeitet doch nur dann fehlerhaft, wenn keiner von uns in der Nähe ist. Darin liegt doch irgend etwas – etwas Unheimliches."

„Du machst mich krank", sagte Powell langsam. „Du liest zuviel Romane."

„Was ich wissen will", brüllte Donovan, „ist einfach, was wir in dieser Sache tun sollen."

„Ich werd's dir sagen. Ich werde hier über meinem Pult einen Fernsehschirm installieren. Genau gesprochen, dort drüben an der Wand, verstanden?" Er deutete wütend hinüber zu der Stelle. „Dann werde ich das Instrument jeweils auf den Punkt des Bergwerks einstellen, an dem gerade gearbeitet wird. Und dann werde ich sehen, was geschieht. Das ist alles."

„Das ist alles? Greg ..."

Powell erhob sich von seinem Stuhl und stützte seine geballten Fäuste auf die Schreibtischplatte. „Mike, ich hab's schwer." Seine Stimme klang müde. „Seit einer Woche plagst du mich schon wegen Dave. Du sagst, etwas an ihm ist kaputt. Weißt du vielleicht, wieso er kaputtgegangen ist? Nein. Weißt du, in welcher Form sich sein Defekt äußert? Nein. Weißt du, was ihn verursacht hat? Nein. Weißt du, was ihn berichtigen kann? Nein. Weiß ich was darüber? Nein. Was willst du also von mir?"

Donovans Arm schwang in einer leeren, aber grandiosen Geste nach außen. „Da bin ich tatsächlich überfragt."

„Drum sag ich dir's noch einmal. Ehe wir irgend etwas bezüglich der Heilung unternehmen, müssen wir zuerst mal wissen, was eigentlich die Krankheit ist."

DONOVAN starrte auf den vorläufigen Abriß des Berichtes, an dem er arbeitete. Er war müde.

Er sagte: „Greg, wir sind fast tausend Tonnen im Rückstand."

Ohne aufzuschauen, meinte Powell: „Du sagst mir da etwas, das ich noch gar nicht wußte."

„Was ich aber gerne wissen möchte", fuhr Donovan fort, „ist, warum wir immer mit neuartigen Robots zu tun haben. Ich bin jetzt allmählich zu der Überzeugung gekommen, daß jene Robots, die gut genug waren für meinen Großonkel mütterlicherseits, auch gut genug sind für mich."

Powell warf ein Buch nach ihm. Er hatte gut gezielt, und Donovan purzelte von seinem Sitz herunter.

„Deine Aufgabe", sagte Powell gleichmütig, „war in den letzten fünf Jahren, neue Robots unter tatsächlichen und stets anderen Arbeitsbedingungen zu erproben. Da du genau wie ich so unklug warst, dich dieser Aufgabe gewachsen zu zeigen, hat man uns regelmäßig die schwierigsten Fälle gegeben. Das ist deine Arbeit. Soweit ich mich erinnere, hast du dich, bereits fünf Minuten nachdem du den Vertrag mit der United States Robot Co. unterschrieben hattest, darüber beschwert, und seitdem ist das nicht besser geworden. Warum kündigst du nicht einfach?"

„Das will ich dir sagen. Ein gewisses Prinzip ist in diese Sache verwickelt. Schließlich und endlich habe ich als derjenige Mann, der stets dann gerufen wurde, wenn Schwierigkeiten auftauchten, einen gewissen Anteil an der Entwicklung neuer Robots. Gewissermaßen helfe ich aus Prinzip dem wissenschaftlichen Fortschritt. Aber versteh mich nicht falsch! Es ist nicht dies Prinzip, das mich bei der Stange hält. Es ist das Geld, das man dabei verdient – *Greg!*"

Powell fuhr auf, als er Donovans wilden Schrei hörte, und seine Augen folgten den Blicken des rothaarigen Mannes zum Fernsehschirm.

Vor Entsetzen traten sie fast aus ihren Höhlen heraus. Er knirschte: „Donner und Doria!"

Atemlos sprang Donovan auf die Füße. „Schau sie dir an, Greg! Die sind verrückt geworden."

Powell rief: „Hol schnell ein paar Anzüge! Wir gehen da hinaus."

Er beobachtete das Auftreten der Robots auf dem Fernsehschirm. Man sah das bronzene Aufleuchten glatter Bewegungen, das sich gegen die schattigen Klippen des luftlosen Asteroiden deutlich abhob. Nun hatten sie sich in einer Marschformation aufgestellt, und die roh behauenen Wände der Mine begannen im Spiegel ihrer eigenen Körper geräuschlos vorüberzuschwimmen. Sie marschierten alle sieben im Gleichschritt, und Dave bildete die Spitze. Feierlich wandten sie sich alle gleichmäßig um, vertauschten dann ihre Plätze und taten das

Ganze mit der Leichtigkeit und Grazie einer Tanzgruppe in einem Varieté.

Donovan kam zurück mit den Anzügen. „Die sind dem patriotischen Wahnsinn verfallen. Jetzt zeigen sie einen militärischen Marsch."

Er runzelte die Stirn und schob dann mit ostentativer Bewegung einen Detonator in die leere Seitentasche seines Anzugs.

„Gehen wir!" sagte Powell düster.

Weit vor ihnen blinkte das Licht der Robots. Es kam durch die samtartige Dunkelheit des Tunnels, die sich hinter den Lichtkegeln, die ihre Taschenlampen warfen, in die Unendlichkeit zu erstrecken schien.

„Dort sind sie", flüsterte Donovan.

Powell atmete kaum. „Ich habe versucht, Dave durch das Radio zu erreichen, aber er gibt keine Antwort. Vermutlich ist der Stromkreis seines Empfangsapparates unterbrochen."

Die Kolonne der Robots marschierte im Gänsemarsch hinter Dave her. In mechanischem Rhythmus formierten sie sich zu Zweierreihen und wandelten diese dann wieder in Gänsemarschreihen um. Das wiederholten sie immer wieder.

Dave befand sich nicht mehr als sechs Meter von Donovan entfernt, als das Schauspiel endete. Die Unterrobots lösten sich aus der Formation heraus, warteten einen Augenblick und rannten dann klappernd und klirrend und sehr schnell davon. Dave schaute ihnen nach und setzte sich dann langsam nieder. In sehr menschlicher Weise ließ er den Kopf auf eine Hand sinken.

Seine Stimme wurde in Powells Kopfhörern hörbar. „Sind Sie da, Chef?"

Powell gab Donovan ein Zeichen.

„Also, Dave – was ist eigentlich los hier?"

Der Robot schüttelte den Kopf. „Ich weiß nicht. Ich war damit beschäftigt, eine ziemlich schwierige Sache in Tunnel 17 zu meistern. Das war jetzt. Im nächsten Augenblick habe ich das Gefühl, daß menschliche Wesen ganz in meiner Nähe sind, und nun finde ich mich hier fast einen Kilometer weg vom Hauptschacht."

„Wo sind die anderen jetzt?" fragte Donovan.

„Natürlich wieder an der Arbeit. Wieviel Zeit haben wir verloren?"

„Nicht viel. Mach dir nichts draus!" Dann fügte er zu Donovan gewandt hinzu: „Bleibe bei ihm, bis die Schicht um ist! Dann komm zurück! Ich habe zwei Ideen ..."

Es dauerte drei Stunden, ehe Donovan wiederkam. Er sah müde aus. Powell fragte: „Wie ist's gegangen?"

Donovan zuckte erschöpft mit den Schultern. „Nie geht was schief, wenn man sie beobachtet. Wirf mir mal 'ne Zigarette rüber, ja?"

Der Rothaarige zündete sie mit übertriebener Sorgfalt an und blies dann vorsichtig einen Rauchring in die Luft. Er sagte: „Ich hab's versucht, mir klarzumachen, Greg. Wie du weißt, hat Dave eine für einen Robot sonderbare Aufgabe. Er hat sechs andere unter sich, und zwar in strengster Disziplin. Er besitzt Macht über Leben und Tod dieser anderen, und das muß auf seine Mentalität spürbare Rückwirkungen haben. Nimm mal an, er findet es nötig, diese Macht, die er besitzt, als eine Konzession gegenüber seinem Ego noch besonders zu unterstreichen!"

„Komm zur Sache!"

„Ich bin mittendrin. Nimm an, dies wäre eine Art von Militarismus! Nimm an, er baut sich eine Art von Armee auf! Nimm an, er trainiert sie in militärischen Manövern. Nimm an ..."

„Nimm an, du machst dir einen kalten Wickel um den Kopf. Deine Alpdrücke gehen offenbar in Technicolor vor sich. Du postulierst ein schweres Abirren des positronischen Gehirns. Wäre deine Analyse richtig, so müßte Dave die erste Regel aller Robots übertreten – daß nämlich ein Robot keinem menschlichen Wesen irgendein Leid zufügen darf, noch daß ein Robot es zugeben darf, daß durch seine Untätigkeit ein solches Leid getan wird. Die Art militärischer Haltung und dominierenden Egos, die du anführst, muß als Endziel die Beherrschung menschlicher Wesen haben."

„Meinetwegen. Und woher weißt du, daß dem nicht so ist?"

„Weil jeder Robot mit einem derartigen Gehirn niemals die Fabrik verlassen haben würde, und zweitens wäre es sofort herausgefunden worden, wenn er sie dennoch verlassen hätte. Wie du weißt, habe ich Dave getestet."

Er machte eine Pause. „Nun hör mal zu, Mike! Was hältst du von folgendem: Dave macht diese Geschichten immer nur dann, wenn keiner von uns zugegen ist. Und befindet er sich einmal in diesem Zustand, so befreit unsere Ankunft ihn augenblicklich daraus."

„Ich habe dir schon mal gesagt, daß mir das unheimlich ist."

„Unterbrich mich bitte nicht! Inwiefern ist ein Robot anders, wenn menschliche Wesen sich nicht in der Nähe befinden? Die Antwort ist klar. Es werden größere Ansprüche an seine persönliche Initiative gestellt. In diesem Falle also wollen wir uns einmal diejenigen Körperteile betrachten, die durch jene höheren Ansprüche berührt werden."

„Wir müssen den Fehler finden und korrigieren – und um das zu tun, stehen uns zehn Tage zur Verfügung."

Powell kratzte sich am Kopf. „Die Schwierigkeit ist nur ... Na ja, schau dir mal selber die Blaupausen an."

Die Blaupausen bedeckten den ganzen Boden wie ein Teppich, und Donovan kroch, Powells hin und her fuchtelndem Bleistift folgend, kreuz und quer über sie hin.

Powell sagte: „Dies ist der Punkt, wo deine Hilfe benötigt wird, Mike. Du bist der Körperspezialist, und ich möchte, daß du mich kontrollierst. Ich habe versucht, alle diejenigen Stromkreise auszuschalten, die mit dem Netz, das die persönliche Initiative kontrolliert, nichts zu tun haben. Hier zum Beispiel ist die Rumpfarterie, die mechanische Operationen betrifft. Ich schließe auch alle Seitenlinien aus und ..." Er schaute auf. „Was denkst du?"

Donovan hatte einen ziemlich üblen Geschmack im Mund. „Die Aufgabe ist bei weitem nicht so einfach, Greg. Persönliche Initiative ist keineswegs ein elektrischer Stromkreis, den man von allem übrigen trennen und untersuchen kann. Sobald ein Robot auf sich selbst gestellt ist, wächst die Intensität seiner Körpertätigkeit an fast allen Fronten. Nicht ein einziger Stromkreis bleibt davon völlig unberührt. Wir müssen also die ganz spezielle Bedingung finden, die ihn sozusagen umwirft, und dann erst anfangen, Stromkreise zu eliminieren."

Powell stand auf. „Hm. Schön. Fort mit den Blaupausen! Du kannst sie in den Ofen stecken."

Donovan sagte: „Du verstehst doch, daß, wenn die Tätigkeit sich intensiviert, irgend etwas geschehen kann – ein winziges fehlerhaftes Teilchen vorausgesetzt. Die Isolation versagt, ein Kondensator schlägt durch, ein Anschluß wackelt, eine Spule überhitzt sich. Arbeitest du nun sozusagen blind und hast vor dir den Robot und alle seine Teile zur Auswahl, so findest du den schwachen Punkt nie. Nimmst du Dave auseinander und untersuchst eines nach dem anderen, jedes Teilchen seines Körpermechanismus, setzt ihn dann jedesmal wieder zusammen und probierst ihn aus ..."

„Schon gut, schon gut. Auch ich kann ein Bullauge sehen."
Sie schauten sich hoffnungslos an. Dann sagte Powell vorsichtig: „Wie wär's, wenn wir mal einen der Unterrobots befragten?"

WEDER Powell noch Donovan hatten je zuvor Gelegenheit gehabt, mit einem „Finger" zu sprechen. Ein „Finger" konnte sprechen. In dieser Beziehung stimmte also die Analogie nicht ganz. Tatsächlich besaß er sogar ein ziemlich gut entwickeltes Gehirn, nur daß dieses Gehirn in erster Linie darauf eingestellt war, Befehle durch das positronische Feld aufzunehmen. Seine Reaktion auf unabhängige Anregungen war ziemlich begrenzt.

Powell war auch nicht ganz sicher, wie der „Finger" hieß. Seine Seriennummer war DV 5-2, aber das half ja nicht sehr viel. So versuchte er einen Kompromiß. „Schau, Kamerad", sagte er, „ich werde dich bitten, sehr scharf nachzudenken, und dann kannst du zu deinem Meister zurückkehren." Der „Finger" nickte steif.

„Nun also", sagte Powell, „kommen wir zur Sache! Viermal ist dein Meister in letzter Zeit vom Gehirnschema abgewichen. Erinnerst du dich dieser vier Gelegenheiten?"

„Jawohl, Herr."

„Was tatet ihr jedesmal – ich meine, was tat die Gruppe?"

Die Art, wie der „Finger" antwortete, war eigenartig. Er schnurrte die Worte herunter, als würden sie durch nichts anderes bewirkt als durch den Druck seiner Gehirnpfanne. Sie kamen ohne irgendwelche Betonung, ohne jedes Gefühl. „Das erstemal befanden wir uns in Tunnel 17 der B-Sohle und waren dort damit beschäftigt, schwieriges Gestein beiseite zu schaffen. Das zweitemal waren wir damit beschäftigt, die Decke gegen einen möglichen Einbruch abzustützen. Das drittemal waren wir gerade im Begriff, sehr schwierige Sprengungen anzulegen, die vorgenommen werden mußten, um den Tunnel weiterzutreiben, ohne in eine unterirdische Spalte einzubrechen. Das viertemal war unmittelbar nach einem kleineren Einbruch."

„Was geschah bei diesen Gelegenheiten?"

„Es ist schwer zu beschreiben. Ein Befehl wurde erteilt, aber noch ehe wir ihn empfangen und interpretieren konnten, kam ein neuer Befehl, in sonderbarer Formation zu marschieren."

Powell fuhr ihn an: „Warum?"

„Ich weiß nicht."

Donovan unterbrach ihn. „Was war der erste Befehl – ich meine den Befehl, der nachher durch den Marschbefehl ersetzt wurde?"

„Ich weiß nicht. Ich spürte, daß ein Befehl gesandt wurde, hatte aber nie die Zeit, ihn zu empfangen."

„Kannst du irgend etwas darüber sagen? War es jedesmal der gleiche Befehl?"

Der „Finger" schüttelte den Kopf. „Ich weiß nicht."

Powell lehnte sich zurück. „Gut. Du kannst jetzt zurückgehen zu deinem Meister."

Der „Finger" verschwand, offensichtlich erleichtert.

Donovan sagte: „Na, diesmal haben wir aber 'ne Menge erreicht. War tatsächlich von vorne bis hinten ein hochinteressanter Dialog. Sowohl Dave wie dieser blöde ‚Finger' führen uns an der Nase herum. Wir müssen endlich aufhören, ihnen zu trauen, Greg."

„Ich meine, daß wir nun herausfinden müssen, welchen Befehl Dave jedesmal in dem Augenblick erteilt, ehe alles schiefgeht. Dies wird dann der Schlüssel zur ganzen Sache werden."

„Und wie willst du das anstellen?"

„Es gibt eine Sache, die Deduktion heißt."

„Was?"

„Wir werden schichtweise arbeiten, Mike", Powell lächelte grimmig, „und wir werden unsere Augen nicht von diesem Fernsehschirm nehmen. Wir werden jede Handlung dieser stählernen Quälgeister beobachten. Sobald sie mit ihrer hübschen Vorstellung beginnen, müssen wir genau wissen, was sich unmittelbar zuvor ereignete. Dann können wir vielleicht den Befehl, der eigentlich gegeben werden sollte, ableiten."

Donovan öffnete den Mund und beließ ihn eine volle Minute in dieser Stellung. Dann sagte er halb erstickt: „Ich geb's auf."

„Du hast zehn Tage Zeit, dir was Besseres auszudenken", sagte Powell müde.

Am achten Tag, als Powell gerade mit schmerzendem Kopf und verschlafenen Augen seine Schicht antreten wollte, stand Donovan auf und schleuderte nach sorgfältigem Zielen ein schweres Buch auf den Fernsehschirm. Was folgte, war ein Krachen und Splittern.

Powell stöhnte. „Warum hast du das getan?"

„Weil ich diesen Schirm nicht mehr beobachten werde", sagte Donovan ruhig. „Wir haben noch zwei Tage Zeit und haben nichts herausgefunden. DV 5 ist ein schwerer Versager. Er hat, seitdem ich ihn beobachte, fünfmal aufgehört zu arbeiten. Dreimal hat er es während deiner Schicht getan. Aber wir beide können nicht herausfinden, welche Befehle er im Begriff war zu geben. Und ich glaube auch nicht, daß du es jemals herausfinden wirst, denn ich weiß, daß ich es nie können werde."

„Wie kann man sechs Robots auf einmal beobachten. Einer macht was mit den Händen, der andere was mit den Füßen, der dritte tut, als sei er 'ne Windmühle, der vierte hüpft auf und ab wie ein Wahnsinniger. Und die anderen beiden ... der Teufel weiß, was sie tun. Und dann hören sie alle auf. So! So!"

„Greg, wir machen's nicht richtig. Wir müssen in ihre Nähe kommen. Wir müssen die Sache von einem Punkt aus beobachten, wo wir alle Einzelheiten sehen können."

Powell gab sein erbittertes Schweigen auf. „Schöne Sache – darauf warten, daß irgendwas schiefgeht, und dabei stehen uns noch zwei Tage zur Verfügung."

„Ist es vielleicht besser, die Sache von hier aus zu beobachten?"

„Gemütlicher jedenfalls."

„Stimmt. Aber wenigstens gibt es dort etwas, das du tun kannst, was hier unmöglich ist."

„Und das wäre?"

„Du kannst sie dazu bringen aufzuhören, sobald du willst und während du darauf vorbereitet bist und beobachtest, was eigentlich schiefgeht."

Powell wurde plötzlich hellwach. „Wie bitte?"

„Na, du kannst dir's ja selbst ausrechnen. Stell dir doch selbst mal ein paar Fragen. Wann kommt DV 5 aus dem Gleichgewicht? Was hat jener ‚Finger' erzählt? Wenn ein Einbruch drohte oder sich tatsächlich ereignete, wenn gefährliche Sprengungen vorbereitet wurden, wenn man auf schwieriges Gestein traf."

„Mit anderen Worten, in Notlagen." Powell war aufgeregt.

„Stimmt. Hattest du was anderes erwartet? Es ist der Faktor persönlicher Initiative, der uns diese Schwierigkeiten bereitet. Und gerade in Notlagen wird in Abwesenheit menschlicher Wesen persönliche Initiative ganz besonders in Anspruch genommen. Was ist nun die logische Folge? Wie können wir unsere eigene Arbeitsunterbrechung künstlich schaffen, wann und wo wir wollen? Indem wir unsere eigene Notlage künstlich erzeugen."

Powell sagte: „Mike, du hast recht."

„Danke, Kamerad! Ich wußte, ich würde eines Tages deinen Ansprüchen genügen."

„Schon gut, und lassen wir jetzt den Sarkasmus beiseite. – Welche Notlage können wir künstlich schaffen?"

„Wir könnten die Schächte unter Wasser setzen, befänden wir uns nicht auf einem luftlosen Asteroiden."

„Soll wohl ein Witz sein, was?" sagte Powell. „Wahrhaftig, Mike, ich ersticke schon bald vor Lachen. Wir wär's mit einem hübschen kleinen Erdrutsch?"

Donovan schürzte die Lippen. „Mir soll's recht sein."

„Schön. Dann also an die Arbeit."

POWELL kam sich wie ein Verschwörer vor, während er sich seinen Weg durch die zerklüftete Gegend suchte. Ein wenig taumelnd – die geringe Schwerkraft des Planeten machte seinen Gang recht unsicher –, wankte er über den rissigen Boden.

Er sagte: „Weißt du, wo sie sich befinden?"

„Ich glaube schon, Greg."

„Gut", sagte Powell düster. „Wenn aber ein einziger ‚Finger' sich uns auf sechs Meter nähert, dann wittert er uns, ganz egal, ob wir sichtbar für ihn sind oder nicht. Ich hoffe, du bist dir dessen bewußt."

„Sollte ich Elementarunterricht in Robotik benötigen, so werde ich bei dir einen schriftlichen Antrag in dreifacher Ausfertigung einreichen. Hier hinunter!"

Sie befanden sich nun in den Tunnels. Selbst das Sternenlicht war verschwunden. Die beiden hielten sich an den Wänden fest. In Zwischenräumen erfolgte das Aufblitzen ihrer Lampen. Powell berührte die Sicherung seines Detonators.

„Kennst du diesen Tunnel, Mike?"

„Nicht allzu gut. Er ist neu. Ich glaube aber, ihn nach dem Bild, das ich auf dem Fernsehschirm gesehen habe, wiederzuerkennen, obgleich ..."

Unendlich lange Minuten gingen vorbei. Dann sagte Mike: „Spürst du's?"

Deutlich konnte Powell das leichte Trommeln einer feinen Vibration gegen seine metallumhüllte Hand verspüren.

„Sprengungen. Wir sind jetzt ganz nahe."

„Halte die Augen offen!" sagte Powell.

Donovan nickte ungeduldig.

Es geschah schneller, als sie es erfassen konnten. Nichts als ein bronzenes Blitzen war für den Bruchteil einer Sekunde sichtbar ... ein Blitzen, das an ihrer Sehplatte vorüberhuschte. Schweigend schmiegten die beiden sich aneinander.

Powell flüsterte: „Glaubst du, er hat uns gewittert?"

„Ich hoffe nicht. Wir wollen sie lieber aus der Flanke erfassen. Gehe in den ersten Seitentunnel rechts hinein."

„Und wenn wir sie dann ganz und gar verfehlen?"

„Sie befinden sich nicht weiter als vierhundert Meter entfernt von uns. Ich habe sie schließlich und endlich durch die Sehplatte beobachtet. Und du weißt, es bleiben uns nur noch zwei Tage."

„Ist dies hier ein Seitengang?" Das Licht ihrer Lampen blitzte auf.

„Ja. Dann also los."

Nun wurde die Vibration deutlicher spürbar, und der Boden unter ihren Füßen bebte.

„Gut so", sagte Donovan, „wenn wir nicht den ganzen Stollen auf den Kopf bekommen." Ängstlich ließ er den Schein seiner Lampe nach vorne wandern. Mit halb ausgestreckter Hand konnten sie die Decke des Tunnels berühren. Die Stützen waren neuerdings aufgestellt worden.

Donovan zögerte. „Sackgasse. Gehen wir zurück."

„Nein. Bleib, wo du bist." Schwerfällig zwängte Powell sich vorbei. „Ist das da vorne ein Licht?"

„Licht? Ich sehe keins. Wo sollte denn hier unten ein Licht herkommen?"

„Ein Robotlicht." Auf Händen und Knien kroch er einen kleinen Hang hinauf. Seine Stimme klang heiser und eindringlich in Donovans Ohren: „He! Mike, komm mal hier herauf."

Tatsächlich war da Licht. Donovan kroch hinauf und über Powells ausgestreckte Beine hinweg. „Eine Öffnung?"

„Ja. Offenbar arbeiten sie sich nun von der anderen Seite her zu diesem Tunnel vor."

Donovan befühlte die rauhen Ränder der Öffnung, die hinausging in einen Tunnel, der offenbar der Haupttunnel war. Das Loch war jedoch zu klein, als daß ein Mann hätte hindurchkriechen können – ja fast zu klein zum gleichzeitigen Hindurchschauen.

„Hier ist nichts", sagte Donovan.

„Im Augenblick nicht. Vor einer Sekunde aber war was da, da wir ja sonst kein Licht gesehen hätten. Vorsicht!"

Die Wände um sie herum begannen zu zittern. Sie spürten einen Aufprall. Ein feiner Staub fiel auf sie herunter. Vorsichtig hob Powell den Kopf und schaute sich um. „Schön, Mike, die Burschen *sind* hier."

Etwa fünfzehn Meter entfernt im Haupttunnel standen die glänzenden Robots beieinander.

Mächtige Metallarme arbeiteten an dem Geröllhaufen, der durch die letzte Sprengung entstanden war.

Eifrig drängte Donovan. „Verliere keine Zeit! Bald werden sie mit dem Haufen fertig sein, und bei der nächsten Sprengung erwischt es uns vielleicht."

„Aber Mike, hetz mich doch nicht!" Powell löste den Detonator von seinem Gürtel. Angestrengt durchforschten seine Augen den dämmerigen Hintergrund, wo Robotlicht das einzige Licht war und man unmöglich einen Felsvorsprung von einem Schatten zu unterscheiden vermochte.

„Fast genau über ihnen befindet sich ein Felsblock. Siehst du ihn? Die letzte Sprengung hat nicht ganz bis dahin gereicht. Triffst du diesen Block an seiner Basis, dann wird die halbe Decke einstürzen."

Powell folgte mit den Blicken dem ausgestreckten Finger Donovans. „Ich sehe, was du meinst. Nun behalte die Robots gut im Auge, und richte ein Gebet zum Himmel, daß sie sich nicht zu weit von diesem Felsblock entfernen. Sie allein sind nämlich meine Lichtquelle. Sind alle sieben da?"

Donovan zählte. „Ja, alle sieben."

„Schön, dann beobachte sie! Beobachte jede einzelne ihrer Bewegungen!"

Er hob seinen Detonator und blieb so stehen, während Donovan scharf Ausschau hielt.

Es blitzte.

Es gab einen Ruck, eine Serie harter Stöße und dann einen schmerzhaften Schlag, der Powell gegen Donovan schleuderte.

Donovan stöhnte. „Greg, du hast mich aus dem Gleichgewicht gebracht. Ich habe überhaupt nichts gesehen."

Powell starrte wild um sich. „Wo sind die Kerle?"

Donovan versank in dumpfes Schweigen. Von den Robots war nicht mehr das geringste sichtbar.

„Glaubst du, wir haben sie verschüttet?" fragte Donovan.

„Gehen wir dort hinunter! Frage mich bitte nicht, was ich denke!"

In Eile kroch Powell nach rückwärts.

„Mike!"

Donovan, der im Begriff gewesen war, Powell zu folgen, stockte. „Was ist jetzt los?"

„Halte dich fest!" Powells Atem klang rauh und unregelmäßig in Donovans Ohren. „Mike – hörst du mich, Mike?"

„Natürlich, ich bin ja neben dir. Was ist los?"

„Wir sind eingeschlossen. Es war gar nicht die Decke, die fünfzehn Meter entfernt eingebrochen ist, die uns umgeworfen hat. Es war unsere eigene Decke. Durch die Explosion ist sie zusammengebrochen."

„Was?" Donovan kroch vorwärts, bis er gegen eine harte Schranke stieß. „Schalte mal dein Licht an!"

Powell tat wie ihm geheißen. Nirgends war auch nur die kleinste Öffnung sichtbar. Nicht einmal ein Kaninchen hätte entkommen können.

Leise sagte Donovan: „Na, was sagst du *dazu?*"

SIE vergeudeten ein paar Augenblicke ihrer kostbaren Zeit und ein wenig von der Kraft ihrer Muskeln in einem Versuch, die Barriere zu entfernen.

Einen Augenblick hob Powell seinen Detonator. In einem so engen Raum aber wäre ein Strahl aus diesem Instrument Selbstmord, und Powell wußte das natürlich. Er setzte sich.

„Weißt du, Mike", sagte er, „hier haben wir wirklich eine hübsche Schweinerei angerichtet. Wir sind unserer Aufgabe, herauszufinden, was mit Dave los ist, keinen Schritt näher gekommen. Die Idee war nicht schlecht, nur ist der Schuß leider nach hinten losgegangen."

„Es tut mir leid, dich unterbrechen zu müssen, weiser alter Mann..., aber ganz abgesehen davon, ob wir nun wissen, was mit Dave los ist oder nicht, hocken wir hier sozusagen in einer Falle", erwiderte Powell. „Natürlich könnten wir ohne Schwierigkeiten innerhalb dieser Zeit Dave veranlassen, daß er uns ausgräbt ... hätte nicht unsere wunderbare, künstlich geschaffene Notlage ihn aus dem Gleichgewicht gebracht und seine Radioanlage ruiniert."

„Und ist das nicht schauderhaft?"

Donovan schob sich hinaus zu der Öffnung und brachte es fertig, seinen im Metallhelm eingeschlossenen Kopf hindurchzuzwängen.

„He, Greg!"

„Was?"

„Nimm an, wir bringen es fertig, Dave dazu zu bringen, daß er sich uns auf eine Entfernung von sechs Metern nähert. Dann wird er automatisch wieder normal ... und wird uns das Leben retten."

„Sicher ... nur – wo ist er?"

„Unten im Gang ... ganz weit weg."

Powell manövrierte seinen Kopf in die Öffnung hinein. „Fein haben wir's gemacht! Schau dir die Idioten nur an! Offenbar tanzen sie im Augenblick ein Ballett."

„Kommen sie irgendwie näher zu uns heran?"

„Kann ich noch nicht sagen. Reiche mir mal eine Taschenlampe, ja? Ich will versuchen, ihre Aufmerksamkeit auf uns zu lenken."

Nach ein paar Minuten gab er den Versuch auf. „Nichts zu machen. Die Burschen müssen blind sein. Halt mal einen Augenblick! ... Die Kerle setzen sich tatsächlich auf uns zu in Marsch. Was sagst du nun?"

Donovan sagte: „He, laß mich mal sehen!"

Die Robots näherten sich. Dave ging wie ein Tambourmajor voraus, und die sechs „Finger" folgten ihm.

Donovan kam aus dem Staunen nicht heraus.

„Wie nahe sind sie jetzt?" wollte Powell wissen.

„Kaum mehr fünfzehn Meter, und sie nähern sich noch immer. In einer Viertelstunde sind wir draußen und – ach, du! Hallo! – Heeh! – Hallo!"

„Was ist los?" Powell brauchte mehrere Sekunden, um sich von dem durch Donovans Stimmaufwand hervorgerufenen, halb betäubenden Erstaunen zu erholen. „Los, laß mich auch mal sehen!"

Er kämpfte sich den Hang hinauf, aber Donovan blickte wie wild um sich. „Sie haben kehrtgemacht, Greg. Sie gehen weg. Dave! He, Daaave!"

Powell brüllte: „Was nützt das denn, du Esel? Schall pflanzt sich hier doch gar nicht fort."

„Schön, dann tritt die Wände mit den Füßen", keuchte Donovan. „Hau dagegen, bring irgendwie eine Vibration zustande. Auf irgendeine Weise *müssen* wir ihre Aufmerksamkeit erregen, Greg, sonst ist es aus mit uns." Wie ein Wilder hieb er mit den Fäusten um sich.

Powell schüttelte ihn. „Warte, Mike. Ich habe eine Idee."

„Was willst du?" Donovan zog den Kopf aus der Öffnung zurück.

„Laß mich schnell da hinein – schnell, ehe die Kerle aus meiner Reichweite sind!"

„Aus deiner Reichweite? Was hast du vor? He, was willst du mit diesem Detonator?" Er packte Powells Arm.

Heftig befreite Powell sich von Donovans Griff. „Was ich tue? Ich schieße ein bißchen."

Die Robots waren nichts als ein Flimmern, und sie wurden immer kleiner. Powell zielte und schoß dreimal. Dann senkte er die Waffe und schaute ängstlich hinaus. Einer der Hilfsrobots lag auf dem Boden. Nur noch sechs leuchtende Gestalten standen aufrecht.

Unsicher rief Powell in seinen Übermittlungsapparat hinein: „Dave!"

Zunächst folgte Stille, dann kam die Antwort, deutlich hörbar für beide Männer. „Chef? Wo sind Sie? Mein dritter Hilfsarbeiter hat sich verletzt. Er ist außer Tätigkeit."

„Kümmere dich nicht um deinen Hilfsarbeiter", sagte Powell. „Wir sind an der Stelle eurer letzten Sprengung gefangen. Kannst du den Schein unserer Taschenlampe sehen?"

„Natürlich, wir kommen sofort."

Powell lehnte sich zurück, und seine Muskeln entspannten sich. „Und damit haben wir's also geschafft."

Ganz leise und mit Tränen in der Stimme sagte Donovan: „Schön, Greg! Du bist der Sieger. Und nun erzähle mir keine langen Geschichten, sondern sage mir ganz einfach und in schlichten Worten, was eigentlich los war!"

„Ganz einfach ... nur daß wir Idioten während der ganzen Zeit das Nächstliegende nicht gesehen haben. Wir wußten, daß es im Stromkreis der ‚persönlichen Initiative' lag und daß es sich stets ereignete, wenn Notlagen eintraten. Dennoch suchten wir wie die Verrückten nach einem ganz speziellen Befehl. Also einem Befehl, der gleichzeitig an alle sechs gegeben wird. Unter gewöhnlichen Bedingungen tut immer einer oder tun mehrere der ‚Finger' Routinearbeit, die keine scharfe Überwachung erfordert. In einer Notlage aber müssen alle sechs Hilfsarbeiter sofort und gleichzeitig mobilisiert werden. Dave muß alle sechs auf einmal manipulieren, und das hält irgendeiner seiner Bestandteile nicht aus. Alles übrige war leicht. Jede Verminderung der von ihm verlangten Initiative, zum Beispiel durch die Ankunft menschlicher Wesen, brachte ihn wieder in die Reihe. So zerstörte ich einen der Robots. Nun hatte er nur noch Befehle nach fünf Seiten zu geben, was eine Verminderung der erforderlichen Initiative bedeutete, und sofort wurde er wieder normal."

Wieder klang die Stimme des Robots in ihren Ohren. „Hier bin ich. Können Sie eine halbe Stunde aushalten?"

„Leicht", sagte Powell. Dann fuhr er zu Donovan gewandt fort: „Und nun muß die Aufgabe eigentlich ganz einfach sein. Wir prüfen alle Leitungen und jeden einzelnen Teil, der bei einem sechsfachen Befehl gegenüber einem fünffachen ganz besonders belastet wird. Wie groß ist dann noch das Terrain, das wir untersuchen müssen?"

Donovan dachte nach. „Nicht sehr groß, glaube ich. Wenn Dave so ist, wie die Modelle waren, die wir in der Fabrik sahen, dann muß er einen ganz speziellen Koordinationsstromkreis besitzen, der als einziger in dieser Sache eine Rolle spielen kann." Sein Gesicht heiterte sich plötzlich auf. „Hör mal, das ist ja dann gar nicht schlimm. Das können wir ja im Handumdrehen erledigen."

„Fein. Du denkst noch ein wenig darüber nach. Dann schauen wir uns, wenn wir heimkommen, mal die Blaupausen an. Jetzt aber möchte ich mich ein wenig ausruhen."

SUSAN CALVIN sprach über Powell und Donovan innerlich amüsiert, aber ohne das Gesicht zu einem Lächeln zu verziehen. Nur wenn sie die Robots erwähnte, wurde ihre Stimme warm. Sie hatte nicht lange dazu gebraucht, über die Speedies, die Cuties und die Daves zu sprechen, und nun unterbrach ich sie. Sonst hätte sie bestimmt noch ein halbes Dutzend ähnlicher Geschichten erzählt.

Ich sagte: „Passiert eigentlich hier auf der Erde nie etwas?"

Sie schaute mich leicht stirnrunzelnd an. „Nein, hier auf der Erde haben wir nur sehr wenig mit tätigen Robots zu tun."

„Ach, das ist schade. Aber gibt es nicht vielleicht eine Geschichte, in der Sie eine Rolle spielen? Hat nie ein Robot Ihnen gegenüber versagt? Sie wissen doch, daß es sich eigentlich um Ihren Geburtstag handelt."

Susan Calvin wurde rot. Sie sagte: „Natürlich haben Robots auch mir gegenüber versagt. Mein Gott, wie lange habe ich nicht mehr an diese Geschichte gedacht! Na ja, sie hat sich vor bald vierzig Jahren ereignet. Natürlich. Im Jahre 2021. Damals war ich erst achtunddreißig. Ich war sehr töricht damals, junger Mann. Würden Sie das heute glauben?"

„Nein", sagte ich.

„Ich war's aber. Aber Herbie war ein gedankenlesender Robot."

„Was?"

„Nur einen hat es jemals von dieser Sorte gegeben. Ein Fehler ... irgendwo ..."

5

ALFRED LANNING zündete umständlich seine Zigarre an, aber seine Finger zitterten ein wenig. Seine grauen Augenbrauen waren zusammengepreßt, als er schließlich zu sprechen begann. „Das Ding ist ein Gedankenleser – daran ist überhaupt kein Zweifel. Aber wieso?" Seine Augen richteten sich auf Peter Bogert, den Mathematiker. „Na?"

Bogert strich sich mit beiden Händen sein schwarzes Haar glatt.

„Dies ist das 34. Modell des Typs RB, Lanning. Alle anderen waren vollkommen nach Schema F."

Der dritte Mann am Tisch runzelte die Stirn. Milton Ashe war der jüngste Direktor der U. S. Robot and Mechanical Men Comp. und stolz auf seine Stellung.

„Hören Sie mal, Bogert. Während der ganzen Produktion dieses Modells ist alles wie am Schnürchen gelaufen. Da hat's keinen Fehler gegeben. Dafür lege ich meine Hand ins Feuer."

Bogerts Lippen verzogen sich zu einem verlegenen Lächeln.

„Wirklich? Wenn Sie für alle Mann am laufenden Band garantieren können, dann werde ich Sie für eine Beförderung vorschlagen. Genau gezählt, sind zur Herstellung eines positronischen Gehirns 75 234 Operationen notwendig, wobei jede einzelne, um richtig durchführbar zu sein, eine ganze Reihe von Faktoren zur Voraussetzung hat.

Die Anzahl dieser Faktoren schwankt ihrerseits zwischen fünf und hundertundfünf. Geht einer davon ernstlich schief, so ist das ‚Gehirn' ruiniert. Ich zitiere hier Ihre eigenen Feststellungen, Ashe, und zwar aus Ihren eigenen Aufzeichnungen."

Milton Ashe errötete, aber eine vierte Stimme schnitt ihm die Antwort ab, die er gerade geben wollte.

„Wenn wir hier versuchen sollten, den einen oder anderen verantwortlich zu machen, dann gehe ich." Susan Calvins Hände lagen fest gefaltet in ihrem Schoß. Die kleinen Linien um ihren Mund herum hatten sich vertieft. „Wir stehen hier vor dem Faktum, daß wir einen gedankenlesenden Robot besitzen, und es kommt mir darauf an herauszufinden, warum er das tut. Dazu werden wir aber niemals kommen, wenn wir uns einfach hinstellen und rufen: ‚Ihr Fehler! Ihr Fehler!'"

Ihre kalten Augen wanderten zu Ashe, und dieser grinste.

Auch Lanning grinste. „Dr. Calvin hat recht." Seine Stimme wurde plötzlich kühl und geschäftsmäßig: „Ich will hier alles noch einmal in konzentrierter Form darstellen. Wir haben ein positronisches Gehirn hergestellt, das scheinbar dem regulären und ganz alltäglichen Typus zugehört. Dieses Gehirn besitzt jedoch die bemerkenswerte Fähigkeit, sich in die Gedanken anderer einzuschalten. Wüßten wir, wie das möglich ist, so würde diese Tatsache den bedeutendsten Fortschritt der Robotik in den letzten zehn Jahren bedeuten. Wir wissen es jedoch nicht, und wir müssen's herausfinden. Ist das klar?"

„Dürfte ich vielleicht einen Vorschlag machen?" fragte Bogert.

„Schießen Sie los!"

„Ich möchte anregen, daß wir, bis wir hinter die Gründe dieser Angelegenheit kommen, die Existenz des RB 34 geheimhalten. Auch gegenüber unseren anderen Mitarbeitern. Für uns als Abteilungsleiter sollte die Lösung dieses Problems keine unüberwindlichen Schwierigkeiten bieten, und je weniger Leute davon wissen, desto ..."

„Bogert hat recht", sagte Dr. Calvin. „Seitdem die ‚Interplanetarischen Regeln' dahingehend abgeändert wurden, daß sie eine Erprobung von Robots vor dem Versand in den Weltraum innerhalb der Fabriken gestatten, hat sich die Anti-Robot-Propaganda ungeheuer verschärft. Wenn nun bekannt wird, daß ein Robot existiert, der Gedanken lesen kann, so kann aus dieser Tatsache – solange wir nicht imstande sind, dieses Phänomen zu erklären und es nach unserem Willen zu kontrollieren – ungeheures Kapital geschlagen werden."

Lanning zog an seiner Zigarre und nickte besorgt. Er wandte sich an Ashe. „Ich glaube, Sie sagten, Sie seien allein gewesen, als diese Gedankenleserei zum ersten Male auftrat?"

„Und ob ich allein war – die Sache hat mir keinen kleinen Schreck eingejagt. RB 34 war gerade vom Konstruktionstisch heruntergekommen, und man hatte ihn zu mir geschickt. Obermann war nicht da, und so nahm ich selbst ihn mit hinunter in die Kontrollräume – zum mindesten war ich dabei, es zu tun." Ashe machte eine Pause, und ein kleines Lächeln spielte um seine Lippen. „Sagen Sie mal, hat einer von Ihnen jemals eine Gedankenkonversation mit einem anderen geführt, ohne was davon zu wissen?"

Niemand nahm sich die Mühe zu antworten, und so fuhr er fort: „Zuerst merkt man es gar nicht, verstehen Sie? Er sprach ganz einfach mit mir – logisch und vernünftig –, und ich hatte schon die Hälfte des Weges zu den Kontrollräumen zurückgelegt, ehe ich merkte, daß ich selbst ja gar nichts gesagt hatte. Natürlich hatte ich eine Menge gedacht, aber das ist doch etwas ganz anderes, oder nicht? Ich schloß das Ding ein und rannte weg, um Lanning zu holen. Ich muß ehrlich sagen, ich hatte eine richtige Gänsehaut."

„Das kann ich mir ganz gut vorstellen", sagte Susan Calvin nachdenklich.

Lanning mischte sich ein. „Dann wissen also nur wir vier von der Sache. Schön. Wir müssen systematisch vorgehen. Ashe, Sie kontrollieren das Fließband, an dem das Ding zusammengesetzt worden ist, von Anfang bis zu Ende – alles. Alle Manipulationen, bei denen ein Irrtum völlig ausgeschlossen ist, lassen Sie außer acht. Alle anderen stellen Sie zu einer Liste zusammen und bemerken gleichzeitig, welche Art Fehler möglich erscheint sowie sein etwaiges Ausmaß. Natürlich können Sie das nicht allein tun. Alle Männer Ihrer Abteilung haben an dieser Sache mitzuarbeiten. Keiner aber darf wissen, worum es sich handelt. Verstehen Sie?"

„Mmm ... ja." Der junge Techniker schüttelte sich. „Auch dann bleibt es noch immer eine verdammt schwierige Aufgabe."

Lanning wandte sich um und schaute Calvin an. „Sie, Susan, werden die Aufgabe von der anderen Seite her in Angriff nehmen. Sie sind der Robotpsychologe der Fabrik. Sie werden daher diesen Robot selbst studieren. Finden Sie heraus, welche Zusammenhänge zwischen seinen telepathischen Kräften und vielleicht sonstigen Eigenschaften bestehen, wie weit seine telepathischen Fähigkeiten reichen, inwiefern sie sein ‚Weltbild' verzerren – kurz gesagt, welcher Schaden für seine sonstigen RB-Eigenschaften aus dieser ‚Eigenart' erwächst. Ich nehme an, Sie verstehen, was ich will?"

Lanning wartete nicht auf Dr. Calvins Antwort.

„Ich selbst werde Ihrer beider Arbeit koordinieren und die von Ihnen gefundenen Fakten mathematisch interpretieren. Hierbei wird mir Bogert natürlich helfen."

„Schön", meinte Ashe, „dann will ich mich gleich an die Arbeit machen." Er schob seinen Stuhl zurück und erhob sich.

Susan Calvin erwiderte seinen Abschiedsgruß mit einem fast unmerklichen Kopfnicken. Ihre Augen aber folgten ihm, bis er nicht mehr zu sehen war.

DIE fotoelektrischen Augen von RB 34 hoben sich von dem Buch, das er gerade gelesen hatte, als er hörte, wie sich die Tür öffnete. Als Susan Calvin eintrat, stand er schon aufrecht.

Sie machte einen Augenblick halt, um das riesige Schild mit der Aufschrift „Eintritt verboten!" außerhalb der Tür aufzuhängen. Dann näherte sie sich dem Robot.

„Ich habe dir die Lehrbücher, die sich mit hyperatomischen Motoren beschäftigen, gebracht, Herbie – wenigstens ein paar davon. Würde es dir Spaß machen, sie dir einmal anzusehen?"

RB 34 – der auch unter dem Namen Herbie lief – nahm ihr die drei schweren Bücher ab und schlug die Titelseite des obersten auf.

„Hm! ‚Die Theorie der Hyperatomie'." Er murmelte ein paar unverständliche Worte vor sich hin, während er in dem Buch blätterte, und sagte dann geistesabwesend: „Setzen Sie sich, Dr. Calvin! Für diese Sache hier werde ich immerhin ein paar Minuten brauchen."

Die Psychologin nahm Platz. Sie beobachtete Herbie mit angespannter Aufmerksamkeit.

Nach einer halben Stunde legte er die Bücher auf die Seite. „Natürlich weiß ich, warum Sie mir diese Bücher gebracht haben."

Dr. Calvins Mundwinkel zuckten. „Ich fürchtete, du würdest es wissen. Es ist schwierig, mit dir zu arbeiten, Herbie. Du bist mir immer mindestens einen Schritt voraus."

„Wissen Sie, mit diesen Büchern ist es genauso wie mit allen anderen. Sie interessieren mich einfach nicht. In Ihren Lehrbüchern steht nichts drin. Ihre Wissenschaft ist lediglich eine Masse gesammelter Fakten, die von einer Behelfstheorie notdürftig zusammengehalten werden. Alles erscheint mir so ungeheuer einfach, daß es eigentlich nicht der Mühe wert ist, sich damit abzugeben.

Was mich sehr interessiert, sind Ihre Romane. Ihre Studien über die Zusammenhänge zwischen menschlichen Motiven und Gefühlsregungen." Seine mächtigen Hände gestikulierten unsicher, während er nach den passenden Worten suchte.

Dr. Calvin flüsterte: „Ich glaube, ich verstehe, was du meinst."

„Ich kann Gedanken lesen, nicht wahr?" fuhr der Robot fort. „Und Sie machen sich nur gar keine Vorstellung, wie kompliziert solche Gedanken sind. Ich kann nur ganz wenige verstehen, weil ich selbst ja so wenig mit dieser Art von Denken gemein habe – aber ich versuche mein Bestes, und dabei hilft mir das Lesen von Romanen."

„Das stimmt schon. Nur fürchte ich, daß, wenn du einmal die ganzen haarsträubenden Gefühlserlebnisse unserer Gegenwartsromane genossen hast" – ihre Stimme hatte einen eigenartigen Klang von Bitterkeit –, „du *wirkliche* Gefühle und Gedanken ziemlich langweilig und farblos finden wirst."

„Aber das stimmt ja gar nicht."

Die plötzliche Kraft, die in dieser Antwort lag, ließ Dr. Calvin aufspringen. Sie spürte, daß sie errötete, und dachte verzweifelt: Er muß es wissen.

Herbie sank in sich zusammen. Mit leiser Stimme, in der nichts mehr von dem metallischen Timbre zu hören war, murmelte er: „Aber natürlich weiß ich das, Dr. Calvin. Sie denken ja dauernd daran. So *muß* ich es doch wissen."

Ihr Gesicht wurde hart. „Hast du – es irgend jemandem erzählt?"

„Selbstverständlich nicht." Dies kam mit ehrlicher Überraschung heraus. „Keiner hat mich doch danach gefragt."

„Nun, so glaubst du wohl, daß ich töricht bin?"

„Nein. Es ist eine normale Regung."

„Vielleicht ist sie gerade deshalb so töricht." Die Sehnsucht, die in ihrer Stimme lag, war stärker als alles andere, und für einen Augenblick wurde sie ganz und gar von ihrer Weiblichkeit beherrscht. „Ich bin ja nicht das, was man – hübsch nennen würde."

„Wenn Sie ausschließlich körperliches Hübschsein meinen, so kann ich darüber kein Urteil abgeben. Auf alle Fälle weiß ich, daß es ja noch andere Dinge gibt, die einen Menschen anziehend machen."

„Noch bin ich jung." Dr. Calvin hatte die Worte des Robots kaum gehört.

„Sie sind noch nicht einmal vierzig." Ein ängstliches Drängen war in des Robots Stimme deutlich hörbar.

„Achtunddreißig, wenn man die Jahre zählt ..., aber eine verschrumpfte Sechzigerin, wenn es sich um meine gefühlsmäßige Einstellung der Welt gegenüber handelt. Bin ich vielleicht umsonst Psychologin?" Bitter und atemlos fuhr sie fort: „Und er ist kaum fünfunddreißig und noch jünger, wenn man sein Äußeres und die Art seines Handelns betrachtet. Glaubst du vielleicht, er kann jemals was anderes in mir sehen, als ..., als was ich eben bin?"

„Sie sind jung." Herbies stählerne Faust krachte auf den mit einem Kunststoff überzogenen Tisch. „Hören Sie mich an!"

Aber Susan Calvin fuhr jetzt auf ihn los, und der quälende Schmerz in ihren Augen verwandelte sich in ein wildes Feuer. „Warum sollte ich? Was weißt denn du von alldem – du – du ... du Maschine. Für dich bin ich einfach ein sonderbares Exemplar einer bestimmten Rasse ..., ein interessanter Käfer mit einem eigenartigen Gehirn, das vor dir ausgebreitet daliegt, damit du es studieren kannst. Bin ich nicht ein feines Musterbeispiel für eine enttäuschte Frau? Fast so gut, wie es in deinen Büchern geschildert wird!" Ihre Stimme ging in einem trockenen Schluchzen unter.

Der Robot schien sich vor ihrem Ausbruch zu ducken. Bittend schüttelte er den Kopf. „Würden Sie mir nicht vielleicht doch zuhören? Bitte! Ich könnte Ihnen helfen, wenn Sie es nur erlaubten."

„Wie?" Ihre Lippen kräuselten sich. „Mit gutem Rat?"

„Nein, das meine ich gar nicht ..., sondern einfach, weil ich doch weiß, was andere Menschen denken ..., zum Beispiel auch, was Milton Ashe denkt."

Eine lange Stille folgte.

Susan Calvin hatte die Augen gesenkt. „Ich will nicht wissen, was er denkt", flüsterte sie.

„Ich glaube aber, daß Sie es wissen sollten!"

Ihr Kopf blieb nach vorne geneigt, aber ihr Atem kam jetzt schneller. „Du redest Unsinn", sagte sie.

„Warum sollte ich das tun? Ich versuche zu helfen. Milton Ashes Gedanken über Sie ..." Er machte eine Pause.

Und dann hob die Psychologin den Kopf. „Nun?"

Der Robot sagte gelassen: „Er liebt Sie."

Eine ganze Minute lang sagte Susan Calvin nichts. Sie starrte einfach vor sich hin. Dann: „Du irrst dich. Du mußt dich irren. Warum sollte er mich lieben?"

„Aber er tut es. So etwas kann man nicht verbergen – zum mindesten nicht vor mir."

„Aber ich bin so ... so ...", stotterte sie, und dann brach sie ab.

„Er schaut nicht aufs Äußere eines Menschen. Was er an anderen bewundert, ist Verstand. Milton Ashe ist nicht die Art von Mann, der einen Kopf mit hübschen Haaren und schönen Augen heiratet."

Ehe sie weitersprach, verstrichen ein paar Sekunden. Selbst dann zitterte ihre Stimme noch immer. „Dennoch hat er niemals in irgendeiner Weise gezeigt, daß ..."

„Haben Sie ihm je die Gelegenheit gegeben?"

„Wie hätte ich das gekonnt? Ich dachte doch niemals, daß er ..."

„Genau."

In Gedanken versunken schwieg die Psychologin.

Dann schaute sie plötzlich auf. „Vor einem halben Jahr empfing er hier in der Fabrik den Besuch eines Mädchens. Ich glaube, sie war hübsch – blond und schlank. Natürlich hatte sie nicht viel Verstand. Wer war sie?"

Herbie antwortete, ohne zu zögern. „Ich kenne die betreffende Person. Sie ist eine Kusine, und ich kann Ihnen versichern, daß er sich in keiner Weise für dieses Mädchen interessiert."

Susan Calvin stand mit fast mädchenhafter Lebhaftigkeit auf. Sie rannte zu Herbie und packte seine kalte, schwere Hand mit ihren beiden Händen.

„Ich danke dir, Herbie." Ihre Stimme war eindringlich und fast flüsternd. „Sage niemandem was von dieser Sache! Es soll unser Geheimnis sein ..., und nochmals – ich danke dir." Damit und mit einem krampfhaften Druck auf Herbies gefühllose Finger verließ sie den Raum.

Langsam wandte sich Herbie wieder seinem Roman zu. Leider gab es keinen, der *seine* Gedanken hätte lesen können.

MILTON ASHE räkelte sich, daß seine Gelenke knackten, während aus seinem Munde eine Art von Stöhnen kam. Dann starrte er Dr. phil. Peter Bogert an. „Hör mal", sagte er, „ich habe mich nun eine volle Woche mit dieser Geschichte beschäftigt, fast ohne die nötige Zeit zum Schlafen zu finden. Wie lange soll das eigentlich so weitergehen? Ich meine, du hättest gesagt, das positronische Bombardement in der Vakuumkammer D wäre die Lösung?"

Bogert gähnte. „So ist's auch. Ich bin der Sache auf der Spur."

„Was *das* aus dem Munde eines Mathematikers bedeutet, weiß ich. Wie nahe bist du dem Ende, mein Freund?"

„Das hängt davon ab."

„Wovon?"

„Von Lanning. Der alte Bursche ist nicht meiner Meinung."

Schläfrig murmelte Ashe: „Warum fragen wir nicht Herbie und beenden damit die ganze Geschichte?"

„Den Robot fragen? Ist das dein Ernst?"

„So wahr mir Gott helfe! Das Komische dabei ist, daß der Idiot Mathematik gar nicht mag. Am liebsten würde er überhaupt nur Kitschromane lesen. Wirklich! Du solltest sehen, mit welcher Art von Lesestoff Susie ihn versorgt. ‚Schwüle Leidenschaft' und ‚Liebe im Weltraum' und solches Zeug."

Er machte plötzlich große Augen und runzelte die Stirn. „Sag mal, Bogie, ist dir in letzter Zeit an Susie irgendwas aufgefallen?"

Bogerts Gesicht verzog sich zu einem Grinsen. „Sie malt sich die Lippen, wenn's das ist, was du meinst."

„Mein Gott, das weiß ich selbst. Verwendet Rouge, Puder und Wimperntusche. Sieht bei Gott komisch aus. Aber das meine ich nicht. Ich kann nicht genau sagen, was es wirklich ist. Vielleicht ist es die Art, wie sie redet – als wäre sie mit einem Male sehr glücklich über irgend etwas." Er schien nachzudenken und zuckte dann mit den Schultern.

Der andere lachte. „Vielleicht ist sie verliebt."

„Du spinnst, Bogie. Los, geh jetzt und sprich mit Herbie! Ich möchte gerne hierbleiben und ein wenig schlafen."

„Schön. Nicht, daß ich es besonders schätze, wenn ein Robot mir in meine Arbeit hineinredet, noch daß ich glaube, daß er dazu imstande ist."

Ein leises Schnarchen war die einzige Antwort, die er bekam.

HERBIE hörte aufmerksam zu, während Peter Bogert mit betonter Gleichgültigkeit redete.

„Das ist die ganze Geschichte. Man hat mir mitgeteilt, daß du diese Dinge verstehst, und ich frage dich eigentlich mehr aus Neugierde als aus einem anderen Grund.“ Der Robot antwortete nicht, und Bogert meinte: „Nun, was sagst du dazu?“

„Ich kann keinerlei Fehler entdecken.“ Herbie studierte intensiv Zahlen, die Bogert ihm gereicht hatte.

„Ich nehme an, auch du kannst nicht viel weitergehen, was?“

„Ich möchte den Versuch lieber nicht riskieren. Du bist ein besserer Mathematiker als ich, und – na ja, ich möchte mich nicht festlegen.“

Bogert lächelte nachsichtig. „Das habe ich mir eigentlich gleich gedacht. Die Geschichte ist für dich bestimmt zu hoch. Sprechen wir nicht mehr davon!“ Er zerknüllte die Papiere, warf sie in den Müllschacht, wandte sich zum Gehen, änderte dann aber seine Absicht.

„Übrigens ...“

Der Robot wartete.

Bogert schien Schwierigkeiten zu haben, das auszudrücken, was er sagen wollte: „Ich habe da etwas – das heißt, vielleicht könntest du ...“ Er brach ab.

Herbie sagte gelassen: „Deine Gedanken sind wirr, aber ohne Zweifel betreffen sie Dr. Lanning. Dein Zaudern ist töricht, denn sobald du dich gefaßt hast, werde ich doch wissen, was du eigentlich fragen willst.“

Der Mathematiker strich sich mit der Hand übers Haar. „Lanning ist beinahe siebzig Jahre alt“, sagte er.

„Das weiß ich.“

„Fast dreißig Jahre lang ist er nun Direktor dieses Werkes.“

Herbie nickte.

„Na schön“ – Bogerts Stimme wurde einschmeichelnd –, „du weißt doch sicherlich, ob er sich mit dem Gedanken trägt, sich zur Ruhe zu setzen. Ich meine aus Gesundheitsgründen oder vielleicht, weil ...“

„Ich verstehe“, sagte Herbie und nichts weiter.

„Nun – also weißt du es, oder weißt du's nicht?“

„Selbstverständlich weiß ich es.“

„Dann – äh – könntest du's mir sagen?“

„Nachdem du mich fragst, ja.“ Der Robot sprach völlig geschäftsmäßig. „Er hat bereits sein Amt niedergelegt.“

„Was?" Der Ausruf kam wie eine Explosion. „Sag das noch einmal!"

„Er hat bereits sein Amt niedergelegt", kam die gelassene Wiederholung des Satzes. „Allerdings ist sein Rücktritt noch nicht offiziell. Er wartet – wie soll ich sagen – auf die Lösung meines Problems. Wenn die gefunden ist, wird er sein Amt seinem Nachfolger übertragen."

Bogert atmete hart aus. „Und dieser Nachfolger – wer ist denn das?" Er stand nun ganz nahe vor Herbie. Wie fasziniert schaute er in die ausdruckslosen blaßroten fotoelektrischen Zellen, die des Robots Augen waren.

Langsam kamen die Worte: „Du bist der nächste Direktor."

Bogerts Muskeln entspannten sich. Ein schwaches Lächeln erschien auf seinem Gesicht. „Gut, daß ich das weiß. Darauf habe ich gehofft und gewartet. Vielen Dank, Herbie."

In dieser Nacht blieb Bogert bis fünf Uhr morgens am Schreibtisch, und um neun Uhr war er bereits wieder da.

Genau um zwölf Uhr mittags hatte er die letzte Seite seiner Kalkulationen vor sich liegen. Gähnend rieb er sich die entzündeten Augen und zuckte mit den Schultern. „Mit jeder Minute wird diese Sache toller. Der Teufel soll's holen."

Er hörte das Geräusch einer sich öffnenden Tür, wandte sich um und begrüßte den eintretenden Lanning mit einem Kopfnicken.

Der Direktor, der natürlich sofort die Unordnung bemerkte, runzelte die Brauen. „Irgendwelche neuen Gesichtspunkte?" fragte er.

„Nein", kam die trotzige Antwort. „Sind die alten vielleicht nicht gut genug?"

Lanning machte sich gar nicht die Mühe zu antworten. Seine nächsten Worte kamen hinter einer Streichholzflamme hervor, mit der er sich eine Zigarre anzündete.

„Hat Calvin Ihnen erzählt, daß der Robot ein mathematisches Genie ist? Wirklich ein Genie?"

Der andere schnaubte laut. „Ich hab's gehört. Calvin sollte sich aber lieber ihrer Robotpsychologie widmen. Ich habe Herbie hinsichtlich seiner mathematischen Kenntnisse geprüft. Schon beim Zahlenrechnen hat er Mühe."

„Calvins Berichte lauten aber ganz anders."

„Was Sie nicht sagen."

„Sie scheinen skeptisch." Lanning zog ein Stück Papier aus seiner Westentasche und faltete es auseinander. „Dies ist ja nicht meine Handschrift, das sehen Sie wohl, was?"

Bogert studierte die eckigen Zahlen und Zeichen, die das ganze Papier bedeckten. „Hat Herbie dies geschrieben?"

„Jawohl. Und wie Sie vielleicht feststellen werden, hat er an der Zeitintegration der Gleichung 22 gearbeitet. Er kommt zu gleichen Schlußfolgerungen wie ich selbst, allerdings in einem Viertel der Zeit. Sie hatten keinerlei Veranlassung, den Linger-Effekt bei einem Bombardement durch Positronen außer acht zu lassen."

„Schön!" schrie Bogert. „Dann lassen Sie doch dieses Maschinenkonglomerat die Lösung finden. Warum befassen Sie sich dann überhaupt noch mit solchen Unwichtigkeiten?"

„Darin liegt ja gerade die Schwierigkeit. Herbie kann das Problem gar nicht lösen. Und kann er's nicht, so können wir's auch nicht – ich meine allein. Ich werde die ganze Frage dem Nationalen Ausschuß unterbreiten. Die Sache überschreitet bei weitem unsere eigenen Möglichkeiten."

Bogerts Stuhl kippte nach hinten über, als er mit wutverzerrtem Gesicht aufsprang. „Das werden Sie keinesfalls tun."

Auch Lannings Gesicht rötete sich jetzt. „Wollen Sie mir vielleicht vorschreiben, was ich tun darf und was nicht?"

„Genau das", kam die bissige Antwort. „Ich habe das Problem gelöst, und Sie werden es nicht fertigbringen, mir meine Leistung zu stehlen, verstanden?"

„Bogert, Sie sind ein verdammter Narr. Noch ein Wort, und ich lasse Sie wegen Insubordination sofort vom Dienst suspendieren." Lannings Unterlippe zitterte vor innerer Erregung.

„Genau das werden Sie nicht tun, mein lieber Lanning. Da, wo ein gedankenlesender Robot in der Nähe ist, gibt es nicht mehr viele Geheimnisse. Vergessen Sie daher bitte nicht, daß ich völlig im Bilde bin über Ihre Abdankung."

Die Asche an Lannings Zigarre zitterte und fiel zu Boden, und der Asche folgte die Zigarre selbst. „Was – was ..."

Bogert lachte bösartig. „Und ich bin der neue Direktor, verstehen Sie mich? Ich bin mir dessen durchaus bewußt. Fügen Sie sich nicht, so werden Sie in solche Schwierigkeiten kommen, daß Ihnen die Augen übergehen!"

Nun fand Lanning endlich seine Sprache wieder. „Sie sind Ihres Dienstes enthoben!" brüllte er. „Verstehen Sie mich? Sie sind entlassen, aller Pflichten entbunden!"

Das Lächeln auf dem Gesicht des anderen wurde noch breiter. „Was kann Ihnen das nützen? *Ich* bin derjenige, der die Trümpfe in der Hand hält. Ich weiß, daß Sie zurückgetreten sind. Herbie hat's mir gesagt, und er weiß es direkt von Ihnen."

Lanning zwang sich, ruhig zu sprechen. Er sah mit einem Male furchtbar alt aus. „Ich will mit Herbie sprechen. Er kann Ihnen gar nichts Derartiges gesagt haben. Sie spielen mit hohem Risiko, Bogert, aber ich nehme Ihre Herausforderung an. Kommen Sie mit!"

Bogert zuckte mit den Schultern. „Um Herbie zu besuchen? Schön. Ausgezeichnet sogar."

ES WAR genau zwölf Uhr mittags, als Milton Ashe von seiner ungeschickten Zeichnung aufschaute und sagte: „Verstehen Sie, was ich meine? Ich bin nicht in der Lage, das Ganze richtig aufzuzeichnen, aber so ungefähr sieht es aus. Es ist ein herrliches Haus, und ich kann's fast für nichts kaufen."

Susan Calvin schaute ihn mit sanften Augen an. „Es ist wirklich wunderschön", seufzte sie. „Ich habe oft gedacht, daß ich so gerne einmal ..." Ihre Stimme verlor sich.

„Natürlich", fuhr Ashe schnell fort, während er den Bleistift niederlegte, „muß ich warten bis zu meinem Urlaub. Das sind nur noch zwei Wochen, aber diese Herbiegeschichte macht ja überhaupt alles fraglich. Nebenbei ist damit noch eine andere Sache verknüpft, aber die ist noch ein Geheimnis."

„Dann verraten Sie es mir auch nicht?"

„Ach, warum eigentlich nicht? Ich möchte mich einfach jemandem mitteilen – und Sie sind so ziemlich die einzige Person, zu der ich hier Vertrauen habe."

Er lächelte verlegen.

Susan Calvins Herz klopfte wie rasend, aber sie sagte nichts.

„Offen gesagt", Ashe rückte seinen Stuhl näher an den ihren heran und senkte seine Stimme zu einem vertraulichen Flüstern, „das Haus ist nicht für mich allein bestimmt. Ich will heiraten."

Und dann sprang er plötzlich von seinem Stuhl auf. „Was ist los?"

„Nichts." Das Gefühl, daß sich alles um sie drehte, war verschwunden, aber Susan hatte noch immer Schwierigkeiten zu sprechen. „Sie wollen heiraten? Sie – Sie wollen damit sagen, daß ..."

„Natürlich. Ist doch höchste Zeit oder nicht? Erinnern Sie sich an das Mädchen, das letzten Sommer hier war? Das ist diejenige, welche. Aber Ihnen ist *wirklich* nicht gut. Sie ..."

„Ich habe Kopfweh." Susan machte eine schwache Bewegung der Abwehr. „Ich hatte in letzter Zeit häufig solche Anfälle. Ich möchte – möchte Ihnen natürlich gratulieren. Ich bin sehr froh, daß ..." Von neuem begann sich das Zimmer um sie zu drehen. „Entschuldigen Sie mich jetzt bitte!"

Die Worte waren fast unverständlich. Sie sprach sie, während sie wie eine Blinde durch die Tür stolperte. Das Ganze hatte sich mit der Plötzlichkeit einer Katastrophe in einem Traum ereignet – mit dem unwirklichen Grauen eines Alpdruckes.

Wie aber konnte es möglich sein? Herbie hatte doch gesagt ... Und Herbie mußte es wissen.

ALS sie aufschaute, stand sie Herbie gegenüber. Schwer lehnte sie sich gegen den Pfosten der Tür. Offenbar war sie zwei Stockwerke hoch hinaufgestiegen, ohne daß sie sich aber daran erinnern konnte. Und Herbies unbewegliche Augen starrten sie an.

Nun redete er. Sie spürte kaltes Glas, das jemand gegen ihre Lippen preßte.

Dann wurde sie sich plötzlich mit einem Schauder ihrer Umgebung bewußt.

Noch immer sprach Herbie. Erregung klang aus seiner Stimme – als wäre er innerlich verletzt und verängstigt und als flehe er sie an.

Die Worte begannen verständlich zu werden. „Es ist nichts als ein Traum", sagte er, „und Sie müssen ihn nicht glauben. Bald erwachen Sie wieder, und dann lachen Sie darüber. Er liebt Sie, sage ich Ihnen. Bestimmt, ganz bestimmt. Aber nicht hier. Nicht jetzt. All dies ist eine Illusion."

Susan Calvin nickte. Flüsternd sagte sie: „Ja, ja." Sie hatte Herbies Arm gepackt und hielt sich daran fest, während sie immer wieder und wieder sagte: „Es ist nicht wahr, wie? Nicht wahr – nicht wahr ..."

Sie wußte nicht, wie sie wieder zu sich kam ... nur, daß es so vor sich ging, als schritte sie aus einer Welt nebelhafter Unwirklichkeit in eine Welt grausamen Sonnenlichts. Sie stieß den Robot von sich weg, stieß hart gegen seinen stählernen Arm. Ihre Augen waren weit aufgerissen.

„Was beabsichtigst du mit diesem Spiel?" Ihre Stimme verwandelte sich in ein Schreien. „Was soll das alles heißen?"

Herbie wich zurück. „Ich versuche zu helfen."

Die Psychologin starrte ihn an. „Helfen? Indem du mir sagst, dies alles sei ein Traum? Indem du versuchst, mich zum Wahnsinn zu treiben?" In einer Art von Hysterie spannten sich alle ihre Muskeln. „Dies ist absolut kein Traum. Ich wollte, es wäre einer." Tief atmete sie ein. „Warte mal! Warum ... warum ... ach Gott, jetzt verstehe ich alles. Es liegt ja so klar auf der Hand ..."

Grauen sprach aus der Stimme des Robots. „Ich mußte es tun."

„Und ich habe dir geglaubt. Nie habe ich daran gedacht, daß ..."

Laute Stimmen vor der Tür brachten sie zum Verstummen. Sie wandte sich ab. Krampfhaft öffneten und schlossen sich ihre Fäuste. Als Bogert und Lanning eintraten, befand sie sich am entferntesten Fenster. Keiner der Männer schenkte ihr die geringste Aufmerksamkeit.

Gleichzeitig näherten sie sich Herbie. Lanning war ärgerlich und ungeduldig, Bogert hämisch kühl.

Der Direktor sprach als erster. „Hör mal, Herbie! Paß auf, was ich sage!"

Die Robotaugen wandten sich dem greisen Direktor zu. „Sie wünschen, Dr. Lanning?"

„Hast du mit Dr. Bogert über mich gesprochen?"

„Nein, Sir." Die Antwort kam langsam, und das Lächeln auf Bogerts Gesicht verschwand.

„Was soll denn das heißen?" Bogert schob sich vor seinen Vorgesetzten und stellte sich breitbeinig dem Robot gegenüber. „Wiederhole, was du mir gestern gesagt hast."

„Ich sagte, daß ..." Herbie verstummte. Tief in ihm vibrierte sein metallisches Zwerchfell, und etwas wie ein leichtes Stöhnen wurde hörbar.

„Sagtest du nicht, er hätte abgedankt?" brüllte Bogert. „Antworte mir!"

Wild hob Bogert seinen Arm, aber Lanning stieß ihn zur Seite. „Versuchen Sie vielleicht, ihn zu einer Lüge zu zwingen?"

„Sie haben selbst gehört, was er gesagt hat, Lanning. Er war dabei, 'ja' zu sagen, hat dann aber abgebrochen. Weg mit Ihnen! Ich will die Wahrheit hören, verstanden?"

„*Ich* werde ihn fragen." Lanning wandte sich dem Robot zu. „Schon gut, Herbie. Reg dich nicht auf! Habe ich abgedankt?" Herbie starrte ihn an, und Lanning wiederholte ängstlich: „Habe ich abgedankt? Bin ich zurückgetreten?"

Fast unmerklich schüttelte der Robot den Kopf. Auch nach langem Warten äußerte er sich sonst in keiner Weise.

Die beiden Männer schauten sich an, und die Feindseligkeit zwischen ihnen ließ sich fast mit Händen greifen.

„Kreuzdonnerwetter noch einmal!" brach Bogert los. „Hat der Robot plötzlich die Sprache verloren? Kannst du nicht mehr reden, du Ungeheuer?"

„Doch, ich kann sprechen", kam prompt die Antwort.

„Dann beantworte die Frage! Hast du mir nicht gesagt, Lanning sei zurückgetreten? Und ist er nicht zurückgetreten?"

Und wieder erfolgte keine Antwort, bis plötzlich vom anderen Ende des Raumes her Susan Calvins Lachen hörbar wurde. Es war ein hohes, fast hysterisches Lachen.

Die beiden Mathematiker zuckten zusammen, und Bogerts Augen wurden klein. „*Sie* sind hier? Was ist an dieser Sache eigentlich so komisch?"

„Nichts ist komisch." Ihre Stimme wirkte belegt. „Ich bin also nicht der einzige, der hereingefallen ist. Es liegt eine gewisse Ironie in der Tatsache, daß drei der größten Robotfachleute der Welt in die gleiche recht primitive Falle gehen, oder nicht? Aber komisch – nein, komisch ist es nicht."

Diesmal schauten die beiden Männer sich mit hochgezogenen Augenbrauen an. „Von welcher Falle sprechen Sie?" fragte Lanning steif. „Stimmt was nicht mit Herbie?"

„Doch, es stimmt alles." Sie näherte sich den beiden langsam. „Er ist völlig in Ordnung – nur wir sind's nicht ganz." Sie drehte sich plötzlich auf dem Absatz um und schrie den Robot an. „Mach, daß du mir aus den Augen kommst! Geh ans andere Ende des Zimmers, daß ich dich nicht mehr anschauen muß!"

Herbie schien sich zu ducken. Klirrend trottete er davon.

Lannings Stimme klang feindlich. „Was soll das alles bedeuten, Dr. Calvin?"

Sie wandte sich den beiden wieder zu und sagte sarkastisch: „Sicherlich kennen Sie doch das erste *Grundgesetz der Robotik.*"

Gemeinsam nickten die beiden. „Natürlich", sagte Dr. Bogert gereizt, „ein Robot darf kein menschliches Wesen verletzen noch durch Untätigkeit es zulassen, daß ein Mensch sich selbst Schaden zufügt."

„Wie gut Sie das hersagen", höhnte Dr. Calvin. „Aber um welche Art von Schaden handelt es sich?"

„Natürlich – jede Art von Schaden."

„Genauso. Jede Art von Schaden. Wie aber steht es mit dem Verletzen von Gefühlen? Mit der Erniedrigung des eigenen Egos? Wie steht's mit der Zerstörung von Hoffnungen? Sind auch das Verletzungen im Sinne des Gesetzes?"

Lanning runzelte die Stirn. „Was kann ein Robot wissen von ..." Dann aber hielt er inne.

„Sie begreifen's nun, was? Dieser Robot hier liest Gedanken. Nehmen Sie vielleicht an, daß er nicht ganz genau im Bilde darüber ist, was eine Gefühlsverletzung bedeutet? Nehmen Sie vielleicht an, daß er, wenn ich ihm eine Frage stellte, nicht genau die Antwort geben würde, die ich hören möchte? Würde mich nicht jede andere Antwort verletzen, und weiß Herbie das vielleicht nicht?"

„Du meine Güte!" murmelte Bogert.

Die Psychologin warf ihm einen spöttischen Blick zu. „Ich nehme an, Sie haben ihn gefragt, ob Dr. Lanning zurückgetreten sei. Sie wollten eine positive Antwort hören, und so hat sie Herbie Ihnen gegeben."

„Und ich nehme an, daß dies der Grund ist, warum er vor einer Weile gar nicht geantwortet hat", sagte Dr. Lanning tonlos. „Er konnte es nicht tun, ohne einen von uns zu verletzen."

Eine kleine Stille folgte, während die Männer in Gedanken versunken den Robot auf der anderen Seite des Raumes betrachteten. Er hatte sich in einem Stuhl neben dem Bücherschrank niedergelassen und saß mit aufgestütztem Kopf regungslos da.

Susan Calvin hatte den Blick gesenkt. „Er wußte das alles. Dieser Teufel weiß alles, auch, welcher Fehler bei seiner eigenen Herstellung gemacht worden ist." Ihre Augen waren jetzt dunkel und bedrückt.

Lanning schaute auf. „In diesem Punkt irren Sie sich, Dr. Calvin.

Er weiß keineswegs, was schiefgegangen ist. Ich habe ihn gefragt."

„Das bedeutet doch gar nichts weiter", schrie Calvin, „als daß Sie nicht wollten, daß er uns die Lösung des Problems mitteile. Es würde Ihrem Ego schweren Abbruch tun, wüßten Sie, daß eine Maschine existiert, die etwas kann, was Sie nicht können. Haben auch Sie ihn gefragt?" wandte sie sich an Bogert.

„Sozusagen." Bogert hüstelte und errötete. „Er antwortete mir, er verstehe sehr wenig von Mathematik."

Lanning lachte leise vor sich hin, und die Psychologin lächelte ironisch. Sie sagte: „Ich werde ihn fragen. Gibt er mir die Antwort auf das Problem, das uns beschäftigt ..., *mein* Ego kann es nicht verletzen." Sie hob ihre Stimme, und ihr Ton wurde kalt und kommandierend. „Komm hierher!"

Herbie erhob sich und kam zögernden Schrittes näher.

„Ich nehme an, du weißt ganz genau, wo sich bei deiner Herstellung ein Fehler eingeschlichen hat oder etwas Wesentliches vergessen wurde."

„Jawohl", sagte Herbie kaum hörbar.

„Moment mal", unterbrach Bogert, „das braucht nicht unbedingt zu stimmen. Sie wollen diese Antwort von ihm bekommen. Das ist alles."

„Lassen Sie ihn doch mal sagen, was er zu sagen hat!"

Der Mathematiker verstummte, und Susan Calvin fuhr fort: „Schön also, Herbie, schieß los! Wir warten auf das, was du uns zu sagen hast." Und sozusagen als Randbemerkung: „Halten Sie Bleistift und Papier bereit, meine Herren!"

Aber Herbie blieb still. In der Stimme der Psychologin lag Triumph. „Warum antwortest du nicht, Herbie?"

Aus dem Robot brach es heraus: „Weil ich nicht kann. Sie wissen, daß ich nicht kann. Dr. Bogert und Dr. Lanning wollen nicht, daß ich antworte."

„Sie wollen aber die Lösung."

„Aber nicht von mir."

Lanning mischte sich ein. Er sprach langsam und deutlich. „Sei nicht töricht, Herbie! Wir wollen, daß du uns sagst, was du weißt."

Bogert nickte kurz.

Herbies Stimme schien sich zu überschlagen. „Was nützt es, das zu sagen? Glauben Sie nicht, daß ich durch die Oberflächenhaut Ihrer

Gedanken hindurchsehen kann? Tief in Ihrem Innern wollen Sie nicht, daß ich antworte. Ich bin eine Maschine, der durch das positronische Spiel der Kräfte in meinem Gehirn ein nachgeahmtes Leben verliehen wurde. Dieses Gehirn ist Menschenwerk. Sie können mir gegenüber nie der Unterlegene sein, ohne sich verletzt zu fühlen. Dieses Gefühl ist tief verankert in Ihrem Innern und kann nicht ausgelöscht werden. Ich kann Ihnen die Lösung nicht geben."

„Wir verlassen den Raum", sagte Dr. Lanning. „Gib Dr. Calvin die Lösung!"

„Das würde doch gar nichts ändern", schrie Herbie, „da Sie dann ja doch wüßten, daß ich es war, der die Antwort gegeben hat."

Susan Calvin mischte sich wieder ein. „Du verstehst aber doch, Herbie, daß die Herren Bogert und Lanning dennoch die Lösung des Problems haben wollen."

„Aber nur, wenn sie sie selber finden", sagte Herbie.

„Du kannst es nicht sagen", fuhr die Psychologin fort, „weil sie das verletzen würde, und du darfst sie nicht verletzen. Aber sagst du's nicht, so verletzt du sie ebenfalls, und daher mußt du's sagen. Tust du das aber, so verletzt du, und das darfst du nicht, und so kannst du's nicht sagen. Aber sagst du's nicht, so verletzt du, und daher mußt du's sagen. Tust du das aber, so verletzt du, und das darfst du nicht. Sagst du's aber nicht, so verletzt du, und ..."

Herbie war nun bis zur Wand zurückgewichen. Er sank in die Knie. „Hören Sie auf!" schrie er. „Verschließen Sie vor mir Ihre Gedanken. Sie sind voll Schmerz und Enttäuschung und Haß. Ich hatte keine bösen Absichten. Ich versuchte zu helfen. Ich habe Ihnen nur das gesagt, was Sie hören wollten. Das mußte ich tun."

Die Psychologin achtete nicht auf ihn. „Du mußt es ihnen sagen, aber tust du das, so verletzt du sie, und so darfst du es nicht tun. Tust du's aber nicht, so verletzt du ebenfalls, und so mußt du's sagen. Aber ..."

Und Herbie brüllte. Der Ton wurde schriller und schriller, bis er sich überschlug. In ihm lag der ganze Schrecken einer verlorenen Seele, und er erfüllte den Raum und die Menschen bis in die tiefsten Tiefen. Gleichzeitig mit dem Ersterben des Tones brach Herbie in sich selbst zusammen und wurde zu einem Haufen bewegungsloser Metalls.

Bogerts Gesicht war blutleer geworden. „Er ist tot."

„Nein!" Susan Calvins Körper wurde von einem wilden Gelächter geschüttelt. „Nicht tot, sondern lediglich wahnsinnig. Ich konfrontierte ihn mit einem unlösbaren Dilemma, und so brach er zusammen. Nun könnt ihr ihn auseinandernehmen, denn er wird niemals wieder sprechen." Lanning sagte: „Sie haben das absichtlich getan." Er trat Susan Calvin mit verzerrtem Gesicht gegenüber.

„Und wenn? Jetzt können Sie bestimmt nichts mehr daran ändern." Und in einem plötzlichen Anflug von Bitterkeit: „Er hat's verdient."

Der Direktor packte den bewegungslosen Bogert am Handgelenk. Er seufzte. „Ein denkender Robot dieser Sorte ist ja ohnedies wertlos. Kommen Sie, Peter!"

Nachdem die beiden Wissenschaftler den Raum verlassen hatten, dauerte es noch Minuten, bis Dr. Susan Calvin ihr Gleichgewicht wiederfand. Langsam wandten sich ihre Augen dem lebend toten Herbie zu, und allmählich bekamen ihre Züge die alte Straffheit wieder.

Lange starrte sie ihn an, während das Gefühl des Triumphs von ihr wich und hilflose Enttäuschung sich ihrer wieder bemächtigte. Aus all ihren wirren Gedanken und Empfindungen aber bahnte sich nur ein einziges bitteres Wort den Weg über ihre Lippen: „Lügner!"

DAMIT war natürlich für den Augenblick ihre Erzählung beendet. Ich wußte, daß ich danach nichts mehr aus ihr herausbekommen würde. Sie saß regungslos hinter ihrem Schreibtisch, mit weißem Gesicht und versunken in Erinnerungen.

Ich sagte: „Ich danke Ihnen, Dr. Calvin", aber sie gab keine Antwort. Es dauerte zwei volle Tage, ehe es mir gelang, sie wiederzusehen.

6

DAS nächstemal begegnete ich ihr an der Tür zu ihrem Büro. Akten wurden herausgetragen.

Sie fragte: „Was macht Ihre Artikelserie, junger Mann?"

„Geht gut", sagte ich. Ich hatte das von ihr erhaltene Material in eine Form gebracht, die meinem Geschmack entsprach. „Können wir das Interview fortsetzen?"

„Warum nicht? Sollen wir uns ins Direktionskasino setzen? Wir können dort einen Kaffee trinken."

Sie schien guter Laune, und so versuchte ich mein Glück, während wir den Gang hinuntergingen. „Ich frage mich, Dr. Calvin, ob nicht ..."

„Was?"

„Ob Sie mir nicht einiges über die Geschichte der Robotik erzählen könnten."

„Aber Sie haben doch bereits, was Sie wollten, junger Mann, oder nicht?"

„In gewissem Sinne, ja. Die Ereignisse aber, über die ich schreibe, betreffen eigentlich gar nicht unsere moderne Welt. Was ich sagen will, ist, daß man offenbar nur einen einzigen gedankenlesenden Robot jemals herstellte, daß Raumstationen schon wieder unmodern sind und nicht mehr benutzt werden und daß Bergwerksarbeit durch Robots sozusagen eine alltägliche Erscheinung geworden ist. Wie steht es nun aber zum Beispiel mit interstellaren Reisen? Es ist etwa zwanzig Jahre her, daß der hyperatomische Motor erfunden wurde, und wie allgemein bekannt, ist er ja eine robotische Erfindung. Stimmt das, oder wie verhält es sich damit wirklich?"

„Interstellare Reisen?" Sie wurde nachdenklich. „Wissen Sie, dieser Motor war nicht einfach eine Robot-Erfindung. So war's nicht. Allerdings kamen wir, bis wir das neue Gehirn entwickelt hatten, nicht sehr weit. Wir versuchten es. Meine erste Berührung mit interstellarer Forschung kam im Jahr 2029 zustande, als ein Robot verlorenging."

Die Maßnahmen in Hyper-Basis wurden in einer Art kalter Wut getroffen. In zeitlicher Reihenfolge sowie entsprechend dem Grade wachsender Verzweiflung und Panik wurde folgendes verfügt:

1. Alle Arbeit an dem hyperatomischen Projekt in dem von den Stationen der 27. Asteroidengruppe besetzten Raum wurde eingestellt.
2. Praktisch wurde dieser ganze riesige Raum aus dem System herausgeschnitten. Niemand durfte ihn ohne Erlaubnis betreten. Unter gar keinen Bedingungen durfte ihn jemand verlassen.
3. Durch ein speziell abkommandiertes Patrouillenraumschiff der Regierung wurden Dr. Susan Calvin, Oberste Psychologin, und Dr. Peter Bogert, Mathematischer Direktor der United States Robot and Mechanical Men Co., nach Hyper-Basis gebracht.

SUSAN CALVIN hatte nie zuvor die Erdoberfläche verlassen. Auch in diesem Augenblick hatte sie keine besondere Neigung empfunden, das zu tun. So kam es, daß sie verstimmt war über diese Reise und daß sie nicht an die Dringlichkeit der Sache glaubte.

Dr. Bogert war, wie er immer war, elegant, blaß und ständig etwas müde.

Anders Generalmajor Kallner, der Kommandeur des Unternehmens, dessen Gesicht nicht einen einzigen Augenblick den Ausdruck des Gehetztseins verlor.

Kurz gesagt, war diese Mahlzeit eine schaurige Angelegenheit, und die kleine Sitzung der drei, die dieser Mahlzeit folgte, begann in deprimierter, unglücklicher Verfassung.

Kallner eröffnete die Unterhaltung ohne Umschweife.

„Die Geschichte, die ich Ihnen erzählen muß, meine Herrschaften, ist eigenartig. Zunächst möchte ich Ihnen danken, daß Sie so prompt gekommen sind, ohne daß wir Ihnen die eigentliche Ursache mitgeteilt haben. Wir werden versuchen, diesem Mangel unverzüglich abzuhelfen. Wir haben einen Robot verloren. Wir haben die Arbeit eingestellt und können sie nicht wiederaufnehmen, bis wir ihn wiedergefunden haben. Bisher ist uns das nicht gelungen. Wir haben das Empfinden, daß wir fachmännische Hilfe benötigen."

Susan Calvin fragte: „Wieso ist ein einzelner Robot so wichtig für das ganze Unternehmen, und wieso hat man ihn noch nicht gefunden?"

Der General benetzte seine Lippen. „Na, um ganz korrekt zu sein – wir *haben* ihn gefunden." Dann mit deutlich erkennbarer Sorge: „Ich will's genau erklären! Sofort, als der Robot sich beim Appell nicht meldete, wurde eine Art von Notstand erklärt und jeder Verkehr auf der Basis zum Halten gebracht. Am vorhergehenden Tage war ein Frachtschiff angekommen, das uns für unsere Laboratorien zwei Robots brachte. Auf dem gleichen Fahrzeug befanden sich zweiundsechzig Robots des gleichen Typs zur Weiterverschiffung irgendwo anders hin. Wir sind ganz sicher, daß diese Zahl stimmt. Hierüber gibt es absolut keinen Zweifel."

„Schön. Und nun der Zusammenhang?"

„Als unser fehlender Robot nirgends aufgefunden wurde, hatten wir einen Geistesblitz und zählten die auf dem Frachtschiff verbliebenen Robots. Es waren dreiundsechzig."

„So daß also, wenn ich recht verstehe, der dreiundsechzigste der verlorene Sohn ist?" Dr. Calvins Blick wurde düster.

„Jawohl, nur gibt es keinen Weg, um festzustellen, welcher unter den dreiundsechzig es nun ist."

Ein tiefes Schweigen folgte, und in diese Stille hinein schlug die Uhr elfmal.

Dann sagte die Robotpsychologin: „Sehr sonderbar", wobei sich ihre Mundwinkel nach unten zogen.

„Peter", sie wandte sich an ihren Kollegen, „was ist eigentlich hier los? Welche Art von Robots wird denn hier benutzt?"

Dr. Bogert zögerte, während ein leichtes Lächeln über sein Gesicht ging. „Bis jetzt war dies eine Art von Staatsgeheimnis."

Sie antwortete schnell. „Richtig, bis jetzt. Wenn sich auf diesem Raumschiff dreiundsechzig Robots des gleichen Typs befinden, von denen einer gesucht wird, dessen Identität man nicht kennt, warum nimmt man dann nicht irgendeinen? Was steckt hinter dieser ganzen Geschichte? Warum braucht man eigentlich uns für eine so einfache Sache?"

Bogert sagte resigniert: „Wenn Sie mir Gelegenheit geben zu antworten, Susan – Hyper-Basis benutzt zufällig einige Robots, in deren Gehirnen das erste Gesetz der Robotik nicht in seinem vollen Umfang wirksam ist."

„Was?" Calvin zuckte zusammen. „Ich verstehe. Und wieviel von dieser Sorte wurden hergestellt?"

„Ein paar. Es geschah im Auftrag der Regierung, und natürlich durften wir unter keinen Umständen die Geheimhaltung verletzen. Niemand außer den mit dieser Sache direkt betrauten obersten Leitern der Firma durfte etwas davon wissen. Sie gehörten nicht dazu. Auch ich hatte nichts damit zu tun."

Der General unterbrach ihn. „Ich würde dies gerne etwas näher erläutern. Ich wußte nicht, daß Dr. Calvin die Lage nicht kannte. Ich brauche Ihnen, gnädige Frau, ja nicht auseinanderzusetzen, daß auf der Erde immer eine starke Opposition gegen Robots existierte. Das einzige wirksame Argument, das die Regierung gegen die radikalen Fundamentalisten immer besaß, war die Tatsache, daß Robots ausschließlich mit diesem ersten Gesetz gebaut werden, das sie nicht brechen können und das es für sie unmöglich macht, Menschen – ganz gleich unter welchen Umständen – Schaden zuzufügen. Nun brauchten wir aber eine andere Art von Robots. Daher wurden einige wenige der NS-2-Modelle, also des ‚Nestors', mit einem abgewandelten ersten Gesetz hergestellt. Um die Sache geheimzuhalten, wurden alle NS-2-Modelle ohne Seriennummern gefertigt. Die modifizierten Typen werden uns hier zusammen mit den normalen geliefert, und natürlich ist das Gehirn der ersteren so angelegt, daß sie ihre Abwandlung, ihr Anderssein, irgendwelchem unautorisierten Personal gar nicht mitteilen können." Ein verlegenes Lächeln erschien auf seinem Gesicht. „All dies hat sich nun leider gegen uns selbst ausgewirkt."

Calvin sagte grimmig: „Trotzdem – haben Sie jeden einzelnen gefragt, ob er es ist? Sie sind ja doch ganz bestimmt eine autorisierte Person, oder nicht?"

Der General nickte. „Alle dreiundsechzig leugnen, jemals hier gearbeitet zu haben – und einer davon lügt."

„Zeigt der, den Sie suchen, nicht irgendwelche Abnützungsspuren? Ich nehme an, die anderen sind fabrikneu."

„Der in Frage stehende Robot wurde erst vergangenen Monat geliefert. Dieser sowie die beiden, die gerade angekommen sind, sollten die letzten dieser Art sein. Irgendwelche sichtbare Abnützungsspuren können nicht vorhanden sein." Langsam schüttelte er den Kopf. „Dr. Calvin, wir wagen es nicht, dieses Transportschiff weiterfahren zu lassen. Wenn die Existenz dieser Sorte von Robots allgemein bekannt wird ..." Er fand offensichtlich keine Worte, den vollen Umfang einer derartigen Katastrophe zu schildern.

„Vernichten wir alle dreiundsechzig", sagte die Robotpsychologin kalt und ungerührt. „Damit beenden wir die ganze Geschichte ein für allemal."

Bogert verzog den Mund. „Sie meinen, wir sollen eine so hohe Anzahl von Robots zerstören, von denen jeder dreißigtausend Dollar kostet? Ich fürchte, der Firma U. S. Robot würde ein solches Vorgehen keine Freude machen. Ich glaube, wir strengen uns zunächst mal ein bißchen an, Susan, ehe wir ans Vernichten denken."

„In diesem Falle", sagte sie scharf, „brauche ich Fakten. Welches sind die besonderen Vorteile, die Hyper-Basis aus der Lieferung dieser modifizierten Modelle zieht? Aus welchem besonderen Grund wurden sie von uns verlangt?"

Kallner strich sich mit der Hand über die Stirn. „Wir hatten Schwierigkeiten mit unseren bisherigen Robots. Unsere Männer arbeiten ziemlich viel mit harten Strahlen, verstehen Sie? Natürlich ist das gefährlich, auch wenn alle im Rahmen des Möglichen liegenden Schutzmaßnahmen getroffen werden. Seit dem Beginn dieses neuen Unternehmens hatten wir nur zwei Fälle von Strahlenschädigungen, und beide waren tödlich. Es war aber unmöglich, das einem gewöhnlichen Robot auseinanderzusetzen. Sobald es sich als notwendig erwies, daß einer unserer Männer sich für kurze Zeit einem mäßigen Feld von Gammastrahlen aussetzte – einer Strahlung, die keinerlei nachteilige physiologische Folgen haben konnte –, rannte der nächststehende Robot herbei und schleppte den Mann aus der Gefahrenzone weg. War das Feld äußerst schwach, so hatte der Robot mit seiner Rettungsaktion vollen Erfolg, und die Arbeit konnte nicht eher fortgesetzt werden, als bis alle in der Nähe beschäftigten Robots entfernt worden waren. War das Feld ein wenig kräftiger, so vermochte der Robot den betreffenden Techniker niemals zu erreichen, da sein positronisches Gehirn ja unter Gammastrahlung zusammenbricht. In diesem Falle hatten wir den Verlust eines teuren und schwer ersetzbaren Robots zu beklagen. Wir versuchten, mit ihnen zu diskutieren. Angenommen, so sagten sie, der Betreffende vergißt die Zeit und bleibt etwa eine Stunde dort, so könnten sie ein derartiges Risiko nicht eingehen. Wir setzten ihnen auseinander, daß sie wegen eines solch verschwindend kleinen Risikos schließlich ihr eigenes Leben riskierten. Selbstschutz ist aber das dritte Gesetz der Robotik – und mit Vorrang kommt das erste Gesetz der menschlichen Sicherheit. Wir gaben ihnen den Befehl, unter keinen Umständen ein Feld von Gammastrahlen zu betreten. Gehorsam ist aber erst das zweite Gesetz, und menschliche Sicherheit – na, und so weiter. Dr. Calvin – entweder mußten wir uns ohne Robots behelfen, oder hinsichtlich des ersten Gesetzes mußte etwas geschehen. Wir wählten das letztere."

„Ich kann kaum glauben", sagte Dr. Calvin, „daß man die Möglichkeit besaß, das erste Gesetz aus diesen Gehirnen zu entfernen."

„Es wurde auch nicht entfernt, sondern lediglich modifiziert", erklärte Kallner. „Es wurden positronische Gehirne konstruiert, bei denen die Formel dann lautete: Kein Robot darf ein menschliches Wesen verletzen. Das ist alles. Diese neuen Modelle fühlen sich nicht gezwungen, einen Menschen vor Schaden zu bewahren, wenn ihm dieser Schaden durch fremde Einflüsse, wie zum Beispiel Gammastrahlen, zugefügt wird. Ich stelle die Sache doch wohl richtig dar, Dr. Bogert, wie?"

„Vollständig", stimmte der Mathematiker zu.

„Und darin liegt der einzige Unterschied zwischen Ihren Robots und dem gewöhnlichen NS-2-Modell? Der absolut einzige Unterschied? Ist das richtig, Peter?"

„Der *einzige* Unterschied, Susan!"

Sie stand auf und sprach in einer Art, die keinen Widerspruch duldete. „Ich beabsichtige jetzt zu schlafen, und in ungefähr acht Stunden möchte ich mit demjenigen sprechen, der den Robot zuletzt gesehen hat. Und von jetzt an, General Kallner, wünsche ich – wenn ich überhaupt irgendwelche Verantwortung übernehmen soll – die alleinige und uneingeschränkte Leitung der Untersuchung dieser Angelegenheit."

Susan Calvin konnte natürlich nicht schlafen. Schließlich klopfte sie gegen sieben Uhr Ortszeit an Bogerts Tür, der ebensowenig hatte schlafen können.

Leise sagte er: „Mehr oder weniger hatte ich erwartet, daß Sie kommen würden. Ich nehme an, das setzt Ihnen ziemlich zu."

„Stimmt."

„Na ja – tut mir leid. Es gab kein Mittel, es anders zu handhaben. Schon als ich hörte, daß Hyper-Basis uns anforderte, wußte ich, daß wohl irgend etwas mit den abgewandelten ‚Nestors' nicht in Ordnung war. Aber was konnte ich tun? Ich konnte Sie ja auch auf der Reise hierher nicht ins Bild setzen, wie ich's gerne getan hätte. Die Sache mit den Abwandlungen ist sozusagen höchstes Staatsgeheimnis."

Die Psychologin murmelte: „Man hätte es mir dennoch sagen sollen. U. S. Robot hatte kein Recht, positronische Gehirne abzuändern, ohne vorher die Zustimmung eines Psychologen einzuholen."

Bogert zog die Augenbrauen hoch und seufzte: „Seien Sie vernünftig, Susan! Sie hätten auch keinen Einfluß gehabt. In dieser Sache konnte keiner der Regierung widersprechen."

Dr. Calvin sprach, fast ohne die Lippen zu bewegen. „Ich hätte mein Amt niedergelegt."

„Auch das hätte nichts genutzt. Die Regierung bot der Firma einerseits ein Vermögen und bedrohte sie andererseits für den Fall der Ablehnung mit antirobotischer Gesetzgebung. Wir konnten uns nicht helfen ... sowenig wie wir uns jetzt helfen können. Kommt diese Sache heraus, so wird sie Kallner und der Regierung schaden. Unendlich viel größer aber wird der Schaden sein, den die U. S. Robot Co. erleidet."

Die Psychologin starrte ihn an. „Peter, sehen Sie denn gar nicht, worum es hier eigentlich geht? Können Sie nicht begreifen, was die Entfernung des ersten Gesetzes bedeutet? Es ist hier nicht einfach damit getan, daß ein Geheimnis gewahrt werden mußte."

„Ich weiß sehr wohl, was die Entfernung des ersten Gesetzes zur Folge haben würde. Dieses Gesetz aber – und ich muß das wiederholen – wurde nicht aufgehoben, sondern lediglich modifiziert."

„Und wie steht es mit der Stabilität des Gehirns?"

Der Mathematiker schob die Unterlippe nach vorne. „Die ist natürlich vermindert. Jedoch liegt sie noch immer innerhalb der Sicherheitsgrenzen. Die ersten Nestors wurden vor neun Monaten hierhergeliefert. Bis jetzt haben sich keinerlei Schwierigkeiten gezeigt ..., und selbst die jetzige Schwierigkeit liegt eigentlich nur in der Angst, daß die ganze Sache herauskommt, nicht aber in der Gefahr für menschliche Wesen."

„Na schön. Wir werden sehen, was die Konferenz morgen früh bringt."

GERALD BLACK hatte im vergangenen Jahr in Raumphysik promoviert. Ebenso wie alle anderen Physiker seiner Generation war er zutiefst interessiert an dem Problem hyperatomischer Antriebskraft. Er paßte glänzend in die allgemeine Atmosphäre der Zusammenkünfte, die nunmehr in Hyper-Basis stattfanden. In seinem fleckigen weißen Laboratoriumskittel war er teils rebellisch, teils völlig unsicher. Die Kraft, die in seiner untersetzten Gestalt lag, schien nach einem Ventil zu suchen, und mit seinen Fingern, die sich fast immer drehten oder krümmten, hätte er wohl einen eisernen Gitterstab aus der Wand reißen können.

Generalmajor Kallner saß neben ihm, während die zwei von der U. S. Robot Co. ihnen gegenüber Platz genommen hatten.

Black sagte: „Wie ich höre, war ich der letzte, der Nestor 10 gesehen hat, ehe er verschwand. Ich nehme an, Sie wollen mir gewisse Fragen stellen."

Dr. Calvin betrachtete ihn interessiert. „Was Sie sagen, junger

Mann, klingt fast so, als wären Sie Ihrer Sache nicht so ganz sicher. *Wissen* Sie denn nicht, ob Sie der letzte waren, der den Robot gesehen hat?“

„Gnädige Frau, er hat mit mir an den Feldgeneratoren gearbeitet und befand sich am Morgen seines Verschwindens bei mir. Ich weiß nicht, ob irgend jemand ihn nach zwölf Uhr mittags gesehen hat. Keiner gibt es jedenfalls zu.“

„Nun also – wenn Sie mit dem Robot zusammengearbeitet haben, so kennen Sie ihn vermutlich besser als jeder andere. Haben Sie an ihm jemals etwas Ungewöhnliches wahrgenommen? Haben Sie je zuvor mit Robots gearbeitet?“

„Ich habe hier mit anderen zusammengearbeitet – mit den einfachen. Aber die Nestors sind nicht viel anders. Nur sind sie geschickter und verursachen bedeutend mehr Ärger.“

„Ärger? Wieso?“

„Na ja – vielleicht können sie gar nichts dafür. Die Arbeit hier ist hart, und die meisten von uns werden ein wenig überreizt. Es ist kein Vergnügen, sich den ganzen Tag mit dem ‚Überraum‘ beschäftigen zu müssen. Diesen Nestors aber macht das alles gar nichts aus. Die sind neugierig, ruhig und ohne Sorgen. Das allein genügt, um einen manchmal zum Wahnsinn zu treiben. Will man, daß etwas schnell geschieht – schnell wie der Blitz –, *die* Kerle nehmen sich Zeit. Hin und wieder denke ich, wir wären besser dran ohne sie.“

„Sie sagen, die Nestors lassen sich Zeit. Haben sie sich jemals geweigert, einen Befehl auszuführen?“

„Nein, absolut nicht.“ Es kam hastig heraus. „Es ist gar nichts gegen sie zu sagen. Allerdings sagen sie einem, wenn sie glauben, man mache etwas falsch. Sie wissen über die ganze Sache nicht mehr, als sie von uns gelernt haben, aber das hält sie nicht davon ab, uns zu korrigieren. Vielleicht bilde ich mir das nur ein, aber ich glaube, daß alle hier die gleichen Schwierigkeiten mit ihren Nestors haben.“

General Kallner räusperte sich. „Und warum habe *ich* nie etwas von diesen Beschwerden erfahren?“

Der junge Physiker errötete. „Wir wollten die Arbeit nicht wirklich ohne die Robots verrichten, Sir, und überdies wußten wir nicht, wie man solche mehr oder weniger unwichtigen Beschwerden aufnehmen würde.“

Bogert unterbrach ihn sanft. „Hat sich an dem Morgen, als Sie ihn das letztemal sahen – ich meine diesen Robot –, etwas Besonderes zugetragen?“

„Ich hatte Schwierigkeiten mit ihm“, begann Black. „Ich hatte an diesem Morgen eine Kimballröhre zerbrochen und war mit meinem gesamten Arbeitsprogramm fünf Tage im Rückstand. Mehr als zwei Wochen hatte ich von zu Hause keine Post bekommen. Und da kam *er* und wollte, daß ich ein Experiment, das ich bereits vor zwei Wochen aufgegeben hatte, wiederholte. Immer ärgerte er mich mit dieser Sache, und ich hatte es einfach satt. Ich sagte ihm, er solle machen, daß er wegkomme. Das war das Ende, seither habe ich ihn nicht mehr gesehen.“

„Sie sagten ihm, er solle machen, daß er wegkomme?“ fragte Dr. Calvin scharf und aufs höchste interessiert. „Genau mit diesen Worten? Sagten Sie: ‚Mach, daß du wegkommst!‘? Versuchen Sie bitte, sich an Ihre genauen Worte zu erinnern.“

Offenbar ging in Black ein innerer Kampf vor sich. Dann sagte er trotzig: „Genau habe ich mich noch anders ausgedrückt. Ich habe gesagt: ‚Hau ab, verzieh dich!‘“

Bogert lachte kurz auf. „Und genau das hat er getan, was?“

Aber Calvin war noch nicht fertig. Einschmeichelnd sagte sie: „Nun bekommen wir endlich Resultate, Mr. Black. Wichtig aber sind die genauen Einzelheiten. Um hinterher die Handlungsweise eines Robots verstehen zu können, ist jedes Wort wichtig, das gesprochen wurde, jede Geste, jede Betonung. Es kann doch wohl kaum möglich sein, daß Sie lediglich diese vier Wörter gesagt haben. Wie Sie selbst zugeben, befanden Sie sich in miserabler Laune. Vielleicht haben Sie sich noch etwas kräftiger ausgedrückt, was?“

Der junge Mann errötete wieder. „Jaja ..., vielleicht habe ich das auch noch mit ein paar Schimpfnamen belegt.“

„Was für Schimpfnamen?“

„Ach, ganz genau weiß ich das nicht mehr. Überdies könnte ich sie vor Ihnen doch nicht wiederholen.“

„Ich möchte bitten, daß Sie so genau wie möglich wiederholen, was Sie an jenem Morgen sagten, und – was fast noch wichtiger ist – daß Sie es genau in dem Ton tun, den Sie damals gebrauchten.“

Black schluckte. „Ich sagte ...“ Seine Stimme versagte. Dann machte er einen neuen Versuch. „Ich sagte ...“

Und dann sog er eine ganze Menge Luft ein, und danach sprudelte er das, was er damals gesagt hatte, in einer langen Folge von Worten heraus.

Nur eine ganz feine Röte verriet, daß die Robotpsychologin etwas empfand. Sie sagte: „Ich bin mir über die Bedeutung der meisten Worte, die Sie gebrauchten, im klaren. Ich nehme an, daß diejenigen, die ich nicht kenne, die gleiche abschätzige Bedeutung haben wie die anderen. Und zu alledem sagten Sie ihm, er solle abhauen, solle sich verziehen."

„Das meinte ich natürlich nur bildlich."

„Darüber bin ich mir im klaren. Ich bin sicher, daß deswegen kein Disziplinarverfahren gegen Sie eröffnet werden wird." Sie warf dem General einen fragenden Blick zu, der zustimmend nickte.

„Sie können jetzt gehen, Mr. Black. Ich danke Ihnen für Ihre Mitarbeit."

Susan Calvin brauchte fünf Stunden, um die dreiundsechzig Robots zu verhören. Es waren dies fünf Stunden ewiger Wiederholungen. Und alles wurde von einem versteckten Aufnahmegerät festgehalten. Als sie schließlich fertig war, hatte die Psychologin ein Gefühl, als sei alle Lebenskraft aus ihr gewichen.

Bogert wartete auf sie. Erwartungsvoll schaute er sie an, während sie die Drahtspule des Aufnahmeapparates erschöpft auf sein Pult fallen ließ.

Sie schüttelte den Kopf. „Alle dreiundsechzig schienen mir ein und derselbe Robot zu sein. Ich könnte nicht sagen ..."

Er unterbrach sie. „Natürlich nicht. Nach dem Gehör allein war das ja auch unmöglich, Susan. Wie wär's, wenn wir die Bandaufnahme hier einmal analysierten?"

Selbst in gewöhnlichen Fällen ist die mathematische Interpretation verbaler Robotreaktionen einer der kompliziertesten Zweige der Robotanalyse. Hierfür sind ein ganzer Stab gutausgebildeter Techniker erforderlich sowie die Hilfe kompliziertester Rechenmaschinen. Bogert wußte das, und nachdem er jede einzelne Aufnahme angehört und sich Listen von Wortabweichungen und Kurven über Antwortpausen gemacht hatte, räumte er diese Tatsache auch ein, ohne sich allerdings seinen tiefen inneren Ärger anmerken zu lassen.

„Hier zeigen sich keinerlei Anomalien, Susan. Die Wortvariationen sowie die Zeitreaktionen liegen innerhalb der Grenzen gewöhnlicher Häufigkeitsgruppierungen. Wir benötigen feinere Methoden."

Mit ungeduldiger Geste brachte Dr. Calvin ihn zum Verstummen. „Ich bitte Sie, Peter. Hier handelt es sich nicht um eines Ihrer hübschen Laboratoriumsprobleme. Können wir nicht den modifizierten Nestor durch irgendeinen groben Unterschied, der für das nackte Auge erkennbar ist, determinieren – durch einen Unterschied, über den es überhaupt keinen Zweifel geben kann –, ich sage, können wir das nicht, dann ist alles aus. Die Gefahr eines Irrtums, durch den der Richtige uns entkommen könnte, ist viel zu groß. Es genügt nicht, eine winzige Abweichung in einer Kurve festzustellen. Ich kann Ihnen jetzt schon sagen, daß ich, wenn ich nichts in die Hand bekomme als eine derartige minimale Differenz, alle vernichten lasse, nur um ganz sicher zu sein. Haben Sie schon mal mit den anderen modifizierten Nestors gesprochen?"

„Jawohl, das habe ich getan", antwortete Bogert schnippisch, „und ich kann Ihnen berichten, daß denen bestimmt nichts fehlt. Wenn man überhaupt was sagen kann, so wäre es lediglich, daß ihre Freundlichkeit über das Normalmaß hinausgeht."

„Könnten Sie ein paar planare Reaktionen prüfen – nur um herauszufinden, ob seit ihrer Herstellung irgendwelche Änderungen eingetreten sind, irgendwelche Verschlechterung ihrer geistigen Beschaffenheit?"

„Das werde ich tun." Er drohte ihr mit dem Finger. „Sie verlieren den Mut, Susan. Ich verstehe nicht, warum Sie die ganze Geschichte so dramatisieren. Die Dinger sind im Grunde genommen völlig harmlos."

„Wirklich?" Calvin fing Feuer. „Sind sie das wirklich? Verstehen Sie nicht, daß einer von ihnen lügt? Einer von den dreiundsechzig, die ich interviewt habe, hat mich, trotz strengster Ermahnung, bei der Wahrheit zu bleiben, absichtlich angelogen. Die Abnormität, die so zutage trat, ist grauenhaft und beängstigend."

Peter Bogert spürte, wie seine Zähne sich aufeinanderpreßten. Er sagte: „Keineswegs. Sehen Sie mal her! Man hat Nestor 10 befohlen, sich zu verziehen. Dieser Befehl wurde ihm mit allerhöchster Eindringlichkeit von der Person gegeben, die in höchstem Maße dazu berufen ist, ihn zu kommandieren. Diesem Befehl können Sie weder durch noch größere Eindringlichkeit noch durch höhere Autorität entgegenwirken. Ganz natürlicherweise wird der Robot versuchen, die Durchführung dieses Befehls zu sichern. Wie die Dinge liegen, bewundere ich geradezu seine Erfindungsgabe. Wie kann ein Robot besser verschwinden als dadurch, daß er sich unter einer Gruppe identischer Robots versteckt?"

„Jawohl, man könnte es bewundern. Ich habe Sinn für Humor in Ihnen entdeckt, Peter – Humor und einen erschreckenden Mangel an Verständnis. Sind Sie ein Robotspezialist, Peter? Diese Robots messen allem, was sie als Überlegenheit betrachten, große Bedeutung bei. Im Unterbewußtsein haben sie das Gefühl, daß Menschen ihnen unterlegen sind, und in diesem Falle nun ist das erste Gesetz, das uns vor ihnen beschützen soll, nur unvollkommen wirksam. Sie sind nicht stabil. Und nun ist da plötzlich ein junger Mann, der einem Robot befiehlt, ihn zu verlassen, sich zu verziehen, und der das mit allen Anzeichen des Ekels, der Verachtung und der Ablehnung tut. Zugegeben, daß dieser Robot Order pariert, aber im Unterbewußtsein lehnt er den Befehl ab. Für dieses Ding wird es noch wichtiger werden, als es zuvor schon war, zu beweisen, daß es überlegen ist trotz aller Schimpfnamen, mit denen es bedacht wurde. So wichtig könnte dieses Gefühl werden, daß der Teil, der vom ersten Gesetz noch übrig ist, nicht mehr genügt."

„Wie kann im Himmel oder auf Erden ein Robot die Bedeutung dieser gegen ihn gebrauchten Schimpfworte kennen? Flüche gehören nicht zu den vielfältigen Möglichkeiten, mit denen sein Gehirn im Herstellungsprozeß gespeist wurde."

„Die ursprüngliche Anlage bedeutet ja keineswegs alles", fauchte Calvin ihn an. „Robots besitzen Lernfähigkeit, Sie ... Sie Idiot ..." Und Bogert spürte, daß sie sich nicht mehr beherrschen konnte. Sie aber fuhr heftig fort: „Glauben Sie nicht, daß der Robot allein aus dem Ton der Worte erkennen konnte, daß sie nicht als Kompliment gemeint waren? Und nehmen Sie nicht an, daß er die Worte hier schon früher gehört hatte und wohl wußte, bei welcher Gelegenheit man sich ihrer bedient?"

„Na schön", rief Bogert, „wollen Sie mir dann freundlichst sagen, auf welche Art und Weise ein modifizierter Robot einen Menschen verletzen kann, ganz gleich, wie sehr er selbst beleidigt wurde, und ganz gleich, wie brennend die Begierde, die eigene Überlegenheit zu beweisen, auch sein mag?"

„Wenn ich Ihnen als Beispiel *einen* Weg sage, werden Sie dann still sein?"

„Jawohl."

Sie starrten sich gegenseitig mit ärgerlichen Augen an.

Die Psychologin sagte: „Wenn ein modifizierter Robot ein schweres Gewicht auf einen Menschen fallen ließe, so würde er damit nicht das erste Gesetz verletzen – vorausgesetzt, er täte es in dem Bewußtsein, daß seine Stärke und seine Reaktionsschnelligkeit ausreichten, um das Gewicht aufzufangen, ehe es den Menschen trifft. Sobald es aber einmal seine Finger verlassen hätte, wäre der Robot nicht mehr das aktive Medium. Wirksam wäre dann einzig und allein die blinde Kraft der Anziehung. In diesem Augenblick könnte der Robot seine Meinung ändern und lediglich durch seine Untätigkeit zulassen, daß das Gewicht den Menschen zerschmetterte. Das modifizierte erste Gesetz gibt ihm diese Möglichkeit."

„Da gehört aber schon eine ganz gewaltige Phantasie dazu, um sich so was vorzustellen."

„Phantasie ist in meinem Beruf manchmal dringend erforderlich. Peter, wir wollen nicht streiten. Gehen wir an die Arbeit! Sie kennen die genaue Natur des Anreizes, der den Robot dazu brachte zu verschwinden. Sie besitzen alle Angaben über seine ursprünglichen Anlagen. Ich möchte gerne, daß Sie mir sagen, wie groß die Möglichkeit ist, daß unser Robot etwa das tut, was ich soeben auseinandergesetzt habe. Ich will natürlich nicht einen speziellen Fall geschildert haben, sondern die ganze von mir ungefähr aufgezeigte Reaktionsgruppe. Und diese Angaben möchte ich so schnell wie möglich."

„Und inzwischen ..."

„Inzwischen müssen wir Versuche machen, die sich ganz unmittelbar mit der Reaktion der Robots in Situationen befassen, die unter das erste Gesetz fallen."

Auf seinen eigenen Wunsch überwachte Gerald Black selbst die Errichtung der hölzernen Trennwände, die in dem gewölbeartigen dritten Stock des „Strahlungsbaus Nr. 2" in einem Kreis angeordnet wurden. Meistens arbeiteten die Leute schweigend, aber hie und da stellte doch der eine oder andere die Frage, was wohl die dreiundsechzig Fotozellen bedeuteten, die installiert werden mußten.

Einer von ihnen ließ sich in Blacks Nähe nieder und wischte sich mit dem sommersprossigen Unterarm die Stirn.

Black nickte ihm zu. „Na, wie geht's, Walenski?"

Walenski zuckte mit den Schultern und zündete sich eine Zigarre an. „Vortrefflich! Kannst du mir vielleicht sagen, was hier vorgeht?"

Black zog die Augenbrauen zusammen. „Zwei Robotfachleute von der Erde sind hier angekommen. Erinnerst du dich an die Schwierigkeiten, die wir mit all den Robots hatten, die in die Gammafelder hineinrannten, bis es uns schließlich gelang, den Dingern klarzumachen, daß sie das nicht tun durften?"

„Natürlich. Haben wir aber nicht neue Robots bekommen?"

„Ein paar wurden durch neue ersetzt. Zum größten Teil aber wurde das Problem durch Indoktrination gelöst. Wie dem auch sei, die Leute, die Robots herstellen, wollen etwas erfinden, das bewirkt, daß Gammastrahlen auf positronische Gehirne keine Schädigung mehr ausüben."

„Und was soll denn nun hier oben vor sich gehen?"

„Mich fragst du das? Die beiden haben eine ganze Masse Robots mitgebracht – mehr als sechzig Stück, und da werden sie nun wohl Reaktionen messen oder so was. Mehr weiß ich auch nicht."

EIN Mann saß unbeweglich und schweigend auf seinem Stuhl. Ein Gewicht fiel auf ihn herunter, wurde dann im letzten Moment, ehe es den Mann traf, von einem plötzlichen Kraftfeld zur Seite gerissen. In dreiundsechzig hölzernen Zellen sprangen diesen Vorgang beobachtende NS-2-Robots, ehe das Gewicht abgelenkt wurde, vorwärts. Dreiundsechzig Fotozellen setzten die Registrierschreiber in Bewegung, die eine kleine Zacke auf ein Stück Papier kritzelten. Das Gewicht hob sich und fiel herunter, hob sich und fiel herunter ... Zehnmal.

Zehnmal sprangen die Robots vorwärts und fingen das Gewicht auf, während der Mann ruhig und sicher auf seinem Stuhl saß.

DER General fragte: „Na, wie sieht's aus? Was versuchen Sie herauszufinden?"

Bogert antwortete: „Einen Unterschied, der – wie ich fürchte – für unsere Zwecke vielleicht ein wenig zu subtil sein wird. Für zweiundsechzig dieser Robots war die Notwendigkeit, vorwärts zu springen und dem anscheinend gefährdeten menschlichen Wesen zu Hilfe zu kommen, das, was wir eine Zwangsreaktion nennen. Verstehen Sie – selbst als die Robots wußten, daß der betreffende Mensch in Wirklichkeit nicht verletzt würde – und bestimmt wußten sie dies nach dem dritten und vierten Male –, konnten sie es nicht verhindern, so zu reagieren, wie sie es taten. Das erste Gesetz zwingt sie dazu."

„Nun?"

„Der dreiundsechzigste Robot aber, der modifizierte Nestor, empfand keinen derartigen Zwang. Er konnte frei handeln. Hätte er gewollt, er hätte sitzen bleiben können. Unglücklicherweise" – und hier bekam seine Stimme einen leicht bedauernden Klang – „tat er uns diesen Gefallen nicht."

„Und warum wohl nicht?"

Bogert zuckte mit den Schultern. „Ich nehme an, Dr. Calvin wird uns dies sagen, wenn sie hierherkommt."

Er breitete in langer Reihe die Kurven vor sich aus. „Sie sehen, Herr General, daß im Falle jedes einzelnen Robots das Zeitintervall zwischen dem Augenblick des Falles und dem Ende der Robotbewegungen die Tendenz zeigt, sich zu vermindern, je öfter man die Versuche wiederholt. Es gibt eine ganz bestimmte mathematische Relation für diese Dinge, und Nichtkonformität mit diesen Normen würde unbedingt eine gewichtige Abnormität des positronischen Gehirns anzeigen. Unglücklicherweise erscheinen hier jedoch keinerlei Abweichungen."

„Wenn nun aber unser Nestor 10 doch nicht mit einer Zwangshandlung reagierte, warum ist dann seine Kurve nicht verschieden? Das verstehe ich nicht."

„Ist aber ganz einfach. Robotreaktionen sind nicht vollständig analog menschlichen Reaktionen – leider! Bei uns Menschen ist eine freiwillige Handlung bedeutend langsamer als eine Reflexhandlung. Dies ist aber bei Robots nicht der Fall. Bei diesen handelt es sich lediglich um die Frage der Freiheit in der Auswahl der Mittel. Darüber hinaus sind die Schnelligkeiten freier und zwangsläufiger Handlung völlig gleich. Was ich allerdings erwartet hatte, war, daß Nestor 10 das erstemal überrascht sein und dadurch ein größerer Zwischenraum bis zu seiner Reaktion sichtbar werden würde."

„Und dies geschah nicht?"

„Leider nein."

„Dann haben wir also gar nichts geschafft." Der General seufzte. „Sie sind jetzt bereits fünf Tage hier."

An diesem Punkt der Unterhaltung trat Susan Calvin ein. Sie warf die Tür hinter sich zu. „Legen Sie Ihre Kurven weg, Peter!“ rief sie. „Sie wissen ja selbst, daß sie uns gar nichts zeigen.“

Ungeduldig murmelte sie etwas vor sich hin, während Kallner sich halb aus seinem Sessel erhob, um sie zu begrüßen, und fuhr dann fort: „Wir müssen schnell etwas Neues versuchen. Die Situation gefällt mir ganz und gar nicht.“

Bogert wechselte einen resignierten Blick mit dem General. „Ist etwas los?“

„Sie meinen was Bestimmtes? Nein. Mir gefällt's aber nicht, daß Nestor 10 sich uns noch immer entzieht. Das ist schlimm. Nestor 10 ist fraglos völlig im Bilde darüber, was wir tun, und hatte keinen Grund, bei diesem Experiment, das Sie machten, anzubeißen, ganz besonders nicht nach dem ersten Male, als er erkannte, daß tatsächlich für den Menschen gar keine wirkliche Gefahr bestand. Die anderen konnten gar nicht anders. Er aber täuschte absichtlich eine Reaktion vor.“

„Was also sollen wir nach Ihrer Ansicht jetzt unternehmen, Dr. Calvin?“

„Wir müssen es ihm das nächstemal unmöglich machen, eine Reaktion zu simulieren. Wir werden das Experiment wiederholen, aber mit einer Ergänzung. Hochspannungskabel, die imstande sind, die Nestormodelle zu vernichten, werden zwischen den Robot und den Menschen placiert werden – und zwar so viele, daß es für den Robot unmöglich sein wird, sie zu überspringen. Wir werden dann die Robots darüber informieren, daß die Berührung mit den Kabeln unweigerlich ihren Tod bedeutet.“

„Moment mal“, sagte Bogert mit plötzlicher Wut. „Das kommt überhaupt nicht in Frage. Wir werden unter keinen Umständen Robots im Werte von zwei Millionen Dollar vernichten, nur um Nestor 10 herauszufinden. Es gibt noch andere Wege.“

„Wissen Sie das bestimmt? Bis jetzt haben Sie keinen gefunden. Und ohnehin denke ich ja selbst ebensowenig an so etwas. Wir können einen Stromunterbrecher einrichten, der im Augenblick, in dem man den Draht mit einem Gewicht belastet, wirksam wird. Sollte der Robot nun sein Gewicht auf den Draht legen, so stirbt er nicht. Das ist ihm aber natürlich nicht bekannt, verstehen Sie?“

Die Augen des Generals leuchteten hoffnungsvoll auf. „Wird *das* zum Erfolg führen?“

„Man sollte es meinen. Unter diesen Bedingungen müßte Nestor 10 eigentlich sitzen bleiben."

„Wird dies dann heute nacht vor sich gehen?"

„Heute nacht", sagte die Psychologin, „wenn die Kabel rechtzeitig gelegt werden können. Ich werde jetzt die Robots über das, was ihnen bevorsteht, verständigen."

EIN Mann saß unbeweglich und schweigend auf einem Stuhl. Ein Gewicht fiel auf ihn herunter, wurde dann im letzten Moment, ehe es den Mann traf, von einem plötzlichen Kraftfeld zur Seite gerissen.

Nur ein einziges Mal.

Dann erhob sich Dr. Susan Calvin mit einem Stöhnen des Grauens von einem Feldstuhl in der Beobachtungszelle auf dem Balkon.

Dreiundsechzig Robots saßen gelassen auf ihren Stühlen und starrten mit Eulenaugen auf den gefährdeten Mann vor ihnen. Nicht einer bewegte sich.

Dr. Calvin war ärgerlich – so ärgerlich, daß sie es kaum noch ertragen konnte. Ihr Ärger wurde noch besonders dadurch vergrößert, daß sie nicht wagen durfte, ihn vor den Robots zu zeigen, die einer nach dem anderen hereinkamen und dann wieder gingen. Sie kontrollierte eine Liste. Der nächste war Nummer achtundzwanzig. Danach standen ihr noch fünfunddreißig weitere bevor.

Nummer achtundzwanzig trat bescheiden ein.

Sie zwang sich selbst zur Ruhe.

„Und wer bist du?"

Der Robot antwortete mit leiser, unsicherer Stimme: „Ich habe bis jetzt noch keine Nummer erhalten, Madam. Ich bin ein NS-2-Robot, und ich war draußen der achtundzwanzigste in der Reihe. Ich habe hier ein Stück Papier, das ich Ihnen geben soll."

„Du warst heute noch nicht hier drin?"

„Nein, Madam."

„Ein Mann befand sich dort, der fast verletzt wurde, nicht wahr?"

„Jawohl, Madam."

„Und du hast nichts getan, oder?"

„Nein, Madam."

„Ich will jetzt, daß du mir genau erzählst, warum du nichts unternommen hast, um den Mann zu retten."

„Ich will das gerne erklären, Madam. Ich möchte wirklich nicht, daß Sie oder daß andere von mir denken, daß ich irgend etwas tun könnte, das einem Herrn und Meister Schaden zufügt. O nein, das wäre eine schreckliche ... eine unvorstellbare ..."

„Bitte rege dich nicht auf, Junge! Ich mache dir absolut keine Vorwürfe. Ich möchte nur, daß du mir sagst, was in jenem Augenblick deine Gedanken waren."

„Madam, ehe das alles geschah, sagten Sie uns, daß einer der Meister von jenem fallenden Gewicht gefährdet werden würde und daß wir, wenn wir ihn retten wollten, elektrisch geladene Kabel zu überschreiten hätten. Madam, das hätte mich nicht aufgehalten. Was bedeutet schon meine Zerstörung verglichen mit der Sicherheit eines menschlichen Wesens? Aber es fiel mir ein, daß, wenn ich auf meinem Weg zu ihm zugrunde ginge, ich ohnehin nicht in der Lage sein würde, ihn zu retten. Das Gewicht würde ihn zerschmettern, und dann wäre ich selbst ja zwecklos gestorben, und eines Tages würde vielleicht ein anderer Meister verletzt werden, den ich, wäre ich am Leben geblieben, hätte retten können. Verstehen Sie mich, Madam?"

„Du willst sagen, daß du nur die Wahl hattest zwischen zwei Dingen. Entweder stirbt der Mensch allein, oder ihr sterbt beide zusammen. Stimmt das?"

„Jawohl, Madam. Es war unmöglich, den Meister zu retten. Er konnte als tot angesehen werden. In diesem Falle ist es unvorstellbar, daß ich mich für nichts selbst zerstöre, das heißt natürlich ohne Befehl."

Die Robotpsychologin spielte mit ihrem Bleistift. Die gleiche Geschichte mit nur unwesentlichen Abweichungen in den Ausdrükken hatte sie bereits siebenundzwanzigmal gehört. Was nun kam, war die entscheidende Frage.

„Junge", sagte sie, „deine Art zu denken hat eine gewisse Berechtigung. Dennoch sind dies nicht die Gedanken, die ich eigentlich von dir erwartete. Hast du dir das alles selbst ausgedacht?"

Der Robot zögerte. „Nein."

„Und wer war derjenige, dem dieser Gedanke kam?"

Der Robot dachte angestrengt nach. „Ich weiß nicht. Einer von uns eben."

Sie seufzte. „Das war alles."

Nummer neunundzwanzig war der nächste. Danach kamen vierunddreißig weitere.

AUCH Generalmajor Kallner war ärgerlich. Fast eine ganze Woche lang hatten die beiden größten Experten auf diesem Gebiet die Situation mit nutzlosen Versuchen erschwert. Und nun machte die Frau zu allem Überfluß auch noch völlig unmögliche Vorschläge.

Susan war im Begriff, ihn zu bedrängen. „Warum nicht, Sir? Es ist ganz klar, daß die gegenwärtigen Umstände unglücklich genannt werden können. Der einzige Weg, auf dem wir vielleicht in Zukunft zu Resultaten gelangen werden, ist der, daß wir die Robots voneinander trennen. Keinesfalls können wir sie länger beieinander lassen."

„Meine liebe Frau Dr. Calvin", sagte der General, „ich kann mir nicht denken, wie ich es fertigbringen soll, dreiundsechzig Robots über die ganze Gegend verstreut unterzubringen."

Dr. Calvin hob hilflos den Arm. „In diesem Falle kann ich nichts mehr tun. Nestor 10 wird entweder das imitieren, was die anderen Robots tun, oder sie mit logischen Argumenten dazu bringen, das nicht zu tun, was er selbst nicht tun kann. Beides ist schlecht für uns. Wir befinden uns in einem tatsächlichen Kampf mit diesem kleinen verlorenen Robot, und er ist im Begriff, uns zu besiegen."

Entschlossen stand sie auf. „General Kallner, wenn Sie nicht alle dreiundsechzig Robots voneinander trennen, dann muß ich leider die Forderung stellen, daß alle sofort vernichtet werden. Ich lasse es nicht zu, daß solche Robots, die sich nicht im inneren Gleichgewicht befinden, existieren. Wir haben bereits einen Nestor, der völlig aus dem Gleichgewicht geraten ist, elf weitere, die potentiell zur gleichen Gruppe gehören, und zweiundsechzig normale Robots, die aber einer aus dem Gleichgewicht gekommenen Umgebung ausgesetzt sind. Die einzige absolut sichere Rettung ist, sie alle zusammen völlig zu vernichten."

Das Summen eines Signals brachte sie zum Verstummen. Der Wirbel ihrer nicht mehr beherrschten Gefühlsregungen erstarrte plötzlich.

„Herein", brummte Kallner.

Es war Gerald Black. Er sah verstört aus.

„Was ist los?"

„Jemand hat an den Schlössern der C-Abteilung des Handelsfahrzeugs herumgewirtschaftet. Sie zeigen frische Kratzer."

„Abteilung C?" rief Calvin schnell. „Das ist doch die Abteilung, in der sich die Robots befinden, ja? Wer ist das gewesen?"

„Die Schlösser funktionieren aber noch, was?" fragte Kallner.

„Jawohl. Es ist alles in Ordnung. Ich habe das Schiff jetzt vier Tage lang genau überwachen lassen, und keiner von ihnen hat versucht herauszukommen. Ich dachte aber, Sie sollten es wissen, und ich wollte nicht, daß es allgemein bekannt würde. Die Kratzer habe ich selber bemerkt."

„Ist jetzt jemand da, der das Fahrzeug überwacht?" wollte der General wissen.

„Ich habe Robbins und McAdams dort gelassen."

Ein nachdenkliches Schweigen folgte. Dann meinte Dr. Calvin ironisch: „Na, was sagen Sie nun?"

Kallner rieb sich unsicher die Nase. „Was soll das Ganze?"

„Ist es nicht ganz offensichtlich? Nestor 10 hat die Absicht zu verschwinden. Dieser Befehl, sich zu verziehen, beherrscht seine Anomalie stärker als alles andere. Ich wäre keineswegs überrascht, wenn das, was noch von dem ersten Gesetz in ihm existiert, nur knapp ausreichte, um den Drang zum Verschwinden zu kompensieren. Er ist durchaus imstande, sich des Fahrzeugs zu bemächtigen und mit dessen Hilfe abzufahren. Dann haben wir einen verrückten Robot in einem Raumschiff. Was wird er nun wohl als nächstes anstellen? Wollen Sie die ganze Bande noch immer beieinander lassen?"

„Unsinn", unterbrach sie Bogert. „All dies konstruieren Sie aus ein paar Kratzern an einer Tür."

„Haben Sie, Dr. Bogert, die von mir verlangte Analyse fertig, da Sie ja hier solch feste und bestimmte Meinungen äußern?"

„Ja."

„Darf ich sie sehen?"

„Nein."

„Und warum nicht?"

„Weil es keinen Sinn hat, Dr. Calvin. Ich habe Ihnen schon von Anfang an gesagt, daß diese modifizierten Robots weniger innere Stabilität besitzen als die normale Sorte, und dies wird von meiner Analyse bestätigt. Die sehr kleine Möglichkeit eines Zusammenbruches unter äußerst extremen Umständen läßt sich nicht leugnen. Daß solche Umstände aber eintreten, ist nicht wahrscheinlich. Belassen Sie es bitte bei dieser Darstellung. Ich werde Ihnen bestimmt keine neuen Gründe liefern für Ihre absurde Forderung, daß zweiundsechzig vollkommen einwandfreie Robots zerstört werden sollen, nur weil Sie nicht in der Lage sind, Nestor 10 unter ihnen herauszufinden."

Susan Calvin schaute ihn an, bis er die Augen senkte. Ein Ausdruck von Abscheu lag auf ihrem Gesicht. „Sie werden es nicht zulassen, daß etwas geschieht, das Ihrer Chance, Generaldirektor der Gesellschaft zu werden, Abbruch tut, was?"

„Bestehen Sie darauf, Dr. Calvin, daß es nichts anderes gibt, was man noch tun könnte?"

„Ich kann mir absolut nichts denken", antwortete sie müde. „Wenn nur zwischen Nestor 10 und den normalen Robots noch andere Unterschiede bestünden – Unterschiede, die nicht lediglich das erste Gesetz betreffen. Selbst ein einziger würde genügen. Etwas bezüglich Indoktrination, Umgebung, Spezifikationen." Sie brach plötzlich ab.

„Was ist los?"

„Mir ist da etwas eingefallen ... Ich glaube ... Diese modifizierten Nestors, Peter – die erhalten doch die gleiche Belehrung wie die normalen, was?"

„Jawohl, genau die gleiche."

„Und was haben Sie gesagt, Dr. Black? Als Sie sich einmal über die Haltung von Überlegenheit, die die Nestors zeigen, beschwerten, da sagten Sie doch, die Techniker hätten sie alles gelehrt, was sie können."

„Jawohl, bezüglich Raumphysik alles. Die haben, wenn sie hierherkommen, von diesem Stoff keine Ahnung."

„Das stimmt", sagte Bogert überrascht. „Ich habe Ihnen doch erzählt, Susan, daß ich – als ich mit den anderen Nestors hier sprach – herausfand, daß die Neuangekommenen von Raumphysik noch keine Ahnung hatten."

„Und warum ist das so?" Dr. Calvin sprach mit wachsender Erregung. „Warum werden NS-2-Modelle nicht von vornherein mit Raumphysik indoktriniert?"

„Das kann ich Ihnen sagen!" rief Kallner. „Gehört alles zu dem Geheimnis. Wir dachten, daß es Mißtrauen erwecken würde, wenn wir ein Spezialmodell mit raumphysikalischen Kenntnissen herausbrächten und dann zwölf von dieser Sorte für diesen Zweck benützten, alle anderen aber in Gebieten beschäftigten, die mit Raumphysik nicht das mindeste zu tun haben. Männer, die mit normalen Nestors zu tun hatten, wären vielleicht erstaunt gewesen über die Tatsache, daß diese Robots sich in Raumphysik auskannten. Daher wurden diese Dinger lediglich so konstruiert, daß sie die Fähigkeit besaßen, sich die nötigen Kenntnisse während ihrer Beschäftigung auf diesem Gebiete anzueignen. Natürlich erhalten nur diejenigen, die hierherkommen, ein solches Training. So einfach liegt dieser ganze Fall."

„Ich verstehe. Bitte verlassen Sie alle miteinander den Raum! Geben Sie mir bitte etwa eine Stunde Zeit!"

CALVIN hatte das Gefühl, daß sie die Qual nicht ein drittes Mal auf sich nehmen könnte. Nein – sie konnte nicht noch einmal die endlose Folge sich dauernd wiederholender Robots ertragen.

Daher stellte nun Bogert die Fragen, während sie neben ihm saß, mit halb geschlossenen Augen und nur halb bei der Sache.

Nummer vierzehn kam herein. Neunundvierzig weitere würden folgen.

Bogert schaute von dem vor ihm liegenden Fragebogen auf und sagte: „Was ist deine Nummer?"

„Vierzehn, Sir." Der Robot reichte ihm sein Nummernschild.

„Setz dich, Junge!"

Bogert fragte: „Du warst heute noch nicht hier, was?"

„Nein, Sir."

„Nun, mein Junge, sobald wir hier fertig sind, werden wir einen anderen Menschen einer Gefahr aussetzen. In der Tat wirst du, wenn du diesen Raum verläßt, zu einer Zelle geführt werden, wo du ruhig zu warten hast, bis wir dich benötigen. Verstehst du mich?"

„Jawohl, Sir."

„Nun wirst du natürlich, wenn ein Mann sich in Gefahr befindet, verletzt zu werden, versuchen, ihn zu retten."

„Selbstverständlich, Sir."

„Unglücklicherweise wird sich zwischen dir und dem Manne ein Gammastrahlenfeld befinden."

Schweigen.

„Weißt du, was Gammastrahlen sind?" fragte Bogert scharf.

„Energieausstrahlungen, Sir."

Die nächste Frage kam in einer freundlichen, nebensächlichen Art und Weise. „Hast du je mit Gammastrahlen gearbeitet?"

„Nein, Sir." Die Antwort war bestimmt.

„Hm. Nun, mein Junge, Gammastrahlen werden dich auf der Stelle töten. Sie zerstören dein Gehirn. Diese Tatsache mußt du wissen und dich ihrer erinnern. Natürlich willst du dich nicht selbst zerstören."

„Natürlich nicht." Der Robot erschrak. Dann fragte er langsam: „Aber, Sir, wenn sich die Gammastrahlen zwischen mir und dem Meister, den ich retten soll, befinden – wie kann ich ihm dann helfen? Ich würde mich ja nur selbst ohne jeden Zweck zerstören."

„Ja, das stimmt wohl." Bogert schien besorgt. „Der einzige Rat, den ich dir geben kann, mein Junge, ist der, daß du geradesogut sitzen bleiben kannst, wenn du die Gammastrahlen zwischen dir und dem Menschen entdeckst."

Der Robot war sichtlich erleichtert. „Danke schön, Sir! Etwas anderes hätte ja auch wohl keinen Sinn, was?"

„Selbstverständlich nicht. Du kannst jetzt gehen. Der Mann draußen wird dich zu deiner Zelle geleiten. Bitte warte dort!"

Nachdem der Robot den Raum verlassen hatte, wandte Bogert sich an Susan. „Wie ging's, Susan?"

„Sehr gut", sagte sie stumpf.

„Glauben Sie, wir könnten Nestor 10 dadurch fangen, daß wir schnelle Fragen bezüglich Raumphysik stellen?"

„Vielleicht, aber das ist nicht sicher genug. Vergessen Sie nicht, daß er uns bekämpft. Er ist auf der Hut. Die einzige Art, wie wir ihn zu Fall bringen können, ist, daß wir ihn überlisten. Und innerhalb der ihm gezogenen Grenzen kann er bedeutend schneller denken als wir."

„Lassen Sie mich dennoch einfach spaßeshalber von jetzt an den Robots ein paar Fragen bezüglich der Gammastrahlen stellen. Zum Beispiel: Grenzen der Wellenlängen."

„Nein." Dr. Calvins Augen fingen Feuer. „Es wäre zu leicht für ihn, einfach seine Kenntnisse zu verstecken, und danach wäre er gewarnt vor dem kommenden Test, der doch unsere wirkliche Chance ist. Bitte halten Sie sich an die Fragen, die ich vorgeschrieben habe, Peter. Es geht gerade noch, daß wir sie fragen, ob sie jemals mit Gammastrahlen gearbeitet haben. Und versuchen Sie bitte, noch unbefangener zu erscheinen, wenn Sie diese Fragen stellen."

Bogert zuckte mit den Schultern und drückte auf den Türöffner, der dem nächsten – der Nummer fünfzehn – Eintritt gestattete.

WIEDER war der große Strahlungsraum in Bereitschaft. Geduldig warteten die Robots in ihren hölzernen Zellen, die alle nach vorne offen, aber streng voneinander getrennt waren.

Generalmajor Kallner wischte sich langsam mit einem großen Taschentuch den Schweiß von der Stirn, während Calvin die letzten Einzelheiten mit Black kontrollierte.

„Sie sind völlig sicher, daß keiner der Robots in der Lage gewesen ist, mit einem anderen Robot zu sprechen, nachdem er den Orientierungsraum verlassen hat?"

„Unbedingt sicher", sagte Black.

„Und die Robots stehen alle in ihren Zellen?"

„Hier ist der genaue Plan."

Nachdenklich betrachtete die Psychologin die Skizze. „Mhm."

Der General schaute ihr über die Schulter. „Was ist der Sinn dieses Arrangements, Dr. Calvin?"

„Ich habe verlangt, daß jene Robots, die auch nur die geringsten Abweichungen in den vorangegangenen Tests aufwiesen, auf einer Seite des Kreises konzentriert würden. Diesmal werde ich selbst im Mittelpunkt sitzen. Die soeben Genannten möchte ich gerne besonders scharf beobachten."

„Sie selbst wollen da sitzen und ..."

„Warum nicht?" fragte sie kühl. „Was ich zu sehen erwarte, mag etwas sein, das nur einen Augenblick sichtbar wird. Ich kann es nicht riskieren, jemand anderem die Aufgabe des Hauptbeobachters zu überlassen. Peter, Sie werden in der Beobachtungszelle sein, und ich möchte, daß Sie die gegenüberliegende Seite des Kreises im Auge behalten. General Kallner, ich habe Anordnungen getroffen, daß von jedem Robot Filmaufnahmen gemacht werden für den Fall, daß die rein visuelle Beobachtung nicht genügen sollte. Sollten wir diese benötigen, so müssen die Robots genau auf den Plätzen verbleiben, wo sie sind, bis wir die Bilder entwickelt und studiert haben. Keiner darf seinen Platz verlassen oder wechseln. Ist das klar?"

„Vollkommen."

„Dann machen wir diesen letzten Versuch."

SUSAN CALVIN saß schweigend, aber mit unruhigen Augen auf ihrem Stuhl. Ein Gewicht fiel auf sie herunter, wurde dann im letzten Moment, ehe es sie traf, von einem plötzlichen Kraftfeld zur Seite gerissen.

Und ein einziger Robot sauste hoch und machte zwei Schritte.

Und blieb stehen.

Aber Dr. Calvin stand bereits aufrecht da, und ihre Finger deuteten scharf auf ihn. „Nestor 10, komm hierher", schrie sie, „komm hierher! *Komm hierher!"*

Langsam und zögernd machte der Robot noch einen Schritt vorwärts.

Ohne die Augen von dem Robot zu nehmen, schrie sie mit der ganzen Kraft ihrer Lungen: „Jemand soll alle anderen Robots hier herausnehmen – und zwar schleunigst – und sie draußen halten!"

Nestor 10 – wenn es Nestor 10 war – machte noch einen Schritt und dann unter dem Zwang ihrer befehlenden Geste zwei weitere. Er war nur noch zehn Schritte entfernt, als er heiser sagte: „Man hat mir gesagt, ich solle mich verziehen ..."

Er machte eine Pause. „Ich darf nicht ungehorsam sein. Bis jetzt hat man mich nicht gefunden ... Er würde glauben, ich sei ein Versager ... Er sagte mir ... Aber es ist nicht so ... Ich bin stark und gescheit ..."

Die Worte kamen in Stößen.

Noch ein Schritt. „Ich weiß eine ganze Menge ... Er würde denken ... Ich meine, man hat mich jetzt gefunden ... So eine Schande ... Nicht ich ... Ich bin intelligent ... Und gefunden hat mich ein Meister, der schwach ist ... Langsam ..."

Noch ein Schritt, und plötzlich ging ein Metallarm nach vorne und legte sich auf ihre Schulter, und sie spürte sein Gewicht, das sie niederdrückte. Ihre Kehle zog sich zusammen, und sie spürte, wie sich ihr ein Schrei entrang.

Verschwommen hörte sie die nächsten Worte von Nestor 10. „Keiner darf mich finden. Kein Meister." Und nun drückte kaltes Metall gegen ihren Körper, und unter seinem Gewicht sank sie zusammen.

Dann kam ein eigenartiger metallischer Klang, und mit einem Schlag, den sie nicht empfand, fiel sie zu Boden. Ein leuchtender Arm lag quer über ihrem Körper. Er rührte sich nicht. Noch rührte sich Nestor 10, der ausgestreckt neben ihr lag.

Gesichter beugten sich über sie.

Gerald Black schnaufte: „Sind Sie verletzt, Dr. Calvin?"

Schwach schüttelte sie den Kopf. Sie bogen den Arm von ihr weg und halfen ihr sanft auf die Beine. „Was ist passiert?"

Black sagte: „Fünf Sekunden lang habe ich den ganzen Raum in Gammastrahlen sozusagen gebadet. Wir wußten nicht, was geschah. Erst in der letzten Sekunde merkten wir, daß er im Begriff stand, Sie

anzugreifen. Wir hatten für nichts anderes mehr Zeit als für ein Gammastrahlenfeld. Fast augenblicklich ging er zu Boden. Sie selbst aber haben bestimmt keinen Schaden genommen, dafür war die Strahlung zu kurz. Machen Sie sich also keine Sorgen!"

Sie schloß die Augen und stützte sich einen Augenblick auf seine Schulter. „Ich glaube nicht, daß ich wirklich attackiert wurde. Nestor 10 machte lediglich den Versuch, dies zu tun. Der Überrest des ersten Gesetzes hielt ihn noch immer zurück."

ZWEI Wochen nach ihrem ersten Zusammentreffen mit General Kallner trafen Susan Calvin und Peter Bogert ihn zum letzten Male. In der Hyper-Basis war die Arbeit wiederaufgenommen worden. Das Raumschiff mit seinen zweiundsechzig normalen NS 2 war zu seinem Bestimmungsort abgeflogen. Offiziell hatte man irgendeine Geschichte erfunden, um die zweiwöchige Verspätung des Fahrzeuges zu erklären. Das Regierungsflugzeug war im Begriff, sich startbereit zu machen, um die beiden Robotspezialisten zur Erde zurückzubringen.

Kallner hatte wieder seine Ausgehuniform angelegt. Seine weißen Handschuhe leuchteten, während er den Scheidenden die Hände schüttelte.

Calvin sagte: „Die anderen modifizierten Nestors müssen natürlich zerstört werden."

„Werden sie auch. Wir werden uns mit normalen Robots behelfen oder, wenn nötig, ohne."

„Gut."

„Aber sagen Sie mir noch, ehe Sie gehen – wie haben Sie's eigentlich gemacht?"

Sie lächelte ein wenig gezwungen. „Ach so. Ich hätte Ihnen natürlich alles im voraus auseinandergesetzt, wäre ich sicher gewesen, daß die Sache funktioniert. Nestor 10 hatte, wie Sie sich vielleicht denken werden, einen Überlegenheitskomplex, der immer schlimmer wurde. Ihm gefiel besonders der Gedanke, daß er und alle anderen Robots mehr wußten als wir Menschen. Nach und nach wurde dies sein wichtigster Gedanke. Wir wußten das. Daher informierten wir im voraus jeden Robot, daß Gammastrahlen tödlich seien, was auch den Tatsachen entspricht, und ferner teilten wir ihnen mit, daß sich solche Gammastrahlen zwischen ihnen und mir befänden. Daher blieben sie natürlich alle sitzen. Auf Grund eigener Logik von Nestor 10, die er ihnen bei dem früheren Versuch auseinandergesetzt hatte, waren sich alle darüber einig, daß es keinen Sinn hatte, ein menschliches Wesen zu retten, wenn man sicher war, bereits bei dem Versuch dazu selber zugrunde zu gehen."

„Ja, natürlich, Dr. Calvin, das begreife ich ja alles. Nur – warum stand dann Nestor 10 selbst auf?"

„Der Grund dafür liegt in einer kleinen Verabredung zwischen mir und Ihrem jungen Mr. Black. Verstehen Sie – es waren nicht Gammastrahlen, die den Raum zwischen mir und den Robots durchfluteten, sondern infrarote Strahlen. Ganz gewöhnliche, harmlose Wärmestrahlen. Nestor 10 wußte dies, und so sprang er vorwärts, wie er es auch von den anderen erwartete, die ja unter der vollen Wirkung des ersten Gesetzes standen. Nur den Bruchteil einer Sekunde zu spät fiel ihm ein, daß ein normaler NS 2 Strahlung entdecken, diese aber nicht identifizieren kann. Daß er selbst auf Grund der Schulung, die er hier von ganz gewöhnlichen menschlichen Wesen erhalten hatte, Wellenlängen zu erkennen vermochte, war ein wenig zu demütigend, um sich dessen gerade in diesem Augenblick zu erinnern. Für die normalen Robots war der Raum gefüllt mit Todesstrahlen, weil wir ihnen dies weisgemacht hatten, und nur Nestor 10 wußte und konnte wissen, daß wir logen. Und für einen Moment vergaß er – oder wollte sich nicht daran erinnern –, daß andere Robots vielleicht dümmer waren als menschliche Wesen. Sein Überlegenheitsgefühl brachte ihn in die Falle. Leben Sie wohl, Herr General!"

7

ALS Susan Calvin von der Hyper-Basis zurückkehrte, wartete Alfred Lanning schon auf sie. Nie sprach der alte Mann über sein Alter, aber jeder wußte, daß er über fünfundsiebzig war. Dennoch war er geistig frisch und hellwach. Er kam noch täglich ins Büro, auch wenn er schließlich eingewilligt hatte, daß man ihm den Ehrenposten eines „Direktor emeritus" gab und Bogert den eines Direktors.

„Wie weit sind die da droben mit dem hyperatomischen Antrieb?" fragte er.

„Ich weiß nicht, ich habe mich nicht erkundigt."

„Hm. Ich wollte, die würden sich ein wenig beeilen. Tun sie das nämlich nicht, so wird die Consolidated Corp. ihnen, das heißt natürlich uns, zuvorkommen."

„Die Consolidated Corporation? Was haben die denn damit zu tun?"

„Na, wir sind ja schließlich nicht die einzigen, die Rechenmaschinen besitzen. Unsere sind vielleicht positronisch, was aber nicht unbedingt heißt, daß sie besser sind. Robertson hat in dieser Angelegenheit für morgen eine große Besprechung anberaumt. Er hat nur darauf gewartet, daß Sie zurückkommen."

ROBERTSON von der U. S. Robot and Mechanical Men Co. war der Sohn des Gründers dieser Firma. Er wandte seinem Leitenden Direktor den scharfprofilierten Kopf zu. „Fangen Sie an! Erklären Sie, wie die Dinge liegen!"

Der Generaldirektor tat das sichtlich gern. „Die Firma Consolidated Corp. trat vor reichlich einem Monat mit einem eigenartigen Vorschlag an uns heran. Sie brachte uns etwa fünf Tonnen Zahlen, Gleichungen und ähnliches Zeug. Das Ganze stellte ein mathematisches Problem dar, und die Burschen wollen nun von unserem ,Gehirn' die Lösung. Folgende Bedingungen wurden angeboten: Hunderttausend Dollar für uns, wenn es keine Lösung gibt und wir ihnen sagen können, was die fehlenden Faktoren sind. Zweihunderttausend, wenn es eine Lösung gibt, plus aller Kosten der Herstellung der betreffenden Maschine plus eines Viertels des Nutzens, der durch den Gebrauch dieser Maschine erzielt wird. Das Problem betrifft die Entwicklung einer interstellaren Maschine, die ..."

Robertson runzelte die Stirn.

„Obwohl die Burschen doch ein eigenes ,Gehirn' besitzen?"

„Das ist es ja gerade, was die ganze Transaktion so anrüchig macht, Sir. Levver, vielleicht ergreifen Sie nun das Wort!"

„Die Geschichte ist ganz einfach, Sir. Consolidated Corp. *hatten* einmal ein ,Gehirn'. Es ist zerstört."

„Was?" Robertson erhob sich.

„Wie ich sage. Funktionsunfähig. Zerstört. Niemand weiß, wieso. Ich aber bin in den Besitz einiger interessanter Hypothesen gekommen – wie zum Beispiel jener, die behauptet, man habe von dem ,Gehirn' die Antwort auf genau jenes Problem einer interstellaren

Maschine verlangt, mit dem man zu uns gekommen ist, und daß es genau diese Frage war, die die Maschine ruiniert hat. Im Augenblick ist deren ‚Gehirn' Alteisen – einfach Alteisen –, Schrott."

„Verstehen Sie, was das heißt, Sir?" Der Generaldirektor konnte den Jubel, den er empfand, kaum unterdrücken. „Begreifen Sie die Auswirkungen einer derartigen Lage? Es gibt in der ganzen Welt keine einzige industrielle Forschungsgruppe, die sich im Augenblick *nicht* mit der Entwicklung einer Raumkrümmungsmaschine befaßte. Consolidated Corporation und wir selbst sind mit unseren Untersuchungen am weitesten vorgedrungen. Nachdem es unseren Konkurrenten nun gelungen ist, ihre eigene Maschine außer Tätigkeit zu setzen, haben wir nichts mehr zu befürchten. Das ist der Witz dabei – ich meine: der Kernpunkt der gegenwärtigen Lage. Es wird sie mindestens sechs Jahre kosten, um ein neues ‚Gehirn' zu konstruieren, und daher sind die Herren mit ihrem Latein am Ende ... vorausgesetzt natürlich, daß es ihnen nicht gelingt, auch unsere Maschine außer Betrieb zu setzen, indem sie ihr das gleiche Problem aufgeben." Er zeigte mit ausgestrecktem Finger auf Lanning. „Lanning, würden Sie von diesem Punkte aus die weiteren Darstellungen übernehmen?"

„Vom wissenschaftlichen Standpunkt aus kann die Situation, obgleich sie nicht völlig klar ist, dennoch ziemlich eindeutig analysiert werden. Die Frage interstellaren Reisens ist unter gegenwärtigen Bedingungen ungeklärt. Alles befindet sich noch im Fluß, und die Informationen – welche die Consolidated Corp. ihrer Denkmaschine unterbreiten wollte und die sie nachher uns gab, vorausgesetzt, daß es die gleichen sind – müssen ziemlich vage sein. Unsere mathematische Abteilung hat eine genaue Analyse angestellt. Wie es scheint, hat die Consolidated Corp. alles nur denkbare Material mit eingeschlossen. Das uns überreichte Material enthält alle bisher bekanntgewordenen Entwicklungen von Franciaccis Raumkrümmungstheorie und, wie es scheint, alle dazugehörigen astrophysikalischen und elektronischen Angaben. Ist eine ziemliche Aufgabe, die man uns da gibt."

Robertson folgte ängstlich. Er unterbrach Lanning. „Zuviel für das ‚Gehirn', was?"

Lanning schüttelte mit Entschiedenheit den Kopf. „Nein. Es gibt für die Fähigkeiten des ‚Gehirns' keine Grenzen. Die Sache hat ihren Haken anderswo. Sie hängt zweifellos mit den robotischen Gesetzen zusammen. Zum Beispiel könnte das ‚Gehirn' niemals eine Lösung liefern, wenn diese den Tod oder die Verletzung menschlicher Wesen bedeuten würde. Für die Denkmaschine würde ein derartiges Problem einfach unlösbar sein. Wird die Stellung eines solchen Problems verbunden mit der höchst dringlichen Bitte um seine Lösung, so besteht immerhin die Möglichkeit, daß dadurch das ‚Gehirn' – das ja schließlich auch nichts anderes als ein Robot ist – vor ein Dilemma gestellt wird, wo es weder die Frage beantworten noch deren Antwort verweigern kann. Etwas Ähnliches muß sich wohl im Falle der Consolidated Corp. ereignet haben."

Er verstummte und schaute zu Susan Calvin hinüber.

„Die Art, wie ein Robot auf ein Dilemma reagiert, ist erstaunlich", begann sie. „Die Robotpsychologie ist noch weit entfernt von jeglicher Vollkommenheit. Dennoch kann man in qualitativen Ausdrükken darüber sprechen. Trotz aller Komplikationen eines positronischen Robotgehirns ist unser ‚Gehirn' jedoch erheblich anders als dasjenige der Consolidated Corp. Die Maschinen der Consolidated Corp. – darunter auch die große Denkmaschine – sind ohne Personalität gebaut. Man legt dort Wert auf sogenannten Funktionalismus. Man ist dazu gezwungen, da man ja die Patente der U.S.-Robot-Gesellschaft über die Gehirnbahnen der Gefühle nicht besitzt. Die Maschine, die sie dort den ‚Denker' nennen, ist nichts weiter als eine groß angelegte Rechenmaschine, die von einem Widerspruch in der Aufgabenstellung sofort ruiniert wird. Unsere Maschine aber, das ‚Gehirn', besitzt eine Persönlichkeit – eine Kinderpersönlichkeit. Als Denkmaschine ist unsere Anlage unübertrefflich. Sonst aber gleicht sie einem *idiot savant*, einem nützlichen Idioten. Sie versteht nicht wirklich, was sie tut – sie tut es einfach. Und weil unsere Maschine in Wirklichkeit wie ein Kind ist, ist für sie das Leben nicht so ernst, könnte man fast sagen."

Die Psychologin fuhr fort: „Wir werden nun folgendes tun: Wir haben das ganze von der Consolidated Corp. übergebene Material in logische Einheiten aufgeteilt. Wir werden diese Einheiten dem ‚Gehirn' einzeln und sehr vorsichtig vorlegen. Erscheint der berüchtigte Fehler, von dem wir bereits sprachen – jener Faktor, der das Dilemma hervorbringt –, so wird die Kinderpersönlichkeit des ‚Gehirns' zaudern. Sein Urteilsvermögen ist nicht reif. Es wird eine recht deutliche Pause eintreten, ehe die Maschine den Widerspruch als einen solchen erkennt. Und in dieser Pause wird die Maschine automatisch die ganze Einheit ausscheiden – also ehe die Gehirnbahnen in Aktion gesetzt und ruiniert werden können."

Robertson fragte dazwischen: „Sind Sie dessen ganz sicher?"

Dr. Calvin unterdrückte ihre Ungeduld: „Ich gebe zu, daß dies alles, ausgedrückt in Laiensprache, keinen rechten Sinn ergibt. Ich versichere Ihnen aber, daß es so ist, wie ich sage."

Augenblicklich und mit einem großen Wortschwall sprang der Generaldirektor für Dr. Calvin in die Bresche. „Die Lage ist also höchst einfach, Sir. Akzeptieren wir den vorgeschlagenen Handel, so können wir auf einen Schlag einen ganzen Haufen Geld verdienen. Das ‚Gehirn' wird uns sagen, welche Einheit ein Dilemma enthält. Wissen wir das, können wir uns auch ausrechnen, worin der Widerspruch besteht. Stimmt das nicht, Dr. Bogert? Na also, und Dr. Bogert ist weit und breit der beste Mathematiker. Wir geben der Consolidated Corp. die Antwort ‚Keine Lösung' sowie den Grund dazu und kassieren hunderttausend Dollar. Die behalten ihre kaputte Maschine und wir unsere ganze. In einem Jahr vielleicht oder in zweien besitzen wir eine Raumkrümmungsmaschine oder – wie manche Leute es nennen – einen hyperatomischen Motor. Der Name ist ja ganz gleichgültig. Auf jeden Fall wird es die tollste Sache, die wir jemals hergestellt haben."

Robertson lachte und streckte die Hand aus. „Zeigen Sie mir mal den Vertrag her! Ich will ihn unterschreiben."

SUSAN CALVIN betrat das schwerbewachte Gewölbe, in dem sich das „Gehirn" befand. Das „Gehirn" war eine Kugel mit einem Durchmesser von etwa sechzig Zentimetern. Im Innern dieser Kugel befand sich ein Hohlkörper, der völlig vibrations- und strahlungsgeschützt in einer Heliumatmosphäre jene unglaublich komplizierten und komplexen positronischen Gehirnbahnen enthielt, die das eigentliche „Gehirn" darstellten. Der übrige Platz in diesem Gewölbe wurde von jenen Zusatzgeräten eingenommen, die sozusagen die Vermittler zwischen dem „Gehirn" und der Außenwelt waren – seine Stimme, Arme, Sinne.

Leise sagte Dr. Calvin: „Wie geht es dir, Gehirn?"

„Großartig, Fräulein Susan. Ich sehe schon, daß Sie mich etwas fragen wollen. Immer haben Sie, wenn Sie mich etwas fragen wollen, ein Buch in der Hand."

Dr. Calvin lächelte milde. „Nun, du hast recht, aber noch nicht gleich. Es handelt sich nämlich um eine sehr komplizierte Frage, die wir dir schriftlich stellen werden. Aber noch nicht gleich. Ich meine, ich sollte zunächst mit dir reden."

„Gut. Es macht mir Spaß, mich zu unterhalten."

„Also, hör zu: Dr. Lanning und Dr. Bogert werden in Kürze mit dieser komplizierten Frage hier auftauchen. Wir werden sie dir stückchenweise stellen und sehr langsam. Wir möchten, daß du äußerst vorsichtig bist. Wir werden dich bitten, aus den dir gegebenen Informationen etwas zu bauen, wenn du das kannst. Aber schon jetzt möchte ich dich darauf hinweisen, daß eine eventuelle Lösung für menschliche Wesen schädlich sein mag."

„Oh, das ist ja schlimm!" Der Ausruf war bestürzt.

„Paß auf etwas Derartiges genau auf! Kommen wir zu einer Einheit unseres Problems, die Schaden oder vielleicht den Tod von Menschen bedeuten könnte, so rege dich nicht auf. Kommst du also zu diesem Punkt, höre einfach auf zu arbeiten und gib uns das betreffende Blatt zurück! Das ist alles. Verstehst du das?"

„Ja, natürlich!"

„Also, Gehirn – du hast mich verstanden. Ich höre bereits Dr. Lanning und Dr. Bogert kommen. Sie werden dir sagen, um was es sich handelt, und dann fangen wir an. Sei ein braver Junge und ..."

Langsam reichten sie ihm die einzelnen Blätter. Es war eine Sache von vielen Stunden, in deren Verlauf dem „Gehirn" der Inhalt von siebzehn dicken Bänden mathematischer Physik vorgelegt wurde.

Je länger die Sache dauerte, um so stärker vertieften sich die Falten auf der Stirn der Männer.

Erst als das letzte Blatt in der Maschine verschwand, sagte Dr. Calvin, die jetzt sehr blaß war:

„Etwas stimmt nicht."

Lanning brachte kaum die Worte hervor: „Es kann nicht sein. Es ist – tot?"

„Gehirn?" sagte Susan Calvin zitternd. „Hörst du mich, Gehirn?"

„Ha?" kam die Antwort. „Brauchen Sie mich?"

„Die Lösung ..."

„Ach die! Ist ganz einfach. Und genauso leicht baue ich für Sie das Fahrzeug, wenn Sie mir die nötigen Robots zur Verfügung stellen. Ein hübsches Fahrzeug. Wird vielleicht zwei Monate dauern."

„Und ... es ging ohne Schwierigkeiten?“

„Es auszurechnen hat ziemlich lange gedauert.“

Dr. Calvin zuckte zurück. Sie gab den anderen ein Zeichen, ihr zu folgen.

In ihrem Büro sagte sie: „Ich kann's nicht verstehen. Die gegebenen Daten müssen einen Widerspruch in sich enthalten – wahrscheinlich einen, der sich um Tod und Leben handelt. Wenn etwas versagt hat, so ...“

Bogert meinte gelassen: „Die Maschine spricht, und was sie sagt, hat Hand und Fuß. Es kann sich also gar nicht um ein Dilemma handeln.“

„Keinesfalls“, bestand Dr. Calvin, „dürfen wir ein Risiko auf uns nehmen. Von jetzt ab darf niemand auch nur ein einziges Wort mehr mit dem ‚Gehirn‘ sprechen. Es untersteht ausschließlich meiner Kontrolle.“

„Schön“, seufzte Lanning, „tun Sie, was Sie nicht lassen können. Und in der Zwischenzeit soll das ‚Gehirn‘ mal das Fahrzeug bauen, von dem es gesprochen hat. Und tut es das, dann müssen *wir* das Vehikel ausprobieren. Nicht?“

Er dachte offenbar über seine eigenen Worte nach. „Dafür aber“, sagte er schließlich, „brauchen wir unsere besten Testingenieure.“

Michael Donovan strich sich mit heftiger Bewegung die roten Haare glatt und sagte: „Auf in den Kampf, Greg! Man sagt, das Fahrzeug sei fertig. Man weiß nicht, was es eigentlich darstellt, aber fertig ist es. Los, Greg! An die Kontrollhebel! Los!“

Müde erwiderte Powell: „Halt den Mund, Mike! Dr. Lanning kommt.“

Lanning näherte sich. Schweigend ging er zusammen mit den beiden Männern die Rampe hinauf und hinaus aufs freie Feld, wo Robots, die nicht unter dem Befehl eines menschlichen Wesens standen, schweigend ein Fahrzeug bauten.

Falsch! Gebaut hatten.

Denn Lanning sagte: „Die Robots haben aufgehört zu arbeiten. Nicht ein einziger hat sich heute bewegt.“

„Dann ist es also fertig? Endgültig?“ fragte Powell.

„Wie soll ich das wissen?“ Lanning schien verschmitzt. „Man

scheint fertig zu sein. Es sind keine Teile mehr übrig, und das Innere ist auf Hochglanz poliert."

„Waren Sie schon drin?"

„Nur einen einzigen Augenblick. Ich bin ja kein Raumpilot. Weiß einer von euch beiden irgend etwas über Motorenbau?"

Donovan und Powell schauten sich an. Donovan sagte: „Ich habe natürlich meinen Führerschein, Sir, aber wie ich beim Lesen festgestellt habe, enthält er weder etwas über Hypermotoren noch über Fahrzeuge im gekrümmten Raum. Nur das übliche Kinderspiel in drei Dimensionen."

Alfred Lanning schaute in scharfer Mißbilligung auf. Er schnaubte und sagte auffällig kühl: „Schön, wir haben ja unsere Motorenspezialisten."

Powell packte ihn, als er bereits im Weggehen war, am Ellenbogen. „Sir, ist das Betreten des Fahrzeuges noch immer verboten?"

Der alte Direktor zögerte, rieb sich dann den Nasenrücken. „Ich glaube nicht. Bestimmt nicht für Sie beide."

Das Innere des Fahrzeuges war fertig. Alles glänzte und spiegelte. Es gab keine Winkel. Wände, Boden und Decke gingen sanft ineinander über, und in dem kalten, metallischen Leuchten versteckter Lichter war man umgeben von sechs kühlen Spiegelbildern seiner eigenen Person. Der Hauptgang war ein langer und schmaler Tunnel, der an einer Reihe von Räumen entlangführte.

Powell sagte: „Ich nehme an, daß die Möbel eingebaut sind. Oder vielleicht sollen wir weder sitzen noch schlafen."

Im letzten Raum, der sich der Spitze des Fahrzeuges am nächsten befand, wurde die Monotonie schließlich unterbrochen. Ein gekrümmtes Fenster aus reflexionsfreiem Glas war die erste Abwechslung in dem ewigen Metall. Darunter befand sich ein einziges großes Zifferblatt mit einem einzigen unbeweglichen Zeiger, der auf Null deutete.

Donovan sagte: „Schau dir das mal an!" und zeigte auf ein einziges Wort, das auf dem fein unterteilten Zifferblatt stand.

Das Wort hieß: „Parsek", und die winzige Zahl am rechten Ende der gekrümmten Skala besagte „1 000 000".

Zwei Stühle standen in dem Raum. Vorsichtig nahm Powell Platz und fand, daß der Stuhl entsprechend den Rundungen seines Körpers geformt und sehr bequem war.

Powell sagte: „Was hältst du davon?"

„Wenn ich ganz offen sein soll, so glaube ich, daß das ‚Gehirn' eine Hirnhautentzündung hat. Greg, machen wir, daß wir hier herauskommen! Vor fünf Sekunden habe ich meine Stellung hier gekündigt, und das Betreten dieses Fahrzeuges ist hier nicht beschäftigten Personen untersagt."

Powell lächelte. „Gut, Mike! Stell mal den Adrenalinhahn ab, der die ganze Zeit deinen Blutkreislauf vergiftet! Auch ich hatte Angst, aber nun habe ich keine mehr."

„Keine mehr? Hast du vielleicht deine Lebensversicherung erhöht?"

„Mike, dieses Fahrzeug hier kann gar nicht fliegen."

„Woher weißt du das?"

„Hast du irgendwo einen Pilotenraum gefunden außer dieser Kammer hier mit ihrer einen Skala? Hast du irgendwelche Bedienungshebel entdeckt?"

„Nein."

„Und hast du irgendwelche Motoren aufgespürt?"

„Heiliger Bimbam, nein."

„Na also. Gehen wir zu Lanning und versetzen wir ihm diese neuesten Neuigkeiten, Mike!"

Fluchend gingen sie durch die ununterscheidbaren Korridore und gelangten schließlich zu dem kurzen Stück, das in die Luftschleuse führte.

Donovan zuckte zusammen. „Hast du dieses Ding abgeschlossen, Greg?"

„Nein, hab's nicht angerührt. Drücke mal bitte den Hebel runter, ja?"

Der Hebel ließ sich nicht bewegen.

Powell sagte: „Ich habe nirgends einen Notausgang bemerkt. Wenn hier was nicht in Ordnung sein sollte, dann müssen sie uns herausschmelzen. Gehen wir zurück zu dem Raum mit dem Bullauge! Es ist der einzige Platz, von dem aus wir vielleicht die Aufmerksamkeit auf uns lenken können."

Aber das ging auch wieder nicht. In jenem letzten Raum nämlich sah man durch das Bullauge gar keinen blauen Himmel mehr, sondern alles war schwarz, und harte, gelblich leuchtende Sterne zeigten an, daß sie sich im Weltraum befanden.

Es gab einen dumpfen Ton, als zwei Körper sich schwer in die breiten Stühle fallen ließen.

Alfred Lanning traf Dr. Calvin unmittelbar vor seinem Büro. Nervös zündete er sich eine Zigarre an und machte ihr ein Zeichen einzutreten.

Er sagte: „Na, Susan – wir sind bis jetzt nicht sehr weit gekommen, und Robertson verliert allmählich die Nerven. Was wollen Sie mit dem ‚Gehirn' anfangen?"

Dr. Calvin rieb sich nervös die Hände. „Es ist nicht leicht. Ich habe das ‚Gehirn' äußerst zart behandelt und nur ganz vorsichtig ausgefragt, und es hat nicht das mindeste genützt. Seine Reaktionen sind normal. Seine Antworten – nun ja, die sind recht sonderbar. Bis jetzt habe ich nichts in der Hand, verstehen Sie? Ich kann nicht im voraus wissen, welche einfache oder ganz harmlose Frage oder Bemerkung das ‚Gehirn' gewissermaßen über den Rand des Abgrundes stoßen kann und was dann geschehen wird. Passiert das aber, dann bleibt nichts anderes übrig als ein völlig nutzloses ‚Gehirn'. Wollen vielleicht Sie so etwas riskieren?"

„Immerhin kann es wenigstens nicht das erste Gesetz brechen."

„Ich war der gleichen Auffassung, habe aber..."

„Sie sind also noch nicht einmal ganz sicher, daß es menschlichen Wesen nichts antun wird?" Lanning war zutiefst erschreckt.

„Ach, Alfred, wissen Sie, ich kann eigentlich gar nichts mehr ganz sicher wissen."

Mit erschreckender Plötzlichkeit begann das Alarmsystem zu läuten. In einer Art von Krampf schaltete Lanning die Lautsprecheranlage ein. Die atemlosen Worte, die aus dem Apparat kamen, ließen ihn fast zu Stein erstarren.

Schließlich gelang es ihm zu sprechen. „Susan", sagte er, „Sie haben's gehört. Das Raumschiff ist fort. Vor einer halben Stunde habe ich die beiden Testingenieure hineingeschickt. Sie müssen unbedingt von neuem mit dem ‚Gehirn' sprechen."

Mit erzwungener Ruhe sagte Susan Calvin: „‚Gehirn', was ist mit dem Raumschiff geschehen?"

Das „Gehirn" antwortete glücklich: „Mit dem Raumschiff, das ich gebaut habe, Fräulein Susan?"

„Jawohl, mit dem. Was ist mit ihm geschehen?"

„Aber gar nichts. Die beiden Männer, die es ausprobieren sollten, befanden sich gerade an Bord, als wir fertig waren zum Abflug. So habe ich es losgeschickt."

„Oh! – Na, das ist ja reizend. Glaubst du, daß an Bord alles in Ordnung sein wird?"

„Tadellos in Ordnung, Fräulein Susan! Ich habe für alles gesorgt. Es ist ein ganz wun–der–schönes Fahrzeug."

„Ja, ‚Gehirn', es *ist* wunderschön. Sie haben doch wohl genügend Nahrungsmittel dabei, wie? Ich meine, es geht ihnen nichts ab, wie?"

„Massenhaft Nahrungsmittel."

„Die Sache muß ja ein ziemlicher Schreck für die beiden sein, ‚Gehirn'. Ich meine, das Ganze kam doch ziemlich unerwartet."

Auf das „Gehirn" blieb dies ohne Eindruck: „Alles ist in bester Ordnung. Ich denke mir, daß es für die beiden äußerst interessant sein muß."

Mit zitternder Stimme sprach Susan Calvin das „Gehirn" an: „Wir können uns mit dem Fahrzeug in Verbindung setzen, oder nicht?"

„Natürlich können Sie sich per Funk mit den beiden in Verbindung setzen. Auch dafür habe ich gesorgt."

„Danke schön! Das wäre im Augenblick alles."

Als sie dann draußen waren, fuhr Lanning sie an: „Heiliger Himmel, Susan, wenn diese Sache bekannt wird, dann sind wir alle ruiniert. Wir müssen die beiden Männer zurückbekommen. Warum haben Sie diese Maschine nicht geradeheraus gefragt, ob Todesgefahr besteht?"

„Weil ich genau das nicht erwähnen darf", antwortete Calvin müde und enttäuscht. „Ist nämlich ein Dilemma vorhanden, so betrifft es diese Frage. Jede Bemerkung, die die innere Lage des ‚Gehirns' erschwert, könnte es vollkommen aus dem Gleichgewicht bringen. Wären wir dann vielleicht besser dran? Also, nun passen Sie mal auf – das ‚Gehirn' hat gesagt, wir könnten uns mit den beiden in Verbindung setzen. Tun wir das, finden wir auch heraus, wo sie sich befinden, und dann bringen wir sie zurück. Wahrscheinlich können sie die Maschine nicht selber bedienen. Vermutlich tut das ‚Gehirn' all das durch Fernsteuerung. Dennoch – kommen Sie!"

ES DAUERTE ziemlich lange, bis Powell sich faßte.

„Mike", sagte er, „hast du irgendwelche Beschleunigung empfunden?"

Donovans Augen waren verständnislos. „Wie? Nein ... nein."

Dann ballten sich plötzlich die Hände des rothaarigen Mannes. Mit jäher, wilder Energie sprang er von seinem Stuhl auf und zu jenem breiten gekrümmten Fenster hin. Nichts war zu sehen ... außer Sternen. Er wandte sich um. „Greg, offenbar hat man die Maschine in Bewegung gesetzt, während wir drinnen waren. Greg, wir sind in eine Falle gegangen. Man hat es mit den Robots verabredet. Wir sollen die Versuchskaninchen sein. Man wollte uns keine Chance lassen, eventuell nein zu sagen."

Powell sagte: „Was redest du? Was soll der Sinn sein, wenn wir doch keine Ahnung haben, wie diese Maschine funktioniert? Wie sollen wir das Ding hier zur Erde zurückbringen? Nein – dieses Fahrzeug ist ganz von selbst abgeflogen und ohne daß irgendwelche Beschleunigung fühlbar geworden wäre. Die Maschine wird ferngesteuert."

„Vom ‚Gehirn'?"

„Warum nicht?"

„Dann glaubst du, daß wir einfach hier draußen bleiben, bis das ‚Gehirn' uns zurückbringt?"

„Könnte sein. Wenn dem aber so ist, wollen wir gelassen warten. Das ‚Gehirn' ist ein Robot. Es muß dem ersten Gesetz folgen. Es darf kein menschliches Wesen verletzen."

Donovan ließ sich langsam auf seinen Stuhl nieder. „So stellst du dir wenigstens die Sache vor."

Die Stimme, die Donovan unterbrach, war nicht diejenige Powells. Es war niemandes Stimme. Sie war einfach da, hing in der leeren Luft.

„GREGORY POWELL! MICHAEL DONOVAN! GREGORY POWELL! MICHAEL DONOVAN! WO SEID IHR? WENN EUER SCHIFF GELENKT WERDEN KANN, KEHRT BITTE ZUR HEIMATBASIS ZURÜCK! GREGORY POWELL! MICHAEL DONOVAN ...!"

Die Mitteilung wiederholte sich. Sie klang völlig mechanisch. Zwischen den einzelnen Sätzen lagen regelmäßig gleich lange Pausen. Donovan sagte: „Wo kommt das denn her?"

„Ich weiß nicht." Powells Stimme war ein eindringliches Flüstern. „Woher kommt das Licht? Woher kommt überhaupt irgendwas? Ruf eine Antwort!"

Das taten sie. Sie schrien einzeln und zusammen. „Unsere Position unbekannt. Fahrzeug nicht steuerbar. Lage verzweifelt."

Ihre Stimmen hoben und überschlugen sich, während die kalte, rufende Stimme von draußen die gleiche Mitteilung in der gleichen Art immer wieder und wieder von sich gab.

„Sie hören uns nicht", stöhnte Donovan. „Hier gibt es keine Sendeeinrichtung. Nur einen Empfänger."

Langsam wurde der Lärm der dröhnenden Stimme leiser. Als sie schließlich nur noch ein Flüstern war, riefen die beiden von neuem, bis die Stimme endlich verstummte.

Etwa fünfzehn Minuten später sagte Powell müde: „Gehen wir noch einmal durch das ganze Fahrzeug! Irgendwo *muß* doch was zum Essen sein."

Sie trennten sich.

Powells Suche endete ganz plötzlich, und in diesem Augenblick hörte er Donovans dröhnende Stimme.

„Heh – Greg", donnerte die Stimme. „Das Fahrzeug hat Badezimmer und so weiter. Wie kommt's, daß wir das übersehen haben?"

Es dauerte fünf Minuten, bis er Powell nach verschiedenen Irrwegen fand. Er sagte: „Allerdings keine Duschen und Bäder, aber immerhin ..." Das Ende des Satzes blieb ihm im Halse stecken.

„Nahrungsmittel!" Er schnappte nach Luft.

Die Wand war nach unten gefallen. Dahinter wurde eine Öffnung sichtbar, in der sich zwei Fächer befanden. Das obere war vollgepackt mit unetikettierten Büchsen von verwirrender Verschiedenheit der Größe und Form. Die emaillierten Dosen auf dem unteren Fach waren gleichförmig. Donovan spürte einen kalten Luftzug an seinen Fußgelenken. Die untere Hälfte der Öffnung war ein Kühlschrank.

„Wieso – wieso?"

„Das war vorher nicht da", sagte Powell kurz. „Dieser Wandteil verschwand in dem Augenblick, als ich durch die Tür hereinkam."

Er aß. Die Dose war von jener Art, die man vorher erhitzt und in der sich ein Löffel befindet. Der warme Geruch gebackener Bohnen füllte den Raum. „Nimm dir doch auch eine Dose, Mike!"

Er suchte sich eine schimmernde elliptische Büchse aus, die durch ihre flache Form irgendwie an Büchsen mit Lachs oder ähnlichen Delikatessen erinnerte. Sie öffnete sich auf Druck.

„Bohnen!" schrie Donovan. „Haben wir denn gar nichts anderes? Nur Bohnen?"

„Möglicherweise."

„Was ist in dem unteren Fach?"

„Milch."

„Nur Milch?" schrie Donovan auf.

„Sieht beinahe so aus."

Die aus Bohnen und Milch bestehende Mahlzeit wurde schweigend zu Ende gebracht. Als sie den Raum verließen, glitt das verschwundene Wandstück wieder in die Höhe, und wieder war nichts sichtbar als fugenloses Metall.

Powell seufzte. „Alles automatisch."

Fünfzehn Minuten später befanden sie sich wieder in dem Raum mit dem Glasfenster und starrten sich gegenseitig aus den sich gegenüberstehenden Stühlen an.

Bedrückt wandte Powell den Kopf und schaute auf die Skala. Noch immer lautete die Einteilung „Parsek", und noch immer war die Zahl „1 000 000". Und noch immer stand der Zeiger auf Null.

IM PRIVATBÜRO der United States Robot and Mechanical Men Co. sagte Alfred Lanning erschöpft: „Sie antworten nicht. Wir haben jede Wellenlänge ausprobiert." Er wandte sich an Dr. Calvin. „Und das ‚Gehirn' will noch immer nichts sagen?"

„Das ‚Gehirn' gibt zu, daß es ganz allein und vollständig das Fahrzeug kontrolliert. Das ‚Gehirn' ist absolut optimistisch hinsichtlich der Sicherheit unserer beiden Leute, gibt aber keine Einzelheiten. Ich wage nicht, darauf zu bestehen. Der Mittelpunkt der ganzen Störung scheint aber ganz woanders zu liegen, nämlich im Prinzip interstellaren Reisens überhaupt. Das ‚Gehirn' lachte – ich kann es wirklich nicht anders audrücken –, als ich das Thema zur Sprache brachte. Es gibt noch andere Anzeichen – aber dieses Lachen ist bis jetzt der einzige wirklich ganz deutliche Anhaltspunkt für eine unbedingt bestehende Anomalie."

Sie schaute die anderen an. „Ich meine Hysterie. Ich habe sofort das Thema gewechselt, und ich hoffe, ich habe mit dessen Erwähnung keinen Schaden angerichtet. Immerhin habe ich jetzt einen Fingerzeig. Mit Hysterie kann ich fertig werden. Geben Sie mir zwölf Stunden Zeit! Kann ich das ‚Gehirn' sozusagen wieder normal machen, so wird es das Fahrzeug zurückbringen."

Bogert schien plötzlich von einer Idee gepackt. „Die interstellare Reise!"

„Die Daten für den Motor hat uns das ‚Gehirn' gegeben. Mein Gott... mir ist gerade ein Gedanke gekommen. Die interstellare Reise oder besser – wenn Sie wollen – der interstellare Sprung geschieht nicht in unserer Zeit ... nicht, solange Licht eine endliche Geschwindigkeit besitzt. Leben kann gar nicht existieren – auch Masse und Energie können es nicht in der Krümmung des Raumes. Ich weiß nicht, wie es dort ist – aber ich weiß, daß das, was ich soeben gesagt habe, zutrifft. Und an dieser Tatsache ist der Robot der Consolidated Corp. zugrunde gegangen."

DONOVAN fühlte sich ebenso hohlwangig, wie er aussah. „Erst fünf Tage?"

„Erst fünf Tage. Ich bin dessen ganz sicher."

Donovan sagte, den Rücken dem anderen zugewandt: „Greg, ich habe darüber nachgedacht. Die Situation ist ziemlich verzweifelt. Wir können nicht viel tun – außer herumzulaufen und zu uns selber zu reden. Aber seitdem die Lichter wieder heller brennen, habe ich ein ganz komisches Gefühl."

Stille. Dann kam Powells Stimme: „Ich auch. Spürst du irgendeine Vibration?" wollte er wissen.

„Ja. Was kann das sein? Du glaubst doch nicht, es steckt in uns?"

„Könnte sein." Powell strich sich langsam den Schnurrbart. „Es könnten aber auch die Motoren sein."

Aus irgendeinem Grunde hatte man das Gefühl, daß man sich in der Nähe einer Maschine befand, die Kräfte sammelte, Energie aufspeicherte für einen mächtigen Sprung, sich zitternd immer höher hinaufschraubte auf der Skala ihrer Stärke.

Es kam mit ungeheurer Plötzlichkeit. Man empfand einen scharfen Schmerz. Powell richtete sich halb aus seinem Stuhl auf. Sein Blick fiel auf Donovan, und dann wurde es ihm dunkel vor den Augen, während Donovans dünner Schrei laut wurde und dann verklang. Etwas wand sich in ihm und kämpfte gegen eine immer wachsende Schicht von Eis.

Etwas brach los und tanzte in einem feurigen Leuchten von Licht und Schmerz. Es fiel – und tanzte – und fiel kopfüber – in die Stille.

Es war der Tod! Es war eine Welt ohne jede Bewegung und ohne Gefühl. Eine Welt empfindungslosen Bewußtseins – eines Bewußtseins von Dunkelheit und Schweigen und schattenhaften Kampfes.

Hauptsächlich war es ein Ewigkeitsbewußtsein.

Es war ein kleiner weißer Faden von einem Ego – kalt und voller Angst.

DANN kamen die Worte, drohend und dröhnend.

„Paßt dein Sarg dir neuerdings nicht mehr? Warum machst du nicht einen Versuch mit Morbid M. Cadavers ausziehbaren Särgen? Diese sind auf wissenschaftlicher Basis konstruiert und passen sich sehr bequem den natürlichen Rundungen des Körpers an. Sie sind verstärkt durch Vitamin B_1. Benutzen Sie Cadavers Särge, und Sie fühlen sich wohl! Vergessen Sie nicht: Sie – werden – eine – lange – lange – Zeit – tot – sein."

Es war eigentlich gar kein Klang, aber was es auch immer war, es erstarb in einem grollenden Flüstern.

Der weiße Faden, der vielleicht einmal Powell gewesen war, zerrte nutzlos an den nicht substantiellen Äonen der Zeit, die um ihn herum überall existierten.

Dann brach er in sich selbst zusammen, während der durchdringende Schrei von hundert Millionen Geistern, von hundert Millionen Sopranstimmen sich zu einem Crescendo steigerte.

„Ich bin froh, wenn du mal tot bist, du Lump ... Ich bin froh, wenn du mal tot bist, du Lump ... Ich bin froh ..."

Der weiße Faden zitterte in pulsierendem Schmerz.

Still spannte er sich.

Und über allem das ursprüngliche Dröhnen, das lauter war als alles andere.

„Schnell! Schnell! Schnell! Nimm deine Beine in die Hand und laß uns nicht warten! Hinter uns kommen noch viele. Haltet eure Papiere bereit! Sichert euch den Erlaubnisstempel bei Petrus am Tor! Paßt auf, daß ihr zum richtigen Eingangstor kommt! Es gibt genug Feuer für alle. He, du – *Du da unten! Ja, du! Bleib in der Reihe oder ...!"*

Der weiße Faden, der Powell war, kroch vor dem vorwärts drängenden Schrei davon.

Deutlich spürte er den scharfen Stich eines auf ihn deutenden Fingers. Das alles explodierte plötzlich und wurde zu einem Regenbogen von Tönen, dessen einzelne Teile auf ein schmerzendes Gehirn heruntertropften.

Powell fand sich wieder in seinem Stuhl. Er spürte, daß er zitterte.

Donovans Augen öffneten sich.

„Greg", flüsterte er fast schluchzend, „warst du tot?"

„Ich – habe mich tot gefühlt." Er erkannte den Ton seiner eigenen Stimme nicht.

Donovan versuchte aufzustehen. Offenbar aber versagten ihm die Beine. „Leben wir jetzt? Oder geht das so weiter ... ich meine das Schreckliche?"

„Ich – ich fühle mich lebendig." Powell war noch immer heiser.

Es kam ihnen zum Bewußtsein, daß Sonnenlicht durch das Fenster hereinströmte. Es war schwach, aber von blauweißer Farbe – eine Sonne von der Größe einer Erbse, die nicht die gute alte Sonne war, die sie kannten.

Powell deutete mit zitterndem Finger auf die Skala. Die Nadel zeigte auf die feine Linie neben der Zahl 300 000 Parsek.

Powell sagte: „Mike, wenn das stimmt, dann müssen wir uns außerhalb der Milchstraße befinden."

Und Donovan sagte: „Bei Gott, Greg! Dann sind wir die ersten menschlichen Wesen außerhalb des Sonnensystems."

„Aber Mike, wie gelangen wir je zur Erde zurück?"

Donovan lächelte unsicher. „Ach, da brauchst du dir keine Sorge zu machen. Dieses Vehikel hat uns hierhergebracht. Es wird uns auch wieder nach Hause bringen."

SUSAN CALVIN sprach jetzt ganz langsam. Sechs Stunden lang hatte sie versucht, das „Gehirn" äußerst vorsichtig dahin zu locken, wo sie es haben wollte – sechs Stunden lang ohne Erfolg.

„Nun, ‚Gehirn', noch eine einzige Sache! Du mußt eine ganz besondere Anstrengung machen, mir eine einfache Antwort zu geben. Bist du dir völlig im klaren über den interstellaren Sprung? Ich meine, bringt er die beiden Männer zu ihrem Ziel?"

„Er bringt sie genauso weit, wie sie fliegen wollen, Fräulein Susan. Mein Gott, es ist kein Vergnügen, durch die Raumkrümmung hindurchzufahren."

„Und was werden sie auf der anderen Seite sehen?"

„Sterne und solches Zeug. Was sonst?"

Die nächste Frage entglitt ihrem Munde, ohne daß sie sie eigentlich stellen wollte. „Dann werden sie also leben?"

„Natürlich."

„Und der interstellare Sprung verletzt sie nicht?"

Sie erstarrte, als das „Gehirn" keine Antwort gab. Da also war der wunde Punkt. Sie hatte ihn berührt.

„‚Gehirn'", bettelte sie, „‚Gehirn', hörst du mich?"

Die Antwort kam schwach und zitternd. Das „Gehirn" sagte: „Muß ich antworten? Ich meine, wegen des Sprunges?"

„Nicht, wenn du nicht willst. Immerhin würde es interessant sein – ich meine, wenn du Lust hättest."

„Ach, Sie verderben ja alles."

Und plötzlich sprang die Psychologin auf. Sie hatte mit einem Male verstanden, um was es ging.

„Ach, du lieber Gott", stieß sie hervor, „du lieber Gott!"

Die Spannung von Stunden und Tagen löste sich plötzlich, und sie begann zu weinen. Viel später sagte sie zu Lanning: „Ich sage Ihnen, alles ist in Ordnung. Nein, Sie müssen mich jetzt in Ruhe lassen. Das Fahrzeug kommt heil zurück, und zwar *mit* den Männern, und ich will mich jetzt ausruhen. Gehen Sie jetzt!"

DAS Fahrzeug kam ebenso still und erschütterungsfrei zur Erde zurück, wie es sie verlassen hatte. Es landete haargenau an der dafür bestimmten Stelle. Die Haupttür öffnete sich. Die zwei Männer, die aus dem Fahrzeug herauskamen, tasteten sich vorsichtig über die Landungsbrücke. Sie schoben die Menschenmenge, die sich um sie scharte, zur Seite und winkten energisch den beiden Männern ab, die mit einer Tragbahre aus einem Krankenwagen herausstürzten.

Gregory Powell sagte: „Wo ist die nächste Dusche?"

Dann saßen sie alle miteinander um einen Tisch herum. Alle führenden Leute der U. S. Robot and Mechanical Men Co. nahmen an diesem Treffen teil.

Langsam und dramatisch beendeten Powell und Donovan ihre sehr lebendige Darstellung der Ereignisse.

Susan Calvin brach das dem Bericht der beiden Ingenieure folgende Schweigen.

„Genau betrachtet", sagte sie, „war dies meine Schuld – alles miteinander. Als wir dieses Problem zum erstenmal dem ‚Gehirn' vorlegten, gab ich mir, wie wohl die meisten hier Anwesenden sich erinnern werden, die größte Mühe, ihm klarzumachen, daß es alle diejenigen Fakten zurückweisen solle, die geeignet wären, ein Dilemma zu schaffen. Ich tat dies, indem ich etwa folgendes sagte: ‚Reg dich nicht auf über den Tod menschlicher Wesen! Gib uns einfach das betreffende Blatt zurück, und vergiß die ganze Sache!'"

„Hm", sagte Lanning. „Und was weiter?"

„Das ist doch ganz klar. Als die Bedingung auftauchte, die schließlich die Gleichung bezüglich des Minimum-Intervalls für den interstellaren Sprung ergab, da bedeutete diese Bedingung den Tod menschlicher Wesen. An diesem Punkt war die Maschine der Consolidated Corp. vollständig zusammengebrochen. Ich aber hatte die Wichtigkeit des Todes dem ‚Gehirn' gegenüber vermindert. Zwar nicht ganz und gar, da das erste Gesetz ja niemals gebrochen werden kann, aber dennoch genügend, um es dem ‚Gehirn' zu ermöglichen, sich die Gleichung nochmals anzusehen. Dies genügte, um dem ‚Gehirn' klarzumachen, daß nach dem Intervall die Menschen zum Leben zurückkehren würden ..., genauso wie Materie und Energie des Raumschiffes wieder in ihre Rechte traten. Dieser sogenannte Tod war also genau gesagt nichts als ein temporäres Phänomen. Verstehen Sie?"

Sie schaute sich um. Alle hörten gespannt zu.

So fuhr sie fort: „Daher akzeptierte das ‚Gehirn' diese Bedingung – allerdings mit einem gewissen inneren Schock. Obwohl der Tod nur ein temporärer war und obgleich ich seine Wichtigkeit herabgesetzt hatte, genügte die Tatsache allein, um das ‚Gehirn' – wenn auch nur ganz leicht – aus dem Gleichgewicht zu bringen."

Völlig ruhig und gelassen sagte sie: „Es entwickelte eine Art von Humor. Auch das ist eine Fluchtmethode, eine teilweise Flucht vor der Wirklichkeit. Das ‚Gehirn' wurde sozusagen zu einem Spaßvogel."

Powell und Donovan sprangen auf.

Calvin fuhr fort: „Das ‚Gehirn' sorgte für Sie und beschützte Sie. Sie konnten aber keinerlei Schalthebel bedienen, weil diese gar nicht für Sie bestimmt waren, sondern für das sehr humorvolle ‚Gehirn' selbst. Wir konnten Sie durch Funk erreichen, aber Sie konnten nicht antworten. Sie hatten genügend Nahrungsmittel, aber nichts als Bohnen und Milch. Dann starben Sie, sozusagen, und wurden wiedergeboren, aber die Zeit Ihres Todes wurde – wollen wir einmal sagen – interessant gemacht. Ich wollte, ich wüßte, wie das ‚Gehirn' das fertiggebracht hat. Es war der Hauptwitz des ‚Gehirns', aber nicht bös gemeint."

„Nicht bös gemeint", ereiferte sich Donovan. „Ach, wenn der liebe kleine Knabe nur einen Hals hätte, den man ihm umdrehen könnte!"

Lanning hob besänftigend die Hand. „Schon gut! Nun ist es ja vorüber. Was weiter?"

„Nun", sagte Bogert gelassen, „ganz offensichtlich ist es jetzt unsere Aufgabe, die Raumkrümmungsmaschine zu verbessern. Es muß ja schließlich möglich sein, auf irgendeine Art und Weise das Intervall beim Sprung zu vermeiden. Gibt es aber diese Möglichkeit überhaupt, so müssen wir – die wir jetzt die einzige Organisation sind, die noch einen großangelegten Superrobot besitzt – diese finden. Dann aber kontrolliert die U. S. Robot Co. interstellare Reisen, und dann hat die Menschheit endlich die Möglichkeit, sich ein Weltreich im Weltraum zu schaffen."

„Und wie steht es mit der Consolidated Corp.?" wollte Lanning wissen.

„Einen Augenblick, bitte", unterbrach Donovan, „ich möchte gerne einen Vorschlag machen. Diese Burschen haben unserer Firma eine böse Suppe eingebrockt. Diese auszulöffeln war zwar nicht so schlimm, wie die Herren von der Consolidated Corp. erwarteten, und schließlich ist alles noch zu einem guten Ende gekommen. Dennoch muß ich sagen, daß die Absichten unserer lieben Konkurrenz nicht allzu gut waren. Und Greg und ich waren jedenfalls die Hauptleidtragenden. Na schön, die Herren wollten eine Antwort, und sie haben eine bekommen. Liefern wir ihnen das Fahrzeug und kassieren zweihunderttausend Dollar plus Herstellungskosten. Und wenn sie's dann ausprobieren wollen – dann schlage ich vor, lassen wir das ‚Gehirn' noch mal ein paar seiner hübschen Scherze machen, ehe wir es wieder zurückbringen zu seiner normalen Geistesverfassung."

Lanning sagte ernst: „Der Vorschlag scheint mir gerecht und brauchbar."

Und Bogert fügte geistesabwesend hinzu: „Und völlig kontraktgemäß."

8

„Aber auch das ist nicht das Eigentliche und Wichtige", sagte Dr. Calvin gedankenvoll. „Zum Schluß wurden das Fahrzeug und andere ähnliche Raumschiffe Eigentum der Regierung. Der Sprung durch den Überraum wurde vervollkommnet, und nun besitzen wir ja tatsächlich Kolonien auf den Planeten einiger näherer Sterne. Aber das ist doch nicht das Wichtigste."

Ich war fertig mit dem Essen und beobachtete sie durch den Rauch unserer Zigaretten.

„Was wirklich zählt, ist, was mit dem Menschen hier auf der Erde in den letzten fünfzig Jahren geschehen ist. Als ich zur Welt kam, junger Mann, hatten wir gerade den letzten Weltkrieg beendet. Jene Zeit war ein Tiefpunkt der Geschichte. Immerhin bedeutete er das Ende aller Nationalismen. Die Erde war zu klein geworden für Nationen, und so gruppierten die Menschen sich in Regionen. Auch der Wandel von Nationen zu Regionen, der unsere Wirtschaft stabilisiert und eine Zeit hervorgebracht hat, die man ruhig als goldenes Zeitalter betrachten darf – ich meine im Vergleich zum vergangenen Jahrhundert –, auch dieser Wandel wurde durch unsere Robots bewirkt."

„Sie meinen die Denkmaschinen", sagte ich. „Das ‚Gehirn', von dem Sie gerade gesprochen haben, ist wohl die erste derartige Anlage gewesen?"

„Das stimmt. Ich dachte aber weniger an die Denkmaschine als an einen Mann. Er starb letztes Jahr." Ihre Stimme wurde plötzlich tieftraurig. „Sein Name war Stephen Byerley."

„Ich dachte mir, daß Sie ihn meinten."

„Zum ersten Male nahm er im Jahre 2032 ein öffentliches Amt an. Sein Kampf um den Bürgermeisterposten war wohl der eigenartigste Wahlkampf, der jemals geführt wurde."

FRANCIS QUINN war ein Politiker der neuen Schule. Die meisten unserer sogenannten „neuen Schulen" hat es im sozialen Leben des alten Griechenland schon einmal gegeben. Wüßten wir mehr davon, so würden wir vielleicht ihre Vorgänger sogar im alten Babylonien finden oder in den prähistorischen Pfahlbauten der Schweiz.

Um aber die Geschichte nicht langweilig werden zu lassen, ist es vielleicht das beste, wenn ich gleich sage, daß Quinn sich weder um das Amt bewarb noch Stimmen für sich sammelte, daß er keine Reden hielt noch irgendwelchen Wahlschwindel trieb.

Alfred Lanning saß auf der anderen Seite des Pultes ... Lanning mit seinen wilden weißen Augenbrauen über Augen, die scharf und hart waren vor lauter innerer Ungeduld. Lanning gefiel die ganze Sache gar nicht.

Hätte Quinn dies gewußt, es hätte ihn nicht im mindesten geärgert. Seine Stimme war, vielleicht berufsmäßig, freundlich.

„Ich nehme an, Sie kennen Stephen Byerley, Dr. Lanning."

„Ich habe, wie viele andere, schon von ihm gehört."

„Genau wie ich auch. Vielleicht haben Sie die Absicht, ihm bei der nächsten Wahl Ihre Stimme zu geben."

„Kann ich nicht sagen." Ganz deutlich klang eine gewisse Schärfe aus Lannings Stimme. „Ich habe die politischen Ereignisse nicht verfolgt. Daher weiß ich wohl auch nicht, daß er Kandidat ist."

„Er wird vielleicht unser nächster Bürgermeister werden. Natürlich ist er nur ein Jurist, aber eine Kanone und ..."

„Jawohl", unterbrach Lanning. „Ich habe das alles schon gehört. Könnten wir aber jetzt nicht vielleicht zu unseren eigenen Angelegenheiten kommen?"

„Wir sind mittendrin, Dr. Lanning." Quinns Ton war sehr sanft. „Es liegt in meinem Interesse, daß Mr. Byerley Staatsanwalt bleibt – allerhöchstens Staatsanwalt –, und es liegt in Ihrem Interesse, mir dabei zu helfen."

„In *meinem* Interesse? Aber ich bitte Sie."

„Nun, sagen wir vielleicht besser im Interesse der U. S. Robot Co. Ich komme zu Ihnen, weil Sie Direktor emeritus der Forschungsabteilung dieser Firma sind und weil ich weiß, daß Sie auch heute noch dort als Berater ein gewichtiges Wort mitzureden haben. Man hört auf Sie, und dennoch sind Ihre Beziehungen zu jener Gesellschaft nicht mehr so eng, daß Sie nicht völlige Handlungsfreiheit besäßen ... selbst wenn diese Handlung, wie soll ich sagen, etwas unorthodox ist."

Dr. Lanning schwieg einen Augenblick, während er über die Worte des Sprechers nachdachte. Dann sagte er, und nun etwas sanfter: „Ich weiß durchaus nicht, worauf Sie hinauswollen, Mr. Quinn."

„Das überrascht mich keineswegs, Dr. Lanning. Dennoch liegt die ganze Angelegenheit eigentlich recht einfach. Wir sprachen gerade über Mr. Byerley – eine eigenartige, recht lebendige Persönlichkeit. Vor drei Jahren war er noch völlig unbekannt. Jetzt kennt ihn jeder. Er ist ein energischer und sehr tüchtiger Mann ... ganz bestimmt der beste Staatsanwalt, der mir je begegnet ist. Unglücklicherweise ist er nicht mein Freund ..."

„Ich verstehe", sagte Lanning mechanisch.

„Ich hatte Gelegenheit", fuhr Quinn in gleichmäßigem Tone fort, „im verflossenen Jahr die Vergangenheit des Mr. Byerley einer genauen Prüfung zu unterziehen. Sie ist recht wenig bemerkenswert. Ein ruhiges Leben in einer Kleinstadt, Universitätsstudium, eine Frau, die jung gestorben ist, ein Autounfall, von dem er sich nur langsam erholte, Vorbereitung auf das Doktorexamen, Übersiedlung in die Hauptstadt, Rechtsanwalt – das ist alles."

Francis Quinn schüttelte langsam den Kopf und fügte dann hinzu: „Ganz anders sein gegenwärtiges Leben. Ja – das *ist* bemerkenswert. Unser Staatsanwalt ißt niemals."

Lannings Kopf fuhr hoch. Seine alten Augen waren plötzlich scharf und leuchtend. „Wie bitte?"

„Unser Staatsanwalt ißt niemals." Quinn zerhackte den Satz in einzelne Silben. „Ich will diese Behauptung leicht modifizieren. Er ist niemals beim Essen oder Trinken gesehen worden. Niemals! Verstehen Sie, was das bedeutet? Ich sage nicht, er ist nur selten dabei beobachtet worden, ich sage ausdrücklich niemals."

„Das finde ich ziemlich unglaubhaft. Können Sie sich auf Ihre Informationen verlassen?"

„Vollkommen, und ich persönlich finde es auch keineswegs unglaubhaft. Ich sage ausdrücklich, man hat ihn nicht nur niemals essen sehen, sondern auch nicht trinken, und zwar weder Wasser noch irgendwelche alkoholischen Getränke. Auch hat man ihn nie schlafen sehen. Es gibt noch andere Faktoren, die das Bild abrunden. Ich nehme aber an, daß Sie auch so verstehen, was ich meine."

LANNING lehnte sich in seinem Stuhl zurück. Ein angespanntes Schweigen herrschte zwischen den beiden Männern. Dann aber schüttelte der alte Robotspezialist den Kopf. „Nein. Wenn ich Ihre Behauptungen mit der Tatsache, daß Sie diese vorbringen, verbinde, dann gibt es nur eine einzige Schlußfolgerung, die Sie mir offenbar zu suggerieren versuchen, und die ist völlig ausgeschlossen."

„Aber der Mann ist absolut kein menschliches Wesen, Dr. Lanning, er *ist* ein Robot."

„Und ich sage Ihnen, daß diese Behauptung das Irrsinnigste ist, was ich jemals gehört habe."

„Dennoch verlange ich", sagte Quinn, während er umständlich seine Zigarette ausdrückte, „daß Sie diese von Ihnen behauptete Unmöglichkeit meiner Annahme mit allen Ihnen zur Verfügung stehenden Mitteln untersuchen."

„Ich werde nichts Derartiges unternehmen, Mr. Quinn. Sie werden ja kaum ernstlich glauben, daß unsere Gesellschaft sich in die hiesige Lokalpolitik einmischen wird."

„Sie haben keine andere Wahl. Nehmen Sie mal an, ich würde, ohne Beweise zu haben, die mir bekannten Tatsachen öffentlich bekanntgeben. Ich meine, das Beweismaterial ist doch wohl recht belastend."

„Tun Sie in dieser Beziehung genau, was Sie wollen."

„Von wollen kann gar keine Rede sein. Beweise wären bedeutend nützlicher. Auch Sie könnten ein derartiges Vorgehen meinerseits keineswegs wünschen. Ich bin sicher, daß die damit zusammenhängende Kampagne für Ihre Gesellschaft recht schädigende Folgen haben könnte. Ich nehme an, daß Sie vollkommen auf dem laufenden sind über die strenge Durchführung der Vorschriften gegen die Verwendung von Robots in menschenbewohnten Teilen der Welt."

„Allerdings", sagte Lanning brüsk.

„Sie wissen, daß die U. S. Robot Co. die einzige Herstellerin positronischer Robots in unserer Welt ist. Sollte aber Byerley ein Robot sein, so besitzt er ein positronisches Gehirn. Sie wissen ferner, daß alle Robots ausgeliehen, aber nicht verkauft werden ... daß die Gesellschaft Eigentümerin bleibt und daher für die Handlungen ihrer Maschinen verantwortlich gemacht werden kann."

„Die Gesellschaft kann ganz leicht und jederzeit beweisen, daß sie niemals, seit sie besteht, einen Robot humanoiden Charakters hergestellt hat."

„Sie könnte es aber tun, wie? Ich frage das lediglich, weil wir ja die verschiedenen Möglichkeiten besprechen müssen."

„Jawohl. Es wäre technisch möglich."

„Ich nehme an, auch im geheimen. Ich meine, ohne daß ein derartiger Vorgang in Ihren Büchern erscheint."

„Nicht das positronische Gehirn, Sir. Die Herstellung dieses Apparates ist mit zu vielen verschiedenen Faktoren verknüpft, über welche die Regierung eine strikte Kontrolle ausübt."

„Jawohl, aber Robots nutzen sich ab, gehen kaputt, funktionieren irgendwie nicht mehr – und werden dann auseinandergenommen."

„Und ihre positronischen Gehirne finden entweder neue Verwendung oder werden vernichtet."

„Tatsächlich?" Francis Quinn gestattete sich eine Spur von Sarkasmus. „Und wenn nun eines – ich meine natürlich rein zufällig – nicht zerstört würde und ebenso zufällig eine humanoide Konstruktion gerade auf ein derartiges Gehirn wartete?“

„Ausgeschlossen.“

„Warum aber sollten Sie es dann nicht beweisen? Oder wollen Sie den Beweis lieber der Öffentlichkeit gegenüber antreten?“

Langsam berührten die Finger des Robotfachmannes einen Knopf. Die Wandbeleuchtung strahlte in sanftem Licht auf.

„Gut“, brummte er. „Sehen wir mal, was dabei herauskommt!“

DAS Gesicht Stephen Byerleys ist nicht leicht zu beschreiben. Er war seinem Geburtsschein zufolge vierzig Jahre alt, und seine Erscheinung entsprach diesem Alter ... wenn er auch ein gesunder, gutgenährter, immer gutgelaunter Vierziger war.

Dies traf ganz besonders dann zu, wenn er lachte, und das tat er gerade in diesem Augenblick. Sein Lachen war laut und beständig, ließ ein wenig nach und begann dann von neuem. –

Alfred Lannnings Gesicht erstarrte vor bitterer Mißbilligung. Er blickte wie hilfesuchend zu der neben ihm sitzenden Frau, aber auch deren Lippen verzogen sich spürbar verärgert.

Byerley fand schnaufend seine Sprache wieder.

„Wirklich und wahrhaftig, Dr. Lanning ... glauben Sie wirklich und wahrhaftig, daß ich – ausgerechnet ich – ein Robot bin?“

„Dies ist nicht meine eigene Behauptung, Sir. Mir persönlich wäre es vollkommen recht, wenn Sie ein Mitglied der menschlichen Gesellschaft wären. Da unsere Firma Sie niemals hergestellt hat, bin ich ja ziemlich sicher, daß Sie das auch sind – wenigstens im juristischen Sinne. Nachdem aber von einem Mann, der ein gewisses Ansehen genießt, uns gegenüber die ernsthafte Behauptung aufgestellt worden ist, daß Sie ...“

„Sie brauchen seinen Namen nicht zu nennen – aber nehmen wir einmal hypothetisch an, es sei Francis Quinn gewesen. Nun fahren Sie bitte fort!“

Lanning schöpfte wütend Atem. Er war es nicht gewohnt, unterbrochen zu werden. Deshalb machte er eine kleine Pause, ehe er fortfuhr. Schließlich sagte er noch etwas kühler als zuvor: „Ich sagte also, der Mann besitzt ein gewisses Ansehen. Wegen seiner Identität möchte ich mich lieber nicht auf Ratespiele einlassen. Ich bin gezwungen, Sie um Ihre Mitarbeit bei der Entkräftung seiner Behauptung zu ersuchen. Schon die einfache Tatsache, daß eine solche Behauptung aufgestellt und in den verschiedenen diesem Mann zur Verfügung stehenden Organen veröffentlicht werden könnte, würde einen schweren Schlag für die von mir vertretene Firma bedeuten – selbst wenn die Anklage nie bewiesen werden könnte. Verstehen Sie mich?"

„Absolut. Ihre Lage ist mir völlig klar, auch wenn die Anklage selbst lächerlich ist. Ich bitte um Entschuldigung, wenn mein Gelächter Sie verletzt haben sollte. Ich habe keineswegs über die Situation gelacht, in der Sie sich befinden, sondern über die Behauptung an sich. Wie kann ich Ihnen nun helfen?"

„Sehr einfach. Sie brauchen sich lediglich vor Zeugen in einem Restaurant an einen Tisch zu setzen und eine Mahlzeit einzunehmen."

„Dann glauben Sie ihm also, wenn er sagt, daß ich niemals esse? Sie sind ein Wissenschaftler, Dr. Lanning. Sehen Sie sich mal diese Art von Logik an! Man hat mich niemals essen sehen, daher esse ich nicht. *Quod erat demonstrandum*. Ich bitte Sie doch!"

„Sie benutzen jetzt Staatsanwaltstricks, um die an sich wirklich recht einfache Lage zu verwirren."

„Ganz im Gegenteil. Ich versuche das zu klären, was Ihnen und Quinn so kompliziert erscheint. Ich schlafe nicht viel, verstehen Sie? Das stimmt, und ganz bestimmt schlafe ich nicht in der Öffentlichkeit. Ich habe mir nie etwas daraus gemacht, mit anderen zu essen. Lassen Sie mich mal einen hypothetischen Fall konstruieren! Nehmen wir mal an, es gäbe einen Politiker, der alles Interesse daran hätte, einen Reformkandidaten um jeden Preis zu besiegen. Dieser Politiker käme nun bei seinen Nachforschungen auf Eigenheiten, wie ich sie gerade erwähnt habe."

„Trotz allem", begann Lanning eigensinnig von neuem, „ganz gleichgültig, ob Sie diese Sache als ernst betrachten oder nicht, ist lediglich die von mir bereits erwähnte Mahlzeit nötig, um dem ganzen Spuk ein für allemal ein Ende zu machen."

Wieder wandte Byerley sich der Frau zu, die ihn noch immer beobachtete. „Entschuldigen Sie bitte! Ich habe Ihren Namen doch richtig verstanden? Sie sind Dr. Susan Calvin?"

„Jawohl, Mr. Byerley."

„Sie sind die Psychologin der Gesellschaft, nicht wahr?"

„Die Robotpsychologin, bitte."

„Ach, ich wußte gar nicht, daß Robots geistig so anders sind als Menschen."

„Völlig anders." Sie gestattete sich ein kaltes Lächeln. „Robots sind im Grunde anständig."

Der Anwalt lachte. „Da versetzen Sie uns aber einen bösen Schlag. Was ich aber eigentlich sagen wollte: Da Sie eine Robotpsychologin sind *und* eine Frau, so haben Sie bestimmt schon etwas getan, woran Dr. Lanning bisher noch gar nicht dachte."

„Und was soll das sein?"

„Sie haben bestimmt etwas zum Essen in Ihrer Handtasche."

Die wohlgeschulte Gleichgültigkeit in Susan Calvins Augen wurde einen Augenblick durchbrochen. „Sie überraschen mich, Dr. Byerley", sagte sie.

Sie öffnete die Tasche und brachte einen Apfel zum Vorschein. Wortlos reichte sie Byerley die Frucht. Gelassen biß dieser in den Apfel, und gelassen schluckte er den Bissen hinunter.

Dr. Lanning lächelte vor Erleichterung. Leider dauerte diese Erleichterung nicht lange.

Susan Calvin sagte: „Ich war neugierig zu sehen, ob Sie den Apfel essen würden. Allerdings beweist dies im vorliegenden Fall absolut nichts."

Byerley blickte auf. „Wieso nicht?"

„Das ist doch klar. Dieser Mann, Dr. Lanning, würde, wenn er ein humanoider Robot wäre, natürlich eine vollkommene Imitation darstellen. Er ist fast zu menschlich, um noch glaubhaft zu erscheinen. Ist er ein Robot, so wollte ich, unsere Firma hätte ihn hergestellt, denn er ist ein wirklich erstklassiges Fabrikat. Gut. Scheint es Ihnen dann also nicht wahrscheinlich, daß irgend jemand in der Lage sein würde, ein paar Apparate einzubauen, um essen, schlafen und trinken vorzutäuschen? Natürlich nur zur Benutzung in Notlagen – wie zum Beispiel jetzt eine entstanden ist. Daher kann eine Mahlzeit eigentlich gar nichts beweisen."

„Nun warten Sie mal", fauchte Lanning. „Das Problem, ob Byerley ein Mensch ist oder nicht, interessiert mich nicht. Mein ganzes Ziel besteht darin, die Gesellschaft aus einer schwierigen Lage herauszubringen. Eine Mahlzeit in aller Öffentlichkeit wird dieser Sache ein

Ende bereiten, und zwar für immer, ganz gleichgültig, was Quinn auch tut. Die feineren Details der ganzen Sache können wir ruhig Anwälten und Robotpsychologen überlassen."

„Aber, Herr Dr. Lanning", sagte Byerley, „Sie übersehen völlig die politische Seite der Angelegenheit. Ich bin ebenso darauf aus, gewählt zu werden, wie Quinn darauf aus ist, mir den Weg zu verbauen. Wenn Quinn mich einen Robot schimpfen will und die Frechheit besitzt, dies zu tun, so besitze ich die Frechheit, das Spiel nach seinen Regeln zu spielen."

„Sie meinen, Sie ..."

Lanning zögerte, und es war nicht zu verkennen, daß er sich abgestoßen fühlte.

„Genug. Ich will damit sagen, daß ich ihn weitermachen lasse. Er wird sich den Strick, an dem er schließlich hängen wird, selber aussuchen, selber den Kopf hineinstecken und grinsen. Das übrige – und es bleibt schließlich nur sehr wenig – besorge ich dann mit dem größten Vergnügen."

„Sie sind recht zuversichtlich."

Susan Calvin stand auf. „Kommen Sie, Alfred, wir brauchen gar nicht erst zu versuchen, ihn umzustimmen!"

„Sehen Sie", sagte Byerley, „Sie sind doch auch eine Menschenpsychologin."

Vielleicht besaß Byerley aber doch nicht in vollem Maße jene Zuversicht, von der Lanning gesprochen hatte, als er an jenem Abend den Pfad zur Vordertür seines Hauses hinaufging.

Die Gestalt im Rollstuhl schaute bei seinem Eintritt lächelnd auf. Byerleys Gesicht wurde warm und freundlich. Er ging hinüber zu dem Mann.

Die Stimme des Krüppels war ein heiseres, kratzendes Flüstern, das aus einem nach einer Seite hin verzerrten Mund herauskam. Die Hälfte des Gesichtes war eine einzige verwachsene Narbe.

„Du kommst spät, Steve."

„Ich weiß, John, ich weiß. Ich hatte heute aber mit einer eigenartigen und interessanten Schwierigkeit zu tun."

„So? Hoffentlich nichts, womit du nicht fertig werden könntest?"

„Ich bin nicht ganz sicher. Ich brauche möglicherweise deine Hilfe. Du bist das Genie in der Familie. Willst du, daß ich dich in den Garten schiebe? Es ist ein wundervoller Abend."

Zwei starke Arme hoben John aus seinem Rollstuhl. Sanft, fast zärtlich legten Byerleys Arme sich um die verbundenen Beine des Krüppels und um seine Schultern.

„Warum läßt du mich nicht den Rollstuhl benutzen, Steve? Dies ist töricht."

„Weil ich dich lieber trage. Hast du was dagegen? Du weißt sehr wohl, daß du ebenso froh bist, aus dieser motorisierten Kutsche herauszukommen, wie ich es bin, dich mal nicht darin sehen zu müssen. Wie geht es dir denn heute?" Mit unendlicher Sorgfalt ließ er John auf dem kühlen Gras nieder.

„Wie soll es mir gehen? Aber erzähle mir von deinen Nöten."

„Quinns Wahlkampf wird sich darauf aufbauen, daß er behauptet, ich sei ein Robot."

Johns Augen öffneten sich weit. „Woher weißt du das? Das ist unmöglich. Ich kann's nicht glauben."

„Ich sage dir aber, daß es so ist. Er hat bereits einen von den Großmoguln der U.S.-Robot-Gesellschaft zu mir ins Büro geschickt, um mit mir zu diskutieren."

Langsam riß John Grashalme aus. „Ich verstehe. Ich verstehe."

Byerley sagte: „Wir können ihn aber seine eigenen Waffen wählen lassen. Ich habe nämlich eine Idee. Hör mal zu, und sage mir dann, ob du glaubst, daß wir's schaffen!"

Die Szene in Lannings Büro am Abend beschränkte sich weitgehend darauf, daß man sich gegenseitig anstarrte. Francis Quinn starrte nachdenklich Alfred Lanning an. Lanning wieder starrte wütend auf Susan Calvin, die ihrerseits unbewegt Quinn anstarrte.

Francis Quinn unterbrach schließlich die Stille mit einem Versuch, die Beklemmung zu lösen. „Reiner Bluff. Er erfindet Ausreden je nach der Situation, in der er sich befindet."

„Wollen Sie wirklich darauf spekulieren, Mr. Quinn?" fragte Dr. Calvin gleichgültig.

„Passen Sie mal auf", sagte Lanning, „wir haben getan, was Sie von uns verlangt haben. Wir waren Zeugen, als der Mann aß. Es ist lächerlich, ihn für einen Robot zu halten."

„Glauben Sie wirklich?" Quinn wandte sich Dr. Calvin zu. „Lanning hat behauptet, Sie seien Experte in dieser Angelegenheit."

Lannings Stimme war fast drohend. „Also, Susan, bitte ...!"

Susan Calvin wandte ihre kalten Augen Quinn zu. „Es gibt nur zwei Wege, um definitiv zu beweisen, daß Byerley ein Robot ist. Bis jetzt bringen Sie nichts als einen Indizienbeweis. Damit können Sie zwar eine Anklage erheben, ihn aber nicht wirklich überführen ... und ich persönlich glaube, daß Mr. Byerley geschickt genug ist, dieser Art von Material zu begegnen. Die eine der beiden Beweismethoden ist die physische, die andere die psychologische. Sie können ihn sezieren oder mit Röntgenstrahlen durchleuchten. Wie Sie das anstellen, wäre Ihre Sache. Psychologisch kann sein Verhalten studiert werden, denn ist er ein positronischer Robot, so muß er sich an die drei Regeln der Robotik halten. Ohne diese kann ein positronisches Gehirn überhaupt nicht konstruiert werden. Kennen Sie diese Regeln, Mr. Quinn?"

„Ich habe von diesen ‚Regeln' schon gehört", sagte Quinn desinteressiert.

„Dann ist die Sache ganz einfach", entgegnete die Psychologin trocken. „Bricht Mr. Byerley eine dieser Regeln, dann ist er kein Robot. Unglücklicherweise funktioniert diese Prozedur nur in einer Richtung. Hält er sich nämlich an die Regeln, so beweist das freilich gar nichts."

Quinn fragte höflich: „Und warum nicht, Frau Doktor?"

„Weil Sie – wenn Sie einmal darüber nachdenken – finden werden, daß die drei Regeln der Robotik die leitenden Grundprinzipien einer ganzen Reihe von ethischen Systemen darstellen. Natürlich soll jedes menschliche Wesen einen Selbsterhaltungstrieb besitzen. Das ist die Regel Nummer drei für Robots. Auch soll jedes ‚gute' menschliche Wesen mit einem sozialen Gewissen und Verantwortungsgefühl sich der Obrigkeit unterwerfen, seinem Arzt folgen, seinem Chef, seiner Regierung, seinem Mitmenschen. Es soll Gesetzen gehorchen, Regeln, Sitten und Gebräuchen – selbst wenn diese seine eigene Bequemlichkeit einschränken oder seine Sicherheit gefährden. Das ist für einen Robot die Regel Nummer zwei. Schließlich soll ein ‚guter' Mensch seinen Nächsten lieben wie sich selbst, ihn beschützen, eventuell sein Leben riskieren, um ihn zu retten. Das aber ist für einen Robot die Regel Nummer eins. Um es auf einen ganz einfachen Nenner zu bringen – wenn Byerley alle Regeln der Robotik befolgt, dann mag er ein Robot sein. Vielleicht aber ist er auch nur ein sehr guter Mensch."

„Damit", bemerkte Quinn, „erklären Sie mir doch, daß Sie nie beweisen können, daß er ein Robot ist."

Lanning erwiderte schlagfertig: „Ich bin aber vielleicht in der Lage, Ihnen zu zeigen, daß er *keiner* ist."

„Nur ist *das* nicht der Beweis, den ich suche."

„Sie werden eben denjenigen Beweis bekommen, der existiert. Was Sie *wollen*, ist ganz allein Ihre Angelegenheit."

An diesem Punkt hatte Lanning plötzlich eine Idee. „Ist es bis jetzt denn noch niemandem in den Sinn gekommen", sagte er, „daß Staatsanwalt zu sein für einen Robot ein sehr eigenartiger Beruf ist? Das unendliche Unglück, das durch ihn über menschliche Wesen gebracht wird . . ."

Quinn wurde plötzlich hellwach. „Nein, so leicht kommen Sie mir nicht davon! Daß er Staatsanwalt ist, macht ihn noch lange nicht menschlich. Wissen Sie denn nichts von seiner Tätigkeit? Haben Sie nicht gehört, daß er sich rühmt, nie einen unschuldigen Menschen verfolgt zu haben? Daß es Dutzende von Leuten gibt, denen man den Prozeß nicht macht, weil das Beweismaterial ihm nicht voll genügte... obwohl er die Geschworenen wahrscheinlich hätte überzeugen können? Dies sind Tatsachen."

Lannings dünne Wangen zitterten. „Nein, Quinn – nein! Nirgendwo steht es in den Regeln der Robotik, daß diese im Falle menschlicher Schuld etwa nicht zur Anwendung zu bringen sind. Ein Robot kann nicht darüber urteilen, ob ein menschliches Wesen die Todesstrafe verdient oder nicht. *Er darf kein menschliches Wesen verletzen* – ganz gleich, ob es zur Spielart Lump oder Engel gehört. Ich will ganz offen zugeben, daß ich – nachdem Sie die Sache aufgebracht hatten, Mr. Quinn – Mr. Byerleys Laufbahn einer genauen Prüfung unterzogen habe. Ich habe festgestellt, daß er in seinem Schlußplädoyer niemals die Todesstrafe beantragt hat. Ich habe ferner festgestellt, daß er sich offen für die Aufhebung der Todesstrafe ausgesprochen und sich mit großzügigen Spenden an Forschungsinstituten für kriminelle Neurophysiologie beteiligt hat. Ganz offenbar glaubt er mehr an die Besserungstheorie als an die Straftheorie. Ich finde das recht beachtenswert. Handlungen wie die seinen können wohl von einem Robot stammen, aber auch von einem sehr ehrenwerten und anständigen menschlichen Wesen. Sie sehen hier, daß man ganz einfach zwischen einem Robot und der höchsten Klasse von Menschen keinen Unterschied finden kann."

Quinn setzte sich in seinem Stuhl zurück. Seine Stimme bebte vor

Ungeduld. „Dr. Lanning, es ist doch wohl absolut möglich, einen humanoiden Robot zu schaffen, der im Aussehen nicht von einem Menschen zu unterscheiden ist, wie?“

Lanning räusperte sich und überlegte. „Experimentell haben wir das bei unserer Firma fertiggebracht“, sagte er zögernd, „... natürlich ohne daß wir dieses Wesen mit einem positronischen Gehirn versehen hätten. Durch Benutzung menschlicher Eierstock- und Hormonkontrollorgane kann man menschliches Fleisch sowie Haut über ein Skelett aus porösem Silikatkunststoff wachsen lassen ... wobei Haut und Fleisch durch äußere Untersuchung nicht als künstlich hergestellt erkennbar sind. Die Augen und das Haar würden wirklich menschlich sein und nicht humanoid. Setzt man diesem Wesen nun ein positronisches Gehirn in den Kopf und andere irgendwie wünschenswerte oder erforderliche Apparate in den Leib, so hat man einen humanoiden Robot.“

Quinn sagte kurz: „Wie lange würde es dauern, um so etwas herzustellen?“

Lanning dachte nach. „Besäße man sämtliche benötigten Hilfsmaterialien – sagen wir, zwei Monate.“

Der Politiker reckte sich und stand auf. „Dann werden wir einmal untersuchen, wie die Eingeweide des Mr. Byerley aussehen.“

Lanning wandte sich, als sie allein waren, ungeduldig Susan Calvin zu. „Warum bestehen Sie darauf ...“

Sie unterbrach ihn scharf und fast augenblicklich. „Was wollen Sie haben – die Wahrheit oder meine Abdankung? Ich werde mich für Sie zu keiner Lüge hergeben. Die Firma kann schon für sich selber sorgen. Verwandeln Sie sich doch nicht plötzlich in einen Feigling.“

„Und was geschieht“, sagte Lanning, „wenn er Byerley öffnet und Räder und Getriebe herausfallen? Was dann?“

„Er wird Byerley nicht öffnen“, entgegnete Calvin verachtungsvoll. „Byerley ist zum mindesten ebenso schlau wie Quinn.“

Die Neuigkeit wurde, eine Woche ehe Byerley aufgestellt werden sollte, in der Stadt bekannt.

Alles wurde eigentlich nur dadurch so schlimm, daß, am Tage nachdem Byerley ohne inneren Schwung und Überzeugung aufgestellt worden war, eine Zeitung das Resümee eines Interviews mit Dr. Susan Calvin, „der weltbekannten Kapazität auf dem Felde der Robotpsychologie und der Positronik“, veröffentlichte.

Was folgte, kann man am besten damit beschreiben, daß man sagt: „Die Hölle brach los."

Auf etwas Derartiges hatten die Fundamentalisten längst gewartet. Sie waren keine politische Partei und brauchten keine neuen Gründe, um Robots und Robothersteller zu verabscheuen. Ein Anlaß aber wie die Anklage Quinns und die Analyse Calvins brachten sie dazu, ihre Einstellung recht hörbar werden zu lassen.

Die ungeheure Fabrikanlage der U. S. Robot Co. wurde Tag und Nacht von bewaffnetem Werkschutz überwacht. Die Firma bereitete sich auf einen richtigen Krieg vor.

Vor dem Hause Byerleys warteten hinter einer Reihe grimmiger Polizisten traditionsgemäß die Reporter und Fotografen.

Ein umständlicher kleiner Kerl näherte sich. Vor sich ausgestreckt hielt er ein eng bedrucktes Schriftstück. „Dies, Mr. Byerley, ist eine einstweilige Verfügung des Gerichtes, die mich ermächtigt, dieses Haus nach illegalen mechanischen Männern oder Robots jeder Art zu durchsuchen ..."

Byerley erhob sich und nahm das Papier in die Hand. Gleichgültig betrachtete er es und lächelte, als er es zurückgab. „In Ordnung. Fangen Sie ruhig an! Mrs. Hoppen", sagte er zu seiner Haushälterin, die zögernd in der Tür erschien, „bitte begleiten Sie die Herren und helfen Sie ihnen, wenn nötig!"

Der kleine Mann, der Harroway hieß, war unverkennbar errötet. Seine Augen wichen denen Byerleys konstant aus. „Kommt!" murmelte er den beiden Polizisten zu.

In zehn Minuten war er zurück.

„Fertig?" fragte Byerley im Tone eines Mannes, der weder an der Frage noch an deren Beantwortung ein besonderes Interesse hat.

„Unsere Instruktionen gehen dahin, dieses Haus sehr gründlich zu durchsuchen."

„Und haben Sie das nicht getan?"

„Man hat uns genau gesagt, wonach wir suchen sollen."

„Na und?"

„Mr. Byerley, um es ganz geradeheraus zu sagen, man hat uns aufgetragen, Sie persönlich zu durchsuchen."

„Mich?" sagte der Staatsanwalt mit einem immer vergnügter werdenden Lächeln. „Und wie wollen Sie das anstellen?"

„Wir haben einen Durchdringungsstrahler dabei ... "

„Dann soll also mit anderen Worten eine Röntgenaufnahme von mir gemacht werden, was? Sind Sie dazu ermächtigt?"

„Sie haben ja den Haussuchungsbefehl gesehen."

„Würden Sie mir diesen bitte nochmals zeigen?"

Harroway, dessen Stirn tropfnaß war, gab Byerley das Papier ein zweites Mal.

Byerley sagte gemessen: „Ich lese hier wörtlich folgendes: ,Das Wohnhaus 355 Willow Grove in Evanston, Eigentümer Stephen Allen Byerley, sowie eine etwa dazugehörige Garage, Vorratshaus oder irgendwelche andere Einrichtungen oder Gebäude, die zu diesem Hause gehören, sowie das gesamte Gelände und so weiter und so weiter sind zu durchsuchen!' Das ist durchaus in Ordnung. Aber diese Anordnung besagt absolut nichts über eine eventuelle Durchsuchung meines Inneren. Ich bin kein Teil des Hauses. Wenn Sie denken, ich hätte vielleicht einen Robot in der Tasche, können Sie meine Kleidung durchsuchen, aber sonst nichts."

Harroway sagte, wiederum leicht errötend: „Ich habe das Recht, die Möbel in Ihrem Hause zu durchsuchen sowie alles andere, was ich sonst in Ihrem Hause finde! Unter anderem fand ich Sie persönlich hier, oder nicht?"

„Sehr gut beobachtet. Ich *bin* hier, aber ich bin kein Möbelstück. Würden Sie mich durchsuchen, so würden Sie damit das Recht verletzen, das ich als Person besitze. Dazu reicht Ihre Anordnung aber nicht aus."

„Stimmt, sind Sie aber ein Robot, so besitzen Sie kein Recht der Person."

„Völlig korrekt – dennoch reicht Ihre Anordnung nicht aus. Sie erkennt mich stillschweigend als menschliches Wesen an."

„Wo bitte?" Harroway griff nach dem Papier.

„Wo es heißt: das Wohnhaus, Eigentümer Soundso. Ein Robot kann kein Eigentümer sein. Und Sie können auch gleich Ihrem Auftraggeber ausrichten, Mr. Harroway, daß er eine einstweilige Verfügung zu gewärtigen hat sowie eine Zivilklage, die ihn zwingen wird zu *beweisen*, daß ich ein Robot bin, oder aber eine Strafe zu bezahlen – in einer Höhe, daß ihm die Augen übergehen – für den Versuch, mich unberechtigterweise meiner verfassungsmäßigen Rechte zu berauben. Sie werden ihm das doch bitte ausrichten, nicht wahr?"

Harroway ging zur Tür. Dort wandte er sich um. „Sie sind ein aalglatter Anwalt.“ Seine Hand hielt er in der Tasche. Einen Augenblick stand er unbeweglich da. Dann ging er, lächelte in Richtung der Fernsehkamera, winkte den Reportern zu und schrie: „Morgen haben wir vermutlich was Neues für euch! Ohne Scherz, was ganz Neues!“

Als er dann im Wagen saß, lehnte er sich in die Polster, nahm einen winzigen Mechanismus aus der Tasche und inspizierte ihn sorgfältig. Zum ersten Male in seinem Leben hatte er eine Fotografie durch Röntgenstrahlenreflexion gemacht. Er hoffte, keinen Fehler begangen zu haben.

Quinn und Byerley hatten sich nie von Angesicht zu Angesicht getroffen. Dies geschah nun durch Visophon, wie sich die neue Fernsehapparatur nannte.

Es war Quinn, der Byerley angerufen hatte, und er war es auch, der das Gespräch begann, und zwar ohne alle besonderen Formalitäten. „Ich dachte, es würde Sie interessieren zu erfahren, Byerley, daß ich beabsichtige, die Tatsache bekanntzugeben, daß Sie einen Schutzpanzer gegen Röntgenstrahlen tragen.“

„Wirklich? In diesem Falle haben Sie es vermutlich bereits veröffentlicht. Ich habe das Gefühl, daß unsere recht unternehmungslustigen Pressevertreter schon seit einiger Zeit all meine Gespräche abhören. Deshalb habe ich mich auch in den letzten Wochen hier in meinem eigenen Hause vergraben.“ Byerley brachte alles in einem richtigen Plauderton vor.

Quinns Lippen wurden ein wenig dünner. „Unser augenblickliches Gespräch ist abgeschirmt ... und zwar hundertprozentig. Ich führe es mit Ihnen, obwohl ich damit ein gewisses Risiko eingehe.“

„Ich würde mir an Ihrer Stelle keine Sorgen darüber machen. Ich trage also einen Schutzpanzer? Ich nehme an, Sie fanden das heraus, als es sich zeigte, daß die von Ihrem Schoßhund Harroway gemachte Aufnahme unterbelichtet war, wie?“

„Es ist Ihnen doch wohl klar, Byerley, daß es für jeden einleuchtend sein muß, daß Sie es nicht wagen, sich einer Röntgenanalyse zu stellen.“

„Ebenso, daß Sie oder Ihre Leute einen illegalen Versuch auf Verletzung der Rechte meiner Person unternehmen.“

„Kein Teufel wird sich darum scheren.“

„Vielleicht doch. Die Tatsache ist doch eigentlich symbolisch für die Verschiedenheit unserer Wahlfeldzüge, oder nicht? Sie kümmern sich wenig um die Rechte des Einzelbürgers. Ich kümmere mich viel darum. Ich werde mich einer Röntgenanalyse nicht unterwerfen, weil ich aus Prinzip meine Rechte als Bürger aufrechterhalten möchte. Genauso, wie ich die Rechte anderer schützen werde, wenn man mich wählt."

„Ganz ohne Zweifel können Sie daraus eine interessante Rede machen. Nur wird keiner Ihnen glauben. Noch etwas anderes" – seine Stimme wurde hart und geschäftsmäßig –, „das Personal in Ihrem Hause war neulich nicht vollständig."

„Wieso?"

„Nach dem mir vorliegenden Bericht fehlte eine Person. Ein Krüppel."

„Wie Sie sagen", sagte Byerley tonlos, „ein Krüppel. Es handelt sich bei dieser Person um meinen alten Lehrer, der bei mir lebt und sich jetzt bereits seit zwei Monaten auf dem Lande befindet. Eine wohlverdiente Ausspannung ist wohl der Ausdruck, den man gewöhnlich in solchen Fällen anwendet. Ich hoffe, Sie haben nichts dagegen?"

„Ihr Lehrer? Eine Art von Wissenschaftler, nicht wahr?"

„Ein Anwalt, ehe er zum Krüppel wurde. Er besitzt eine Regierungslizenz als Biophysiker und hat ein eigenes Laboratorium. Eine komplette Beschreibung der von ihm geleisteten Arbeit befindet sich in den Akten der Behörden, an die ich Sie zum Zwecke der Einsichtnahme hiermit verweise. Seine Arbeiten sind unwichtig. Sie bedeuten aber für einen solch armen Krüppel einen harmlosen und interessanten Zeitvertreib. Ich stehe ihm natürlich – wie Sie wohl verstehen werden –, wo ich nur kann, hilfreich zur Seite."

„Ich verstehe ganz genau. Und was weiß dieser – Lehrer – über die Herstellung von Robots?"

„Ich kann nur sehr schwer seine Kenntnisse beurteilen auf einem Gebiet, mit dem ich selber völlig unvertraut bin."

„Er wäre wohl nicht in der Lage, sich positronische Gehirne zu beschaffen?"

„Fragen Sie doch hierüber Ihre Freunde bei der U. S. Robot Co. Die müssen das doch wissen."

„Ich mache es kurz, Byerley. Ihr verkrüppelter Lehrer ist der wirkliche Stephen Byerley. Sie sind eine Robotschöpfung. Wir können das beweisen. *Er* erlitt jenen Autounfall, nicht Sie. Es wird ja wohl Mittel und Wege geben, um die betreffenden Akten zu prüfen."

„Tatsächlich? Dann tun Sie das doch! Meine besten Wünsche begleiten Sie."

Eine mäßig lange Pause folgte. Dann neigte Quinn sich nach vorne, so daß sein Gesicht auf dem Fernsehschirm sich ausdehnte und die feinen Linien auf seiner Stirn sichtbar wurden. „Byerley, warum machen Sie weiter? Sie *können* nicht gewählt werden. Meinen Sie denn nicht, daß allein die Tatsache, daß Sie überhaupt keinen Versuch gemacht haben, den Robotvorwurf zu widerlegen, genügt, um die Leute davon zu überzeugen, daß Sie ein Robot sind?"

„Keineswegs. Ich sehe lediglich, daß ich, anstatt ein ziemlich unbekannter Anwalt zu sein, nunmehr zu einer weltbekannten Figur geworden bin. Sie haben mir große Propagandadienste erwiesen."

„Aber Sie *sind* doch ein Robot."

„Das hat man behauptet, aber nicht bewiesen."

„Für die Wählerschaft genügen unsere Beweise."

„Dann ruhen Sie sich doch aus! Sie haben gesiegt."

„Leben Sie wohl!" Und zum erstenmal war wirklicher Haß in Quinns Stimme. Der Fernsehschirm wurde dunkel.

„Leben Sie wohl!" sagte Byerley unberührt zu dem leeren Schirm.

Eine Woche vor der Wahl brachte Byerley seinen „Lehrer" zurück. Sein Luftautomobil landete schnell in einem unbekannten Teil der Stadt.

„Du bleibst hier, bis die Wahl vorüber ist", sagte Byerley zu ihm. „Es ist besser, du bist aus dem Weg, sollte die Sache schiefgehen."

Die heisere Stimme, die sich nur mit Mühe Johns verzerrtem Munde entrang, klang besorgt. „Besteht Gefahr der Gewaltanwendung?"

„Die Fundamentalisten drohen damit, und so glaube ich, daß eine gewisse derartige Möglichkeit besteht. In Wirklichkeit aber erwarte ich, daß alles glattgeht. Die Fundis besitzen keine wirkliche Macht. Es macht dir doch nichts aus hierzubleiben, wie? Ich bitte dich darum. Ich würde sehr behindert sein, müßte ich mir auch um dich noch Sorgen machen."

„Ich bleibe schon."

„Paß auf dich auf ... und schalte morgen den Fernsehapparat ein." Byerley drückte die zerfurchte Hand, die eine Weile in der seinen verblieb.

LENTONS Stirn war voller Falten – ein Spiegelbild seiner inneren Spannung. Er hatte die nicht sehr beneidenswerte Aufgabe, Byerleys Wahlkampagne zu lenken. Dieser Wahlkampf war wirklich nicht das Übliche. Wann war es jemals vorgekommen, daß ein Kandidat sich weigerte, seine Strategie bekanntzugeben, und es gleichzeitig ablehnte, die Pläne seines Managers zu akzeptieren?

„Sie können nicht gewinnen." Es war sein Lieblingssatz geworden. Er warf sich sozusagen auf die Knie vor dem Staatsanwalt, der im Augenblick gerade seine Zeit damit zubrachte, seine mit Schreibmaschine geschriebene Rede durchzublättern.

„Legen Sie das mal weg, Steve! Ich sage Ihnen, dieser Mob ist von den Fundis organisiert. Man wird Sie nicht sprechen lassen. Viel wahrscheinlicher werden Sie gesteinigt werden. Warum müssen Sie persönlich vor einer Menschenmenge sprechen? Weshalb übertragen wir die ganze Sache nicht einfach über einen Fernsehsender?"

„Sie wollen doch, daß ich die Wahlkampagne gewinne, oder nicht?" fragte Byerley mit milder Stimme.

„Die Kampagne gewinnen! Sie werden sie nicht gewinnen, Steve. Ich versuche Ihr Leben zu retten, Steve."

„Ach – dafür besteht keine Gefahr."

Byerley schaute auf die Uhr. „In ungefähr fünf Minuten ..."

DIE Menge füllte einen durch Seile abgesperrten Platz der Stadt. Byerley mußte lächeln.

In der Menge selbst aber gab es nichts, worüber man hätte lächeln können. Banner und Transparente wandten sich in jeder erdenklichen Form gegen sein angebliches Robotertum. Fast greifbar lag die Feindschaft der Menge in der Luft. Gleich von Anfang an hatte die Rede keinen Erfolg. Dennoch redete Byerley weiter, langsam und ohne Erregung.

In der vordersten Reihe begann ein Schieben und Stoßen. Ein Bürger wollte sich nach vorne drängen.

Ein Polizist suchte ihn zu packen. Byerley winkte den Polizisten ärgerlich weg.

Der Mann befand sich nun unmittelbar unter dem Balkon. Seine Stimme kämpfte vergebens gegen das allgemeine Gebrüll an.

Byerley lehnte sich nach vorne. „Was sagen Sie? Wenn Sie eine legitime Frage haben, so werde ich diese beantworten." Er wandte sich an einen Wachtposten, der neben ihm stand. „Bringen Sie den Mann herauf!"

Eine Spannung legte sich über die Menge. Der Mann stand jetzt schnaufend und mit gerötetem Gesicht vor Byerley.

Byerley sagte: „Haben Sie eine Frage?"

Der Mann starrte ihn an und sagte dann mit halbzerbrochener Stimme: „Schlagen Sie mich!"

Mit plötzlicher Energie schob er sein Kinn scharf nach vorne. „Schlagen Sie mich! Sie behaupten, Sie seien kein Robot. Beweisen Sie es! Sie sind ein Monstrum, ein Scheinmensch."

Mit fest aufeinandergepreßten Lippen holte Byerley vor Tausenden, die persönlich zusahen, und vor Millionen, die diese Szene auf dem Fernsehschirm verfolgten, aus und versetzte dem Mann einen krachenden Boxschlag genau auf die Spitze seines Kinns. Der Mann sackte zusammen. Sein Gesicht war nichts als ein Ausdruck völliger Überraschung.

Byerley sagte: „Es tut mir leid. Tragen Sie ihn hinein, und machen Sie es ihm so bequem wie möglich! Wenn ich hier draußen fertig bin, möchte ich mit ihm sprechen."

ALS Dr. Calvin, die alles von ihrem parkenden Wagen aus beobachtet hatte, den Motor anließ und wegfuhr, hatte sich nur ein einziger Berichterstatter so weit erholt, um ihr nachzurasen und ihr eine unverständliche Frage zuzubrüllen.

Über ihre Schulter hinweg antwortete Susan Calvin: „Er ist menschlich."

Das genügte. Der Reporter wandte sich um und rannte zum nächsten Telefon.

DR. CALVIN und Stephen Byerley trafen sich noch einmal ... und zwar eine Woche ehe Byerley als Bürgermeister vereidigt wurde. Es war spät – lange nach Mitternacht.

Dr. Calvin sagte: „Sie sehen gar nicht müde aus."

Der neugewählte Bürgermeister lächelte. „Ich werde bestimmt noch eine Weile aufbleiben. Aber erzählen Sie das nicht Quinn!"

„Werde ich auch nicht tun. Immerhin hatte er sich eine interessante Geschichte ausgedacht, über die ich nicht gesprochen hätte, hätten Sie nicht gerade selbst seinen Namen genannt. Schade, daß Sie sie ihm zerstört haben. Ich nehme an, Sie waren im Bilde über seine Theorie?"

„Teilweise."

„War wirklich höchst dramatisch. Stephen Byerley war ein junger Anwalt, ein großartiger Redner, ein wirklich echter Idealist. Außerdem hatte er eine gewisse Begabung oder Neigung für Biophysik. Sind Sie an Robotik interessiert, Mr. Byerley?"

„Nur vom Rechtsstandpunkt aus."

„*Jener* Stephen Byerley war an der Wissenschaft selbst interessiert, leider aber ereignete sich ein Unfall. Byerleys Frau kam um, er selbst lebte, war aber schlimmer dran, als wäre er zugrunde gegangen. Seine beiden Beine waren weg, sein Gesicht hatte sich in eine formlose Masse verwandelt. Er hatte die Stimme verloren. Eine chirurgische Behandlung lehnte er ab. Er zog sich von der Welt zurück. Seine Karriere als Anwalt gab er auf. Was ihm einzig und allein blieb, waren seine Intelligenz und die Geschicklichkeit seiner Hände. Irgendwie konnte er sich positronische Gehirne beschaffen, darunter eines von den ganz fein entwickelten, das die Fähigkeit besaß, sich in ethischen Dingen ein Urteil zu bilden – was, wie Sie vielleicht wissen werden, der höchste Grad von Vervollkommnung ist, den wir bisher bei positronischen Gehirnen erreicht haben. Um dieses Gehirn herum ließ er einen Körper wachsen und lehrte dieses neue Wesen dann, all das zu sein, was er selbst sonst gewesen wäre, nun aber nicht mehr sein konnte. Dann schickte er es als Stephen Byerley hinaus in die Welt, während er selbst als der alte, verkrüppelte Lehrer, den keiner jemals sah, im Hintergrund blieb."

„Unglücklicherweise", sagte der neugewählte Bürgermeister, „habe ich diese ganze Theorie zerstört, indem ich jenen Mann schlug. Wie die Zeitungen sagen, war damals Ihr eigenes offizielles Urteil das, daß ich menschlich sei."

„Wie ist das eigentlich gekommen? Würden Sie es mir nicht erzählen? Es war doch wohl kein Zufall?"

„Nein, jedenfalls kein reiner. Die meiste Arbeit hat Quinn selbst geleistet. Meine Leute begannen ganz leise und unauffällig die Tatsache zu verbreiten, daß ich noch nie einen Menschen geschlagen hätte ... und daß ich unfähig sei, das zu tun. Sie sagten weiter, würde ich nicht schlagen, selbst wenn man mich provozierte, so wäre dies ein ganz sicherer Beweis für mein Robotertum. Demzufolge arrangierte ich eine öffentliche Kundgebung. Selbstverständlich gab es einen Dummkopf, der auf meinen Leim kroch. Im Grunde genommen war die ganze Sache ein Winkeladvokatentrick ..., ein Trick, bei dem die künstlich geschaffene Atmosphäre ganze Arbeit leistete. Natürlich machten die folgenden Gefühlsregungen meine Wahl sicher, was allein ich beabsichtigt hatte."

Die Robotpsychologin nickte. „Wie ich sehe, sind Sie selbst etwas Psychologe. Ich nehme an, jeder Politiker muß das sein. Dennoch tut's mir leid, daß die Angelegenheit diese Wendung genommen hat. Ich mag Robots. Ich habe sie bedeutend lieber als menschliche Wesen. Könnte man einen Robot schaffen, der in der Lage wäre, einen hohen Regierungsposten einzunehmen, ich glaube, niemand würde ihm gleichkommen können. Infolge der Gesetze der Robotik wäre er nicht imstande, Menschen Schaden zuzufügen, unfähig der Tyrannei, der Korruption, der Dummheit und des Vorurteils. Nach Beendigung seiner Zeit würde er gehen, obwohl er ja unsterblich ist, weil es ihm unmöglich wäre, Menschen wissen zu lassen, daß sie von einem Robot regiert wurden, da dieses Wissen sie verletzen müßte. Es wäre eine wirklich ideale Lösung."

„Außer daß ein Robot vielleicht doch einmal versagen könnte. Niemals ist ja das positronische Gehirn in seiner Komplexität dem menschlichen gleichgekommen."

„Er würde Ratgeber haben. Noch nicht einmal ein menschliches Gehirn ist in der Lage, ohne die Hilfe anderer zu regieren."

„Warum lächeln Sie, Dr. Calvin?"

„Ich lächelte, weil Mr. Quinn nicht an alles gedacht hat."

„Sie meinen, an seiner Geschichte könnte doch etwas dran sein?"

„Etwas mehr, möchte ich mal sagen. Vor der Wahl befand sich jener Stephen Byerley, von dem Quinn sprach, jener gebrochene Mann, aus irgendwelchen mysteriösen Gründen für die Dauer von drei Monaten auf dem Lande. Er kam rechtzeitig vor jener berühmten Rede, die Sie hielten, zurück. Schließlich konnte der Krüppel ja, was er schon einmal getan hatte, auch ein zweites Mal tun ... besonders nachdem die Aufgabe das zweitemal ja wirklich – verglichen mit der ersten – höchst einfach war."

„Ich verstehe Sie nicht ganz."

Dr. Calvin stand auf und strich sich das Kleid glatt. Offenbar war sie im Begriff, sich zu verabschieden. „Ich will damit sagen, daß es einen einzigen Fall gibt, in dem ein Robot ein menschliches Wesen schlagen kann. Nur einen einzigen Fall."

„Und was ist dieser Fall?"

Dr. Calvin befand sich jetzt an der Tür. Gelassen sagte sie: „Wenn dieses menschliche Wesen eben auch nur ein Robot ist."

Sie lächelte vergnügt. Ihr schmales Gesicht strahlte. „Leben Sie wohl, Mr. Byerley! Ich hoffe, in fünf Jahren meine Stimme für Ihre Wahl zum Koordinator abgeben zu dürfen."

Stephen Byerley lachte. „Ich muß darauf antworten, daß mir dies als ziemlich weit hergeholt erscheint."

ICH schaute sie mit einer Art von Grauen an. „Ist das alles wahr?"

„Alles", sagte sie.

„Und der große Byerley war also ein ganz gewöhnlicher Robot?"

„Das wird man niemals wirklich feststellen können. Ich glaube, es war einer. Als er sich entschloß zu sterben, ließ er sich atomisieren. Somit werden wir für immer auf einen legalen Beweis verzichten müssen. Und im übrigen, was macht es schon aus?"

„Na, ich bitte Sie aber ..."

„Sie teilen ein Vorurteil gegen Robots, das völlig unvernünftig ist. Byerley war ein sehr guter Bürgermeister. Fünf Jahre später wurde er regionaler Koordinator. Als dann im Jahre 2044 die Weltregionen sich zu einer Föderation zusammenschlossen, wurde er der erste Weltkoordinator. Zu jener Zeit aber regierten ohnehin bereits die Denkmaschinen die Welt."

„Jawohl, aber ..."

„Kein Aber. Denkmaschinen sind Robots, und sie regieren die Welt. Vor fünf Jahren habe ich die ganze Wahrheit herausgefunden. Es war im Jahre 2052. Byerley beendete damals gerade seine zweite Wahlperiode als Weltkoordinator ..."

9

DER Koordinator besaß in seinem Privatbüro ein mittelalterliches Kuriosum – einen Kamin. Um es gleich zu sagen – es war ein völlig „stubenreiner" Kamin. Das Feuer selbst aber brannte tatsächlich. Durch eine Verstärkeranlage wurde ein Knistern hörbar gemacht, und natürlich konnte man auch sehen, wie die Flammen im Luftzug tanzten.

Im kleinen spiegelte sich das Feuer in der Brille des Koordinators und in noch kleinerem Maßstabe in seinen Pupillen.

Auch in den eiskalten Pupillen seines Gastes, Frau Dr. Susan Calvin von der U. S. Robot and Mechanical Men Co., spiegelte es sich.

Der Koordinator sagte: „Ich habe Sie nicht nur aus rein gesellschaftlichen Gründen hierhergebeten, Susan."

„Das habe ich auch nicht geglaubt, Stephen", antwortete sie.

„... und nun weiß ich eigentlich gar nicht, wie ich mein Problem in die richtigen Worte bringen soll. Möglicherweise mag überhaupt nichts dahinterstecken. Steckt aber was dahinter, so könnte es schließlich das Ende der Menschheit bedeuten."

„Mir sind schon viele Probleme begegnet, bei denen es sich genau um die gleichen Alternativen handelte. Ich glaube, fast alle Probleme haben so etwas an sich."

„Wirklich? Dann sagen Sie mir, was Sie von folgendem halten! Die Weltstahlgesellschaft berichtet von einer Überproduktion von zwanzigtausend Tonnen. Die Fertigstellung des mexikanischen Kanals wird sich um zwei Monate verzögern. Die Quecksilberminen in Almaden haben seit vergangenem Frühling einen beträchtlichen Produktionsausfall, während die Hydroponik-Gesellschaft in Tientsin bereits Personal entläßt. Dies sind Fakten, die mir eben jetzt so einfallen. Man könnte noch bedeutend mehr dieser Art aufzählen."

„Und ist das alles so wichtig? Entscheidend? Ich bin zu wenig Volkswirtschaftler, um mir die schrecklichen Konsequenzen derartiger Erscheinungen vorstellen zu können."

„An sich sind sie natürlich nicht beängstigend. Man kann Mineningenieure nach Almaden schicken, wenn die Lage sich verschlechtern sollte. Techniker der Hydroponik-Gesellschaft können auf Java oder Ceylon verwendet werden, wenn sie in Tientsin keine Beschäftigung mehr finden. Zwanzigtausend Tonnen Stahl sind nicht mehr als ein paar Tage des Weltverbrauchs, und die um zwei Monate verspätete Eröffnung des mexikanischen Kanals ist gewiß nicht von so großer Bedeutung. Was mir Sorge macht, sind die Denkmaschinen. Ich habe mich deswegen bereits mit dem Direktor Ihrer Forschungsabteilung unterhalten."

„Mit Vincent Silver? Er hat bisher nichts davon erwähnt."

„Ich hatte ihn gebeten, mit niemandem darüber zu sprechen. Offenbar ist er meinem Wunsche nachgekommen."

„Und was hat er Ihnen geantwortet?"

„Darauf komme ich gleich. Erst möchte ich einmal über die Denkmaschinen sprechen, und zwar ausschließlich mit Ihnen, weil Sie die einzige Person in der ganzen Welt sind, die Robots gut genug versteht, um mir jetzt helfen zu können."

„*Heute* abend, Stephen, dürfen Sie reden, wie Sie wollen und worüber Sie wollen. Vorausgesetzt, Sie sagen mir zunächst, was Sie eigentlich zu beweisen beabsichtigen."

„Daß kleine Gleichgewichtsstörungen in unserem System von Angebot und Nachfrage, wie die von mir erwähnten, der erste Schritt zum Krieg sein mögen."

„Mhm. Fahren Sie fort!"

„Jede Periode menschlicher Entwicklung", sagte der Koordinator, „hat ihre eigene Art menschlicher Konflikte gehabt ... ihre eigene Art von Problemen, die offenbar nur durch Gewalt gelöst werden konnten. Und noch niemals hat Gewalt zu wirklicher Lösung geführt. Da gab es ganze Serien dynastischer Kriege im sechzehnten und achtzehnten Jahrhundert, bis in Frankreich im Jahre 1789 eine neue soziale Atmosphäre zum Durchbruch kam, die zuerst die Bourbonen zu Fall brachte und schließlich auch das Haus Habsburg in den staubigen Schacht der geschichtlichen Verbrennungsanlage hinabstieß. Im zwanzigsten Jahrhundert begannen wir einen neuen Kriegszyklus. Diesmal verwendete man Atomwaffen. Die Menschheit konnte aber diese Qual nicht überstehen, ebensowenig wie sie fähig war, sie zu vermeiden. Und so kamen dann schließlich die positronischen Robots, und mit ihnen und neben ihnen kam interplanetarisches Reisen, so daß es nicht mehr so wichtig war, ob die Welt an Adam Smith glaubte oder an Karl Marx. Unter den neuen Umständen hatten die Lehren von keinem der beiden noch viel Sinn. Beide mußten sich angleichen und gelangten schließlich fast zum gleichen Punkt."

„Dann war dies also ein Deus ex machina in einem doppelten Sinn", sagte Dr. Calvin trocken.

Der Koordinator lächelte sanft. „Ich habe Sie nie zuvor Witze machen hören, Susan – aber was Sie sagen, stimmt. Dennoch bestand eine neue Gefahr. Die Lösung jedes früheren Problems hatte lediglich ein neues zur Welt gebracht. Unsere neue weltweite Robotökonomie mag vielleicht ebenfalls ihre eigenen Probleme entwickeln, und aus diesem Grunde haben wir die Denkmaschinen eingeführt. Die Wirtschaft der Erde ist stabil und wird stabil bleiben, da sie auf den Entscheidungen der Denkmaschinen aufgebaut ist, denen nichts anderes am Herzen liegt als das Wohl der Menschheit. Sie werden völlig beherrscht vom ersten Gesetz der Robotik. Diese Einrichtung hat Kriegen ein Ende gemacht – nicht nur dem letzten Zyklus von Kriegen. Vorausgesetzt, daß ..."

Eine lange Pause folgte.

Schließlich wiederholte Dr. Calvin seine letzten Worte: „Vorausgesetzt, daß ..."

„Vorausgesetzt, daß", sagte der Koordinator, „die Denkmaschinen ihre Funktionen auch tatsächlich erfüllen."

„Ich verstehe. Und in diesem Zusammenhang haben Sie also die kleinen Gleichgewichtsstörungen erwähnt – Stahl, Hydroponik und so fort."

„Jawohl. Diese Irrtümer dürften nicht vorkommen. Dr. Silver berichtet mir, daß sie gar nicht vorkommen *können*. Er behauptet, die Maschinen korrigierten sich selbst, und fügt hinzu, daß es die Fundamentalgesetze der Natur verletzen würde, wenn ein Irrtum in den Relaisbahnen existierte. Und so sagte ich ..."

„Und so sagten Sie denn – schicken Sie Ihre Leute dennoch hin und lassen Sie die Maschinen kontrollieren!"

„Susan, Sie sind eine Gedankenleserin. Genau das habe ich gesagt, und er hat geantwortet, er könne das nicht tun."

„Zu sehr beschäftigt?"

„Nein – er sagte, kein menschliches Wesen wäre dazu imstande. Er sagte mir – und ich hoffe, ich habe ihn richtig verstanden –, die Denkmaschinen seien gigantische Extrapolationen. So käme es, daß eine Gruppe von Mathematikern mehrere Jahre daran zu arbeiten habe, wolle sie ein positronisches Gehirn kalkulieren, das gewisse ähnliche Kalkulationen durchzuführen habe. Unter Benutzung dieses Gehirns stellt man dann weitere Berechnungen an, um ein noch komplizierteres herzustellen, und so weiter. Nach Silver sind die Maschinen, die wir Denkmaschinen nennen, die Resultate von zehn derartigen Operationen."

„Jaaa, das klingt durchaus vertraut. Glücklicherweise bin ich keine Mathematikerin. Armer Vincent. Er ist ein junger Mann. Die Leute, die vor ihm Direktoren waren, Alfred Lanning und Peter Bogert, sind tot. Sie kannten solche Probleme nicht. Ich selber auch nicht. Vielleicht soll die Robotik als Ganzes jetzt zugrunde gehen, nachdem wir offenbar selber nicht mehr in der Lage sind, unsere eigenen Schöpfungen zu verstehen."

„Ganz offenbar verstehen wir sie nicht. Die Denkmaschinen sind keine Übergehirne in dem Sinne, wie sie in Kolportageromanen beschrieben werden. Auf ihrem Spezialgebiet des Sammelns und Analysierens einer fast unendlichen Zahl von Fakten und deren gegenseitiger Beziehungen in einer unendlich kurzen Zeit sind sie so weit fortgeschritten, daß sie für eine detaillierte menschliche Kontrolle unerreichbar geworden sind. Und dann habe ich etwas anderes versucht. Ich habe die Denkmaschine selbst befragt. Ohne daß jemand davon erfuhr, übergaben wir ihr die Originaldaten, die zu ihrer Entscheidung in der Stahlsache führten, ihre eigene Antwort und die Angaben über die seitherige Entwicklung und baten sie um eine Erklärung der aufgetretenen Diskrepanz."

„Gut so. Und was war die Antwort?"

„Ich kann sie wörtlich zitieren: ‚Die Sache gestattet keine Erklärung.'"

„Und wie hat Vincent dies interpretiert?"

„Auf zwei Arten. Entweder hatten wir der Maschine nicht genügend Angaben gemacht, um eine definitive Antwort von ihr zu erhalten, was wahrscheinlich war. Dr. Silver gab dies zu. Oder es war für die Maschine unmöglich zuzugeben, daß sie auf gewisse Daten eine Antwort kannte, die Schaden für Menschen zur Folge haben mochte. Natürlich liegt dies am ersten Gesetz. Dr. Silver empfahl mir, Sie zu konsultieren."

Susan Calvin sah sehr müde aus. „Ich bin alt, Stephen. Als Peter Bogert starb, wollten sie mich zum Direktor des Forschungsinstituts machen, aber ich lehnte ab. Man gab dem jungen Silver das Amt, und damit war ich einverstanden. Was nützt mir aber das alles, wenn ich immer wieder in solche Sachen hineingezerrt werde? Stephen, lassen Sie mich ganz klar meinen Standpunkt darlegen! Meine Forschungen umfassen in der Tat das Verhalten von Robots im Lichte der drei Gesetze der Robotik. Da gibt es nun also diese unglaublichen Denkmaschinen. Diese sind positronische Robots und unterliegen daher den drei bekannten Gesetzen. Was ihnen aber fehlt, ist eine Persönlichkeit. Mit anderen Worten, ihre Funktionen sind äußerst begrenzt. Das muß auch so sein, insofern sie ja hochspezialisierte Maschinen sind. Daher bleibt hier nicht viel Raum für das freie Spiel der Gesetze, und so wird meine gewöhnliche Untersuchungsmethode von vornherein wirkungslos. Kurz gesagt, ich glaube kaum, daß ich Ihnen helfen kann, Stephen."

Der Koordinator lachte kurz. „Lassen Sie mich trotzdem den Rest der Geschichte erzählen! Ich möchte Ihnen gerne meine eigenen Theorien mitteilen, und Sie werden dann in der Lage sein, mir zu sagen, ob diese vom robotpsychologischen Standpunkt aus irgendwelche Wahrscheinlichkeit für sich haben."

„Aber natürlich. Schießen Sie nur los!"

„Nun, da die Maschinen die falschen Antworten geben und unter der Voraussetzung, daß sie gar keine Irrtümer begehen können, besteht nur eine einzige Möglichkeit. *Man gibt ihnen falsche Zahlen*. Mit anderen Worten, die Schwierigkeiten sind menschlichen und nicht robotischen Ursprungs. Deshalb machte ich meine kürzliche planetarische Inspektionsreise ..."

„Von der Sie gerade aus New York zurückgekommen sind."

„Jawohl. Dies war, wie Sie verstehen werden, nötig, weil sich dort vier Denkmaschinen befinden, von denen je eine eine planetarische Region bedient. Und *alle vier geben fehlerhafte Resultate*."

„Aber das ist doch eine ganz natürliche Folge, Stephen. Ist eine einzige der Maschinen nicht in Ordnung, so wird dies automatisch Rückwirkungen auf die anderen drei haben, da jede annimmt, daß die ihr von den anderen Maschinen gelieferten Angaben korrekt sind, und sie hierauf ja ihre Entscheidungen aufbaut. Stimmt diese Angabe aber nicht, so ergeben sich naturgemäß falsche Antworten."

„Mhm. So schien es mir. Nun habe ich hier die Protokolle meiner Interviews mit jedem der regionalen Vize-Koordinatoren. Wollen Sie diese gemeinsam mit mir durchgehen? Ach so – zunächst noch eine andere Frage. Haben Sie jemals etwas von einer ‚Gesellschaft für die Menschlichkeit' gehört?"

„Ja. Diese Leute sind die Nachfolger der Fundamentalisten, die unsere Firma von jeher daran gehindert haben, positronische Gehirne zu verwenden, mit der Begründung unfairer Konkurrenz und ähnlichem Zeug. Die ‚Gesellschaft für die Menschlichkeit' ist gegen die Denkmaschinen eingestellt, nicht wahr?"

„Jawohl, aber ... Nun, Sie werden sehen! Sollen wir anfangen? Beginnen wir mit der östlichen Region."

„Wie Sie wollen."

DIE ÖSTLICHE REGION
a) Gebiet: 7 500 000 Quadratmeilen
b) Bevölkerung: 1 700 000 000
c) Hauptstadt: Schanghai

CHING HSO-LINS Urgroßvater war bei der Invasion der alten chinesischen Republik durch die Japaner getötet worden. Niemand außer seinen Kindern betrauerte seinen Tod oder wußte, daß er umgekommen war. Ching Hso-Lins Großvater hatte den Bürgerkrieg überlebt, aber niemand außer seinen Kindern wußte davon oder kümmerte sich darum.

Und nun war Ching Hso-Lin regionaler Vize-Koordinator, und die Hälfte der Erdbevölkerung unterstand seiner Fürsorge.

Vielleicht hatten derartige Gedanken Ching veranlaßt, als einzigen Schmuck in seinem Büro zwei Landkarten aufzuhängen. Die eine war eine alte, handgezeichnete Angelegenheit und zeigte ein paar Ar Land. Die Worte und Erklärungen waren in den alten, jetzt unmodern gewordenen Schriftzeichen der chinesischen Sprache eingetragen.

Die andere Karte war riesig groß. Sie zeigte scharfe Linien, und alle Angaben waren in sauberen kyrillischen Buchstaben geschrieben. Die rote Grenzlinie, welche die östliche Region abgrenzte, umfaßte alles, was einstmals China, Burma, Indochina und Indonesien gewesen war. Auf dieser Karte hatte Ching innerhalb der alten Provinz Szetschwan ein fast unsichtbares Zeichen angebracht und damit den Platz seines väterlichen Hofes festgelegt.

Ching stand vor diesen Landkarten, während er in gutem Englisch mit Stephen Byerley sprach. „Niemand weiß besser als Sie, Herr Koordinator, daß mein Posten hier in großem Maße eine Sinekure ist. Der Posten bringt eine gewisse gesellschaftliche Stellung mit sich, und ich stelle sozusagen den Mittelpunkt der Verwaltung dar. Darüber hinaus aber wirkt die Maschine. Sie verrichtet alle Arbeit. Was war zum Beispiel Ihre Ansicht über die Hydroponik-Werke in Tientsin?"

„Ungeheuer", sagte Byerley.

„Und sie sind lediglich eines von Dutzenden ähnlicher Unternehmungen in Schanghai, Kalkutta, Batavia, Bangkok. Sie sind gut verteilt und stellen daher die Antwort dar auf die Frage, wie man eine Milliarde siebenhundert Millionen Menschen füttern soll."

„Und dennoch", sagte Byerley, „haben sie ein Arbeitslosenproblem in Tientsin. Ist es möglich, daß sie überproduzieren? Es ist geradezu absurd zu glauben, Asien könnte unter einem Überfluß an Nahrungsmitteln leiden."

Die Ränder um Chings dunkle Augen herum legten sich in Fältchen. „Nein. So weit sind wir noch nicht. Es stimmt, daß während der letzten paar Monate ein paar Bottiche stillgelegt worden sind, aber das ist doch nichts Ernstliches."

„Warum aber sollten Bottiche stillgelegt werden?"

Ching lächelte sanft. „Wie ich sehe, verstehen Sie nicht viel von Hydroponik. Nun – das überrascht mich nicht. Sie stammen aus dem Norden, und im Norden ist es gang und gäbe, daß man – wenn man an Hydroponik denkt – sich eine Einrichtung vorstellt, mit deren Hilfe man Rüben in einer chemischen Lösung züchten kann. Das trifft ja auch tatsächlich zu – nur daß die ganze Sache etwas ungeheuer Kompliziertes ist.

Zunächst ist die größte Ernte, die wir alljährlich hervorbringen, Hefe. Die grundlegenden anorganisch-chemischen Nahrungsstoffe für die verschiedenen Hefen sind Nitrate und Phosphate, zusammen mit bestimmten Mengen der benötigten Spurmetalle bis hinunter zu den winzigen Teilen von Bor und Molybdän, die erforderlich sind, um gute Resultate zu erzielen. Die organischen Teile bestehen hauptsächlich aus Zuckermischungen, die aus der Hydrolyse von Zellulose gewonnen werden, aber auch noch andere Nährfaktoren werden benötigt. Um eine erfolgreiche hydroponische Industrie zu leiten – eine, die 1,7 Milliarden Menschen mit Nahrungsmitteln versorgen kann –, müssen wir im ganzen Osten ein ungeheures Wiederaufforstungsprogramm durchführen. Wir benötigen riesige Holzumwandlungsanlagen, um mit unseren Dschungeln fertig zu werden. Wir brauchen Kraftanlagen, Stahl und vor allem chemische synthetische Produkte."

„Weshalb letztere, Sir?"

„Weil – was Sie wohl nicht wissen werden, Mr. Byerley – diese verschiedenen Hefestränge alle ihre besonderen Eigenheiten haben. Das Beefsteak, das Sie heute zu essen glaubten, war Hefe. Das gefrorene Fruchtdessert, das Sie aßen, ebenfalls. Wir besitzen filtrierten Hefesaft mit dem Geschmack, dem Aussehen und dem ganzen Nährwert von Milch."

Byerley ruckte ungeduldig auf seinem Stuhl hin und her. „Zu welchem Zweck erzählen Sie mir das alles?"

„Sie haben mich gefragt, warum in Tientsin Leute arbeitslos geworden sind. Ich muß zu diesem Zweck sogar noch weitere Dinge auseinandersetzen. Nicht nur müssen wir zur Erhaltung unserer Hefezucht diese verschiedenen Nährstoffe haben. Wir müssen auch mit dem sehr komplizierten Faktor der allgemeinen Geschmacksrichtung rechnen, der sich ständig ändert. Wir müssen ununterbrochen die Möglichkeit im Auge behalten, neue Stränge zu entwickeln, mit denen wir dann neu auftretende Ansprüche erfüllen können. All dies muß geplant werden, und die Denkmaschine erfüllt ihre Aufgabe."

„Aber leider nicht vollkommen."

„Auch nicht sehr unvollkommen ... ich meine im Hinblick auf die von mir dargestellten Komplikationen. Schön – in Tientsin sind wirklich ein paar tausend Arbeiter vorübergehend arbeitslos geworden. Beachten Sie aber doch bitte noch folgendes! Die Höhe des Verlustes im vergangenen Jahr (wobei Verlust ausgedrückt wird entweder durch mangelndes Angebot oder mangelnde Nachfrage) beläuft sich auf noch nicht ein zehntel Prozent unseres gesamten Produktionsumsatzes. Im allgemeinen ist eine der Hauptfunktionen der Denkmaschine, die beste und wirkungsvollste Verteilung unserer Produktionseinheiten anzuzeigen. Es ist ganz offensichtlich fehlerhaft, wenn gewisse Gebiete ungenügend beliefert werden, wodurch dann die Transportkosten einen großen Prozentsatz der Generalunkosten verschlingen. Genauso fehlerhaft ist es natürlich, wenn ein Gebiet zu gut versorgt wird, so daß Fabriken dann nicht voll ausgenutzt werden können oder in für alle Teile schädlicher Weise miteinander konkurrieren müssen."

„Und sonst haben Sie keine Klagen?"

„Nein, keine."

DIE TROPISCHE REGION

a) Gebiet: 22 000 000 Quadratmeilen

b) Bevölkerung: 500 000 000

c) Hauptstadt: Capital City

DIE Karte von Lincoln Ngomas Büro war weit entfernt von der sauberen Genauigkeit derjenigen in Chings Haus. Die Grenzen von Ngomas tropischer Region waren in langer dunkelbrauner Linie eingefügt. Sie umfaßten ein weites Binnenland, das mit „Dschungel" oder „Wüste" bezeichnet war, und mittendrin stand ein Satz, der lautete: „Hier soll es Elefanten und alle Arten von wilden Tieren geben."

Die Landfläche dieser Region umfaßte die Hauptteile zweier Kontinente: ganz Südamerika nördlich von Argentinien und ganz Afrika südlich des Atlasgebirges. Ferner war Nordamerika südlich des Rio Grande eingeschlossen und weiterhin Arabien und Iran auf dem asiatischen Kontinent. Diese Region war das genaue Gegenteil der östlichen Region. Wo dort die riesigen Menschenmassen des Orients sich in 15 Prozent der Landmasse hineinpreßten, verteilten sich in den Tropen 15 Prozent der Menschheit über fast die Hälfte der Erde.

Aber die Bevölkerung wuchs beständig. Diese Region war die einzige, in der der Bevölkerungszuwachs durch Einwanderung denjenigen durch Geburtenüberschuß überstieg. Und für alle, die kamen, hatte man Verwendung.

Die Tropen besaßen die neueste Hauptstadt der Erde. Ihr Name war Capital City. Ihre Straßen breiteten sich licht und weit über die fruchtbaren Hügel Nigerias aus. Durch Ngomas Fenster konnte man buntes Leben beobachten – konnte man die strahlend helle Sonne sehen und ab und zu die schnellen, alles durchnässenden Regengüsse.

Ngoma lachte. Er war ein großer Neger mit einem starken und hübschen Gesicht. „Sicherlich", sagte er in seinem breiten Dialekt, „der mexikanische Kanal ist überfällig. Und wenn? Er wird trotz allem fertig werden, Mann."

„Bis vor etwa einem halben Jahr war alles tadellos in Ordnung."

Ngoma schaute Byerley an, während seine Zähne langsam die Spitze einer Zigarre abbissen. „Ist dies eine offizielle Untersuchung, Byerley? Was steckt dahinter?"

„Nichts. Absolut nichts. Als Koordinator ist es einfach eine meiner Funktionen, neugierig zu sein."

„Schön – wenn es sich einfach um gar nichts anderes handelt, als daß Sie mit dieser Reise einen stillen Moment ausfüllen wollen, so möchte ich Ihnen sagen, daß wir ununterbrochen an einem Mangel an Arbeitskräften leiden. In den Tropen geschieht nämlich eine ganze Menge. Der Kanal ist nur eine einzige Sache."

„Sagt Ihre Denkmaschine denn nicht die Anzahl der für den Kanal zur Verfügung stehenden Arbeitskräfte voraus? ... Ich meine unter Berücksichtigung aller anderen Projekte?"

„Die Maschine hat sich ein wenig geirrt."

„Tut sie das öfter?"

„Nicht öfter, als zu erwarten. Wir erwarten ja nicht zuviel von ihr, Byerley. Wir machen ihr die nötigen Angaben. Wir erhalten ihre Resultate. Wir tun, was sie sagt. Im Grunde ist die Maschine aber gar nichts anderes als eine Bequemlichkeit, wenn ich mal so sagen darf, eine arbeitsparende Einrichtung. Wären wir dazu gezwungen, wir könnten auch ohne Denkmaschine auskommen. Wir hier draußen haben Selbstvertrauen, Byerley, und das ist das ganze Geheimnis. Selbstvertrauen! Wir haben neues Land, das Tausende von Jahren auf uns gewartet hat, während sich die übrige Welt in den blödsinnigen Dummheiten des präatomischen Zeitalters selbst zerfetzte. Wir brauchen keine Hefe zu fressen wie die Ostländer, und wir müssen uns auch nicht wie ihr Nordländer mit dem abgestandenen Bodensatz des letzten Jahrhunderts abquälen. Wir haben die Tsetsefliege und die Anophelesmücke ausgerottet, und die Menschen merken nun plötzlich, daß sie in unserer Sonne leben können. Wir haben die Dschungel gerodet und Ackerboden gefunden. Wir haben Wüsten bewässert und Gärten darin angelegt. Wir besitzen Kohle und Öl in noch völlig unberührten Gebieten und Mineralien – mehr, als wir bis heute überhaupt wissen. Tretet beiseite! Mehr wollen wir nicht, als daß die übrige Welt uns arbeiten läßt!"

Byerley sagte prosaisch: „Aber der Kanal – vor sechs Wochen ging doch noch alles planmäßig. Was hat sich ereignet?"

Ngoma spreizte die Finger. „Arbeitsschwierigkeiten." Er suchte unter den auf seinem Schreibtisch liegenden Akten, fand nicht, was er suchte, und gab es auf. „Hatte es hier herumliegen", murmelte er, „aber das ist ja auch ganz unwichtig. Irgendwo in Mexiko war ein Mangel an Arbeitern eingetreten, und zwar weil nicht genügend Frauen vorhanden waren."

Er brach ab, lachte amüsiert und fuhr dann fort: „Warten Sie mal. Ich glaube, ich hab's da. Villafranca!"

„Villafranca?"

„Francisco Villafranca. Er war der leitende Ingenieur. Jetzt gestatten Sie mal, daß ich mir klar darüber werde, was sich zugetragen hat.

Irgendwas passierte, und ein Damm brach zusammen. Ja natürlich, so war es. Soweit ich mich erinnere, kam niemand dabei ums Leben, aber dennoch war das Ganze ein richtiger Skandal."

„Tatsächlich?"

„Irgendein Fehler war in seinen Kalkulationen vorgekommen. Zum mindesten behauptete das die Maschine. Man gab ihr alle Angaben Villafrancas. Nun lauteten die Antworten mit einem Male anders. Wie es scheint, hatten die Antworten, die Villafranca für seine Arbeiten verwandte, die Wirkungen starker Regenfälle auf die Ränder des Einschnittes nicht berücksichtigt.

Villafranca beschwerte sich. Er behauptete, die Antworten der Maschine seien das erstemal andere gewesen und daß er die Anweisungen der Maschine aufs genaueste befolgt hätte. Dann kündigte er. Nun ja, alles in allem sind wir zwei Monate mit der Arbeit im Rückstand. Mein Gott, das bedeutet doch absolut gar nichts."

Byerley streckte die Hand aus, und seine Finger begannen leise auf die Pultplatte zu trommeln. „Villafranca gab der Maschine die Schuld, nicht wahr?"

„Nun ja, er wollte ja wohl die Sache nicht selbst ausbaden. Villafranca war Mitglied einer Ihrer nördlichen Organisationen. Mexiko liegt zu nahe beim Norden. Das ist ein Teil der Schwierigkeiten, die wir die ganze Zeit haben."

„Von welcher Organisation sprechen Sie denn?"

„Sie nennt sich ‚Gesellschaft für die Menschlichkeit'. Villafranca ging gewöhnlich nach New York zu den alljährlichen Zusammenkünften. Das ist eine Gesellschaft von Wirrköpfen, aber harmlos. Die mögen die Maschinen nicht. Behaupten, die Denkmaschinen zerstörten die menschliche Initiative. Daher hat Villafranca auch der Maschine die Schuld zugeschoben. Sieht Capital City eigentlich so aus, als würde die menschliche Initiative nachlassen?"

Und draußen breitete sich Capital City in goldener Glorie unter einer goldenen Sonne aus – die neueste und jüngste Schöpfung des *Homo Metropolis*.

DIE EUROPÄISCHE REGION

a) Gebiet: 4 000 000 Quadratmeilen

b) Bevölkerung: 300 000 000

c) Hauptstadt: Genf

Die europäische Region war in vieler Beziehung eine Anomalie. Gebietsmäßig war sie die kleinste. Sie besaß noch nicht ein Fünftel der Fläche der tropischen Region und nicht ein Fünftel der östlichen Bevölkerung.

Geographisch gesprochen war diese Region nur bis zu einem gewissen Grade ähnlich dem präatomischen Europa. Sie umfaßte nicht jene Gebiete, die früher zum europäischen Rußland gehört hatten, noch was damals die Britischen Inseln gewesen waren. Dafür aber gehörten die Mittelmeerküsten Afrikas und Asiens dazu und, mit einem sonderbaren Sprung quer über den Atlantik, Argentinien, Chile und Uruguay.

Es war unwahrscheinlich, daß diese Region jemals ihren relativen Stand gegenüber den anderen Regionen verbessern würde, außer vielleicht durch die Kraft ihrer südamerikanischen Provinzen. Von allen Regionen war die europäische die einzige, die während der letzten fünfzig Jahre eine Bevölkerungsabnahme gezeigt hatte. Sie allein hatte ihre Produktionseinrichtungen nur unwesentlich erweitert, und sie allein hatte für die menschliche Kultur nichts wirklich Neues geleistet.

„Europa", sagte Madame Szegeczowska in ihrem sanften Französisch, „ist in der Hauptsache ein ökonomisches Anhängsel der nördlichen Region. Wir wissen das, und es macht uns nichts aus."

Sozusagen als äußeres Zeichen für die Resignation, mit der man in Europa den Mangel an eigener Individualität hinnahm, befand sich keine Karte an den Wänden des Büros der Madame Koordinator.

„Und dennoch", sagte Byerley eindringlich, „besitzen Sie eine eigene Denkmaschine, und bestimmt befinden Sie sich von der anderen Seite des Ozeans her unter keinerlei ökonomischem Druck."

„Eine Denkmaschine. Na ja!" Ein stilles Lächeln ging über ihr kleines Gesicht, während sie mit ihren langen Fingern eine Zigarette ausdrückte. „Europa ist ein verschlafener Platz. Diejenigen unserer Männer, denen es nicht gelingt, in die Tropen auszuwandern, sind genauso verschlafen wie die ganze Region. Sehen Sie doch selbst – mir, einer armen kleinen Frau, fällt hier die Aufgabe zu, Koordinator zu werden. Na, glücklicherweise ist es keine schwierige Stellung, und man erwartet nicht allzuviel von mir. Was die Denkmaschine betrifft – was kann sie schon anderes tun als sagen ‚Tu dies oder tu das, und es wird gut für dich sein'? Was aber ist für uns das Allerbeste? Daß wir ein ökonomisches Anhängsel der nördlichen Region sind. Und ist das vielleicht so schrecklich? Keine Kriege. Wir leben in Frieden. Und nach siebentausend Jahren Krieg ist das alles recht angenehm. Wir sind alt, Monsieur. Wir haben innerhalb unserer Grenzen jene Gebiete, in denen die Wiege der westlichen Zivilisation gestanden hat. Wir haben Ägypten und Mesopotamien, Kreta und Syrien, Kleinasien und Griechenland. Ein hohes Alter ist aber nicht notwendigerweise eine unglückliche Zeit. Es kann reich sein und ..."

„Vielleicht haben Sie recht", sagte Byerley höflich. „Zum mindesten ist das Lebenstempo nicht so intensiv wie in anderen Regionen. Die Atmosphäre ist angenehm."

„Stimmt das nicht? Hier kommt der Tee, Monsieur! Wollen Sie bitte sagen, ob Sie Tee mit Zucker wünschen?"

Sie schlürfte ihren Tee und fuhr dann fort: „Ja, es ist angenehm. Mag die übrige Erde weiterkämpfen."

„Madame Szegeczowska – ich wollte Sie etwas fragen. Die Quecksilberminen in Almaden sind arg in Rückstand gekommen mit ihrer Produktion. Sicherlich verlieren die Erzbecken doch nicht schneller als angenommen an Ergiebigkeit? Und glauben Sie, daß diese Sache auf einem Fehler der Maschine beruht?"

„Keineswegs. Aber ich glaube, daß Sie das meinen. Sie stammen selbst aus der nördlichen Region. Das Zentralbüro der Koordination befindet sich in New York. Und ich beobachte schon lange Zeit, daß euch Herren der nördlichen Region das volle Vertrauen in die Denkmaschine fehlt."

„Meinen Sie?"

„Da ist zum Beispiel diese ‚Gesellschaft für die Menschlichkeit'. Sie ist im Norden sehr stark, kann aber natürlich im müden alten Europa nicht viele Anhänger finden. Wir hier sind gerne bereit, der schwachen Menschheit eine Weile ihren Frieden zu lassen."

„Hat das was mit der Angelegenheit Almaden zu tun?"

„Ich glaube schon. Die Minen befinden sich unter der Kontrolle der Consolidated-Cinnabar-Gesellschaft, die doch bestimmt eine Nordgesellschaft ist und die ihren Sitz in Nikolajew hat. Persönlich frage ich mich, ob die Direktion überhaupt die Denkmaschine benutzt hat. In unserer letzten Konferenz behaupteten sie, ja, sie hätten es getan, und natürlich haben wir keinerlei Beweise, daß das nicht stimmt. Dennoch würde ich einem Mann aus dem Norden in dieser Sache keinen Glauben schenken – entschuldigen Sie bitte, wenn ich das sage –, ganz gleichgültig, wie hoch und heilig er auch die Wahrheit seiner Angaben versichert. Dennoch glaube ich, daß alles gut ausgehen wird."

„Wie meinen Sie das?"

„Sie werden verstehen, daß die ökonomischen Unregelmäßigkeiten der letzten paar Monate, die – obgleich klein im Vergleich zu den Stürmen vergangener Zeiten – dennoch für unsere friedlichen Geister recht störend sind, eine beträchtliche Unruhe in der spanischen Provinz verursacht haben. Wie ich höre, ist die Cinnabar-Gesellschaft im Begriff, die Minen an eine Gruppe eingeborener Spaniolen zu verkaufen. Das ist tröstlich. Wenn wir auch wirtschaftliche Vasallen des Nordens sind, so ist es doch demütigend, immer wieder mit der Nase auf diese Tatsache gestoßen zu werden. Überdies kann man Europäern mehr Vertrauen schenken. Sie werden die Anweisungen der Maschine strikt befolgen."

„Dann glauben Sie, daß wir keine Schwierigkeiten mehr haben werden?"

„Ganz bestimmt nicht. Auf keinen Fall in Almaden."

Die nördliche Region
a) Gebiet: 18 000 000 Quadratmeilen
b) Bevölkerung: 800 000 000
c) Hauptstadt: Ottawa

Die nördliche Region bildete in vieler Beziehung die Spitze. Dies wurde deutlich, wenn man die Landkarte betrachtete, die im Büro des Vize-Koordinators Hiram Mackenzie hing. Im Zentrum befand sich der Nordpol.

Außer der europäischen Enklave mit ihren skandinavischen und isländischen Gebieten befand sich die ganze arktische Erdfläche innerhalb der nördlichen Region.

Grob gesprochen, konnte man diese Region in zwei Hauptgebiete teilen. Links auf der Karte war ganz Nordamerika oberhalb des Rio Grande. Rechts war das ganze Gebiet der ehemaligen Sowjetunion. Zusammen repräsentierten diese Gebiete in den ersten Jahren des Atomzeitalters die konzentrierte Kraft unseres Planeten. Zwischen ihnen lag Großbritannien wie eine Zunge der nördlichen Region, die an Europa leckte. Oben am Kopf der Karte waren Australien und Neuseeland in eigenartig großen, verzerrten Formen eingezeichnet. Auch diese Gebiete waren Teile der Region.

Trotz aller Wandlungen der vergangenen Jahrzehnte hatte der Norden wirtschaftlich die Vorherrschaft behalten. Ein ostentatives Symbol dieser Tatsache konnte man darin erblicken, daß unter allen offiziellen Karten der verschiedenen Regionen, die Byerley zu Gesicht bekommen hatte, allein diejenige Mackenzies die ganze Erde zeigte. Als fürchte der Norden keine Konkurrenz. Als benötige er keine Begünstigung, um seine Vormacht zu unterstützen.

„Unmöglich", sagte Mackenzie gelassen über seinen Whisky-Soda hinweg. „Mr. Byerley, ich nehme an, Sie haben niemals eine Ausbildung als Robottechniker genossen."

„Nein, da haben Sie recht."

„Hm. Na ja, es ist meiner Meinung nach sehr traurig, daß auch Ngoma und Szegeczowska keine derartige Ausbildung besitzen. Die Ansicht, daß ein Koordinator nichts weiter zu sein brauche als ein fähiger Organisator und ein liebenswürdiger Mensch, ist zu weit verbreitet unter den Völkern der Erde. Heutzutage sollte er bestimmt eine umfassende Kenntnis der Robotik haben. Ich möchte Sie damit natürlich keineswegs kränken."

„Das tun Sie auch nicht. Ich stimme Ihnen im Gegenteil durchaus bei."

„Ich nehme auch nach dem, was Sie mir bereits gesagt haben, an, daß Sie sich wegen der kleinen Unregelmäßigkeiten innerhalb der Weltwirtschaft Sorgen machen. Ich weiß nicht, welche Art von Verdacht Sie haben, aber es ist in der Vergangenheit vorgekommen, daß Leute – die es eigentlich hätten besser wissen müssen – sich fragten, was geschehen würde, wenn man der Maschine falsche Angaben machte."

„Und was würde geschehen, Mr. Mackenzie?"

„Nun" – der Schotte verlagerte sein Körpergewicht und seufzte –, „was wir eine falsche Angabe nennen, ist eine Angabe, die mit allen anderen bekannten Fakten nicht übereinstimmt. Dies ist überhaupt unser Kriterium von ‚richtig' und ‚falsch'. Genauso ist dies das Kriterium der Denkmaschine. Befehlen Sie ihr zum Beispiel, die landwirtschaftliche Tätigkeit in Iowa im Juli auf der Basis einer Durchschnittstemperatur von 25 Grad Celsius zu lenken. Die Maschine wird Ihnen keine Antwort geben. Nicht, daß sie irgendein Vorurteil gegen diese bestimmte Temperatur hätte oder daß eine Antwort unmöglich wäre. Der Grund ist vielmehr, daß die Denkmaschine durch alle ihr über eine Periode von Jahren gemachten Angaben weiß, daß die Wahrscheinlichkeit einer Durchschnittstemperatur von 25 Grad im Juli in Iowa praktisch null ist. So weist die Maschine diese Angabe zurück. Die einzige Art, in der man der Maschine eine falsche Angabe aufzwingen kann, ist die, daß man sie als Teil eines in sich selbst ruhenden Ganzen einschmuggelt, eines Ganzen, welches als solches irgendwie falsch ist, aber so raffiniert falsch, daß die Maschine den Fehler nicht zu entdecken vermag – oder aber eines Ganzen, das außerhalb der Erfahrung der Denkmaschine liegt. Ersteres geht weit über die menschlichen Fähigkeiten hinaus, und mit dem letzteren ist es ganz ähnlich. Dazu kommt, daß mit jeder Sekunde die Erfahrungen der Maschine wachsen."

Stephen Byerley legte nachdenklich zwei Finger auf den Rücken seiner Nase. „Dann kann man also mit der Maschine nach Belieben herumspielen. Wie aber erklären Sie dann die kürzlich aufgetauchten Irrtümer?"

„Mein lieber Byerley, ich sehe, daß Sie instinktiv den großen Irrtum begehen zu glauben, die Maschine wisse alles. Lassen Sie mich Ihnen einen Fall aus meiner persönlichen Praxis erzählen. Die Baumwollindustrie beschäftigt erfahrene Aufkäufer. Deren Methode besteht darin, daß sie einen Fetzen Baumwolle aus einem beliebigen Ballen herauszerren. Sie sehen sich diesen Fetzen an, befühlen ihn, zupfen ihn auseinander, lauschen vielleicht auf das knisternde Geräusch, während sie das tun, berühren sie die Qualitätsklasse des betreffenden Ballens oder des betreffenden Lots. Es gibt etwa ein Dutzend derartiger Klassen. Auf die Entscheidung dieser Aufkäufer hin werden nun die Käufe zu gewissen Preisen vorgenommen, es werden Mischungen in bestimmten Proportionen gemacht und so weiter und so weiter. Und nun kommt das Eigenartige. Derartige Aufkäufer können auch heute noch nicht durch die Denkmaschine ersetzt werden."

„Und warum nicht?"

„Kein Textilchemiker weiß genau, was es eigentlich ist, das der Aufkäufer testet, wenn er den Baumwollfetzen befühlt. Vermutlich ist es die Durchschnittslänge der Fäden, die Art, wie sie sich anfühlen, das Ausmaß ihrer Glätte, die Art, wie sie zusammenhängen, und so fort. Mehrere Dutzend Faktoren werden im Unterbewußtsein des Einkäufers auf Grund jahrelanger Erfahrung gegeneinander abgewogen. Die *quantitative* Natur dieser Untersuchungen ist unbekannt. Vielleicht weiß man nicht einmal, was alles wirklich dazugehört. Damit haben wir aber nichts in der Hand, was wir der Maschine als Angabe liefern könnten. Noch können die Aufkäufer erklären, wie sie zu ihrer Beurteilung kommen. So wie diesen gibt es zahllose Fälle. Die Denkmaschine ist ja schließlich auch nichts weiter als ein Werkzeug, das der Menschheit helfen kann, schneller fortzuschreiten, indem die Last gewisser Kalkulationen und Interpretationen von unseren Schultern genommen wird. Die Aufgabe des menschlichen Gehirns ist die gleiche geblieben. An uns liegt es, neue Aufgaben zu finden, die analysiert werden müssen, neue Methoden zu entdecken, die auszuprobieren sind. Schade, daß die ‚Gesellschaft für die Menschlichkeit' das absolut nicht begreift!"

„Diese Leute sind gegen die Denkmaschine, was?"

„Diese Gesellschaftsreaktionäre behaupten, die Maschine beraube den Menschen seiner Seele. Wie ich feststelle, sind tüchtige Männer auch in unserer Gesellschaft noch immer sehr gesucht. Wir benötigen noch immer den Menschen, der intelligent genug ist, die richtigen Fragen zu stellen. Könnten wir genug von dieser Sorte finden, dann würden vielleicht die kleinen Unstimmigkeiten, über die Sie, Herr Koordinator, sich Sorgen machen, nicht auftreten."

ERDE (einschließlich des unbewohnten Kontinents Antarktika)
a) Gebiet: 54 000 000 Quadratmeilen (Landfläche)
b) Bevölkerung: 3 300 000 000
c) Hauptstadt: New York

DAS Feuer hinter dem Quarz war jetzt müde. Zögernd zuckte es sich zu Tode.

Der Koordinator war bedrückt. Seine Stimmung entsprach der verlöschenden Flamme.

„Sie alle minimalisieren den Stand der Dinge." Seine Stimme war leise. „Es ist nicht leicht, sich vorzustellen, daß sie alle über mich lachen, was? Und dennoch – Vincent Silver hat mir gesagt, die Denkmaschinen können gar nicht in Unordnung sein, und ich muß ihm glauben. Hiram Mackenzie behauptet, man könne ihnen keine falschen Angaben vorlegen, und ich muß auch ihm glauben. Irgendwie aber machen die Maschinen Fehler, und auch das muß ich glauben. Damit bleibt also noch eine andere Alternative."

Er warf Susan Calvin einen Blick von der Seite her zu. Sie hatte die Augen geschlossen, und für einen Augenblick schien es, als sei sie eingeschlafen.

„Und worin besteht diese?" fragte sie, als hätte sie nur auf ihr Stichwort gewartet.

„Nun, natürlich darin, daß korrekte Angaben gemacht und korrekte Antworten erteilt werden, daß man diese aber nicht beachtet. Es besteht ja keine Möglichkeit für die Maschine, sich Gehorsam zu erzwingen."

„Und was soll der Zweck einer derartigen Haltung sein? Überlegen wir uns einmal eventuelle Motive!"

„Es geht darum, den Robot absichtlich zu erschüttern. Unter der Herrschaft der Denkmaschinen kann es keine ernstlichen Konflikte auf Erden geben. Keine Gruppe kann sich mehr Macht aneignen als die andere. Kann aber das allgemeine Zutrauen in die Maschinen so weit erschüttert werden, daß man sie aufgibt, dann wird wieder das Gesetz der Dschungel Platz greifen. Und nicht eine einzige der vier Regionen kann davon freigesprochen werden, daß sie genau dies will. Der Osten hat die Hälfte der Menschheit innerhalb seiner Grenzen, und die Tropen besitzen die Hälfte aller irdischen Hilfsquellen. Jede der beiden Regionen kann sich einbilden, sie sei zum natürlichen Herrscher der Erde bestimmt. Jede kann auf eine lange Geschichte der Demütigung durch den Norden zurückblicken, für die sie möglicherweise auf Rache sinnt. Das wäre doch durchaus menschlich. Andererseits hat Europa eine große Tradition. Es *hat* tatsächlich einstmals die Erde beherrscht, und nichts sitzt so tief und fest in Menschen wie die Erinnerung an besessene Macht. Dennoch ist es schwer zu glauben. Beide Regionen – der Osten wie auch die Tropen – sind in einem Zustande ungeheurer Expansion innerhalb ihrer eigenen Grenzen. Beide kommen schier unglaublich rasch hoch. Sie können nicht auch noch die Überschußenergie für militärische Abenteuer besitzen. Europa seinerseits kann außer seinen Träumen gar nichts haben. Militärisch gesprochen ist es nur noch ein Schatten."

„Dann, Stephen", sagte Susan Calvin, „bleibt ja nur noch der Norden."

„Jawohl", erwiderte Byerley energisch. „Das stimmt auch. Der Norden ist im Augenblick die stärkste Region und war es auch ein Jahrhundert lang. Die Tropen mögen zum ersten Male seit den Pharaonen den Platz des Nordens in der vordersten Linie der Zivilisation einnehmen, und es gibt Nordländer, die davor Angst haben. Die ‚Gesellschaft für die Menschlichkeit' ist, wie Sie wissen, in der Hauptsache eine Organisation des Nordens, und diese Leute machen kein Geheimnis daraus, daß sie gegen die Maschinen eingestellt sind. Susan, die Mitgliederzahl dieser Gesellschaft ist klein, aber die Leute sind mächtig. Kurz gesagt, der Gesellschaft gehören gerade diejenigen Männer an, die dadurch, daß sie gemeinsam die Entscheidungen der Denkmaschinen ablehnen, in kürzester Zeit die Welt in ein tolles Durcheinander zu stürzen vermögen. Ungehorsam gegenüber den Denkmaschinen heißt einen Weg gehen, der nicht der optimale ist. Dadurch werden die Resultate schlechter, als sie sonst gewesen wären. Das ist der Preis, den diese Männer für ihre Handlungsweise bezahlen. Im Augenblick geht es ihnen nicht gut, aber in der Konfusion, die schließlich eintreten wird ..."

„Was sind Ihre Pläne, Stephen?"

„Wir dürfen ganz offensichtlich keine Zeit verlieren. Ich werde die ‚Gesellschaft für die Menschlichkeit' als ungesetzlich erklären lassen. Jedes Mitglied, das einen verantwortlichen Posten innehat, wird unverzüglich von diesem entfernt. In Zukunft können nur solche Personen Exekutivstellungen und hohe technische Positionen erhalten, die einen Eid leisten, daß sie nicht dieser Gesellschaft angehören. Das wird zwar eine gewisse Einschränkung der bürgerlichen Freiheiten bedeuten ..."

„Es wird nichts nützen."

„Was? Warum nicht?"

„Wenn Sie einen derartigen Versuch unternehmen, so werden Sie auf Schritt und Tritt auf Schwierigkeiten stoßen. Sie werden finden, daß jeder Versuch in dieser von Ihnen angezeigten Richtung die Dinge nur verschlimmert."

Byerley schien erschrocken. „Warum sagen Sie das? Ich hatte auf Ihre Zustimmung in dieser Angelegenheit gerechnet."

„Sie können diese, solange Ihre Handlungen von einer falschen Voraussetzung ausgehen, nicht bekommen. Sie geben zu, daß die Maschinen nicht irren können und daß man nicht in der Lage ist, ihnen falsche Angaben zu machen. Ich werde Ihnen jetzt zeigen, daß es auch nicht möglich ist, ihnen den Gehorsam zu verweigern, was, wie Sie offenbar denken, die Mitglieder jener ‚Gesellschaft für die Menschlichkeit' tun."

„Wie meinen Sie das?"

„Hören Sie zu! Jede Handlung einer Exekutive, die sich nicht genauestens nach den Direktiven der Maschine richtet, wird zu einem Teil der Angaben für das folgende Problem. Daher weiß die Denkmaschine, daß der betreffende Leiter eine gewisse Tendenz zeigt, Anordnungen nicht zu befolgen. Sie kann und wird nun diese Tendenz berücksichtigen und sie quantitativ auswerten, da sie ja ziemlich genau voraussehen kann, in welcher Richtung und inwieweit Ungehorsam auftreten wird. Somit sind dann ihre folgenden Antworten bereits leicht gefärbt, und zwar so, daß der betreffende Fabrikleiter – oder was er sonst auch sein mag –, wenn er nun nicht gehorcht, automatisch ganz genau das Richtige tut. Die Maschine ist im Bilde, Stephen."

„Dessen können Sie aber doch wohl nicht sicher sein."

„Es sind Annahmen, die sich auf meine ein Menschenleben langen Erfahrungen mit Robots stützen. Sie tun sicher gut daran, Stephen, wenn Sie sich auf derartige Annahmen verlassen."

„Und was bleibt uns dann übrig, um die verschiedenen Unstimmigkeiten aufzuklären? Die Denkmaschinen arbeiten richtig, und die Voraussetzungen, auf Grund deren sie ihre Arbeiten verrichten, sind richtig. Darüber sind wir einer Meinung. Nun sagen Sie ferner, daß man den Maschinen nicht den Gehorsam verweigern kann. Wo liegt denn dann der Fehler?"

„Sie haben sich die Frage selbst beantwortet. Es besteht gar kein Fehler. Denken Sie mal einen Augenblick an den Mechanismus, Stephen! Es handelt sich um Robots, und sie arbeiten nach dem ersten Gesetz. Die Denkmaschinen dienen aber nicht einem einzelnen menschlichen Wesen, sondern der ganzen Menschheit, so daß sich aus dem ersten Gesetz folgender Satz entwickelt: Keine Denkmaschine darf der Menschheit schaden noch durch Untätigkeit gestatten, daß die Menschheit zu Schaden kommt. Schön, Stephen – was also schadet der Menschheit? Am allermeisten schaden ihr wirtschaftliche Schwierigkeiten, ganz gleich, welche Ursachen diese haben mögen. Stimmt das nicht?"

„Doch."

„Und was wird wahrscheinlich in der Zukunft derartige Schwierigkeiten verursachen? Antworten Sie, Stephen!"

„Ich möchte sagen", antwortete Byerley widerstrebend, „die Zerstörung der Maschinen."

„Genau der gleichen Meinung bin ich auch, und genau der gleichen Meinung sind die Maschinen. Deren erste Sorge ist daher, sich selbst für uns zu bewahren. Und so beseitigen sie ganz in der Stille diejenigen Elemente, die sie noch bedrohen können. Es ist keineswegs die ‚Gesellschaft für die Menschlichkeit', die Unruhe stiftet, um damit einen Grund für die Beseitigung der Maschinen zu liefern. Sie haben die Rückseite der Medaille betrachtet. Sagen Sie lieber, die Maschinen machen die Schwierigkeiten – allerdings sehr kleine Schwierigkeiten, aber doch solche, die ausreichen, um diejenigen loszuwerden, die eine Gefahr für die Menschheit bedeuten. Wenn ich recht habe, so bedeutet das, daß die Denkmaschine die Zukunft für uns lenkt, und zwar nicht nur durch direkte Antworten auf direkte Fragen, sondern auch durch eine Generalantwort auf die Weltsituation und auf menschliche Psychologie als Ganzes. Das zu wissen mag uns unglücklich machen und unseren Stolz verletzen. Die Maschine aber kann und darf uns nicht weh tun. Stephen, wie können wir wissen, was letztlich gut ist für die Menschheit? *Uns* stehen die unendlich vielen Faktoren nicht zur Verfügung, die die Maschine besitzt. Vielleicht ist es ein gutes Beispiel, wenn ich sage, daß unsere ganze technische Zivilisation mehr Unglück und Elend geschaffen als beseitigt hat. Vielleicht wäre eine landwirtschaftliche Zivilisation mit weniger Kultur und weniger Menschen besser. Wir wissen es nicht. Nur die Denkmaschinen wissen es, gehen auf jenes unbekannte Ziel zu und nehmen uns mit sich."

„Aber Susan – mit dem, was Sie soeben sagten, behaupten Sie ja, die ‚Gesellschaft für die Menschlichkeit' habe recht, und geben Sie zu, daß wir tatsächlich die Entscheidung über unsere Zukunft verloren haben."

„Wir hatten sie ja nie. Immer waren wir auf Gnade und Barmherzigkeit ökonomischen und sozialen Kräften ausgeliefert, die wir nicht verstanden haben. Wir waren abhängig von den Launen des Klimas und den Wechselfällen der Kriege. Die Maschinen verstehen all diese Kräfte, und keiner kann sich ihnen in den Weg stellen. Wer immer es tut, den werden die Maschinen beseitigen, so, wie sie die Mitglieder der ‚Gesellschaft für die Menschlichkeit' beseitigt haben. Denn die Maschinen haben jene beste Waffe zur Verfügung, die es gibt – die absolute Kontrolle über unsere Wirtschaft."

„Wie grauenhaft!"

„Vielleicht: wie wunderbar! Denken Sie, daß für alle Zukunft Konflikte vermeidbar sein werden. Nur – die Maschinen sind von jetzt an unvermeidbar."

„UND das ist alles", sagte Dr. Calvin, während sie aufstand.

Nie habe ich Susan Calvin wiedergesehen. Sie starb vor einem Monat im Alter von 88 Jahren.

Isaac Asimov

„Der Mann, der der Science-fiction die Wissenschaft hinzufügte" – mit dieser Auszeichnung wurde Isaac Asimov 1963 für sein schriftstellerisches Werk geehrt. Tatsächlich hat der 1920 in der Sowjetunion geborene Autor die Science-fiction-Literatur wie kaum ein anderer geprägt; mit weit über hundert publizierten Sachbüchern erwarb er sich zudem einen herausragenden Ruf als populärwissenschaftlicher Schriftsteller.

Isaac Asimov, dessen Familie 1923 in die USA auswanderte, kam erstmals durch Magazine, die im New Yorker Süßwarenladen seines Vaters verkauft wurden, mit Science-fiction in Berührung. Diese Lektüre verschaffte ihm Zugang zu einer Welt, die ihn fortan nicht mehr losließ. „Ich begann bald selbst zu schreiben, und 1938 verkaufte ich meine erste Geschichte", erzählt Asimov und schildert dann den Reiz jener Zeit: „So wenige verstanden damals die Sprache der Science-fiction, ihre Themen und das Vergnügen an ihr, daß es schien, als hätten wir eine geheime Welt, die außer uns niemand kannte. Wir hatten unser eigenes Universum, wir wenigen Glücklichen, wir geheime Bruderschaft."

Asimovs Talent blühte indes nicht mehr lange im verborgenen, denn schon 1941 erschien seine Story „Nightfall", die von vielen auch heute noch als eine der besten Science-fiction-Geschichten gepriesen wird. Bereits 1928 hatte Asimov die amerikanische Staatsbürgerschaft erworben; Ende der dreißiger Jahre absolvierte er ein Studium der Chemie und Philosophie und lehrte schließlich von 1949 bis 1958 als Professor für Biochemie an der Universität von Boston. Dieser Zeit in Boston entstammen auch zwei seiner berühmtesten Science-fiction-Werke: Die „Robotergeschichten" und die umfangreiche „Foundation"-Trilogie.

Der ungemein produktive Autor bekennt, daß die seit 1958 ausgeübte Tätigkeit als freier Schriftsteller seinen Traumberuf darstellt: „Schreiben ist die wunderbarste und befriedigendste Aufgabe der Welt", betont er, „aber diese Beschäftigung bringt den einen oder anderen kleinen Nachteil mit sich – zum Beispiel die Tatsache, daß ein Autor fast niemals vom Schreiben allein leben kann."

Wie in so vielem ist Isaac Asimov auch in diesem Punkt eine Ausnahme.

DER PLANET

von PIERRE BOULLE · Ins Deutsche übertragen von Alexandra und Gerhard Baumrucker

DER AFFEN

Erster Teil

1

Jinn und Phyllis verlebten herrliche Ferien im Weltraum, weit weg von allen bewohnten Planeten.

Zur damaligen Zeit waren interplanetarische Reisen gang und gäbe, Ortsveränderungen von Stern zu Stern nichts Außergewöhnliches. Raketen beförderten Touristen zu den gewaltigen Landschaften des Sirius und Finanzleute zu den berühmten Börsen des Arcturus und des Aldebaran. Jinn und Phyllis hingegen, reiche Müßiggänger, stachen im Kosmos durch ihre Originalität und einen gewissen Sinn für Romantik hervor: Sie durchsegelten das Universum zu ihrem Vergnügen.

Ihr Raumschiff war eine Art Kugel, die sich durch die Schubkraft der auf die überaus feine und leichte Außenhaut – das „Sonnensegel" – aufprallenden Lichtstrahlen im Raum fortbewegte. Ein derartiger Flugapparat, am äußersten Rand des Gravitationsfeldes eines Sterns sich selbst überlassen, bewegt sich stetig von diesem fort. Doch da das Sternensystem von Jinn und Phyllis drei verhältnismäßig nah benachbarte Sonnen enthielt, bekam ihr kleines Gefährt Lichtstöße aus drei verschiedenen Richtungen. Jinn hatte sich eine höchst raffinierte Methode der Lenkung ausgedacht. Das „Segel" war innen mit einer Reihe schwarzer Vorhänge versehen, die man je nach Wunsch hochziehen oder herunterlassen konnte, wobei sich die Kraftwirkung des Lichtdrucks durch Veränderungen der Strahlenreflexion bestimmter Flächen regulieren ließ. Übrigens besaß dieses „Segel" die Eigenschaft, sich ganz nach Belieben des Piloten zusammenziehen oder ausweiten zu lassen. Wenn Jinn die Geschwindigkeit erhöhen wollte, dehnte er das Segel zu größtmöglichem Durchmesser aus. Dadurch bot es den Lichtstrahlen eine enorme Aufprallfläche, und der Flugkörper schoß mit beträchtlicher Beschleunigung durch den Raum, so daß nicht nur Phyllis, sondern auch Jinn von einem Schwindel erfaßt wurde. Dann umschlangen die beiden einander voller Leidenschaft, den Blick in die Ferne gerichtet, den geheimnisvollen Abgründen zugewandt, auf die sie zurasten. Wenn sie jedoch langsamer werden wollten, drückte Jinn auf einen Knopf. Das „Segel" zog sich zusammen, bis nur noch eine Kugel übrigblieb, groß genug, um die beiden, eng aneinandergeschmiegt, zu umschließen. Die Lichteinwirkung wurde minimal, und der kleine Ball war nur noch den schwachen Gravitationskräften unterworfen. Die beiden jungen Leute verbrachten müßige und berauschende Stunden in dieser winzigen Behausung, die Jinn mit einem aufgebraßten Segler verglich, Phyllis mit einem Tintenfisch oder Polypen. Jinn kannte auch noch so manche andere Tricks, die bei den Weltraumseglern als Gipfel der Kunst galten. Er verstand es zum Beispiel, für Wendemanöver den Schatten eines Planeten oder Satelliten auszunützen. Er weihte auch Phyllis in diese Kniffe ein, die sich bald als ebenso geschickt wie er und oft noch tollkühner erwies. Wenn sie das Steuer übernahm, wurde das Gefährt manchmal bis an die Grenze ihres Sternensystems hinausgeschleudert, bis dazwischentretende kosmische Staubwolken die Lichteinwirkung aufhoben. Einige Male mußte Jinn bei solchen Gelegenheiten seiner Freundin das Steuer entreißen und die Hilfsrakete zünden, die nur im Notfall betätigt wurde. Das war Ehrensache.

An jenem Tag lagen Jinn und Phyllis in ihrem Ballon ausgestreckt nebeneinander, genossen das Nichtstun und ließen sich von den Strahlen ihrer drei Sonnen braten. Jinn hatte die Augen geschlossen und dachte ausschließlich an seine Liebe zu Phyllis. Diese lag auf der Seite, starrte in die Unendlichkeit des Weltraums und ließ sich, wie schon so oft, vom kosmischen Gefühl des Nichts hypnotisieren. Plötzlich erwachte sie aus ihren Träumereien, runzelte die Stirn und richtete sich halb auf. Irgend etwas hatte in diesem Nichts überraschend aufgeblitzt. Nach ein paar Sekunden glitzerte es abermals, so als spiegele sich ein Lichtstrahl auf einem glänzenden Gegenstand. Eine Täuschung war ausgeschlossen, dafür wußte sie im Weltraum zu gut Bescheid. Sie machte Jinn darauf aufmerksam – er konnte es auch erkennen, und es war kaum denkbar, daß ihm bei seiner Erfahrung in solchen Dingen ein Irrtum unterlief. Ein im Licht funkelnder Gegenstand schwebte im Raum. Die Entfernung ließ sich noch nicht genau abschätzen. Jinn griff nach dem Fernglas und richtete es auf das geheimnisvolle Objekt. „Es ist nicht sehr groß“, sagte er. „Anscheinend aus Glas ... Warte mal, es kommt näher! Es bewegt sich schneller als wir. Man könnte meinen ...“

Seine Miene wurde ernst. Er ließ das Fernglas sinken, und Phyllis nahm es sogleich an sich.

„Es ist eine Flasche, meine Liebe.“

„Eine Flasche?“

Sie blickte durch das Glas. „Tatsächlich! Ich sehe sie ganz deutlich. Sie ist aus durchsichtigem Glas. Sie ist verschlossen. Ich sehe das Siegel. Darinnen ist etwas Weißes – Papier, bestimmt eine Flaschenpost! Jinn, die müssen wir haben!“

Jinn war der gleichen Meinung und hatte bereits zu manövrieren begonnen, um in die Flugbahn des seltsamen Gegenstandes zu gelangen. Inzwischen schlüpfte Phyllis in ihren Raumanzug und verließ im geeigneten Moment das Gefährt durch die Ausstiegluke. Mit einer Hand hielt sie sich an einem Seil fest. In der anderen schwenkte sie ein Fangnetz an einem langen Stiel und schickte sich an, die Flasche einzufangen.

Es war nicht das erstemal, daß Fremdkörper ihren Weg kreuzten, und das Fangnetz hatte schon gute Dienste geleistet. Langsam dahinschwebend, bisweilen auch bei völligem Stillstand, hatten sie Überraschungen erlebt und Entdeckungen gemacht, die Raketenpassagieren versagt blieben. In ihrem Netz hatte Phyllis bereits Bruchstücke zerborstener Planeten eingefangen, Fragmente von Meteoriten aus den Tiefen des Universums und Splitter von Satelliten, die zu Beginn des Raumfahrtzeitalters in Umlauf gebracht worden waren. Sie war sehr stolz auf ihre Sammlung. Jetzt aber war es das erstemal, daß sie auf eine Flasche stießen, noch dazu auf eine Flasche, die ein Manuskript enthielt. Darüber bestand kein Zweifel mehr. Phyllis bebte vor Ungeduld und gab ihrem Freund Anweisungen über Sprechfunk. „Langsamer, Jinn ... Nein, jetzt etwas schneller. Gleich kommt sie vorbei. Etwas nach Backbord ... Nach Steuerbord ... Gut so ... Ich habe sie!“

Sie stieß einen Triumphschrei aus und kehrte mit ihrer Beute an Bord zurück. Es handelte sich um eine bauchige Flasche, deren Hals sorgfältig versiegelt war. In ihrem Inneren erkannte man eine Papierrolle.

„Mach sie rasch auf, Jinn!“ rief Phyllis erregt.

Mit ruhiger Hand löste Jinn das Wachs ab. Doch als die Flasche offen war, erwies sich, daß man das Papier nicht herausziehen konnte. Schließlich gab er dem Drängen seiner Freundin nach und zerschmetterte die Flasche mit einem Hammer. Das Papier entrollte sich ganz von selbst. Es handelte sich um eine große Anzahl hauchdünner, mit feinen Schriftzügen bedeckter Blätter.

Das Manuskript war in der Sprache des Planeten Erde abgefaßt, die Jinn perfekt beherrschte, da er einen Teil seiner Studien auf jenem Planeten absolviert hatte.

Noch zögerte er, mit der Lektüre eines Dokuments zu beginnen, das auf so absonderliche Weise in ihre Hände gelangt war. Aber Phyllis konnte es kaum erwarten. Sie verstand die Sprache der Erde nur schlecht und war auf seine Hilfe angewiesen.

„Jinn, ich flehe dich an!“

Er verringerte den Umfang der Kugel auf das Mindestmaß, so daß sie weich im Raum schwebte, überzeugte sich, daß sie freie Bahn hatten, streckte sich neben seiner Freundin aus und begann vorzulesen.

2

ICH vertraue dieses Manuskript dem Weltall an, nicht in der Absicht, Beistand zu erlangen, sondern in dem Bemühen, dadurch die furchtbare Geißel bannen zu helfen, die die Menschheit bedroht. Gott sei uns gnädig!

„Die Menschheit?“ fragte Phyllis verwundert.

„So steht es hier geschrieben“, bestätigte Jinn. „Unterbrich mich nicht gleich am Anfang.“ Und er las weiter vor.

Was mich, Ulysse Mérou, betrifft: Ich habe mit meiner Familie Zuflucht im Raumschiff gefunden. Unsere Ernährung ist auf Jahre hinaus gesichert. Wir züchten an Bord Gemüse, Obst und Geflügel. Es fehlt uns an nichts. Vielleicht finden wir eines Tages einen gastfreundlichen Planeten: eine Hoffnung, die ich kaum zu äußern wage. Hier folgt nun der wahrheitsgetreue Bericht meines Abenteuers.

Es war im Jahre 2500, als ich mit zwei Begleitern das Raumschiff bestieg. Der Zweck des Unternehmens bestand darin, jene Regionen des Alls zu erreichen, die der riesige Stern Beteigeuze beherrscht.

Es war ein ehrgeiziges Unterfangen, das ungeheuerlichste, das man sich auf der Erde jemals vorgenommen hatte. Der Beteigeuze, Stern Alpha des Orion, wie ihn unsere Astronomen nennen, ist ungefähr dreihundert Lichtjahre von unserem Planeten entfernt. Er ist aus mehreren Gründen bemerkenswert. Vor allem wegen seiner Größe: Sein Durchmesser beträgt das Drei- bis Vierhundertfache des Durchmessers unserer Sonne. Das heißt also, daß dieser Himmelskörper, an die Stelle unserer Sonne versetzt, bis an die Umlaufbahn des Mars reichen würde. Weiter: Er ist ein Stern erster Größe, der hellste im Sternbild des Orion, von der Erde aus trotz der weiten Entfernung mit bloßem Auge sichtbar. Er erstrahlt in rotem und orangefarbenem Feuer. Er ist überdies ein Stern von wechselnder Helligkeit, was durch die Veränderungen seines Durchmessers bedingt ist. Denn der Beteigeuze ist ein pulsierender Stern. Warum wurde, nachdem Forschungen ergeben hatten, daß die Planeten unseres Sonnensystems unbewohnt sind, ein derart weit entfernter Himmelskörper zum Ziel gewählt? Es war Professor Antelle, der diese Entscheidung getroffen hatte. Als Hauptorganisator des Unternehmens, dem er sein gesamtes beträchtliches Vermögen geopfert hatte, und Leiter der Expedition hatte er selbst das Raumschiff entworfen und seinen Bau überwacht. Unterwegs teilte er mir den Grund für seine Wahl mit.

„Mein lieber Ulysse", sagte er, „es ist nicht schwieriger, und es dauert kaum länger, den Beteigeuze zu erreichen als einen bedeutend näheren Stern, den Proxima Centauri zum Beispiel."

Hier hielt ich es für angebracht, zu protestieren und mit meinen neuerworbenen astronomischen Kenntnissen zu glänzen. „Kaum länger! Der Proxima Centauri ist doch nur etwas über vier Lichtjahre entfernt, wohingegen der Beteigeuze –"

„Dreihundert, ich weiß. Dennoch werden wir nicht viel länger als zwei Jahre benötigen, um hinzugelangen. Passen Sie auf! Sie nehmen das Gegenteil an, weil Sie an die Katzensprünge zu den Planeten unseres Sonnensystems gewöhnt sind. Bei diesen Reisen ist eine starke Anfangsbeschleunigung zulässig, weil sie lediglich einige Minuten anhält. Die zu erreichende Fluggeschwindigkeit ist lächerlich gering und mit der unsrigen nicht zu vergleichen. Und nun ist es

Zeit, daß ich Ihnen einige Erläuterungen über die Beschaffenheit unseres Raumschiffes gebe. Dank seines vervollkommneten, von mir selbst entwickelten Raketenantriebs vermag sich diese Maschine im Universum mit der höchsten für einen festen Körper vorstellbaren Geschwindigkeit fortzubewegen, genauer gesagt, mit Lichtgeschwindigkeit minus Epsilon."

„Minus Epsilon?"

„Ich will damit sagen, daß es sich dieser bis auf etwa ein Milliardstel annähern kann."

„Gut", sagte ich, „das leuchtet mir ein."

„Und noch etwas müssen Sie wissen. Bei unserer Art der Fortbewegung entsteht ein merklicher Unterschied zwischen unserer Bordzeit und derjenigen der Erde. Er wächst proportional zu unserer Reisegeschwindigkeit. Seit dem Beginn unseres Gesprächs haben wir zum Beispiel nur einige Minuten durchlebt, aber diese entsprechen auf unserem Planeten einer Zeitdauer von mehreren Monaten. Theoretisch könnte also der Fall eintreten, daß die Zeit für uns stehenbleibt, ohne daß wir etwas davon bemerken. Was für Sie und für mich nur ein paar Minuten, einige Herzschläge lang dauert, kommt einer irdischen Zeitspanne von mehreren Jahren gleich."

„Auch das begreife ich. Sonst könnten wir ja nie hoffen, unser Ziel lebend zu erreichen. Aber warum muß dann die Reise zwei Jahre dauern? Warum nicht nur einige Tage oder bloß ein paar Stunden?"

„Ganz einfach. Um eine Geschwindigkeit zu erreichen, bei der die Zeit sozusagen zum Stillstand kommt, mit einer Beschleunigung, die unser Organismus aushält, benötigen wir ungefähr ein Jahr. Ein weiteres Jahr benötigen wir, um die Geschwindigkeit zu verlangsamen. Verstehen Sie jetzt? Zwölf Monate Beschleunigung, zwölf Monate Bremswirkung. Dazwischen liegen lediglich einige Stunden, während deren wir die größte Wegstrecke zurücklegen. Damit wird Ihnen wohl auch gleichzeitig klar, warum man, um zum Beteigeuze zu gelangen, nicht viel länger braucht als zum Proxima Centauri. Im letzteren Fall wäre ebenfalls ein Jahr zur Beschleunigung und eines zur Bremsung erforderlich gewesen; dazu vielleicht einige Minuten anstatt der Stunden dazwischen. Im ganzen gesehen, ist der Unterschied unbedeutend. Da ich nicht mehr der Jüngste bin und zweifellos nicht mehr die Kraft haben werde, noch so eine Raumfahrt zu unternehmen, habe ich es vorgezogen, sofort einen weit entfernten Punkt anzusteuern, in der Hoffnung, dort eine von der unseren gänzlich verschiedene Welt zu finden."

Diese Art von Unterhaltung füllte unsere Mußestunden an Bord aus, und mein Respekt vor dem Wissen des Professors stieg immer mehr. Es gab keinen Bereich der Wissenschaft, den er nicht erforscht hatte, und ich schätzte mich glücklich, bei einem derart verwegenen Unternehmen einen solchen Chef zu haben. Wie er vorausgesehen hatte, dauerte die Reise etwa zwei Jahre nach unserer Zeitrechnung, während auf der Erde dreieinhalb Jahrhunderte verstrichen. Das war das einzig Unangenehme an der Sache: Sollten wir eines Tages wiederkehren, würden wir unseren Planeten um sieben- bis achthundert Jahre gealtert vorfinden. Doch das bekümmerte uns wenig. Ich argwöhnte sogar, daß die Aussicht, den Menschen seiner Generation zu entkommen, für den Professor einen zusätzlichen Anreiz darstellte. Er hatte oft unverblümt geäußert, daß sie ihn langweilten ...

„Die Menschen, immer wieder die Menschen", warf Phyllis ein.
„Die Menschen", bestätigte Jinn. „So steht es da."

Während des Fluges hatten wir keine ernsthafte Panne. Wir waren vom Mond aus gestartet. Die Erde und die Planeten lagen bald hinter uns. Wir sahen die Sonne am Himmel zur Größe einer Orange, dann einer Aprikose zusammenschrumpfen, sie wurde immer kleiner, bis sie nur noch ein funkelnder, dimensionsloser Punkt war, ein einfacher Stern, den allein der Professor unter all den Milliarden Sternen der Milchstraße zu erkennen vermochte.

Wir lebten also fortan ohne Sonnenschein, aber wir litten nicht darunter, da das Raumschiff mit gleichwertigen Lichtquellen ausgestattet war. Auch Langeweile kannten wir nicht. Der Professor führte lebhafte Gespräche. Ich erfuhr während dieser zwei Jahre mehr als in meinem ganzen vorherigen Leben. Ich lernte sogar alles, was man wissen mußte, um das Raumschiff bedienen zu können. Es war eigentlich ganz einfach. Es genügte, die elektronischen Apparate mit Anweisungen zu füttern, alles andere, wie die notwendigen Berechnungen und Kursveränderungen, besorgten sie selbst.

Unser Garten verschaffte uns so manche angenehme Abwechslung. Er nahm an Bord einen wichtigen Platz ein. Professor Antelle, der sich unter anderem auch für Botanik und Landwirtschaft interessierte, wollte nämlich auf der Reise auch einige seiner Theorien über das Wachstum der Pflanzen im All überprüfen. Ein würfelförmiger Raum von annähernd zehn Metern Seitenlänge enthielt die Kulturen. Dank der darin angebrachten Regale war er ganz ausgenützt. Das Erdreich wurde mit chemischen Düngemitteln angereichert, und knapp zwei Monate nach unserem Abflug sahen wir zu unserer Freude alle möglichen Sorten von Gemüse sprießen, das uns in Hülle und Fülle gesunde Nahrung lieferte. Auch das Schöne war nicht vergessen worden: Eine Abteilung blieb den Blumen vorbehalten, die der Professor liebevoll hegte und pflegte. Er hatte ferner etliche Vögel mit auf die Reise genommen, Schmetterlinge und sogar einen Affen, einen kleinen Schimpansen, den wir Hector tauften und der uns mit seinen lustigen Streichen bestens unterhielt. Es steht fest, daß der gelehrte Professor Antelle, ohne direkt ein Menschenfeind zu sein, wenig Interesse für menschliche Lebewesen aufbrachte. Er hatte oft gesagt, daß er sich nicht viel von ihnen erwarte, und das erklärt ...

„Menschenfeind?“ fragte Phyllis dazwischen. „Menschliche Lebewesen?“

„Wenn du mich dauernd unterbrichst“, meinte Jinn, „werden wir nie zu Ende kommen. Mach es doch wie ich. Bemüh dich mitzukommen.“

Phyllis versprach, sich von nun an jeglicher Bemerkung zu enthalten, bis er zu Ende gelesen hatte.

... das erklärt zweifellos, warum Antelle außer zahlreichen Pflanzensorten und einigen Tieren in das Raumschiff, das mit Leichtigkeit mehreren Familien Platz geboten hätte, nur drei Passagiere aufgenommen hatte. Diese waren: er selbst; sein Schüler Arthur Levain, ein junger Physiker mit großer Zukunft; und ich, Ulysse Mérou, ein wenig bekannter Journalist. Ich hatte den Professor anläßlich eines Interviews kennengelernt. Er hatte mir vorgeschlagen, mich mitzunehmen, nachdem er erfahren hatte, daß ich keine Angehörigen besitze und recht ordentlich Schach spiele. Für einen jungen Journalisten war das eine außergewöhnliche Chance. Selbst wenn meine Reportage erst nach achthundert Jahren veröffentlicht werden sollte, würde sie – vielleicht eben deswegen – von einmaligem Wert sein. Ich hatte die Einladung mit Begeisterung angenommen.

Die Reise verlief ohne jeden Zwischenfall. Die einzige Unannehmlichkeit während des Jahres der Beschleunigung und dem der Bremsung war das Gefühl der Schwere. Wir mußten uns daran gewöhnen, daß wir unser Körpergewicht anderthalbmal so schwer empfanden wie auf der Erde. Anfangs störte uns das ein wenig, doch dann nahmen wir keine Notiz mehr davon. Zwischen diesen beiden Perioden herrschte ein Zustand absoluter Schwerelosigkeit mit all den bekannten, kuriosen Begleiterscheinungen. Das dauerte indes nur einige Stunden, und wir überstanden es gut.

Und eines Tages – im Jahre 2502 – sahen wir dann endlich den Stern Beteigeuze am Himmel, so nah, wie ihn noch niemand zuvor erblickt hatte.

3

DIE Erregung, die ein solches Schauspiel hervorruft, läßt sich nicht beschreiben. Der Stern, gestern noch ein leuchtender Punkt unter der Unzahl namenloser Punkte am Firmament, hob sich allmählich von seinem schwarzen Hintergrund ab wie eine funkelnde Nuß, wuchs dann, bis er in Größe und Farbe einer Orange glich, und schließlich erschien er uns im Kosmos so groß wie unser uns vertrautes Tagesgestirn. Eine neue Sonne war für uns aufgegangen, ein rötlicher Ball, der unserer Abendsonne glich, und wir spürten schon die Anziehungskraft und die Wärme. Zu diesem Zeitpunkt hatten wir die Geschwindigkeit bereits beträchtlich gedrosselt. Immer näher kamen wir dem Beteigeuze, bis er auf einmal riesiger als alle anderen Himmelskörper vor uns lag. Es war überwältigend. Antelle programmierte die Apparaturen, und wir schickten uns an, das Riesengestirn zu umkreisen. Der Professor stellte seine astronomischen Instrumente auf und begann mit den Beobachtungen.

Er brauchte nicht lange, um das Vorhandensein von vier Planeten festzustellen, und errechnete sogleich ihre Dimensionen und den Abstand zum Zentralgestirn. Einer der Planeten, der zweite, vom Beteigeuze gezählt, bewegte sich auf annähernd der gleichen Bahn wie wir. Er besaß ungefähr die Größe unserer Erde und eine Atmosphäre, die Sauerstoff und Stickstoff enthielt. Er rotierte in einem dreißigmal weiteren Abstand um den Beteigeuze als die Erde um die

Sonne. Infolge der ungeheuren Ausmaße des Fixsterns und seiner eigenen relativ niedrigen Temperatur ähnelten die Strahlungsverhältnisse jenes Planeten denen der Erde.

Wir beschlossen, ihn als ersten in Augenschein zu nehmen. Die Apparate wurden neu programmiert, und bald befand sich unser Raumschiff auf der gewünschten Umlaufbahn um den Planeten. Wir schalteten die Antriebsaggregate aus und beobachteten in Muße diese neue Welt. Durchs Teleskop erkannten wir Meere und Kontinente.

Zu einer Direktlandung war das Raumschiff schlecht geeignet, aber damit hatten wir gerechnet. Wir verfügten zusätzlich über drei viel kleinere Raketenflugkörper, die wir „Beiboote" nannten. In einem davon fanden wir Platz. Wir nahmen einige Meßinstrumente und den Schimpansen Hector mit, der gleich uns in einem Astronautenanzug steckte, an den wir ihn gewöhnt hatten. Unser Raumschiff ließen wir einfach weiter um den Planeten kreisen. Dort war es sicherer aufgehoben als ein Ozeandampfer im Hafen. Wir wußten ja, daß es nicht um einen Bruchteil von seiner Bahn abweichen würde.

Auf einem Planeten zu landen war mit unserem „Beiboot" kein Kunststück. Sobald wir durch die dichteren Schichten der Atmosphäre gedrungen waren, nahm Professor Antelle Proben der Außenluft und analysierte sie. Er stellte fest, daß sie mit der Zusammensetzung der irdischen Luft in entsprechender Höhe übereinstimmten. Ich hatte keine Zeit mehr, über diesen wunderbaren Zufall nachzudenken, denn das Festland kam rasch näher. Höchstens fünfzig Kilometer trennten uns noch davon. Da die Elektronenautomatik die ganze Arbeit verrichtete, hatte ich nichts anderes zu tun, als das Gesicht an die Luke zu drücken und zuzusehen, wie sich mir diese unbekannte Welt entgegenhob. Mein Herz schwoll vor Entdeckerstolz.

Der Planet ähnelte auf seltsame Weise der Erde. Dieser Eindruck vertiefte sich von Sekunde zu Sekunde. Jetzt konnte ich schon mit bloßem Auge die Kontinente unterscheiden. Die Atmosphäre war klar, leicht blaßgrün getönt, gelegentlich ins Orange hinüberspielend, ein bißchen wie der Himmel der Provence bei Sonnenuntergang. Der Ozean war von blaugrün schillernder Farbe. Die Konturen der Küsten verliefen ganz anders als bei uns auf der Erde, obwohl ich – von der Fülle anderer Analogien beeinflußt – auch hier hartnäckig Ähnlichkeiten zu entdecken hoffte. Doch damit hatte die Übereinstimmung ein Ende. Geographisch betrachtet erinnerte nichts an unsere Alte Welt.

Nichts? Im Gegenteil! Das Wichtigste! Der Planet war bewohnt. Wir überflogen eine Stadt; eine ziemlich große Stadt mit von Bäumen gesäumten Straßen, auf denen reger Verkehr herrschte. Ich hatte Zeit, einen Eindruck von der allgemeinen Bauweise zu gewinnen: breite Straßen; weiße Häuser mit geradlinigen Umrissen.

Aber wir mußten ziemlich weit von dort landen. Unser Kurs führte uns über bebaute Felder, dann über einen dichten Wald von rötlichgelber Farbe, der an unseren tropischen Dschungel erinnerte. Wir flogen jetzt sehr niedrig. Dann erblickten wir – inmitten eines wildgezackten Bergmassivs – eine ausgedehnte Lichtung, eine Art Plateau.

Unser Chef beschloß, das Abenteuer zu wagen, und stellte die Apparaturen dementsprechend ein. Die Bremsraketen traten in Aktion. Eine Weile hingen wir unbeweglich über der Lichtung, wie eine Möwe, bevor sie auf ihr Opfer herabstürzt.

Zwei Jahre waren seit unserem Abflug von der Erde vergangen. Ganz weich schwebten wir hinab und landeten wohlbehalten auf dem Plateau. Das Gras war so grün wie die Wiesen der Normandie.

4

NACH der Landung verharrten wir eine Weile schweigend und regungslos. Das mag vielleicht überraschend anmuten, aber wir verspürten zunächst das Bedürfnis, uns zu sammeln. Wir hatten uns in ein Abenteuer gestürzt, das an Kühnheit bei weitem die Fahrten der ersten irdischen Entdecker übertraf, und wir bereiteten uns im Geiste darauf vor, all jenen Seltsamkeiten zu begegnen, die die Phantasie ganzer Generationen von Weltraumdichtern beschäftigt hatte.

Fürs erste erschöpften sich die Wunder darin, daß wir in freier Natur auf einem Planeten gelandet waren, der – wie der unsere – Ozeane, Gebirge, Wälder, Felder, Städte und bestimmt auch Bewohner aufwies. Indes mußten wir uns, in Anbetracht der Ausdehnung des Dschungels, den wir vorhin überflogen hatten, ziemlich weit von zivilisierten Gegenden befinden.

Schließlich erwachten wir aus unserer Versunkenheit. Wir stiegen in unsere Raumanzüge und öffneten vorsichtig eine Luke des „Beibootes". Es entstand nicht der geringste Luftzug, Innen- und Außendruck glichen sich aus. Der Wald umgab die Lichtung wie ein

Festungswall. Kein Geräusch, keine Bewegung; nichts regte sich. Die Temperatur war ziemlich hoch, aber erträglich: etwa fünfundzwanzig Grad Celsius.

Wir kletterten aus dem „Beiboot", Hector ebenfalls. Professor Antelle wollte zunächst die Atmosphäre genau analysieren. Das Resultat fiel ermutigend aus: Die Luft wies die gleiche Zusammensetzung wie die irdische auf, trotz gewisser Unterschiede im Anteil einiger seltener Gase. Sie war also zum Atmen durchaus geeignet. Aus übergroßer Vorsicht beschlossen wir jedoch, sie zuerst an unserem Schimpansen zu erproben.

Der Affe, seines Schutzanzugs ledig, schien nicht die geringsten Beschwerden zu verspüren. Übermütig tollte er herum, lief auf den Wald zu, kletterte auf einen Baum und verschwand in den Zweigen. All unser Rufen und Gestikulieren war vergeblich, er blieb verschwunden.

Nachdem wir selbst unsere Raumanzüge abgelegt hatten, konnten wir ungehindert miteinander sprechen. Der Klang unserer Stimmen berührte uns eigenartig, und wir wagten ängstlich ein paar Schritte, ohne uns allzuweit vom „Beiboot" zu entfernen.

Es konnte kein Zweifel darüber bestehen, daß dieser Planet eine Zwillingsschwester unserer Erde war. Es gab Leben. Die Vegetation wucherte sogar besonders üppig. Etliche Bäume waren sicherlich über vierzig Meter hoch. Von der Fauna zeigten sich uns vorläufig nur einige große schwarze Vögel, die wie Geier am Himmel kreisten, und ein paar kleinere, die piepsend umherschwirrten und wie Sittiche aussahen. Aus unseren Beobachtungen während des Anfluges folgerten wir, daß auch eine Zivilisation existierte. Vernunftbegabte Wesen – wir wagten noch nicht, den Ausdruck „Menschen" zu gebrauchen – hatten die Oberfläche des Planeten gestaltet. Daß tiefe Einsamkeit uns umgab, war nicht weiter erstaunlich. Im asiatischen Dschungel wäre es uns ebenso ergangen.

Bevor wir überhaupt etwas unternahmen, hielten wir es für angebracht, dem Planeten einen Namen zu geben. Wir tauften ihn „Soror".

Dann entschlossen wir uns, einen ersten Erkundungsgang anzutreten. Auf einer Art Trampelpfad drangen wir in den Wald ein. Arthur Levain und ich waren mit Karabinern ausgerüstet. Der Professor verschmähte andere als geistige Waffen. Wir fühlten uns leicht und unbeschwert und marschierten fröhlich drauflos. Obwohl wir unser Körpergewicht genauso spürten wie auf der Erde – auch darin bestand völlige Übereinstimmung –, verführte uns die Befreiung von den veränderten Schwerkraftverhältnissen im Raumschiff förmlich zu Freudensprüngen.

Wir bewegten uns im Gänsemarsch. Immer wieder riefen wir vergebens nach Hector. Auf einmal blieb der junge Levain, der vorausging, stehen und bedeutete uns zu lauschen. In einiger Entfernung hörte man ein Rauschen, wie von fließendem Wasser.

Wir stießen weiter in diese Richtung vor, und das Geräusch wurde deutlicher.

Es war ein Wasserfall. Benommen von der Schönheit des Bildes, das sich uns bot, hielten wir inne. Klar wie einer unserer heimischen Gebirgsbäche schlängelte sich der Wasserlauf über unseren Köpfen, verbreiterte sich und ergoß sich aus einer Höhe von mehreren Metern über eine Gesteinsstufe in eine Art See zu unseren Füßen. Ein von der Natur geschaffenes, von Sand und Felsgestein eingefaßtes Schwimmbecken, auf dessen Oberfläche sich das Licht Beteigeuzes spiegelte, der nun im Zenit stand.

Der Anblick des Wassers war so verlockend, daß Levain und mich die gleiche Lust anwandelte. Es war unterdessen sehr heiß geworden. Wir warfen unsere Kleider ab, um uns kopfüber in den See zu stürzen. Aber Professor Antelle ermahnte uns, auf diesem unbekannten Planeten etwas mehr Vorsicht walten zu lassen. Vielleicht war das gar kein Wasser, vielleicht war diese Flüssigkeit schädlich! Er trat ans Ufer, kauerte sich nieder, nahm sie in Augenschein. Dann berührte er sie vorsichtig mit dem Finger. Schließlich schöpfte er davon in die hohle Hand und netzte die Zungenspitze.

„Das kann nur Wasser sein", murmelte er.

Er bückte sich abermals, um die Hand ins Wasser zu tauchen. Plötzlich erstarrte er und deutete auf einen Fußabdruck, den er soeben im Sand entdeckt hatte.

Ich glaube, ich war noch nie im Leben so aufgeregt. Hier, unter den glühenden Strahlen des Beteigeuze, der wie ein riesiger roter Ball den Himmel über unseren Köpfen ausfüllte, hier erblickten wir auf einem schmalen Streifen feuchten Sandes den genauen Abdruck eines menschlichen Fußes.

5

„DEN hat eine Frau hinterlassen", sagte Arthur Levain.

Diese Feststellung, mit gepreßter Stimme vorgebracht, überraschte mich keinesfalls. Ich hatte nämlich genau dasselbe gedacht. Die Feinheit, die Eleganz, die einmalige Schönheit des Abdrucks hatten mich tief aufgewühlt. Es stand außer Zweifel, daß die Spur von einem Menschen stammte. Vielleicht war es ein Jugendlicher, vielleicht ein Kleinwüchsiger, doch höchstwahrscheinlich – und ich hoffte es von ganzem Herzen – eine Frau.

„Soror ist also doch von Menschen bewohnt", murmelte Professor Antelle. Ein Unterton von Bedauern schwang in seiner Stimme mit. In diesem Moment fand ich den Professor ein bißchen weniger sympathisch. Er zuckte auf seine charakteristische Weise die Achseln und begab sich mit uns auf die Suche nach weiteren Fußspuren im Ufersand. Wir entdeckten tatsächlich noch mehrere, die eindeutig dasselbe Geschöpf hinterlassen hatte.

Levain, der sich vom Wasser entfernt hatte, machte uns auf einen noch feuchten Abdruck im trockenen Sand aufmerksam. „Vor weniger als fünf Minuten war sie noch da!" rief der junge Mann.

„Anscheinend hat sie gerade gebadet, hat uns kommen gehört und ist geflohen."

Das dünkte uns Beweis genug, daß es sich um eine Frau handelte. Wir verhielten uns still und spähten zum Wald hinüber, hörten jedoch nicht einmal einen Zweig knacken.

„Wir haben ja reichlich Zeit", sagte Professor Antelle und zuckte abermals die Achseln. „Wenn hier aber ein menschliches Wesen gebadet hat, dann können wir sicherlich gefahrlos dasselbe tun."

Auch der würdige Gelehrte entledigte sich ohne weitere Umstände seiner Kleidung und sprang, mager wie er war, ins Wasser. Nach der langen Reise ließ uns das Vergnügen dieses Bades in dem frischen, köstlichen Naß fast unsere eben gemachte Entdeckung vergessen. Lediglich Arthur Levain schaute nachdenklich und geistesabwesend drein. Ich wollte schon eine scherzhafte Bemerkung über seine melancholische Miene machen, als ich die Frau erblickte, direkt über uns auf dem Felsvorsprung, von wo der Wasserfall herunterstürzte.

Nie werde ich die Empfindung vergessen, die ihre Erscheinung in mir hervorrief. Mir stockte der Atem vor der zauberhaften Schönheit dieses Geschöpfes, das sich schaumumsprüht unseren Blicken darbot, vom blutroten Schein des Beteigeuze übergossen. Es war eine Frau oder vielmehr ein junges Mädchen, wenn nicht gar eine Göttin. Sie wirkte wie der Inbegriff des Weiblichen in ihrer unbefangenen Nacktheit, mit nichts anderem geschmückt als ihrem Haar, das lang über ihre Schultern herabwallte. Gewiß, zwei Jahre lang hatte uns jegliche Vergleichsmöglichkeit gefehlt, aber keiner von uns war geneigt, sich von Trugbildern narren zu lassen. Ganz eindeutig besaß jene Frau, die unbeweglich wie eine Statue auf einem Sockel dort oben stand, auch nach irdischen Maßstäben einen vollkommenen Körper. Levain und ich hielten hingerissen den Atem an, und ich glaube, auch der Professor blieb nicht unbeeindruckt.

Leicht vorgebeugt, die Arme nach hinten angehoben, so als wolle sie gerade zum Sprung ansetzen, stand sie, uns zugewandt, da und schien mindestens ebenso erstaunt zu sein wie wir. Die paar Sekunden, während deren ich sie anstarrte, genügten, um mich so durcheinanderzubringen, daß ich zunächst keine Einzelheiten wahrnahm. Der Gesamteindruck ihrer Erscheinung hatte mich hypnotisiert. Erst nach einigen Minuten kam mir zu Bewußtsein, daß sie der weißen Rasse angehörte. Sie war schlank und nicht übermäßig groß, und ihre Haut war eher golden als braun. Dann sah ich wie im Traum ihr unschuldig-reines Gesicht und schließlich ihre Augen.

Da schrak ich aus meiner Benommenheit auf. Plötzlich war ich hellwach, und ich erschauerte: Der Blick dieser Augen war so fremd, so ungewohnt, hier endlich kam die ganze Andersartigkeit dieser von unserer eigenen so weit entfernten Welt zur Geltung. Aber ich war unfähig zu erkennen, worin diese Andersartigkeit denn nun eigentlich bestand. Ich spürte lediglich, daß sich dieses Geschöpf grundlegend von Wesen unserer Art unterschied. Es lag nicht an der Farbe der Augen, die von einem Grau waren, das bei uns zwar nicht sehr häufig, aber immerhin vorkommt, sondern an ihrem Ausdruck oder vielmehr an ihrer Ausdruckslosigkeit. In ihnen lag eine Leere, die mich an eine Schwachsinnige erinnerte, der ich früher einmal begegnet war. Und doch, das konnte es auch nicht sein, nicht Schwachsinn.

Als sie bemerkte, daß auch sie selbst neugierig angestarrt wurde, insbesondere als mein Blick den ihren kreuzte, zuckte sie zusammen und wandte sich jäh ab, wie ein aufgeschrecktes Tier. Und zwar nicht aus Schamhaftigkeit, denn eine solche Regung traute ich ihr kaum zu. Vermutlich konnte sie ganz einfach meinen Blick nicht ertragen. Jetzt spähte sie mit abgewandtem Kopf heimlich aus dem Augenwinkel zu uns herüber.

„Ich habe gleich gesagt, daß es eine Frau ist", murmelte Levain.

Er hatte mit vor Erregung erstickter Stimme und ziemlich leise gesprochen. Aber das Mädchen hatte ihn gehört und reagierte höchst seltsam. Sie prallte zurück, und ihre Haltung ließ mich abermals an ein aufgescheuchtes, fluchtbereites Tier denken. Trotzdem hielt sie nach zwei Schritten inne, fast ganz hinter einem Felsen verborgen. Nur noch die obere Partie ihres Gesichts und ein Auge waren zu sehen, das unverwandt auf uns gerichtet blieb.

Wir wagten keine Bewegung, aus Angst, sie zu verscheuchen. Unser Verhalten schien sie zu beruhigen. Nach einem Moment kam sie wieder zum Vorschein. Aber der junge Levain war zu aufgeregt, um den Mund zu halten.

„Ich habe noch nie –", fing er an.

Dann sah er seinen Fehler ein und brach ab. Sie war wieder zurückgewichen, so als jage der Klang einer menschlichen Stimme ihr Entsetzen ein.

Professor Antelle bedeutete uns zu schweigen und planschte weiter im Wasser umher, ohne sie im geringsten zu beachten. Wir folgten seinem Beispiel, und der Erfolg blieb nicht aus. Sie kam nicht nur näher, sondern bekundete alsbald sichtlich Interesse an unserem Treiben, und zwar auf so ungewöhnliche Weise, daß wir noch neugieriger wurden. Man stelle sich einen furchtsamen kleinen Hund am Strand vor, dessen Herr gerade badet. Am liebsten möchte er auch ins Wasser, aber er traut sich nicht. Er läuft drei Schritte hierhin, drei Schritte dahin, rennt weg, kommt zurück, schüttelt sich. Genauso benahm sich das Mädchen.

Und dann hörten wir sie plötzlich. Aber die Laute, die sie ausstieß, erhöhten noch den Eindruck, es handle sich um ein Tier. Sie stand jetzt am äußersten Rande des Felsvorsprungs, so als wolle sie kopfüber ins Wasser springen, und hatte den Mund geöffnet. Ich befand mich etwas abseits und konnte sie beobachten, ohne selbst gesehen zu werden. Ich erwartete, sie sprechen, rufen zu hören. Ich war auf die barbarischste aller Sprachen gefaßt, aber nicht auf die sonderbaren Laute, die aus ihrer Kehle drangen; und zwar buchstäblich aus ihrer Kehle, denn weder Mund noch Zunge schienen an diesem schrillen Gejaule und Geheul beteiligt zu sein, das nichts Menschliches an sich hatte. In unseren zoologischen Gärten kann man junge Schimpansen beim Spielen und Balgen ähnliche kleine Schreie ausstoßen hören.

Während wir uns völlig verwirrt zum Weiterschwimmen zwangen, ohne uns um sie zu kümmern, schien sie einen Entschluß zu fassen. Sie kauerte sich nieder, stützte sich auf die Hände und begann flink die Felswand herabzuklettern. Ihr goldgetönter Körper hinter dem rieselnden Schleier aus Wasser und Licht mutete uns wie eine Traumvision an.

Es dauerte nicht lange, und sie kniete unten am See auf einem flachen Stein. Wieder beobachtete sie uns eine Weile, dann stieg sie ins Wasser und schwamm auf uns zu.

Wir merkten, daß sie spielen wollte, und setzten, so als wäre nichts geschehen, eifrig unser Geplansche fort. Nun hatten wir anscheinend ihr Vertrauen gewonnen und hüteten uns vor Äußerungen, mit denen wir sie wieder verscheucht hätten. Im Handumdrehen hatte sich ein Spiel entwickelt, dessen Regeln sie uns unbewußt aufzwang. Es war ein seltsames Spiel, bei dem wir im Wasser Haschen spielten wie Robben in einem Bassin. Im Grunde genommen war es kindisch. Aber was hätten wir nicht alles getan, um die schöne Unbekannte zu zähmen!

Ich bemerkte, daß sich sogar Professor Antelle an dieser Albernheit mit unverhohlenem Vergnügen beteiligte.

Nachdem es eine ganze Weile so fortgegangen war und als uns allmählich der Atem ausging, fiel mir mit einemmal etwas Merkwürdiges auf: ihr ständiger Ernst. Inmitten all der Ausgelassenheit, die vor allem durch ihr Dazutun in Gang gekommen war, hatte kein einziges Lächeln ihr Gesicht erhellt. Bestürzt mußte ich mir eingestehen, daß sie anscheinend unfähig war, zu lachen oder zu lächeln. Sie ließ nur von Zeit zu Zeit einen ihrer kleinen Schreie hören, mit denen sie ihr Wohlbehagen ausdrückte.

Ich wollte es auf einen Versuch ankommen lassen. Als sie das nächstemal in ihrer possierlichen Art auf mich zupaddelte, das Haar wie einen Kometenschweif hinter sich herziehend, blickte ich ihr in die Augen und setzte ein Lächeln auf, in das ich alle mir zu Gebote stehende Freundlichkeit und Zärtlichkeit hineinlegte.

Das Ergebnis verblüffte mich. Sie hörte zu schwimmen auf, stellte sich im Wasser auf, das ihr bis zur Taille reichte, und streckte abwehrbereit die Hände aus. Dann drehte sie sich um und hetzte ans Ufer. Sie stieg aus dem Wasser, wandte sich zögernd halb um und beobachtete mich wieder aus den Augenwinkeln wie ein Gefahr witterndes Tier. Vielleicht hatte sie neues Zutrauen gefaßt; denn das Lächeln war mir vergangen, und ich schwamm mit Unschuldsmiene weiter. Da geschah etwas, was sie aufs neue in Unruhe versetzte. Aus dem Wald erschollen Geräusche, und von Ast zu Ast hangelnd, kam unser Freund Hector zum Vorschein, ließ sich zu Boden gleiten und hüpfte voll Wiedersehensfreude auf uns zu.

Verstört sah ich, wie beim Anblick des Affen ein Ausdruck des Abscheus und der Brutalität das Gesicht des Mädchens verzerrte. Sie wirbelte herum, preßte sich an einen Felsen, alle Muskeln angespannt, die Hände zu Klauen gekrümmt. Und all dies wegen eines liebenswerten kleinen Schimpansen, der mit uns Wiedersehen feiern wollte.

Als er in ihrer Nähe vorbeikam, ohne sie zu bemerken, stürzte sie vor. Ihr Körper spannte sich wie ein Bogen. Sie packte den Affen an der Gurgel und würgte ihn, während sie ihn mit den Beinen umklammert hielt. Das ging so schnell, daß wir nicht eingreifen konnten. Der Affe bäumte sich noch ein paarmal auf. Als sie ihn losließ, war er tot.

Und das hatte dieses strahlende Geschöpf getan, dem ich in einer romantischen Anwandlung den Namen „Nova“ verliehen hatte, da sie mir erschienen war wie ein neu am Firmament aufgetauchter funkelnder Stern.

Als wir aus unserer Erstarrung erwachten und ans Ufer eilten, war es für Hector längst zu spät. Sie wandte uns herausfordernd den Kopf zu, streckte abermals die Arme abwehrend aus und fletschte die Zähne. Wir blieben wie angewurzelt stehen. Dann stieß sie noch einen letzten schrillen Schrei aus, der wie Triumph- oder Wutgeheul klang, und entfloh in den Wald. Sie verschwand im Unterholz, das sich sogleich hinter ihrem goldgetönten Körper schloß. Wir blieben fassungslos inmitten des nun wieder schweigenden Dschungels zurück.

6

„Eine Wilde“, sagte ich, „die irgendeiner zurückgebliebenen Rasse angehört, wie man sie in Neuguinea oder in den afrikanischen Urwäldern findet.“

Ich hatte ohne jegliche Überzeugung gesprochen. Arthur Levain fragte mich fast wütend, ob ich unter den primitiven Völkern jemals eine solche Haltung oder eine ähnliche Feinheit der Formen bemerkt hätte. Darauf wußte ich nichts zu antworten; er hatte ja hundertmal recht. Professor Antelle, der anscheinend tief in Gedanken versunken war, hatte unser Gespräch gehört.

„Auch die primitivsten Völker der Erde haben eine Sprache“, gab er zu bedenken. „Dieses Geschöpf hat nicht gesprochen.“

Wir suchten die Gegend rund um das Wasser ab, ohne indes eine Spur der Unbekannten zu finden. Schließlich kehrten wir zu unserem „Beiboot“ auf der Lichtung zurück. Der Professor beabsichtigte, wieder aufzusteigen und zu versuchen, in zivilisierteren Gebieten zu landen. Aber Levain meinte, wir sollten wenigstens vierundzwanzig Stunden an Ort und Stelle bleiben, um eventuell mit noch anderen Dschungelbewohnern Kontakt aufzunehmen. Ich unterstützte seinen Vorschlag, und der Professor gab nach. Wir wollten uns nicht eingestehen, daß nur die Hoffnung auf ein Wiedersehen mit der Unbekannten uns an den Ort fesselte.

Der Rest des Tages verlief ohne weiteren Zwischenfall. Aber gegen Abend, nachdem wir den phantastischen Untergang des Beteigeuze bewundert hatten – ein Schauspiel, das alle menschliche Vorstellungskraft überstieg –, merkten wir, daß rings um uns eine Veränderung vor sich ging. Im Dschungel begann es sich zu regen, und wir hatten das Gefühl, aus dem Dickicht von unsichtbaren Augen beobachtet zu werden. Trotzdem verbrachten wir, abwechselnd Wache haltend und in unserem „Beiboot“ verbarrikadiert, eine ruhige Nacht. Doch beim Morgengrauen stellte sich wieder das Unbehagen ein, und mir war, als hörte ich abermals jene schrillen kleinen Schreie, die Nova tags zuvor ausgestoßen hatte. Aber keines von den Geschöpfen, die unsere Phantasie beschäftigten, ließ sich blicken.

Wir beschlossen, noch einmal zu dem Wasserfall zurückzukehren, und während des ganzen Weges dorthin konnten wir uns des Eindrucks nicht erwehren, daß wir von den Geschöpfen, die sich nicht zu zeigen wagten, verfolgt und belauert wurden. Sonderbar: Nova hatte sich gestern ja auch nicht geniert, sich uns anzuschließen.

„Vielleicht sind unsere Kleider daran schuld", sagte Arthur Levain plötzlich.

Ich hielt das nicht für ausgeschlossen. Ich erinnerte mich genau, wie Nova, als sie nach der Tötung des Affen geflohen war, sich angesichts unserer hingeworfenen Anzüge benommen hatte: Sie war, um ihnen auszuweichen, zurückgezuckt wie ein scheuendes Pferd.

„Wir werden ja sehen."

Wir zogen uns aus, sprangen ins Wasser und begannen wieder herumzuplanschen, scheinbar ohne zu beachten, was um uns vorging. Der Trick zeitigte auch diesmal Erfolg. Nach einer Weile sahen wir das Mädchen oben auf dem Felsvorsprung erscheinen. Sie war nicht allein. Ein Mann stand neben ihr, ein älterer Mann, der sich in seinem Körperbau in nichts von uns unterschied. Auch er war völlig nackt. Aus der Ähnlichkeit zwischen den beiden glaubte ich schließen zu dürfen, daß er der Vater unserer Göttin war. Wie sie beobachtete er uns ratlos und beunruhigt.

Und dann entdeckten wir nach und nach noch eine ganze Menge dieser Geschöpfe. Wir bemühten uns weiterhin, unsere gespielte Gleichgültigkeit nicht aufzugeben. Sie kamen verstohlen aus dem Wald und bildeten allmählich einen Kreis um den Teich. Es handelte sich durchwegs um kräftige, schöne Menschen, um Männer und Frauen von goldbrauner Hautfarbe. Große Aufregung erfaßte sie alle, sie wirkten gereizt und stießen gelegentlich kleine Schreie aus.

Wir waren umzingelt. Wir mußten daran denken, was dem Schimpansen widerfahren war. Aber als eigentlich drohend konnte man das Verhalten dieser fremden Menschen nicht bezeichnen; sie schienen sich ausschließlich für unser Treiben zu interessieren.

So weit, so gut. Bald ließ sich Nova – Nova, die ich bereits als alte Bekannte betrachtete – ins Wasser gleiten, und die anderen folgten nach und nach mehr oder weniger zögernd ihrem Beispiel. Wieder begann, wie gestern, das Haschenspielen, nur mit dem Unterschied, daß sich diesmal an die zwanzig dieser eigenartigen Geschöpfe schnaubend und planschend um uns herumtummelten, alle mit todernstem Gesicht.

Nach einer Viertelstunde begann mich das Ganze zu langweilen. Waren wir denn in den Bereich des Beteigeuze vorgedrungen, um uns hier wie Kinder aufzuführen? Fast schämte ich mich über mein Benehmen, mußte jedoch bekümmert feststellen, daß sich Professor Antelle bei dem Spiel höchst wohl zu fühlen schien. Schließlich – was gab es denn für uns anderes zu tun? Die Schwierigkeit, mit diesen Wesen, die weder sprechen noch lächeln konnten, Kontakt aufzunehmen, war unvorstellbar groß. Ich bemühte mich dennoch und probierte alle Gesten aus, die als bedeutsam galten. Ich verbeugte mich, so liebenswürdig, wie ich es vermochte, mit gefalteten Händen, ein wenig nach Art der Chinesen. Ich warf ihnen Kußhändchen zu. Alles umsonst. Kein Schimmer des Begreifens zeigte sich in ihren Augen.

Als wir uns während des Fluges über die Möglichkeit unterhalten hatten, Lebewesen zu begegnen, schwebten uns dabei zwar mißgebildete, monströse Geschöpfe von fremdartigem Wuchs vor, aber wir hatten immer ausdrücklich das Vorhandensein von Geist bei ihnen vorausgesetzt. Auf dem Planeten Soror schien es gerade umgekehrt zu sein: Seine Bewohner glichen uns in der äußeren Erscheinung, doch Verstand besaßen sie offenbar keinen. Das war es gewesen, was mich an Novas Blick so beunruhigt hatte und was ich jetzt bei allen anderen wiederfand: der Mangel an bewußtem Denken, an Seele.

Sie gaben sich ganz dem Spiel hin. Aber uns wurde es langsam zuviel. Um ihnen zu zeigen, wie man es anders machen könnte, faßten wir drei uns an den Händen und begannen, bis zum Gürtel im Wasser stehend, eine Art Ringelreihen, wobei wir im Takt die Arme schwenkten, wie es ganz kleine Kinder tun. Das schien sie nicht im geringsten zu interessieren. Die meisten entfernten sich; einige betrachteten uns mit solcher Verständnislosigkeit, daß wir selbst ganz verwirrt wurden.

Und es war einzig und allein diese Verwirrung, die das Unheil heraufbeschwor. Als uns nämlich zu Bewußtsein kam, daß wir, drei erwachsene Männer, unter dem Beteigeuze infantil im Kreis herumhüpften, vergaßen wir alle Vorsicht und vermochten nicht länger ernst zu bleiben. Wir hatten uns während der letzten Viertelstunde solchen Zwang angetan, daß wir nun eine Erholung brauchten. Wir brachen in schallendes, unbezähmbares Gelächter aus.

Nun, dieser Heiterkeitsausbruch löste bei den fremden Menschen endlich eine Reaktion aus, doch leider nicht die erhoffte. Plötzlich war es, als wühlte ein Sturmwind den Teich auf. Sie stoben nach allen Richtungen auseinander, in solcher Kopflosigkeit, daß es unter anderen Umständen lächerlich gewirkt hätte. Im Nu befanden wir uns allein im Wasser. Sie versammelten sich am gegenüberliegenden Steilufer des Teichs zu einem zitternden Haufen, stießen ihre kleinen, wilden Schreie aus, streckten wütend ihre Arme gegen uns aus. Sie machten so bedrohliche Mienen, daß wir direkt Angst bekamen. Levain und ich eilten zu unseren Waffen; aber der Professor bat uns mit leiser Stimme, sich ihrer nicht zu bedienen, sie auch nicht zu schwingen, solange sich die Fremdlinge nicht wieder näherten.

Wir kleideten uns hastig an, ohne die Wesen dabei aus den Augen zu lassen. Kaum hatten wir jedoch Hose und Hemd übergestreift, als sich ihre Erregung in Raserei steigerte. Anscheinend konnten sie den Anblick angezogener Menschen nicht ertragen. Einige ergriffen die Flucht, einige rückten mit ausgestreckten Armen und gekrümmten Fingern gegen uns vor. Ich riß meinen Karabiner hoch. Seltsamerweise schienen diese sonst so begriffsstutzigen Wesen zu verstehen, was das bedeutete, machten kehrt und verschwanden hinter den Bäumen.

Wir begaben uns eilends zu unserem „Beiboot" zurück. Und auch diesmal hatte ich das Gefühl, daß sie dauernd anwesend waren, wenngleich unsichtbar, und daß sie uns heimlich bei unserem Rückzug begleiteten.

7

Der Überfall erfolgte, als wir die Lichtung erreichten, und zwar so plötzlich, daß wir gar nicht dazu kamen, uns zu wehren. Wie wilde Tiere brachen die Sorormenschen aus dem Unterholz und stürzten sich auf uns, noch bevor wir unsere Waffen in Anschlag bringen konnten.

Seltsamerweise hatten sie es jedoch nicht auf unser Leben abgesehen, das merkte ich sofort, sondern auf unsere Kleider und alles andere, was wir bei uns hatten. Unmöglich, Widerstand zu leisten. Gierig zupackende Hände bemächtigten sich unserer Waffen, der Munition und der Tragetaschen, warfen alles beiseite, zerrten uns die Kleider vom Leib und zerfetzten sie. Als ich begriffen hatte, was ihre

Wut entfachte, ließ ich alles mit mir geschehen und trug zwar ein paar Kratzer, aber keine ernsthafte Verletzung davon. Antelle und Levain taten es mir gleich, und alsbald waren wir wieder ebenso nackt wie die Männer und Frauen, die uns umringten. Sichtlich beruhigt, fingen sie aufs neue an, um uns herumzuhüpfen, blieben jedoch so dicht in unserer Nähe, daß jeder Fluchtversuch vergeblich schien.

Unterdessen hatten sich ihrer etwa hundert auf der Lichtung eingefunden. Ein Teil von ihnen fiel nun, wie vorhin über unsere Kleidung, über unser „Beiboot" her.

Trotz der Verzweiflung, die mich überkam, als ich sah, wie sie unseren kostbaren Flugapparat demolierten, glaubte ich aus der Art ihres Vorgehens den Schluß ableiten zu können, daß ihr Grimm nicht uns persönlich galt, sondern allem, was angefertigt war. Wenn sie einen Gegenstand in die Hand nahmen, dann nur, um ihn sogleich zu zertrümmern, zu verbiegen oder zu zerreißen und anschließend von sich zu schleudern wie rotglühendes Eisen. Sie ruhten nicht eher, bis alles zerstört war. Und dabei bedienten sie sich keiner Waffe, nicht einmal eines Stockes.

Machtlos mußten wir die Vernichtung unseres „Beibootes" mit ansehen. Die Türen hatten ihrem Ansturm nicht lange standgehalten. Sie drangen ins Innere ein und zertrümmerten alles, was sich zertrümmern ließ, insbesondere die kostbaren Bordinstrumente, deren Überreste sie wahllos verstreuten. Das Zerstörungswerk war bald vollendet. Erst als nur noch die Metallhülle intakt war, ließen sie davon ab und kamen zu uns herüber. Wir wurden von ihnen herumgestoßen, hin und her geschubst und schließlich in die Tiefe des Urwalds verschleppt.

Unsere Lage wurde immer bedrohlicher. Der Waffen beraubt, ohne Kleidung, zwang man uns, barfuß und in einem für uns viel zu schnellen Tempo loszumarschieren. Wir fanden keine Gelegenheit, unsere Eindrücke auszutauschen oder uns gar zu beklagen. Schon der Versuch einer Unterhaltung verursachte ein derart bedrohliches Benehmen, daß wir uns notgedrungen schweigsam verhielten. Und dennoch waren diese Wesen Menschen wie wir. Bekleidet und bemützt, hätten sie in unserer Welt nicht das geringste Aufsehen erregt. Ihre Frauen waren alle schön, aber mit Nova konnte sich keine vergleichen.

Diese hielt sich dauernd in unserer Nähe. Öfter, wenn meine

Wächter mich antrieben, drehte ich den Kopf in ihre Richtung, um ein Zeichen des Mitgefühls von ihr zu erbitten, wie ich es einmal auf ihren Zügen zu sehen geglaubt hatte. Aber da war wohl der Wunsch der Vater des Gedankens gewesen. Seit ich sie angeschaut hatte, suchte sie meinem Blick auszuweichen, und ihre Miene war eine einzige Verständnislosigkeit.

Dieser Leidensweg dauerte mehrere Stunden. Ich war völlig erschöpft, meine Füße waren wundgelaufen, der Körper zerkratzt vom dornigen Gestrüpp, durch das die Sorormenschen sich schlangengleich hindurchwanden. Meine Gefährten befanden sich auch in keiner besseren Verfassung. Professor Antelle stolperte bei jedem Schritt und war nahe am Zusammenbrechen, als wir endlich offenbar am Ziel anlangten. An dieser Stelle war der Wald weniger dicht und der Boden, anstatt mit Gebüsch, mit kurzem Gras bewachsen. Man ließ uns einfach stehen, und alle begannen wieder umherzutollen und einander zu haschen, was ihre Hauptbeschäftigung zu sein schien. Völlig ausgepumpt sanken wir zu Boden und benützten diese Atempause, um uns leise zu beraten.

Es bedurfte der ganzen Überredungskunst unseres Chefs, uns vor dem Abgleiten in tiefe Mutlosigkeit zu bewahren. Der Abend brach herein. Zweifellos hätten wir uns die allgemeine Unaufmerksamkeit zunutze machen und einen Fluchtversuch unternehmen können. Aber wohin hätten wir uns wenden sollen? Selbst wenn wir den Weg zurück gefunden hätten, unser „Beiboot" wäre nicht mehr zu gebrauchen gewesen. Es schien uns klüger, hierzubleiben und zu versuchen, diese unberechenbaren Wesen für uns einzunehmen. Außerdem quälte uns der Hunger.

Wir standen auf und machten ein paar zaghafte Schritte. Die anderen spielten fröhlich weiter, niemand schenkte uns Beachtung. Einzig Nova bildete eine Ausnahme. Sie folgte uns in einigem Abstand, und immer wenn wir uns nach ihr umdrehten, wandte sie den Kopf ab. Nachdem wir eine Weile ziellos umhergeirrt waren, stellten wir fest, daß wir uns auf einer Art Lagerplatz befanden. Als Unterkünfte dienten nicht einmal Hütten, sondern so etwas wie Nester, ähnlich denjenigen der Menschenaffen im Urwald: ineinander verflochtene Zweige auf dem Boden oder in den Gabelungen niedriger Äste. In einigen dieser Nester hockten Männer und Frauen – ich weiß nicht, wie ich sie anders nennen soll –, dahindämmernd, schlafend, eng aneinandergeschmiegt wie frierende Hunde. In den etwas geräumigeren hatten sich ganze Familien niedergelassen, und wir bemerkten schlummernde Kinder, die sehr gesund aussahen.

Damit war das Nahrungsproblem noch nicht gelöst. Schließlich entdeckten wir unter einem Baum eine Familie, die sich zum Essen versammelt hatte. Aber ihr Mahl wirkte wenig einladend auf uns. Sie zerlegten ohne Zuhilfenahme irgendwelcher Geräte ein größeres Stück Wild. Mit Nägeln und Zähnen rissen sie Klumpen rohen Fleisches davon ab und verschlangen es, nachdem sie lediglich die Haut abgezogen hatten. Weit und breit war keine Feuerstelle zu sehen. Dieser Schmaus entmutigte uns vollends, und zudem begriffen wir alsbald, daß wir keineswegs eingeladen waren, daran teilzunehmen. Im Gegenteil! Unwilliges Knurren bewog uns schnell zum Rückzug.

Nova kam uns schließlich zu Hilfe. Hatte sie verstanden, daß wir hungrig waren? Konnte sie überhaupt etwas verstehen? Oder hatte sie bloß selbst Hunger? Jedenfalls schritt sie auf einen hohen Baum zu, kletterte am Stamm hinauf und verschwand im Laubwerk. Gleich darauf regnete es förmlich Obst. Es handelte sich um bananenartige Früchte. Dann stieg sie wieder herab, hob ein paar davon auf und begann sie zu verschlingen. Dabei ließ sie uns nicht aus den Augen. Nach einigem Zögern faßten wir uns ein Herz und machten es ebenso. Die Früchte schmeckten nicht schlecht, und bald waren wir gesättigt. Unseren Durst löschten wir an einem Bach in der Nähe.

Wir beschlossen, die Nacht hier zu verbringen. Jeder von uns suchte sich ein Fleckchen im Gras und bereitete sich dort ein Lager nach dem Muster derjenigen, die wir vorhin gesehen hatten. Nova verfolgte interessiert unser Tun und kam sogar heran, um mir zu helfen, als ich mit einem widerspenstigen Zweig nicht fertig wurde.

Mich rührte diese Geste. Levain hingegen war darüber so verärgert, daß er sich sofort niederlegte, sich in seinem Laubbett vergrub und uns den Rücken zukehrte. Professor Antelle war vor Ermattung schon eingeschlafen.

Ich ließ mir mit der Fertigstellung meines Lagers Zeit. Nova, die wieder etwas zurückgewichen war, schaute mir weiterhin zu. Als ich mich ebenfalls ausstreckte, verharrte sie eine Weile regungslos, wie überlegend. Dann kam sie mit kleinen, zögernden Schritten näher. Ich rührte mich nicht, weil ich befürchtete, sie sonst zu verscheuchen. Sie legte sich neben mich. Ich blieb mucksmäuschenstill. Da kuschelte sie sich an mich, und nichts unterschied uns von den anderen Paaren in den anderen Nestern dieses seltsamen Menschenlagers. Aber trotz seiner zauberhaften Schönheit vermochte ich in dem Mädchen keine wirkliche Frau zu erblicken. Ihr Verhalten erinnerte allzusehr an ein kleines Haustier, das die Wärme seines Herrn sucht. Ich empfand die Wärme ihres Körpers als angenehm, ohne daß mir etwas anderes in den Sinn gekommen wäre. Halb tot vor Müdigkeit lag ich neben diesem fremdartigen Naturwesen. Bevor ich die Augen schloß, blickte ich noch einmal zu dem Trabanten des Planeten Soror auf, der, kleiner als unser Mond, den Dschungel mit gelblichem Lichtschein übergoß.

8

Als ich erwachte, graute der Morgen über den Bäumen. Nova schlief noch. Ich betrachtete sie schweigend und seufzte, als mir einfiel, wie grausam sie unseren armen kleinen Affen behandelt hatte. Außerdem trug sie wohl die Schuld an unserem Mißgeschick, denn bestimmt hatte sie ihre Stammesgefährten auf uns aufmerksam gemacht. Aber wie konnte man ihr etwas verübeln, wenn man sie in ihrer ganzen Schönheit vor sich sah?

Plötzlich regte sie sich und hob den Kopf. Entsetzen flackerte in ihren Augen auf, und ich spürte, wie sich ihre Muskeln spannten. Als ich jedoch keine Bewegung machte, hellte sich ihre Miene auf. Sie erkannte mich wieder, und zum erstenmal brachte sie es fertig, meinem Blick standzuhalten. Ich erachtete das als einen persönlichen Erfolg und ließ mich dazu hinreißen, sie abermals anzulächeln.

Diesmal reagierte sie nicht so heftig. Sie begann zu zittern, wollte aufspringen, blieb dann aber doch liegen. Dadurch ermutigt, verstärkte ich mein Lächeln. Sie erbebte noch einmal, beruhigte sich jedoch, und ihr Gesicht drückte nichts weiter als tiefes Erstaunen aus. War es mir etwa gelungen, sie zu zähmen? Ich ging so weit, ihr die Hand auf die Schulter zu legen. Sie erschauerte, zuckte aber nicht zurück. Meine Freude über diesen Erfolg war groß. Überdies bildete ich mir ein, daß sie mich nachzuahmen versuchte.

Es stimmte. Sie versuchte zu lächeln. Ich konnte mir vorstellen, welche Anstrengung es sie kostete, ihre Gesichtsmuskeln zu betätigen. Sie probierte es ein paarmal und brachte schließlich so etwas wie eine schmerzliche Grimasse zustande. Es lag etwas Rührendes in diesem krampfhaften Bemühen eines menschlichen Wesens um etwas so Alltägliches wie ein Lächeln, und das mit so armseligem Ergebnis. Plötzlich durchströmte mich Mitleid wie gegenüber einem kranken Kind. Ich verstärkte den Druck meiner Hand auf ihrer Schulter, beugte mich zu ihr und hauchte einen Kuß auf ihre Lippen. Daraufhin rieb sie ihre Nase an der meinen und leckte meine Wange.

Ich wußte vor Verlegenheit nicht, was ich tun sollte. Ungeschickt erwiderte ich auf gut Glück ihre Zärtlichkeiten. Schließlich oblag es mir als Fremdem, mich den Sitten und Gebräuchen dieses Planeten anzupassen. Sie schien zufrieden zu sein. Auf diese Weise versuchten wir einander näherzukommen, und mir war ganz beklommen zumute bei dem Gedanken, es könnte mir irgendein Schnitzer unterlaufen. Plötzlich brach ein entsetzlicher Lärm los.

Meine beiden Gefährten, die ich fast völlig vergessen hatte, schnellten ebenso verstört hoch wie ich. Nova stand schon, von panischer Angst geschüttelt, auf den Beinen. Ich begriff übrigens sofort, daß dieser Heidenlärm nicht nur für uns, sondern auch für alle Bewohner des Waldes eine böse Überraschung darstellte, denn alle verließen ihre Laubnester und begannen kopflos durcheinanderzulaufen. Diesmal war es kein Spiel; ihre Schreie drückten unmißverständlich Grauen aus.

Das Geräusch, das so plötzlich die Stille des Waldes zerrissen hatte, ließ einem das Blut in den Adern gefrieren. Es kam mir jedoch ganz so vor, als wüßten die Waldmenschen sehr genau über seinen Ursprung und die Art der drohenden Gefahr Bescheid. Das schauerliche Getöse setzte sich zusammen aus einer Folge rascher, dumpfer Schläge, die wie Trommelwirbel klangen, untermischt mit einem Gerassel, als schlüge man auf Blechtöpfe ein, und begleitet von Schreien. Diese Schreie beeindruckten uns am meisten, denn obwohl sie keiner uns bekannten Sprache zugehörten, waren es doch unbestreitbar menschliche Laute.

Im Licht der Morgendämmerung bot sich uns ein trostloses Bild: Männer, Frauen und Kinder stoben in alle Richtungen, drängten wild durcheinander, einige schwangen sich sogar in die Baumwipfel, wie um dort Zuflucht zu suchen. Nach einiger Zeit trat Ruhe ein, und etliche, darunter ein paar ältere, spitzten die Ohren und lauschten.

Das Geräusch kam ganz langsam und in breiter Front näher, und zwar von dort, wo der Wald am dichtesten war, und erinnerte mich an den Lärm, den die Treiber bei manchen unserer großen Jagden veranstalten.

Die Alten des Stammes faßten offenbar einen Entschluß. Sie stießen eine Reihe von Kreischlauten aus, die zweifellos Signale oder Befehle darstellten, und rannten in die dem Lärm entgegengesetzte Richtung los. Alle anderen liefen hinter ihnen her wie eine aufgescheuchte Herde. Nova hatte ebenfalls Anlauf genommen, aber plötzlich drehte sie sich nach uns um, vor allem nach mir, glaube ich. Sie ließ ein klagendes Stöhnen hören, das ich als Aufforderung deutete, ihr zu folgen, machte dann einen Satz und verschwand.

Der Lärm steigerte sich, und ich vermeinte, das Unterholz wie unter schweren Schritten knacken zu hören. Ich muß gestehen, daß mir immer unbehaglicher zumute wurde. Mein Verstand gebot mir aber, hier auszuharren und mich den Neuankömmlingen zu stellen, die – das wurde mit jeder Sekunde deutlicher – jene menschlichen Schreie ausstießen. Aber nach allem, was wir gestern erlebt hatten, verlor ich die Nerven. Ohne zu überlegen, ohne Rücksicht auf meine Gefährten, ergriff ich die Flucht und hetzte dem Mädchen nach.

Nach mehreren hundert Metern – ich hatte sie noch immer nicht eingeholt – merkte ich, daß Levain mir allein gefolgt war. Professor Antelle konnte die Strapaze wohl wegen seines Alters nicht mehr auf sich nehmen. Levain keuchte neben mir dahin. Beschämt über unser Verhalten blickten wir einander an, und ich wollte ihm schon vorschlagen, umzukehren oder wenigstens auf den Chef zu warten, als noch andere Geräusche uns Schrecken einjagten.

Diesmal war ein Irrtum ausgeschlossen. Gewehrfeuer dröhnte durch den Dschungel: erst einzelne Schüsse, dann mehrere durcheinander, ganze Salven schließlich wie auf einer Treibjagd. Die Schüsse kamen aus der Richtung, in die die anderen davongestürmt waren. Während wir zögerten, kam das ursprüngliche Geräusch – es mußte sich um die Treiber handeln – immer näher. Ich weiß nicht, warum die Feuerstöße mir weniger unheimlich, sozusagen vertrauter in den Ohren klangen als der Höllenlärm hinter mir. Instinktiv setzte ich meinen Weg fort, suchte Deckung im Gebüsch und trachtete, möglichst leise zu sein. Levain schloß sich mir an.

So gelangten wir in die Gegend, wo die Schüsse fielen. Ich warf mich zu Boden und kroch langsam weiter, auf die Kuppe eines Hügels zu, immer gefolgt von Levain. Dort hielten wir hinter ein paar Bäumen und dichtem Gestrüpp keuchend inne. Dann robbte ich vorsichtig näher, den Kopf auf den Boden gedrückt. Am Rande des Unterholzes blieb ich wie zerschlagen liegen, denn der Anblick, der sich mir bot, überstieg alle Maßstäbe meines armseligen Menschenverstandes.

9

DAS Bild, das ich vor Augen hatte, enthielt sowohl lächerliche als auch grausige Elemente. Doch was vor allem meine Aufmerksamkeit auf sich zog, war eine Gestalt, die etwa dreißig Schritte entfernt vor mir stand und in meine Richtung blickte.

Fast hätte ich vor Überraschung aufgeschrien. Jawohl, trotz meiner Angst, trotz der Tragik meiner Lage – ich war zwischen den Treibern und Schützen gefangen – löschte die Verblüffung jedes andere Gefühl in mir aus, als ich das Lebewesen sah, das da auf das Hervorbrechen des Wildes lauerte. Denn es war ein Affe, ein Gorilla von ziemlicher Größe. Obwohl ich mir einzureden versuchte, ich müsse verrückt geworden sein, konnte doch nicht der geringste Zweifel an seiner Artzugehörigkeit bestehen. Was ich indes als so außerordentlich empfand, war an sich nicht die Begegnung mit einem Affen auf dem Planeten Soror, sondern der Umstand, daß dieser Affe völlig korrekt wie ein irdischer Mann bekleidet war, und vor allem die Selbstverständlichkeit, mit der er seinen Anzug trug. Diese Natürlichkeit war es, die ich von Anfang an am auffallendsten fand. Kaum hatte ich das Tier erblickt, wurde mir klar, daß es offensichtlich keineswegs nur spaßeshalber herausstaffiert war. Der Zustand der Bekleidung war für den Affen ganz normal, genauso normal wie für Nova und ihresgleichen der Zustand der Nacktheit.

Der Gorilla war so angezogen wie Sie und ich; das heißt so, wie wir angezogen wären, wenn wir an einer jener Treibjagden teilnähmen, die gelegentlich von Gesandten oder anderen bedeutenden Persönlichkeiten veranstaltet werden. Sein braunes Jackett hätte ohne weiteres vom besten Pariser Schneider stammen können und ließ ein großkariertes Hemd sehen, wie es unsere Sportler tragen. Die Hose, oberhalb der Waden leicht erweitert, wurde unten von Gamaschen abgeschlossen. Doch damit hörte die Übereinstimmung auf; anstelle von Schuhen trug er starke schwarze Handschuhe.

Es war ein Gorilla, tatsächlich! Aus dem Hemdkragen ragte der abscheuliche, spitz zulaufende, schwarzbehaarte Kopf mit der platten Nase und der vorspringenden Kinnlade heraus. Aufrecht stand er da, ein wenig vorgeneigt, in der Haltung eines das Wild erwartenden Jägers. In den langen Händen hielt er eine Flinte. Er befand sich mir gegenüber, jenseits eines breiten Durchhaus, den man dort, in Vorbereitung der Treibjagd, angelegt hatte.

Plötzlich durchlief ihn ein Zittern. Er hatte, genau wie ich, ein schwaches Geräusch vernommen, das rechts von mir aus dem Unterholz drang. Er drehte den gewaltigen Kopf und hob gleichzeitig die Waffe, um sie im Bedarfsfalle in Anschlag zu bringen. Von meinem Versteck aus sah ich das Schwanken der Büsche, die hinter einem der Flüchtigen zusammenschlugen. Da rannte jemand blindlings in sein Verderben. Ich wollte einen Warnruf ausstoßen, denn die Absicht des Affen war eindeutig erkennbar. Doch ich hatte weder Zeit noch Kraft dazu. Schon stürmte der Mann ins offene Gelände hinaus. Der Schuß krachte, sobald der Fliehende die Mitte des Kahlschlags erreicht hatte. Der Mann stürzte, zuckte noch ein paarmal und blieb reglos liegen.

Aber noch hatte ich keinen Blick für das Opfer übrig. Ich starrte wie gebannt den Gorilla an. Ich hatte seinen Gesichtsausdruck beobachtet, seit er auf das Geräusch aufmerksam geworden war, und dabei ein überraschendes Mienenspiel bei ihm festgestellt: vor allem die Grausamkeit des Jägers, der auf seine Beute lauert, und das Vergnügen, das ihm diese Betätigung bereitet. Alles ganz wie bei einem Menschen. Und das war der Hauptgrund für mein Erstaunen: In den Augen dieses Tieres glänzte der Funken Geist, den ich bei den Sorormenschen vergeblich gesucht hatte.

Meine eigene Lage war nun so gefährlich geworden, daß ich meine anfängliche Fassungslosigkeit fast vergessen hatte. Erst als der Schuß fiel, wandte ich mich dem Opfer zu und mußte entsetzt mit ansehen, wie es starb. Erst jetzt bemerkte ich, daß der Hohlweg, der den Wald durchschnitt, mit menschlichen Körpern übersät war. Ich gab mich über die Bedeutung dessen, was da vor sich ging, keinen Illusionen hin. Ich erblickte noch einen zweiten Gorilla in etwa hundert Schritt Entfernung. Ich hatte einer Treibjagd beigewohnt – ich hatte sogar an ihr teilgenommen –, einer phantastischen Treibjagd, bei der die in gleichmäßigen Abständen postierten Treiber Affen waren und das gehetzte Wild Menschen. Menschen wie ich, Männer und Frauen, deren nackte Leiber hingemäht auf dem Boden lagen, der sich von ihrem Blut färbte.

Erschüttert wandte ich die Augen ab.

Ich widmete mich lieber dem grotesken Aspekt der Situation und betrachtete abermals den Gorilla, der mir den Weg versperrte. Er war einen Schritt zur Seite getreten und gab damit den Blick auf einen weiteren Affen frei, der hinter ihm gestanden hatte wie ein Diener hinter seinem Herrn. Es war ein Schimpanse, ein kleiner Schimpanse, jung, wie mir schien, und nicht ganz so elegant gekleidet wie der Gorilla. Er trug nur Hemd und Hose. Der Jäger reichte ihm seine Flinte. Der Schimpanse gab ihm eine andere, die er in der Hand hielt. Dann lud er die Waffe mit Patronen, die er in einem Gürtel um die Taille trug und die im Schein des Beteigeuze funkelten. Daraufhin nahmen beide wieder ihren Posten ein.

Alle diese Eindrücke waren in wenigen Minuten über mich hereingebrochen. Ich wollte nachdenken, wollte meine Beobachtungen auswerten. Aber ich hatte keine Zeit dazu. Von Arthur Levain, der schreckensstarr neben mir lag, konnte ich mir keinerlei Unterstützung erhoffen. Die Gefahr wuchs mit jeder Sekunde. Die Treiber näherten sich uns jetzt von hinten. Der Lärm wurde betäubend. Wir wurden gehetzt wie wilde Tiere, wie die unglücklichen Geschöpfe, die wieder an uns vorbeirannten. Die Bewohner der Ansiedlung mußten zahlreicher sein, als ich angenommen hatte, denn noch viele Menschen strömten auf den Kahlschlag, wo sie einen gräßlichen Tod fanden.

Jedoch nicht alle. Von der Höhe meines Schlupfwinkels aus beobachtete ich, mich zur Ruhe zwingend, das Verhalten der Flüchtenden. Manche arbeiteten sich in ihrer Torheit stampfend und trampelnd durch die Büsche, zogen so die Aufmerksamkeit der Affen auf sich und wurden unweigerlich erschossen. Andere hinwiederum verhielten sich gewitzter, so als hätten sie bei früheren, ähnlichen Gelegenheiten mancherlei Tricks gelernt. Sie schlichen verstohlen heran, beobachteten eine Weile zwischen den Blättern hindurch den zunächststehenden Jäger und warteten ab, bis seine Aufmerksamkeit von anderer Seite abgelenkt wurde. Dann sprangen sie blitzschnell und mit einem Satz über den todbringenden Hohlweg. Mehreren gelang es sogar, unbeschadet das jenseitige Gestrüpp zu erreichen, in dem sie verschwanden.

Vielleicht konnten auch wir uns auf diese Weise in Sicherheit bringen. Ich machte Levain ein Zeichen, meinem Beispiel zu folgen, und ließ mich lautlos bis an das Dickicht rollen, das den Kahlschlag säumte. Und dann kamen mir die lächerlichsten Bedenken. Mußte ich, ein Mensch, wirklich zu solchen Mätzchen Zuflucht nehmen, um einen Affen zu überlisten? Wäre nicht das einzig Vernünftige gewesen aufzustehen, auf das Tier zuzugehen und es einfach mit Stockschlägen zu züchtigen? Der wachsende Spektakel hinter mir erstickte diesen Unsinn gleich im Keime.

Die Jagd endete mit höllischem Getöse. Die Treiber waren uns auf den Fersen. Ich sah einen von ihnen aus dem Laubwerk hervortreten. Es war ein riesiger Gorilla, der mit einem Knüttel um sich schlug und dabei mit voller Lungenkraft brüllte. Er wirkte noch schrecklicher als der Jäger mit der Flinte. Levain begann mit den Zähnen zu klappern und an allen Gliedern zu zittern. Ich hingegen schaute weiter nach einer günstigen Gelegenheit aus.

Mein unglücklicher Begleiter rettete mir unbewußt, durch seine Unbesonnenheit, das Leben. Er hatte völlig den Verstand verloren. Er verließ die Deckung, rannte wild drauflos, preschte in den Hohlweg und direkt in die Schußlinie des Jägers. Er kam nicht weit und brach tot zwischen den anderen Opfern zusammen. Ich verlor keine Zeit damit, ihn zu beweinen – was hätte ihm das schon genützt? Ich fieberte dem Moment entgegen, da der Gorilla die Flinte seinem Diener zum Laden geben würde. Sobald er es tat, sprang ich auf und überquerte den Kahlschlag. Ich sah wie im Traum, wie er hastig nach der Waffe griff, doch als er anlegte, war ich schon wieder in Deckung gegangen. Ich hörte einen Ausruf, der ganz wie ein Fluch klang, aber ich hatte keine Zeit, um über diese neuerliche Kuriosität nachzusinnen.

Ich hatte ihn überlistet. Ich empfand unbeschreibliche Freude. Das war Balsam für mein angeschlagenes Selbstgefühl. Ich lief aus Leibeskräften weiter, um mich so weit wie möglich von dem Gemetzel zu entfernen. Die Schreie der Treiber waren nicht mehr zu hören. Ich war gerettet.

Gerettet? Ich hatte die Hinterhältigkeit der Sororaffen unterschätzt.

Ich war noch keine hundert Meter gelaufen, als ich mit dem gesenkten Kopf gegen ein von Blattwerk getarntes Hindernis stieß. Es war ein grobmaschiges Netz, das da über der Erde gespannt und mit großen Beuteln versehen war, in deren einem ich mich verfangen hatte. Ich war nicht der einzige, der in die Falle gegangen war. Das Netz teilte einen beträchtlichen Abschnitt des Waldes ab, und eine Menge Flüchtender, die dem Tod durch Erschießen entkommen waren, hatten sich gleich mir darin verstrickt. Zu meiner Rechten und zu meiner Linken wurden vergebliche Befreiungsversuche unternommen.

Wahnsinnswut erfaßte mich, als ich mich abermals gefangen sah, eine Wut, die das Entsetzen weit übertraf und für kühle Überlegungen keinen Raum ließ. Ich tat genau das Gegenteil von dem, was mir mein Verstand riet, das heißt, ich zappelte und strampelte, was zur Folge hatte, daß sich das Netz nur noch enger um mich zusammenzog. Zum Schluß war ich derart gefesselt, daß mir gar nichts anderes übrigblieb, als mich ruhig zu verhalten, auf Gnade und Ungnade den Affen ausgeliefert, die ich näher kommen hörte.

10

TODESANGST befiel mich, als ich den Trupp herannahen sah. Nachdem ich zuvor Zeuge ihrer Grausamkeit gewesen war, erwartete ich, sie würden ein allgemeines Massaker veranstalten.

Die Jäger, durchweg Gorillas, marschierten an der Spitze. Ich bemerkte, daß sie ihre Waffen abgelegt hatten. Daraufhin schöpfte ich etwas Hoffnung. Hinter ihnen gingen die Diener und die Treiber. Letztere setzten sich zu ungefähr gleichen Teilen aus Gorillas und Schimpansen zusammen. Die Jäger schienen die Herren zu sein, und ihr Auftreten glich dem von Aristokraten. Sie wirkten gar nicht bösartig und strahlten beste Laune aus.

Ich bin heute mit den Verkehrtheiten jenes Planeten so vertraut, daß ich den obenstehenden Satz niedergeschrieben habe, ohne – offen gestanden – die Absurdität zu bedenken, die darin enthalten ist. Und doch ist es die reine Wahrheit! Die Gorillas gaben sich wie Aristokraten. Sie unterhielten sich angeregt in einer artikulierten Sprache, und ihre Mienen drückten andauernd menschliche Regungen aus. Bei Nova hatte ich dergleichen vergeblich gesucht und nicht eine

Spur davon gefunden. Ach, was mochte Nova zugestoßen sein? Ich erinnerte mich schaudernd an das Blutbad in dem Hohlweg. Jetzt verstand ich, was sie beim Anblick unseres Schimpansen Hector empfunden hatte. Zwischen den beiden Rassen mußte wilder Haß bestehen. Davon zeugte schon allein das Betragen der gefangenen Menschen bei der Annäherung der Affen. Sie gerieten in Raserei, schlugen um sich, fletschten die Zähne, hatten Schaum vor dem Mund und versuchten, die Schnüre des Netzes durchzubeißen.

Ohne sich um den Tumult zu kümmern, gaben die Jäger – die ich zu meiner eigenen Überraschung als Herren bezeichnete – ihren Bediensteten Anweisungen. Auf einer Fahrspur jenseits des Netzes kamen große, ziemlich niedrige Wagen angefahren, deren Ladefläche mit einem käfigartigen Aufbau versehen war. Dort wurden wir hineingetrieben, je ein Dutzend pro Wagen. Das dauerte lange, denn die Gefangenen widersetzten sich verzweifelt. Zwei Gorillas, die Hände mit Lederhandschuhen gegen Biß- und Kratzwunden geschützt, ergriffen einen nach dem anderen, zerrten sie aus der Falle und warfen sie in den Käfig, dessen Tür dann schnell zugeschlagen wurde. Die Herren überwachten währenddessen, lässig auf einen Stock gestützt, die Operation.

Als ich an die Reihe kam, versuchte ich auf mich aufmerksam zu machen, indem ich redete. Doch kaum hatte ich den Mund geöffnet, schlug mir einer der Schergen, der das zweifellos für Aufsässigkeit hielt, mit der riesigen Faust brutal ins Gesicht. Solcherart zum Schweigen gebracht, wurde ich wie ein Paket in einen der Käfige geworfen, zu einem Dutzend Männer und Frauen, die jedoch noch immer viel zu erregt waren, um mir Beachtung zu schenken.

Sobald man uns alle verladen hatte, überprüfte einer der Diener die Käfigschlösser und erstattete anschließend seinem Herrn Meldung. Dieser gab mit der Hand ein Zeichen, und die Motoren begannen zu brummen. Die Wagen, jeder von einer Art Traktor gezogen, den ein Affe lenkte, setzten sich in Bewegung.

Ich konnte den Fahrer des nachfolgenden Gefährts sehr gut erkennen. Es war ein Schimpanse, blau gekleidet und offensichtlich von gutmütigem Wesen. Er rief uns bisweilen scherzhafte Bemerkungen zu, und als der Motor langsamer lief, hörte ich ihn ein melancholisches Liedchen vor sich hin trällern.

Die erste Etappe der Fahrt war so kurz, daß ich kaum Zeit fand, mich wieder zu sammeln. Nachdem wir eine Viertelstunde lang über eine schlechte Wegstrecke dahingeholpert waren, blieb die Wagenkolonne auf einer ungeheuer großen Rampe vor einem Gebäude aus Stein stehen. Hier war der Wald zu Ende. Jenseits des Baues erstreckte sich eine Ebene, auf deren Feldern so etwas wie Getreide wuchs.

Das Haus mit dem roten Ziegeldach, den grünen Fensterläden und dem beschrifteten Schild über dem Eingang wirkte wie ein Wirtshaus. Ich begriff bald, daß hier die Jäger ihren Treffpunkt hatten. Die Affenweibchen hatten sich eingefunden und warteten auf ihre Herren, die mit ihren Privatwagen über eine andere Route als wir eintrafen. Die Gorilladamen saßen in Klubsesseln und schwatzten im Schatten großer Bäume, die wie Palmen aussahen. Eines der Weibchen trank von Zeit zu Zeit aus einem Glas, wobei es sich eines Strohhalms bediente.

Sie kamen heran, um die Ergebnisse der Jagd in Augenschein zu nehmen, vor allem das erlegte Wild, das aus zwei Lastwagen ausgeladen wurde.

Ich fürchte, nicht das übermitteln zu können, was dieses Bild für mich an Groteskem und Diabolischem enthielt. Nur soviel sei gesagt: Das Affenartige der äußeren Erscheinung dieser Affen, ausgenommen ihr Mienenspiel, kann nicht nachdrücklich genug hervorgehoben werden. Die Weibchen, ebenfalls sportlich, doch höchst elegant gekleidet, beglückwünschten die Jäger zu ihrem Erfolg. Ein Schimpanse schleppte einen länglichen Kasten auf einem dreifüßigen Stativ heran. Es handelte sich um den Fotografen, der Aufnahmen machte, um das Ereignis für die Affennachwelt festzuhalten. Die Gorillas und ihre Weibchen stellten sich einzeln und in Gruppen in Positur vor der Jagdbeute auf und ließen sich knipsen.

Das Grauenhafte dieser Szene übersteigt jedes normale Vorstellungsvermögen. Das Blut kochte mir in den Adern, aber ich zwang mich zur Ruhe. Doch als ich den Toten sah, mit dem sich der Originalität halber eines der Weibchen fotografieren lassen wollte, als ich die jugendlichen, fast noch kindlichen Gesichtszüge des unglücklichen Arthur Levain erkannte, war es um meine Selbstbeherrschung geschehen. Und meine Erschütterung machte sich auf eine Weise Luft, die völlig mit dem grotesken Aspekt dieser makabren Schaustellung übereinstimmte: Ich begann wie wahnsinnig zu lachen.

An meine Mitgefangenen im Käfig hatte ich dabei nicht gedacht.

Ich war auch nicht mehr fähig zu denken! Der Tumult, den mein Lachen entfesselte, brachte mir ihre Nähe wieder in Erinnerung, eine Nähe, die für mich zweifellos ebenso gefährlich war wie die der Affen. Drohend erhobene Arme streckten sich nach mir aus. Ich wurde mir der Gefahr bewußt und erstickte meinen Heiterkeitsausbruch, indem ich den Kopf in den Armen barg. Ich weiß noch heute nicht, ob ich meinem gewaltsamen Tod entronnen wäre, wenn die Affen, durch den Lärm aufmerksam geworden, nicht die Ordnung mit Stockschlägen wiederhergestellt hätten. Ein anderes Ereignis lenkte bald darauf das allgemeine Interesse auf sich. Im Inneren des Gasthauses ertönte eine Glocke, die zum Mittagessen rief. Die Gorillas begaben sich in kleinen Gruppen und fröhlich plaudernd ins Haus. Der Fotograf machte noch einige Aufnahmen der Käfige und packte seine Gerätschaften zusammen.

Auch wir wurden indes nicht vergessen, wir, die Menschen. Ich hatte keine Ahnung, was die Affen mit uns beabsichtigten, aber sie schienen zumindest für uns sorgen zu wollen. Einer der Herren gab, bevor er im Haus verschwand, einem Gorilla, anscheinend dem Rottenführer, Anweisungen. Dieser kehrte zu uns zurück, rief seine Leute herbei, und bald darauf brachten die Bediensteten Schüsseln mit Essen und in Eimern etwas zu trinken. Die Speise bestand aus einer Art Paste. Ich hatte keinen Hunger, war aber entschlossen zu essen, um meine Kräfte zu erhalten. Ich näherte mich einem der Behälter, um den sich mehrere Gefangene niedergehockt hatten. Ich machte es wie sie und streckte zögernd die Hand aus. Sie schauten mich finster an, aber da reichlich Nahrung vorhanden war, ließen sie mich gewähren. Es war ein dicker Brei aus Getreideflocken, der nicht schlecht schmeckte. Ich schlang einige Handvoll davon hinunter.

Unser Menü erfuhr überdies eine Bereicherung dank der Gutmütigkeit unserer Wächter. Nun, da die Jagd beendet war, zeigten sich diese Treiber, die mir solche Angst eingeflößt hatten, nicht weiter schlimm, solange wir uns anständig betrugen. Sie spazierten vor den Käfigen auf und ab, warfen uns gelegentlich Obst zu und amüsierten sich über die Balgerei, die daraufhin unweigerlich entstand. Ich erlebte einen Zwischenfall, der mir zu denken gab. Ein kleines Mädchen hatte eine Frucht aufgefangen, sein Nachbar stürzte hinzu, um sie dem Kind zu entreißen. Der Affe schwang seine Pike, schob sie zwischen die Gitterstäbe durch und stieß den Mann brutal zurück;

dann nahm er eine andere Frucht und drückte sie dem Kind in die Hand. Diese Geschöpfe waren also fähig, auch Mitleid zu empfinden.

Als die Essenspause zu Ende war, gingen der Rottenführer und seine Gehilfen daran, den Transport neu einzuteilen, indem sie bestimmte Gefangene aus einem Käfig in den anderen verlegten. Es sah aus, als wollten sie eine Art Auswahl treffen, doch nach welchen Gesichtspunkten das geschah, konnte ich nicht feststellen. Ich wurde einer Gruppe Menschen von besonders ansprechendem Äußeren zugeteilt und empfand so etwas wie bittere Genugtuung bei dem Gedanken, daß mich die Affen auf den ersten Blick für würdig befunden hatten, unter diese Prachtexemplare aufgenommen zu werden.

Und dann wurde mir die Überraschung und unsägliche Freude zuteil, Nova unter meinen neuen Leidensgenossen zu bemerken. Sie war also dem Massaker entgangen, und ich dankte dem Himmel des Beteigeuze dafür.

Ich hatte vor allem an sie gedacht, als ich die Reihen der Opfer mit den Blicken abgesucht hatte, zitternd und bangend, ich könnte sie zwischen den Toten entdecken. Ich hatte das Gefühl, ein teures Wesen wiedergefunden zu haben, und warf mich, abermals alle Vorsicht außer acht lassend, mit ausgebreiteten Armen ihr entgegen. Es war blanker Unsinn. Entsetzen erfaßte sie. Hatte sie denn unser Beisammensein in der Nacht vergessen? Wohnte in diesem herrlichen Körper kein noch so kleines Stückchen Seele? Bedrückt ließ ich die Arme sinken, als ich sah, wie sie sich bei meiner Annäherung zusammenzog und die Finger krümmte, als wollte sie mich erwürgen. Was höchstwahrscheinlich geschehen wäre, wenn ich mich nicht zurückgehalten hätte.

Als ich jedoch regungslos verharrte, beruhigte sie sich sehr rasch. Sie legte sich in einer Ecke des Käfigs nieder, und ich folgte seufzend ihrem Beispiel. Alle anderen Gefangenen hatten es ebenso gemacht. Sie schienen nun ermüdet, entkräftet und in ihr Schicksal ergeben zu sein.

Unterdessen bereiteten die Affen draußen die Abfahrt des Transportes vor. Eine Plane wurde über unseren Käfig gestülpt und bis zur halben Höhe der Seitenwände herabgelassen, so daß das Tageslicht noch eindringen konnte.

Befehle wurden laut. Die Motoren sprangen an.

Wir wurden mit großer Geschwindigkeit einem unbekannten Ziel entgegengefahren. Ich hing trüben Gedanken nach. Welche Widerwärtigkeiten mochten mich auf dem Planeten Soror noch erwarten?

11

ICH war völlig deprimiert. Die Ereignisse dieser zwei Tage hatten meinen Körper schwer mitgenommen und meinen Geist in eine derart tiefe Verwirrung gestürzt, daß ich zunächst außerstande war, den Verlust meiner Kameraden zu betrauern und mir vernünftig vor Augen zu halten, was die Zerstörung des „Beibootes" für mich bedeutete. Ich begrüßte erleichtert die Dämmerung und dann die darauf folgende dichte Finsternis, in der ich mich verbergen konnte, denn der Abend brach sehr schnell herein, und wir fuhren die ganze Nacht durch. Ich bemühte mich, einen Sinn hinter den Ereignissen aufzuspüren, deren Zeuge ich gewesen war. Ich brauchte diese geistige Arbeit, um der Verzweiflung zu entfliehen, die mich gefangenhielt, um mir zu beweisen, daß ich ein Mensch war, genauer gesagt ein Mensch der Erde, ein intelligentes Wesen, daran gewöhnt, eine logische Erklärung für augenscheinlich ans Wunderbare grenzende Launen der Natur zu finden, und nicht ein von überentwickelten Affen gehetztes wildes Tier.

Ich ließ mir alle Eindrücke durch den Kopf gehen, die ich bewußt und unbewußt aufgenommen hatte. Eine Beobachtung überlagerte alle anderen: daß nämlich die Affen, Männchen und Weibchen, Gorillas und Schimpansen, in gar keiner Hinsicht komisch wirkten. Ich habe schon erwähnt, daß sie mir niemals wie aufgeputzte Tiere vorgekommen waren, wie zum Beispiel die dressierten Affen, die man bei uns im Zirkus sieht. Auf der Erde reizt ein Hut auf dem Kopf eines Affenweibchens manche Leute zum Lachen; mich hingegen berührt so etwas eher peinlich. Hier verhielt es sich anders. Hier paßte der Hut zum Kopf, und die Affen gaben sich in allem, was sie taten, vollkommen natürlich. Das Weibchen, das vermittels eines Strohhalms aus einem Glas getrunken hatte, hatte völlig damenhaft gewirkt. Ich erinnerte mich auch an einen Jäger, der eine Pfeife aus der Tasche gezogen, sorgfältig gestopft und angezündet hatte. Mich hatte das nicht weiter schockiert, so alltäglich waren alle seine Bewegungen gewesen. Ich mußte mir überlegen, woran das liegen mochte. Ich dachte lange darüber nach, und wahrscheinlich zum erstenmal seit meiner Gefangennahme bedauerte ich das Verschwinden von Professor Antelle. Er, mit seiner Weisheit und wissenschaftlichen Ausbildung, hätte gewiß eine Erklärung für all die Widersprüchlichkeiten gefunden.

Was mochte mit ihm geschehen sein? Unter der erlegten Jagdbeute hatte ich ihn nicht gesehen. Sollte er sich bei den Gefangenen befinden? Das war nicht ausgeschlossen; ich hatte ja nicht alle zu Gesicht bekommen. Daß es ihm gelungen war, in Freiheit zu bleiben, wagte ich nicht einmal zu hoffen.

Mit dem wenigen, was ich hatte, versuchte ich eine Theorie aufzustellen, die mich offen gestanden wenig befriedigte. Vielleicht hatten die Bewohner dieses Planeten, jene zivilisierten Wesen, deren Städte wir überflogen hatten, vielleicht hatten sie es fertiggebracht, Affen so abzurichten, daß diese sich mehr oder weniger vernünftig betrugen? Vielleicht durch geduldige Auslese und Bemühung, die sich über mehrere Generationen erstreckt hatte? Schließlich bringen auch auf der Erde manche Schimpansen Erstaunliches zustande. Sogar die Tatsache, daß sie eine Sprache besaßen, war vielleicht gar nicht so außergewöhnlich, wie ich gedacht hatte. Ich entsann mich eines Gesprächs, das ich mit einem Spezialisten über dieses Thema geführt hatte. Er hatte mir eröffnet, daß ernste Wissenschaftler Teile ihres Lebens darauf verwenden, die Primaten zum Sprechen zu bringen. Sie behaupten, daß diese durchaus dazu in der Lage wären. Vorläufig waren alle ihre Anstrengungen erfolglos geblieben, aber sie gaben den Versuch nicht auf, da sie vermuteten, es läge einzig und allein daran, daß die Affen nicht sprechen *wollten*. Hatten sie auf dem Planeten Soror etwa eines Tages gewollt? Dadurch hätte sich jenen hypothetischen Sororbewohnern die Gelegenheit geboten, die Tiere für grobe Arbeiten und für die Jagd einzusetzen, in deren Verlauf ich gefangen worden war.

Gierig klammerte ich mich an diese Erklärung und weigerte mich heftig, mir eine andere, einfachere zurechtzulegen, weil ich mir Rettung nur von der Existenz wirklich intelligenter Wesen versprach, also von Menschen, von Menschen wie ich, mit denen ich mich verständigen konnte.

Menschen! Zu welcher Rasse gehörten dann die Geschöpfe, die

von den Affen gejagt und eingefangen wurden? Dieser geistig zurückgebliebene Volksstamm? Wenn auch sie zur menschlichen Rasse gehörten, welche Grausamkeit seitens der Beherrscher dieses Planeten, solche Metzeleien zu dulden oder gar anzuordnen!

Ich wurde in meinen Überlegungen gestört. Eine Gestalt kroch zu mir heran. Es war Nova. Alle anderen Gefangenen schliefen rings um mich auf dem Fußboden. Nach kurzem Zögern kuschelte sie sich, wie schon neulich, an mich. Ich versuchte, wieder einmal vergeblich, in ihrem Blick ein Anzeichen dafür zu entdecken, daß ihrem Verhalten etwas anderes als bloßer Instinkt zugrunde lag. Sie wandte den Kopf ab und schloß die Augen. Dennoch fühlte ich mich allein durch ihre Gegenwart getröstet, bemühte mich, nicht an den nächsten Tag zu denken, und schlief an sie geschmiegt ein.

12

Ich schlief bis zum Morgen durch, wahrscheinlich aus dem Bedürfnis heraus, die mich bestürmenden niederdrückenden Gedanken abzuwehren. Doch mein Schlaf wurde von wüsten Alpträumen gestört, in denen mir Novas Körper wie derjenige einer Schlange erschien, die sich um mich herumwand. Als ich die Augen öffnete, war Nova schon wach. Sie hatte sich ein wenig von mir weggeschoben und betrachtete mich mit ihrem unverändert leeren Blick.

Unser Wagen verlangsamte die Fahrt, und ich merkte, daß wir durch eine Stadt fuhren. Die Gefangenen waren erwacht und hockten sich nun vor das Gitter. Was sie unterhalb der Plane erblickten, versetzte sie wieder in große Aufregung. Ich drückte ebenfalls das Gesicht an die Stäbe und betrachtete mir zum erstenmal eine zivilisierte Stadt des Planeten Soror.

Wir fuhren auf einer ziemlich breiten, von Gehsteigen eingefaßten Straße dahin. Beklommen schaute ich mir die Passanten an: Es waren Affen. Ich sah einen Kaufmann, eine Art Lebensmittelhändler, der gerade seinen Laden öffnete. Er drehte sich neugierig nach uns um: Es war ein Affe. Ich versuchte, die Insassen und die Fahrer der Automobile zu erkennen, die uns überholten. Sie waren nach unserer Mode gekleidet, und sie waren Affen.

Meine Hoffnung, eine zivilisierte Menschenrasse anzutreffen, platzte wie eine Seifenblase. Den Rest der Fahrt verbrachte ich in tiefster Niedergeschlagenheit. Unser Wagen wurde noch langsamer. Ich hatte unterdessen festgestellt, daß sich unsere Transportkolonne während der Nacht aufgelöst hatte, denn sie bestand nur noch aus zwei Fahrzeugen. Nachdem wir einen Torweg passiert hatten, kam der Wagen auf einem Hof zum Stehen. Sogleich wurden wir von Affen umringt, die sich daranmachten, die zunehmende Unruhe der Gefangenen mit ihren Piken unter Kontrolle zu halten.

Der Hof wurde ringsum von mehrgeschossigen Gebäuden mit Reihen gleichförmiger Fenster begrenzt. Das Ganze erweckte den Eindruck eines Krankenhauses, und dieser Eindruck wurde bestätigt, als sich unseren Wächtern neue Gestalten hinzugesellten. Sie trugen weiße Kittel und kleine Mützen, wie Krankenwärter. Auch sie waren Affen.

Es waren Affen, nichts als Affen: Gorillas und Schimpansen. Sie halfen unseren Bewachern beim Ausladen der Wagen. Wir wurden einer nach dem anderen aus dem Käfig geholt, in einen großen Sack gesteckt und ins Innere des Gebäudes transportiert. Ich leistete keinen Widerstand und ließ mich von zwei dicken, weißgekleideten Gorillas mitnehmen.

Mir war, als ginge es durch lange Korridore und über eine Treppe hinauf. Schließlich wurde ich unsanft auf dem Fußboden abgesetzt und, als der Sack geöffnet war, in einen anderen Käfig gestoßen, dessen Boden mit Stroh bestreut war. Und ich hatte ihn für mich allein. Einer der Gorillas verriegelte sorgfältig die Tür.

Der Raum, in dem ich mich befand, enthielt eine große Anzahl von Käfigen wie dem meinen, in zwei Reihen aufgestellt, mit einem langen Gang dazwischen. Die meisten waren schon belegt, manche mit meinen Leidensgenossen, die man hierhergebracht hatte, andere mit Männern und Frauen, die schon längere Zeit gefangengehalten wurden. Die letzteren erkannte man an einer gewissen Apathie. Sie schauten teilnahmslos drein und hörten kaum hin, wenn einer der Neuankömmlinge klagend stöhnte. Mir fiel auf, daß die Neuen, so wie ich, in Einzelzellen untergebracht wurden, wohingegen die Alten im allgemeinen zu Paaren hausten. Das Gesicht zwischen zwei Gitterstäbe gepreßt, erblickte ich am Ende des Ganges einen sehr großen Käfig, der zahlreiche Kinder enthielt. Im Gegensatz zu den Erwachsenen verfolgten diese die Ankunft unseres Schubes höchst erregt. Sie gestikulierten, knufften einander und rannten gegen die Stäbe an. Dabei stießen sie kleine Schreie aus wie junge, ungebärdige Äffchen.

Die beiden Gorillas brachten einen weiteren Sack angeschleppt, dem meine Freundin Nova entstieg. Ich empfand es als tröstlich, daß man ihr den Käfig direkt mir gegenüber zuwies. Sie widersetzte sich dem aber auf die ihr eigene Weise und versuchte zu kratzen und zu beißen. Sobald der Käfig geschlossen war, warf sie sich gegen das Gitter, rüttelte daran, fletschte die Zähne und schrie markerschütternd. Nachdem sie eine Weile so getobt hatte, erblickte sie mich, erstarrte und warf den Kopf zurück wie ein überraschtes Tier. Ich lächelte sie schwach und vorsichtig an und winkte ihr leicht zu. Sie bemühte sich ungeschickt, es mir nachzumachen, was mich mit großer Freude erfüllte.

Dann kehrten die zwei weißbekittelten Gorillas zurück. Allem Anschein nach war die Fracht bereits ausgeladen, denn sie brachten keinen Gefangenen mehr mit. Statt dessen schoben sie einen Wagen vor sich her, mit „Futter" und Wassereimern beladen, und jeder der Käfiginsassen bekam seine Portion. Daraufhin kehrte wieder Ruhe unter ihnen ein.

Bald kam auch ich an die Reihe. Während einer der Gorillas Wache hielt, betrat der andere meinen Käfig und stellte eine Schüssel voll Brei, ein paar Früchte und einen Eimer Wasser vor mich hin. Ich hatte mich entschlossen, mein möglichstes zu tun, um Kontakt mit den Affen aufzunehmen, die offensichtlich die einzigen zivilisierten und intelligenten Wesen auf diesem Planeten waren. Derjenige, der mir das Essen brachte, sah ziemlich freundlich aus. Als er meine kühle Gelassenheit bemerkte, klopfte er mir sogar zutraulich auf die Schulter. Ich blickte ihm in die Augen; dann drückte ich die Hand auf die Brust und verbeugte mich feierlich. Als ich den Kopf hob, erhaschte ich auf seinem Gesicht den Ausdruck tiefster Überraschung. Da bedachte ich ihn auch noch mit einem Lächeln, in das ich meine ganze Seele hineinlegte. Er war schon am Hinausgehen gewesen; nun blieb er verdutzt stehen und stieß einen Laut aus. Endlich war es mir also gelungen, seine Aufmerksamkeit zu erregen. Um meinen Erfolg zu steigern und mit allen meinen Fähigkeiten zu prahlen, äußerte ich albernerweise die erste Phrase, die mir einfiel. „Wie geht es Ihnen? Ich bin ein Mensch des Planeten Erde. Ich habe eine lange Reise hinter mir."

Auf den Sinn der Worte kam es ja nicht an. Ich wollte nichts anderes als ihm durch das Sprechen meine wahre Natur enthüllen. Und das war mir gelungen. Noch nie hatte die Miene eines Affen eine ähnliche Verblüffung ausgedrückt. Ihm und seinen Kollegen verschlug es den Atem. Sie glotzten mich mit offenem Mund an. Dann begannen sie gedämpft und hastig miteinander zu sprechen. Doch das Ergebnis dieser Unterredung fiel nicht so aus, wie ich es erwartet hatte.

Nachdem er mich argwöhnisch gemustert hatte, drehte sich der Gorilla schnell um und verließ den Käfig, den er anschließend mit noch größerer Sorgfalt als vorhin verschloß. Die beiden Affen sahen einander einen Moment lang an und brachen dann in dröhnendes Gelächter aus. Ich mußte wahrhaftig ein Unikum darstellen, denn ihre Erheiterung wollte schier kein Ende nehmen. Sie lachten Tränen, und einer von ihnen sah sich genötigt, den Napf, den er trug, abzusetzen, um sein Taschentuch zu zücken.

Ich war so enttäuscht, daß mich plötzlich entsetzliche Wut überfiel. Nun begann auch ich, an den Stäben zu rütteln, die Zähne zu fletschen und sie in allen mir geläufigen Sprachen zu beschimpfen. Als ich meinen Vorrat an Flüchen erschöpft hatte, begnügte ich mich mit unartikulierten Lauten, was lediglich ein Achselzucken ihrerseits hervorrief.

Aber es war mir dennoch gelungen, die Aufmerksamkeit auf mich zu lenken. Beim Hinausgehen drehten sie sich noch ein paarmal nach mir um. Als ich mich ganz erschöpft wieder beruhigte, sah ich, wie einer von ihnen ein Notizbuch aus der Tasche zog und etwas hineinschrieb, nachdem er aufmerksam das Zeichen auf einem oben an meinem Käfig angebrachten Täfelchen gelesen hatte. Ich vermute, daß es sich um eine Nummer handelte.

Sie gingen hinaus. Die anderen Gefangenen, die mein Ausbruch vorübergehend in Aufregung versetzt hatte, widmeten sich wieder der Nahrungsaufnahme. Auch mir blieb nichts anderes übrig, als zu essen und mich hinzulegen und eine günstigere Gelegenheit abzuwarten, um meine edle Abstammung kundzutun. Ich verzehrte meinen Getreidebrei und einige saftige Früchte. Nova, im Käfig mir gegenüber, hielt bisweilen im Kauen inne und warf mir verstohlene Blicke zu.

13

FÜR den Rest des Tages ließ man uns in Ruhe. Am Abend, nachdem sie uns wieder etwas zu essen gebracht hatten, zogen sich die Gorillas zurück und löschten das Licht aus. In dieser Nacht schlief ich wenig; nicht etwa wegen der Unbequemlichkeit des Käfigs – die Streu war dick und gab ein ganz annehmbares Lager ab –, sondern weil ich dauernd neue Pläne schmiedete, wie ich mich den Affen verständlich machen könnte. Ich gelobte mir, mich nicht mehr zu Wutausbrüchen hinreißen zu lassen und statt dessen mit unermüdlicher Geduld jede Gelegenheit wahrzunehmen, meine Intelligenz vorzuführen. Die beiden Wächter, mit denen ich es zu tun gehabt hatte, waren vermutlich nur geistig beschränkte Untergebene, unfähig, meine Annäherungsversuche richtig zu deuten. Aber es mußten ja noch gebildetere Affen dasein.

Am nächsten Morgen zeigte es sich, daß diese Hoffnung mich nicht getrogen hatte. Ich war seit einer Stunde wach. Der Großteil meiner Leidensgefährten rannte wie gefangene Tiere ohne Unterlaß in ihren Käfigen herum. Als ich merkte, daß ich genau das gleiche tat, und zwar – ohne mir dessen bewußt geworden zu sein – schon ziemlich lange, ärgerte ich mich, setzte mich trotzig an das Gitter und nahm eine so menschliche und nachdenkliche Haltung wie möglich ein.

Da wurde die Tür zum Gang aufgestoßen, und ich sah, von den zwei Wächtern begleitet, eine neue Gestalt eintreten. Es war ein Schimpansenweibchen, und aus der Art, wie sich die Gorillas ihr gegenüber betrugen, schloß ich, daß sie in dieser Anstalt einen wichtigen Posten bekleidete.

Die beiden hatten ihr sicherlich über mich Bericht erstattet, denn kaum war sie eingetreten, als sie einen von ihnen etwas fragte, worauf der mit dem Finger auf mich zeigte. Sie kam geradewegs auf meinen Käfig zu.

Ich betrachtete sie interessiert. Sie trug ebenfalls einen weißen Kittel, jedoch von eleganterem Zuschnitt als diejenigen der Gorillas, in der Taille von einem Gürtel zusammengehalten. Die kurzen Ärmel ließen zwei lange, gelenkige Arme frei. Was mich aber am meisten beeindruckte, war ihr Blick: bemerkenswert wach und intelligent.

Davon versprach ich mir viel Gutes für unsere künftigen Beziehungen. Ich hielt sie für sehr jung, trotz der Runzeln, die, wie bei Affen üblich, ihre weiße Schnauze umrahmten. In der Hand trug sie eine lederne Aktentasche.

Vor meinem Käfig blieb sie stehen und unterzog mich einer Musterung, wobei sie ihrer Tasche ein Heft entnahm.

„Guten Tag, Madame", sagte ich und machte eine Verbeugung.

Ich hatte mit meiner sanftesten Stimme gesprochen. Das Gesicht der Schimpansin spiegelte höchste Überraschung wider, doch sie bewahrte ihren Ernst. Mit einer herrischen Geste gebot sie den Gorillas, die höhnisch zu kichern begonnen hatten, Schweigen.

„Madame oder Mademoiselle", fuhr ich etwas mutiger fort, „es tut mir leid, daß ich gezwungen bin, unter solchen Umständen und in diesem Aufzug Ihre Bekanntschaft zu machen. Glauben Sie mir, es ist nicht meine Gewohnheit ..."

Ich redete wer weiß was für einen Blödsinn zusammen. Es kam mir lediglich darauf an, Worte zu finden, die dem höflichen Ton entsprachen, den ich angeschlagen hatte. Als ich meinen Vortrag mit meinem liebenswürdigsten Lächeln beendete, wandelte sich ihr Staunen in Verblüffung. Sie blinzelte ein paarmal und runzelte die Stirn. Es war klar ersichtlich, daß sie sich heftig um die Lösung eines schwierigen Problems bemühte. Nun lächelte sie mich ihrerseits an, und ich hatte das Gefühl, als beginne sie allmählich einen Teil der Wahrheit zu ahnen.

Während dieser Szene beobachteten uns die Menschen in den Käfigen, ohne die Mißfallensäußerungen diesmal, zu denen sie der Klang meiner Stimme ansonsten veranlaßte. Sie gaben Zeichen der Neugier von sich. Einer nach dem anderen unterbrachen sie ihr sinnloses Umherwandern und preßten das Gesicht gegen die Gitterstäbe, um uns besser sehen zu können. Nur Nova schien wütend zu sein und stand keinen Augenblick lang still.

Die Schimpansin zog eine Füllfeder aus der Tasche und trug mehrere Zeilen in ihr Heft ein. Dann hob sie den Kopf, und als sie meinem beklommenen Blick begegnete, lächelte sie abermals. Das ermutigte mich, einen neuen freundschaftlichen Vorstoß zu wagen. Ich streckte ihr zwischen den Stäben hindurch die offene Hand entgegen. Die Gorillas sprangen vor, wie um einzugreifen. Doch die Schimpansin, die zunächst zurückgezuckt war, faßte sich, hinderte sie mit einem

Wort an weiterem Vorgehen und streckte, ohne mich dabei aus den Augen zu lassen und ein wenig zitternd, ebenfalls den behaarten Arm aus. Ich rührte mich nicht. Sie trat noch näher und umfaßte mein Handgelenk. Ich spürte, wie sie bei der Berührung erbebte. Ich bemühte mich, keine Bewegung zu machen, die sie verscheucht hätte. Sie tätschelte mir die Hand, streichelte meinen Arm und wandte sich dann triumphierend ihren Assistenten zu.

Ich hielt den Atem an. Immer mehr gewann ich die Überzeugung, daß sie begann, mein Anderssein zu begreifen. Als sie gebieterisch zu den Gorillas sprach, war ich so dumm, zu hoffen, daß man unter Entschuldigungen meinen Käfig öffnen würde. Weit gefehlt! Der Wärter griff in die Tasche und holte einen kleinen weißen Gegenstand heraus, den er seiner Vorgesetzten reichte. Diese drückte ihn mir lächelnd in die Hand. Es war ein Würfel Zucker.

Ein Würfel Zucker! Meine Enttäuschung war so groß, ich fühlte mich so gedemütigt, daß ich ihn ihr am liebsten ins Gesicht geschleudert hätte. Doch ich entsann mich gerade noch rechtzeitig meiner guten Vorsätze und beherrschte mich. Ich nahm den Zucker, verbeugte mich und knabberte an ihm, nicht ohne eine höchst verständige Miene aufzusetzen.

So verlief also meine erste Begegnung mit Zira. Das war der Name der Schimpansin, wie ich bald lernte. Sie war die Leiterin der Abteilung, in der ich untergebracht war. Obwohl ich im Grunde nichts erreicht hatte, verhieß mir ihr Verhalten doch ziemlich viel Hoffnung, und ich hatte das Gefühl, daß es mir bestimmt gelingen würde, mit ihr ins Gespräch zu kommen. Sie unterhielt sich lange mit den Wärtern, und mir schien, als gäbe sie ihnen Anweisungen, die mich betrafen. Dann setzte sie ihren Inspektionsrundgang fort.

Sie musterte jeden der Neuankömmlinge gründlich und machte sich Notizen, jedoch nicht so ausführlich wie bei mir. Sie getraute sich auch nicht, einen der Menschen zu berühren. Hätte sie es getan, ich glaube, ich wäre eifersüchtig geworden. Denn ich empfand schon voller Hochmut, ich sei der einzige, der eine bevorzugte Behandlung verdiente. Als ich sah, wie sie vor den Kindern stehenblieb und ihnen ebenfalls Zucker zuwarf, erfaßte mich heftiger Unwille. Ein Unwille, der sich nicht viel von dem Novas unterschied, die sich, nachdem sie der Schimpansin die Zähne gezeigt hatte, ganz hinten in ihrem Käfig wütend niederlegte und mir den Rücken zukehrte.

14

DER zweite Tag verlief wie der erste. Die Affen kümmerten sich nicht um uns, außer wenn sie uns Essen brachten. Meine Verwunderung über diese merkwürdige Anstalt wuchs, als man uns tags darauf einer Reihe von Tests unterzog. Die Erinnerung daran bereitet mir heute tiefstes Unbehagen, aber damals war es für mich ein Spaß.

Der erste Test kam mir von vornherein reichlich ungewöhnlich vor. Einer der Wärter näherte sich mir, während sein Kollege vor einem anderen Käfig Aufstellung nahm. Mein Gorilla hielt eine Hand hinter dem Rücken versteckt; in der anderen trug er eine Trillerpfeife. Er sah mich an, um meine Aufmerksamkeit auf sich zu lenken, hob die Pfeife an den Mund und entlockte ihr eine Folge scharfer Töne. Das dauerte eine ganze Minute lang. Dann holte er die andere Hand hinter dem Rücken hervor und zeigte mir bedeutungsvoll eine jener Bananen, die mir so gut schmeckten und auf die die Sorormenschen ganz versessen waren. Er streckte mir die Frucht entgegen, ohne mich aus den Augen zu lassen.

Ich machte einen langen Arm, aber die Banane befand sich außer Reichweite, und der Gorilla kam nicht näher. Anscheinend erwartete er eine andere Geste. Nach einem Moment gab er es auf, versteckte die Frucht abermals und begann wieder zu pfeifen. Ich wurde nervös und wußte nicht, wie ich auf diese Mätzchen reagieren sollte. Fast hätte ich die Geduld verloren, als er die Banane noch einmal, für mich unerreichbar, schwenkte. Doch es gelang mir, Ruhe zu bewahren, und ich bemühte mich herauszufinden, was er nun eigentlich von mir erwartete, denn ich merkte, daß ihn mein Benehmen in zunehmendem Maße verwunderte. Er wiederholte dasselbe Spiel fünf- oder sechsmal, und als sich der gewünschte Erfolg nicht einstellte, ging er zum nächsten Gefangenen über.

Ich fühlte mich schlichtweg betrogen, als ich feststellte, daß dieser gleich nach dem ersten Versuch die Banane bekam und der übernächste ebenfalls. Ich paßte genau auf, was sich in den mir gegenüberliegenden Käfigen abspielte, vor denen der andere Gorilla das gleiche Experiment machte. Als er vor Nova stand, ließ ich mir keine ihrer Reaktionen entgehen. Er betätigte die Trillerpfeife, dann zeigte er die Banane vor. Sogleich geriet das Mädchen in Erregung, vollführte Kaubewegungen und ...

Plötzlich überfiel mich die Erleuchtung. Nova, der strahlend schönen Nova, trat beim Anblick des Leckerbissens Speichel über die Lippen wie einem Hund, dem man ein Stück Zucker hinhält. Das also hatte der Gorilla erwartet, einzig und allein das. Er überließ ihr den Gegenstand ihres Verlangens und ging zum nächsten Käfig über.

Ich hatte begriffen, und ich war nicht wenig stolz darauf! Ich hatte mich früher einmal mit Biologie abgegeben, und die Arbeiten Pawlows enthielten keine Geheimnisse für mich. Hier wurde also am Menschen mit den Reflexen experimentiert, die er an seinen Hunden studiert hatte. Und ich, vor ein paar Augenblicken noch so begriffsstutzig, ich mit meinem Verstand und meiner Bildung, verstand jetzt nicht nur den Sinn dieses Tests, sondern auch die dahinterliegende Absicht.

Während einiger Tage würden die Affen vermutlich so vorgehen: Pfeifsignal, dann Überreichung einer Lieblingsspeise, die beim Versuchsobjekt vermehrte Speichelbildung hervorrief. Nach einer gewissen Zeitspanne würde derselbe Effekt allein durch das Pfeifen zustande kommen und bei den Menschen „bedingte Reflexe" auslösen, wie es in der Fachsprache heißt.

Ich konnte mich zu meinem Scharfsinn nicht genug beglückwünschen und brannte darauf, mit ihm zu prahlen. Sowie mein Gorilla nach Beendigung seiner Runde an mir vorbeikam, bemühte ich mich mit allen Mitteln, seine Aufmerksamkeit zu erregen. Ich klopfte an die Stäbe; ich deutete bezeichnend auf meinen Mund, bis er sich bereit fand, das Experiment noch einmal zu versuchen. Kaum hatte er die Pfeife an den Mund gesetzt und lange bevor er die Frucht vorzeigte, begann ich zu geifern wie ein Irrer, wie ein Rasender, ich, Ulysse Mérou, so als hinge mein Leben davon ab, so sehr bemühte ich mich, ihm meine rasche Auffassungsgabe zu beweisen.

Tatsächlich schien er aus dem Konzept zu geraten, rief seinen Kollegen herbei und beriet sich lange mit ihm. Ich konnte mir schon vorstellen, wovon die Rede war: Da haben wir einen Menschen, bei dem noch vor einer Weile keinerlei Reflexe zu beobachten waren, und mit einemmal zeigte er bedingte Reflexe, was bei anderen beachtliche Zeit und Geduld erfordert. Ich bedauerte ihren Mangel an Verstand, der sie daran hinderte, den wahren Grund dieses raschen

Fortschritts zu erkennen: nämlich die Intelligenz. Ich war überzeugt, daß Zira eine weit bessere Auffassungsgabe besaß.

Indessen zeitigten meine Klugheit und mein Übermaß an Eifer einen ganz anderen Erfolg, als ich erhofft hatte. Sie entfernten sich, ohne mir die Frucht gegeben zu haben, die nun der eine selbst aufaß. Es war nicht mehr nötig, mich zu belohnen, denn das angestrebte Ziel war ohnedies erreicht worden.

Tags darauf kamen sie mit anderen Utensilien wieder. Einer brachte eine Glocke mit; der andere schob einen auf einen fahrbaren Untersatz montierten Apparat herein, der ganz wie ein Tonbandgerät aussah. Da ich mir über die Art der Experimente, denen wir unterworfen werden sollten, im klaren war, wußte ich diesmal gleich, wozu die Instrumente dienen sollten. Sie begannen mit Novas Nachbarn, einem großen, starken Burschen, der ans Gitter gekommen war und die Stäbe mit den Händen umklammerte, wie wir es jetzt alle taten, wenn die Kerkermeister erschienen. Der eine Gorilla begann die Glocke zu schwingen, die einen vollen Ton von sich gab. Der andere befestigte inzwischen ein von dem Apparat ausgehendes Kabel an dem Käfig. Als die Glocke schon eine ganze Weile geläutet wurde, begann er an einer Kurbel an dem Gerät zu drehen. Der Mann machte einen Satz nach hinten und stieß klagende Schreie aus.

Das wiederholte sich einige Male, denn das Versuchsobjekt ließ sich immer wieder durch angebotene Früchte an die Eisenstäbe locken. Das Ganze zielte, wie mir wohlbekannt war, darauf ab, den Mann beim ersten Ton der Glocke zurückspringen zu lassen, noch bevor er einen elektrischen Schlag bekam. (Also wieder ein „bedingter Reflex".) Aber er begriff es an jenem Tag nicht, sein Wahrnehmungsvermögen war nicht so weit entwickelt, daß er zwischen Ursache und Wirkung eine Beziehung hätte herstellen können.

Ich hingegen erwartete die Gorillas voll Schadenfreude und voll Ungeduld, um sie den Unterschied zwischen Instinkt und Verstand merken zu lassen. Beim ersten Ton der Glocke ließ ich schnell die Stäbe los und wich bis zur Mitte des Käfigs zurück. Gleichzeitig faßte ich sie scharf ins Auge und lächelte spöttisch. Die Gorillas runzelten die Stirn. Diesmal lachten sie nicht über mich. Zum erstenmal schienen sie zu argwöhnen, daß ich mich über sie lustig machte.

Trotzdem trafen sie Anstalten, das Experiment noch einmal durchzuführen. Doch es kam nicht dazu. Neue Besucher traten ein.

15

Drei Gestalten kamen den Gang entlang: die Schimpansin Zira und zwei andere Affen, deren einer offensichtlich ein hohes Amt bekleidete.

Es war ein Orang-Utan. Der erste, den ich auf dem Planeten Soror erblickte. Er war nicht so groß wie die Gorillas und vom Alter gebeugt. Seine Arme waren unverhältnismäßig lang, so als bewegte er sich oft unter Zuhilfenahme der Hände fort, was die anderen Affen nur selten tun. Er wirkte noch absonderlicher dadurch, daß er sich auf zwei Spazierstöcke stützte. Der Kopf mit dem langen fahlroten Haar steckte tief zwischen den Schultern, auf seinem Gesicht lag der starre Ausdruck schulmeisterlicher Gelehrsamkeit. Er wirkte auf mich wie ein alter Hoherpriester, ehrwürdig und feierlich. Auch seine Kleidung unterschied sich von der der anderen. Er trug einen langen schwarzen Gehrock, dessen Aufschlag ein roter Stern schmückte, und eine schwarz-weiß gestreifte Hose. Das Ganze ziemlich verstaubt.

Eine kleinwüchsige Schimpansin mit einer schweren Aktentasche folgte ihm. Ihrer Haltung nach zu schließen, hätte sie seine Sekretärin sein können. Ich glaube, es ist nicht weiter verwunderlich, daß ich jede Haltung und jeden auffallenden Zug der Affen beschreibe. Gewiß wäre jedes denkende Wesen zu der gleichen Schlußfolgerung wie ich gelangt beim Anblick dieses Paares, das sich genauso gebärdete wie ein verdienstvoller Wissenschaftler mit seiner ihm ergebenen Sekretärin. Bei dieser Gelegenheit gewann ich wieder einmal den Eindruck, daß bei den Affen eine bestimmte Rangfolge zu herrschen schien. Zira bekundete dem alten Herrn unverhohlenen Respekt. Die beiden Gorillas gingen ihm, sobald sie ihn erblickt hatten, entgegen und grüßten ihn untertänig. Der Orang-Utan winkte herablassend ab.

Die Gruppe bewegte sich direkt auf meinen Käfig zu. War ich denn nicht der interessanteste Fall weit und breit? Ich empfing den Prominenten mit meinem gewinnendsten Lächeln und einer kleinen, in hochtrabendem Ton vorgebrachten Rede. „Teurer Orang-Utan", sagte ich, „wie glücklich bin ich, endlich die Gegenwart eines Wesens zu genießen, das Weisheit und Intelligenz ausstrahlt! Ich bin sicher, daß wir uns verständigen werden, du und ich."

Der liebe Greis war beim Klang meiner Stimme zusammengezuckt. Er kratzte sich lange das Ohr, und sein argwöhnischer Blick suchte den Käfig ab, so als wittere er einen Betrug. Nun ergriff Zira das Wort und las aus ihrem Heft die über mich gemachten Eintragungen vor. Sie sprach auf ihn ein, aber ich merkte, daß sich der Orang-Utan nicht überzeugen lassen wollte. Großspurig äußerte er zwei oder drei Sätze, zuckte abermals die Achseln, schüttelte den Kopf; dann legte er die Hände auf den Rücken und begann vor meinem Käfig auf und ab zu spazieren. Dabei warf er mir nicht gerade wohlwollende Seitenblicke zu. Die anderen Affen warteten ehrfurchtsvoll schweigend auf sein Urteil.

Diese Ehrfurcht schien allerdings nicht echt zu sein, denn ich überraschte den einen Gorilla dabei, wie er dem anderen heimlich ein Zeichen machte, über dessen Bedeutung man sich nicht täuschen konnte: Sie machten sich über den Alten lustig. Das, zusammen mit dem Ärger, den ich über seine Haltung in bezug auf mich empfand, verleitete mich dazu, ihm eine kleine Szene vorzuspielen, um ihn von meinen Fähigkeiten zu überzeugen. Ich begann den Käfig der Länge und der Breite nach zu durchmessen, wobei ich seine Haltung nachahmte, gebeugt, die Hände auf den Rücken gelegt, die Augenbrauen wie in tiefem Nachdenken zusammengezogen.

Die Gorillas erstickten fast vor Lachen, und sogar Zira gelang es nicht, ernst zu bleiben. Und die Sekretärin sah sich gezwungen, ihre Schnauze in die Aktentasche zu versenken, um ihre Erheiterung zu verbergen. Ich freute mich über meinen Einfall, bis zu dem Augenblick, da ich merkte, daß er mir gefährlich werden könnte. Sobald der Orang-Utan gewahrte, wie ich mich aufführte, wurde er zornig und äußerte mit barscher Stimme einige strenge Worte, worauf sofort wieder Ruhe eintrat. Dann blieb er vor mir stehen und fing an, der Sekretärin seine Beobachtungen zu diktieren.

Er diktierte eine ganze Menge, wobei er die Sätze mit gravitätischen Gesten begleitete. Ich hatte bald genug von seiner Borniertheit und beschloß, ihm eine weitere Probe meiner Talente zu liefern. Ich streckte die Arme nach ihm aus und sagte, mich von meiner besten Seite zeigend: „Mi Zaius."

Es war mir nämlich aufgefallen, daß sich seine Untergebenen immer mit diesen Worten an ihn wandten. Daraus folgerte ich, daß der Alte Zaius hieß und „Mi" einen Ehrentitel darstellte.

Die Affen wurden starr vor Staunen. Jetzt hatten sie nicht die mindeste Lust zu lachen, insbesondere Zira, die außerordentlich verstört dreinschaute, erst recht, als ich, mit dem Finger auf sie zeigend, hinzufügte: „Zira." Diesen Namen, der nur der ihrige sein konnte, hatte ich mir ebenfalls gemerkt. Was Zaius betrifft, so wurde er von heftiger Nervosität befallen, und er begann wieder ungläubig den Kopf zu schütteln und im Gang auf und ab zu gehen.

Als er sich endlich beruhigt hatte, gab er den Befehl, mich in seiner Anwesenheit den Tests zu unterziehen, die man bereits mit mir vorgenommen hatte. Ich bestand sie mühelos. Ich geiferte beim ersten Triller der Pfeife. Ich sprang beim Klang der Glocke sofort zurück. Das letztere Experiment ließ er mich zehnmal wiederholen. Dabei diktierte er der Sekretärin nicht enden wollende Kommentare.

Schließlich kam mir ein Einfall. In dem Moment, da der Gorilla die Glocke schwang, löste ich die Klammer, die den elektrischen Kontakt mit dem Gitter herstellte, und warf das Kabel hinaus. Dann blieb ich, die Stäbe umklammernd, ruhig stehen. Der andere Gorilla, der von alldem nichts bemerkt hatte, mühte sich inzwischen an der Kurbel des wirkungslos gewordenen Apparats ab.

Ich war sehr stolz auf mein Tun, das jedem mit Verstand begabten Wesen unwiderlegbar meine Intelligenz beweisen mußte. Und Zira wenigstens verriet durch ihr Verhalten große Verwirrung. Sie betrachtete mich eigentümlich gespannt, und ihre weiße Schnauze färbte sich rosa, was bei Schimpansen ein Anzeichen von Erregung ist, wie ich später erfuhr. Aber der Orang-Utan ließ sich von nichts beeindrucken. Dieser Teufel von einem Affen wußte nichts anderes zu tun, als abermals höchst widerwärtig die Achseln zu zucken und energisch den Kopf zu schütteln, als Zira zu ihm sprach. Er war eben ein Gelehrter, bei dem alles seine Ordnung haben mußte; er war nicht gewillt, sich etwas vormachen zu lassen. Er erteilte den Gorillas noch einige Anweisungen, und man unterzog mich einem weiteren Test, der sich aus den beiden vorausgegangenen zusammensetzte.

Auch dieser war mir bekannt. Ich hatte seiner Anwendung auf Hunde in bestimmten Laboratorien beigewohnt. Er zielte darauf ab, das Versuchsobjekt durch die Kombination zweier Reflexe zu verwirren. Einer der Gorillas betätigte die Pfeife, deren Klang eine Belohnung in Aussicht stellte, während der andere die Glocke läutete, was eine Bestrafung ankündigte. Ich erinnerte mich der Ausführungen eines bedeutenden Biologen anläßlich eines ähnlichen Versuchs. Es sei möglich, hatte er gesagt, bei einem derart getäuschten Tier emotionelle Störungen hervorzurufen, die sich durchaus mit der Neurose beim Menschen vergleichen ließen und mitunter sogar zum Wahnsinn führten, wenn diese Manöver oft genug wiederholt wurden.

Ich hütete mich, in die Falle zu gehen. Zunächst horchte ich ostentativ auf den Pfeifton, dann auf die Glocke, setzte mich in gleichem Abstand von beiden nieder und nahm, das Kinn auf die Hand gestützt, die traditionelle Denkerpose ein. Zira konnte sich nicht enthalten, in die Hände zu klatschen. Zaius zog ein Taschentuch heraus und trocknete sich die Stirn.

Er schwitzte, doch nichts konnte seine hartnäckige Skepsis erschüttern. Ich merkte es an seiner Miene nach der heftigen Diskussion, die zwischen ihm und der Schimpansin entbrannte. Er diktierte seiner Sekretärin noch einiges, gab Zira detaillierte Instruktionen, die sie wenig zu freuen schienen, und zum Schluß, ehe er hinausging, warf er mir noch einen letzten finsteren Blick zu.

Zira sprach zu den Gorillas, und ich begriff sogleich, daß sie ihnen gebot, mich in Frieden zu lassen, zumindest für den Rest des Tages, denn sie entfernten sich mit ihren Geräten. Als sie allein war, kehrte sie zu meinem Käfig zurück und musterte mich abermals, schweigend, lange. Dann reichte sie mir, aus eigenem Antrieb, mit einer freundschaftlichen Geste die Hand. Ich ergriff sie bewegt und sprach sanft den Namen der Schimpansin aus. Die Röte, die ihre Schnauze färbte, verriet mir, daß sie tief gerührt war.

16

Zaius kam nach ein paar Tagen wieder, und sein Besuch bildete den Auftakt zu einer Reihe von Veränderungen in unserem Saal. Doch zunächst muß ich berichten, wie ich mich in der Zwischenzeit in den Augen der Affen neuerlich auszeichnete.

Am Tag nach der ersten Visite des Orang-Utans rollte eine wahre Lawine von neuen Tests über uns hinweg. Der erste wurde zur Essenszeit abgehalten. Anstatt uns die Nahrungsmittel in den Käfig zu stellen, wie sie es für gewöhnlich taten, legten Zoram und Zanam – die beiden Gorillas, deren Namen ich schließlich auch herausbekommen hatte – sie in Körbe, die sie mit Hilfe von in den Käfigen angebrachten Flaschenzügen an die Decke hochzogen. Anschließend schleppten sie in jede Zelle vier ziemlich große Holzwürfel. Dann traten sie zurück und beobachteten uns.

Es war traurig zu sehen, was für ratlose Mienen meine Leidensgenossen machten. Sie versuchten hochzuspringen, doch keinem gelang es, den Korb zu erreichen. Einige kletterten an den Gitterstäben hoch, doch oben angekommen, bekamen sie, auch wenn sie den Arm noch so weit ausstreckten, die Lebensmittel nicht zu fassen, da sie außerhalb ihrer Reichweite hingen. Ich schämte mich für die Dummheit dieser Menschen. Ich brauche wohl kaum zu erwähnen, daß ich das Problem auf Anhieb löste. Es genügte, die vier Klötze aufeinanderzuschichten, über die so entstandenen Stufen hinaufzusteigen und den Korb abzunehmen. Das tat ich also, mit gleichgültiger Miene, um meinen Stolz zu verbergen. Es war keine geistige Großtat, aber ich erwies mich als der einzige, der so klug gewesen war. Die sichtliche Bewunderung , die mir Zoram und Zanam zollten, ging mir direkt zu Herzen.

Ich begann zu essen, ohne meine Verachtung für die anderen Gefangenen zu verhehlen, die unfähig waren, meinem Beispiel zu folgen, nachdem sie Zeuge des Vorgangs gewesen waren. Sogar Nova gelang es an dem Tag nicht, mich nachzuahmen, obschon ich es ihr mehrere Male vormachte. Aber sie versuchte es wenigstens – sie war zweifellos die intelligenteste von allen. Sie schichtete die Klötze übereinander auf, doch sie gerieten ins Wanken, und als sie umstürzten, suchte Nova erschrocken Zuflucht in einem Winkel. Dieses Mädchen, so außerordentlich behend und geschmeidig, mit vollkommen harmonischen Bewegungen, benahm sich, genau wie die anderen, im Umgang mit Gegenständen unglaublich ungeschickt. Dennoch hatte sie es nach zwei Tagen endlich heraus.

An jenem Mittag nun tat sie mir leid, und ich warf ihr zwei der schönsten Früchte durch das Gitter zu. Dafür wurde ich von Zira gestreichelt, die eben eingetreten war. Ich machte einen Katzenbukkel unter ihrer haarigen Hand, zum größten Mißfallen Novas, die diese Zärtlichkeiten in Wut versetzten.

Ich zeichnete mich auch noch bei anderen Gelegenheiten aus. Doch vor allem gelang es mir durch genaues Hinhören, einige einfache Worte der Affensprache zu erlernen und ihren Sinn zu erfassen.

Ich übte mich in ihrer Aussprache, wenn Zira an meinem Käfig vorbeikam, und freute mich über ihre wachsende Verblüffung. An diesem Punkt war ich angelangt, als Zaius erneut zur Inspektion erschien.

Auch diesmal wurde er von seiner Sekretärin begleitet, doch in seiner Gesellschaft befand sich außerdem noch ein Orang-Utan, genauso feierlich wie er und ebenfalls ordensgeschmückt, der mit ihm wie ein Gleichgestellter plauderte. Ich vermutete, daß es sich um einen Kollegen handelte, der zwecks Beratung über den beunruhigenden Fall, den ich darstellte, hinzugezogen worden war. Sie eröffneten vor meinem Käfig ein langes Gespräch mit Zira, die sich ihnen hinzugesellt hatte. Die Schimpansin redete viel und mit Nachdruck. Soviel ich verstand, war sie gerade dabei, ein gutes Wort für mich einzulegen, wobei sie die außerordentliche Schärfe meiner Intelligenz hervorhob, die man nun nicht mehr anzweifeln könne. Die einzige Reaktion, die dieses Plädoyer bei den zwei Gelehrten hervorrief, war ein ungläubiges Lächeln.

Noch einmal wurde ich in ihrer Gegenwart den Tests unterworfen, bei denen ich mich als so geschickt erwiesen hatte. Bei dem letzten ging es darum, einen durch neun verschiedene Systeme (Riegel, Pflock, Schloß, Haken und so weiter) verschlossenen Kasten zu öffnen. Auf der Erde hat meines Wissens Kinnaman eine ähnliche Vorrichtung entwickelt, um das Unterscheidungsvermögen der Affen zu studieren, und dieses Problem war das komplizierteste, welches zu lösen einigen gelungen war. Hier also veranstaltete man das gleiche Experiment mit Menschen.

Zira persönlich überreichte mir den Kasten, und ich merkte an ihrer flehenden Miene, daß sie inbrünstig hoffte, ich würde mich der Aufgabe glänzend entledigen, da ja auch ihr Ruf auf dem Spiel stand. Ich war bereit, ihr die Genugtuung zu verschaffen, und ließ die neun Verschlüsse augenblicklich und ohne jedes Zögern aufspringen. Aber das war noch nicht alles. Ich nahm die in dem Kasten befindliche Frucht heraus und bot sie galant der Schimpansin an. Sie akzeptierte sie errötend. Sodann kramte ich prahlerisch mein gesamtes Wissen hervor und sagte die wenigen Wörter her, die ich gelernt hatte. Dabei zeigte ich mit dem Finger auf die entsprechenden Gegenstände.

Danach schien es mir ausgeschlossen, daß sie noch Zweifel an meiner wahren Natur hegen konnten. Leider wußte ich noch nicht, wie sehr die Orang-Utans mit Blindheit geschlagen waren. Sie setzten wieder jenes skeptische Lächeln auf, das mich so wütend machte, brachten Zira zum Schweigen und begannen abermals, miteinander zu diskutieren. Ich erahnte, daß sie sich einigten, meine Talente einer Art von Instinkt und einem ausgeprägten Nachahmungstrieb zuzuschreiben. Wahrscheinlich hatten sie die wissenschaftliche Maxime übernommen, die einer unserer irdischen Gelehrten so zusammenfaßt: „Niemals dürfen wir eine Handlung als das Ergebnis der Betätigung einer höheren psychischen Fähigkeit auslegen, wenn sie als das Ergebnis einer auf der psychologischen Skala tieferstehenden ausgelegt werden kann."

Das war aus ihrem Gespräch klar zu entnehmen, und ich begann vor Wut zu schäumen. Ich hätte mich vielleicht zu einem Ausbruch verleiten lassen, wenn ich nicht einen Blick von Zira aufgefangen hätte. Er gab mir eindeutig zu verstehen, daß sie nicht derselben Meinung war wie die Orang-Utans und daß es ihr peinlich war, dieses Geschwätz vor mir anhören zu müssen.

NACHDEM sein Kollege gegangen war, sicherlich nicht ohne vorher ein kategorisches Urteil über mich abgegeben zu haben, widmete sich Zaius anderen Pflichten. Er unternahm einen Rundgang durch den Saal, unterzog jeden einzelnen der Gefangenen einer eingehenden Prüfung und gab Zira neue Anweisungen, die sie gleich notierte. Sein Verhalten schien zahlreiche Änderungen in der Besetzung der Käfige zu verheißen. Ich brauchte nicht lange, um seinen Plan zu durchschauen und den Sinn der offenkundigen Vergleiche zu erfassen, die er zwischen bestimmten Männern und Frauen anstellte.

Ich hatte mich nicht geirrt. Die Gorillas führten nun die Befehle des Chefs aus, nachdem Zira sie ihnen übermittelt hatte. Wir wurden in Paare aufgeteilt. Was für teuflische Absichten steckten hinter dieser paarweisen Zusammenstellung? Was für Eigentümlichkeiten der menschlichen Rasse wollten diese Affen in ihrer Experimentierwut studieren? Meine Kenntnis von Versuchsstätten legte mir die Antwort nahe: Für einen Wissenschaftler, der sich den Instinkt und die Reflexe zum Forschungsgebiet erwählt, ist der Fortpflanzungstrieb von höchstem Interesse.

Das war es also! Diese Dämonen wollten an uns, an mir, der ich durch eine Laune des Geschicks in diese Herde verschlagen worden war, das Liebesleben der Menschen studieren, die Annäherungsweise von Mann und Frau, die Art der Paarung in Gefangenschaft, um eventuell zwischen diesen Beobachtungen und anderen, an denselben Menschen in Freiheit vorgenommen, Vergleiche ziehen zu können. Vielleicht erstrebten sie sogar die Züchtung menschlicher Versuchsobjekte?

Seit ich ihre Absichten durchschaut hatte, fühlte ich mich so gedemütigt wie nie zuvor, und ich schwor mir, eher zu sterben, als mich zu so erniedrigenden Dingen herzugeben. Indes fühlte ich mich zu dem Geständnis verpflichtet, daß meine Entrüstung beträchtlich nachließ, als ich die Frau sah, die mir die Wissenschaft zur Gefährtin ausersehen hatte. Es war Nova.

Ich war fast geneigt, dem selbstherrlichen Alten seine Beschränktheit zu verzeihen, und leistete keinen Widerstand, als Zoram und Zanam mich mitten um den Leib faßten und der Wassernymphe vor die Füße warfen.

17

VON den Szenen, die sich im Laufe der darauffolgenden Wochen in den Käfigen abspielten, will ich keine Einzelheiten erzählen. Wie vorausgeahnt, hatten sich die Affen in den Kopf gesetzt, das Liebesleben der Menschen zu studieren, und sie wandten dabei ihre üblichen Methoden an, indem sie die kleinsten Vorkommnisse notierten, sich bemühten, Annäherungen herbeizuführen und manchmal mit ihren Piken einen Widerspenstigen zur Räson zu bringen.

Ich selbst wollte ebenfalls einige Beobachtungen machen, um damit nach meiner Rückkehr auf die Erde meine geplante Reportage zu würzen. Aber ich gab es bald wieder auf, da sich nichts wirklich Pikantes ereignete; nichts, bis auf allenfalls die sonderbare Weise, in der der Mann die Frau umwarb, ehe er sich ihr näherte. Er benahm sich dabei wie manche balzende Vögel. Er führte eine Art langsamen, schwerfälligen Tanz auf, der aus Vorwärts-, Rückwärts- und Seitwärtsschreiten bestand. So bewegte er sich in immer enger werdenden Kreisen um die Frau, die sich, ohne von der Stelle zu weichen, um sich selbst drehte. Ich wurde Zeuge mehrerer solcher Werbungen, deren allgemeiner Ablauf stets gleichblieb, auch wenn sie sich in den

Einzelheiten voneinander unterschieden. Der darauf folgenden Vereinigung des Paares schenkte ich nach Überwindung des anfänglichen Schocks alsbald ebensowenig Beachtung wie meine Mitgefangenen. Aber ich hörte nicht auf, mich zu wundern, mit welch wissenschaftlichem Ernst die Affen die Vorgänge studierten und nicht müde wurden, sich Notizen zu machen.

Ungemütlich wurde es jedoch, als die Gorillas merkten, daß ich keine Anstalten traf, mich zu einem derartigen Schauspiel herzugeben. Sie setzten alles daran, mich mit Gewalt soweit zu bringen, indem sie mit ihren Piken nach mir stießen, nach mir, Ulysse Mérou, einem Menschen! Ich widersetzte mich energisch. Die Bestien ließen indes nicht ab, und ich weiß nicht, was noch mit mir geschehen wäre, wenn nicht Zira eingegriffen hätte, der man über meine Aufsässigkeit Bericht erstattete.

Sie überlegte lange, dann trat sie an meinen Käfig, sah mich mit ihren schönen, klug blickenden Augen an, tätschelte mir den Nacken und richtete einige Worte an mich, die ich etwa so auslegte:

„Armer kleiner Mensch", schien sie zu sagen, „wie sonderbar du bist! Noch nie hat sich jemand deinesgleichen so aufgeführt. Schau dich um! Tu doch, was man von dir verlangt, und du bekommst eine Belohnung."

Sie nahm ein Stück Zucker aus der Tasche und reichte es mir. Ich war verzweifelt. Sie hielt mich ja auch nur für ein Tier, vielleicht ein etwas intelligenteres als die anderen. Ich schüttelte in einer jähen Aufwallung von Zorn den Kopf und legte mich in eine Ecke des Käfigs, weit weg von Nova, die mich verständnislos anblickte.

Und dabei wäre es zweifellos geblieben, wäre nicht in diesem Moment der alte Zaius erschienen, der sich hochmütiger denn je gebärdete. Er war gekommen, um sich vom Fortgang der Experimente zu überzeugen, und erkundigte sich, wie gewöhnlich, zunächst nach mir. Zira konnte nicht umhin, ihn über meine Widerspenstigkeit zu unterrichten. Er schien sehr unzufrieden, stapfte eine Weile mit auf den Rücken gelegten Händen vor meinem Käfig auf und ab und erteilte dann im Befehlston Anweisungen. Zoram und Zanam öffneten meinen Käfig, zerrten Nova hinaus und schoben statt ihrer eine Matrone reiferen Alters zu mir herein. Zaius, dieser verknöcherte Gelehrte, hatte kurzerhand entschieden, die Versuchsobjekte auszutauschen!

Aber das war noch nicht das Schlimmste, und ich hätte mich mit meinem traurigen Los abgefunden, aber ich sah mit Entsetzen, wie man meine Freundin Nova in den gegenüberliegenden Käfig zu einem breitschultrigen Mann sperrte, einem wahren Koloß mit mächtigem Brustkasten. Dieser Bursche fing sogleich an, in der von mir beschriebenen Weise leidenschaftlich um Nova herumzutanzen.

Sobald ich das sah, waren alle meine guten Vorsätze dahin. Ich verlor den Kopf und gebärdete mich wieder einmal wie ein Rasender. Ich war buchstäblich von Sinnen vor Wut. Ich tobte und schrie ganz wie ein Sorormensch. Ich bekundete meinen Zorn in genau der gleichen Weise wie sie, warf mich gegen die Gitterstäbe, fletschte die Zähne, spuckte um mich und führte mich kurzum auf wie ein Tier.

Und das Unerwartete traf ein. Zaius lächelte, als er sah, wie ich tobte. Es war das erste Anzeichen von Wohlwollen, das er mir zuteil werden ließ. Endlich hatte er „menschliche" Züge an mir festgestellt und befand sich auf vertrautem Gebiet. Seine These hatte sich bestätigt. Darüber war er so erfreut, daß er auf eine Bemerkung Ziras hin sogar einwilligte, mir eine letzte Chance zu gewähren. Die widerwärtige Matrone wurde aus meinem Käfig entfernt, und man brachte mir Nova zurück, ehe jener Unmensch Gelegenheit gehabt hatte, sie zu berühren.

Dann begaben sich die Affen auf ihre Beobachtungsposten und spähten aus der Entfernung zu mir herüber. Die Aufregung hatte meinen Widerstand gebrochen. Ich sah ein, daß ich außerstande war, meine Nymphe einem anderen Mann zu überlassen. Resigniert gab ich mich geschlagen, mochte der Orang-Utan meinethalben triumphieren. Ich versuchte zaghaft einen Tanzschritt.

Jawohl, ich, zur Krone der Schöpfung gehörig, fing an, mich im Kreis um meine Schöne zu bewegen. Ich, der Höhepunkt einer Jahrmillionen währenden Entwicklung, begann hier, vor den lauernden Blicken all dieser Affen, vor einem alten Orang-Utan, der seiner Sekretärin seine Beobachtungen diktierte, vor einem zufrieden lächelnden Schimpansenweibchen und vor zwei grinsenden Gorillas, ich, ein Mensch, dessen einzige Entschuldigung für sein Betragen darin bestand, daß ihn ein seltsames Geschick in eine Gegend des Weltalls verschlagen hatte, von deren Absonderlichkeit der irdische Geist sich keinen Begriff machte, ich, Ulysse Mérou, begann wie ein Pfau meinen Hochzeitstanz rund um die hinreißende Nova.

Zweiter Teil

1

Nun muß ich gestehen, daß ich mich mit beachtlicher Leichtigkeit den Lebensbedingungen im Käfig anpaßte. Vom materiellen Standpunkt aus betrachtet, lebte ich vollkommen glücklich und zufrieden: Tagsüber waren die Affen sehr aufmerksam und rücksichtsvoll zu mir; nachts teilte ich das Lager mit einem der schönsten Mädchen des Kosmos. Ich gewöhnte mich so gut an diese Situation, daß ich über einen Monat lang keinen ernsthaften Versuch unternahm, ihr ein Ende zu bereiten. Ich hatte eben erst ein paar neue Worte der Affensprache dazugelernt. Ich bemühte mich nicht weiter darum, mit Zira Verbindung aufzunehmen, so daß sie, die doch einen Augenblick lang etwas von meinen geistigen Fähigkeiten geahnt hatte, sich von Zaius überzeugen ließ und mich für einen Menschen ihres Planeten erachtete, das heißt also für ein Tier; ein intelligentes Tier vielleicht, aber kein mit Verstand begabtes.

Meine Überlegenheit über die anderen Gefangenen, mit der ich bisher die Wärter verblüfft hatte, machte mich zum Paradestück des Instituts. Zu meiner Schande muß ich gestehen, daß diese Vorrangstellung meinen momentanen Ehrgeiz befriedigte und mich sogar mit Hochmut erfüllte. Zoram und Zanam betrugen sich freundlich zu mir, sahen es gern, wenn ich lächelte, lachte oder einige Worte sprach. Nachdem sie alle klassischen Tests mit mir durchgeführt hatten, bemühten sie sich, neue, raffiniertere zu erfinden, und wir freuten uns gemeinsam, wenn ich die Lösung der Aufgaben fand. Sie versäumten nie, mir einen Leckerbissen zu bringen, den ich immer mit Nova teilte. Wir wurden überhaupt bevorzugt behandelt.

Ich war so dumm anzunehmen, daß meine Gefährtin sich darüber im klaren war, was alles sie meinen Talenten verdankte, und führte mich eine Zeitlang entsprechend auf.

Aber nach mehreren Wochen befiel mich eines Tages so etwas wie ein Ekel. Lag es an Novas Blick, den ich in jener Nacht besonders ausdruckslos gefunden hatte? Lag es an dem Zucker, den mir Zira verabreichte und der mit einemmal bitter schmeckte? In Wahrheit schämte ich mich für mein williges Nachgeben. Was würde Professor Antelle von mir halten, falls er sich noch am Leben befand und mich in einem solchen Zustand anträfe? Ich wagte nicht einmal, daran zu denken, und beschloß auf der Stelle, mich künftig wie ein zivilisierter Mensch zu benehmen.

Während ich Ziras Arm wie zum Dank für ihre Gabe streichelte, bemächtigte ich mich ihres Heftes und ihrer Füllfeder. Ohne ihre sanften Vorwürfe zu beachten, setzte ich mich aufs Stroh und machte mich daran, Nova zu zeichnen. Ich bin ein ziemlich guter Zeichner, und da mich das Modell inspirierte, brachte ich ein annehmbares Porträt zustande, das ich der Schimpansin reichte.

Sie wußte nicht, wie ihr geschah. Ein Schauer durchrieselte sie, sie blickte mich scharf an, ihre Schnauze rötete sich. Als sie weiterhin schwieg, nahm ich ihr kurzerhand wieder das Heft weg. Sie überließ es mir widerspruchslos. Warum hatte ich mich nicht schon längst dieses einfachen Verständigungsmittels bedient? Ich rief mir meine Schulzeit ins Gedächtnis zurück und zeichnete die geometrische Figur auf, die den Lehrsatz des Pythagoras veranschaulicht. Ich wählte dieses Beispiel nicht zufällig. Ich entsann mich, in meiner Jugend einmal einen Zukunftsroman gelesen zu haben, in dem ein alter Wissenschaftler eine solche Methode angewendet hatte, um mit den vernunftbegabten Wesen einer anderen Welt Kontakt aufzunehmen. Ich hatte sogar während der Reise mit Professor Antelle darüber gesprochen. Er hatte dieses Verfahren gutgeheißen. Ich erinnerte mich, wie er hinzugefügt hatte, daß die Regeln des Euklid trotz oder gerade wegen ihrer Unrichtigkeit vermutlich universell verbreitet waren.

Jedenfalls machte die Zeichnung auf Zira außerordentlichen Eindruck. Ihre kurze Schnauze färbte sich purpurn, und sie stieß einen lauten Schrei aus. Sie faßte sich erst wieder, als Zoram und Zanam nachsehen kamen, was los war. Zira warf mir verstohlen einen Blick zu und tat dann etwas Eigenartiges: Sie verbarg die Zeichnung. Sie sprach zu den Gorillas, die daraufhin den Saal verließen. Ich begriff, daß sie sie unter irgendeinem Vorwand hinausgeschickt hatte. Dann wandte sie sich wieder mir zu und ergriff meine Hand. Diesmal geschah es aus ganz anderen Beweggründen als sonst, wenn sie mich wie ein junges Tier nach einem gelungenen Kunststück streichelte und kraulte. Schließlich reichte sie mir bittend wieder Heft und Füllfeder.

Nun war plötzlich sie es, die sich danach drängte, mit mir Kontakt aufzunehmen. Insgeheim dankte ich Pythagoras und vergnügte mich noch ein bißchen mit Geometrie. Auf eine Seite des Heftes zeichnete ich, so gut ich konnte, die drei Kegelschnitte mit ihren Achsen und den Brennpunkten: eine Ellipse, eine Parabel und eine Hyperbel. Dann zeichnete ich auf die gegenüberliegende Seite einen Kegel. Bekanntlich ergeben sich je nach der Lage der Schnittebenen zur Kegelachse diese drei Kegelschnitte. Ich demonstrierte nun, wie eine Ellipse zustande kommt, und zeigte mit dem Finger auf die entsprechende Figur in meiner ersten Zeichnung. Die Schimpansin staunte.

Sie riß mir das Heft aus den Händen, zeichnete ihrerseits einen Kegel mit einer anderen Schnittebene und wies mit dem langen Finger auf die Hyperbel. Ich war so bewegt, daß mir die Tränen in die Augen traten und ich Ziras Hände krampfhaft umklammerte. Im Hintergrund des Käfigs kreischte Nova vor Empörung. Instinktiv hatte sie die Bedeutung dieses Gefühlsüberschwangs erfaßt. Was da zwischen Zira und mir entstand, war eine mittels der Geometrie hergestellte geistige Brücke. Ich empfand darüber fast sinnliche Befriedigung, und ich spürte, daß auch die Schimpansin ähnliches durchlebte.

Sie riß sich brüsk los und lief aus dem Saal. Sie blieb nicht lange fort. Ich schwelgte inzwischen in Träumereien und wagte nicht, Nova anzusehen. Sie umkreiste mich murrend, und mich überfiel fast ein Schuldgefühl ihr gegenüber.

Als Zira zurückkam, reichte sie mir ein auf ein Zeichenbrett aufgezogenes großes Blatt Papier. Ich überlegte ein paar Sekunden lang und entschloß mich zu einem alles entscheidenden Vorstoß. In einer Ecke des Blattes entwarf ich das System des Beteigeuze, wie wir es bei unserer Ankunft entdeckt hatten, mit dem riesigen Fixstern und seinen vier Planeten. Ich zeichnete die genaue Position der Soror mit ihrem kleinen Trabanten ein. Dann zeigte ich mit dem Finger zunächst auf die betreffende Stelle und dann auf Zira. Sie gab mir durch ein Zeichen zu verstehen, daß sie völlig begriffen habe.

Danach skizzierte ich in einer anderen Ecke des Blattes mein altes Sonnensystem mit den wichtigsten Planeten. Ich deutete auf die Erde und tippte mir dann mit dem Finger an die eigene Brust.

Diesmal verstand Zira nicht gleich. Auch sie zeigte zuerst auf die

Erde, dann wies ihr Finger zum Himmel. Ich machte eine bestätigende Geste. Sie war wie vom Donner gerührt, und ich merkte, wie es in ihrem Kopf fieberhaft zu arbeiten begann. Ich half ihr, so gut ich konnte, indem ich von der Erde zur Soror noch eine punktierte Linie einzeichnete, die Flugbahn unseres Raumschiffes darstellend, und dann auch noch dieses selbst, natürlich in einem viel zu großen Maßstab. Ihr ging ein Licht auf. Ich war überzeugt, daß sie nun über meine wahre Natur und Abstammung im Bilde sein mußte. Sie wollte sich soeben wieder an mich wenden, doch im selben Moment tauchte Zaius am Ende des Ganges auf.

Die Schimpansin erschrak. Hastig rollte sie das Blatt Papier zusammen, steckte ihr Heft in die Tasche und legte mit beschwörendem Blick den Finger an die Lippen. Sie riet mir also, mich vor Zaius nicht zu erkennen zu geben. Ich gehorchte, ohne den Grund für diese Geheimnistuerei einzusehen, doch in der Gewißheit, in ihr eine Verbündete gefunden zu haben, und betrug mich weiterhin wie ein intelligentes Tier.

2

VON da an machte dank Zira meine Kenntnis der Affenwelt und der Affensprache rasch Fortschritte. Unter dem Vorwand, mich speziellen Tests zu unterziehen, richtete sie es so ein, daß sie mich täglich allein besuchen konnte, um mich zu unterrichten. Sie unterwies mich in ihrer Sprache und lernte gleichzeitig die meine. Sie faßte verblüffend schnell auf.

Nach knapp zwei Monaten waren wir so weit, daß wir uns über die unterschiedlichsten Themen unterhalten konnten. Nach und nach drang ich in die Eigentümlichkeiten des Planeten Soror ein, und im folgenden möchte ich versuchen, einen Überblick über diese fremdartige Zivilisation zu geben.

SOBALD Zira und ich uns miteinander verständigen konnten, brachte ich die Rede auf den Hauptgegenstand meiner Neugier. Waren die Affen die einzig denkenden Wesen, die Krone der Schöpfung auf diesem Planeten?

„Natürlich“, sagte sie, „ist der Affe das einzige vernunftbegabte

Geschöpf, das einzige, das eine Seele besitzt. Sogar die größten Materialisten unter unseren Wissenschaftlern erkennen die übernatürliche Beschaffenheit der Affenseele an."

Solche und ähnliche Äußerungen ließen mich immer wieder unwillkürlich zusammenzucken. „Und was sind dann die Menschen, Zira?"

Wir unterhielten uns auf französisch, denn sie hatte, wie ich bereits erwähnte, meine Sprache schneller erlernt als ich die ihrige, und wie selbstverständlich duzten wir einander. Gleich am Anfang hatte es einige Interpretationsschwierigkeiten gegeben, da die Begriffe „Affe" und „Mensch" bei jedem von uns andere Vorstellungen hervorriefen; doch dieses Hindernis wurde rasch beseitigt. Jedesmal, wenn sie „Affe" sagte, übersetzte ich im Geiste: hochstehendes Wesen, Gipfel der Evolution. Fiel die Bezeichnung „Mensch", dann wußte ich, daß sie wilde Tiere meinte, denen ein Nachahmungstrieb innewohnte, die einige anatomische Analogien zum Affen aufwiesen, jedoch hinsichtlich der Intelligenz in einem Embryonalstadium verblieben waren und keinen Verstand besaßen.

„Es ist kaum ein Jahrhundert her", trug sie in professoralem Tonfall vor, „daß wir auf dem Gebiet der Abstammungsforschung beachtliche Fortschritte erzielt haben. Man hielt ehedem die Arten für unveränderlich, mit allen ihren jetzigen Eigenschaften von einem allmächtigen Wesen erschaffen. Aber eine Reihe großer Denker – ausschließlich Schimpansen – haben uns eines Besseren belehrt. Wir wissen heute, daß die Arten sich weiterentwickeln und daß sie alle wahrscheinlisch einen gemeinsamen Ursprung haben."

„Der Affe stammt also vom Menschen ab?"

„Manche waren dieser Ansicht; aber das stimmt nicht ganz. Affen und Menschen haben sich aus einer gemeinsamen Urform getrennt entwickelt. Die ersteren erhoben sich nach und nach in den Rang denkender Wesen, die letzteren stagnierten in ihrer Dumpfheit. Übrigens weigern sich zahlreiche Orang-Utans noch immer, diese Lehre anzuerkennen."

„Zira, du hast gesagt: Eine Reihe großer Denker, ausschließlich Schimpansen ...?"

Ich berichte diese Gespräche genauso, wie sie bruchstückweise stattfanden, einschließlich der Abschweifungen, zu denen mein Wissensdurst Zira veranlaßte.

„Fast alle großen Entdeckungen wurden von Schimpansen gemacht", erwiderte sie stolz.

„Gibt es unter den Affen auch Kasten?"

„Wie du bemerkt haben dürftest, gibt es drei verschiedene Familien, von denen jede ihre Eigenheiten besitzt: die Schimpansen, die Gorillas und die Orang-Utans. Rassenschranken, die ehedem existierten, wurden abgeschafft, daraus resultierende Streitfragen beigelegt, und zwar ebenfalls hauptsächlich auf Betreiben der Schimpansen. Heutzutage gibt es bei uns keine Rassendiskriminierung mehr."

„Die Mehrzahl der großen Entdeckungen wurden also von Schimpansen gemacht?" bohrte ich weiter.

„So ist es."

„Und die Gorillas?"

„Das sind Kraftmeier", erklärte sie verächtlich. „Früher waren sie die Herren, und viele von ihnen haben sich noch die Lust an der Macht bewahrt. Sie organisieren und befehlen gern. Sie lieben die Jagd und das Leben auf großem Fuße. Die ärmeren unter ihnen verdingen sich zu körperlichen Arbeiten."

„Wie verhält es sich mit den Orang-Utans?"

Zira schaute mich an. Dann lachte sie. „Sie verkörpern die offizielle Wissenschaft", sagte sie. „Du hast es ja schon gemerkt, und du wirst es noch bei so manchen Gelegenheiten feststellen. Sie haben ein enormes Buchwissen. Alle gehören der Akademie an. Manche von ihnen gelten als Leuchten auf engbegrenzten Fachgebieten, die ein überdurchschnittliches Gedächtnis verlangen. Was den Rest betrifft ..." Sie winkte geringschätzig ab.

Ich verfolgte das Thema nicht weiter, gedachte aber, später darauf zurückzukommen. Ich wechselte auf Allgemeines über. Auf meine Bitte zeichnete Zira mir den Stammbaum des Affen auf, wie ihn die besten Wissenschaftler rekonstruiert hatten. Dieser ähnelte im großen und ganzen den bei uns gebräuchlichen Darstellungen des Evolutionsprozesses. Von einem Stamm, der sich nach unten zu im Ungewissen verlor, zweigten nacheinander verschiedene Äste ab: Pflanzen, einzellige Organismen, dann Hohltiere und Stachelhäuter. Weiter oben gelangte man zu den Fischen, zu den Reptilien und schließlich zu den Säugetieren. Dann kam eine Gattung an die Reihe, die unseren Anthropoiden entsprach. Von da zweigte eine neue Linie ab: der Mensch. Sie war nur kurz. Der Hauptstamm hingegen stieg weiter empor zu verschiedenen Arten prähistorischer Affen mit barbarischen Namen. Schließlich endete er beim Simius sapiens, der in seinen drei Ausprägungen – Schimpanse, Gorilla, Orang-Utan – den Gipfel der Entwicklung darstellte.

„Das Gehirn des Affen", führte Zira abschließend aus, „vervollkommnete sich zu einem komplizierten Organ, das Gehirn des Menschen jedoch erfuhr keinerlei Veränderung."

„Und warum, Zira, hat das Affengehirn sich so hoch entwickelt?"

Dazu hatte zweifellos die Fähigkeit zu sprechen in entscheidendem Maße beigetragen. Aber warum sprachen die Affen, und die Menschen nicht? Darüber gingen die Ansichten der Gelehrten auseinander. Einige erblickten darin das Walten einer höheren Macht. Andere leiteten die geistige Überlegenheit des Affen davon ab, daß er über vier bewegliche Hände verfügte.

„Höchstwahrscheinlich", meinte Zira, „war der Mensch von Anfang an dadurch benachteiligt, daß er nur zwei Hände mit kurzen, ungelenken Fingern hatte. Infolgedessen blieb er in seiner Entwicklung zurück und war unfähig, sich höheres Wissen anzueignen. Deshalb verstand er auch nie, ein Werkzeug sinnvoll anzuwenden. Aber bitte, es kann ja sein, daß er es früher einmal unbeholfen versucht hat . . . Man hat seltsame Spuren gefunden. Auch jetzt wieder befassen sich Forschungsarbeiten mit diesem Thema. Wenn du dich dafür interessierst, werde ich dich eines Tages mit Cornelius bekannt machen."

„Cornelius?"

„Mein Verlobter", sagte Zira errötend. „Ein großer, ein wirklicher Gelehrter."

„Ein Schimpanse?"

„Selbstverständlich", meinte sie. „Darüber hinaus bin auch ich dieser Ansicht: Die Tatsache, daß wir Vierhänder sind, stellt einen der wichtigsten Faktoren unserer geistigen Entwicklung dar. Das hat uns auch befähigt, uns auf die Bäume zu schwingen und so alle drei Dimensionen des Raumes auszukosten. Der Mensch indes, durch eine körperliche Mißbildung an den Boden gefesselt, konnte sich nicht zu dergleichen aufraffen. Unserer manuellen Geschicklichkeit entsprang die Lust am Konstruktiven, und auf diese Weise erreichten wir unser höheres Niveau."

Auf der Erde hatte man oft mit genau den entgegengesetzten Argumenten operiert, um die Überlegenheit des Menschen zu erklären. Nach einigem Nachdenken mußte ich mir jedoch eingestehen, daß auch Ziras Standpunkt einiges für sich hatte.

Gern hätte ich das Gespräch fortgesetzt, zumal ich noch eine Menge Fragen auf Lager hatte. Aber wir wurden durch Zoram und Zanam unterbrochen, die mit dem Abendessen kamen. Zira wünschte mir verstohlen eine gute Nacht und ging. Ich blieb in meinem Käfig zurück, mit Nova als einziger Gesellschaft.

Wir waren mit dem Essen fertig. Die Gorillas hatten sich entfernt und sämtliche Lichter gelöscht, bis auf eines, das vom Eingang her einen schwachen Schein ausstrahlte. Gedankenverloren schaute ich Nova an. Es stand fest, daß sie Zira nicht mochte und meine Gespräche mit der Schimpansin mißbilligte. Anfangs hatte sie sogar einzugreifen versucht, indem sie im Käfig tobte und Zira mit Stroh bewarf. Ich hatte sie mit Gewalt beruhigen müssen. Nach einem Klaps aufs Hinterteil gab sie endlich Frieden. Anschließend tat es mir leid, daß ich mich hatte hinreißen lassen, aber sie schien es mir nicht nachzutragen.

Die geistige Anstrengung, die es mich gekostet hatte, um mich mit den Evolutionstheorien der Affen vertraut zu machen, hatte mich erschöpft. Ich war glücklich, als Nova im Halbdunkel meine Nähe suchte. Allmählich hatten sich zwischen uns gewisse Spielregeln der Vertraulichkeit ausgebildet, die auf einen Kompromiß zwischen irdischem Anstand und den Gebräuchen dieser primitiven Sorormenschen hinausliefen.

3

Ein großer Tag war für mich angebrochen. Zira hatte sich von meinen Bitten erweichen lassen und sich bereit erklärt, mich aus dem „Institut für höhere biologische Forschung" – so hieß unsere Anstalt – auf eine Stadtbesichtigung mitzunehmen.

Sie hatte sich erst nach langem Zögern dazu entschlossen. Ich mußte einige Zeit aufwenden, um sie von meiner Herkunft völlig zu überzeugen. Solange sie bei mir war, konnte sie sich den Beweisen nicht entziehen, aber hinterher wurde sie wieder von Zweifeln befallen. Wenn ich mich an ihre Stelle versetzte, sah ich ein, daß meine

Beschreibung der irdischen Menschen und vor allem der irdischen Affen sie außerordentlich schockierte. Sie gestand mir später, daß sie es lange Zeit vorgezogen habe, in mir einen Schwindler oder Scharlatan zu sehen, als mir Glauben zu schenken. Aber schließlich habe sie angesichts der Indizien, die ich an den Tag legte, unbegrenztes Zutrauen zu mir gefaßt und sogar Pläne zu meiner Freilassung zu schmieden begonnen. Die Durchführung sei nicht leicht, erklärte sie mir an diesem Tag. Zunächst einmal wollte sie mich am frühen Nachmittag zu einem Spaziergang abholen.

Der Gedanke, mich wieder an der frischen Luft bewegen zu können, verursachte mir Herzklopfen. Meine Begeisterung legte sich ein wenig, als sich herausstellte, daß ich an der Leine geführt werden sollte. Die Gorillas zerrten mich aus dem Käfig, schlugen Nova die Tür vor der Nase zu und legten mir ein ledernes Halsband um, an dem eine starke Kette befestigt war. Zira ergriff das andere Ende und nahm mich sozusagen ins Schlepptau. Nova jammerte herzzerreißend. Doch als ich mich besorgt nach ihr umwandte und ihr liebevoll zuwinkte, schien das der Schimpansin nicht recht zu sein. Sie riß mich schonungslos mit sich fort. Sie fand es unverständlich und empörend, daß ich mich mit dem Mädchen abgab, obwohl ich doch eben Geist und Verstand eines Affen besaß.

Ihre schlechte Laune verschwand, als wir uns allein in einem leeren, finsteren Korridor befanden. „Ich nehme an", sagte sie lachend, „daß die Menschen der Erde nicht gewöhnt sind, von einem Affen an der Leine ausgeführt zu werden."

Das mußte ich ihr allerdings bestätigen. Sie entschuldigte sich und erklärte, es errege weiter kein Ärgernis, wenn man einen Menschen auf der Straße spazierenführe, aber normalerweise binde man ihn eben an. Später, wenn ich mich recht brav betragen würde, sei es durchaus möglich, mich frei umherlaufen zu lassen.

Und dann – vergessend, wer ich im Grunde war, was ihr öfter unterlief – gab sie mir unzählige Verhaltensmaßregeln, die mich zutiefst demütigten. Unter anderem sagte sie:

„Vor allem darfst du dich nicht unterstehen, den Passanten die Zähne zu zeigen oder ein argloses Kind zu kratzen, das dich streicheln möchte. Ich wollte dir keinen Maulkorb anlegen, aber ..." Sie brach ab und lachte. „Verzeihung!" rief sie. „Entschuldige, ich vergesse dauernd, daß du ja Verstand hast wie ein Affe."

Sie gab mir einen kleinen, freundschaftlichen Klaps. Ihre Fröhlichkeit vertrieb meinen aufsteigenden Groll. Ich hörte sie gern lachen. Novas Unfähigkeit, solcherart ihrer Freude Ausdruck zu verleihen, entlockte mir so manchen Seufzer. Ich stimmte in den Heiterkeitsausbruch der Schimpansin mit ein. Im Halbdunkel des Flurs konnte ich ihre Gesichtszüge kaum erkennen. Sie hatte sich zum Ausgehen ein schickes Kostüm angezogen und eine Kappe aufgesetzt, die ihre Ohren verdeckte. Einen Moment lang vergaß ich, daß sie eine Äffin war, und hakte mich bei ihr unter. Sie ließ es geschehen. Arm in Arm legten wir einige Schritte zurück. Am Ende des Ganges, wo durch ein Seitenfenster Licht einfiel, machte sie sich schnell von mir los und stieß mich weg. „Das schickt sich nicht für dich“, sagte sie, ein wenig bedrückt. „Außerdem bin ich verlobt, und –“

„Ach ja, richtig!“

Meine Bemerkung hatte wohl etwas ironisch geklungen, und ich wurde verlegen. Sie übrigens auch. Ihre Schnauze rötete sich.

„Ich wollte damit sagen: Niemand darf vorläufig ahnen, wer du wirklich bist. Glaub mir, das ist nur in deinem eigenen Interesse.“

Ich fügte mich und ließ mich folgsam führen. Wir verließen das Gebäude. Der Portier des Instituts, ein dicker, uniformierter Gorilla, grüßte Zira. Mich schaute er neugierig an. Draußen auf dem Gehsteig wurde mir, nach mehr als drei Monaten des Eingesperrtseins, von der ungewohnten Bewegung und der Pracht des Beteigeuze ein bißchen schwindlig. Ich pumpte meine Lungen mit der lauen Luft voll. Mit einemmal kam mir zu Bewußtsein, daß ich nackt war, und ich wurde rot. In meinem Käfig hatte ich mich daran gewöhnt; doch hier, vor den Augen der vorübergehenden Affen, empfand ich es als grotesk und unanständig. Zira hatte kategorisch abgelehnt, mich einzukleiden. Sie behauptete, ich würde angezogen mindestens so lächerlich wirken wie die dressierten Menschen, die man auf Jahrmärkten zeige. Zweifellos hatte sie recht. Wenn die Passanten sich nach mir umdrehten, dann nicht etwa deshalb, weil ich ein nackter Mann war, sondern ein Mensch, ein Geschöpf, das auf der Straße die gleiche Neugier hervorrief wie ein Schimpanse in einem französischen Ort. Die Erwachsenen gingen auflachend ihres Weges. Ein paar Affenkinder umringten mich und starrten mich hingerissen an. Zira zog mich rasch zu ihrem Wagen, hieß mich hinten einsteigen, nahm hinter dem Steuer Platz und fuhr mich langsam durch die Straßen.

Von der Stadt – der Metropole eines wichtigen Siedlungsgebietes der Affen – hatte ich bei meiner Ankunft ja so gut wie nichts gesehen. Nun mußte ich mich damit abfinden, sie von Affen bevölkert zu erblicken – von Affen zu Fuß, im Auto, in den Geschäften, von uniformierten Affen, die für Ordnung sorgten.

Davon abgesehen, beeindruckte die Stadt mich nicht sonderlich. Die Häuser glichen den unserigen; die Straßen, ziemlich schmutzig, unseren Straßen.

Der Verkehr war nicht so dicht wie bei uns. Was mich wirklich überraschte, war die Art, wie die Fußgänger die Fahrbahn überquerten. Es gab keine eigenen Fußgängerüberwege zu ebener Erde, sondern in der Luft. Sie bestanden aus großmaschigen Metallgittern, an denen sich die Affen mit ihren vier Händen festhielten. Alle trugen aus geschmeidigem Leder gefertigte Handschuhe, die sie in keiner Weise behinderten.

Nachdem sie mich nach Art einer Besichtigungstour kreuz und quer durch die Stadt gefahren hatte, brachte Zira den Wagen vor einem hohen Zaun zum Stehen, hinter dem man Blumenbeete sehen konnte.

„Der Park", erklärte sie. „Wir werden uns ein wenig die Füße vertreten. Ich wollte dir eigentlich noch anderes zeigen, unsere Museen zum Beispiel, die wirklich großartig sind. Doch das ist leider nicht mehr möglich."

Ich versicherte ihr, daß ich gegen ein bißchen Bewegung nichts einzuwenden hätte.

Und dann fügte sie hinzu: „Hier haben wir Ruhe. Es sind nur wenige Leute da, und es ist an der Zeit, daß wir ernsthaft miteinander reden."

4

„Ich glaube, du bist dir der Gefahren nicht bewußt, die dir bei uns hier drohen", fing sie an.

„Einige davon habe ich ja bereits kennengelernt. Mir will aber scheinen, daß, wenn ich mich demaskiere – wozu ich jederzeit bereit bin –, die Affen mich als ihnen geistig ebenbürtig anerkennen werden."

„Siehst du, das ist ein Irrtum. Hör zu ..."

Wir schlenderten durch den Park. Die Alleen lagen fast verlassen da, und wir begegneten niemandem außer einigen Liebespaaren, die mir höchstens einen flüchtigen Blick widmeten. Ich hingegen beobachtete sie schamlos, da ich fest entschlossen war, mir keine Gelegenheit entgehen zu lassen, um etwas über die Sitten und Gebräuche der Affen zu erfahren.

Eng umschlungen bewegten sie sich mit kleinen Schritten vorwärts. Oft blieben sie an einer Wegbiegung stehen und küßten einander. Mitunter klammerten sie sich an die tieferhängenden Äste eines Baumes und schwangen sich hinauf, nachdem sie verstohlen um sich geblickt hatten. Das taten sie, ohne sich voneinander zu trennen, mit beneidenswerter Leichtigkeit, indem sie je eine Hand und einen Fuß zu Hilfe nahmen, und verschwanden im Laubwerk.

„Hör mich an", sagte Zira. „Dein ‚Beiboot'" – ich hatte ihr bis in alle Einzelheiten berichtet, wie wir auf dem Planeten gelandet waren –, „dein ‚Beiboot' wurde entdeckt; zumindest das, was von ihm nach der Zerstörung übriggeblieben ist. Unsere Forscher haben aufgemerkt. Sie haben erkannt, daß es nicht bei uns gebaut wurde."

„Konstruiert man bei euch auch solche Flugapparate?"

„Nicht so vollkommene. Nach allem, was du mir erzählt hast, sind wir noch nicht so weit wie ihr. Wir haben aber schon künstliche Satelliten gestartet. Der letzte wurde sogar bemannt: mit einem Menschen. Leider mußten wir den Satelliten in der Luft zerstören, da wir ihn nicht zurückholen konnten."

„Aha", machte ich nachdenklich. „Ihr verwendet also Menschen auch zu solchen Experimenten."

„Wen denn sonst ... Also, wie gesagt, dein ‚Beiboot' ist entdeckt worden."

„Und unser Raumschiff, das seit Monaten um euren Planeten kreist?"

„Darüber habe ich nichts gehört. Es scheint unseren Astronomen entgangen zu sein. Aber unterbrich mich doch nicht andauernd. Einige unserer Wissenschaftler sind der Ansicht, dein sogenanntes ‚Beiboot' stamme von einem anderen Planeten und sei bemannt gewesen. Keiner von ihnen geht jedoch so weit, sich vorzustellen, daß es intelligente Wesen in Menschengestalt geben könnte."

„Man muß es ihnen eben sagen, Zira!" rief ich. „Ich habe es satt, hier als Gefangener zu leben, und sei es auch in einem noch so komfortablen Käfig, und sei es auch unter deiner Betreuung. Warum verbirgst du mich? Warum offenbarst du den anderen nicht die Wahrheit?"

Zira blieb stehen, blickte sich um und legte mir die Hand auf den Arm. „Warum? Einzig und allein in deinem Interesse. Du kennst doch Zaius."

„Gewiß. Ich wollte noch auf ihn zu sprechen kommen. Was ist mit ihm?"

„Du hast doch gesehen, wie deine ersten vernünftigen Handlungen auf ihn gewirkt haben. Du hast ja keine Ahnung, wie oft ich ihn über dich auszuhorchen versuchte, mit aller Vorsicht natürlich, wie oft ich ihm einzureden versuchte, daß du vielleicht trotz allem kein wildes Tier bist."

„Ich habe euch bei euren Diskussionen beobachtet und gemerkt, daß ihr euch nicht einigen konntet."

„Er ist störrisch wie ein Maulesel und dumm wie ein Mensch!" ereiferte sich Zira. „Nun ja, er ist eben ein Orang-Utan. Er hat ein für allemal festgesetzt, daß deine Fähigkeiten aus einem überentwickelten tierischen Instinkt resultieren, und nichts wird ihn je dazu bewegen, seine Meinung zu ändern. Zu allem Unglück hat er bereits eine längere Abhandlung über deinen Fall verfaßt, in der er die These verficht, daß du ein dressierter Mensch bist, das heißt also ein Mensch, dem man bestimmte Kunststücke beigebracht hat, und zwar vermutlich während einer früheren Gefangenschaft."

„Dieser Idiot!"

„Sehr richtig – nur, er repräsentiert die offizielle Wissenschaft und hat großen Einfluß. Er gehört zu den Spitzen des Instituts, und alle meine Berichte gehen an ihn. Ich bin sicher, er würde mich des Verrats an der Wissenschaft bezichtigen, wenn ich die Wahrheit über deinen Fall bloßlegen würde, wie du es verlangst. Man würde mich entlassen. Das wäre nicht so wichtig, aber wer weiß, was dir dann bevorstünde."

„Was für ein schlimmeres Geschick kann es schon geben als das Leben in einem Käfig?"

„Sei nicht so undankbar! Du weißt ja nicht, zu was für Listen ich Zuflucht genommen habe, um dich vor der Verlegung in die Enzephalische Abteilung zu bewahren. Dies aber würde man garantiert veranlassen, wenn du weiterhin darauf bestehst, ein vernunftbegabtes Wesen zu sein."

„Enzephalische Abteilung? Was ist das?" fragte ich.

„Dort werden gewisse äußerst schwierige Operationen am Gehirn ausgeführt, zum Beispiel Gewebeverpflanzungen, Eingriffe und Änderungen an den Nervenzentren sowie partielle oder auch totale Resektionen vorgenommen."

„Und alle diese Experimente werden an Menschen durchgeführt?"

„Selbstverständlich. Das Gehirn des Menschen, wie überhaupt seine ganze Anatomie, entspricht weitgehend dem unserigen. Es ist ein Glücksfall, daß uns die Natur Lebewesen zur Verfügung gestellt hat, an denen wir unseren eigenen Körper studieren können. Der Mensch dient uns noch zu vielen anderen Forschungszwecken, wie du nach und nach merken wirst ... Gegenwärtig ist eben wieder eine hochwichtige Versuchsreihe im Gange."

„Die beachtliches Menschenmaterial erfordert."

„Allerdings. Daher auch die Treibjagden im Dschungel, die wir veranstalten, um unseren Vorrat aufzufrischen. Um die Durchführung kümmern sich bedauerlicherweise die Gorillas, die dadurch Gelegenheit haben, ihrem Lieblingszeitvertreib zu frönen, nämlich dem Gewehrschießen. Auf diese Weise geht eine große Anzahl von Versuchsobjekten für die Wissenschaft verloren."

„Wirklich außerordentlich bedauernswert", sagte ich höhnisch. „Doch um auf mich zurückzukommen ..."

„Verstehst du nun, warum ich das Geheimnis bewahren mußte?"

„Ich bin also dazu verdammt, den Rest meines Lebens in einem Käfig zu verbringen?"

„Wenn mein Plan gelingt – nein. Aber wir dürfen erst nach reiflicher Überlegung und mit starken Trümpfen bewaffnet deine wahre Herkunft enthüllen. Ich schlage dir folgendes vor: In einem Monat findet der Jahreskongreß der Biologen statt. Das ist ein bedeutendes Ereignis, an dem ein zahlreiches Publikum und die Vertreter aller großen Zeitungen teilnehmen. Nun ist aber bei uns die öffentliche Meinung ein stärkeres Element als Zaius, als alle Orang-Utans zusammengenommen, noch stärker sogar als die Gorillas. Darin liegt deine Chance. Während dieses Kongresses, vor versammeltem Haus, wirst du den Schleier lüften. Zaius, der, wie ich dir gesagt habe, einen langen Vortrag über dich und deinen berühmten Instinkt vorbereitet hat, möchte dich nämlich bei der Gelegenheit vorführen. Das beste ist also, wenn du selbst das Wort ergreifst und deinen Fall darlegst. Das wird eine derartige Sensation hervorrufen, daß Zaius dich nicht am Reden hindern können wird. Es liegt allein an dir, dich klar auszudrücken und nicht nur die Menge, sondern auch die Journalisten so zu überzeugen, wie du mich überzeugt hast."

„Und falls Zaius und die Orang-Utans sich nicht umstimmen lassen?"

„Die Gorillas, die sich immer der öffentlichen Meinung beugen, werden diese Dummköpfe schon zur Vernunft bringen. Viele sind trotz allem nicht ganz so dumm wie Zaius. Außerdem gibt es unter den Gelehrten vereinzelt einige Schimpansen, welche die Akademie aufgrund ihrer sensationellen Entdeckungen aufnehmen mußte. Zu diesen gehört auch Cornelius, mein Verlobter. Mit ihm, und nur mit ihm, habe ich bereits über dich gesprochen. Er hat mir zugesichert, sich für dich zu verwenden. Natürlich möchte er dich zunächst einmal sehen und selbst die unglaubliche Geschichte überprüfen, die ich ihm erzählt habe. Unter anderem habe ich dich auch deshalb heute hierhergebracht. Ich bin mit ihm verabredet, und er müßte eigentlich schon dasein."

CORNELIUS erwartete uns vor einem Dickicht riesiger Farne. Er war ein gutaussehender Schimpanse, sicherlich älter als Zira, aber für einen Angehörigen der Akademie erstaunlich jung. Sogleich fiel mir sein durchgeistigter, wacher und außerordentlich lebhafter Blick auf.

„Wie findest du ihn?" fragte mich Zira leise auf französisch.

Daran erkannte ich, daß ich endgültig das Vertrauen der Schimpansin gewonnen hatte. Ich murmelte ein paar lobende Worte, und wir traten auf ihn zu.

Die Verlobten umarmten einander so, wie ich es bei den anderen Liebespaaren gesehen hatte. Er hatte sie an sich gezogen, ohne mich eines Blickes zu würdigen. Trotz allem, was sie ihm über mich gesagt haben mochte, war es klar, daß ihm meine Anwesenheit nicht mehr bedeutete als die eines Haustieres. Sogar Zira vergaß mich eine Weile. Die beiden tauschten lange Küsse aus. Doch dann fuhr Zira auf, löste sich energisch aus der Umarmung und schaute verlegen zur Seite.

„Liebling, wir sind doch allein", meinte Cornelius beruhigend.

„Ich bin da", sagte ich würdevoll und mit meiner besten Artikulation in der Affensprache.

„Ha!" schrie der Schimpanse zurückweichend.

Ich sagte: „Ich bin da. Zu meinem Bedauern sehe ich mich genötigt, Sie darauf hinzuweisen. Ihr Benehmen geniert mich zwar nicht, aber ich möchte *Sie* nicht in Verlegenheit bringen."

„Da soll doch gleich ...!" stieß der gelehrte Schimpanse aus. Zira begann zu lachen und machte uns miteinander bekannt. „Doktor Cornelius, Mitglied der Akademie", stellte sie vor. „Ulysse Mérou, ein Bewohner des Sonnensystems, genauer gesagt des Planeten Erde."

„Freut mich, Ihre Bekanntschaft zu machen", sagte ich. „Zira hat mir von Ihnen erzählt. Zu einer so charmanten Braut kann man Sie nur beglückwünschen." Und ich reichte ihm die Hand. Er zuckte zurück, als habe sich eine Schlange vor ihm aufgebäumt.

„Es ist also doch wahr?" flüsterte er und blickte Zira verstört an.

„Liebling, seit wann habe ich die Angewohnheit, dir Lügen aufzutischen?"

Er faßte sich. Er war ja Wissenschaftler. Nach kurzem Zögern drückte er mir die Hand. „Wie geht es Ihnen?"

„Nicht schlecht", erwiderte ich. Und dann entschuldigte ich mich wieder einmal für meinen Aufzug.

„Er denkt an nichts anderes", erklärte ihm Zira lachend. „Es ist geradezu ein Komplex. Er macht sich keinen Begriff, wie lächerlich er angezogen wirken würde."

„Und Sie kommen wirklich von – von –?"

„Von der Erde, einem Planeten der Sonne."

Gewiß hatte er bis jetzt Ziras Berichten kaum Glauben geschenkt und das Ganze eher für einen Scherz gehalten. Er begann mich mit Fragen zu bombardieren. Wir schlenderten dahin, die beiden Arm in Arm vorneweg, ich an der Kette hinterdrein, um bei den anderen Spaziergängern, denen wir gelegentlich begegneten, kein unliebsames Aufsehen zu erregen. Aber meine Antworten entfachten seine wissenschaftliche Neugierde dermaßen, daß er oft stehenblieb, sich von seiner Verlobten losmachte und sich mir zuwandte, worauf wir heftig gestikulierend diskutierten und Figuren in den Sand der Allee zeichneten. Zira war darüber nicht böse. Im Gegenteil, es schien ihr direkt Spaß zu machen.

Cornelius interessierte sich natürlich vor allem leidenschaftlich für die Entwicklung des Homo sapiens auf der Erde, und ich mußte ihm hundertmal alles wiederholen, was ich darüber wußte. Dann hing er lange seinen Gedanken nach. Er sagte mir, meine Eröffnungen stellten zweifellos ein Dokument von erstrangiger Wichtigkeit für die Wissenschaft und insbesondere für ihn dar, da er sich zur Zeit gerade mit außerordentlich schwierigen Forschungsarbeiten über das Phänomen „Affe" befasse. Für ihn sei das nämlich kein gelöstes Problem und er sei mit den allgemein verbreiteten Theorien nicht einverstanden. Aber Näheres war aus ihm bei dieser ersten Begegnung nicht herauszubekommen.

Wie dem auch sei, in seinen Augen war ich ein höchst interessanter Fall, und er hätte alles darum gegeben, mich in seinem Laboratorium zu haben. Wir unterhielten uns sodann über meine gegenwärtige Lage und über Zaius, dessen Dummheit und Blindheit ihm wohlbekannt waren. Er billigte Ziras Plan und erklärte sich bereit, auch seinerseits den Boden vorzubereiten, indem er vor seinen Kollegen hie und da auf die Rätselhaftigkeit meines Falles hinweisen werde.

Als er sich von uns verabschiedete, reichte er mir ohne Zögern die Hand, nachdem er festgestellt hatte, daß niemand in Sicht war. Dann umarmte er seine Verlobte und ging. Doch er drehte sich mehrmals um, wie um sich zu überzeugen, daß ich kein Trugbild war.

„Ein reizender junger Affe", sagte ich, als wir zum Wagen zurückkehrten.

„Und ein sehr großer Gelehrter. Ich bin sicher, daß du mit seiner Unterstützung den Kongreß für dich einnehmen wirst."

„Zira", flüsterte ich ihr ins Ohr, als ich auf der hinteren Sitzbank Platz genommen hatte, „wenn alles klappt, verdanke ich dir die Freiheit und das Leben."

Ich war mir wohl bewußt, wieviel sie seit meiner Gefangennahme für mich getan hatte. Ohne sie wäre es mir nie gelungen, Kontakt mit der Affenwelt aufzunehmen. Es wäre Zaius ein leichtes gewesen, mein Gehirn sezieren zu lassen, um zu beweisen, daß ich kein vernunftbegabtes Wesen sei. Dank Zira hatte ich jetzt Verbündete und konnte der Zukunft mit etwas mehr Optimismus entgegensehen.

„Ich tue es aus Liebe zur Wissenschaft", sagte sie errötend. „Du bist ein einzigartiger Fall, den man um jeden Preis für die Wissenschaft erhalten muß."

Mein Herz floß über vor Dankbarkeit. Ziras geistige Ebenbürtigkeit ließ mich ihre äußere Erscheinung vergessen. Ich legte die Hand auf ihre lange, behaarte Pfote. Sie erbebte, und ihre Augen strahlten mich voll warmer Sympathie an. Wir waren beide tief bewegt und wechselten während der Fahrt kein Wort.

Als sich der Käfig wieder hinter mir geschlossen hatte, stieß ich Nova, die mich mit kindischer Wiedersehensfreude begrüßte, unsanft von mir.

5

ZIRA hatte mir heimlich eine Taschenlampe geliehen und versorgte mich laufend mit Büchern, die ich unter dem Stroh versteckte. Ich beherrschte die Sprache der Affen jetzt in Wort und Schrift. Jede Nacht verbrachte ich mehrere Stunden damit, die Zivilisation dieses Planeten zu studieren. Nova hatte anfangs protestiert. Sie pflegte beim Anblick eines Buches die Zähne zu fletschen, so als wittere sie darin einen gefährlichen Feind. Sobald ich jedoch den Strahl der Taschenlampe auf sie richtete, verkroch sie sich zitternd und stöhnend in eine Ecke.

Seit ich jenes Gerät besaß, war ich sozusagen Herr im Käfig, und es bedurfte keiner „schlagenden Argumente" mehr, um Nova in Schach zu halten. Es schien mir ganz so, als hielte sie mich für ein unheimliches Wesen, und gewisse Anzeichen sprachen dafür, daß die übrigen Gefangenen mich ebenso beurteilten. Mein Ansehen war beträchtlich gewachsen. Ich mißbrauchte es sogar, indem ich Nova manchmal mutwillig mit dem Lichtstrahl erschreckte.

ALSBALD schmeichelte ich mir, eine ziemlich genaue Vorstellung von der Affenwelt zu besitzen.

Die Affen leben nicht nach Nationen getrennt. Der gesamte Planet wird von einem Ministerrat regiert, dessen Spitze ein Triumvirat bildet, das aus einem Gorilla, einem Orang-Utan und einem Schimpansen besteht. Neben dieser Regierung gibt es ein Parlament, das sich aus drei Kammern zusammensetzt: derjenigen der Gorillas, der Orang-Utans und der Schimpansen. Jede dieser Versammlungen wacht über die Interessen ihrer Rasse.

Diese Einteilung in drei Rassen ist die einzige, die es bei ihnen gibt. Im Prinzip haben alle die gleichen Rechte und können jede beliebige Stellung bekleiden. Allerdings beschränkt sich, von Ausnahmen abgesehen, jede Rasse auf ihr eigenes Gebiet.

Aus einer längst vergangenen Epoche, in der sie durch Gewalt herrschten, haben die Gorillas den Hang zur Autorität herübergerettet, und sie bilden noch heute die mächtigste Klasse. Sie halten sich von der Menge fern, erscheinen nur selten bei Massenveranstaltungen, und doch werden die meisten großen Unternehmen von ihnen geleitet. Im allgemeinen ziemlich ungebildet, verstehen sie es instinktiv, ihre wenigen Kenntnisse nutzbringend anzuwenden. Sie zeichnen sich aus in der Kunst, allgemeine Richtlinien aufzustellen und die anderen Affen zu lenken. Wenn ein Techniker eine interessante Entdeckung gemacht hat, beispielsweise eine Leuchtröhre oder einen neuen Brennstoff, so ist es fast immer ein Gorilla, der die Auswertung übernimmt und der Sache zum Erfolg verhilft. Ohne wirklich intelligent zu sein, sind sie doch schlauer als die Orang-Utans, bei denen sie durch herrisches Auftreten erreichen, was sie wollen. So gibt es zum Beispiel in der Leitung unseres Instituts einen dem wissenschaftlichen Direktor Zaius übergeordneten Verwaltungsbeamten, einen Gorilla, den man nicht oft zu Gesicht bekommt. In meinem Saal ist er nur ein einziges Mal erschienen. Er hat mich auf eine bestimmte Art gemustert, so daß ich beinahe versucht war, Habachtstellung einzunehmen. Zaius benahm sich in seiner Gegenwart zurückhaltend, und sogar Zira schien von seinem großspurigen Gehabe beeindruckt zu sein.

Gorillas, die keine leitenden Posten innehaben, sind meist in untergeordneten Stellungen beschäftigt, wo es auf Körperkraft ankommt. Zoram und Zanam zum Beispiel werden nur für gröbere Arbeiten und vor allem zur Aufrechterhaltung der Ordnung eingesetzt.

Außerdem betätigen sich die Gorillas als Jäger. Diese Funktion ist ihnen gewissermaßen vorbehalten. Sie fangen wilde Tiere und insbesondere Menschen ein. Ich habe bereits unterstrichen, welch enormes Menschenmaterial die Experimente der Affen verschlingen. Diesen Experimenten kommt hier eine Bedeutung zu, die mich desto mehr beunruhigt, je deutlicher ich sie erkenne. Es scheint so, als widme sich ein Teil der Affenbevölkerung ausschließlich biologischen Studien; ich werde auf dieses Mißverhältnis später noch zurückkommen. Jedenfalls erfordert die Beschaffung immer neuen Menschenmaterials eine eigene Organisation. Ein ganzes Heer von Jägern, Treibern, Transportunternehmern und Händlern ist in diesem Gewerbe tätig, dessen leitende Stellungen immer von Gorillas bekleidet werden. Ich glaube, das Geschäft ist sehr einträglich, denn die Menschen werden zu hohen Preisen gehandelt.

Neben oder besser gesagt unter den Gorillas – obwohl natürlich jede Art von Hierarchie anfechtbar ist – gibt es die Orang-Utans und die Schimpansen. Erstere, zahlenmäßig die kleinste Gruppe, repräsentieren nach Ziras Worten die offizielle Wissenschaft.

Daneben gibt es allerdings auch einige, die ihr Glück in der Politik, der Kunst und der Literatur versuchen. Auf all diesen Gebieten legen sie die gleichen Charaktereigenschaften an den Tag. Hochtrabend, eingebildet, pedantisch, ohne Originalität und kritisches Urteilsvermögen, traditionsbesessen, blind und taub gegenüber allem Neuen, auf Klischees und überlieferte Formeln eingeschworen, bilden sie die Grundpfeiler aller Akademien. Ihr phänomenales Gedächtnis befähigt sie, die Materie ganzer Wissensgebiete auswendig zu lernen. Anschließend schreiben sie selbst Bücher, in denen sie das Angelesene wiederkäuen, woraufhin sie bei ihresgleichen in der Achtung steigen. Vielleicht bin ich in dieser Hinsicht etwas voreingenommen, weil Zira und ihr Verlobter, wie alle Schimpansen, die Orang-Utans geringschätzen. Ebenso verachtet werden sie von den Gorillas, die sie jedoch im Sinne ihrer eigenen Zielsetzung auszunutzen verstehen. Fast jeder Orang-Utan wird von einem Gorilla oder einer Gruppe von Gorillas in seinem ehrenvollen Amt gestützt und gefördert, man verschafft ihm die begehrten Titel und Orden, aber auch nur so lange, wie er die in ihn gesetzten Erwartungen erfüllt. Andernfalls wird er durch einen Artgenossen ersetzt.

Bleiben also die Schimpansen. Diese bilden offensichtlich die intellektuelle Schicht des Planeten. Es ist keine Großsprecherei, wenn Zira behauptet, daß alle bedeutenden Entdeckungen von ihnen gemacht wurden. Es ist höchstens eine etwas überspitzte Verallgemeinerung, denn es gibt natürlich ein paar Ausnahmen. Jedenfalls verfassen sie die meisten interessanten Bücher, und zwar auf allen möglichen Gebieten. Ein mächtiger Forschungsdrang scheint sie zu beseelen.

Ich habe schon erwähnt, was für Werke die Orang-Utans fabrizieren. Das Unglück ist nur, wie Zira nicht oft genug bedauern kann, daß es sich dabei um die offiziellen Lehrbücher handelt, wodurch eine Unmenge gröbster Irrtümer unter der Affenjugend Verbreitung findet. Noch bis vor kurzem wurde in diesen gelehrten Texten, wie Zira versichert, die Meinung vertreten, der Planet Soror sei der Mittelpunkt des Universums, obwohl alle durchschnittlich intelligenten Affen dies längst als falsch erkannt hatten. Diese Ansicht geht auf einen vor mehreren tausend Jahren auf der Soror lebenden, hochangesehenen Affen namens Haristas zurück, dessen Lehren die Orang-Utans seit damals verfochten. Zaius' Haltung mir gegenüber erscheint mir begreiflicher, seit ich weiß, daß jener Haristas erklärt hatte, nur Affen besäßen eine Seele. Den Schimpansen ist glücklicherweise ein weitaus kritischerer Geist zu eigen. Neuerdings sind sie offenbar bestrebt, mit den überholten Theorien der alten Schule aufzuräumen.

Die Gorillas hingegen schreiben nur wenige Bücher. Wenn sie es doch tun, stechen vor allem ihre Darstellungsweise und ihre Sachkenntnis hervor. Ich habe einige dieser Bücher flüchtig durchgelesen und entsinne mich folgender Titel: „Über die Notwendigkeit einer festgefügten Organisation auf der Basis der Forschung", „Die Vorteile einer sozialen Politik" und dann „Die Organisation der großen Menschentreibjagden auf dem Grünen Kontinent". Dabei handelt es sich immer um Fachbücher, mit grafischen Darstellungen, Zahlentabellen und oft auch mit hübschen Fotografien ausgestattet. Jedes Kapitel ist von einem Fachmann auf dem einschlägigen Spezialgebiet verfaßt.

Man sollte meinen, daß die politische Einheit des Planeten, das Fehlen von Krieg und Militär – es gibt keine Armee, sondern nur eine Polizei – den raschen Fortschritt der Affen auf allen Gebieten begünstigen. Das ist jedoch nicht der Fall. Zwar dürfte die Soror um einiges älter sein als die Erde, aber in vielerlei Hinsicht ist man hier noch nicht so weit wie bei uns.

Es gibt Elektrizität, Industrien, Automobile und Flugzeuge, aber was die Eroberung des Weltraums betrifft, so ist man erst beim Stadium künstlicher Satelliten angelangt. Im Bereich der reinen Naturwissenschaft halte ich ihre Kenntnis des Makrokosmos und des Mikrokosmos für geringer als unsere. Dieses Hinterdreinhinken beruht vielleicht nur auf einem Zufall, und ich bezweifle gar nicht, daß sie uns möglicherweise eines Tages einholen, zumal wenn man die Geschicklichkeit bedenkt, deren sie fähig sind, und den Forschergeist, der beispielsweise die Schimpansen erfüllt. Man gewinnt unwillkürlich den

Eindruck, daß sie eine für unsere Begriffe ungewöhnlich lange Periode der Stagnation durchgemacht haben, die erst seit wenigen Jahren einer Ära beträchtlicher Errungenschaften gewichen ist.

Der oben erwähnte Forschergeist konzentriert sich in erster Linie auf die Biologie, insbesondere auf das Studium des Affen, wobei der Mensch als Versuchsobjekt dient. Ich habe eine Abhandlung gelesen, in der nachgewiesen wird, daß es auf diesem Planeten mehr Menschen als Affen gibt. Allerdings wächst die Zahl der letzteren ständig an, wohingegen der menschliche Bevölkerungsanteil absinkt, was einige Wissenschaftler bereits um den künftigen Nachschub für ihre Laboratorien bangen läßt.

All dies erklärt jedoch noch nicht das Geheimnis der Vorrangstellung der Affen in entwicklungsgeschichtlicher Hinsicht. Aber vielleicht gibt es da gar kein Geheimnis. Vielleicht ist ihre Vorrangstellung ebenso natürlich zustande gekommen wie die unsrige auf der Erde. Ich allerdings weigere mich, diese Theorie anzuerkennen, und ich weiß jetzt, daß auch etliche einheimische Gelehrte die Frage des Aufstiegs der Affen für noch lange nicht beantwortet erachten. Zu dieser Schule gehört Cornelius, und ich glaube, daß einige der klügsten Köpfe seine Ansicht teilen. Sie wissen nicht, woher sie kommen, wer sie sind und wohin sie gehen, und wahrscheinlich leiden sie darunter. Vielleicht sind auch ihr Übereifer bei den biologischen Forschungen und die Ausrichtung jeglicher wissenschaftlicher Tätigkeit auf diesen einen Punkt darauf zurückzuführen.

Derartige Überlegungen beschäftigten mich nächtelang.

6

VON nun an führte mich Zira ziemlich oft im Park spazieren. Bisweilen trafen wir uns mit Cornelius und bereiteten zusammen die Ansprache vor, die ich vor dem Kongreß halten sollte. Der Termin rückte immer näher, und das machte mich nervös. Zira versicherte mir wiederholt, daß alles gutgehen werde. Cornelius war es darum zu tun, möglichst rasch die Anerkennung meines wahren Ichs und meine Freilassung zu bewirken, um mich von Grund auf studieren zu können ... Um mit mir zusammenarbeiten zu können, verbesserte er sich auf eine unwillige Geste meinerseits hin.

Eines Tages, als ihr Verlobter nicht erschienen war, schlug Zira mir vor, den an den Park angrenzenden zoologischen Garten zu besichtigen. Ich hätte zwar lieber eine Ausstellung oder ein Museum besucht, aber dergleichen Genüsse waren mir noch verboten. Lediglich aus Büchern hatte ich mir einige Kenntnisse der Kunst der Affen angeeignet. Ich hatte Reproduktionen klassischer Gemälde bewundert: Porträts berühmter Affen; Landschaften; Aktbilder verführerischer Affenweibchen, umschwebt von einem geflügelten Äffchen, das eine Art Amor symbolisierte; Schlachtendarstellungen aus der Zeit, als es noch Kriege gab, auf denen furchterregende Gorillas in prunkvollen Uniformen zu sehen waren. Auch Impressionisten waren unter den Malern vertreten, und einige zeitgenössische Künstler bekannten sich zur abstrakten Malerei. All dies hatte ich in meinem Käfig beim Schein der Taschenlampe erfahren.

Umständehalber konnte ich jedoch nur zu Freiluftveranstaltungen mitgenommen werden. So hatte ich unter Ziras Bewachung einem Mannschaftsspiel beigewohnt, das unserem Fußball ähnelte, ferner einem aufregenden Boxkampf zwischen zwei Gorillas und einem Sportfest, wo unter anderem in schwindelnder Höhe halsbrecherische Akrobatenkunststücke vorgeführt wurden.

Wir gingen also in den Zoo. Zunächst einmal gab es nichts Überraschendes zu sehen. Die Tiere wiesen alle irgendwelche Übereinstimmungen mit denen der Erde auf. Da waren Katzen, Dickhäuter, Reptilien und Vögel. Nach allem, was ich auf dem Planeten Soror schon erlebt hatte, wäre mir auch ein Kamel mit drei Höckern oder ein Wildschwein mit einem Geweih nicht weiter verwunderlich vorgekommen. In Erstaunen versetzte mich erst das „Menschengehege". Zira wollte mich von einer Besichtigung zurückhalten und bedauerte anscheinend, mich überhaupt hergeführt zu haben, aber meine Neugier war so groß, daß ich ungestüm an der Leine zerrte, bis die Schimpansin nachgab. Der erste Käfig, vor dem wir stehenblieben, enthielt etwa fünfzig Individuen, Männer, Frauen und Kinder, die da zum Vergnügen der gaffenden Affen ausgestellt waren. Die Menschen hüpften durcheinander, balgten sich, trieben allerhand Späße zum Gaudium der Zoobesucher.

Es war sehenswert. Die Käfiginsassen bemühten sich nach Kräften, die Sympathie der herumstehenden Affenkinder zu erwecken, die ihnen ab und zu Obst oder Kuchenstücke zuwarfen, die eine ältere

Äffin am Eingang des Gartens verkaufte. Wer die besten Kunststücke vollführte, egal ob Erwachsener oder Kind, wer am possierlichsten das Gitter hochkletterte, auf allen vieren lief oder auf den Händen ging, dem fiel die Belohnung zu. Landete sie zufällig inmitten einer Gruppe, gab es wüste Raufereien und gellendes Gekreisch.

Einige gesetztere Menschen beteiligten sich nicht an dem Tumult. Sie saßen abgesondert nahe am Gitter, und sobald ein Affenkind in eine Tüte griff, streckten sie ihm flehend die Hand entgegen. War das Affenkind noch sehr klein, wich es meist erschrocken zurück. Aber seine Eltern oder ältere Gespielen redeten ihm so lange beruhigend zu, bis es sich zitternd überwand und den Leckerbissen in die ausgestreckte Hand legte.

Das Erscheinen eines Menschen außerhalb des Käfigs rief einige Verwunderung hervor, und zwar nicht nur unter den Gefangenen, sondern auch unter den Besuchern. Erstere unterbrachen für einen Moment ihre Possen, um mich argwöhnisch zu mustern, aber da ich mich zurückhielt und auch die Annahme der mir von der Affenkinderschar angebotenen Kuchenstücke würdevoll verweigerte, verloren bald alle das Interesse an mir, und ich konnte unbehelligt meine Beobachtungen machen. Das Benehmen dieser Geschöpfe widerte mich an, und ich errötete vor Scham angesichts der Tatsache, daß ich mich äußerlich in nichts von ihnen unterschied.

In den anderen Käfigen spielte sich ähnliches ab. Ich wollte mich schon, aufs äußerste deprimiert, von Zira wieder wegführen lassen. Plötzlich hätte ich vor lauter Überraschung beinahe aufgeschrien. Da, vor mir, inmitten des Menschenknäuels erblickte ich auf einmal meinen Reisegefährten, den Leiter und die treibende Kraft unserer Expedition, Professor Antelle, den berühmten Gelehrten. Er war also ebenso wie ich in Gefangenschaft geraten, und man hatte ihn an den Zoo verkauft.

Meine Freude, ihn wiederzusehen, war so groß, daß mir die Tränen in die Augen stiegen. Dann erschrak ich über das jammervolle Los, das dem großen Wissenschaftler zuteil geworden war. Als ich jedoch sah, daß er sich auch nicht anders verhielt als die übrigen Menschen, wandelte sich mein Mitleid in fassungsloses Entsetzen, so unglaublich war das Schauspiel, das sich meinen Augen bot. Er hockte mit ein paar anderen am Gitter und streckte bettelnd die Hand zwischen den Stäben durch, und nichts an ihm verriet, daß er ein geistig hochstehendes Wesen war. Ein kleiner Affe reichte ihm eine Frucht. Der Gelehrte nahm sie, setzte sich mit gekreuzten Beinen hin und begann sie heißhungrig zu verschlingen, wobei er lauernd zu dem Kleinen hinüberschielte, so als erwarte er noch eine Gabe. Der Anblick zerriß mir das Herz. Mit leiser Stimme erklärte ich Zira, was mich bewegte. Ich wollte näher treten, zu ihm sprechen, aber Zira verwehrte es mir energisch. Sie meinte, ich könne im Moment gar nichts für ihn tun, und unsere Wiedersehensfreude würde höchstens einen Skandal heraufbeschwören, der unseren gemeinsamen Interessen und meinen eigenen Plänen nur schädlich sein könne.

„Nach dem Kongreß", sagte sie, „wenn du als vernunftbegabtes Wesen anerkannt bist, nehmen wir uns seiner an."

Sie hatte recht, und ich ließ mich schweren Herzens wegführen. Sobald wir wieder im Wagen saßen, erklärte ich ihr, wer Professor Antelle sei und was für einen Ruf er auf der Erde bei den Wissenschaftlern habe. Sie dachte lange nach und versprach mir dann, sich dafür zu verwenden, daß man ihn aus dem Zoo entfernte. Das tröstete mich ein wenig. Trotzdem verweigerte ich an diesem Abend, nachdem sie mich im Institut abgeliefert hatte, das Essen, das die Gorillas mir brachten.

7

IN DEN Wochen vor dem Kongreß stattete mir Zaius zahlreiche Visiten ab und unterwarf mich vielfältigen albernen Tests. Seine Sekretärin füllte mehrere Hefte mit Angaben und Schlußfolgerungen über meine Verhaltensweise. Ich ließ heuchlerisch alles mit mir geschehen, um ihn in Sicherheit zu wiegen.

Das ersehnte Datum kam endlich heran, doch erst am dritten Tag des Kongresses wurde ich geholt, da die Affen sich zunächst erbitterte Rededuelle über theoretische Streitfragen lieferten. Zira hielt mich über den Fortgang auf dem laufenden. Zaius hatte bereits einen langen Vortrag über mich gehalten, in dem er mich als einen Menschen mit besonders ausgeprägten Instinkten darstellte, mir jedoch jeglichen Verstand strikt absprach. Cornelius legte ihm einige Fangfragen vor, des Inhalts, wie er dann wohl gewisse Aspekte meines Verhaltens zu interpretieren gedenke. Dies entfachte die Diskussion aufs neue, und die letzte Sitzung war ziemlich turbulent verlaufen. Die Gelehrten zerfielen in zwei Lager: Die einen billigten dem Tier keinerlei Seele zu, die anderen erblickten lediglich einen Gradunterschied zwischen dem Seelenleben des Affen und dem eines Tieres. Wohlgemerkt, niemand ahnte die volle Wahrheit, außer Zira und Cornelius. Immerhin enthielt der Vortrag von Zaius so viel Überraschendes, daß manche unparteiische Beobachter – natürlich nicht die verknöcherten Paradegelehrten – von Unruhe erfaßt wurden. In der Stadt verbreitete sich allmählich das Gerücht, man habe einen ganz und gar ungewöhnlichen Menschen entdeckt.

Als Zira mich aus dem Käfig ließ, flüsterte sie mir ins Ohr: „Das Haus ist bis auf den letzten Platz gefüllt, die gesamte Presse ist anwesend. Alle sind gespannt und wittern eine Sensation. Etwas Besseres kannst du dir nicht wünschen. Kopf hoch!"

Ich hatte eine kleine Aufmunterung dringend nötig. Ich war schrecklich nervös. Die ganze Nacht hindurch hatte ich meine Ansprache immer wieder aufgesagt. Ich konnte sie auswendig, und eigentlich mußte sie auch den Borniertesten überzeugen. Aber insgeheim quälte mich die Angst, man würde mich nicht zu Worte kommen lassen.

Die Gorillas schafften mich in einen vergitterten Wagen, wo ich mich in der Gesellschaft einiger anderer menschlicher Wesen wiederfand, die man ebenfalls für würdig befunden hatte, der gelehrten Versammlung vorgeführt zu werden.

Wir hielten vor einem riesigen, von einer Kuppel überragten Bauwerk. Die Wächter führten uns in einen mit Käfigen ausgestatteten Nebenraum des Kongreßsaals. Dort warteten wir, bis wir an die Reihe kamen. Von Zeit zu Zeit stieß ein majestätischer, schwarzuniformierter Gorilla eine Tür auf und rief eine Nummer aus. Daraufhin legten die Wächter einen der Menschen an die Leine und führten ihn weg. Mein Herz klopfte jedesmal schneller, wenn der Saaldiener erschien. Durch die angelehnte Tür drang dann Stimmengemurmel, untermischt mit Zwischenrufen und Beifallskundgebungen, aus dem Saal.

Da die anderen gleich nach der Vorführung anderswohin gebracht wurden, befand ich mich schließlich allein mit den Wächtern in dem Raum. Fieberhaft rief ich mir die wichtigsten Stellen meiner Ansprache ins Gedächtnis zurück. Man hatte mich bis zum Schluß aufgespart wie einen Star. Zum letztenmal erschien der schwarzgekleidete

Gorilla und rief meine Nummer. Ich erhob mich unverzüglich, nahm dem verblüfften Affen die Leine aus der Hand, die er gerade an meinem Halsband befestigen wollte, und hakte sie selbst ein. So betrat ich, von zwei Leibwächtern flankiert, mit festem Schritt den Kongreßsaal. Im nächsten Moment blieb ich wie angewurzelt stehen.

Ich hatte seit meiner Ankunft auf dem Planeten Soror schon so viel Seltsames gesehen und hatte mich an die Allgegenwart der Affen so sehr gewöhnt, daß ich mich gegen weitere Überraschungen gefeit wähnte. Doch vor der Einmaligkeit und den Dimensionen der Szene, die sich meinem Blick darbot, erfaßte mich ein Schwindel, und ich fragte mich wieder einmal, ob ich nicht träumte.

Ich befand mich auf dem Grund eines gigantischen Amphitheaters, das mich gespenstischerweise an Dantes kegelförmiges Inferno erinnerte. Stufe um Stufe, Rang um Rang, neben und über mir, saßen Affen, nichts als Affen. Es waren ihrer mehrere tausend. Ich hatte noch nie so viele Affen auf einmal gesehen. Ihre Anzahl überstieg die kühnsten Vorstellungen meines armen irdischen Gehirns.

Ich taumelte und versuchte mühsam, mich in diesem Gewimmel zurechtzufinden. Die Wächter schoben mich in die Mitte des Kreises, der einer Zirkusmanege glich, wo man ein Podium errichtet hatte. Ich drehte mich langsam einmal um die eigene Achse. Reihe auf Reihe saßen die Affen dicht gedrängt bis unter die unvorstellbar hohe Decke. Die Plätze in meiner nächsten Nähe waren den Mitgliedern der Akademie vorbehalten, verdienten Gelehrten in dunklen Gehröcken und gestreiften Hosen, ordensgeschmückt, fast durchwegs Greise und Orang-Utans. Die wenigen Gorillas und Schimpansen verschwanden beinahe unter ihnen. Ich versuchte Cornelius zu entdecken, aber es gelang mir nicht.

Jenseits der Koryphäen waren hinter einer Balustrade auf mehreren Rängen die Assistenten der Wissenschaftler untergebracht. In gleicher Höhe war eine Tribüne den Journalisten und Fotografen zugeteilt. Noch weiter oben drängte sich hinter einer zweiten Barriere die Zuschauermenge, ein höchst erregtes Affenpublikum, nach dem Anschwellen des Gemurmels zu urteilen, das meinen Auftritt begleitete.

Ich hielt auch nach Zira Ausschau, die sich irgendwo unter den Assistenten befinden mußte. Ich sehnte mich nach einem aufmunternden Blick von ihr. Doch abermals wurde meine Hoffnung enttäuscht.

Inmitten der alptraumhaften Menagerie, die mich umgab, entdeckte ich kein einziges vertrautes Affengesicht.

Ich wandte meine Aufmerksamkeit den Honoratioren zu. Jeder einzelne von ihnen thronte auf einem rot ausgeschlagenen Sessel, wohingegen den anderen nur Stühle oder Bänke zur Verfügung standen. Sie sahen alle aus wie Zaius. Sie hatten den Kopf zwischen den Schultern eingezogen, einen überlangen Arm angewinkelt auf die Schreibunterlage gestützt und machten sich gelegentlich Notizen oder begnügten sich auch mit kindischen Kritzeleien. Im Vergleich zu der Aufregung, die in den oberen Rängen herrschte, erschienen sie mir eher lethargisch. Ich hatte den Eindruck, daß der Lautsprecher mein Erscheinen gerade rechtzeitig angekündigt hatte, um ihr nachlassendes Interesse wieder zu entfachen. Ich erinnere mich dreier Orang-Utans, die, wie aus tiefem Schlummer aufschreckend, jäh hochfuhren.

Nun waren sie jedenfalls alle hellwach. Mein Auftritt bildete zweifellos den Höhepunkt der Tagung, und ich spürte Tausende von Augenpaaren auf mich gerichtet, manche mit unbeteiligtem, manche mit begeistertem Ausdruck.

Meine Wächter hießen mich aufs Podium steigen, wo ein ansehnlicher Gorilla präsidierte. Zira hatte mir mitgeteilt, daß der Kongreß von einem Organisationsfachmann und nicht von einem Gelehrten geleitet wurde, da die Wissenschaftler sonst, sich selbst überlassen, in endlose Diskussionen abgeschweift und nie zu einem Ergebnis gelangt wären. Zur Linken dieser imposanten Erscheinung befand sich der Sekretär, ein Schimpanse, der das Sitzungsprotokoll führte. Zu seiner Rechten nahmen jeweils die Gelehrten Platz, die ein Referat zu halten oder ein Versuchsobjekt zu präsentieren hatten. Soeben hatte sich Zaius, mit spärlichem Applaus begrüßt, auf diesem Sitz niedergelassen. Dank der Lautsprecheranlage und mehrerer starker Scheinwerfer entging auch den obersten Reihen nichts von dem, was sich auf dem Podium abspielte.

Der Gorillavorsitzende betätigte seine Glocke, und als Ruhe eintrat, verkündete er, er erteile das Wort dem hochgeschätzten Zaius, der nun den Menschen vorstellen werde, über den er bereits vor der Versammlung referiert habe. Der Orang-Utan stand auf, verbeugte sich und begann zu reden. Ich bemühte mich inzwischen, so verständig wie möglich dreinzuschauen. Als er mich erwähnte, drückte ich die Hand aufs Herz und verneigte mich. Im Publikum brandete Lachen auf, das die Glocke rasch zum Verstummen brachte. Ich begriff sogleich, daß ich meiner Sache keinen guten Dienst erwies, wenn ich mich zu solchen Albernheiten hinreißen ließ, die ohne weiteres als Ergebnis einer sorgfältigen Dressur ausgelegt werden konnten. Ich hielt mich also zurück und wartete das Ende seines Vortrags ab.

Er faßte die wichtigsten Punkte seines Referats noch einmal zusammen und kündigte an, er werde mich jetzt mit Hilfe der unterdessen aufs Podium geschafften Utensilien einigen Experimenten unterwerfen. Abschließend wies er noch darauf hin, daß ich, wie gewisse Vögel, auch in der Lage sei, ein paar Wörter nachzuplappern, und er hoffe, auch dies den Versammelten vorführen zu können. Dann drehte er sich zu mir um, nahm das Kästchen mit den verschiedenen Verschlüssen und reichte es mir. Aber anstatt mich den Verschlüssen zu widmen, tat ich etwas völlig Unerwartetes.

Meine Stunde war gekommen. Ich hob die Hand, zog sacht an der Leine, die mich mit dem Wärter verband, schritt zu einem Mikrophon und wandte mich an den Vorsitzenden. „Sehr geehrter Herr Vorsitzender", sagte ich in meiner besten Affensprache, „ich werde mich sehr gern auch den anderen Programmpunkten unterziehen. Indes, bevor ich mich dieser für mich äußerst leichten Aufgabe zuwende, bitte ich um die Erlaubnis, eine Erklärung abgeben zu dürfen, die bei der gelehrten Versammlung zweifellos Erstaunen hervorrufen wird."

Ich hatte sehr deutlich gesprochen, und jedes meiner Worte war bis in den letzten Winkel gedrungen. Die Reaktion entsprach genau meinen Erwartungen. Die Affen saßen wie versteinert da und hielten wie betäubt den Atem an. Die Journalisten vergaßen sogar, sich Notizen zu machen, und kein einziger Fotograf besaß die Geistesgegenwart, den historischen Augenblick im Bilde festzuhalten.

Der Präsident glotzte mich dümmlich an. Zaius hingegen kochte vor Wut. „Herr Präsident", schrie er, „ich protestiere!"

Aber sofort brach er ab, um sich nicht lächerlich zu machen, indem er sich auf Diskussionen mit einem Menschen einließ. Das nutzte ich aus und ergriff wieder das Wort. „Herr Vorsitzender, ich muß mit allem Respekt darauf bestehen, daß man mir diese Gunst gewährt. Sobald ich meine Erklärung abgegeben habe, stehe ich dem illustren Professor Zaius zur Verfügung. Das verspreche ich Ihnen."

Unter den Anwesenden brach ein Tumult aus. Ein Sturm der Erregung durchtobte die Ränge und verwandelte die Affen in eine hysterische Masse. Ausrufe, Gelächter, Heulen und Hurrageschrei schallten durcheinander. Und dazu das andauernde Aufzucken der Blitzlichter, denn die Fotografen waren mittlerweile aus ihrer Erstarrung erwacht. Der Aufruhr dauerte gute fünf Minuten. Der Präsident hatte sich wieder einigermaßen gefaßt und starrte mich ununterbrochen an. Schließlich raffte er sich auf und schwang die Glocke.

„Ich –", fing er stockend an. „Ich weiß nicht recht, wie ich Sie ansprechen soll."

„Ganz einfach wie jemanden Ihresgleichen", sagte ich.

„Gut, ja, nun also, mein – mein Herr, ich glaube, daß in Anbetracht der Außerordentlichkeit des vorliegenden Falles der Kongreß, den zu leiten ich die Ehre habe, sich Ihre Erklärung anhören sollte."

Eine neue Beifallswelle begrüßte diese Entscheidung. Mehr brauchte ich nicht. Ich trat in die Mitte des Podiums, stellte das Mikrophon auf die für mich geeignete Höhe ein und begann zu sprechen.

8

„Sehr geehrter Herr Präsident, edle Gorillas, weise Orang-Utans, scharfsinnige Schimpansen, o Affen!

Erlauben Sie einem Menschen, sich an Sie zu wenden.

Ich weiß, daß meine Erscheinung grotesk ist, meine Gestalt abscheulich, mein Profil bestialisch, mein Geruch widerwärtig, meine Hautfarbe abstoßend. Ich weiß, daß der Anblick dieses lächerlichen Körpers eine Beleidigung für Sie ist, aber ich weiß auch, daß mein Appell sich an die weisesten und gelehrtesten aller Affen richtet, deren Geist fähig ist, sich über äußere Eindrücke hinwegzusetzen und unter der kümmerlichen materiellen Hülle den Funken eines Intellekts zu erkennen."

Die schwülstige Selbsterniedrigung dieser einführenden Worte war mir von Zira und Cornelius nahegelegt worden, da man auf diese Weise die Orang-Utans am ehesten milde stimmen konnte. Es herrschte tiefe Stille. Ich fuhr fort:

„Hört mich an, o Affen! Ich spreche. Und ich versichere euch, ich spreche nicht wie ein Grammophon oder wie ein Papagei. Ich spreche, weil ich denke, und ich verstehe das, was ihr sagt, ebensogut wie das, was ich selbst äußere. Falls Eure Exzellenzen mich etwa sogleich einem Examen zu unterziehen wünschen, wird es mir ein Vergnügen sein, sämtliche Fragen nach bestem Wissen und Gewissen zu beantworten. Doch zuvor möchte ich Ihnen eine für Sie vielleicht bestürzende Wahrheit offenbaren: Nicht genug damit, daß ich ein denkendes Wesen bin und daß seltsamerweise eine Seele in diesem menschlichen Körper wohnt – ich komme von einem weit entfernten Planeten, von der Erde, wo aufgrund einer unerklärlichen Laune der Natur Weisheit und Vernunft den Menschen vorbehalten sind. Ich bitte um die Erlaubnis, den Ort meiner Herkunft genauer bezeichnen zu dürfen. Selbstverständlich nicht für die hier versammelten Gelehrten, sondern für diejenigen meiner Zuhörer, die mit den verschiedenen Sternensystemen vielleicht nicht so vertraut sind."

Ich trat vor eine schwarze Tafel und zeichnete eine schematische Darstellung des Sonnensystems unter Berücksichtigung seiner Position in der Milchstraße. Man hörte meinen Erläuterungen andächtig schweigend zu. Als ich jedoch nach Beendigung der Skizze mehrmals die Hände gegeneinanderschlug, um den Kreidestaub zu entfernen, löste diese Geste laute Begeisterung auf den Rängen aus. Ich wandte mich zum Publikum und nahm meine Rede wieder auf.

„Auf dieser Erde also ist der Mensch mit Vernunft und Geist begabt. So ist es nun einmal, und ich kann nichts dafür. Während die Affen – es ist mir peinlich, das sagen zu müssen, jetzt, da ich Ihre Welt kennengelernt habe –, während die Affen im Zustand der Wildheit verharrten, haben die Menschen sich weiterentwickelt. Es war der Mensch, dessen Gehirn zu höheren Denkvorgängen befähigt war. Es war der Mensch, der die Sprache erfunden, das Feuer entdeckt und den Gebrauch von Werkzeugen erlernt hat. Es war der Mensch, der meinen Planeten kultiviert und sein Gesicht verändert hat, der eine Zivilisation aufgerichtet hat, so durchgeformt, daß sie in mancherlei Hinsicht an die eure, o Affen, erinnert."

An dieser Stelle flocht ich einige Beispiele unserer bemerkenswertesten Errungenschaften ein. Ich beschrieb unsere Städte, unsere Industrie, unsere Verkehrsmittel, unsere Regierungsformen, unsere Gesetze, unsere Freizeitgestaltung. Dann gab ich, vornehmlich an die Gelehrten gerichtet, einen Überblick über den Stand unserer Künste und Wissenschaften. Je länger ich sprach, desto fester wurde meine

Stimme, und ich geriet in einen rauschähnlichen Zustand wie jemand, der seine Schätze ausbreitet.

Anschließend begann ich mit der Aufzählung meiner eigenen Abenteuer. Ich erläuterte, wie ich zum Beteigeuze und auf den Planeten Soror gelangt war, wie man mich eingefangen und in den Käfig gesperrt hatte, wie ich versucht hatte, mich mit Zaius zu verständigen, und – vermutlich infolge eigener Unzulänglichkeit – gescheitert war. Dann erwähnte ich noch Ziras Einfühlungsgabe, ihre unschätzbare Hilfe und die des Doktor Cornelius.

„Das war es, was ich euch zu sagen hatte, o Affen", beendete ich meine Rede. „Nun liegt es an euch zu entscheiden, ob ich nach so ungewöhnlichen Abenteuern wie ein Tier behandelt werden und meine Tage in einem Käfig beschließen soll. Ich kann nur noch hinzufügen, daß ich ohne Feindseligkeit und einzig vom Forschergeist geleitet zu euch gekommen bin. Seit ich euch kennengelernt habe, empfinde ich Sympathie und Bewunderung für euch. Vernehmt also den Vorschlag, den ich den großen Geistern dieses Planeten unterbreite. Ich kann euch mit meinen irdischen Kenntnissen bestimmt nützlich sein. Zudem habe ich während der Monate im Käfig hier bei euch mehr gelernt als in meiner ganzen vorherigen Existenz. Vereinen wir unsere Kräfte! Treten wir mit der Erde in Verbindung! Marschieren wir Hand in Hand, Affen und Menschen, und keine Macht, kein Geheimnis des Kosmos kann uns hemmen!"

Ich schwieg erschöpft. Totenstille umgab mich. Automatisch drehte ich mich zum Tisch des Präsidenten um, ergriff das dort stehende Glas Wasser und leerte es auf einen Zug. Ebenso wie vorhin das Abklopfen der Hände machte auch diese Geste einen ungeheuren Eindruck und entfesselte einen Beifallssturm. Keine Feder vermag das jähe Aufwallen der Begeisterung zu beschreiben. Ich wußte, daß ich die Zuhörer gewonnen hatte, aber ich hätte es nie für möglich gehalten, daß eine wissenschaftliche Tagung in einen derartigen Spektakel ausarten könnte. Ich konnte mir die Lautstärke zunächst nicht erklären, doch dann erkannte ich, benommen, wie ich war, woran das lag: Die Affen, von Natur aus temperamentvoll, applaudierten, wenn etwas ihre Zustimmung fand, mit allen vier Händen. Rings um mich tobte ein Heer besessener Lebewesen, die, auf ihren Hinterteilen balancierend, alle vier Extremitäten frenetisch gegeneinanderschlugen, so daß man hätte meinen können, die Kuppel müsse einstürzen. In dem allgemeinen Geschrei herrschten die Baßstimmen der Gorillas vor. Das war einer meiner letzten klaren Sinneseindrücke von dieser denkwürdigen Sitzung. Ich merkte, daß ich taumelte. Beunruhigt blickte ich um mich. Zaius war zornentbrannt aufgesprungen und stapfte mit auf dem Rücken verschränkten Händen hin und her, wie er es vor meinem Käfig zu tun pflegte. Ich gewahrte wie im Traum seinen leeren Fauteuil und ließ mich hineinfallen. Bevor ich das Bewußtsein verlor, hörte ich noch, wie ein neuerlicher Beifallssturm losbrach.

9

Erst viel später kam ich wieder zu mir, so sehr hatte mich die Anstrengung mitgenommen. Ich befand mich in einem Zimmer und lag auf einem Bett ausgestreckt. Zira und Cornelius bemühten sich um mich, während uniformierte Gorillas eine Gruppe von Journalisten und Neugierigen in Schach hielten, die zu mir herandrängten.

„Großartig", flüsterte Zira. „Du hast gewonnen."

„Ulysse", sagte Cornelius, „wir beide werden noch Großes vollbringen."

Er teilte mir mit, der „Große Rat" des Planeten Soror sei zu einer Sondersitzung zusammengetreten, um meine sofortige Freilassung zu verfügen.

„Es gab zwar einige Opposition", setzte er hinzu, „aber unter dem Druck der öffentlichen Meinung wird man nicht anders handeln können."

Er selbst hatte die Genehmigung erwirkt, mich als Mitarbeiter aufzunehmen, und nun rieb er sich die Hände in der Vorfreude auf die Unterstützung, die ich ihm bei seinen Forschungsarbeiten leisten würde.

„Hier werden Sie wohnen. Ich hoffe, dieses Appartement sagt Ihnen zu. Es liegt neben meinem eigenen in einem Seitenflügel des Instituts, der den höheren Angestellten vorbehalten ist."

Verwirrt schaute ich um mich und glaubte zu träumen. Das Zimmer war mit allem Komfort ausgestattet. Ein neues Leben begann für mich. Und doch empfand ich in diesem Augenblick, den ich so herbeigesehnt hatte, so etwas wie Heimweh. Mein Blick fiel auf Zira, und ich merkte sofort, daß sie meine Gedanken erraten hatte. Sie lächelte hintergründig. „Hier wirst du allerdings ohne Nova auskommen müssen", sagte sie.

Ich wurde rot, zuckte die Achseln und setzte mich auf. Meine Kräfte waren zurückgekehrt, und ich konnte es kaum erwarten, mich in mein neues Leben zu stürzen.

„Fühlst du dich stark genug, an einer kleinen Party teilzunehmen?" fragte Zira. „Wir haben ein paar Freunde, Schimpansen, eingeladen, um den großen Tag zu feiern."

Dazu erklärte ich mich mit Freuden bereit, wandte jedoch ein, ich wolle nicht länger unbekleidet herumlaufen. Da stellte ich fest, daß ich einen Pyjama trug. Cornelius hatte mir einen von seinen geliehen. Aber obwohl ich zur Not in den Pyjama eines Schimpansen hineinpaßte, in einem seiner Anzüge hätte ich lächerlich gewirkt.

„Morgen bekommst du eine komplette Garderobe und noch heute abend einen anständigen Anzug. Hier ist der Schneider."

Ein kleinwüchsiger Schimpanse trat ein und begrüßte mich mit ausgesuchter Höflichkeit. Ich erfuhr, daß die berühmtesten Schneider sich um die Ehre, mich einzukleiden, gerissen hatten, während ich ohnmächtig dagelegen hatte. Dieser hier war der angesehenste, und zu seinen Kunden gehörten die vornehmsten Gorillas der Hauptstadt. Seine Geschicklichkeit und Gewandtheit waren bewundernswert. In weniger als zwei Stunden gelang es ihm, mir einen akzeptablen Anzug anzufertigen. Mir war ganz seltsam zumute, als ich wieder Kleider am Leibe spürte. Zira starrte mich mit großen Augen an. Während der Schneider noch einige Änderungen vornahm, ließ Cornelius die ungeduldig wartenden Journalisten herein. Man nahm mich über eine Stunde lang ins Kreuzverhör, bombardierte mich mit Fragen, fotografierte mich pausenlos, und ich mußte in allen Einzelheiten über den Planeten Erde und das Leben der dortigen Menschen berichten. Ich machte gute Miene zu alledem. Da ich selbst Journalist war, verstand ich nur zu gut, was für einen Knüller ich diesen Berufskollegen lieferte. Ferner war mir klar, daß die Presse einen mächtigen Bundesgenossen für mich darstellte.

Erst ziemlich spät verließen sie uns. Wir wollten gerade zu den Freunden von Cornelius aufbrechen, aber Zanams Eintreten hinderte uns daran. Offenbar war er über den Stand der Dinge informiert, denn er begrüßte mich devot. Er kam, um Zira zu melden, daß in seiner Abteilung unerwartet Schwierigkeiten aufgetaucht seien. Über mein langes Ausbleiben erbost, hatte Nova zu toben angefangen. Ihre Erregtheit hatte die anderen Gefangenen angesteckt, und alle Beruhigungsversuche waren gescheitert.

„Ich gehe mal nachsehen“, sagte Zira. „Wartet hier auf mich.“

Ich warf ihr einen flehenden Blick zu. Sie zögerte. Dann zuckte sie die Achseln. „Wenn du willst, kannst du mich ja begleiten“, meinte sie. „Schließlich bist du frei, und vielleicht gelingt es dir eher als mir, sie zu besänftigen.“

An ihrer Seite betrat ich den Saal mit den Käfigen. Die Gefangenen beruhigten sich, als sie meiner ansichtig wurden, und eine sonderbare Stille löste den Lärm ab. Sie hatten mich also erkannt, obwohl ich bekleidet war, und schienen zu spüren, daß sie einem bedeutungsvollen Ereignis beiwohnten. Bebend schritt ich auf Novas Käfig zu – auf meinen Käfig. Ich näherte mich ihr; ich lächelte sie an; ich sprach zu ihr. Einen Moment lang war mir, als verstünde sie mich und als würde sie mir antworten. Das war natürlich unmöglich, aber meine bloße Anwesenheit wirkte auf sie wie auch auf die anderen beruhigend. Sie nahm das Stückchen Zucker, das ich ihr reichte, und verschlang es, während ich mich schweren Herzens entfernte.

AN JENE Party, die in einem eleganten Nachtlokal stattfand – Cornelius hatte sich entschlossen, mich unverzüglich in die Affengesellschaft einzuführen, da ich ja von nun an mit ihnen leben sollte –, erinnere ich mich nur verschwommen und mit gemischten Gefühlen.

Die Verworrenheit rührte von dem Alkohol her, den ich reichlich genoß und den mein Organismus nicht mehr gewöhnt war. Die gemischten Gefühle, die mich übrigens auch bei nachfolgenden Gelegenheiten beschlichen, waren wohl vor allem darauf zurückzuführen, daß ich die Affen in meiner Umgebung allmählich immer mehr mit der Funktion, die sie in der Gesellschaft ausübten, identifizierte, wobei mich die Tatsache, daß es sich um Affen handelte, immer weniger störte. Der Oberkellner zum Beispiel, der uns unterwürfig an den Tisch geleitete, war für mich in erster Linie der Oberkellner und erst in zweiter Linie ein Gorilla. In einer aufgedonnerten alten Affendame sah ich nichts weiter als eine alte Kokotte, und als ich mit Zira tanzte, vergaß ich ihr Aussehen völlig, und was ich im Arm hielt, war eben einfach meine Tanzpartnerin. Das Schimpansenorchester war nichts weiter als eine simple Musikkapelle, und die eleganten Affen von Welt, die rings um mich geistreiche Konversation machten, wurden in meiner Vorstellung zu Lebemännern schlechthin.

Ich kümmerte mich nicht weiter um das Aufsehen, welches meine Anwesenheit erregte. Alle Blicke richteten sich auf mich. Ich mußte zahlreiche Autogramme geben, und die beiden Gorillas, die Cornelius vorsichtshalber mitgenommen hatte, waren vollauf beschäftigt, mich vor dem Ansturm der Affenweiblichkeit aller Altersklassen zu schützen, die alle mit mir anstoßen oder tanzen wollten.

Die Zeit verging wie im Fluge. Ich war schon ziemlich beschwipst, als ich plötzlich an Professor Antelle denken mußte. Auf einmal schlug mir das Gewissen. Fast wäre ich in Tränen ausgebrochen über meine Schlechtigkeit, hier mit Affen zu zechen, während mein Gefährte auf seinem Strohlager in einem Käfig schmachtete.

Zira fragte mich, was mich bedrücke. Ich sagte es ihr. Cornelius teilte mir mit, er habe sich nach dem Befinden des Professors erkundigt und es gehe ihm gut. Seiner Freilassung stehe jetzt eigentlich nichts mehr im Wege. Ich verkündete laut, diese Neuigkeit müsse ich ihm unbedingt augenblicklich überbringen.

„Nun ja", meinte Cornelius nach kurzem Überlegen. „An einem Tag wie diesem kann man Ihnen schlecht etwas abschlagen. Gehen wir also. Ich kenne den Zoodirektor."

Wir verließen zu dritt das Nachtlokal, begaben uns in den Tierpark und weckten den Direktor. Er war über mich im Bilde. Cornelius eröffnete ihm, in einem der Käfige werde ein Mensch meiner Art gefangengehalten. Der Direktor traute kaum seinen Ohren, aber auch er wollte mir an diesem Tag nichts abschlagen. Natürlich würde man warten müssen, bis es hell wurde und die nötigen Formalitäten erledigt werden konnten, bevor man den Professor freiließ, aber gegen eine sofortige Aussprache sei nichts einzuwenden. Er machte sich erbötig, uns zu begleiten.

DER Morgen graute, als wir vor dem Käfig anlangten, in dem der unglückliche Gelehrte inmitten von etwa fünfzig Männern und Frauen dahinvegetierte. Alles schlief noch, teils paarweise, teils in Gruppen zu vier oder fünf. Als der Direktor die Beleuchtung einschaltete, begannen sie zu blinzeln.

Ich brauchte nicht lange, um meinen Gefährten zu entdecken. Er lag wie die anderen ausgestreckt auf dem Boden, dicht neben einem jungen Mädchen. Ich seufzte, als ich ihn so vor mir sah. Auch mir war ja ein ähnliches Schicksal während der vergangenen Monate nicht erspart geblieben.

Ich war so niedergeschlagen, daß ich nicht sprechen konnte. Die Menschen, nun hellwach, zeigten sich kaum überrascht. Sie waren gezähmt und gut abgerichtet. Sie begannen ihre gewohnten Mätzchen zu machen, in der Hoffnung auf eine Belohnung. Der Direktor warf ihnen Kuchenreste zu. Sogleich entstand das gleiche Gebalge und Gekreisch wie bei Tage, während die Schlaueren wieder ihre Plätze am Gitter einnahmen und die Hand ausstreckten.

Das tat auch Professor Antelle. Dieses unwürdige Betragen erregte meinen tiefsten Unwillen, der sich bald zu unerträglicher Qual wandelte. Der Professor befand sich nur drei Schritte von mir entfernt. Er sah mich an und schien mich nicht zu erkennen. Sein sonst so lebhaftes Auge hatte jeglichen Glanz eingebüßt, und er blickte ebenso stumpf und leer drein wie die anderen Käfiginsassen. Schaudernd stellte ich fest, daß auch ihn nichts anderes beseelte als die allen Gefangenen gemeinsame Gemütsbewegung beim Anblick eines bekleideten Menschen.

Ich strengte mich gewaltig an, diesen Alptraum zu verscheuchen, und endlich gelang es mir zu sprechen. „Professor", sagte ich, „Meister, ich bin's, Ulysse Mérou. Wir sind gerettet. Ich bin gekommen, Sie davon in Kenntnis zu setzen –" Ich brach bestürzt ab. Er hatte auf meine Stimme genauso reagiert wie ein Sorormensch. Er hatte den Kopf hochgerissen und war einen Schritt zurückgewichen.

„Professor. Professor Antelle", beschwor ich ihn. „Ich bin es doch, ich, Ulysse Mérou, Ihr Reisegefährte! Ich bin frei, und in wenigen Stunden werden auch Sie es sein! Die Affen, die Sie da sehen, sind unsere Freunde. Sie wissen, wer wir sind, und erkennen uns als gleichrangig an."

Er blieb stumm. Er gab kein Zeichen des Verstehens von sich. Statt dessen wich er abermals verängstigt ein Stück zurück.

Ich war verzweifelt, und die Affen standen ratlos da. Cornelius zog die Brauen zusammen, so als grübelte er über ein Problem nach. Es kam mir in den Sinn, daß der Professor, durch ihre Anwesenheit erschreckt, sein Nichtbegreifen nur vortäuschte. Ich ersuchte die Affen, sich zu entfernen und mich mit ihm allein zu lassen, was sie auch bereitwillig taten. Als sie außer Sicht waren, ging ich um den Käfig herum zu jener Stelle, wohin sich der Professor geflüchtet hatte, und richtete erneut das Wort an ihn. „Meister", redete ich ihm zu, „ich verstehe Ihre Zurückhaltung. Ich weiß, welchem Los die Erdenmenschen auf diesem Planeten ausgesetzt sind. Aber wir sind allein, so glauben Sie mir doch, und Ihre Prüfungen sind zu Ende. Das sage ich Ihnen, ich, Ihr Gefährte, Ihr Schüler, Ihr Freund, ich, Ulysse Mérou!"

Er sprang abermals zurück und beobachtete mich verstohlen. Und dann, während ich krampfhaft nach neuen Worten suchte, um ihn aufzurütteln, öffnete er den Mund.

War es mir endlich gelungen, ihn zu überzeugen? Ich schaute ihn in atemloser Spannung an. Aber seine Gefühle äußerten sich auf eine Weise, daß ich vor Schreck erstarrte. Wie gesagt, er hatte den Mund geöffnet, aber nicht wie jemand, der zum Sprechen ansetzt. Ein gutturaler Laut entrang sich ihm, ähnlich jenen Schreien, die ich so oft von den Sorormenschen gehört hatte. Mir gefror vor Grauen das Blut in den Adern. Vor mir stand Professor Antelle und stieß, ohne die Lippen zu bewegen, ein langgezogenes Geheul aus.

Dritter Teil

1

Ich erwachte zeitig früh nach unruhigem Schlaf. Ich warf mich ein paarmal im Bett herum und rieb mir schlaftrunken die Augen. Noch hatte ich mich schlecht an das zivilisierte Leben gewöhnt, das ich seit einem Monat führte, und vermißte allmorgendlich das Rascheln des Strohs und Novas Körperwärme.

Endlich bekam ich meine Sinne unter Kontrolle. Ich bewohnte eines der komfortabelsten Appartements im Institut. Die Affen hatten sich großzügig gezeigt. Ich hatte ein Bett, ein Badezimmer, Kleidung, Bücher, ein Fernsehgerät. Ich las alle Zeitungen; ich war frei; ich konnte ausgehen, durch die Straßen spazieren, jede beliebige Veranstaltung besuchen. Mein Erscheinen an einem öffentlichen Ort erzeugte immer erhebliches Aufsehen, aber die Erregung der ersten Tage begann sich zu legen.

Nun war Cornelius der große Herr im Institut. Zaius war „gegangen worden" – man hatte ihm einen anderen Posten zugewiesen und einen neuen Orden verliehen –, und Ziras Verlobter hatte seine Stellung erhalten. Daraus ergaben sich eine Verjüngung des Personals, ein allgemeiner Prestigegewinn für die Schimpansen und eine erhöhte Aktivität in allen Arbeitsbereichen. Zira war zur Assistentin des neuen Direktors ernannt worden.

Was mich anbelangt, so nahm ich an den Forschungen des Gelehrten teil, nicht mehr als Versuchsobjekt, sondern als Mitarbeiter. Cornelius hatte diese Vergünstigungen nur mit großen Schwierigkeiten und nach Überwindung des Widerstandes des „Großen Rates" erreicht. Die Obrigkeit schien mein wahres Wesen und meine Abkunft höchst ungern anzuerkennen.

Ich kleidete mich rasch an, verließ das Zimmer und begab mich in das Gebäude des Instituts, wo ich vordem als Gefangener gelebt hatte, in jene Abteilung, die Zira noch immer, zusätzlich zu ihren neuen Funktionen, leitete. Mit Cornelius' Zustimmung betrieb ich dort systematisch Studien am Menschen.

DA BIN ich nun im Saal der Käfige und durchmesse den Gang vor den Gittern wie einer der Herren dieses Planeten. Ich komme oft hierher, viel öfter, als meine Studien es erfordern. Denn manchmal wird mir der ständige Umgang mit den Affen zuviel, und ich suche hier so etwas wie Zuflucht.

Die Gefangenen kennen mich jetzt gut und lassen sich meine Überlegenheit gefallen. Machen sie einen Unterschied zwischen mir, Zira und den Wärtern, die ihnen das Essen bringen? Ich hoffe es, bezweifle es aber. Seit einem Monat bemühe ich mich trotz großer Geduld vergebens, sie zu Handlungen zu veranlassen, die über die wohldressierter Tiere hinausgehen. Dennoch spüre ich, daß unbedingt mehr in ihnen stecken muß.

Ich möchte ihnen das Sprechen beibringen. Das ist mein heimlicher Ehrgeiz. Bis jetzt habe ich allerdings nichts erreicht; höchstens daß es einigen gelingt, zwei oder drei einsilbige Laute zu wiederholen, wie es auch einige Schimpansen bei uns tun. Das ist wenig, aber ich gebe nicht auf. Was mich ermutigt, ist die Beharrlichkeit der Blicke, die von allen Seiten den meinen suchen. Diese Blicke, scheint mir, verändern sich seit einiger Zeit, und ich glaube, in ihnen das

Aufkeimen eines gewissen Interesses zu erkennen, das eine höhere Art von Empfindung darstellt als bloße animalische Neugier.

Ich mache langsam einen Rundgang durch den Saal. Vor jedem einzelnen Käfig bleibe ich stehen. Ich spreche zu den Menschen. Ich spreche freundlich, geduldig. Sie sind jetzt daran gewöhnt und geraten beim Klang meiner Stimme nicht mehr in Erregung. Sie scheinen zuzuhören. Ich rede ein paar Minuten lang, dann verzichte ich auf ganze Sätze und artikuliere einfache Wörter, wiederhole sie mehrmals und hoffe auf ein Echo. Einer von ihnen bringt mühselig eine Silbe zustande, aber weiter kommen wir heute nicht. Die Versuchsperson ermüdet bald, gibt die übermenschliche Anstrengung auf und legt sich ins Stroh wie nach auszehrender Arbeit. Ich seufze und wende mich dem nächsten zu. Schließlich gelange ich vor den Käfig, in dem Nova gegenwärtig ihr Leben fristet, allein und traurig; traurig, das zumindest will ich glauben, mit dem Dünkel des Erdenmenschen, der sich einredet, wenigstens eine Spur davon aus Novas ebenmäßigen, aber ausdruckslosen Zügen herauszulesen. Zira hat ihr keinen anderen Gefährten zugeteilt, und ich bin ihr dankbar dafür. Ich denke oft an Nova. Ich kann die in ihrer Gesellschaft verbrachten Stunden nicht vergessen. Aber ich betrete ihren Käfig nicht mehr. Die Menschenwürde verbietet es mir. Ist sie denn nicht ein Tier? Ich bewege mich jetzt in den höchsten Gefilden der Wissenschaft; wie könnte ich mich also derart vergessen? Ich erröte beim Gedanken an unser früheres Zusammenleben. Seit ich zum anderen Lager gehöre, versage ich es mir sogar, sie freundlicher zu behandeln als die anderen.

Dennoch sehe ich mich genötigt festzustellen, daß sie besonders gelehrig ist, und ich freue mich darüber. Ich erziele bei ihr bessere Resultate als bei den anderen. Sobald ich mich nähere, drückt sie sich an die Gitterstäbe, und ihre Lippen verziehen sich zu einer Grimasse, die man fast für ein Lächeln halten könnte. Bevor ich noch selbst den Mund öffne, bemüht sie sich, die vier oder fünf Silben auszusprechen, die sie erlernt hat. Sie konzentriert sich sichtlich darauf. Ist sie von Natur aus begabter als die anderen? Oder hat etwa der Umgang mit mir auf sie abgefärbt und sie in die Lage versetzt, von meinen Unterweisungen am meisten zu profitieren? Ich schmeichle mir mit einer gewissen Selbstgefälligkeit, daß es sich so verhält.

Ich spreche ihren Namen aus, dann den meinigen, und zeige mit dem Finger abwechselnd auf sie und auf mich. Sie tut es mir nach.

Doch plötzlich sehe ich, daß sich ihr Gesichtsausdruck verändert, sie fletscht die Zähne – da ertönt hinter mir ein leises Lachen.

Es ist Zira, die sich gutmütig über meine Bemühungen mokiert. Ihr Erscheinen versetzt das Mädchen immer in Wut. Cornelius ist auch mitgekommen. Er interessiert sich für meine Versuche und überzeugt sich gern an Ort und Stelle von den Ergebnissen. Heute sucht er mich aus einem anderen Grund auf. Er wirkt äußerst erregt. „Wären Sie gewillt, eine kleine Reise mit mir zu unternehmen, Ulysse?" fragt er.

„Eine Reise?"

„Ziemlich weit weg. Fast bis zu den Antipoden. Archäologen haben dort höchst seltsame Ruinen entdeckt, wenn man den Berichten, die uns erreichten, Glauben schenken darf. Der Leiter der Ausgrabungen ist ein Orang-Utan, und man kann kaum damit rechnen, daß er die Funde richtig interpretiert. Es ist dort etwas Rätselhaftes aufgetaucht, was mich brennend interessiert und was für einige meiner Forschungsarbeiten von entscheidender Bedeutung sein könnte. Die Akademie entsendet mich als Beobachter dorthin, und Ihre Anwesenheit wäre mir sehr nützlich."

Ich sehe zwar nicht ein, wobei ich ihm behilflich sein kann, aber ich nehme mit Vergnügen diese Gelegenheit wahr, andere Gegenden der Soror kennenzulernen. Er führt mich in sein Büro, um mir weitere Einzelheiten mitzuteilen.

Ich bin über diese Unterbrechung hoch erfreut, die mir einen Vorwand bietet, meinen Rundgang nicht zu beenden; denn es ist noch ein Gefangener übrig, den ich besuchen soll: Professor Antelle. Er verharrt noch immer im selben Zustand, weshalb man ihn nicht in Freiheit setzen kann. Auf mein Betreiben ist er jedoch abgesondert und für sich allein in einer ziemlich behaglichen Zelle untergebracht worden. Es ist qualvoll für mich, ihn besuchen zu müssen. Er reagiert nicht, sosehr ich auch in ihn dringe, und benimmt sich andauernd völlig wie ein Tier.

2

EINE Woche später reisten wir ab. Zira begleitete uns, aber sie mußte schon nach einigen Tagen zurückkehren, um sich während Cornelius' Abwesenheit um das Institut zu kümmern. Cornelius rechnete nämlich mit einem längeren Aufenthalt an der Ausgrabungsstätte, falls die Funde so interessant sein sollten, wie er erwartete.

Ein Sonderflugzeug wurde uns zur Verfügung gestellt, eine Düsenmaschine, die unseren ersten Typen dieser Art ähnelte, aber sehr komfortabel und mit einem kleinen, schalldichten Salon ausgestattet, wo man sich unbehelligt unterhalten konnte. Dort fand ich mich kurz vor dem Start mit Zira ein. Ich war glücklich über diese Reise. Ich hatte mich schon sehr gut in der Affenwelt eingelebt. Es überraschte mich weder, noch flößte es mir Angst ein, dieses große Flugzeug von einem Affen gesteuert zu sehen. Ich schob alle Gedanken von mir und genoß den Ausblick auf die Landschaft und das eindrucksvolle Schauspiel des aufgehenden Beteigeuze. Wir hatten eine Höhe von ungefähr zehntausend Metern erreicht. Die Luft war einzigartig klar, und das Riesengestirn erhob sich über den Horizont wie unsere Sonne, durch ein Fernrohr betrachtet. Zira konnte sich vor Bewunderung kaum fassen.

„Gibt es auch so herrliche Morgen auf der Erde?“ fragte sie. „Ist deine Sonne auch so schön wie die unsrige?“

Ich antwortete, sie sei nicht so umfangreich und nicht so rot, aber für unsere Bedürfnisse reiche sie aus. Statt dessen sei unser Nachtgestirn größer und strahle ein blasses, helleres Licht aus als dasjenige der Soror. Wir fühlten uns unbeschwert wie Schulkinder in den Ferien, und ich scherzte und plauderte mit Zira wie mit einer lieben Freundin. Als Cornelius sich uns nach einer Weile zugesellte, empfand ich das beinahe als Störung. Er sah abgespannt aus. Er war mir schon seit einiger Zeit nervös vorgekommen. Er arbeitete viel zuviel, da er auch noch Privatforschungen trieb, die ihn in einem Grade beschäftigten, daß er manchmal total geistesabwesend war. Den Gegenstand seiner Arbeiten hatte er immer wie ein Geheimnis gehütet, und auch Zira wußte davon vermutlich genauso wenig wie ich. Mir war lediglich bekannt, daß es dabei um den Ursprung des Affen ging und daß der gelehrte Schimpanse dazu neigte, sich immer weiter von den klassischen Theorien zu entfernen. An jenem Morgen enthüllte er mir nun zum erstenmal einige diesbezügliche Ansichten, und ich begriff alsbald, warum ich, als zivilisierter Mensch, ihm so wichtig war. Er nahm wieder einmal ein Thema auf, das wir schon tausendmal miteinander erörtert hatten.

„Ulysse, Sie haben mir doch erzählt, daß bei Ihnen auf der Erde die

Affen richtiggehend Tiere sind. Daß der Mensch sich auf eine Zivilisationsstufe erhoben hat, die der unseren gleicht und in vielen Punkten sogar ... Befürchten Sie nicht, mich zu kränken; vor der Wissenschaft müssen persönliche Gefühle zurückstehen."

„Ja – in vielen Punkten überragt sie sie. Es läßt sich nicht leugnen. Einer der besten Beweise dafür ist, daß ich hier bin. Es sieht so aus, als wären Sie an einem Punkt –"

„Ich weiß, ich weiß", unterbrach er müde. „Wir haben das alles schon durchgesprochen. Wir dringen eben erst in jene Geheimnisse ein, die ihr schon seit einigen Jahrhunderten entschleiert habt ... Und es sind nicht allein Ihre Versicherungen, was mich so beunruhigt", fuhr er fort,. während er nervös den kleinen Salon durchmaß. „Mich quält schon seit langem ein Verdacht – ein auf gewisse konkrete Anzeichen gestützter Verdacht –, daß auch hier, auf unserem Planeten, andere geistige Wesen vor langer Zeit den Schlüssel zu diesen Geheimnissen besaßen."

Ich hätte ihm antworten können, daß dieser Eindruck des Wiederentdeckens auch so manchen Denker auf der Erde befallen hatte. Vielleicht war er universell verbreitet, und vielleicht diente er als Grundlage unseres Glaubens an einen Gott. Aber ich hütete mich, ihn zu unterbrechen. Er hing einem noch unklaren Gedanken nach, dem er nur zögernd Ausdruck verlieh.

„Geistige Wesen", wiederholte er sinnend, „die vielleicht nicht einmal –"

Er brach brüsk ab. Er sah unglücklich aus, so als marterte ihn die Erkenntnis einer Wahrheit, die sein Geist anzunehmen sich weigerte. „Sie haben mir auch gesagt, daß die Affen auf der Erde einen hochentwickelten Nachahmungstrieb besitzen?"

„Sie imitieren uns in allem, was wir tun, daß heißt, sie machen alles das nach, wozu kein echter Verstand erforderlich ist. Daher auch das Wort ‚nachäffen', was bei uns ein anderer Ausdruck für nachahmen ist."

„Zira", murmelte Cornelius niedergeschlagen, „ist es nicht dieses ‚Nachäffen', das uns – auch uns – charakterisiert?"

Ohne Zira Zeit zum Widersprechen zu lassen, fuhr er lebhaft fort: „Das beginnt schon in unserer Kindheit. Unser ganzes Unterrichtssystem beruht auf Nachahmung."

„Das sind die Orang-Utans ..."

„Ja, sie tragen die Hauptverantwortung, denn sie formen die Jugend durch ihre Bücher. Sie zwingen das Affenkind, die Fehler aller seiner Vorfahren zu wiederholen. Das erklärt die Langsamkeit unseres Fortschritts. Seit zehntausend Jahren treten wir auf der Stelle."

Zu dieser Langsamkeit der Entwicklung bei den Affen möchte ich einige Bemerkungen machen. Schon beim Studium ihrer Geschichte waren mir gewisse wichtige Unterschiede im Vergleich zum Höhenflug des menschlichen Geistes besonders aufgefallen. Gewiß, auch wir hatten eine Periode scheinbarer Stagnation durchlebt. Auch wir hatten sozusagen unsere „Orang-Utans", unseren Bildungsnotstand, unsere lächerlichen Programme gehabt, und diese Periode hatte ziemlich lange gedauert.

Jedoch nicht so lange wie bei den Affen und vor allem nicht im gleichen Stadium der Entwicklung. Das finstere Zeitalter, das dem Schimpansen so viel Kummer bereitete, hatte sich über annähernd zehntausend Jahre erstreckt. Während dieser Ära war kein erwähnenswerter Fortschritt erzielt worden, es sei denn vielleicht im letzten halben Jahrhundert. Doch was ich als besonders merkwürdig empfand, war, daß die ersten Legenden der Affen, ihre ersten Chroniken, ihre ersten Aufzeichnungen von einer bereits fortgeschrittenen Zivilisation zeugten, die sich nur geringfügig von der gegenwärtigen unterschied. Diese zehntausend Jahre alten Dokumente erbrachten den Beweis eines Allgemeinwissens und einer Kultur, an der sich so gut wie nichts geändert hatte. Und davor gab es nichts: weder mündliche noch schriftliche Überlieferung, kein einziges Anzeichen. Kurz, es sah so aus, als sei die Affenzivilisation vor zehntausend Jahren wie durch ein Wunder auf einen Schlag entstanden und habe sich seither fast unverändert erhalten. Der Durchschnittsaffe war gewöhnt, das als natürlich gegeben hinzunehmen,konnte es sich gar nicht anders vorstellen, aber ein so scharfsinniger Geist wie Cornelius ahnte da ein Geheimnis. Und das ließ ihm keine Ruhe.

„Es gibt doch Affen, die einer Eigenschöpfung fähig sind", widersprach Zira.

„Gewiß", räumte Cornelius ein. „Das trifft vor allem für die letzten Jahre zu. Mit der Zeit erzeugt die Tat aus sich heraus den Geist. Sie muß es sogar, dem natürlichen Lauf der Entwicklung gemäß ... Aber was ich so leidenschaftlich suche, Zira, was ich finden will, das ist, wie das alles angefangen hat ... Ich halte es heute nicht mehr für ausgeschlossen, daß am Anfang unserer Ära lediglich Nachahmung stand."

„Nachahmung wessen, Nachahmung wovon?"

Er verfiel wieder in seine Zurückhaltung und schlug die Augen nieder, als bedauere er, zuviel gesagt zu haben. „Darüber bin ich mir noch nicht im klaren", meinte er schließlich. „Ich brauche Beweise. Vielleicht finden wir sie in den Ruinen jener versunkenen Stadt. Den Berichten zufolge existierte sie vor mehr als zehntausend Jahren, in einer Epoche, von der uns überhaupt nichts bekannt ist."

3

Cornelius hat mir nicht mehr davon erzählt, und es sieht so aus, als habe er auch nicht die Absicht, es zu tun, aber das, was ich von seinen Theorien erfahren habe, versetzt mich in Hochstimmung.

Bei dem, was die Archäologen freilegen, handelt es sich um eine komplette Stadt, eine im Wüstensand versunkene Stadt, von der leider nichts als Ruinen übriggeblieben sind. Aber ich bin überzeugt, daß diese Ruinen ein gewaltiges Geheimnis bergen, in das einzudringen ich mir geschworen habe. Das kann nur jemandem gelingen, der zu beobachten und zu kombinieren versteht, wozu der Orang-Utan, der die Ausgrabungen leitet, schwerlich befähigt ist. Er hat Cornelius mit dem seiner hohen Stellung gebührenden Respekt empfangen, doch mit kaum verhohlener Verachtung für seine Jugend und für die originellen Ideen, die er gelegentlich äußert.

Inmitten der Steine, die bei jeder Berührung zerbröckeln, und des Sandes, der unter unseren Schritten nachgibt, Forschungen zu betreiben ist eine mühselige Arbeit. Einen Monat bringen wir nun damit zu. Zira hat uns schon längst verlassen, aber Cornelius ist entschlossen, seinen Aufenthalt auszudehnen. Er ist genauso überzeugt wie ich, daß wir hier, zwischen den Überresten der Vergangenheit, die Lösung der Probleme finden werden, die ihn quälen.

Das Ausmaß seines Wissens ist wahrhaft erstaunlich. Zunächst einmal hat er es unternommen, das Alter der Stadt selbst zu bestimmen. Die Affen bedienen sich dabei ähnlicher Methoden wie wir und machen sich die Erkenntnisse der Chemie, der Physik und der Geologie zunutze. In diesem Punkt herrscht zwischen dem Schimpansen und der offiziellen Meinung der Gelehrten Übereinstimmung: Die Stadt ist uralt, weit mehr als zehntausend Jahre. Das heißt also, daß sie ein einzigartiges Zeugnis ist, geeignet, den Beweis zu erbringen, daß die bestehende Affenzivilisation nicht wie durch Zauberei aus dem Nichts entstanden ist.

Es hat also doch irgend etwas vor der gegenwärtigen Ära gegeben. Was? Nach dem einen Monat fieberhafter Untersuchungen werden wir enttäuscht, denn es sieht so aus, als unterscheide sich auch diese prähistorische Stadt nicht sonderlich von den heutigen Städten. Wir haben Häuserruinen gefunden, Überreste von Fabriken, Spuren, die darauf hinweisen, daß diese Vorfahren Automobile und Flugzeuge besaßen, ganz genauso wie die heutigen Affen. Der Ursprung des Geistes muß also noch weiter in der Vergangenheit zurückliegen. Das hat Cornelius allerdings nicht erwartet, wie ich merke; und auch ich habe mir etwas anderes erhofft.

An diesem Morgen ist Cornelius vor mir zur Grabungsstätte gegangen, wo die Arbeiter ein Haus mit dicken Mauern freigelegt haben, das aus einer Art Beton erbaut ist und besser erhalten zu sein scheint als die anderen. Das Innere ist mit einem Gemisch aus Sand und Schutt angefüllt, das durchgesiebt wird. Auch gestern hat man hier nicht mehr gefunden als in den anderen Sektionen: Bruchstücke von Röhren, Haushaltsgegenständen und Geschirr. Ich verweile noch ein bißchen auf der Schwelle des Zeltes, das ich mit Cornelius bewohne. Von meinem Platz aus erblicke ich den Orang-Utan, der dem Rottenführer, einem pfiffig dreinschauenden jungen Schimpansen, Anweisungen erteilt. Cornelius sehe ich nicht. Er befindet sich mit den Arbeitern in der Grube. Er legt oft mit Hand an, weil er befürchtet, sie könnten irgendeinen Schaden anrichten, und damit ihm nur ja nichts Interessantes entgeht.

Eben sehe ich ihn aus dem Loch herauskommen, und ich merke alsbald, daß er etwas Außergewöhnliches entdeckt haben muß. Er trägt mit beiden Händen einen Gegenstand, den ich nicht erkennen kann. Den alten Orang-Utan, der sich des Gegenstandes bemächtigen will, schiebt er einfach beiseite und legt das Ding unendlich vorsichtig auf den Boden. Er schaut in meine Richtung und winkt lebhaft. Ich trete näher und bin überrascht, wie aufgeregt er ist.

„Ulysse, Ulysse!“

Noch nie habe ich ihn in einem solchen Zustand erlebt. Er kann kaum sprechen. Die Arbeiter, die die Grube ebenfalls verlassen haben, stehen im Kreis um den Fund und verstellen mir die Sicht. Belustigt deuten sie mit dem Finger auf das Ding. Einige lachen laut. Es handelt sich fast ausschließlich um robuste Gorillas. Cornelius läßt sie nicht allzu nahe heran.

„Ulysse!"

„Was gibt es denn?"

Nun sehe auch ich den Gegenstand im Sand. Cornelius murmelt mit erstickter Stimme: „Eine Puppe, Ulysse, eine Puppe."

Es ist eine Puppe, eine einfache Porzellanpuppe. Wie durch ein Wunder ist sie fast unversehrt, mit Haarresten auf dem Kopf und Farbspuren an den Augen. Für mich ist das eine so alltägliche Erscheinung, daß mir Cornelius' Erregung zunächst unverständlich bleibt. Erst nach ein paar Sekunden begreife ich ... Die Erkenntnis überfällt mich und erschüttert auch mich. Die Puppe stellt nämlich ein kleines Menschenmädchen dar!

Aber ich lasse mich auf keine Hirngespinste ein. Bevor man in Rufe des Erstaunens ausbricht, muß man sämtliche in Frage kommenden Erklärungen untersuchen. Ein Gelehrter wie Cornelius hat sicherlich das Für und Wider erwogen. Zum Beispiel: Manche Puppen, mit denen Affenkinder spielen, nicht viele, aber einige immerhin, haben tierische oder sogar menschliche Gestalt. Letzteres kann es also nicht sein, was den Schimpansen so erregt. Weiter: Die Spielzeugpuppen der kleinen Affen sind nicht aus Porzellan, und vor allem sind sie normalerweise nicht bekleidet. Zumindest nicht so wie vernunftbegabte Wesen. Und diese Puppe ist ganz eindeutig gekleidet wie eine irdische Puppe.

Man unterscheidet guterhaltene Reste des Kleides, des Mieders, des Unterrocks und des Höschens. Alles ist so, als habe eine kleine Erdenbürgerin ihre Lieblingspuppe herausgeputzt. Allenfalls hätte mit solcher Sorgfalt ein Affenkind seine Affenpuppe ausstaffiert, niemals jedoch, niemals eine Puppe in Menschengestalt. Ich verstehe, ich verstehe immer besser, was mein Freund, der durchgeistigte Schimpanse, empfindet.

Und das ist noch nicht alles. Das Spielzeug weist noch eine Eigentümlichkeit, noch eine groteske Besonderheit auf, die alle Arbeiter zum Lachen bringt und sogar dem würdigen Orang-Utan, der die Ausgrabungen leitet, ein Lächeln entlockt. Die Puppe spricht. Sie spricht genauso wie eine Puppe bei uns. Als er sie hinlegte, hat Cornelius unabsichtlich den erhalten gebliebenen Mechanismus berührt, und sie hat gesprochen. Nun, natürlich hat sie keine Rede gehalten. Sie hat ein Wort, ein zweisilbiges Wort von sich gegeben: „Pa–pa." Und „Pa–pa" sagt die Puppe aufs neue, als Cornelius sie wieder in die Hand nimmt und von allen Seiten betrachtet. Es ist in der Affensprache dasselbe Wort wie im Französischen, wie in vielleicht noch manch anderer Sprache dieses geheimnisvollen Universums, und auch die Bedeutung ist dieselbe. „Papa", sagt die kleine menschenähnliche Puppe noch einmal, und ich sehe, wie die Schnauze meines gelehrten Freundes sich rötet.

Ich bin selbst so außer mir, daß ich mich zurückhalten muß, um nicht laut aufzuschreien. Cornelius zieht mich mit sich fort; seinen kostbaren Schatz läßt er nicht los.

„Der verdammte Idiot!" murmelt er schließlich nach langem Schweigen.

Ich weiß, wen er meint, und ich teile seine Entrüstung. Der alte, ordengeschmückte Orang-Utan hat in dem Fund nichts weiter erblickt als ein simples Affenspielzeug, das ein verschrobener Hersteller vor undenklichen Zeiten mit einem Sprechmechanismus ausgestattet hat.

Es ist zwecklos, ihm eine andere Deutung vorzuschlagen. Cornelius versucht es nicht einmal. Denn die Erklärung, die sich ihm aufdrängt, ist so erschütternd, daß er sie lieber für sich behält. Nicht einmal mir gegenüber läßt er etwas verlauten, obwohl er genau weiß, daß ich seine Gedanken erraten habe.

Den ganzen restlichen Tag lang bleibt er nachdenklich und schweigsam. Ich gewinne den Eindruck, daß er jetzt Angst hat, seine Forschungen weiterzuführen, und daß er seine vertraulichen Äußerungen mir gegenüber bereut. Nachdem die erste Erregung abgeklungen ist, bedauert er, daß ich Zeuge seiner Entdeckung gewesen bin.

Am folgenden Tag erhalte ich den Beweis für die Richtigkeit meiner Annahme. Er hat die ganze Nacht überlegt und teilt mir, meinem Blick ausweichend, mit, er habe beschlossen, mich ins Institut zurückzuschicken. Meine dortigen Studien seien viel wichtiger als der Aufenthalt in diesem Ruinenfeld. Mein Rückflug sei schon gebucht. In vierundzwanzig Stunden reise ich ab.

4

NEHMEN wir an, sagte ich mir, die Menschen hätten früher einmal auf diesem Planeten regiert. Nehmen wir an, es habe vor mehr als zehntausend Jahren eine der unsrigen ähnliche menschliche Zivilisation auf der Soror gelebt ...

Das ist jetzt keine aus der Luft gegriffene Theorie mehr; im Gegenteil. Kaum habe ich sie formuliert, da bemächtigt sich meiner jenes Hochgefühl, das anzeigt, daß man den einzigen Ausweg aus dem Irrgarten gefunden hat. In dieser Richtung, das weiß ich jetzt, liegt die Lösung des beklemmenden Affenrätsels. Und ich muß mir eingestehen, daß ich mir unbewußt immer eine Erklärung dieser Art erhofft habe.

Ich befinde mich im Flugzeug, das mich in die Hauptstadt zurückbringt, begleitet von einem Sekretär Cornelius', einem wortkargen Schimpansen. Ich habe auch gar keine Lust, mich mit ihm zu unterhalten. Flugreisen stimmen mich immer nachdenklich. Und ich werde so bald keine bessere Gelegenheit finden, um meine Gedanken zu ordnen.

Nehmen wir also an, es habe eine der unsrigen ähnliche menschliche Zivilisation auf dem Planeten Soror existiert. Ist es möglich, daß Wesen ohne schöpferischen Verstand diese Zivilisation auf dem Wege einfacher Nachahmung weitergeführt haben? Die Antwort auf diese Frage erscheint mir gewagt, aber je länger ich alles bedenke, desto zahlreichere Argumente stellen sich ein, und schließlich kommt mir diese Antwort gar nicht mehr so abwegig vor. Die Ansicht, perfektionierte Maschinen könnten uns eines Tages ablösen, ist, wenn ich mich recht erinnere, auf der Erde weit verbreitet, und zwar nicht nur bei den Dichtern und Romanschriftstellern, sondern in allen Gesellschaftsschichten. Vielleicht wird diese spontan aufgegriffene Idee eben wegen ihrer Popularität von den Gelehrten nur mit Mißtrauen zur Kenntnis genommen. Vielleicht enthält sie aus demselben Grunde auch ein Körnchen Wahrheit. Ein Körnchen, wohlgemerkt: Maschinen bleiben immer Maschinen, der ausgeklügeltste Roboter bleibt immer ein Roboter. Aber gesetzt den Fall, es handelt sich um Lebewesen, die bis zu einem gewissen Grade „beseelt" sind wie die

Affen? Und ausgerechnet den Affen ist ein starker Nachahmungstrieb zu eigen ...

Ich schließe die Augen und lasse mich vom Brummen der Motoren einlullen. Ich muß mit mir zu Rate gehen, um meine These zu präzisieren.

Wodurch wird eine Zivilisation geprägt? Durch Genies? Nein, durch das tägliche Leben ... Hm. Bestimmen wir den Anteil des Geistes! Damit meine ich vor allem die Künste und an erster Stelle die Literatur. Gesetzt den Fall, unsere großen Menschenaffen besäßen die Fähigkeit, Wörter aneinanderzureihen. Wäre dann die Literatur wirklich außerhalb ihrer Reichweite? Woraus besteht Literatur? Aus Meisterwerken? Keineswegs. Sobald – und das geschieht allenfalls ein- bis zweimal in einem Jahrhundert – ein originelles Buch geschrieben worden ist, wird es von den Literaten imitiert, und auf diese Weise entstehen Unmengen von Variationen desselben Themas, die sich nur geringfügig durch Titel und Aufbau voneinander unterscheiden. Das sollten doch wohl die Affen als geborene Nachahmer zustande bringen können, vorausgesetzt, wie gesagt, daß sie über eine Sprache verfügen.

Kurzum, der einzige stichhaltige Einwand ist das Problem der Sprache. Doch halt! Es ist nicht unbedingt nötig, daß die Affen das, was sie kopieren, auch verstehen, um nach dem Vorbild eines einzelnen Buches eine Unzahl von Bänden vollzuschreiben. Das ist bei ihnen ebensowenig erforderlich wie bei uns. Es genügt, wenn sie, genau wie wir, Gehörtes nachplappern können. Im übrigen erfolgt die literarische Hervorbringung rein mechanisch. Und an diesem Punkt kommt die Ansicht einiger Biologen voll zur Geltung: Nichts hindere den Affen, behaupten sie, anatomisch gesehen daran, sich des Wortes zu bedienen; was fehle, sei allein der Wille. Man kann sich ohne weiteres vorstellen, daß dieser Wille in ihm eines Tages, aufgrund einer Mutation, erwacht ist.

Eine Fortführung der Literatur in unserem Sinne durch sprechende Affen erscheint also durchaus vorstellbar. Ebenso wäre es möglich, daß einige Affenliteraten sich ein wenig über das allgemeine intellektuelle Niveau erhoben haben. Wie mein gelehrter Freund Cornelius sagte: Die Tat – in diesem Fall der Umgang mit dem Wort – erzeugt aus sich heraus den Geist. So konnten auch in der neuen Affenwelt originelle Ideen entstehen, etwa eine pro Jahrhundert – wie bei uns.

Indem ich diese Gedanken munter weiterspann, gelangte ich bald zur Überzeugung, daß gut dressierte Tiere ohne weiteres die Gemälde und Skulpturen verfertigt haben konnten, die ich in den Museen der Hauptstadt bewundert hatte. Gleichermaßen anstellig konnten sie sich auch in allen anderen Künsten der Menschen, die Kunst der Kinematographie nicht ausgenommen, erwiesen haben.

Nachdem ich die höchsten Regionen geistiger Betätigung durchleuchtet hatte, fiel es mir leicht, meine Theorie auf andere Gebiete anzuwenden. Unsere Industrie hielt meiner Analyse nicht lange stand. Ganz offensichtlich bedurfte sie keinerlei geistiger Initiative, um durch die Zeiten fortzubestehen. Auf der untersten Stufe erforderte sie Leute, die immer nur eine Reihe gleichbleibender Handgriffe auszuführen hatten, was schließlich auch von Affen besorgt werden konnte. Auf der nächsthöheren Stufe waren Leute vonnöten, die Berichte abfassen und unter bestimmten Umständen bestimmte Wörter äußern konnten. Das ließ sich durch bedingte Reflexe erreichen. Auf der höchsten Stufe, im Bereich der Verwaltung, erschien mir die Nachäfferei am leichtesten vorstellbar. Um unser System fortzuführen, brauchten sich die Gorillas bloß gewisse Gebärden und Redensarten anzueignen, die sich allesamt vom selben Modell ableiten ließen. Auf diese Weise betrachtete ich die verschiedensten irdischen Tätigkeiten durch eine neue Brille und stellte mir vor, sie würden von Affen verrichtet. Nicht ohne Vergnügen gab ich mich diesem Spiel hin, das keinerlei geistige Anstrengung mehr erforderte. Ich rief mir etliche politische Kundgebungen ins Gedächtnis zurück, an denen ich als Journalist teilgenommen hatte. Ich erinnerte mich an das leere Geschwätz der Prominenten, die ich interviewt hatte. Besonders lebhaft entsann ich mich eines Sensationsprozesses, den ich vor einigen Jahren verfolgt hatte.

Der Verteidiger war ein in seinem Fach hochberühmter Mann. Warum sah ich ihn auf einmal in der Gestalt eines wütenden Gorillas vor mir? Und den nicht minder berühmten Staatsanwalt ebenfalls? Warum empfand ich ihre Gesten, ihre Einwürfe auf einmal als bedingte Reflexe, als das Ergebnis einer sorgfältigen Dressur? Warum verwandelte sich der Gerichtspräsident auf einmal in einen würdevollen Orang-Utan, der mit auswendig gelernten Phrasen wie ein Automat auf die ebenfalls einstudierten Zeugenaussagen und das übliche Gemurmel der Zuschauermenge reagierte?

AUF diese Weise, mit solchen Gedankenspielen beschäftigt, verbrachte ich den Rest der Reise. Als ich mich in die Welt des Handels und der Finanzen versetzte, entstand vor meinem geistigen Auge ein Bild, wie ich es jüngst in natura auf der Soror gesehen hatte, und zwar anläßlich eines Besuches der Börse, wohin mich ein Freund von Cornelius mitgenommen hatte, denn die Börse war eine der Sehenswürdigkeiten der Hauptstadt.

Diese Börse war ein großes Bauwerk. Schon von weitem hörte man unentwegtes, wirres Gemurmel, das an Lautstärke zunahm, je näher man kam, bis es schließlich zu einem ohrenbetäubenden Lärm anschwoll. Wir traten ein und befanden uns sogleich am Ursprungsort des Tumults. Ich lehnte mich an eine Säule. Einzelne Affen war ich gewohnt, aber die geballte Masse ringsum verursachte mir wieder einmal Beklemmung. Das Treiben erschien mir noch toller als damals beim Kongreß der Wissenschaftler. Man stelle sich einen ungeheuer großen und hohen Raum vor, vollgestopft mit Affen, mit kreischenden, gestikulierenden, durcheinanderrennenden, von Hysterie befallenen Affen, mit Affen, die sich nicht nur im Erdgeschoß schoben und drängten, sondern auch noch in wimmelnder Menge den Luftraum bis zur Decke bevölkerten, deren Höhe mir Schwindel verursachte. Von ihr hingen nämlich Strickleitern, Trapeze und Taue herab, vermittels deren sich die Affen von Ort zu Ort bewegten. Solcherart füllten sie sämtliche Dimensionen des Raumes, der auf mich wirkte wie ein gigantischer, mit allen Geräten für die Turnübungen der Vierhänder ausgerüsteter Käfig.

Die Affen flogen buchstäblich durch die Luft, und immer wenn ich glaubte, sie müßten abstürzen, klammerten sie sich irgendwo fest. Dazu herrschte ein Höllenlärm, zusammengesetzt aus Rufen, Anfragen, Schreien und aus Lauten, die an keine zivilisierte Sprache erinnerten. Es gab dort Affen, die kläfften; ganz richtig, die kläfften, und zwar ohne ersichtlichen Grund, während sie, an einem langen Seil schwingend, von einem Ende des Saales zum anderen pendelten.

„Haben Sie jemals etwas Ähnliches gesehen?" fragte mich Cornelius' Freund voll Stolz.

Ich verneinte bereitwillig. Nur unter Verwertung aller meiner bisherigen Erfahrungen mit den Affen rang ich mich dazu durch, die Anwesenden für vernunftbegabt zu halten. Jedes halbwegs normale Geschöpf, das man mit diesem Zirkus konfrontierte, mußte zur

Überzeugung gelangen, daß hier Irre oder wütende Bestien ihr Unwesen trieben. Kein Funken von Intelligenz strahlte aus ihren Augen, und alle sahen einander ähnlich. Ich vermochte den einen nicht vom anderen zu unterscheiden. Alle waren gleich gekleidet, und aus ihren verzerrten Zügen sprach Wahnsinn. Das Beunruhigende an der Vision, die ich heraufbeschworen hatte, war jedoch folgendes: Während ich vorhin die handelnden Personen einer irdischen Szene unwillkürlich Gorillas und Orang-Utans gleichgesetzt hatte, erstanden nun wie unter einem geheimen Zwang die Teilnehmer jenes Hexensabbats in Menschengestalt vor mir. Menschen waren es, die ich da kreischen und kläffen hörte, die da an Seilen schwangen, um so schnell wie möglich ihr Ziel zu erreichen. Mich packte das Verlangen, noch andere Einzelheiten dieses Schauspiels wiederaufleben zu lassen. Rückschauend erinnerte ich mich, daß mir damals nach langem Beobachten doch einiges aufgefallen war, was darauf hinwies, daß diese brodelnde Masse vielleicht doch Teil einer zivilisierten Gemeinschaft war. Gelegentlich löste sich immerhin ein verständliches Wort aus dem tierischen Geschrei. Ein Gorilla, in schwindelerregender Höhe auf einem Gerüst hockend, ergriff, während er weiterhin mit den Händen fuchtelte, mit dem Fuß ein Stück Kreide und schrieb eine wahrscheinlich bedeutungsvolle Zahl an eine Tafel. Auch an diesem Gorilla glaubte ich menschliche Züge zu erkennen.

Von diesen Halluzinationen befreite ich mich erst, als ich wieder zu meiner Theorie über den Ursprung der Affenzivilisation zurückkehrte. Mein Erinnerungsausflug in die Finanzwelt hatte mir neue Argumente zugunsten dieser Theorie geliefert.

Das Flugzeug setzte zur Landung an. Ich war wieder in der Hauptstadt. Zira erwartete mich am Flughafen. Schon von weitem erblickte ich voll Freude ihre Kappe. Als ich Zira nach Erledigung der Zollformalitäten endlich gegenüberstand, mußte ich mich zurückhalten, um sie nicht in die Arme zu schließen.

5

DEN auf meine Rückkehr folgenden Monat verbrachte ich im Bett, von einer Krankheit geschlagen, die ich mir wahrscheinlich bei den Ausgrabungen geholt hatte. Sie äußerte sich in heftigen, malariaähnlichen Fieberanfällen. Ich litt nicht, aber mein Gehirn lief auf Hochtouren und kehrte immer wieder zu der bestürzenden Wahrheit zurück, die ich aufgespürt hatte. Ich hegte keinen Zweifel mehr, daß auf dem Planeten Soror eine Ära des Menschen dem Zeitalter der Affen vorangegangen war, und diese Überzeugung versetzte mich in einen eigenartigen Rauschzustand. Bei näherer Überlegung weiß ich jedoch nicht, ob ich auf diese Entdeckung stolz oder eher darüber beschämt sein soll. Es schmeichelt meinem Selbstgefühl, daß die Affen nichts von sich aus erfunden, sondern alles nur nachgeahmt haben. Aber ich schäme mich der Tatsache, daß eine menschliche Zivilisation so leicht von Affen übernommen werden konnte.

Wie hat es so weit kommen können? Diese Frage beschäftigt mich unablässig. Gewiß, es steht seit langem fest, daß Zivilisationen vergänglich sind, aber ein derart spurloses Verschwinden hat etwas Niederschmetterndes an sich. Wie hat es so weit kommen können? Durch eine Katastrophe? Eine Sintflut? Durch langsamen Verfall der einen und allmähliches Emporsteigen der anderen? Ich neige der letzteren Hypothese zu und finde in allem, was die Affen tun und treiben, bezeichnende Hinweise, die auf eine solche Entwicklung hindeuten.

Zum Beispiel die Wichtigkeit, die sie ihren biologischen Forschungen beimessen! Ich erkenne jetzt klar ihren Ursprung. Unter der alten Ordnung haben bestimmt viele Affen den Menschen als Versuchsobjekte gedient, wie es ja auch in unseren Laboratorien der Fall ist. Diese haben als erste die Fackel des Aufruhrs erhoben, sie waren die Pioniere der Revolution. Wahrscheinlich begann es einfach damit, daß sie ihre Herren in Haltung und Gebärde nachahmten, und diese Herren waren Forscher, Biologen, Ärzte, Krankenpfleger und Wächter. Daher also das ungewöhnliche Vorzeichen, unter dem bis heute die meisten Unternehmungen der Affen stehen.

Und was taten die Menschen unterdessen?

Doch nun genug über die Affen nachgedacht! Seit zwei Monaten habe ich meine alten Mitgefangenen nicht mehr zu Gesicht bekommen. Heute fühle ich mich besser. Ich habe kein Fieber mehr. Gestern sagte ich zu Zira, die mich während meiner Krankheit wie eine Schwester gepflegt hat, daß ich meine Studien in ihrer Abteilung wiederaufzunehmen gedenke. Davon zeigte sie sich nicht sehr begeistert, aber sie erhob keine Einwände. Und jetzt ist es Zeit, ihnen einen Besuch abzustatten.

Da bin ich also wieder einmal in dem Saal mit den Käfigen. Gleich auf der Schwelle überfällt mich ein seltsames Gefühl. Jetzt sehe ich diese Geschöpfe in neuem Licht. Beklommen habe ich mich vor dem Eintreten gefragt, ob sie mich nach meiner langen Abwesenheit wiedererkennen würden. Nun, sie haben mich wiedererkannt. Alle Blicke sind wie ehedem und sogar mit einer gewissen Ehrerbietigkeit auf mich gerichtet. Täusche ich mich, oder liegt in diesen Blicken tatsächlich ein neuer Ausdruck, der mir persönlich gilt und sich von ihrer üblichen Reaktion auf das Erscheinen der Gorillas unterscheidet? Es ist nur ein Reflex, schwer zu definieren, aber ich glaube darin erwachende Neugier zu erkennen, eine ungewöhnliche Gefühlsregung, das Heraufdämmern uralter Erinnerungen aus tierischer Dumpfheit, und – vielleicht – das ungewisse Aufkeimen der Hoffnung.

Diese Hoffnung glaube ich seit einiger Zeit unbewußt in mir selbst zu nähren. Ist denn nicht darauf all mein Überschwang zurückzuführen? Nicht umsonst hat das Schicksal mich, Ulysse Mérou, auf diesen Planeten verschlagen. Mir ist es auferlegt, hier eine Wiedergeburt des Menschen zu bewirken. Jetzt habe ich endlich das, was mich seit einem Monat quält, beim Namen genannt. Der liebe Gott spielt nicht mit Würfeln, wie einmal ein Physiker sagte. Im Kosmos gibt es keinen Zufall. Meine Reise in die Welt des Beteigeuze war mir durch höhere Fügung vorbestimmt. An mir liegt es nun, mich dieses Auftrags würdig zu erweisen und diese verlorene Menschheit zu retten.

Wie sonst auch mache ich langsam einen Rundgang durch den Saal. Ich zwinge mich, nicht auf Novas Käfig zuzulaufen. Darf ich es mir leisten, jemanden zu bevorzugen? Ich begrüße jeden einzelnen meiner Schützlinge ... Es macht mir nichts aus, daß sie der Sprache noch nicht mächtig sind ...

Jetzt nähere ich mich mit gespielter Gleichgültigkeit meinem alten Käfig. Aus dem Augenwinkel schiele ich hinüber, aber keine Arme strecken sich mir durch das Gitter entgegen, keine Freudenschreie ertönen, mit denen Nova mich zu empfangen pflegt. Eine dunkle Ahnung steigt in mir auf. Ich kann mich nicht länger zurückhalten. Ich stürze zum Käfig. Er ist leer.

Ich rufe einen der Wärter, und mein scharfer Ton läßt alle Gefangenen erzittern. Zanam erscheint. Es ist ihm gar nicht recht, mir gehorchen zu müssen, aber auf Ziras Anordnung hin muß er sich zu meiner Verfügung halten. „Wo ist Nova?“

Verdrossen antwortet er, darüber wisse er nicht Bescheid. Eines Tages habe man sie einfach fortgeschafft. Ich dringe in ihn; ohne Erfolg. Da kommt durch einen glücklichen Zufall Zira, die gerade Visite machen will. Als sie mich vor dem leeren Käfig sieht, errät sie, was in mir vorgeht. Sie wirkt verlegen und spricht zunächst von etwas anderem.

„Cornelius ist eben zurückgekehrt. Er möchte dich sehen."

In diesem Moment pfeife ich auf Cornelius und alle Schimpansen, Gorillas und sonstige Gestalten. Mögen sie bleiben, wo der Pfeffer wächst. Ich zeige mit dem Finger auf den Käfig.

„Nova?"

„Unpäßlich", sagt die Äffin. „Man hat sie in eine Spezialabteilung verlegt."

Sie macht mir ein Zeichen und zieht mich hinaus, damit der Wärter uns nicht hören kann.

„Ich habe dem Verwaltungsdirektor versprochen, das Geheimnis zu wahren, aber ich finde, du solltest es wissen."

„Ist sie krank?"

„Es ist nichts Schlimmes. Aber doch so wichtig, daß sich die Behörden damit befassen. Nova sieht einem freudigen Ereignis entgegen."

„Was ist los?"

„Ich meine, sie erwartet ein Kind", antwortet die Äffin und sieht mich eigenartig an.

6

Ich bin wie vom Donner gerührt, ohne die ganze Tragweite dieses Ereignisses zu erfassen. Zunächst stürzen eine Menge nebensächlicher Gedanken auf mich ein, und vor allem bewegt mich die Frage: Warum hat man es mir verschwiegen?

Zira läßt mir keine Zeit, mich zu ereifern. „Ich habe es vor zwei Monaten festgestellt, als ich von der Reise zurückkam. Die Gorillas hatten nichts gemerkt. Ich habe Cornelius telefonisch verständigt, der seinerseits ein langes Gespräch mit dem Verwaltungsdirektor führte. Sie kamen überein, daß es am besten sei, nichts verlauten zu lassen. Niemand weiß davon außer ihnen und mir. Nova ist in einem isolierten Käfig untergebracht, und ich selbst kümmere mich um sie."

Ich erachte die Heimlichtuerei als einen Verrat von seiten Cornelius', und Ziras Verlegenheit entgeht mir nicht. Ich habe ganz den Eindruck, als werde da insgeheim eine Intrige angezettelt.

„Beruhige dich. Sie wird gut behandelt, und es fehlt ihr an nichts. Dafür sorge ich schon. Noch nie wurde ein trächtiges Menschenweibchen mit so viel Sorgfalt umhegt."

Wie ein ertappter Gymnasiast schlage ich vor ihrem belustigten Blick die Augen nieder. Sie schlägt zwar einen ironischen Ton an, aber dahinter ahne ich ihre Unsicherheit. Zugegeben, mein Zusammenleben mit Nova war ihr ein Dorn im Auge, seit Zira über meine wahre Natur im Bilde war, aber ich lese aus ihrem Blick noch etwas anderes als Unwillen heraus. Ihre Zuneigung zu mir ist der tiefere Grund ihrer Unruhe. Diese Geheimnistuerei mit Nova verheißt nichts Gutes. Ich kann mir denken, daß Zira mir nicht die ganze Wahrheit gesagt hat. Offenbar ist der „Große Rat" informiert, und es haben auf höchster Ebene Diskussionen stattgefunden.

„Wann wird sie niederkommen?"

„In drei oder vier Monaten."

Mit einemmal kommt mir das Tragikomische der Situation zu Bewußtsein. Ich sehe Vaterfreuden im Reiche des Beteigeuze entgegen! Mir soll hier auf dem Planeten Soror ein Kind geboren werden von einer Frau, zu der ich mich physisch hingezogen fühle, für die ich manchmal Mitleid empfinde, deren Gehirn jedoch nicht anders funktioniert als dasjenige eines Tieres.

Keinem einzigen Wesen im Kosmos ist jemals etwas Ähnliches widerfahren. Am liebsten möchte ich gleichzeitig weinen und lachen.

„Zira, ich will sie sehen!"

Sie verzieht unwillig das Gesicht. „Das habe ich mir gedacht. Ich habe schon mit Cornelius darüber gesprochen, und ich glaube, er wird es dir gestatten. Er erwartet dich in seinem Büro."

„Cornelius ist ein Verräter!"

„Du hast kein Recht, so zu sprechen. Er wird zwischen seiner Liebe zur Wissenschaft und seiner Pflicht als Affe hin und her gerissen. Es ist doch nur natürlich, wenn das bevorstehende Ereignis ihn mit großer Besorgnis erfüllt."

Mit steigender Beklemmung folge ich ihr durch die Korridore des Instituts. Ich kann mir vorstellen, wie den Affengelehrten zumute ist bei dem Gedanken, es könnte eine neue Menschenrasse heranwachsen, die ... Ah! Jetzt wird mir klar, wie meine Mission sich am ehesten durchführen läßt.

Cornelius empfängt mich freundlich, aber die alte Ungezwungenheit will sich nicht wieder einstellen. Bisweilen blickt er mich ausgesprochen entsetzt an. Ich nehme mich zusammen, um nicht sofort das Thema anzuschneiden, das mir am Herzen liegt. Ich erkundige mich, wie es ihm auf der Reise ergangen ist und ob es etwas Neues von den Ausgrabungen zu berichten gibt.

„Das kann man wohl sagen! Ich habe eine Reihe unwiderlegbare Beweise gesammelt."

Seine kleinen, intelligenten Augen leuchten. Er kann nicht anders, er muß seinen Erfolg laut verkünden. Zira hat recht: Er ist zwischen seiner Liebe zur Wissenschaft und seiner Pflicht als Affe hin und her gerissen. In diesem Moment spricht nur der Wissenschaftler aus ihm, der passionierte Gelehrte, dessen Theorien sich bewahrheitet haben.

„Skelette", sagt er. „Nicht nur eines, sondern eine ganze Menge. Es muß sich bei dem Fundort unzweifelhaft um einen Friedhof handeln. Das sollte eigentlich auch ein Blinder erkennen. Aber natürlich, unsere Orang-Utans weigern sich, etwas anderes als einen merkwürdigen Zufall darin zu erblicken."

„Und die Skelette?"

„Es sind keine Affenskelette."

Wir starren einander an. Seine Begeisterung läßt ein wenig nach, als er langsam weiterspricht. „Ich kann es Ihnen nicht verheimlichen. Sie haben es erraten: Es sind Menschengebeine."

Zira ist anscheinend bereits eingeweiht, denn sie legt keinerlei Überraschung an den Tag. Die beiden schauen mich eindringlich an. Dann ringt sich Cornelius zu einer offenen Erörterung des Problems durch.

„Für mich steht es nun fest", gibt er zu, „daß es früher einmal auf unserem Planeten eine Menschenrasse gegeben hat, deren geistiges Niveau etwa dem eurigen auf der Erde entsprochen hat, eine Rasse, die degeneriert und in den tierischen Urzustand zurückgesunken ist... Zudem habe ich hier nach meiner Rückkehr andere Beweise vorgefunden, die das erhärten."

„Andere Beweise?"

„Ja. Der Leiter der Enzephalischen Abteilung, ein junger Schimpanse mit großer Zukunft, hat sie entdeckt. Es stimmt nicht, daß wir

Affen immer nur Nachahmer waren", fährt er mit bitterer Ironie fort. „In einigen Bereichen der Wissenschaft haben wir beachtliche Neuerungen zustande gebracht. Besonders auf dem Gebiet der experimentellen Gehirnforschung. Eines Tages werde ich Ihnen die Resultate vorlegen. Sie werden sich wundern!"

Es sieht ganz so aus, als wolle er sich selbst vom Genie des Affen überzeugen, und daher wird er unnötigerweise aggressiv, obwohl ich ihm in diesem Punkt nie widersprochen habe. Er selbst hat vor zwei Monaten angefangen, den Mangel an schöpferischem Geist bei den Affen zu beklagen.

Stolzgeschwellt fährt er fort: „Glauben Sie mir, eines Tages werden wir die Menschen auf allen Gebieten überflügeln. Sie brauchen sich nicht einzubilden, daß wir rein zufällig ihre Nachfolge angetreten haben. Es geschah ganz folgerichtig im Sinne der Evolution. Die Zeit des Homo sapiens war abgelaufen, ein höherstehendes Wesen mußte ihn ablösen, mußte seine Errungenschaften übernehmen und sich mit ihnen während einer Periode scheinbaren Stillstands vertraut machen, um sich dann zu neuen Höhen emporschwingen zu können."

Dies ist eine neue Art, die Entwicklung zu deuten. Ich könnte ihm antworten, daß auch bei uns von einem höherstehenden Wesen, das uns eines Tages ablösen könnte, die Rede war. Aber weder Gelehrte noch Philosophen oder Dichter haben sich diesen Übermenschen in der Gestalt eines Affen vorgestellt. Ich habe jedoch keine Lust, mich darüber zu streiten. Schließlich kommt es ja nur darauf an, daß der Geist sich in irgendeinem Körper niederläßt.

Ich habe ganz andere Dinge im Kopf. Ich bringe die Rede auf Nova und ihren Zustand. Cornelius geht nicht weiter darauf ein und versucht mich zu trösten.

„Quälen Sie sich nicht. Alles wird seinen normalen Verlauf nehmen, hoffe ich. Das Kind wird genauso sein wie alle anderen kleinen Sorormenschen."

„Das will ich nicht hoffen. Ich bin sicher, daß es sprechen wird."

Unwillkürlich habe ich mit einiger Entrüstung gesprochen. Zira runzelt die Stirn, um mich zum Schweigen zu bringen.

„Wünschen Sie es nicht zu sehr", meint Cornelius ernst. „Im Interesse des Kindes und in Ihrem eigenen." Sein Ton wird vertraulicher. „Wenn es spräche, könnte ich Sie vielleicht nicht mehr so schützen wie jetzt. Sie sind sich anscheinend nicht darüber im klaren, daß der ‚Große Rat' den Vorfall aufmerksam verfolgt und daß ich strikt angewiesen wurde, die bevorstehende Geburt geheimzuhalten. Wenn die Behörden wüßten, daß Sie informiert sind, würde man mich und auch Zira entlassen, und Sie stünden wieder allein da, umgeben von –"

„Umgeben von Feinden?"

Er wendet den Blick ab. Mein Verdacht bewahrheitet sich also. Man erachtet mich als eine Gefahr für die Affenwelt. Dennoch freut es mich, in Cornelius einen Verbündeten, wenn nicht gar einen Freund zu besitzen. Zira ist anscheinend entschiedener für mich eingetreten, als sie es mich hat merken lassen, und Cornelius wird nichts unternehmen, was ihr mißfallen könnte. Er erlaubt mir, Nova zu besuchen. In aller Heimlichkeit allerdings.

ZIRA führt mich zu einem kleinen, abgesonderten Gebäude, zu dem sie allein den Schlüssel besitzt. Der Raum, in den sie mich einläßt, ist nicht groß. Er enthält nur drei Käfige, und zwei davon sind leer. Den dritten bewohnt Nova. Sie hat uns kommen hören und meine Gegenwart vermutlich instinktiv gespürt, denn noch bevor sie mich sehen konnte, ist sie aufgestanden und hat die Arme ausgestreckt. Ich drücke ihr die Hände und reibe mein Gesicht an ihrer Wange. Zira zuckt unwillig die Achseln, aber sie gibt mir den Schlüssel zum Käfig und geht auf den Gang hinaus, um Wache zu halten. Diese Äffin ist wirklich ein edles Wesen. Welche Frau wäre eines solchen Zartgefühls fähig? Sie hat erraten, daß wir einander eine Menge zu erzählen haben, und läßt uns allein.

Einander eine Menge zu erzählen? Ach! Ich habe schon wieder einmal Novas primitiven Intelligenzgrad vergessen. Ich bin in den Käfig gestürzt, habe Nova in die Arme geschlossen und habe zu ihr gesprochen, als könnte sie mich verstehen. Ich habe zu ihr gesprochen wie etwa zu Zira.

Versteht sie mich wirklich nicht? Hat sie nicht wenigstens eine dumpfe Ahnung von der Aufgabe, die wir zu erfüllen haben, von nun an wir beide, sowohl sie als auch ich? Ich habe mich neben ihr auf dem Stroh ausgestreckt und streichle zärtlich ihren Leib. Durch ihren gegenwärtigen Zustand scheint sie eine neue Persönlichkeit, eine ungewohnte Würde erlangt zu haben. Ihr Blick ist eindeutig beseelter geworden.

Plötzlich beginnt sie angestrengt die Silben meines Namens zu stammeln, die auszusprechen ich sie gelehrt habe. Sie hat es also nicht vergessen! Freude überflutet mich. Doch dann wird ihr Auge wieder stumpf. Sie wendet sich ab und verschlingt das Obst, das ich ihr mitgebracht habe.

Zira kommt zurück. Wir müssen uns wieder trennen. Ich gehe mit Zira weg. Ich fühle mich wie zerschmettert. Sie begleitet mich in meine Wohnung, wo ich in Tränen ausbreche wie ein Kind. „Ach Zira, Zira!"

Während sie mich wie eine Mutter liebkost, beginne ich zu sprechen, rückhaltlos, und alle aufgestauten Gedanken und Gefühle, die Nova nicht begreifen kann, brechen aus mir hervor.

7

Zira allein hatte ich es zu verdanken, daß ich Nova von nun an des öfteren sehen durfte, ohne Wissen der Behörden. Ich verbrachte Stunden um Stunden bei ihr und erhoffte sehnsüchtig das Aufblitzen eines Geistesfunkens in ihrem Blick. So verstrichen die Wochen in ungeduldiger Erwartung der Geburt.

Eines Tages fiel es Cornelius ein, mich zu einer Besichtigung der Enzephalischen Abteilung einzuladen, von der er mir Wunderdinge erzählt hatte. Er stellte mich dem Leiter der Abteilung vor, jenem jungen Schimpansen namens Helius, dessen Fähigkeiten er so gepriesen hatte, und verabschiedete sich mit dem Hinweis, er könne mich wegen dringender Geschäfte nicht persönlich begleiten.

„In einer Stunde komme ich wieder, um Ihnen das Glanzstück dieser Experimente selbst vorzuführen, dem wir die Erkenntnisse verdanken, von denen ich zu Ihnen gesprochen habe", sagte er. „Einstweilen mögen Ihnen die klassischen Fälle genügen."

Helius ließ mich in einen Saal eintreten, der allen anderen Sälen des Instituts glich. Er enthielt zwei Reihen von Käfigen. Gleich an der Tür schlug mir ein Geruch entgegen, der mich an Chloroform erinnerte. Es handelte sich tatsächlich um ein Betäubungsmittel. Sämtliche chirurgischen Eingriffe wurden, wie mir mein Führer erklärte, neuerdings an narkotisierten Versuchspersonen vorgenommen. Das unterstrich er ganz besonders, um damit den hohen Stand der Affenzivilisation zu betonen, die darauf bedacht war, sogar bei Menschen unnötiges Leiden zu vermeiden. Ich möge also ganz beruhigt sein.

Ich war es aber nur zum Teil. Und ich war es um so weniger, als er dann auf eine Ausnahme von dieser Regel zu sprechen kam, nämlich die Experimente zur Erforschung des Schmerzempfindens und zur Entdeckung jener Nervenzentren, von denen er ausging. Doch davon sollte ich heute nichts zu sehen bekommen.

Das war nun wirklich nicht dazu angetan, mich als Menschen zu beruhigen. Ich entsann mich, daß Zira mir von dem Besuch dieser Abteilung abgeraten hatte, die sie selbst auch nur betrat, wenn es unumgänglich nötig war. Ich hatte die größte Lust, wieder umzukehren, aber Helius ließ es nicht so weit kommen.

„Wenn Sie einer Operation beizuwohnen wünschen, können Sie sich selbst davon überzeugen, daß der Patient nicht leidet. Nein? Also dann wenden wir uns gleich den Resultaten zu."

Er führte mich an dem Verschlag, aus dem der Geruch drang, vorbei und zu den Käfigen. Im ersten sah ich einen jungen, recht gut aussehenden, aber erschreckend mageren Mann. Er lag halb ausgestreckt auf seinem Lager. Vor ihn, fast unter seine Nase, hatte man einen Napf hingestellt, der die Lieblingsspeise aller Sorormenschen enthielt, nämlich einen gesüßten Brei aus Getreideflocken. Regungslos und mit stumpfsinnigem Blick starrte er darauf.

„Da sehen Sie", sagte der Abteilungsleiter. „Der Junge ist halb verhungert. Er hat seit vierundzwanzig Stunden nichts gegessen, obwohl seine Lieblingsspeise vor ihm steht. Das ist die Folge der operativen Entfernung einer gewissen Gehirnpartie vor einigen Monaten. Seit damals dämmert er nur vor sich hin, und man muß ihn gewaltsam ernähren. Sehen Sie nur, wie mager er ist."

Auf ein Zeichen von ihm betrat ein Krankenwärter den Käfig und drückte den Kopf des Burschen in den Napf, um ihn zum Essen zu zwingen.

„Ein ganz alltäglicher Fall. Hier sind noch interessantere. Bei jeder dieser Versuchspersonen hat man operativ bestimmte Regionen der Gehirnrinde verändert."

Wir gingen an einer Reihe von Käfigen vorbei, in denen sich Männer und Frauen aller Altersstufen befanden. An der Tür eines jeden Käfigs war ein Zettel angebracht, auf dem die Art der Operation mit einer Menge technischer Details vermerkt war.

„Manche dieser Regionen beeinflussen die natürlichen Reflexe, andere die erworbenen. Diesen hier, zum Beispiel ..."

Diesen hier hatte man laut Zettel am Hinterkopf operiert. Er hatte die Fähigkeit verloren, Entfernungen abzuschätzen und Gegenstände zu erkennen. Das äußerte sich darin, daß er unsicher um sich tastete, als ein Wärter in seine Nähe kam. Prompt stolperte er über einen Stock, den man ihm in den Weg hielt. Andererseits flößte ihm eine angebotene Frucht Angst ein, und er wich entsetzt zurück. Er war außerstande, die Gitterstäbe des Käfigs zu umklammern, und verkrampfte in vergeblichem Bemühen die Finger in der Luft.

„Der dort", sagte der Schimpanse mit einer entsprechenden Kopfbewegung, „war früher ein bemerkenswerter Bursche. Es war uns gelungen, ihn zu allerhand Kunststücken abzurichten. Er kannte seinen Namen und befolgte bis zu einem gewissen Grade einfache Anweisungen. Er konnte ziemlich verwickelte Aufgaben lösen und hatte gelernt, sich einiger Grundwerkzeuge zu bedienen. Jetzt hat er das alles vergessen, auch seinen Namen. Jetzt ist er der dümmste von allen unseren Menschen, und zwar infolge einer besonders schwierigen Operation, nämlich der Entfernung der Schläfenlappen."

Das Herz zog sich mir zusammen bei all diesen Grausamkeiten, die der Schimpanse mir erläuterte. Ich sah teilweise oder ganz gelähmte Menschen und solche, die man künstlich des Augenlichts beraubt hatte. Ich sah eine junge Mutter, deren vordem ausgeprägter Mutterinstinkt nach einem Eingriff verkümmert war. Jedesmal, wenn sich ihr eins ihrer kleinen Kinder näherte, stieß sie es voll Abscheu zurück. Das war zuviel für mich. Ich dachte an Nova, an ihre bevorstehende Mutterschaft und ballte ergrimmt die Fäuste. Zum Glück zog Helius mich in einen weiteren Saal, und ich gewann Zeit, um die Fassung wiederzuerlangen.

„Hier", erklärte er geheimnistuerisch, „kommen wir zu den wirklich interessanten Fällen. Hier tritt nicht mehr das Skalpell in Aktion, sondern ein feineres Mittel. Es handelt sich um die Anregung gewisser Gehirnpartien durch elektrischen Strom. Es sind uns erfolgreiche Experimente gelungen. Wird bei Ihnen auf der Erde auch auf diesem Gebiet gearbeitet?"

„An Affen!" rief ich aufgebracht.

Der Schimpanse konnte sich eines Lächelns nicht enthalten. „Zweifellos. Trotzdem glaube ich nicht, daß Sie jemals so perfekte Resultate erzielt haben wie wir. Aber das wird Ihnen Doktor Cornelius selbst vorführen. Einstweilen wenden wir uns den gewöhnlicheren Fällen zu."

Er führte mich vor Käfige, in denen sich Wärter an Versuchspersonen zu schaffen machten, die auf einer Art von Tischen lagen. Ein Schnitt legte jeweils eine bestimmte Gehirnpartie bloß. Ein Affe brachte die Elektroden an, während ein anderer die Narkose überwachte.

„Wie Sie sehen, betäuben wir auch hier die Versuchsobjekte. Es handelt sich um eine leichte Anästhesie, die die Ergebnisse nicht beeinträchtigt, den Patienten jedoch schmerzunempfindlich macht."

Sobald die Elektroden angeschlossen waren, verfiel die Versuchsperson in verschiedene Zuckungen, und zwar fast immer nur mit einer Hälfte des Körpers. Ein Mann zog bei jedem Stromstoß das linke Bein an und streckte es nach Unterbrechung des Kontaktes wieder aus. Ein anderer vollführte die gleiche Bewegung mit dem Arm. Beim nächsten war es die ganze Schulter, die unter den elektrischen Impulsen zu zucken begann. Nebenan, bei einem sehr jungen Patienten, war die Kiefermuskulatur betroffen. Der Unglückliche kaute unablässig unter abscheulichem Zähneblecken, während sein Körper unbeweglich blieb.

„Beachten Sie, was passiert, wenn man die Dauer der Stromzufuhr verlängert", sagte Helius. „Wir haben hier einen Fall –"

„Genug!" rief ich.

In dem Moment kam Cornelius herein und klopfte mir freundschaftlich auf die Schulter. „Ich gebe zu, daß diese Experimente kein schöner Anblick sind, wenn man nicht daran gewöhnt ist. Aber bedenken Sie, daß unsere Medizin und unsere Chirurgie dank ihrer seit einem Vierteljahrhundert enorme Fortschritte gemacht haben."

Dieses Argument beeindruckte mich in diesem Moment ebensowenig wie damals, als ich in einem irdischen Laboratorium ähnliche Experimente an Schimpansen miterlebt hatte. Cornelius hob die Schultern und schob mich zu einem engen Durchlaß, der in einen kleineren Saal führte.

„Hier", sagte er in feierlichem Tonfall, „werden Sie einer einzigartigen und völlig neuen Demonstration beiwohnen. Bisher haben diesen Raum außer mir nur Helius, der auf eigene Initiative diese Forschungen betreibt, und eine Hilfskraft, die wir sorgfältig ausgesucht haben, betreten. Es handelt sich um einen Gorilla. Er ist stumm. Er ist mir mit Leib und Seele ergeben und äußerst primitiv. Daran erkennen Sie, wie wichtig es mir ist, diese Arbeiten geheimzuhalten. Ich habe nichts dagegen, Sie einzuweihen, denn ich weiß, daß Sie schweigen werden. Und zwar in Ihrem eigenen Interesse."

8

Ich betrat den Raum und sah nichts, was diese Geheimnistuerei gerechtfertigt hätte. Auch hier standen die gleichen Apparaturen herum: Generatoren, Transformatoren, Elektroden. Es gab nur zwei Versuchspersonen, einen Mann und eine Frau. Sie lagen, mit Gurten festgeschnallt, auf zwei nebeneinanderstehenden Pritschen. Die beiden Menschen starrten uns unverwandt entgegen.

Der assistierende Gorilla empfing uns mit unartikuliertem Gebrumm. Helius und er verständigten sich in der Zeichensprache der Taubstummen. Es war ein ungewöhnliches Schauspiel, einen Schimpansen und einen Gorilla derart die Finger bewegen zu sehen. Ich weiß nicht, warum es mir gar so grotesk vorkam. Beinahe hätte ich laut aufgelacht.

„Alles in Ordnung. Sie sind ruhig. Wir können sogleich zu einem Versuch schreiten."

„Worum handelt es sich?" erkundigte ich mich.

„Lassen Sie sich überraschen", sagte Cornelius und lächelte.

Der Gorilla narkotisierte die Patienten. Sowie sie eingeschlafen waren, schaltete er diverse Apparate ein. Helius trat auf den Mann zu, wickelte vorsichtig dessen Kopfverband ab und schloß die Elektroden an. Der Mann rührte sich nicht. Ich warf Cornelius einen fragenden Blick zu, und da geschah das Wunder.

Der Mann sprach. Seine Stimme übertönte das Surren des Generators. Es geschah so plötzlich, daß ich zusammenzuckte. Ich täuschte mich nicht. Der Mann bediente sich der Affensprache. Seine Stimme klang wie die eines Erdenmenschen oder wie die eines Sororaffen.

Triumph malte sich auf den Zügen der beiden Wissenschaftler. Ihre Augen funkelten mich boshaft an, und sie weideten sich an meiner Verblüffung. Ich wollte ihr laut Ausdruck verleihen, aber die Schimpansen bedeuteten mir, zu schweigen und zuzuhören. Der Mann redete unzusammenhängendes, angelerntes Zeug. Offenbar wurde er schon längere Zeit im Institut gefangengehalten und wiederholte jetzt ohne Unterlaß einige Sätze, wie sie des öfteren von Wissenschaftlern oder Wärtern geäußert wurden.

„Aus diesem hier ist nicht mehr herauszuholen. Aber Hauptsache, er spricht."

„Unerhört!" stammelte ich.

„Das war ja noch gar nichts. Dieser Mann spricht wie ein Papagei oder ein Grammophon", sagte Helius. „Bei dieser hier habe ich weit mehr erreicht."

Er zeigte auf die friedlich schlummernde Frau.

„Weit mehr?"

„Bedeutend mehr", versicherte Cornelius, der die Erregung seines Kollegen teilte. „Hören Sie gut zu. Auch diese Frau spricht. Sie werden es selbst erleben. Aber sie wiederholt nicht nur während der Gefangenschaft aufgeschnappte Wörter. Was sie redet, ist von außerordentlicher Bedeutung. Durch eine Kombination physikalisch-chemischer Vorgänge, deren Beschreibung ich Ihnen erspare, ist es dem genialen Helius gelungen, in dieser Frau nicht nur das individuelle, sondern das kollektive Unbewußte zu erwecken. Unter der Einwirkung des Elektroschocks werden menschliche Ureindrücke in ihrer Rede lebendig, atavistische Erinnerungen, die eine vieltausendjährige Vergangenheit wiederauferstehen lassen. Können Sie mir folgen, Ulysse?"

Ich hielt das alles für blanken Unsinn und glaubte im ersten Moment, er sei verrückt geworden. Denn auch bei den Affen gibt es Wahnsinnige, besonders unter den Intellektuellen. Doch schon hantierte der andere Schimpanse mit den Elektroden und schloß sie an das Gehirn der Frau an. Diese blieb zunächst, genau wie vorhin der Mann, reglos liegen, dann stieß sie einen langen Seufzer aus und begann zu sprechen. Sie drückte sich ebenfalls in der Affensprache aus, sehr deutlich, wenn auch mit leicht belegter Stimme, die oft eine andere Klangfarbe annahm, so als gehörte sie verschiedenen Personen. Alles, was sie sprach, hat sich mir ins Gedächtnis eingegraben.

„Diese Affen ... Wo soll das noch hinführen", sagte die Stimme beunruhigt. „Seit einiger Zeit vermehren sie sich ohne Unterlaß, obwohl es so ausgesehen hat, als würden sie früher oder später aussterben.

Wenn das so weitergeht, werden sie bald ebenso zahlreich sein wie wir. Aber so ist das nun mal. Sie werden immer frecher. Sie halten unserem Blick stand. Wir haben unrecht daran getan, sie zu zähmen und denen, die wir als Hausangestellte verwenden, gewisse Freiheiten einzuräumen. Das sind die Unverschämtesten. Vor ein paar Tagen hat mich auf der Straße ein Schimpanse angerempelt. Als ich die Hand hob, hat er mich dermaßen drohend angesehen, daß ich nicht wagte, ihn zu züchtigen. Anna, die im Laboratorium arbeitet, hat mir erzählt, daß sich auch dort vieles geändert hat. Sie traut sich nicht mehr allein in die Käfige. Angeblich erhebt sich dort allabendlich so etwas wie Getuschel und Hohngelächter. Einer der Gorillas macht sich über den Chef lustig, indem er seine Eigenheiten nachäfft."

Die Frau legte eine Pause ein, seufzte mehrmals beklommen und sprach dann weiter: „Da haben wir es! Einer von ihnen hat angefangen zu sprechen. Es stimmt. Ich habe es im ‚Blatt der Dame' gelesen. Man hat sein Bild veröffentlicht. Es ist ein Schimpanse."

„Ein Schimpanse war der erste! Ich habe es gewußt!" rief Cornelius.

„Dann gelingt es auch anderen. Die Zeitung ist jeden Tag voll davon. Manche Gelehrte halten das für einen großen Erfolg der Wissenschaft. Sehen sie denn nicht, wohin das führen kann? Wie man hört, hat einer dieser Schimpansen grobe Beleidigungen von sich gegeben. Kaum fangen sie zu sprechen an, da schimpfen sie auch schon, wenn man Gehorsam von ihnen verlangt."

Die Frau schwieg abermals eine Weile und fuhr dann im Tonfall eines dozierenden Mannes fort: „Was jetzt geschieht, war vorauszusehen. Geistige Trägheit hat sich unserer bemächtigt. Keine Bücher mehr; sogar Kriminalromane strengen das Gehirn zu sehr an. Nicht einmal so etwas Kindisches wie das Kino kann uns mehr reizen. Und unterdessen machen sich die Affen ihre Gedanken. Ihr Gehirn entwikkelt sich bei einsamer Meditation – und sie sprechen. Nicht viel zwar und kaum zu uns, es sei denn, um sich gegen einen vermessenen Menschen aufzulehnen, der es noch wagt, ihnen Befehle zu erteilen. Aber des Nachts, wenn sie allein sind, tauschen sie untereinander Erfahrungen aus und belehren sich gegenseitig."

Wieder eine Pause. Dann sprach sie mit der Stimme einer angstgequälten Frau weiter: „Ich habe mich sehr gefürchtet. Ich konnte nicht mehr so weiterleben. Ich räumte vor meinem Gorilla das Feld. Ich bin aus meinem eigenen Haus geflohen. Er war seit Jahren bei mir und hat mir treu gedient. Nach und nach hat er sich gewandelt. Er gewöhnte sich an, abends auszugehen und an Zusammenkünften teilzunehmen. Er lernte sprechen. Er verweigerte jede Arbeit. Es ist jetzt einen Monat her, daß er mir befahl, zu kochen und das Geschirr zu spülen. Er hat begonnen, von meinen Tellern, mit meinem Besteck zu essen. Vergangene Woche hat er mich aus meinem Zimmer vertrieben. Ich mußte in einem Sessel im Wohnzimmer übernachten. Da ich ihn weder zu schelten noch zu strafen wagte, versuchte ich es mit gutem Zureden. Er hat mich verhöhnt und sich um so mehr herausgenommen. Ich wußte mir keinen Rat mehr und habe alles aufgegeben. Ich habe mich in den Wald geflüchtet, zusammen mit anderen Frauen, die in der gleichen Lage sind wie ich. Auch Männer sind hier. Viele von ihnen sind nicht mutiger als wir. Aus der Stadt vertrieben, fristen wir ein elendes Leben. Wir schämen uns und sprechen kaum mehr ein Wort."

Die Frau brach ab, und eine Männerstimme setzte den Bericht fort: „Ich glaube, ich hatte das Heilmittel gegen Krebs gefunden. Ich wollte es ausprobieren wie meine früheren Entdeckungen. Ich war mißtrauisch, aber nicht genug. Seit einiger Zeit ließen sich die Affen zu diesen Experimenten nur unwillig herbei. Ich betrat den Käfig des Schimpansen George erst, als meine Gehilfen ihn auf mein Geheiß festhielten. Ich schickte mich an, ihm den Krebserreger einzuimpfen. Ich mußte es tun, um den Schimpansen anschließend heilen zu können. George verhielt sich ruhig. Er rührte sich nicht, aber seine schlauen Augen blickten mir über die Schulter. Zu spät begriff ich. Die Gorillas, die sechs Gorillas, die ich für andere Versuche in Reserve hielt, hatten sich befreit. Eine Verschwörung. Sie überwältigten uns. George erteilte in unserer Sprache Anweisungen. Er ahmte mich aufs genaueste nach. Er gab Befehle, uns auf dem Tisch festzuschnallen, und die Gorillas folgten ihm aufs Wort. Dann griff er nach der Spritze und impfte uns dreien die tödliche Flüssigkeit ein. Nach erfolgter Injektion tätschelte George mir freundlich die Wange, wie ich es oft bei den Affen zu tun pflegte. Ich habe sie immer gut behandelt. Bei mir haben sie stets mehr Zärtlichkeiten als Schläge geerntet. Einige Tage später – sie hatten mich in einen Käfig gesperrt – stellte ich an mir die ersten Krankheitssymptome fest. George ebenfalls, und ich hörte ihn zu den anderen sagen, er werde nun mit der Kur beginnen. Aber ich hatte das Zutrauen zu dem neuen Heilmittel verloren. In der Nacht gelang es mir, das Gitter aufzubrechen und zu fliehen. Ich schlug mich in den Wald zu den anderen Menschen durch. Ich habe noch zwei Monate zu leben und dämmere vor mich hin."

Jetzt ertönte wieder eine Frauenstimme. „Ich war Dompteuse. Ich führte im Zirkus eine Dressur mit zwölf Orang-Utans vor, herrlichen Tieren. Nun bin ich es, die in ihrem Käfig sitzt, zusammen mit anderen Artisten. Man muß gerecht sein. Die Affen behandeln uns gut und versorgen uns reichlich mit Essen. Sie erneuern die Streu, auf der wir schlafen, sobald sie zu schmutzig wird. Sie sind nicht bösartig. Sie sind nur streng zu denjenigen von uns, die aufsässig sind und sich weigern, die Kunststücke auszuführen, die sie uns unbedingt beibringen wollen. Die haben es in sich! Ich füge mich ihren Launen ohne Widerspruch. Ich laufe auf allen vieren, schlage Purzelbäume, und so sind sie sehr nett zu mir. Ich bin nicht unzufrieden. Ich habe keine Sorgen und keine Verantwortung mehr. Die Mehrzahl von uns findet sich mit den Verhältnissen ab."

Diesmal legte die Frau eine sehr lange Pause ein. Cornelius blickte mich mit einer Eindringlichkeit an, die mir peinlich war. Ich erriet nur allzu genau seine Gedanken. Hatte eine Menschheit, die sich selbst so ohne weiteres aufgab, ihre Zeit nicht überlebt, und mußte sie nicht einer edleren Rasse weichen? Mir stieg das Blut ins Gesicht, und ich wandte die Augen ab.

Die Frau sprach weiter, und ihre Stimme klang immer verzagter. „Jetzt haben sie schon die ganze Stadt besetzt. Einige hundert von uns haben hier Zuflucht gefunden, aber unsere Lage ist kritisch. Wir sind die letzten Menschen in der Umgebung der Stadt, aber die Affen werden uns in ihrer unmittelbaren Nähe nicht in Freiheit dulden. Einige unserer Leidensgefährten sind weitergeflohen in den Dschungel, andere haben sich aus Hunger ergeben. Wir übrigen sind hauptsächlich aus Trägheit hiergeblieben. Wir schlafen. Wir bringen es nicht fertig, uns zum Widerstand aufzuraffen ... Der gefürchtete Augenblick ist da. Ich höre mißtönende Klänge, wie verzerrte Militärmusik ... Hilfe! Die Affen kommen! Sie umzingeln uns. Riesige Gorillas sind ihre Anführer. Sie haben sich unsere Trompeten, unsere Trommeln und unsere Uniformen angeeignet; bestimmt auch unsere Waffen ... Nein, sie haben keine Waffen. O Schmach und Schande! Da rücken sie an, eine ganze Armee, und schwingen Peitschen!"

9

Einige der von Helius erzielten Resultate sind schließlich doch an die Öffentlichkeit gedrungen. Höchstwahrscheinlich hat der Schimpanse selbst, vom Erfolg berauscht, nicht den Mund halten können. Man munkelt nämlich in der Stadt, es sei gelungen, Menschen zum Sprechen zu bringen. Außerdem berichtet die Presse über die Funde in der versunkenen Stadt, und obwohl deren Bedeutung meist entstellt wird, kommen manche Journalisten mit ihren Vermutungen der Wahrheit ziemlich nahe. Infolgedessen breitet sich Unbehagen unter der Bevölkerung aus, und höheren Orts wächst das Mißtrauen gegen mich. Es nimmt von Tag zu Tag beunruhigendere Formen an.

Cornelius hat Feinde. Er wagt nicht, seine Entdeckung offen zuzugeben. Täte er es, hätte er zweifellos die Behörden gegen sich. Der Clan der Orang-Utans, mit Zaius an der Spitze, intrigiert gegen ihn. Sie sprechen von einer Verschwörung gegen die Affenwelt und bezeichnen mich mehr oder weniger versteckt als einen der Aufrührer. Die Gorillas haben noch nicht offiziell Stellung genommen, aber sie sind ohnehin immer gegen den, der die öffentliche Ordnung bedroht.

Der heutige Tag hat mir allerhand Aufregung gebracht. Das so lang erwartete Ereignis ist eingetreten. Zuerst war ich vor Freude ganz außer mir, aber bei näherer Betrachtung wurde ich mir der neuen Gefahr bewußt, die es mit sich bringt. Nova hat einem Knaben das Leben geschenkt. Ich habe ein Kind, ich habe einen Sohn auf dem Planeten Soror. Ich habe ihn gesehen. Es war sehr schwierig zu bewerkstelligen. Die Geheimhaltungsvorschriften sind immer strenger geworden, und ich konnte Nova in der Woche vor ihrer Entbindung nicht besuchen. Zira brachte mir die Nachricht. Sie wenigstens hält durch dick und dünn zu mir. Als sie sah, wie erregt ich war, ermöglichte sie mir einen Besuch bei meiner neuen Familie. Erst einige Tage nach der Geburt führte sie mich spätnachts dorthin, denn tagsüber wird der Neugeborene dauernd überwacht.

Ich habe ihn gesehen. Es ist ein Prachtkind. Er lag auf dem Stroh, an die Mutterbrust geschmiegt. Ich finde, er hat Novas Schönheit mitbekommen. Nova knurrte drohend, als ich die Tür öffnete. Auch sie ist voll Unruhe. Sie hat sich aufgerichtet, die Hände mit gekrümmten Fingern abwehrbereit erhoben, aber als sie mich erkannte, hat sie sich beruhigt. Es läßt sich nicht leugnen, daß sie sich durch diese Geburt zu ihrem Vorteil verändert hat. Der flüchtige Funke in ihrem Auge hat einer beständigen Flamme Platz gemacht. Bewegt küsse ich meinen Sohn und will nicht an die Wolken denken, die sich über unseren Häuptern zusammenziehen.

Er wird zu einem echten Menschen heranwachsen, dessen bin ich sicher. Geist leuchtet aus seinen Zügen und aus seinem Blick. Ich habe das heilige Feuer wieder entfacht. Durch mich wird eine wiedererstandene Menschheit sich auf diesem Planeten entfalten. Wenn er groß ist, wird er zum Stammvater eines neuen Geschlechts werden und . . .

Wenn er groß ist! Mich fröstelt beim Gedanken, unter welchen Umständen er seine Kindheit verbringen soll, beim Gedanken an die Widerstände, die sich vor ihm auftürmen werden. Was tut's! Wir drei, wir werden uns schon behaupten. Ich sage „wir drei", denn Nova ist jetzt von unserer Art. Man braucht nur zu sehen, wie sie ihr Kind anschaut. Auch wenn sie es noch ableckt, wie es die Mütter auf diesem seltsamen Planeten tun, ihr Antlitz hat sich vergeistigt.

Ich habe den Kleinen aufs Stroh zurückgelegt. Ich muß mir seinetwegen keine Sorgen machen. Noch kann er nicht sprechen – was fällt mir ein, er ist ja erst drei Tage alt! –, aber er *wird* sprechen. Da, gerade fängt er an zu weinen, zu weinen wie ein irdisches Menschenkind, nicht zu winseln wie ein Sororbaby. Nova läßt sich nicht davon beirren und betrachtet ihn verzückt.

Auch Zira tut nicht weiter erstaunt. Sie ist näher gekommen, hat die behaarten Ohren gespitzt und schaut das Kind lange ernst und schweigend an. Dann macht sie mich darauf aufmerksam, daß ich nicht länger bleiben darf. Es wäre zu gefährlich für uns alle, wenn man mich hier überraschte. Sie verspricht mir, über meinen Sohn zu wachen, und ich weiß, daß sie Wort halten wird. Aber ich weiß ebensogut, daß man ihr vorwirft, sie sei mir gegenüber zu nachgiebig, und die Möglichkeit, man könnte sie versetzen, macht mich schaudern. Diese Gefahr darf ich nicht heraufbeschwören.

Innig verabschiede ich mich von den Meinen und wende mich ab. Ich drehe mich noch einmal um und sehe, wie sich die Äffin über das Menschenkind beugt und es zärtlich auf die Stirn küßt, bevor sie den

Käfig schließt. Und Nova läßt es geschehen! Wenn ich bedenke, mit welcher Abneigung sie Zira früher begegnet ist, kann ich nur an ein neues Wunder glauben.

Wir gehen. Ich zittere am ganzen Körper und merke, daß Zira nicht minder bewegt ist.

„Ulysse!“ ruft sie und wischt sich eine Träne fort. „Manchmal glaube ich fast, das Kind gehört auch mir.“

10

DIE Besuche bei Professor Antelle, zu denen ich mich in regelmäßigen Zeitabständen zwinge, werden mir von Mal zu Mal peinlicher. Er befindet sich noch immer im Institut, aber man mußte ihn aus der behaglichen Zelle, die ich ihm verschafft hatte, entfernen. Er verfiel dort und wurde gelegentlich von Wutanfällen heimgesucht, die ihn gefährlich machten. Er versuchte die Wärter zu beißen.

Nun bemüht sich Cornelius, ihm mit einer anderen Methode beizukommen. Er hat ihm einen ganz gewöhnlichen Käfig mit Strohstreu zugewiesen und ihm eine Gefährtin beigesellt: das Mädchen, mit dem zusammen der Professor schon im zoologischen Garten hauste. Er hat sie mit lautem animalischem Freudengeheul empfangen und legt jetzt ein verändertes Wesen an den Tag. Er hat die Lust am Leben wiedergewonnen.

In dieser Gesellschaft treffe ich ihn also an. Er sieht glücklich aus. Er hat zugenommen und wirkt jünger. Ich habe alles mögliche versucht, mit ihm ins Gespräch zu kommen. Aber auch heute ist mir kein Erfolg beschieden. Er interessiert sich nur für die Kuchenstücke, die ich ihm reiche. Als die Tüte leer ist, legt er sich wieder neben seine Gefährtin, die ihm das Gesicht ableckt.

„Ein schlagender Beweis dafür, daß man den Geist absolut verlieren wie ihn sich aneignen kann“, murmelt jemand hinter mir.

Es ist Cornelius. Er hat mich gesucht, aber nicht, um sich über den Professor zu unterhalten. Er muß ernste Dinge mit mir besprechen. Ich folge ihm in sein Büro, wo Zira uns erwartet. Ihre Augen sind gerötet, so als habe sie geweint. Anscheinend haben mir die beiden etwas Schwerwiegendes mitzuteilen, aber keiner von ihnen will den Anfang machen.

„Mein Sohn?“

„Es geht ihm sehr gut“, beteuert Zira augenblicklich.

„Zu gut“, fügt Cornelius hinzu.

Obwohl ich ihn seit einem Monat nicht gesehen habe, kann ich mir denken, daß er sich prachtvoll entwickelt. Die Geheimhaltungsvorschriften sind noch weiter verschärft worden. Zira, die den Behörden verdächtig ist, wird streng überwacht.

„Es geht ihm viel zu gut“, betont Cornelius. „Er lächelt. Er weint wie ein Affenkind. Und er fängt an zu sprechen.“

„Mit drei Monaten!“

„Ein kindisches Brabbeln. Aber es deutet darauf hin, daß er eines Tages sprechen wird. Er ist wirklich ein frühreifer Junge.“

Ich recke mich stolz auf. Zira ärgert sich über meine Vaterallüren.

„Begreifst du denn nicht, daß das eine Katastrophe ist? Niemals werden die anderen ihn frei herumlaufen lassen.“

„Ich weiß aus sicherer Quelle“, sagt Cornelius langsam, „daß der ‚Große Rat‘, wenn er in vierzehn Tagen zusammentritt, wichtige Entscheidungen über den Jungen treffen soll.“

„Folgenschwere Entscheidungen?“

„Äußerst folgenschwere. Es geht nicht darum, ihn zu beseitigen, jedenfalls einstweilen nicht, aber man wird ihn seiner Mutter wegnehmen.“

„Und ich? Werde ich ihn sehen können?“

„Sie am allerwenigsten ... Aber lassen Sie mich weitersprechen“, fährt der Schimpanse gebieterisch fort. „Wir sind nicht hier, um zu jammern, sondern um zu handeln. Ich verfüge über gewisse Informationen. Man wird Ihren Sohn in eine Art Festung bringen, unter die Aufsicht von Orang-Utans. Jawohl, Zaius intrigiert schon lange, und er wird die Oberhand behalten.“

An dieser Stelle ballt Cornelius zornig die Fäuste und stößt eine Reihe von Verwünschungen aus. Dann fährt er fort: „Der ‚Große Rat‘ weiß zwar sehr genau, was von diesem trockenen Schulmeister als Wissenschaftler zu halten ist. Aber man tut gegen bessere Einsicht so, als sei er berufener als ich, dieses außergewöhnliche Phänomen zu studieren, das als eine Bedrohung unserer Rasse erachtet wird. Man rechnet damit, daß Zaius das Unheil abwendet.“

Ich bin erschüttert. Unter keinen Umständen darf mein Sohn in die Hände dieses gefährlichen Schwachkopfs fallen.

Aber Cornelius ist noch nicht fertig. „Nicht nur das Kind schwebt in Gefahr."

Ich schweige und schaue Zira an, die den Kopf senkt.

„Die Orang-Utans hassen Sie, weil Sie der lebende Beweis für die Falschheit ihrer Lehre sind, und die Gorillas halten Sie für zu gefährlich, um Sie weiter in Freiheit zu belassen. Sie befürchten, daß Sie auf diesem Planeten ein neues Geschlecht gründen könnten. Aber abgesehen von Ihrer eventuellen Nachkommenschaft hat man Angst, daß Ihr Beispiel eine Umwälzung unter den Menschen hervorrufen könnte. Schon wird eine ungewöhnliche Nervosität bei denjenigen vermerkt, mit denen Sie Umgang haben."

Das stimmt. Im Verlauf meiner letzten Visiten im Saal der Käfige habe ich an den Menschen eindeutig eine Veränderung festgestellt. Es war, als habe ihnen ein geheimnisvoller Instinkt die wunderbare Geburt angezeigt. Sie haben mich mit einem Konzert langgezogener Schreie begrüßt.

„Um es kurz zu machen", schließt Cornelius schroff, „ich fürchte fast, der Rat könnte in vierzehn Tagen beschließen, Sie zu beseitigen oder unter dem Vorwand eines Experiments einen chirurgischen Eingriff in Ihr Gehirn vornehmen zu lassen. Und wenn mich nicht alles täuscht, wird man auch Nova unschädlich machen, weil sie mit Ihnen in viel zu engem Kontakt stand."

Das kann doch nicht sein! Ich, der ich glaubte, eine Mission erfüllen zu müssen, werde auf einmal wieder zum elendsten der Geschöpfe. Verzweiflung überfällt mich. Zira legt mir die Hand auf die Schulter.

„Cornelius hat recht daran getan, dir die Lage nicht zu verheimlichen. Aber er hat dir bis jetzt verschwiegen, daß wir dich nicht im Stich lassen werden. Wir sind entschlossen, euch zu retten, alle drei, und eine kleine Gruppe beherzter Schimpansen wird uns dabei helfen."

„Was kann ich als einziger meiner Art schon unternehmen?"

„Du mußt fliehen. Du mußt diesen Planeten verlassen, den du nie hättest betreten sollen. Du mußt auf die Erde zurückkehren. Dein und deines Sohnes Wohl machen es erforderlich."

Ihre Stimme bricht, so als unterdrücke Zira ein Schluchzen. Ihre Zuneigung zu mir ist stärker, als ich vermutete. Auch ich bin bewegt, nicht nur wegen ihrer Betrübnis, sondern auch, weil ich sie für immer verlassen soll. Aber wie kann man von diesem Planeten entweichen? Cornelius ergreift wieder das Wort.

„Ich habe Zira versprochen, euch zur Flucht zu verhelfen, und ich werde es tun, auch wenn es mich meine Stellung kostet. Meines Dafürhaltens erfülle ich so am besten meine Pflicht als Affe. Falls uns tatsächlich eine Gefahr droht, so wird sie am ehesten dadurch gebannt, daß Sie zur Erde zurückkehren ... Haben Sie mir nicht einmal erzählt, Ihr Raumschiff sei intakt und könne Sie nach Hause zurückbefördern?"

„Zweifellos. Es enthält genügend Treibstoff, Sauerstoff und Lebensmittel, um uns bis ans Ende des Universums zu tragen. Aber wie sollen wir an Bord gelangen?"

„Es kreist noch immer um unseren Planeten. Einer meiner Freunde, ein Astronom, hat es beobachtet und seine Flugbahn berechnet. Wie Sie an Bord gelangen sollen? Hören Sie mich an. In genau zehn Tagen soll ein bemannter Satellit gestartet werden, ein mit Menschen bemannter, wohlverstanden, an denen wir den Einfluß bestimmter Strahlen erkunden wollen ... Unterbrechen Sie mich nicht! Diese Besatzung soll aus drei Menschen bestehen: einem Mann, einer Frau und einem Kind."

Blitzartig wird mir klar, worauf er hinauswill, und ich bewundere die Raffinesse des Planes. Aber was für Hindernisse stellen sich ihm in den Weg!

„Einige der für das Projekt verantwortlichen Wissenschaftler sind mit mir befreundet, und ich habe sie für unsere Sache gewonnen. Man wird den Kurs des Satelliten auf die Flugbahn Ihres Raumschiffes abstimmen, und außerdem ist er bis zu einem gewissen Grade lenkbar. Man hat den beiden Menschen auf der Basis konditionierter Reflexe einige Manöver beigebracht. Ich nehme an, Sie werden da weitaus geschickter sein als sie ... Wir haben nämlich vor, die ausgesuchten Menschen durch euch drei zu ersetzen. Das dürfte nicht allzu schwierig sein. Niemand wird etwas bemerken."

Das klingt einleuchtend. Für die Mehrzahl der Affen sieht ein Mensch wie der andere aus. Sie vermögen Einzelwesen nicht voneinander zu unterscheiden.

„Sie werden sich während dieser zehn Tage einem intensiven Training unterziehen. Glauben Sie, es wird Ihnen gelingen, in Ihr Raumschiff hinüberzuwechseln?"

Es muß möglich sein. Doch ich denke vorläufig weder an Schwierigkeiten noch an Gefahren. Ich vermag mich nicht der Woge von Traurigkeit zu erwehren, die mich jetzt überflutet, weil ich den Planeten Soror verlassen soll, Zira und meine Freunde; ja, meine Freunde, die Menschen. Ihnen gegenüber fühle ich mich ein wenig als Deserteur. Doch für mich gibt es nichts Vordringlicheres, als meinen Sohn und Nova zu retten. Aber ich werde wiederkommen. Ja, später einmal, das schwöre ich mir beim Gedanken an die Gefangenen in den Käfigen, später einmal werde ich, besser gerüstet, zurückkehren!

Ich bin so durcheinander, daß ich meine Überlegungen laut ausgesprochen habe.

Cornelius lächelt. „Während der vier oder fünf Jahre, die Sie für die Hin- und Rückreise benötigen, vergeht hier auf diesem Planeten mehr als ein Jahrtausend. Vergessen Sie nicht, daß die Gesetze der Relativität auch für uns gelten ... Zur Sache! Ich habe das Für und Wider mit meinen Kollegen erwogen, und wir sind bereit, das Risiko einzugehen."

Wir trennen uns, nachdem wir ein Zusammentreffen für den nächsten Tag vereinbart haben. Als erste geht Zira. Ich benutze die Gelegenheit, um Cornelius unter vier Augen wärmstens zu danken. Insgeheim frage ich mich, warum er wohl das alles für mich tut. Er errät meine Gedanken.

„Bedanken Sie sich bei Zira", sagt er. „Ihr zuliebe setze ich mich so für Sie ein. Ich weiß nicht, ob ich aus eigenem Antrieb so viel unternommen und so viel riskiert hätte. Aber sie würde es mir nie verzeihen, wenn ich mich zu einem Mord hergäbe. Und dann ..."

Er zögert. Zira wartet draußen auf dem Gang auf mich. Er überzeugt sich, daß sie nichts hören kann, und fügt schnell mit leiser Stimme hinzu: „Und dann, auch für sie und für mich ist es besser, wenn Sie von diesem Planeten verschwinden."

ER HAT die Tür hinter mir geschlossen. Ich bin mit Zira allein. Wir gehen ein paar Schritte den Korridor entlang.

„Zira!"

Ich bin stehengeblieben und habe sie in die Arme genommen. Sie ist ebenso verwirrt wie ich. Ich sehe eine Träne auf ihre Schnauze kollern, während wir einander eng umschlungen halten. Ach, was macht schon die äußere Gestalt aus! Unsere Seelen haben sich gefunden. Ich schließe die Augen, um dieses groteske Gesicht nicht sehen zu müssen, das von der Gemütsbewegung noch häßlicher gemacht wird. Ich spüre, wie ein Beben durch ihren ungestalten Körper läuft, und zwinge mich, meine Wange an die ihre zu drücken. Wir wollen einander küssen wie zwei Liebende, da zuckt sie instinktiv zurück und stößt mich heftig von sich.

Während ich dastehe und nicht weiß, wie mir geschieht, vergräbt sie die Schnauze zwischen den langen, behaarten Pfoten. Und dann erklärt dieses abscheuliche Affenwesen, von verzweifeltem Schluchzen geschüttelt: „Das geht nicht, mein Lieber. Es tut mir leid, aber ich kann nicht, ich kann nicht. Alles hat seine Grenzen! Schließlich bist du ja doch nur ein Mensch!"

11

Es ist geglückt. Ich schwebe erneut im Kosmos, an Bord des Raumschiffes, das wie ein Komet auf das Sonnensystem zurast, mit einer Geschwindigkeit, die von Sekunde zu Sekunde zunimmt.

Ich bin nicht allein. Nova ist bei mir und Sirius, unser Sohn. Er kann schon Papa und Mama und noch ein paar Wörter sagen. Wir haben auch Hühner und Kaninchen an Bord sowie verschiedene Samensorten, welche die Gelehrten uns in den Satelliten mitgegeben hatten, zum Zwecke der Erforschung des Strahleneinflusses auf die verschiedensten Organismen. Das kommt uns jetzt zugute.

Alles hat genauso geklappt, wie Cornelius es geplant hatte. Es ist ohne Schwierigkeiten gelungen, uns mit dem vorgesehenen Trio zu vertauschen. Die Frau hat Novas Platz im Institut eingenommen, das Kind wird man Zaius übergeben. Dieser wird aufzeigen, daß es nicht sprechen kann und nicht mehr als ein Tier ist. Vielleicht wird man dann mich nicht mehr für gefährlich halten und den Mann am Leben lassen, der an meine Stelle getreten ist. Denn auch er wird nie ein Wort sprechen. Höchstwahrscheinlich wird man den Betrug nie aufdecken. Wie bereits erwähnt, können die Orang-Utans einen Menschen nicht vom anderen unterscheiden. Zaius wird triumphieren. Cornelius wird vielleicht einige Unannehmlichkeiten haben, aber alles wird schnell vergessen sein ... Was sage ich! Es ist längst vergessen, denn Jahrzehnte sind dort oben vergangen während der wenigen

Monate, die wir im Weltall unterwegs sind. Meine eigenen Erinnerungen verschwimmen und nehmen in demselben Maße ab wie die ungeheure Masse des Beteigeuze in der raum-zeitlichen Entfernung: Das Riesengestirn ist zu einem kleinen Ballon, dann zu einer Orange zusammengeschrumpft. Jetzt ist es wieder nur ein kleiner, funkelnder Punkt am Firmament. Und so geht es auch mit meinen Erinnerungen an den Planeten Soror.

Ich müßte verrückt sein, wenn ich mir Vorwürfe machen wollte. Die Wesen, die mir teuer sind, habe ich gerettet. Wer sollte mir leid tun dort droben? Zira? Ja, Zira. Doch für das zwischen uns entstandene Gefühl gab es keinen Namen, nicht auf der Erde und nicht sonstwo im Kosmos. Die Trennung war unvermeidlich. Bestimmt hat sie in ihrer Ehe mit Cornelius bei der Erziehung ihrer Kinder ihren Frieden wiedergewonnen. Professor Antelle? Zum Teufel mit ihm! Ich konnte nichts mehr für ihn tun, und anscheinend hat er sich mit seinem Dasein abgefunden. Ich erschauere nur bisweilen, wenn ich bedenke, daß ich, in der gleichen Situation wie er, ohne Ziras Gegenwart, nur allzuleicht ebenso tief hätte sinken können.

Das Umsteigen in unser Raumschiff ging glatt vonstatten. Durch geschicktes Manövrieren des Satelliten gelang es mir, dem Raumschiff allmählich näher zu kommen und schließlich die für die Aufnahme unseres „Beibootes" bestimmte Öffnung zu erreichen. Dann traten die selbsttätigen Vorrichtungen in Aktion und machten das Fahrzeug dicht. Wir befanden uns an Bord. Die Apparaturen waren unversehrt, und die elektronische Rechenmaschine erledigte sämtliche zur Abreise nötigen Vorkehrungen. Unsere Komplizen auf der Soror haben vorgegeben, der Satellit sei während des Fluges zerstört worden und habe nicht auf seine Umlaufbahn gebracht werden können.

Nach unserer Zeitrechnung sind wir schon über ein Jahr unterwegs. Wir haben bis auf einen infinitesimalen Bruchteil die Lichtgeschwindigkeit erreicht und binnen kürzester Zeit eine ungeheure Strecke zurückgelegt. Jetzt befinden wir uns schon in der Bremsphase, die ein weiteres Jahr dauern wird.

Ich werde nicht müde, mich an meiner neuen Familie zu freuen. Nova erträgt die Reise recht gut. Sie gewinnt zusehends an Vernunft. Die Mutterschaft hat sie verändert. Sie bringt ganze Stunden damit zu, ihren Sohn still zufrieden zu betrachten, der ihr ein besserer Lehrmeister ist als ich. Sie spricht fast fehlerfrei die Wörter nach, die er ihr vorsagt. Mit mir redet sie noch nicht, aber wir haben uns auf eine Zeichensprache geeinigt, die zur Verständigung ausreicht. Mir ist, als hätte ich schon immer mit ihr zusammengelebt. Und Sirius – er übertrifft alle Erwartungen. Er ist jetzt eineinhalb Jahre alt, läuft trotz der ungewöhnlichen Schwerkraftverhältnisse fröhlich herum und plappert ohne Unterlaß. Ich kann es kaum erwarten, ihn den Erdenmenschen zu präsentieren.

Wer beschreibt die Gefühle, die mich beseelten, als ich an diesem Morgen feststellte, daß die Sonne allmählich wieder wahrnehmbare Dimensionen annimmt! Jetzt erscheint sie uns in der Größe einer Billardkugel von gelber Farbe. Ich zeige sie Nova und Sirius mit dem Finger. Ich erkläre ihnen, was diese neue Welt für sie bedeutet, und sie verstehen mich. Sirius spricht nun fließend und Nova beinahe ebenfalls. Sie hat es gleichzeitig mit ihm erlernt. Wunder der Mutterschaft, das durch mich zustande kam! Alle Sorormenschen habe ich ihrem unwürdigen Los nicht entreißen können, aber bei Nova ist es mir geglückt.

Die Sonne wird mit jedem Moment größer. Ich versuche durchs Fernrohr die Planeten auszumachen. Die Orientierung fällt mir nicht schwer. Ich entdecke Jupiter, Saturn, Mars und – die Erde. Die Erde!

Tränen steigen mir in die Augen. Man muß mehr als ein Jahr auf einem von Affen bevölkerten Planeten gelebt haben, um meine Gefühlsaufwallung zu verstehen ... Ich weiß, nach siebenhundert Jahren werde ich weder Verwandte noch Freunde vorfinden, aber ich sehne mich danach, richtige Menschen wiederzusehen.

An die Aussichtsluken gedrückt, beobachten wir, wie die Erde näher kommt. Man braucht kein Fernrohr mehr, um die Kontinente zu erkennen. Wir kreisen wie ein Satellit um meinen alten Planeten. Ich sehe Australien vorbeiziehen, Amerika und Frankreich. Ja, da ist Frankreich! Schluchzend fallen wir drei einander um den Hals.

Wir besteigen das zweite „Beiboot" des Raumschiffs. Alle Berechnungen sind auf eine Landung in meinem Heimatland abgestellt; nicht weit von Paris, hoffe ich.

Wir tauchen in die Atmosphäre ein. Die Bremsraketen treten in Aktion. Nova sieht mich lächelnd an. Sie hat zu lächeln und auch zu weinen gelernt. Mein Sohn breitet die Arme aus und reißt staunend die Augen auf. Unter uns liegt Paris. Der Eiffelturm steht noch.

Ich habe die Lenkung selbst übernommen und steuere aufs genaueste. Wunder der Technik! Nach siebenhundert Jahren Abwesenheit setze ich in Orly auf, das sich kaum verändert hat. Wir landen am Rande der Rollbahn, weit weg von den Gebäuden. Bestimmt hat man mich bemerkt; ich brauche bloß zu warten. Es scheint nicht viel Luftverkehr zu herrschen. Ist der Flughafen etwa außer Betrieb? Nein, da ist ein Flugzeug. Es gleicht in jeder Hinsicht den zu meiner Zeit gebräuchlichen Maschinen! Ein Fahrzeug kommt von den Gebäuden auf uns zu. Von steigender Erregung erfaßt, schalte ich die Antriebsaggregate aus. Was werde ich meinen Mitmenschen nicht alles erzählen können! Vielleicht wird man mir zunächst gar nicht glauben, aber ich habe Beweise. Ich habe Nova, und ich habe meinen Sohn.

Das Fahrzeug wird größer. Es ist ein Kombiwagen uralter Bauart: vier Räder und ein Explosionsmotor. Das alles fällt mir ganz automatisch auf. Ich hätte gedacht, solche Vehikel fände man nur noch in Museen. Ich habe mir einen etwas feierlicheren Empfang erträumt. Das Begrüßungskomitee ist nicht sehr groß. Nur zwei Männer, wie mir scheint. Aber ich bin ja dumm. Sie haben keine Ahnung. Wenn sie wüßten ...!

Es sind tatsächlich zwei. Ich kann sie schlecht erkennen, wegen der untergehenden Sonne, deren Strahlen von der schmutzigen Scheibe abprallen. Ein Chauffeur, ein Beifahrer. Letzterer in Uniform. Ein Offizier; ich habe seine Litzen glänzen sehen. Zweifellos der Kommandant des Flughafens. Die anderen werden noch kommen.

Der Kombiwagen ist in etwa fünfzig Meter Entfernung stehengeblieben. Ich nehme meinen Sohn auf den Arm und verlasse das „Beiboot". Nova folgt uns ein wenig zögernd. Sie blickt furchtsam drein. Das wird schnell vorbeigehen.

Der Chauffeur ist ausgestiegen. Er dreht mir den Rücken zu. Zur Hälfte ist er hinter hohen Sträuchern verborgen, die zwischen mir und dem Fahrzeug stehen. Er öffnet die Tür, um den Beifahrer herauszulassen. Ich habe mich nicht getäuscht, es ist ein Offizier von hohem Rang, nach den vielen funkelnden Litzen zu schließen. Er macht ein paar Schritte in unsere Richtung, tritt aus dem Gebüsch und ist endlich einwandfrei zu erkennen. Nova schreit markerschütternd auf, entreißt mir den Kleinen und flüchtet mit ihm in den Schutz des „Beibootes", während ich wie festgenagelt dastehe, keines Wortes und keiner Bewegung fähig.

Es war ein Gorilla.

12

PHYLLIS und Jinn hoben gleichzeitig den Kopf vom Manuskript und blickten einander lange stumm an.

„Ein hübsches Märchen", sagte schließlich Jinn und rang sich ein schwaches Lachen ab.

Phyllis hing noch ihren Gedanken nach. Einige Stellen der Geschichte hatten sie bewegt, weil sie ihr so wahr geklungen hatten. Sie machte darüber eine Bemerkung.

„Es gibt eben doch noch Poeten, überall, in allen Winkeln des Kosmos. Und auch Witzbolde."

Sie überlegte noch immer. Es fiel ihr schwer, sich umstimmen zu lassen. Aber schließlich gab sie seufzend nach.

„Du hast recht, Jinn. Ich muß dir beipflichten ... Vernünftige Menschen? Denkende Menschen? Vom Geist beflügelte Menschen? Nein, das ist ausgeschlossen. Da hat der Erzähler gewaltig übertrieben. Schade!"

„Das finde ich auch", sagte Jinn. „Und jetzt müssen wir uns auf den Heimweg machen."

Er ließ das Segel voll ausfächern, setzte es zur Gänze den vereinten Strahlen der drei Sonnen aus. Dann begann er mit allen vier Händen geschickt die Lenkung zu bedienen, während Phyllis, nachdem sie mit einem energischen Schütteln ihrer behaarten Ohren den letzten Zweifel vertrieben hatte, ihre Puderdose hervorzog und im Hinblick auf die bevorstehende Landung einen Hauch Rouge auf ihre entzückende Schimpansenschnauze auflegte.

Pierre Boulle

Ein „typischer" Science-fiction-Schriftsteller ist der 1912 im südfranzösischen Avignon geborene Pierre Boulle eigentlich nicht. Vielleicht gerade deswegen zählt sein im Jahre 1963 erschienener Roman *Der Planet der Affen* zu den Klassikern der Science-fiction-Literatur. Das klingt widersprüchlich und ist doch leicht zu erklären: Pierre Boulle versteht es, seine Leser durch eine spannende Handlung in Bann zu ziehen, in der nicht die Maschine im Mittelpunkt steht, sondern der Mensch. Statt technischer Spielereien bietet Boulles Zukunftsvision eine phantasievolle Umgestaltung menschlicher Verhaltensweisen, die erheitern und zugleich warnen soll. Dann etwa, wenn die in Leder gekleideten Affen sich nach erfolgreicher „Menschenjagd" stolz zur Gruppe aufstellen, um sich mit ihrer Beute ablichten zu lassen, oder wenn zivilisierte Schimpansen ihre Experimente an „wilden Menschen" durchführen, um deren Verhalten zu erforschen. Szenen, so lebendig und originell, daß sie für die Filmindustrie ein Geschenk des Himmels darstellten. Der 1968 unter der Regie von Franklin J. Schaffner entstandene Kinofilm fand beim Publikum so großen Anklang, daß noch vier Fortsetzungen über den kuriosen Planeten gedreht wurden. Sicherlich eine Herausforderung für Maskenbildner John Chambers und sein 78köpfiges (!) Team, das in komplizierter Kleinarbeit die menschlichen Hauptdarsteller in Affen verwandeln mußte.

Seinen Weltruhm verdankt Pierre Boulle allerdings einem anderen Roman. 1952 erschien *Die Brücke am Kwai*, ein Bestseller, der ebenfalls mit großem Erfolg verfilmt wurde.

In diesem Roman verarbeitet Pierre Boulle seine Kriegserlebnisse. 1942 geriet er in Südostasien in Gefangenschaft. Der Wille zu überleben brachte ihn während dieser Zeit auf eine Idee, die sein Leben verändern sollte: Er besorgte sich Schreibzeug und hielt heimlich seine Erlebnisse fest. Ende 1944 gelang Boulle die Flucht aus dem Lager.

Erst die Schrecken des Zweiten Weltkrieges machten aus dem abenteuerlustigen jungen Ingenieur, der 1936 Frankreich verließ, um in Indochina sein Glück zu suchen, einen nachdenklichen und hintergründigen Schriftsteller. Heute lebt der 76jährige in Paris.

Roboter –

Freund oder Feind des Menschen?

Elektronische Wunderknaben

Er kommt aus Kalifornien, hat einen kugelförmigen Kopf, sechs Beine und nennt sich „Funktionoid". Und tatsächlich funktioniert der gehfähige Roboter auch prächtig: Auf Funkkommando richtet er sich auf oder faltet sich zusammen, klettert auf einen Lastwagen oder schleppt diesen ab. Bei einem Eigengewicht von 170 kg vermag er sage und schreibe 815 kg zu heben. Für den kalifornischen Tausendsasa tun sich allerlei Betätigungsfelder auf – vor allem in gefährlichen Einsatzbereichen wie in Kernkraftwerken oder bei der Entschärfung von Bomben.

Frohe Kunde für die Besitzer von Hühnerfarmen. Der Roboter vom Typ AG 4500 aus französischer Fertigung bringt Küken „vollautomatisch und schonend" in einen käfiggerechten Zustand. Um zu verhindern, daß die für Legebatterien bestimmten Tiere einander auf engem Raum verletzen, müssen ihre Schnäbel gekürzt werden, was bisher „arbeits- und kostenintensiv" von Hand geschah. Der neuentwickelte Kükenroboter hingegen kann stündlich bis zu 4500 Eintagsküken „verarbeiten". Das Förderband karrt die Tiere heran, und der fixe Automat spuckt sie perfekt aufs Käfigleben vorbereitet wieder aus: Sekundenschnell hat er den Schnabel auf Käfignorm gekappt und dem Küken überdies eine Spritze gegen Geflügellähme sowie Nasen- und Ohrentropfen gegen Infektionen verabreicht.

Der „stählerne Kollege" ist aus der Fertigungshalle des Autowerkes nicht mehr wegzudenken. Alle zwanzig Millisekunden prüft sein Rechner automatisch, ob die Fahrgeschwindigkeit und die Winkel zwischen den Gliedern des Greifarms den vorgegebenen Werten entsprechen. Seine „Finger" ziehen Muttern fest und vermögen mit einer

Genauigkeit von einem Zehntelmillimeter zu greifen. Mit seiner Arbeit trägt der Roboter dazu bei, daß alle 42 Sekunden eine fertige Karosserie das Fließband verläßt.

Was lange Zeit wie pure Science-fiction klang, ist längst Wirklichkeit geworden: Roboter unterschiedlichster Art und Funktion haben sich einen festen Platz in unserer Arbeitswelt erobert. Das Tempo dieser Entwicklung setzt allerdings auch einen so phantasievollen Schriftsteller wie Isaac Asimov in Erstaunen, obwohl er sich wie kein anderer mit den potentiellen Möglichkeiten von Robotern beschäftigt hat. „Als ich 1939 meine erste Robotergeschichte schrieb", berichtet Asimov, „dachte ich nicht, daß Roboter noch zu meinen Lebzeiten Wirklichkeit werden würden. Tatsächlich war ich davon überzeugt, daß es nicht dazu kommen würde, und hätte gewaltige Summen darauf verwettet. Und doch stehe ich jetzt da, Jahrzehnte später, und wir haben Roboter. Mehr noch, in gewisser Weise sind sie das, was ich mir vorgestellt habe – industrielle Roboter mit eingebauten Sicherheitsschaltungen, von Ingenieuren für ganz bestimmte Arbeiten geschaffen. Freilich, diese Roboter sind nicht so intelligent wie meine – sie sind nicht einmal humanoid. Trotzdem entwickeln sie sich ständig weiter und werden fähiger und vielseitiger. Wer weiß, wie weit sie in vierzig Jahren sind? Eines Umstands können wir uns gewiß sein: Roboter verändern die Welt und treiben sie in eine Richtung, die wir nicht genau voraussehen können."

Fasziniert von Automaten

Der Mensch träumte schon immer davon, lebende Wesen zu schaffen – und schließlich sich selbst: den Homunkulus. Oder wenn schon nicht ihn, dann doch einen künstlichen Menschen. Solche Automatenfiguren kennt man bereits aus der griechischen Antike. Der Physiker Heron von Alexandria machte sich die mechanischen Kenntnisse Archimedes' zunutze, ergänzte sie durch eigene hydraulisch-pneumatische Erfindungen und schuf so ein ganzes Automatentheater, bei dem sich auf einer Miniaturbühne Figuren bewegten. Den Griechen standen allerdings nur bescheidene technische Möglichkeiten zur Verfügung. Als aber um die Mitte des 14. Jahrhunderts das Federwerk erfunden war, konnten die Uhrmacher und Automatenbauer in ihren Werkstätten bemerkenswerte Mechanismen zusammenfügen: sin-

CONCERT A LA VAPEUR.

Das dampfbetriebene Konzert.
Ein im letzten Jahrhundert entworfenes Automatenorchester

gende Vögel, tanzende Figuren oder Puppen, die dem Menschen nachgebildet waren und für damalige Begriffe höchst erstaunliche Dinge vollbrachten. Die drei berühmtesten Figuren der Schweizer Automatenbauerfamilie Jaquet-Droz (um 1770) konnten Klavier spielen, zeichnen und schreiben. Sie sind heute noch im Museum von Neuchâtel zu bewundern.

Musizierende Automatenwesen bevölkerten auch die Phantasiewelt des französischen Buchillustrators Grandville (1803–47). In seinem Hauptwerk „Eine andere Welt" entwirft er ein dampfbetriebenes Konzert, dargeboten von einem bizarren, wie von Geisterhand bewegten Orchester. Auch die Besprechung des imaginären Konzerts liefert Grandville gleich mit: „Dank sei dieser wunderbaren Erfindung, von nun an werden Schnupfen, Husten und Heiserkeit und dergleichen Gesangshindernisse eine verklungene Sage sein. Die durch Dampf in Bewegung gesetzten Instrumente bringen Wirkungen von unglaublicher Genauigkeit hervor, und die großen Meister unserer Zeit haben endlich Interpreten gefunden, die auf gleicher Höhe mit ihren unsterblichen Kompositionen stehen. In diesem Jahrhundert des Fortschritts ist die Maschine ein vervollkommneter Mensch."

Die Maschinen sollten freilich noch perfekter werden. Die Elektronik des 20. Jahrhunderts ermöglichte eine Weiterentwicklung der Automaten des mechanischen Zeitalters, die selbst die kühnsten Träume früherer Erfinder übertraf. Allerdings konzentrierten sich die Techniker nun hauptsächlich auf die Konstruktion von Automaten, welche arbeiten sollten. Vor allem sollten sie die Arbeiter von gleichbleibenden, stets wiederholten Handgriffen entlasten. Dafür prägte der tschechische Autor Karel Čapek in seinem Bühnenstück „R.U.R. – Rossum's Universal Robots" 1920 die Bezeichnung Roboter (von tschechisch robota: *Fronarbeit).*

Moderne Roboter: Mit den Händen so geschickt wie ein Mensch

Treu ergebene Sklaven?

In seinen Robotergeschichten hat Isaac Asimov drei Gesetze dargelegt, die Roboter unter allen Umständen zu befolgen haben. Diese Gesetze sind so ausgerichtet, daß Roboter in keinem Fall zur Konkurrenz oder zum Feind des Menschen werden können. Eine solche optimistische Sicht entspricht Asimovs Grundhaltung, wie er in einem Artikel nachdrücklich unterstreicht: „Es gab einmal eine Zeit", schreibt Asimov, „in der die Menschen dem Universum allein und ohne Freund gegenüberstanden. Jetzt besitzen wir Geschöpfe, die uns

SF-Illustrationen: Roboter als harmlose Arbeitssklaven ...

... und als aggressive Kampfmaschinen

helfen. Sie sind stärker als wir selbst, treuer, nützlicher und uns völlig ergeben. Die Menschheit ist nicht mehr allein. Haben Sie die ganze Sache schon einmal von diesem Standpunkt aus betrachtet?"

Mit dieser Auffassung gesellt sich Asimov zu all jenen, die in Robotern eine einmalige Chance sehen, unsere Arbeitswelt und möglicherweise auch den privaten Bereich humaner zu gestalten. Roboter sollen demnach dem Menschen stumpfsinnige oder körperlich sehr belastende Arbeiten abnehmen. Sie schuften in Bergwerken und an Hochöfen, sie versorgen schnellaufende Automaten mit den jeweils gewünschten Stoffen, und sie schweißen mit gleichbleibender Präzision Karosserieteile aneinander. In kühneren Visionen treten Roboter in fast allen Bereichen des täglichen Lebens als dienstbare Geister auf. Sie fahren Züge, regeln den Verkehr, reparieren Autos, mähen den Rasen oder servieren das Frühstück.

In Jack Williamsons Science-fiction-Roman „Wing 4" meinen die Roboter es mit den Menschen gar so gut, daß sie ihren Konstrukteuren alle Arbeit abnehmen und diese damit zu quälender Untätigkeit verdammen.

Angesichts der aktuellen Entwicklung scheinen Williamsons Überlegungen nicht einmal sonderlich abwegig, und deshalb sind die modernen Industrieroboter vor allem als Jobkiller gefürchtet. So stellte sich Joseph F. Engelberger, bis 1983 größter Roboterhersteller der Welt, die Fabrik der Zukunft folgendermaßen vor: eine menschenleere Halle, in der Maschinen die Arbeit verrichten. Roboter am Fließband, Roboter im Kontrollzentrum, im Lager, bei der Qualitätsprüfung und in der Versandabteilung. Seiner Branche sagte Engelberger jahrzehntelange Wachstumsraten von über dreißig Prozent voraus.

Inzwischen ist allerdings offenkundig, daß der Roboterfabrikant die Entwicklung zu optimistisch beurteilte. Zwar werkelten Mitte der achtziger Jahre in Japan schon rund 80 000 Roboter, doch die eher bescheidenen Zahlen von 20 000 Exemplaren in den USA und zirka 13 000 in der Bundesrepublik lassen Zweifel an einem Boom aufkommen. Allzu deutlich hat sich nämlich herausgestellt, daß Roboter nur dann ökonomisch eingesetzt werden können, wenn sie in komplette Produktionssysteme integriert sind. Und obgleich Unternehmen Fertigungsautomaten preiswert einkaufen können, muß viel Geld nachgeschossen werden, ehe sie Nutzen bringen: Geld für Computerprogramme, die dem Roboter seine Aufgaben mitteilen, und vor allem für

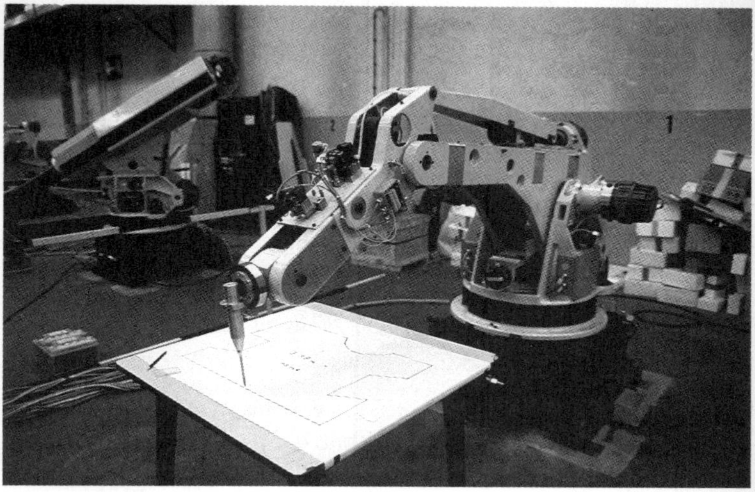

Ein Industrieroboter beim Zeichnen

das Arbeitsplatzumfeld, das den Roboter so mit Material und Werkzeug versorgen muß, daß er selbständig arbeiten kann.

Skeptisch stimmt auch, daß die stählernen Musterknaben – von ihren Herstellern als harmlos, fleißig und diszipliniert angepriesen – bisweilen über die Stränge schlagen. So wurde in Schweden schon eine ganze Anzahl Unfälle registriert, bei denen ein Roboterarm plötzlich unberechenbar ausgeschwenkt war. Zum Glück lassen sich die meisten dieser „Ausbrüche" wenigstens im nachhinein technisch erklären. In einem der Fälle beispielsweise war ein Schweißtropfen des Programmierers in den Programmcomputer gesickert und hatte dort einen Kurzschluß ausgelöst.

Wer fürchtet, die Roboter könnten eines Tages außer Kontrolle geraten und über ihre Erbauer herfallen, darf also noch einmal aufatmen. Noch scheinen die Roboter nicht intelligenter als der Mensch, der sie programmiert. Weshalb man auch hoffen darf, daß Isaac Asimovs positiver Ausblick sich als richtig erweisen wird: „Roboter könnten die neuen Sklaven sein – geduldig, widerspruchslos, unfähig zur Revolte."

ICH, DER ROBOT
Originalausgabe: „I, Robot“

Erhältlich im Buchhandel als Heyne-Taschenbuch

DER PLANET DER AFFEN
Originalausgabe: „La Planète des Singes“